1847

VANITY FAIR:
A NOVEL
WITHOUT A HERO

浮華世界

（全譯本｜下冊）

William Makepeace Thackeray 威廉・梅克比斯・薩克萊

洪夏天——譯

薩克萊本人繪製的《浮華世界》封面
EC85 T3255 848vb, Houghton Library, Harvard University

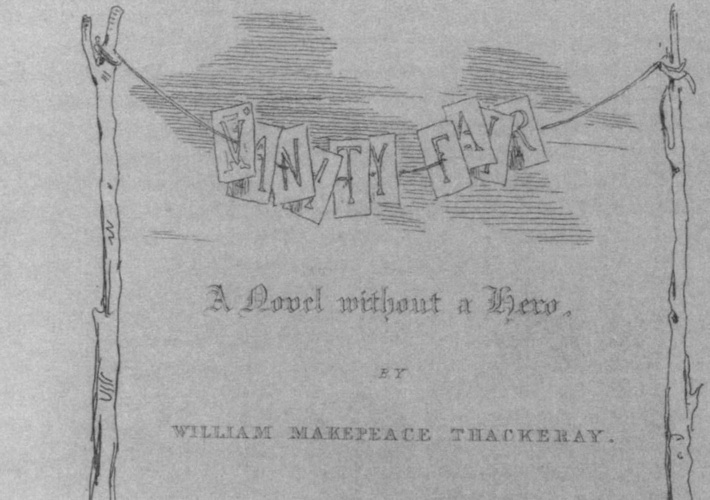

A Novel without a Hero.

BY

WILLIAM MAKEPEACE THACKERAY.

LONDON.

BRADBURY & EVANS, BOUVERIE STREET.

1848

目錄

第三十五章　寡婦成了母親

卡特布拉斯和滑鐵盧兩場戰役的結果同步傳到英國。《公報》首先報導了兩場戰役的勝負，光榮的勝利讓全英格蘭歡欣鼓舞的同時，也惶恐不已。其他細節隨後傳來，宣布勝利之後緊接著就是傷亡名單。要如何用言語形容閱讀名單時的恐懼與顫抖啊！想想看，大英王國的每個村莊鄉鎮都迫不及待地想知道法蘭德斯地區的戰況，而當各軍團的死亡名團傳來時，人們終於得知自己親愛的朋友或親人是逃過一劫還是倒地沙場，有人慶賀與感謝，也有人陷入難以承受的喪親之痛。直到今日，只要有人回頭翻找當時的報紙，就算自己的親人不在上面，想必也不勝唏噓。每天都有新的傷亡名單傳來，人們彷彿閱讀連載小說一樣，迫不及待知道下一章節。想像一下，每個人收到剛印好、熱騰騰的報紙時的心情是多麼緊張啊，一場兩萬人參戰的戰事，就能讓全英提心吊膽；而不過二十年前，歐洲有上百萬人彼此廝殺，每個在戰火中被敵人擊倒的士兵，遠方都有一顆純真的心為他哀痛不已。

聞名全國的《公報》所刊載的名單，令奧斯朋家震驚不已，而一家之長更是受強烈打擊。兩姐妹無法掩飾心中的悲痛，而殘酷的命運讓陰鬱已久的老父親更加垂頭喪氣。他忍不住尋思，這恐怕是男孩忤逆父親所遭受的報應，但他不敢承認，如此嚴厲的天罰實在把他嚇得魂飛魄散，意外自己的詛咒居然如此迅速應驗。有時一陣令人毛骨悚然的恐懼會湧上他的心頭，懷疑自己親手毀掉了兒子。在此之前，父子本有機會和解；兒媳婦說不定會不幸喪命，或者兒子可能親自歸來，向父親坦誠自己犯了錯。如今，所有的希望都煙消雲散。兒子已越過深谷，到了另一個世界，以憂傷的眼神凝視著老父，陰魂不散地佔據老父的心頭。奧斯朋先生想起有回兒子生了場大病，發著高燒的他躺在床上無法言語，每個人都以為他就快死了，而他那陰森的大眼只是無聲地瞪著人們。老天爺！那時老父親多麼著急地哀求醫生，驚惶地守在兒子床邊。等到燒終於退了，兒子逐漸康復，望著父親的眼神不再迷茫無神也認得出家人，父親心裡才鬆了口大氣。然而，現在沒人幫得了他，這場父子爭吵再無和解的可能——至少，兒子已不可能說任何謙卑的話來安慰憤怒的虛榮老父，他憤怒的血液宛如中了沒有解藥的毒，再也無法正常流動。自負的父親究竟為何如此心碎？是因為兒子沒有向他低頭求情？還是驕傲的他再也等不到兒子道歉？實在難以說得清。

不管痛心疾首的原因為何，固執的老男人都不願向人洩漏心事。他從未向女兒提及兒子的名字，只命令長女讓家中女性都換上喪服，男僕也得換上黑色制服。所有的宴會和餘興節目，都延期或取消。雖然次女的婚期已定，但奧斯朋先生沒和未來的女婿多說。至於布洛克先生，光看未來岳父陰沉的臉色，就知道此時緘默為上策，最好暫時別提婚禮的事。有時，他會在客廳和兩位小姐低聲談論婚事。自從兒子死訊傳來，一家之長就不曾踏進客廳，老是待在書房裡。至於前廳則完全關閉，直到喪期過了好一陣子仍沒有啟用。

六月十八日之後又過了三週，奧斯朋先生的朋友，威廉．達賓市政官兼爵士閣下，拜訪了羅素廣場的奧斯朋宅邸。臉色蒼白、神情慌張的他堅持要見老紳士一面。管家帶他進書房後，雙方交換幾句言不及義的問候，市政官就掏出一封有紅色封蠟的信。

「某軍團的軍官今天才剛到倫敦，他帶了封信給我，」市政官語帶猶疑地說道，「是我的兒子，達賓少校寫的。但信裡有封給你的信，奧斯朋。」他把信放在桌上。奧斯朋一言不發地瞪著來客好一會兒。他的表情嚇到了這位使節，他不安地望了悲痛欲絕的男士一會兒，沒多說話，就匆匆起身離開。

那封信上豪邁的字跡，奧斯朋先生再熟悉不過了。那是喬治的筆跡，是他在六月十六日黎明破曉之前，也就是他告別艾美麗雅之前所寫的家書。紅色的封印是奧斯朋先生從《貴族名人錄》裡借用的家徽，上面還印著「戰爭捍衛和平」的家訓，虛榮的老人總是想和真正的貴族奧斯朋家族攀點關係。如今，寫下這封信的手再也無法拿筆，也握不住刀劍了。當他橫躺在戰場上，封上家書的印章已被人偷走。但老父親並不知道這些事，只是恐懼又茫然地瞪著那火漆。當他拆開信時，差一點就要暈厥。

你曾和親密摯友吵過架嗎？他在兩人感情密切時寫下的信件，如今看起來多麼噁心啊，他寫的每一句話都在鞭笞你的心！那些熱情洋溢的言辭，如今看來多麼可笑！當愛情已逝，徒留謊言滿篇的墓誌銘！一切全成了虛華人生的殘酷訓示。大多數人都有滿滿一抽屜這樣的信件。它們是躲在櫥櫃裡的鬼魂，我們無法丟棄，又避之唯恐不及。面對亡子寫的信，奧斯朋顫抖了好一陣子。

可憐的男孩在信上沒有多說。他太過驕傲，無法寫下心裡的真情。他只說，在大戰前夕，他希望向父親告別，鄭重地請求父親照顧他留下的妻子——說不定他會有個孩子。他懊悔自己揮霍無度，不知節制，已花掉大部分的母親遺產。他感謝父親一直以來的慷慨，保證不管自己能不能死裡逃生，都會不辱喬治・奧斯朋之名，奮勇一戰。

喬治身為英國人的習性、驕傲，都讓他無法一訴真心，也可能他不擅表達感情。他的父親沒有看到兒子在信紙的抬頭處印下一吻。痛苦的奧斯朋先生嘗到苦澀的滋味，心中的怒火仍無法熄滅。他既失去疼愛兒子的機會，又無法報復他。雖然他愛著兒子，但終究無法原諒他。

兩個月後，奧斯朋姐妹和父親一起上教堂時，發現父親選擇了和以往大不相同的座位。坐在新座位的奧斯朋先生抬起頭，目光越過女兒的頭，朝牆上望去，於是小姐們也隨著父親鬱鬱不樂的眼神看過去，正對著牆上一座精細而壯觀的雕像。不列顛女神正對著一只骨灰甕哭泣，一把斷裂的劍和伏臥的獅子顯示，這尊雕像是紀念一名死去的戰士。當時的雕塑家熱愛運用各種隱射死亡的象徵，現在你仍能在聖保羅教堂的牆上看見上百個造型誇張、以異教寓言為主題的雕像。本世紀的前十五年，類似的作品廣受歡迎。

這座紀念像下方飾有知名且華麗的奧斯朋貴族家徽，碑文上刻著，本雕像「紀念永恒的喬治·奧斯朋二世，國王陛下某步兵團上尉。他為國王與祖國效忠，於一八一五年六月十八日滑鐵盧光榮一役中，英勇陣亡，享年二十八歲。為國捐軀，至高榮耀，甘之如飴。」

這座雕像令他的姐妹激動不已，瑪麗雅小姐不得不先行離開教堂。教眾對這對啜泣的黑衣姐妹致意，憐憫坐在陣亡士兵紀念像對面的嚴厲老父。「他會原諒喬治太太嗎？」姑娘們心情一平復下來，就不禁竊竊私語。知道奧斯朋父子因這場婚姻而決裂的親友們，也時常討論這個話題，好奇奧斯朋先生究竟會不會與媳婦和好。在羅素廣場和西堤區，都有人為此下注。

奧斯朋姐妹也許擔心過艾美麗雅正式成為家族的一分子，最近她們更是為此提心吊膽。秋天將盡時，父親宣布要出國一趟，更令姐妹倆驚慌。他雖然沒說自己要去哪兒，但她們立刻猜到他會去比利時一趟。她們知道喬治的遺孀仍留在布魯塞爾。從達賓家的夫人小姐那兒，她們對可憐的艾美麗雅的行蹤瞭若指掌。軍團的第二名少校陣亡後，我們老實的達賓上尉就升了官；無畏的奧大德少校一有機會就展現自己冷靜應戰、勇猛過人，現在已升任上校，且受封巴斯三等勛章。

連續兩天的戰事讓某軍團中許多英勇軍士負傷嚴重，直到秋天仍在布魯塞爾養傷。大戰結束後的幾個月間，這座城市變成一所巨大的軍事醫院。隨著士兵與軍官漸漸康復，花園和大眾場所都擠滿了傷殘的老少戰士。他們才剛逃過死劫，就落入賭博、享樂、求歡的生活中，就像浮華世界的人們一樣。奧斯朋先生很快就遇見一些某軍團的士兵。他很熟悉他們的制服，過去他常常注意軍團裡的升職和調動消息，逢人就聊起這支部隊和它的軍官，好像他自己也在軍中服務似的。他抵達布魯塞爾隔天，一走出面對公園的飯店，他就看到花園的石椅上，有個休息的士兵配戴他熟悉的袖章。他渾身顫抖地走上前去，坐在那位負傷的士兵旁邊。

「你是奧斯朋上尉連隊裡的士兵嗎？」他問道。停頓了一會兒，他又加上一句：「先生，他是我兒子。」

這位男子不屬於喬治的連隊，但他舉起完好的那隻手，輕碰軍帽向老先生表示敬意，憂傷且尊敬地望著眼前這位面容憔悴，顯然十分傷心的老先生。「他是軍隊中最優秀、最棒的軍官，」士兵說道，「上尉的連隊目前由雷蒙上尉接管，有位中士仍在城裡，他的肩膀受了傷，最近才康復。要是你願意，見到你會是他的莫大榮幸，他會一一告訴你某軍團的作戰過程。當然，你一定見過達賓少校了，他是英勇上尉最親密的朋友。奧斯朋太太也在城裡，每個人都告訴我她傷心欲絕。人們說她發了瘋，至少花了六週才好了些。當然，先生你一定早就知道這些事，請原諒我的多話。」那位士兵最後補上一句道歉。

奧斯朋在士兵手裡塞了一基尼，告訴他，要是他能行行好，把那位中士帶到公園大飯店來，就能再拿到一基尼。許下承諾的士兵，立刻就實現奧斯朋先生的願望，把那位中士帶到他面前。前一名士兵離開後，跟一、兩位同袍聊起奧斯朋上尉的父親來了，而且還是個出手大方的老紳士。接著一群人捧著那枚難過的老父親從飽滿錢袋裡拿出來的一基尼，大吃大喝，盡情慶祝，花光了最後一分錢。

這位傷勢剛復原的中士，陪著奧斯朋先生搭乘馬車，前往滑鐵盧和卡特布拉斯，當時成千上萬的英國人也踏上一樣的旅程。在中士的指引下，他不只去了兩場戰爭的所在地，也看到那條軍團於十六號那一天踏入戰場的大路。還有那座斜坡：當法軍追趕節節敗退的比利時軍隊，英軍就從斜坡上一擁而下。就在這兒，年輕的少尉旗手與法國軍官奮力扭打，高貴的上尉出手砍倒法國人，而旗手則被擊倒。隔天，他們順著這條路撤退。十七號晚上，大雨傾盆，軍團就在河畔這兒紮營露宿。更遠處，是他們在白天搶佔的據點，他們在那兒一次又一次受到法國騎兵的攻擊。他們隱身在河岸下方，躲避法軍猛烈的炮火。到了晚上，在斜坡那兒的所有英軍都收到進攻的命令。上尉一次又一次進攻，最終敵人終於不支撤退。當他揮舞著劍，奔下山丘慶祝勝利時，敵軍向他射了一槍，他倒地而亡。「達賓少校把上尉的遺體帶回布魯塞爾，」中士沉聲說道，「讓他入土為安。當然，這些事想必大人您都知道了。」士兵述說戰事始末時，農夫和尋找戰爭遺物的人在兩人身邊大聲叫嚷，販售各式各樣的戰爭紀念品，從十字勛章、肩飾、被劈開的胸甲到帝國鷹旗，樣樣不缺。

奧斯朋造訪了兒子最後奮戰的地點，在告別中士前，給了他非常豐厚的賞金。他已去過兒子的墓地。其實他一到布魯塞爾就馬上去了墓園。喬治的遺體葬在拉肯的一座美麗墓園裡，離布魯塞爾不遠。有回喬治來此參加派對，一見到美麗的花園，就表示希望自己在此長眠。這位年輕軍官由他親密的朋友葬在花園裡一處不屬於天主教會的墓地。小小籬笆的另一側，則立著天主教教堂和尖塔，那兒是羅馬天主教徒的墓地。對老奧斯朋來說，一位英國紳士，一位舉世聞名的英軍上尉，居然被葬在一座盡是外國平民的墓園，實在丟臉極了。當我們懷念最親愛的人時，有誰知道柔情下藏了多少虛榮心？我們的愛多麼自私？老奧斯朋並沒有反省內心矛盾複雜的感受，也沒留意他的本性和自私如何激烈的搏鬥。他堅決相信，自己所做的一切都正確無誤，不管發生什麼事，他終會獨斷專行，要是有人反對他，他就像被黃蜂或毒蛇叮咬一樣，立刻毫不留情地反擊。他的恨意，就像他所擁有的其他事物一樣，令他自豪。永遠堅持自己是對的，毫不遲疑地勇往直前，從不懷疑自己，這不就是那些掌權者身上最鮮明的特質嗎？

離開滑鐵盧後，奧斯朋先生的馬車在夕陽映照下，漸漸駛近了城門。就在此時，眼前出現另一輛敞篷四輪大馬車，車上坐了兩位女子和一位男士，馬車旁還有名軍官騎馬跟隨。奧斯朋一看到車上的人就嚇了一跳，坐在他旁邊的中士意外地望了他一眼。中士看到來人，就輕碰軍帽，朝軍官致敬，對方也機械化的回禮。車上坐的是艾美麗雅，那位跛腿的年輕少尉坐在她旁邊，對面則是她忠誠的朋友奧大德太太。她戴著寡婦帽，美麗的棕髮流洩而下，但她不再是奧斯朋印象中那個清純秀麗的姑娘。多可憐的孩子呀，她的面容蒼白而瘦削。兩輛馬車錯身而過，她的眼直直望過來，茫然地瞪著奧斯朋的臉。她沒有認出奧斯朋，他也沒認出那是艾美麗雅，直到他看到達賓騎在馬車旁，才明白那是她。他痛恨她。直到見到她的那一刻，他才明白自己多恨她。當她的馬車駛遠了，奧斯朋轉過頭來，以兇猛怨恨的眼神瞪著坐在身旁的中士，因為他正好奇地望著奧斯朋先生。他的眼神好像在說：「你好大膽子，竟敢這樣盯著我瞧！該死的！沒錯，我恨她。就是她一手捏碎我的希望和我所有的驕傲。」奧斯朋咒罵一聲，對駕駛座上的車夫喊道：「無賴！駛快一點！」

過了一會兒，馬車後方傳來達達的馬蹄聲，達賓騎馬追了上來。兩輛馬車交會時，若有所思的達賓心不在焉。直到往前騎了幾步，才意識到剛剛的馬車上坐的是奧斯朋先生。他立刻停馬看看艾美麗雅是否有認出公公，但可憐的女孩根本沒注意車上的人。每天都會騎馬陪艾美麗雅出遊的威廉，突然拿出懷錶，說道他突然想起有事要辦，就一揮馬鞭離開了。但艾美根本沒注意到他奇怪的舉動，只是直直望向遠方的樹林，那兒正是喬治生前進軍的方向。

「奧斯朋先生，奧斯朋先生！」達賓快馬趕上，呼喚著老紳士，朝他伸出手。但奧斯朋動也不動，無意握住他的手，只對車夫大聲咒罵，要他快馬加鞭。

達賓的手扶出馬車側邊。「先生，我得見你，」他說道，「我得和你談談。」

「那女人有什麼話要說？」奧斯朋惡狠狠地問道。

「不是，」對方答道，「是你兒子。」一聽到這句話，奧斯朋縮進車廂角落。達賓讓馬車前行，他緊跟在後，直到回到奧斯朋的飯店，都沒人再說一句話。他跟著奧斯朋走進房間。喬治曾在這兒度過不少時光，這房間就是克勞利夫妻在布魯塞爾入住的飯店房間。

「達賓上尉，你要我怎麼做就下令吧，哎呀，真是抱歉，我應該說達賓**少校**才是。比你成材的人都死了，你剛好**取而代之**，是吧？」奧斯朋尖酸刻薄地說道，有時他偏愛用這種口吻說話。

「比我優秀的人，的確**過世**了，」達賓回答，「我正想和你談其中一個人。」

「長話短說，先生，」另一人咒罵一聲，對訪客怒目而視。

「我是他最親密的朋友，」少校開口，「同時我也是他遺囑的執行者。在他上戰場前，他立下遺囑。你是否知道他的薪俸多麼微薄，他的遺孀處境多麼艱難？」

「我不認識他的遺孀，先生，」奧斯朋說，「就讓她回她父親身邊吧。」

他眼前的紳士決心克制脾氣，對他的回應聽而不聞，繼續說下去，「先生，你是否知道奧斯朋太太的情況？這場晴天霹靂已讓她失去理智，毀了她的人生。沒人知道她是否能夠康復。不過天無絕人之路，我就是為此來與你會面。很快地，她就會成為一名母親。難道，就因生父犯了點過錯，你就要棄這名孤兒於不顧嗎？你是否願意為了可憐的喬治，原諒無辜的孩子？」

奧斯朋立刻口若懸河地長篇大論，自吹自擂之餘不忘立下毒誓。首先，他表示自己問心無愧，接著誇大喬治的不負責任。全英格蘭，沒有比他更大方、更慷慨的父親了，而他兒子卻忘恩負義，反咬父親一口。喬治沒有承認自己的過錯就死了。就讓喬治承擔不負責任、行事放蕩的後過吧。至於他本人，奧斯朋先生，他是個一諾千金的人。他發誓過再也不與那女人交談，也絕不承認她是兒媳婦。「你就這樣告訴她吧，」最終，他以誓言作結，「直到我閉目辭世，我都會謹守我的承諾。」

獲得奧斯朋先生原諒的希望就此破滅。寡婦只能依靠微薄的津貼度日，或者仰賴喬斯的接濟。「就算我告訴她這回事，她恐怕也聽不到吧，」達賓難過地想道。自從受到那場沉重的打擊，可憐的少婦就失魂落魄。傷透心的她，如今成了一具麻木的空殼，善良與邪惡對她來說都毫無分別。

同樣的，她也不在乎友情或關懷。她接納一切，沒有一句怨言，接著又陷入悲哀的沉思。

想像一下，上面這番對話結束後，我們可憐的艾美麗雅又度過十二個月。前六個月，她深陷於無可救藥的哀痛之中，我們看到她溫柔的心碎成片片，也描述過她的痛苦，只能默默地看著她的心淌血。當可憐的婦人癱軟在床上，我們只能輕手輕腳地陪伴在旁。她在黑暗的房內受盡折磨，我們也只能輕輕掩上房門，就像那些慘劇爆發後頭幾個月，一直照料她的那些仁慈的人們，等待上天帶給她慰藉。而那一天終於到來，興奮又美好得令人恐懼——那一天，可憐的年輕寡婦緊抱胸前的嬰孩，他有著死去父親的迷人的眼眸。他是個像小天使一樣美麗的小男孩。他的第一聲哭泣，簡直就像魔法一般！他令她又哭又笑。當嬰兒臥伏在她的胸口，愛、希望再次在她心中醒覺，她又開始祈禱。她感到安全。診治她的醫生十分擔心她的健康和神智，等了好一陣子，才宣布母子均安。她身邊的人提心吊膽了好幾個月，此刻看到她再次以溫柔的眼神望向他們，終於放下心來。

在這些人中，少不了我們的朋友達賓。當奧大德太太收到上校丈夫的命令，不得不告別她的病人，是達賓帶她回到英格蘭，送她回到娘家。艾美麗雅看著達賓抱著嬰兒的模樣，開懷地笑了起來，所有的人聽到了她的笑聲，都會滿心喜悅。威廉是孩子的教父，他為這個小基督徒添購杯盤餐具和珊瑚，慷慨地行使教父的權利。

寡婦細心地養育他，為他更衣，他就是她生存的一切目的。她趕走所有的保姆，除了自己以外，幾乎不讓別人碰他。她認為，讓他的教父達賓少校偶爾逗他玩，就是她對少校最好的報答。這些事兒，都不用我們多說。這個孩子是她的一切。她只為了照顧兒子而存在。她滿懷愛意抱著那柔軟無力、一無所覺的小嬰兒，對兒子湧起崇拜之心。她將自己的生命從胸前送進兒子嘴裡。母子獨處的夜晚，有時一陣激烈的母愛與喜悅會狂野地佔據她的心房。這就是上天賦與女性的特質，她們為了超越理智或難以解釋的原因而狂喜，盲目而美麗的奉獻所有，這一切只有女人做得到。威廉．達賓總是觀察思索艾美麗雅的舉動，揣摩她的心思，照顧她就是他的責任。對她的愛意，使他明白她的所思所想，可嘆的是，他也清楚知道她的心裡沒有他的位置。但他對自己的命運瞭然於心，毫無怨言、心甘情願地承受一切。

我想，艾美麗雅的雙親都看得出來少校的用心，而且有意無意地鼓勵他。因此，達賓每天都會到薩德利家拜訪，與薩德利夫妻、艾美麗雅或老實的房東克萊普先生和他的家人共度幾個小時。他幾乎每天都編造一個藉口，為大夥帶來禮物。艾美麗雅很疼房東的小女兒，她總喚達賓「糖果少校」。小姑娘常常扮演司儀，慎重其事地向奧斯朋太太宣布少校的來訪。有天，糖果少校又雇了馬車來富勒姆，下車時他帶了一匹木馬、一只皮鼓、一把號角和其他軍隊相關的玩具給不到六個月大的小喬治，把小姑娘逗得哈哈大笑，因為喬治年紀還太小，根本玩不了這些玩具。

小男孩睡得正熟。「噓，」艾美麗雅說道。少校靴子踏在木板地上的咿呀聲，可能讓她有點心煩。她笑著朝他伸出了手，而威廉不得不放下手上的玩具，才能握住她的手。「小瑪麗，去樓下玩，」他對小姑娘說道，「我想和奧斯朋太太說幾句話。」艾美驚訝地抬起了頭，把兒子放進嬰兒床裡。

「艾美麗雅，我是來告別的，」他溫柔地握著她那瘦削白皙的小手。

「告別？你要去哪兒？」她微笑問道。

「把信寄給我的代理人，」他接著說，「他們會把信轉寄給我。妳會寫信給我吧？會嗎？我得離開好一陣子。」

「我會寫信給你，告訴你小喬治的一切，」她應道，「親愛的威廉，你對我們多好呀。瞧瞧他。他真像個天使，是不是呀？」

孩子粉紅色的小手，在無意識中握住軍官的手指。艾美麗雅抬頭望著他，臉上露出充滿母愛的動人微笑。那溫柔的表情，具有比世上最嚴厲的眼神還強大的威力，令他難以承受，傷心極了。他對著母子彎下腰，好一陣子說不出話來。用盡所有的意志力，他才強迫自己說出一句，「願上天保佑你」。艾美麗雅也回道：「願上天保佑你」，並抬起臉來，給他道別的親吻。

當威廉．達賓步履沉重地走向房門，她又加上一句，「噓！別吵醒小喬治！」當他的馬車轔轔駛離大門，她根本沒注意到，只顧著注視她在睡夢中微笑的孩子。

第三十六章　如何不花半毛錢仍舒舒服服過一年

我想，浮華世界每個有觀察力的人，難免會好奇親友的世俗雜務；我們對鄰居厚道，但也不可能不去思考鄰居瓊斯和史密斯每年如何負擔開銷。比方說，儘管我對珍金斯一家人敬重有佳，每年社交季總會與他們同桌用餐兩、三回，但我也必須承認，在公園裡看到他們一家人坐在寬敞的四輪大馬車，身邊圍繞制服華麗的男僕，總是讓我大感意外也迷惑不已，這些問題可能會糾纏我，直到我過世的那一天。

我知道那些馬車和車夫都是租來的，珍金斯家只供僕人食宿，但不管怎麼說，光是那輛大馬車再加上三個男僕，每年至少得花六百鎊；更何況他們常舉辦盛大晚宴，兩個兒子都在伊頓公學念書，還為了女兒聘請家庭教師和專業大師。一家人常出國旅遊，不然就去伊斯特本或沃辛度假。他們家每年秋天的年度舞會，都委託岡特氏[1]提供餐點。順道一提，有回賓客人數少了一位，他們邀請我參加，我立刻就發現珍金斯家辦起正式晚宴，招待的酒水餐點都比他們請身分較卑微的朋友時要豐盛得多，準備的娛樂節目也更為精緻，且岡特氏提供的菜色水準一流。雖然我真心喜愛這一家人，也不禁好奇他們怎負擔得起如此驚人的開銷？我們都知道珍金斯的一家之長是膠帶封蠟局長，一年薪水不過一千兩百鎊。他的妻子是否握有大筆財富？呸！她是佛林特家的女兒，她父親是白金漢郡一位名不見經傳的仕紳，和妻子生了十一個孩子呢。佛林特小姐的娘家，只會在聖誕節送她一隻火雞，藉此拜託她在非社交季期間，招待她兩、三個姐妹去住；要是她有兄弟到倫敦來，也得拜託珍金斯家供他們食宿。珍金斯先生怎付得起這些開銷？不只我這麼說，珍金斯家的每個朋友都會說，他怎麼還沒債台高築，被關進大牢？去年他怎能大出眾人意料之外，去了趟法國布隆涅還安然回來呢？

此處的「我」指的是世俗大眾，也就是每位讀者生活圈裡的那個葛倫迪太太，或者那些舉得出幾個家庭，指出沒人知道他們如何維持收支平衡的人。我們都喝過他們的酒，與大方的他們密切往來，但我相信每個人都暗自好奇，他們如何供應得起這些美酒。

洛頓．克勞利和妻子在巴黎住了三、四年後，回到倫敦定居。他們在梅菲爾區的卡爾森街上，住進了一間小巧但舒適的房子。他們的座上佳賓，無不好奇上面的這些問題。我們已提過，身為小說家的我無所不知，我能告訴大眾，沒有收入的克勞利夫妻如何生活，但我必須請那些習於從各種定期刊物摘錄文章的報紙，千萬別轉載下面的故事與計算。身為揭發者（還花了不少心思），我怎能接受沒拿到好處就任人轉載呢？要是我有幸有個兒子，我會對他說，我的好兒子，只要深入調查、時常與人交談，你就會發現一個男人不需要半毛錢，也能舒舒服服過個一年。不過，你最好別跟這樣的男士親密往來，只能旁敲側擊，就像你研究對數一樣。要是你親自與當事人往來，恐怕會付上驚人的代價。

克勞利夫妻在沒有任何收入下，在巴黎度過兩、三年非常快樂又舒適的日子，但我們只能草草帶過。此時，克勞利已賣掉軍職，從近衛隊退了役。當我們再次與他重逢，他已不再是軍人，只剩下嘴上的鬍子和名卡列的上校軍階，提醒世人他之前的職位。

我們已提到，蕾蓓卡一到巴黎，就在法國首都的社交圈，靠著聰明才智嶄露頭角，出了名。法國重獲權位[2]的貴族中，不少地位顯赫的名門世家都熱情的歡迎她。巴黎的英國仕紳也爭相奉承

1. 倫敦知名的糕餅店。

她，令他們的妻子怒不可遏，對這位突然出名的女人恨得牙癢癢。在浮博聖哲曼一帶，各沙龍都留有她的位子。她甚至踏入富麗堂皇的宮殿謁見國王，獲得眾人矚目，讓小克勞利太太樂不可支，沉浸於喜悅的她恐怕自信過度膨脹，怠慢了一些人——大部分都是她先生時常往來的老實年輕軍官。

上校和那些出入宮廷的伯爵夫人和尊貴女士圍繞，總煩悶得呵欠連連。那些老女人玩起埃克泰牌，總為了五法郎的輸贏哀叫連連，根本不值得克勞利上校耗費心神。聽不懂法文的他，完全無法瞭解她們慧黠的對話。他反問妻子，每晚對一群公主鞠躬哈腰，到底有什麼好處？很快地他就放棄參加，讓妻子獨自出席那些宴會，他則與自己的好友往來，享受比較單純的消遣娛樂。

當我們說一名紳士不花半毛錢就過著上流社會的生活，事實上所謂的「不花半毛錢」，指的是我們不知道這位紳士有何收入，怎麼有辦法支付他所有的開銷。現在，舉凡任何與機率有關的遊戲，都難不倒我們的上校朋友。正所謂勤能補拙，經過不斷玩牌、擲骰、玩撞球的磨練，他的技術當然更加高超，那些平時偶一玩之的男士根本無法與他較量。要在撞球檯上嫻熟地握桿，和用筆寫字、吹長笛或耍短劍一樣，這些都不是一碰就會的技能，必須仰賴反覆鑽研、辛勤練習，當然還得再加上天分，才能明白箇中精妙。克勞利早已是業餘人士中的佼佼者，如今更成為撞球桌上的專業大師。偉大將領身陷絕境時，反而會受到刺激，展現驚人造詣，克勞利也是如此。當他手氣特別差，人人都賭他輸的時候，他會以高超的技巧、令人咋舌的膽識，以精采絕倫的推桿反轉局面，最終取得勝利，令眾人大吃一驚——這裡的眾人，指的是沒見識過他神技的人。那些瞭解他的人，都會小心下注，不會輕易賭這位技巧精湛的常勝軍輸。

到了牌桌，他的表現一樣令人嘆為觀止。每晚剛開始他總是輸錢，粗心大意地犯下可笑失誤，沒與他玩過牌的人，都以為他的牌技很差。但小輸幾局後，上校就會醒了過來，變得小心謹慎，以截然不同的方式玩牌，不消多久就能讓敵人一敗塗地。事實上，很少人敢說自己贏得了他。他太常贏錢了，手下敗將不免心生嫉妒，談起他難免語帶怨恨。說到戰無不勝的威靈頓公爵，法國人總說他只是運氣好得不像話，有了一連串意外事件的幫助，才讓他成為贏家，他們甚至說公爵在滑鐵盧一役中作弊，才能贏得最後的勝利。同樣的，巴黎的英國人圈子裡，有人暗示克勞利上校恐怕耍了些不正當的手段，才能一再贏錢。

雖然巴黎當時有「弗哈斯卡蒂」和「沙龍」兩間知名賭場，但公開賭場滿足不了對賭博狂熱的民眾。因應人們對此道的愛好，私人賭場出現了。克勞利家的小晚宴上，賓客經常參與這種可怕的娛樂活動——不消說，正經的小克勞利太太為此大為不快。她總是埋怨丈夫熱中骰子，對每個來訪的客人哭訴。她懇求年輕人萬萬不可接觸拳擊比賽。當年輕火槍手葛林輸了一大筆錢，蕾蓓卡哭了整晚，甚至跪在丈夫面前，哀求他把這次的賭債一筆勾銷，燒掉借據——至少僕人是這麼告訴那位不幸輸錢的年輕男子。但克勞利怎麼會應允呢？他自己也欠輕騎兵的布萊克史東不少錢，漢諾瓦騎兵隊的龐特男爵也是他的債主。克勞利答應寬限幾日，但非還不可，借據可不是玩具呀。

軍官們離開她的晚宴時，多半拉長了臉，因為他們多多少少在她家的牌桌上輸了錢。他們多半是年輕人，因為克勞利太太身邊總是聚集一大群年輕男子。過沒多久，她家就惡名昭彰，老鳥警告菜鳥千萬小心。某軍團的奧大德上校也在巴黎，他就告誡過史普尼中尉。有回步兵上校夫妻去「巴黎咖啡館」吃飯，當時正好克勞利夫妻也在那兒用餐，兩對上校夫妻大吵一架。兩位太太都怒不可遏，奧大德太太當著克勞利太太的面彈了手指，說她的丈夫「根本就是個騙子」。克勞利上校邀請獲得巴斯三等勳章的奧大德上校與他決鬥。當克勞利正在準備那支「射殺馬克上尉」的手槍時，司令官聽說了這場爭執，立刻把他找來，長談一番，最終取消了決鬥。要是蕾蓓卡沒

2. 此時為法蘭西王國，波旁復辟時期。

在杜夫特將軍面前下跪，克勞利早就被送回英國了。接下來的幾週，他不再和軍官賭博，專找些文官平民。

雖然洛頓賭技高超，總是贏錢，但蕾蓓卡明白兩人財務堪慮。她左思右想，就算他們很少輸錢，靠賒帳過活，但他們微薄的財產還是很快就會花光。「賭博呀，」她說，「親愛的，只能當副業，可不能當正業呀。終有一天，人們會厭倦賭博，到時我們該如何是好？」洛頓默認妻子說得沒錯。雖說蕾蓓卡美艷動人，但連續好幾個晚上，他們家都沒有人來訪，因為男人不願和洛頓賭博，自然失去上門拜訪的熱忱。

雖然巴黎的日子舒服愉快，但他們只是無所事事的虛度光陰。蕾蓓卡意識到，她必須想辦法在祖國為洛頓找條出路，替丈夫在國內或殖民地找個差事，而且她下定決心，一有辦法就要回到英格蘭。她計畫的第一步，就是要克勞利賣掉軍銜，領份半薪。此時他早就不是杜夫特將軍的副官了。蕾蓓卡逢人就嘲笑那位將軍，不管是他的假髮（他在巴黎開始戴假髮）、他的背心、他的假牙，都逃不過被蕾蓓卡戲謔的命運。驕傲的他自命為一代情聖，總以為身邊每個女人都為他傾倒，這更成了蕾蓓卡的笑柄。現在他已把注意力轉向布倫特補給官眉毛粗濃的妻子。他送布倫特太太花束，邀她去餐廳吃飯，和她一起坐在歌劇院包廂，送她各種小禮物。可憐的杜夫特太太，雖然人到了巴黎，但她過得不比之前快樂多少。當她的將軍噴香水、上髮捲，只為了在戲院裡站在布倫特太太的座位後面，而她卻獨守空閨，和女兒們共度寂寞的夜晚。

至於蕾蓓卡，少了將軍，她身邊也不愁沒有愛慕者，誰敢與她爭鋒，聰明機智的她總會讓情敵敗下陣來。不過，就像前面提的，她漸漸厭倦這種無事可做的社交生活，不管是歌劇院的包廂，還是餐廳的佳餚，都令她厭煩。收到再多花束又有何用？它們無法保障她未來的生活。她不能仰賴首飾、蕾絲手絹、小山羊皮手套過日子呀。她對輕浮的男歡女愛失去興趣，渴望更實質的財富。

就在此時，巴黎的債主得知上校的富有姑姑，克勞利小姐的大限已近，全都興奮得很。上校會從她身上繼承大筆遺產，現在他得趕緊回到她的床畔盡孝。克勞利太太和兒子會留在巴黎，等上校回來。他去了卡萊。照理說，他抵達卡萊後，就會搭船去多佛，但他卻轉搭前往敦克爾克的驛馬車，再前往他曾度過一段美好時光的布魯塞爾。事實上，他在倫敦的債務比巴黎更多。跟這兩座熱鬧繁華的首都相比，他偏愛安靜小巧的比利時城市。

夫家的姑姑過世了。克勞利太太和小洛頓認真地服喪。上校忙著處理後事和遺產。現在他們不用屈居飯店閣樓的房間，可以入住位在二樓的上等套房。克勞利太太建議飯店老闆換上新窗簾，她還為了地毯，溫和地與老闆爭執一番，最後終於談妥換房的大小事宜。但她隻字沒提帳單的事。她向飯店老闆租馬車，兒子坐在她身邊，法國侍女隨侍在側，善良的飯店老闆和妻子站在大門口，微笑目送他們出門。當杜夫特將軍知道她早就離開巴黎時，不禁勃然大怒，而他的憤怒更令布倫特太太氣憤，史普尼中尉則心碎了。飯店主人已把最華麗的房間準備好，期待那個迷人嬌小的女子和丈夫一同回來。克勞利太太離開時，拜託他代為保管幾個行李箱，而他小心地照看。過了一段時間，他把箱子打開，才發現裡面根本沒有值錢的東西。

克勞利太太並沒有立刻前往比利時首都與丈夫會合。她先把兒子交給法國侍女代為照顧，獨自回了英國一趟。

蕾蓓卡和小洛頓分別時，雙方的情緒都沒什麼波瀾。老實說，這名小男士出生之後，她就很少去看他。她依照法國上流社會的習俗，在巴黎近郊的小鎮找了一名保姆，就把兒子送了過去。小洛頓就在那兒度過人生的頭幾個月。不過他在那兒有很多穿木鞋的義兄陪伴，快樂得很。他的父親常常騎馬來探望兒子，看到在園丁太太——也就是兒子的保姆——照管下，小洛頓氣色紅潤，一身骯髒的大呼小叫，開心地玩泥巴，就讓父愛洋溢的他喜出望外。

蕾蓓卡不太愛去看她兒子兼繼承人。有回，他弄髒了媽媽一件新的灰色大衣。和媽媽比起來，他更喜歡保姆的擁抱。那位歡快的保姆，簡直像他真正的母親。當他不得不離開保姆時，他大哭了好幾個小時，直到他的生母保證，明天就會帶他回保姆家，他才平靜下來。想當然耳，保姆也為了這場分別而傷心極了，但孩子的母親也告訴她，很快就會帶他回來。她好一陣子都痴痴等著小洛頓出現。

我們這幾個朋友，其實可說是第一批厚顏無恥的英國冒險家，後來這些人全進攻歐洲大陸，在各個首都偷拐搶騙。許多英國人在一八一七到一八一八年間享盡榮華富貴，過了一段十分美好的時光。據我所知，當時的英國人不像現在，不太會討價還價，歐洲大城也尚未見識英國無賴的騙術。現在在法國或義大利的每個鄉鎮，幾乎都能見到一、兩位自稱貴族的同胞。他們不管去哪兒，都擺出得意洋洋、目中無人的架子，招搖撞騙。他們向旅館老闆賒帳，將造假支票放進容易上當的銀行職員手裡，搶走馬車行的馬車、珠寶商人的首飾，遇到好相處的遊客，就在牌桌上騙走他們的錢，甚至偷走圖書館的書。三十年前，只要你出入都坐私家馬車，人人都會喚你「英國老爺」，去哪都能賒帳，人人處心積慮想騙你的錢，但你絕不會騙人。

克勞利一家人離開巴黎好幾個禮拜後，飯店老闆才意識到自己損失了一大筆錢。服裝店的瑪哈寶太太曾賣給克勞利太太許多華服，她拿著賒帳單據，前往飯店找克勞利太太好幾次，才明白這對夫妻已經人去樓空。皇家宮殿「金球鐘錶店」的迪德洛先生到處向人打聽，至少問了六次「那位迷人英國太太」到底什麼時候回來，她向他買了好幾只錶和手環呀。可憐的園丁太太，小洛頓出生的頭六個月，全靠她的奶水才能長得健康強壯，但她從沒收到她的薪水。這是真的，保姆一分錢都沒收到——克勞利一家人急著離開，怎會記得欠了她一點小錢呢。至於飯店主人，他一輩子都憤慨難平，不斷咒罵英國人。他總向旅客詢問他們認不認識某位克勞利上校，他有個身材嬌小但活潑熱情的妻子。「啊，先生！」他會加上一句，「他們太可惡了，把我洗劫一空。」聽他講述這段悲慘的故事，總讓人難過不已。

蕾蓓卡先回倫敦一趟，是為了與丈夫為數眾多的債主協商，提議每英鎊的債務，他們償還九便士或一先令，好讓洛頓得以回國。我們不會一一細述這場艱困的債務協商。但她說服債主相信，她已將丈夫所有的錢用來還債，要是債主不肯退讓的話，那麼克勞利上校寧願在歐洲大陸度過餘生，也不願回到債務累累的祖國，這樣一來，他們什麼錢也拿不到。她費盡唇舌，證明他沒有其他收入，要是債主不肯讓步，也不可能拿回更多的錢後，債主們終於一致同意她的提議，以一千五百鎊的現金，還掉十倍以上的債務。

在這場交易中，克勞利太太沒有雇用律師。根據她的觀察，整件事簡單得很，不接受就拉倒，因此她認為由債主的律師處理法律事務即可。不得不說，她的觀察十分有理。路易斯先生代表紅獅廣場的戴維斯先生，莫斯先生代表柯希特街的莫納薩先生，後者是上校最大的債主。這兩位律師都讚揚克勞利太太辦事英明，甚至宣稱沒有半個專業人士比得過她。

面對他們的盛讚，蕾蓓卡非常謙虛。她下榻於簡樸的旅舍，在那兒主持事務，並準備了一瓶雪莉酒和甜麵包招待債主的律師。雙方相談甚歡，在律師離開前，她一一和他們握手道別。他們前腳一走，她立刻啟程返回歐洲大陸，和丈夫、兒子會合，馬上把無債一身清的大好消息告訴洛頓。至於兒子，當她不在，她的法國女僕哲納薇芙不太理會他，因為年輕姑娘愛上卡萊軍營的一名士兵，怠忽職守，把小洛頓忘在沙灘上，男嬰差點在卡萊沙灘落水淹死。

就這樣，克勞利上校夫妻重返倫敦，搬進梅菲爾區卡爾森街的獨棟房子，建立舒適的小窩。他們在此徹底施展天賦異稟，沒有分毫收入，卻過著舒服愜意的好日子。

第三十七章　接續前一章的話題

我們最要緊的任務，就是說明沒有收入要如何搬進一棟房子，在那兒安然度過一整年。租屋時有兩種狀況：不附傢俱和有傢俱。許多豪宅出租時沒有傢俱，但若你能在吉洛斯先生或班汀斯先生那兒賒帳的話，就能依照個人品味安排各種傢俱，以華麗裝飾布置房子。要是屋子本身有附傢俱的話，雙方都能省掉不少麻煩，入住時方便得多。因此克勞利夫妻比較想找一幢有附傢俱的屋子。

在鮑斯先生加入克勞利小姐一家，掌管公園街那棟房子和酒窖之前，克勞利小姐家原本的男管家是瑞格勒斯先生。他在女王克勞利鎮的克勞利祖宅裡出生，謹言慎行的他從廚房雜役一路升任車夫，再從車夫當上男管家，掌控整個餐具食品室。他在克勞利小姐家擔任傭人領班時，待遇豐厚，還享有不少津貼，存下好一筆錢。過了幾年，他宣布要和克勞利小姐的前任廚娘共結連理，並在附近開間蔬果店。那位廚娘擅長操作熨平機，兩夫妻過著挺好的日子。事實上，好幾年前，這兩人就偷偷結了婚，不過等到他們的兒子七歲大，女兒八歲大，老是跑到廚房裡玩耍，引起了布里吉斯小姐的注意，克勞利小姐才知道他們早就結婚生子了。

於是瑞格勒斯先生從管家一職退休，親自經營那家小店，販賣蔬果。除此之外，他也開始販售牛奶、鮮奶油、蛋和鄉下運來的新鮮豬肉。當其他退休管家在附近開酒館賣烈酒，瑞格勒斯先生選擇以銷售最樸實的農產品為業，非常滿足。他和鄰里的男管家密切往來，常和妻子在後廳招待他們，也因此，他賣的牛奶、鮮奶油、蛋都有很好的銷路，營收年年看漲。年復一年，作風低調的他默默積攢了不少財富。

弗德烈克．第西斯閣下在梅菲爾區卡爾森街兩百零一號，有棟裝修完善、十分舒服的單身漢小窩，裡面的傢俱華貴，都是第一代屋主命工匠依需求訂製建造。第西斯先生出國後，整棟房子連同裡面的傢俱都上了拍賣會，買下這棟房子的還會有誰？當然是查爾斯．瑞格勒斯先生。儘管他得向另一位男管家借一筆錢，利息很高，但他以積蓄付掉大部分款項。當瑞格勒斯太太睡在雕刻精細的桃花心木大床，床上還掛了真絲布幔，床前有面巨大的穿衣鏡，還有一個容納得了她、她先生和一整家人的大衣櫃，她心裡實在得意極了。

當然，他們並不打算長住在一棟如此奢華的豪宅。瑞格勒斯買下這棟屋子，本就打算出租。一找到租客，他就回到蔬果店經營生意。他人生的一大樂事，就是走出他租賃的家，到卡爾森街，欣賞他買下的那棟房子，那才是屬於他的房子。他瞧瞧窗上的天竺葵，看看雕花的銅製門把。有時男僕會在欄杆旁歇息，一見到屋主，總是恭敬有禮地打招呼。廚娘向他訂購蔬果，尊稱他「房東大人」。要是瑞格勒斯想知道租戶做了什麼，晚餐吃什麼菜，僕役全都會向他一一道來。

他是個善良又快樂的好人。房子每年帶給他驚人的收人，他決心以這筆錢送孩子進好學校。因此他不計代價，將查爾斯送到史威許泰爾博士寄宿學校，住進甘庶會，而小瑪蒂達則送往克萊普漢，就讀於派克歐芙小姐的洛瑞汀納女子學院。

瑞格勒斯認為他這輩子的富足，都歸功於克勞利家族，因此十分關心這一家人。他的店後面，掛著一幅克勞利小姐的肖像，另一幅畫則是女王克勞利鎮大宅的門房小屋，那是老閨女親自用印度黑墨水畫的。買下卡爾森街那棟豪宅後，他唯一增加的裝飾品，就是一幅女王克勞利鎮的風景複製畫，描繪華波．克勞利從男爵位在漢普郡的莊園。畫中，從男爵本人坐在六匹白馬拉的鍍金馬車上，經過滿是天鵝的湖畔，水上駁船裡坐著穿大篷裙的女士小姐，還有揮著旗幟、戴著假髮的樂師在旁演奏。顯然，瑞格勒斯認為克勞利是世上最顯赫的家族，他們的祖宅是世上最華貴的宮殿。

也許他福星高照，當那幢坐落卡爾森街的房子尋找下一位租客時，洛頓夫妻也剛好回到倫敦。上校知道那棟房子，也熟識屋主，因為瑞格勒斯與克勞利家的人保持密切聯繫，每次克勞利小姐接待朋友，瑞格勒斯總會為鮑斯先生分擔些責任。於是，他不只把房子租給上校，而且當上校夫妻宴請賓客，他還會親自擔任男管家，瑞格勒斯太太則在正屋下的廚房忙著做菜，送出一道道老克勞利小姐稱讚過的菜色。就這樣，洛頓．克勞利不花一毛錢，就租下一棟房子。瑞格勒斯得付稅金、土地稅，還要付利息給借他錢的管家好友。除此之外，他也得付壽險、孩子的學費、住宿費，還有自家的餐費。事實上，有段時間克勞利上校家吃的肉、喝的飲料也全是他提供的。這麼多的款項壓得老人喘不過氣，最後因破產被關進費里特監獄，他的兒女流落街頭。雖然許多紳士不花半毛錢就能過日子，但總是得有人付錢，而在本故事中，付錢的就是不幸的瑞格勒斯家，缺錢的克勞利上校夫妻找了他們當代罪羔羊。

我真好奇像克勞利一樣，淋漓盡致地實行「沒錢照過好日子」的人們，使多少家庭破碎？世上有多少偉大的貴族會掠奪小商販，拐騙家僕僅有的一點財產，連幾先令也不放過？我們會在報上讀到，某個身分尊貴的貴族離開英國，前往歐洲大陸，或者某個貴族的房產被查封，某個人欠下六、七百萬鎊的驚人債務……等等。欠下如此龐大的債務似乎成了某種榮耀，我們甚至對那位失敗者起了敬意。但那個理髮師，替男僕撲上髮粉，卻沒收到半毛錢，有誰同情他？或者那個木工，製作各種家用裝飾、打造一座供夫人用餐的亭閣，卻毀了自己。或者老是被管家瞧不起的可憐裁縫，想盡辦法抵押財產，終於完成一套套訂製的僕人制服，深以為受到貴族青睞就是他的榮耀。顯赫的家族一垮台，也壓垮了這些沉默的可憐人，但有誰注意到他們？就像古老傳說，一個人下地獄時，總不忘帶一票人墊背。

洛頓夫妻大方地光顧所有克勞利小姐信賴的商販和承辦商。有些熱情地接下他們的生意，特別是那些貧窮的人。來自圖汀的洗衣婦，就算沒收到帳款，每週六一到，仍持續不懈地送來洗燙好的衣物和待付帳單，實在令人感佩。瑞格勒斯先生則親自供應所有蔬果。傭人在「戰爭命運」酒吧賒帳買下的酒，可謂啤酒史上的一大奇蹟。洛頓欠所有僕人一大筆薪資，因此沒人敢辭職，個個都關心家裡的大小事。事實上，沒有人從上校夫妻那兒收到半毛錢。鎖匠、修理窗框的玻璃工人、出租馬車的商人、駕馬車的車夫、供應羊腿的肉販、送來烤肉用煤塊的煤商、負責烤肉的廚娘、吃了烤肉的僕人……沒有人收到洛頓夫妻的半毛錢。據我所知，這可不是特例，不靠半毛錢就過著好日子的人，常常都不付帳的。

若住在小鎮，這種事一定會惹人閒話。我們知道鄰居喝多少牛奶，還窺探多少帶骨肉或禽肉進了他家的廚房。因此，卡爾森街兩百號和兩百零二號這兩棟屋子，八成知道中間那棟屋子發生了什麼事，畢竟僕人總在欄杆旁互通有無。但克勞利夫妻和他們的朋友都不認識兩旁的鄰居。人們一進到兩百零一號，總會受到主人熱情的接待，親切的微笑，還能享用一頓好飯，男女主人會笑顏逐開地與你握手，向世界證明他們每年有三、四千鎊的收入——這倒不假，他們家一年的確消耗三、四千鎊的物產和勞務。雖然他們沒出錢，但餐桌上總有羊肉吃。就算他們沒花半毛錢就有酒喝，我們又怎會知道？老實的洛頓家，總是有上好的波爾多紅酒，其他人的酒都比不上他家的順喉。他們家的餐宴總是賓主盡歡，不缺美食。他的客廳雖然小巧，卻是城裡最漂亮的，蕾蓓卡以最優雅的品味布置，用上千個來自巴黎的小裝飾品點綴。當她坐在鋼琴前，歡快地以美妙顫音唱起歌，不認識他們的陌生人絕對會以為來到一座溫馨的小樂園。客人們一致同意，雖然男主人傻里傻氣，但他有個魅力十足的妻子，這裡舉辦的愉悅餐會，沒有別的地方比得上。

蕾蓓卡的機智、慧黠和輕佻，讓她在倫敦的某個圈子成了知名人物。你會看到正經的馬車停在她家門前，走出一些非常知名的大人物。當她的馬車駛在公園裡，你也會看到好幾位顯目的紈褲子弟隨侍在旁。她坐在歌劇院第三層的小包廂，那兒擠滿了人，但臉孔不斷變換。不過我們得承認，女士小姐全對她敬而遠之，她們的大門不會為我們的小探險家敞開。

關於上流女性的圈子和其中規範，身為男性的作者只能根據二手資訊來解說。男人不知道吃過飯後，聚在樓上客廳的女人們聊些什麼，也不可能探查或理解神祕的女性世界。唯有堅持不懈的探詢，我們才能偶爾獲得這些祕密的一點暗示。首都裡每個走在帕摩爾大道上的人，或頻繁出入俱樂部的常客，只要謹慎的察言觀色就能從自身經驗，或從一起玩撞球或抽菸的酒肉朋友口中，知道倫敦上流社會中一件重要的事。在不知情的人眼中，世上有些人（比如洛頓．克勞利，我們已提過他的情況）看來一派正直有禮，初踏入海德公園的菜鳥，看到他們和一票舉世聞名的紈褲子弟聚在一起，還有幾個女子相伴，就認為他們是大人物。這樣的情況也適用於女人。

有些女子，被稱為令男人為之傾心的女人，所有男士都忙著向她們獻殷勤，但其他太太卻總是對她們冷言冷語。費爾菲斯太太就是這樣的女子，她有一頭美麗動人的鬈髮，每天都能在海德公園見到她的窈窕身影，身邊總是聚集一群大英帝國最知名、地位最顯赫的時髦男子。洛克伍德太太也是一例，她一辦宴會，那些報導社交界消息的報紙必定鉅細靡遺地描述，你會看到各國外交使節和知名貴族與她同桌共飲。我還能舉出好幾位這樣的女子，可惜她們和我們的故事無關，再說下去只怕岔了題。不瞭解上流社會的簡樸平民，或者那些崇拜上流社會的鄉下人，看著這些女子在公開場合耀武揚威，難免遠遠地羨慕她們。此時熟知世事的人不妨提醒他們，這些令人羨慕的女子絕不可能真的在「社交界」中佔得一席之地。薩莫塞特郡某位鄉紳的愚蠢妻子，會從《晨間郵報》上讀到這些女子的所作所為，但她們其實跟她一樣平凡。唯有住在倫敦的人，才知道這殘酷的現實。你聽說過多少富有的女子，看起來家世也不差，偏偏不得「社交界」其門而入。她們用盡心機，想方設法，甚至不惜施展卑劣手段，受盡嘲諷，只為打進圈子。研究人類或女性的人，總會為她們的付出而驚嘆。而對熟悉英文、頭腦機智、時間又充裕的博學人士來說，這些女性為追求上流社會一席之地而嘗盡的千辛萬苦，實為出書的好題材。

克勞利太太在國外認識的幾位女性，現在回到英國海峽這一側，不但不願意去拜訪她，連在公開場合見了面，也毫不留情地忽略她。這些身分重要的夫人小姐如此徹底地遺忘她，實在是件有趣的事兒，但無庸置疑，蕾蓓卡高興不起來。在歌劇院的等候室裡，巴瑞克斯伯爵夫人見到了她，立刻緊挨在幾個女兒身邊，一起退了一、兩步，好像蓓琪一伸手就會污染了她們似的。接著，她護在幾個女兒面前，冷眼瞪著身材嬌小的敵人。但要讓蓓琪知難而退，老巴瑞克斯夫人必須擺出更嚴厲冷酷的臉色才行。戴拉莫爾夫人在布魯塞爾時，常和蓓琪同乘馬車出遊，但在海德公園遇上坐著敞篷馬車的克勞利太太，她卻像瞎了眼一樣，完全不識得之前的好友。連銀行家的妻子布蘭肯薩普太太在教堂看到她，也對她視若無睹。說到這個，蓓琪現在定期上教堂，看到她帶著兩本鑲金的厚重祈禱文，挽著洛頓的手步入教堂，神態莊重地聽著牧師講道，真是一幅充滿寓意的畫面啊。

洛頓很快就發現眾人極為刻意冷落妻子，憤怒的他發起脾氣。他粗野地說那些女人傲慢極了，居然不願向他的妻子打招呼，他要找她們的丈夫或兄弟談談。但妻子以強硬的口吻禁止他，外加溫柔哀求，終於阻止了莽撞的丈夫，讓他保持體面的舉止。

「就算你上場決鬥，也無法讓我踏入社交界呀，」她溫柔地說道，「親愛的，記好了，原本我只是個家庭教師；而你，你這愚蠢的老傢伙，想想你過去債台高築，臭名遠播，熱愛骰子和各種壞事。慢慢地，我們會有愈來愈多的朋友，到時候我們想和誰交朋友都行。但你現在得當個好孩子，聽你老師的話，我要你做什麼，你就做什麼。還記得嗎？當我們得知你姑姑過世，她幾乎把財產全留給皮特和他老婆，你多生氣呀？要是我沒安撫你的怒氣，你恐怕會跟全巴黎說這回事，那麼你現在會過著什麼樣的生活？你會因為欠債未還，被關進聖佩來吉監獄，而不會住在倫敦的豪宅裡，過著舒舒服服的好日子。當時你氣得要命，打算要殺了你哥哥。你這邪惡的該隱呀！生氣能帶來什麼好處？就算全世界都跟你一樣氣憤，你也拿不到姑姑的錢。和你哥一家人打好關係，總比吵翻了好，別像愚蠢的布特去跟他們作對。等到你父親過世，我們就能去女王克勞利鎮，過個舒舒服服的冬天。要是我們真的完蛋了，你還能做點木工或當個馬夫，我也能靠老本行，教珍小姐的孩子念書認字。完蛋了！我們真得當心些呀！我會在我們完蛋前，替你找個好差事。不管如何，皮特和他兒子也終難免一死，我們還有機會當洛頓爵士和夫人。只要還活著，就有希望，親愛的，我還打算把你塑造成男子漢哪！是誰替你賣掉那兩匹馬？是誰替你付清債務？」洛頓不得不承認，他能有今天全仰賴妻子，為了未來，他答應絕對會順從她的安排。

的確如此。克勞利小姐辭世後，她的親屬發現多年來你爭我奪的遺產，居然落入皮特手中。布特．克勞利沒有拿到魂牽夢縈的兩萬鎊，只收到五千鎊，失望透頂的他，怒氣沖沖地對姪子痛罵一番，用了些不堪入耳的言辭。積怨多年的兩人就此不相往來。反觀只拿到一百鎊的洛頓．克勞利卻行止得宜，令哥哥大為意外，嫂嫂也非常高興，不過嫂嫂生性就喜愛丈夫的家族，總是看好的一面。

洛頓從巴黎向哥哥寫了封坦白直率、很有男子氣概又不失幽默的信。他說，他很清楚自己因婚事而失去姑姑的寵愛，沒想到姑姑如此狠心，他的確頗為失望，但他很高興姑姑的遺產留在自家，沒有落入叔叔家裡。他熱忱恭賀幸運的哥哥，同時親切地問候嫂嫂，希望自己的妻子能得到她的祝福。最後又附上一段洛頓太太親筆寫給皮特的話，當然，她和丈夫同聲一氣，誠摯地祝賀兄嫂。身為毫無親友的孤女，她曾有幸擔任皮特兩個妹妹的家庭教師，過去又受到克勞利先生仁慈的照顧，她此生永遠也忘不了這些恩情。她依然十分關心兩位年幼的小姑。她祝賀他，祝福他的婚姻幸福，同時請求他准許自己向珍夫人致意——每個人都告訴她，嫂嫂是位善良的女性。她希望終有一天，能讓自己的兒子認識他的伯伯和伯母，獲得他們的照顧和庇護。

皮特．克勞利收到信後，也非常和藹地回了封信。過去蕾蓓卡口述、洛頓聽寫，寄給克勞利小姐的那些信，也比不上皮特的回信那麼親切有禮。至於珍夫人，小叔夫妻的信完全打動了她的心，她認為丈夫應該立刻把姑姑的遺產分為兩半，一半送給巴黎的弟弟。

令珍夫人大為意外的是，皮特拒絕給弟弟三萬鎊的支票。但他向弟弟伸出友誼之手，表示只要弟弟回到英國，需要他的幫助，他必會義不容辭。他感謝克勞利太太對自己和珍夫人的讚美，最後慷慨地表示，他隨時願意幫助她的兒子。

這對兄弟就此和解。當蕾蓓卡回到倫敦時，皮特夫妻不在城裡。她經常命馬車駛上公園街，看看那扇熟悉的門，瞧瞧皮特夫妻是否搬進克勞利小姐的舊宅。但這對夫妻一直沒在倫敦現身，她只能透過瑞格勒斯得知他們的動向：皮特先生感謝克勞利小姐的僕人多年來忠心的服務，將他們全數辭退。皮特只來過倫敦一次，他在那棟房子住了幾天，和律師處理事務，把克勞利小姐所有的法文小說賣給龐德街的書店。蓓琪心焦地期待兄嫂來倫敦，自有她的理由。「等到珍夫人來城裡，」她想道，「她就能引介我加入倫敦上流社交界。至於那些女人，呸！等到她們發現男人都只想見我，自然會來找我了。」

要成為有地位的優雅女性，必不能缺少一輛四輪馬車、一束花和一位陪侍。我常觀察那些極為柔弱的女子，心中不免升起敬意。若身邊沒有人分享她們豐富的感情，她們就活不下去，她們會雇用一名極為平庸的女子，兩人如影隨形，同進同出。看到擔任陪侍的女人身穿褪了色的衣服，在歌劇院包廂裡，坐在親愛的顯貴朋友身邊，或者坐在大馬車的後座，就讓我想起愛好享樂的埃及人，他們大吃大喝時，旁邊卻立著死神之像。這種景象實在富有教育及道德意涵，可謂浮華世界極為諷刺的紀念畫。什麼？美麗的費爾菲斯太太厚顏無恥、毫無良心、冷血至極，甚至讓父親蒙羞而死；迷人的曼卓普太太作風大膽，就像任何一位英國男子，她會騎著馬越過柵欄，坐在她那匹灰馬上，在公園裡大搖大擺，而她的母親卻仍在巴斯的市集叫賣——雖然這些女子作風大膽，勇氣十足，人們以為任何事都難不倒她們，但要是身旁沒有一個女伴，她們就不敢出門！這些感情豐富的女人呀，她們非纏住另一個女人不可！她們出入公眾場合，身邊總有個打扮簡樸的女伴陪行左右，默默躲在她們的影子裡。

有天晚上，當夜已深，一群男子團團圍住坐在客廳爐火前的蓓琪（在她家，聚會結束前，男人們總是聚在她身旁，她會為他們準備倫敦最好的冰塊和咖啡），她對丈夫說：「洛頓，我需要一隻牧羊犬。」

「一隻什麼？」洛頓反問，從牌桌上抬起頭來。

「一隻牧羊犬！」年輕的索斯頓伯爵說，「我親愛的克勞利太太，妳真是異想天開！何不選隻大丹狗？老天爺，我知道一隻大丹狗，牠個子跟長頸鹿一樣高！牠幾乎能替妳拉馬車啦！不然薩路基獵犬也不錯，是吧？我猜妳會喜歡。不然，小小的巴哥犬也不錯，還能裝進斯泰恩勛爵的鼻煙盒裡呢！貝斯華特那兒就有人養了隻巴哥犬，牠的鼻子可以——我出國王——妳說不定能把帽子掛在牠的鼻子上呢！」

「我記下了，」洛頓嚴肅地說道。比起聊天，他更關心牌局，除非人們聊起賽馬和下注。

「妳要頭牧羊犬做什麼？」年輕活潑的索斯頓接著問。

「我指的是一隻**道德**的牧羊犬，」蓓琪輕笑，抬頭朝斯泰恩侯爵望去。

「妳在說什麼鬼呀？」侯爵問道。

「一隻能把狼趕跑的好狗，」蕾蓓卡繼續說，「一名陪侍。」

「親愛的無辜小羊，妳的確需要有名女伴，」侯爵笑了起來。下巴凸出的他笑起來實在難看。他用細小的眼睛朝蕾蓓卡拋媚眼。

尊貴的斯泰恩伯爵站在火爐旁啜飲咖啡。火爐裡的柴火劈哩啪啦地熊熊燃燒，溫馨愜意。爐台上有幾支蠟燭立在奇特別緻的燭台上，有的鍍了金，有的以銅製成，有的則是陶瓷質地。在燭光搖曳中，花容月貌的蕾蓓卡更顯得魅力四射，令人驚艷。坐在沙發上的她，穿著一襲艷麗的花布衣裳。粉色的洋裝令她看起來就像玫瑰一樣嬌媚，一塊薄紗稍稍掩住了那耀眼的雪白雙臂和肩膀，它們宛如在薄霧中朦朧閃耀的星光。她的鬈髮落在頸項旁。她的一隻小腳隱約從新絲裙的裙襬縐褶間露了出來。那隻世上最美麗的腳穿著最細緻的絲襪，套在最漂亮的便鞋裡。

燭光把斯泰恩侯爵的禿頂照得閃閃發亮，旁邊還垂著幾綹紅髮。他有對粗濃的眉毛，眉下的充血小眼閃著光，雙眼周圍則是上千條的皺紋。他的下顎凸出，一笑開嘴就會露出兩枚閃閃發亮的暴牙，看起來不懷好意。他早先剛和皇親國戚用過晚餐，身上仍舊配戴嘉德勛章和飾帶。雖然他個頭矮小，上身寬闊又有雙O形腿，但他很自豪他好看的腳和腳踝，不時撫摸穿著束腿的膝蓋。

「這麼說來，牧羊人保護不了他的小羊？」他問道。

「牧羊人太愛玩牌，太愛去俱樂部啦，」蓓琪笑著回道。

「老天爺，真是個貪玩的傢伙！」侯爵大人說道，「瞧他的嘴，看起來很會吹風笛哪！」

「我出二，贏了你的三，」洛頓在牌桌上說道。

「小心啊，」尊貴的侯爵大人說道，「牧羊人忙得很，忙著剃索斯頓的毛哪！索斯頓這頭肥羊也太純潔了吧，嘿？瞧瞧他的毛像雪一樣白呀！」

蕾蓓卡露出一道嘲諷的神色。「我的侯爵大人，」她說，「你可是配戴嘉德勛章的騎士啊。」他的確繫著復位的西班牙王子賜予的領巾。

斯泰恩侯爵年輕時熱愛玩牌，他的牌技大膽且老是取勝。有回在沒有特意安排下，他和福克斯先生連打了兩天兩夜的牌。他不只從這位大英帝國最受人敬重的先生身上贏走大把鈔票，據說還靠牌戲贏了侯爵爵位。但他不喜歡別人提起他過去的豐功偉業。蕾蓓卡看到他濃黑的眉毛上露出陰沉的皺紋。

她立刻站起身走向他，微微欠了身，拿走他手中的咖啡杯。「是的，」她繼續說道，「我得找頭看門狗陪我，但牠絕對不會對**你**亂吠。」接著她走到另一間客廳，坐在鋼琴前，唱起法國歌謠，她迷人勾魂的嗓音立刻融化那位貴族。他跟著她的歌聲走到那間房裡，客人們見到他隨著樂音搖頭晃腦。

洛頓則和朋友玩牌，直到盡興為止。上校贏了。每週總有好幾晚，他們會像今夜一樣，由妻子主導話題，接受眾人的仰慕，而他沉默得像個局外人。他聽不懂那些玩笑話和隱晦的譬喻，那些言語對他來說太過神祕，他只顧著在牌桌上贏下一局又一局。對退役的龍騎兵來說，這些夜晚實在乏味得很。

「克勞利太太的先生，你好！」斯泰恩侯爵剛認識他時，曾如此打趣地向他打招呼。這顯然成了他目前的頭銜，他沒有別的職業。他不再是克勞利上校。他只是克勞利太太的丈夫。

我們之所以一直沒提到小洛頓，是因為他不是被藏在閣樓某間房裡，就是爬到樓下的廚房，好獲得傭人的陪伴。他的母親幾乎完全忽略他的存在。法國女僕還在克勞利家時，他大半時間都和她在一起。法國女僕離開後，小男嬰總在夜裡孤寂啼哭，一位女僕於心不忍，把他從孤獨的嬰兒房，帶到她在閣樓的小房間裡，細心安慰他。

看完歌劇後，蕾蓓卡會和斯泰恩侯爵及一、兩個朋友在客廳裡喝茶，有時他們會聽到樓上傳來哭喊聲。「我的小天使在呼喚他的保姆啦，」她說道。她並沒有起身告退，無意去看她的兒子。「別去找他，不然妳又要心煩了，」斯泰恩侯爵語帶譏刺地說道。她臉上泛起一陣紅暈，回嘴道：「呸，就讓他哭著入睡吧。」語畢，他們就聊起歌劇。

倒是洛頓悄悄退開，去照顧他的兒子和繼承人。他發現老實的朵莉正在安慰小男嬰。上校的更衣室也在樓上，他常偷偷去看兒子。洛頓每天早上刮鬍子時，兒子都會陪在他身邊。小洛頓坐在父親身邊的箱子上，興味盎然地看著男僕替爸爸刮鬍子。他和爸爸感情很好，父親會把糖果藏在一只老舊的肩章盒，讓孩子到處找盒子，而小洛頓一發現美味的寶物就開心得笑起來。不過他不敢笑得太大聲，因為媽媽在樓下睡覺，絕不能吵醒她。她總是很晚才上床休息，通常都要等到下午才會起來。

洛頓為男孩買了很多圖畫書，在育兒房裡塞滿各種玩具。父親會用不多的現金購買圖畫，還親手貼在牆上。當他不用陪洛頓太太去公園兜風，他會坐在育兒房裡好幾個小時陪伴兒子。兒子爬在他的胸口，拉著他濃密的鬍子，好像駕著一匹馬，鬍子在他手中成了韁繩。就算終日陪兒子嬉戲，洛頓也從來不覺得疲倦。房間的屋頂很低，孩子還不到五歲時，有天爸爸把他高舉空中逗弄，小男孩的頭猛烈地撞上天花板，父親差點失手鬆開孩子。這場可怕的意外嚇壞了他。

小洛頓仰起臉，正要放聲大哭——痛得要命的他當然想哭——但他正要張嘴，爸爸先打斷了他。

「老天爺，洛迪，千萬別吵醒媽媽，」他喊道。吃痛的孩子可憐兮兮地望著父親，咬著嘴唇，緊握雙拳，忍住沒掉下半滴淚水。不管是在俱樂部還是教堂，洛頓都向城裡每個人述說這個故事。「老天爺，先生，」他向人們解釋，「我兒子真是勇氣可嘉！好一個男子漢！老天爺，我幾乎把他的頭撞出屋頂，但他不敢吵醒媽媽，堅持不發出半點聲音！」

有時——每週一、兩次——太太會前去樓上孩子生活的房間。她就像時髦的服飾店裡走出來的人型模特兒，穿著美麗新穎的衣裳，戴著小巧的手套和靴子，木然的微笑。她總是披著美麗的圍巾，穿戴精緻蕾絲，戴著閃亮的珠寶。她頭上的帽子總是沒見過的新款式，配上永遠綻放的花朵，不然就是插上華貴飄動的鴕鳥羽毛或雪白的山茶花。她會故作親切地對小男孩點點頭，正在吃飯或畫士兵的小男孩則仰著小臉，望著媽媽。她離開後，育兒室裡仍瀰漫著玫瑰或其他神奇的香味，久久不散。在他眼中，母親不是凡人，她的地位崇高，超過他的父親甚至全世界，只能在遠處默默膜拜仰慕。和媽媽一起坐馬車兜風是場可怕的經驗，他坐在後座，不敢說一句話，簡直像去參加一場嚴肅的典禮。他只敢凝神望著坐在前面那個打扮華麗的公主。騎著駿馬的紳士會靠過來，對她微笑，與她說話。一看到他們，她的眼瞳綻放出多麼動人的光采呀！當他們經過時，她會優雅地揮手，微微顫抖。和她出門時，他會穿上新的紅衣服。他在家裡，穿那件舊的棕色亞麻衣就夠了。有時媽媽不在家，他會趁朵莉鋪床時，偷偷潛進母親的臥室。對他來說，那是仙女的寢宮——一間輝煌耀眼的神祕房間。衣櫃裡掛滿那些美麗的衣裳，有粉色和藍色，還有各種顏色。房裡也有珠寶盒，上面有銀製的卡扣，梳妝檯前還有一只奇異的銅手，掛滿上百枚閃閃發亮的戒指。還有一面巨大的穿衣鏡，這實在是個神奇的東西，他不只看得見自己嘖嘖稱奇的臉，還會看見朵莉的身影，她正在拍打床上的枕頭，奇怪的是，在鏡子裡她看起來好像倒掛在天花板上！啊，寂寞無知的可憐男孩呀！在孩子心中，母親如同上帝一般神聖，他不知道自己崇拜的是塊石頭呀！

洛頓・克勞利上校雖然是個無恥之徒，但他仍有顆溫柔的心，深深愛著他的妻子和兒子。他對小洛頓的疼愛逃不過蕾蓓卡的利眼，但她從未向丈夫提起這回事。她並不為此煩惱，畢竟她是個心地善良的女人。她只是更加瞧不起丈夫。他莫名地為自己的父愛感到羞慚，刻意向妻子隱瞞對兒子的疼愛，只有父子獨處時，才會顯露出來。

早上，他會帶兒子去馬廄，兩人一起去公園兜風。年輕的索斯頓伯爵是位大好人，常從頭上的帽子裡變出一份禮物。他這輩子最重要的使命，就是買些小玩意兒送人。他送了小洛頓一頭小馬，送禮人形容那頭小馬簡直比大老鼠大不了多少。小洛頓的父親很開心地把他抱到那頭黑色的雪特蘭迷你馬上，在公園裡拉著馬，漫步在兒子身旁。看到過去在騎士橋的軍營和同袍，讓洛頓十分高興，回憶起往日的單身時光，心頭隱隱湧上一陣類似遺憾的心情。許多老兵也很高興遇到過去的長官，總是過來逗弄小上尉。克勞利上校發現，回到軍營的餐室，和同袍一起吃飯，實在人生一大樂事。「算了吧，我比不上她聰明……我清楚得很。她不會想念我的。」他常這麼說，而且他說得沒錯，他的妻子一點也不想念他。

蕾蓓卡喜歡她的丈夫。她對他一向溫柔，沒發過脾氣。在他面前，她甚至不會露出心底對他的鄙視，也許丈夫的愚蠢正得她意。他是她的管家，扮演她的僕人總管。他為她跑腿，總是服從她的命令，毫不遲疑；他陪她坐在馬車裡，不發半句牢騷；他帶她去歌劇院，送她去包廂，他自己就遛到俱樂部尋求慰藉；表演一結束，他會準時地現身，護送她回家。他希望妻子對兒子多點關愛，但他從未開口，總是安慰自己。「算了吧，你也知道她太聰明了，」他說，「我沒有什麼學識，你知道的。」我們說過，要在牌桌和撞球桌上贏錢不是什麼難事，而洛頓也不掩飾自己毫無其他長才。

等到妻子找到陪侍，他的家務責任就更輕鬆了。妻子鼓勵他出門用餐，當她看歌劇時，她讓他去找樂子。「親愛的，別坐在家裡發愣，」她會這麼說，「有些男人會到家裡坐坐，他們總是讓你厭煩。我並不想邀他們過來，但你知道的，一切都是為了你好。現在我有了牧羊犬保護我，你不用擔心我隻身一人。」

「一隻牧羊犬——一個侍伴！蓓琪．夏普有了侍伴呢！多有趣呀？」克勞利太太心想。這讓她感到幽默極了。

某個星期天早晨，當洛頓．克勞利一如往常，帶兒子去公園裡騎小馬，巧遇了一名舊識，同軍團的克林格下士。下士正和一位老紳士聊天，老紳士手裡抱著一個小男孩，年紀和小洛頓相仿。小男孩伸手握住下士身上的徽章，神采奕奕地研究它。

上校打招呼道：「克林格，你好呀！」

克林格回道：「早安，上校大人。」下士接著說：「這位小紳士和小上校差不多大呢，先生。」

「他的父親也曾參加滑鐵盧一役呢，」老紳士牽著男孩說道，「小喬治，你說是不是呀？」

「是的，」小喬治回答。就像大多數的孩子，他和騎著小馬的男孩嚴肅地互望，莊重地打量對方。

「他屬於步兵軍團，」克林格的口氣帶著傲慢。

「他是某軍團的上尉，」老紳士倒是頗為得意。「先生，他是喬治．奧斯朋上尉，也許你聽過。他奮勇抵抗那個科西嘉暴君。先生，他戰死沙場，是個英雄。」

克勞利上校漲紅了臉。「我和他很熟，先生，」他回道，「我也認識他的妻子，他有位身材嬌小的妻子，先生，她好嗎？」

「她是我女兒，先生，」老紳士把小男孩放在地上，嚴肅地掏出一張名片，交給上校。上面寫著：

薩德利先生，「黑鑽石和反劣煤的煤礦協會」唯一代理人。邦克斯碼頭，泰晤士街，以及富勒姆西路，安娜－瑪麗雅農舍區。

小喬治站起身，望著那頭雪特蘭小馬。

「你想騎牠嗎？」坐在馬鞍上的小洛頓問道。

「想，」小喬治回答。上校頗有興味地望著小喬治一會兒，抱起男孩，把他放上馬背，讓他坐在小洛頓後面。

「小喬治，抱住他，」他說道，「抱住我兒子的腰，他叫做洛頓。」兩個男孩都笑了起來。

「先生，多美好的夏日啊，公園裡沒有比他們更可愛的男孩了，」善良的下士說道。上校、下士和拿著雨傘的老薩德利先生一起漫步在兩個男孩身邊。

第三十八章　很小的小家庭

就讓小喬治·奧斯朋在我們的想像中，從騎士橋一路往富勒姆，並在終點的小村鎮停下來，瞭解一下我們留在那兒的幾位朋友過得如何。經歷了滑鐵盧激烈的一役後，艾美麗雅太太過得好不好？她是否仍活著，是否生氣勃勃？那個老是租馬車，在艾美麗雅的住所徘徊不去的達賓少校又怎麼了？巴格利烏拉收稅官有什麼新消息嗎？關於最後一個問題，讓我們在此大略提一下吧。

我們尊貴的胖朋友喬瑟夫·薩德利逃離布魯塞爾沒多久，就回印度去了。可能他把假期用光了，也可能他想躲開那些見證他逃離滑鐵盧的人。不管如何，拿破崙被流放到聖赫倫那島後，喬斯還在那兒見到了這位前皇帝呢。過不久他就回到孟加拉，重拾老本行。要是你和薩德利先生同搭一艘船，聽著他高談闊論，你會以為他早就見過科西嘉人了，而且一介文官的他還在蒙桑讓與法國將軍對戰呢。關於那些舉世皆知的戰役，他有說不完的奇聞軼事，他知道每個軍團的位置，也清楚傷亡人數。他並沒有否認，勝利與他脫不了關係——他和軍隊同行，為威靈頓公爵賣命。他鉅細靡遺地描述公爵在滑鐵盧開戰那一天，做了什麼事，又說了什麼話。公爵大人的心境變化和舉止，他都能細細說明，顯然他本人那天一直陪在公爵左右。可惜的是他並不是真正的軍官，公開文件上都沒有他的名字。也許他真說服自己，深信自己隨軍隊出征。總之，他在加爾各答引起一陣轟動，以致他到孟加拉後，人人都稱呼他「滑鐵盧·薩德利」。

喬斯簽下鉅額支票買下那兩匹不幸的馬，而他和他的代理人不說二話，一一將欠款結清。他對那場交易隻字不提，也沒人知道那兩匹馬後來發生了什麼事，或者後來的去向。也沒人知道他如何辭退比利時僕人伊斯朵兒。不過一八一五年的秋天，伊斯朵兒在瓦朗謝納賣了一匹灰馬，看起來很像喬斯逃離時騎的那一匹。

喬斯命令倫敦的代理人每年給住在富勒姆的父母一百二十鎊。這是老夫妻主要的經濟來源。破產後，薩德利先生的投機事業再也沒有起色，老先生已無力東山再起。他嘗試了酒商、煤礦商、彩券經紀商……等等各種行業。每次他轉行，就會向朋友發送新傳單，訂製一面新的銅門牌，吹噓這回他會大賺一筆。

但幸運女神再也不曾眷顧這位憔悴喪志的老人。他的朋友一個接一個離開他，厭倦向他買價格過高的煤或次級酒。每天早上，他依舊步履蹣跚地走向西堤區，至今世上只有他妻子還以為他在做生意。晚上，他緩緩地走回村鎮。他時常去小俱樂部或酒館消磨時間，發表他對國家的財政看法。聽他吐出以百萬為單位的數字，談著匯兌手續費、貼現，還有羅斯契爾德和霸菱兄弟在做什麼，實在有趣極了。他一開口就是數字龐大的金額，令俱樂部的男士（全是些藥師、殯葬業者、木匠、建築工人、偷偷跑來的教區牧師，還有我們的老朋友克萊普先生）都對這位老紳士敬畏三分。

「先生，我曾風光一時，」他總是會對「在場男士們」這般宣稱，「我的兒子啊，先生，現在是孟加拉轄區瑞姆岡吉的首席長官哪，每個月都有四千盧比的收入。我女兒要是願意的話，本能當個上校太太。要是我想，先生，明天就能向我那當首席長官的兒子，要個兩千鎊，亞歷山大會在櫃台前兌現我的支票，先生。但薩德利一家向來自重。」

我親愛的讀者，你和我有天都可能陷入同樣的困境，我們有許多朋友都走上同樣的道路，不是嗎？我們可能不再幸運，失去權力，更厲害或更年輕的人取代我們的地位……風水輪流轉，徒留我們失意喪志。人們一看到你，就避之唯恐不及，繞路而行。或者更可恨的是，他們紆尊降貴地對你伸出幾根手指，滿懷同情地讓你握住，而你知道，只要你一轉身，你的朋友就會說，「可憐哪，他幹了多少蠢事！那傢伙失去多少機會呀！」哎，就算有一輛馬車和一年三千鎊的收入，也稱不上人生巔峰，更甚者，上帝並非以此判斷善惡。君不見江湖術士一天到晚發大財，馬屁精的事業蒸蒸日上，無賴也能賺大錢，反之，世上最有才能且最老實的我們偏偏蒙受不幸與災難。我說，兄弟啊，在浮華世界中，禮物與快樂都如過眼雲煙，不可輕信……不過這話扯遠了。

要是薩德利太太是個精力旺盛的女人，丈夫失勢後，她就會一肩擔起重擔，用那間大宅招攬旅客寄宿。破產的薩德利也該放下身段，扮演旅館老闆娘的丈夫，當個穆諾茲[3]，名義上的旅館老闆和男主人，實際上身兼雕刻匠、管家數職，在這座晦暗皇宮裡，當王位持有者的謙卑丈夫。我就曾見過許多家世良好、頭腦優秀的男人，曾經既有前途又有膽識，年輕時會宴請鄉紳老爺，還養了一票獵人。但一到晚年，他們的老婆成了怨氣深重的聒噪潑婦，而他們默默為妻子切羊腿，假裝仍是餐桌上的男主人。但我們的薩德利太太，無意在《泰晤士報》上刊登廣告，招徠「幾位精挑細選的朋友，與一個活潑且熱愛音樂的家庭同住」。她不想為了討生活而奔波忙碌。當機運與財富離她遠去，只要還能躺在被遺棄的岸邊，她就滿足了。這樣你就看得出來，這對夫妻毫無東山再起的可能。

但我不認為他們過得不快樂。他們在艱困之中恐怕比過去富裕時還要自負。對房東之妻克萊普太太而言，薩德利太太是位偉大女性。當薩德利到地下室或裝飾得很溫馨的廚房裡，和克萊普太太共度好幾個小時，她更是敬佩往日的女主人。愛爾蘭女僕貝蒂・弗菈尼根的軟帽和絲帶，她的莽撞和懶散，老是浪費廚房蠟燭，喝大量的茶，一定要加糖……等等習慣舉止，都讓老薩德利太太感到有趣。她提起過去她有一票僕役，薩葆、車夫、馬夫、跑腿男僕、男管家和一大群女僕……這些事兒她一天至少要說上一百回。除了貝蒂．弗菈尼根，薩德利太太也會觀察整條街上的女僕，她知道這一帶每個租戶付了或欠了多少租金。當女明星羅治蒙特太太和她奇怪的家人經過時，她會恭敬地讓路。當藥師妻子派斯特勒太太坐在她先生的單馬輕便馬車經過她面前，她會甩一甩頭。為了丈夫愛吃的蕪菁，她會和蔬果商討價還價。她留意送牛奶的男子和烘焙店的男孩。她常去拜訪肉販，但肉販若想賣薩德利太太一塊羊腰肉，恐怕比賣幾百頭牛還要費力。星期天，她會穿上最好的衣裳，去教堂兩次，晚上還會誦讀《布萊爾講道集》。但一上了餐桌，她決不會忘記數算肉下面用了幾顆馬鈴薯。

每個星期天，老薩德利都會興高采烈地帶著孫子小喬治，去附近的公園或肯辛頓花園散步，因為平時他得要「照顧生意」。祖孫兩人會去看看士兵或餵餵水鴨。小喬治喜歡身穿紅色制服的士兵，爺爺告訴他，他的爸爸是位名聲響亮的軍官，還介紹他認識好多胸口佩戴滑鐵盧徽章的中士和其他士兵。爺爺總會得意地向人介紹，他是某軍團奧斯朋上尉的兒子，他父親在六月十八號的光榮戰役中為國捐軀。爺爺有時會請那些退役士兵喝杯波特酒。祖孫倆第一回的星期天散步，寵愛小喬治的爺爺讓孫子吃了好多蘋果和薄薑餅，結果吃多了的小喬治鬧肚子痛，艾美麗雅嚴正宣布爺爺不能再帶孫子出門，除非他以名譽保證，不再讓孫子吃蛋糕、糖果或其他路邊攤販的食物才行。

但小男孩的出世，讓薩德利太太和女兒之間變得冷淡，母女似乎彼此嫉妒，暗暗較勁。小喬治出生不久的天晚上，艾美麗雅坐在小客廳裡忙著工作，沒注意到老太太悄悄退了出去。原本一

3. 奧古斯丁．穆諾茲（一八一〇～七三）。西班牙國王費德南七世過世後，他的妻子瑪麗亞．克里斯蒂娜成為攝政王，與穆諾茲祕密成婚，醜聞爆發後流亡海外。

直在樓上房間睡覺的小喬治突然大聲嚎哭起來，他的母親立刻衝上樓，發現迷信的薩德利太太正在餵小嬰兒「戴菲靈藥」。世上最溫柔甜美的艾美麗雅發現母親違抗自己的命令，立刻氣得全身發抖。她平時蒼白的臉龐，此刻漲得通紅，就像她十二歲時那樣。她從母親懷中搶走兒子，奪去那瓶靈藥，讓手上還握著罪證——一根湯匙——的老太太張口莫辯，憤怒不已。

艾美麗雅把藥罐丟進火爐，摔得粉碎。「媽媽，我**絕不能**讓孩子中毒，」艾美喊道，使勁地搖晃孩子。她那雙眼怒火四射，瞪著母親。

「中毒！艾美麗雅！」老太太說道，「妳居然這樣對我說話？」

「除了派斯特勒先生開的藥方，我絕不讓小喬治吃別的藥。他跟我說過，『戴菲靈藥』有毒。」

「好極了，現在妳控告我是個謀殺犯就是了，」薩德利太太應道，「妳居然對妳母親這麼說話。我只是遭逢不幸，現在成了個落水狗。以前我出入都有馬車接送，現在我只能靠雙腳走路。但我倒不知道自己成了個謀殺犯，謝謝妳好心**通知**我。」

「媽媽，」可憐的姑娘淚水盈眶，「別對我那麼凶呀。我……那不是我的意思……我不是說妳會傷害妳親愛的孫子，只是……」

「啊，別哭，親愛的，只是我是個謀殺犯，我最好去老貝利報到了。雖說當妳還小時，我可從未對『妳』下過毒。我只是讓妳受最好的教育，花了大把鈔票為妳聘請最厲害的專業教師。是的，我有過五個孩子，三個不幸過世。而我最深愛的那個孩子，在她染上喉炎、痲疹、百日咳、因長牙而牙痛時，我總是盡心盡力地照顧她。不計代價，從外國聘請老師來教導她，還讓她到彌涅爾瓦那兒上學……我小時候可沒受過這種待遇，我只想著要為我的父母爭光，只想好好過日子，當個有用的人，而不是整天鬱鬱不樂地待在房裡，自以為是大家閨秀……而妳卻說我是個殺人犯。啊！奧斯朋太太！希望**妳**不會養出個吃裡扒外的傢伙，**我衷心祝福**妳！」

「媽媽！媽媽！」倉惶失措的少婦哭喊，她懷中的嬰孩也跟著縱聲啼哭。

「我當然是個殺人犯！妳最好跪下來，請求上天洗滌妳忘恩負義的邪惡心腸，艾美麗雅，但願祂會像我一樣寬容大方。」說完，薩德利太太就一甩頭，走出房間。她又暗暗重複了一次「毒藥」，才結束她這番慈悲又善良的演說。

直到薩德利太太臨終之際，母女間都沒有完全和解。這場爭執讓老太太佔盡上風，她以女性的機靈和堅定報復女兒。比方來說，接下來好幾週，她幾乎不對艾美麗雅說話。她警告下人切不可碰觸小男嬰，不然奧斯朋太太就會發脾氣。她詢問女兒要不要試吃小喬治每天的食物，確保沒人下毒。當鄰居問起小男孩的健康，她尖酸刻薄地要他們親自去問奧斯朋太太。她表示，**她**才不敢問起男孩好不好，雖然他是她親愛的外孫，但**她**不敢動他一根汗毛，因為她不會帶孩子，隨時會要了他的命。每當派斯特勒先生來家裡看診，她總是挖苦醫生，毫不掩飾對他的輕蔑，讓醫生宣稱，他有幸替尊貴的提索伍德小姐看病，但連出身如此高貴的小姐，也不會像老薩德利太太擺那麼大的架子。更何況他從來不收薩德利太太的錢呢。

然而暗地裡，艾美的嫉妒心恐怕不亞於母親，她嫉妒所有照顧她兒子的人，總擔心他們會搶走兒子的感情。只要有人餵小喬治，她就坐立難安，連克萊普太太或女僕都不能為小喬治更衣或安撫他，就像她不讓他人清洗床頭那張先夫的小畫像。婚前，她曾在那張小床上思念喬治，現在她再次睡在那兒，度過許多漫長無語、淚水滿襟但快樂的時光。

這間房間藏著艾美麗雅所有的心思和寶物。她在這兒照顧兒子，陪伴他步入童年，以滿腔母愛陪他度過病痛。她彷彿從兒子身上看到喬治的影子，好像他從天堂回來了，只是兒子甚至比父親更迷人。他說話的聲調，眼神，舉止都和父親如出一轍，讓寡婦一看到他，就興奮不已。他時常問母親為何流淚。她毫不猶豫地告訴他，因為他太像爸爸了。她老是向他描述他死去的父親，對不知世事的好奇孩子述說她對喬治的愛，但她從來沒向喬治本人或密友如此直率地吐露內心的愛意。她從未跟父母談過她的感情，不敢在他們面前展露內心世界。雖然小喬治恐怕不比她的父母更明白愛情，但她一無保留地將祕密心事向小喬治傾訴，而且只對他一人說。這位女子就算快樂時，也像在難過似的——她總以淚水表達所有的悲與喜。她太過敏感，也許不該將她那些纖細的心事公諸於世。現在的派斯特勒醫生，受到許多女性讚揚，有輛深綠色的華麗馬車，說不定很快就會被冊封為爵士。他在曼徹斯特廣場還有棟房子。醫生向我形容過小喬治斷奶時，艾美麗雅悲痛欲絕的樣子，連希律王[4]看了都會於心不忍。當時的他心腸很軟，而他妻子好長一段時間，都吃艾美麗雅太太的醋呢。

醫生太太的嫉妒，恐怕不是空穴來風。艾美麗雅小小的生活圈裡，很多女人看到男性對她的熱忱，都對她嫉妒得很，憤恨不已。男人一靠近她，多半會愛上她，但他們說不出來自己為什麼愛她。她並不特別聰穎，也不機靈，更說不上明智，也不特別美麗。但不管她身在何處，男人總是對她傾心，就像女人總是蔑視她，懷疑她。我想，她最動人的特質，就是她的柔弱，那種甜美的柔順和親切，激起男人們的豪俠之情，令他們渴望保護她。在軍團中，她只和喬治的幾位同袍說過話，但軍營裡的每個年輕男子，都願意為了她而拔劍奮戰。在富勒姆這個狹窄小巧的住所和鄰里，她也贏得眾人歡心。

十字會兄弟路上有間知名的「芒果香蕉公司」，老闆娘曼格太太在富勒姆一帶有間名為「鳳梨園」的華麗豪宅，每年夏天都有許多公爵、伯爵前來拜訪她。她出門時總坐自家的馬車，由穿著黃色制服的車夫僕人侍候，而拉車的栗色馬，比肯辛頓皇家馬廄的馬還名貴。我說，就算奧斯朋太太成了曼格太太，或成了她的兒媳婦瑪麗．曼格夫人（卡索穆第伯爵之女，她父親讓她嫁給身分較低的商人），附近的小販也不會多對她尊敬三分。當這位年輕溫柔的寡婦經過店家門口，或進門買些便宜雜貨時，他們總是對她十分殷勤有禮。

因此，不只是派斯特勒醫生，連他年輕的助手林頓先生（他負責診治女僕或小商販，每天都在診所讀《泰晤士報》）都大方宣稱自己是奧斯朋太太的奴僕。他是個英俊的小伙子，薩德利太太對他比對他的老闆還要親切得多。要是小喬治不舒服，他一天會來看個兩、三回，絕口不提費用。為了小喬治的健康，他會從診所抽屜拿來藥錠、羅望子果和其他藥物，調配成甜甜的藥劑，讓孩子心甘情願地服藥。

小喬治出麻疹的那一週，他和老闆派斯特勒先生不眠不休整整兩晚。至於他的母親更是心驚膽顫，看到她那驚慌的樣子，人們恐怕會以為麻疹是某種空前絕後的怪病。派斯特勒和林頓會為別的病人如此賣命嗎？鳳梨園的洛夫．佩蘭塔傑納、關德琳和吉妮維爾．曼格得麻疹時，他們曾為這些人守夜嗎？他們是否曾徹夜照顧被小喬治傳染的房東女兒，瑪麗．克萊普？他們當然從未為了一名病人如此盡心盡力。當瑪麗生病時，他們宣稱她的症狀輕微，自然就會康復，只給了她一、兩份藥水，當晚兩人都睡了一場好覺。等到女孩好了，他們才做做樣子，漠不關心地送去一些草藥。

薩德利家對面住了一位小個頭的法國騎士，在附近的幾所學校教授法文。晚上有時會聽到他在小公寓裡，用一把老舊的提琴，顫巍巍地奏起嘉禾舞曲和小步舞曲。這位上髮粉的有禮老人，每到週日必定前往漢默史密斯女修道院的禮拜堂。他不像現在總聚在庫倫拱廊，蓄著滿臉鬍子的那些法國人，十分無禮，老是詛咒英國人背信忘義，抽著雪茄瞪著來往的路人。他總是謙恭有禮，思想端正，舉止也很合宜。這位紅靴騎士每次對奧斯朋太太說話，總會先吐盡口中的煙，高

4. 羅馬帝國猶太行省的暴君。

雅地舉手揮散所有煙霧，接著雙手靠在嘴邊，公開地向她獻上飛吻，還用法文大聲讚嘆道，啊，好一位仙女！他發誓，當艾美麗雅走在布朗普敦街上，花朵都在她腳邊爭相綻放。他把小喬治喚作邱比特，問他母親維納斯好不好；他還說貝蒂．弗菈尼根是美惠三女神之一，是愛神阿芙蘿黛蒂最鍾愛的隨從。

艾美麗雅無意之間就贏得眾人愛戴，類似的例子多不勝數。薩德利家去的那座教堂，牧師是寬厚仁慈的賓尼先生，他時常拜訪寡婦，逗弄坐在他膝上的小男孩，還教他拉丁文，令他仍待字閨中、為他打理家務的姐姐大為光火。「貝爾比，那女人一點也不好，」姐姐會對他說，「她來家裡喝茶時，整晚沒說半句話。她只是個裝腔作勢的傢伙，我看她是個冷酷無情的女人。你們男人只是貪戀她漂亮的臉蛋。葛瑞茲小姐一年有五千鎊，還有望繼承家產，個性也比她好，在我看來，她比那女人好上千萬倍。要是葛瑞茲再漂亮些，我敢說你會把她當成你的夢中情人。」

賓尼小姐說的話，恐怕全是真的。可恨的男人，總是為了漂亮臉蛋而動情。一個女人，就算擁有彌涅爾瓦女神的智慧與美德又如何？要是她其貌不揚，我們一點也不會注意到她。只要有雙明亮動人的雙眼，即使她做了再多傻事，我們哪能不原諒她呢？只要她有嬌嫩的紅唇和悅耳的聲音，就算她說的話無聊透頂，我們也會覺得她風趣得很，不是嗎？因此女性秉持公正原則，宣稱漂亮女人都是蠢蛋。啊，女人啊女人！其實妳們之中有些人既不聰明，又欠缺美貌哪！

對我們的女主角來說，這些不過是生活中微不足道的小事。想必溫柔的讀者都已看出，她的故事沒有什麼令人驚嘆的高潮。若她在兒子出世的七年之間，保持寫日記的習慣，那麼其中少有比兒子得麻疹更重大的事件了。不過我們剛剛提到的賓尼牧師，有天做了件大事：他請求她改掉夫姓，成為賓尼太太，令艾美麗雅大為意外。她漲紅了臉，眼裡盈滿淚水，以顫抖的聲音感謝賓尼先生的厚愛，還有他對她和兒子的關懷，但她從來不曾考慮改掉夫姓——雖然她失去丈夫，但她永遠是奧斯朋太太。

四月二十五日是她的結婚紀念日，六月十八日則是她先夫的忌日。每年這兩天，她都終日坐在房裡紀念。無數個孤寂的夜裡，當兒子睡在她床畔的嬰兒床，她不知獨坐多少個小時，懷念那位早已遠去的朋友。白天她有很多事情要操煩。她得教喬治讀書寫字，有時也教他畫畫。她會讀書，好對喬治說故事。喬治受到身邊的各種刺激，眼界變得愈來愈寬廣，心智也不斷發展。她盡一己之力，教兒子認識造物主，每個晨昏，這對母子都會向天父祈禱。見過這對虔誠母子祈禱的人們，回想起來必定仍感動不已。母親全心祈禱，而孩子默默跟著唸。每一回，他們都祈禱天父保佑親愛的父親，好像他仍在世，就在他們的身邊。白天她要幫小紳士洗澡更衣，吃早餐前先帶他出去跑跳一番。爺爺出門去「做生意」後，她忙著為兒子縫製最漂亮別致的衣裳——勤儉的寡婦把衣櫥裡所有婚後得到的好衣裳都重新裁改。奧斯朋太太自己只穿黑色喪服，草帽上老是繫著黑絲帶，令她喜歡漂亮衣裳的媽媽難過得很。事實上，家道中落後，薩德利太太更愛戀漂亮的服飾。

除此之外，要是艾美還有閒暇時間，就用來陪伴母親或老父。她花了不少時間才學會克里巴奇牌，當老紳士沒去俱樂部的夜晚，她會陪他玩牌。當父親疲倦時，她會唱歌，隨著音樂，他就漸漸打起盹來，這不啻為一件好事。她為他編寫各種備忘錄、信件、傳單和計畫書。當老紳士的舊友收到信，得知他成為「黑鑽石和反劣煤煤礦公司的代表人，樂意為朋友以每查爾宗[5]多少錢的價格提供最佳的煤」，那些信其實都是艾美麗雅寫的。老先生只負責在信尾，以顫抖的手簽

5. Chaldron，計煤單位，相當於一三〇九公升。名義上用到一九六三年，實際上一八三五年就改用重量來計售。

上繁複的花式簽名。其中一封信寄給了達賓少校，由考克斯和葛林伍德先生代為轉交。然而，當時少校正在印度馬德拉斯，並沒有訂購煤礦。但他一收到信，立刻認出傳單上的筆跡。老天爺！要是能握住這隻手，他願意放棄一切！他收到第二封傳單，告知他約翰．薩德利公司在奧波托、波爾多及聖瑪麗設立辦事處，為朋友及民眾提供最上等、最受好評的波特酒、雪利酒和波爾多紅酒，價格合理，折扣驚人。一收到這封傳單，達賓立刻遊說總督、總司令、法官、軍團和他在轄區認識的每一個人買酒。當他們將大筆訂單傳給英國的薩德利公司，令薩德利先生和唯一職員克萊普先生大吃一驚。雖然收到第一波的訂單，但貨物寄出後就沒了下文。可憐的老薩德利還打算在西堤區蓋棟辦公室，聘幾個辦事員，甚至造個專屬碼頭，把事業版圖擴展到全世界，然而老先生已失去品酒的能力。整個軍營都抨擊達賓少校推銷的是惡質劣酒，他不得不花錢買回大部分的酒，以低價拍賣，蒙受大額損失。

至於喬斯，此時他升了官，成為加爾各答的財政委員。當信差交給他一疊葡萄酒傳單時，裡面夾了一封父親的短箋，告訴他老父親的事業仰賴他出手相助，已寄了一批精選的酒給他，請他委託出售，並請他先墊貨款，這令喬斯暴跳如雷。喬斯可不願讓人知道，身為財政委員的他，父親居然是個找不到客人的酒商，這簡直像承認父親是行刑人一樣難堪。他不屑地拒絕付款，寫了封輕蔑的信，請老先生管好自己的事。老薩德利收到拒絕信後，只能靠馬德拉斯的收入和艾美微薄的存款度日。

艾美麗雅每年有五十五鎊的津貼。喬治過世時，遺囑執行人表示奧斯朋的代理人手邊還剩下五百鎊。身為小喬治的監護人，達賓提議將這筆錢交給一間印度放款公司，每年可獲得百分之八的利息。薩德利先生認為達賓少校心懷不軌，強烈反對這個提議。他還親自到代理人那兒抗議女婿遺產的安排，但他意外發現這筆錢根本不存在，上尉的遺產連一百鎊都不到。代理人告訴他，那五百鎊必定來自別的地方，只有達賓少校才知道詳情。老薩德利更加懷疑其中有鬼，直接跟少校對質。他宣稱自己是女兒最親近的人，要求取得上尉的所有金錢往來記錄。達賓結結巴巴，滿臉通紅，那副有口難言的樣子，更讓老薩德利相信自己的懷疑是正確的。他以高傲的語氣對少校說，「讓我談談我的想法吧」，宣稱他相信少校非法地扣住女婿的遺產。

此時達賓終於失去耐性，要不是指控他的薩德利老邁又憔悴，他早就在老屠夫咖啡館的包廂裡，與老紳士大吵一架了。「先生，跟我上樓吧，」少校說，「我堅持你跟我上樓來，我讓你瞧瞧，誰才是真正的受害者，被誤解的究竟是我還是喬治。」他扶著老先生到臥房裡，從書桌上拿出奧斯朋的帳本和一大疊喬治簽下的借據。說實話，喬治債台高築，一有機會就賒帳，不然就是簽借據。「他在英國的債務結清了，」達賓補充道，「但他過世時，根本沒有一百鎊。我和另外一、兩位軍官想盡辦法籌了這筆錢，而你居然敢指控我們搶奪孤兒寡母的遺產！」薩德利一聽懊悔不已，變得非常謙卑。事實上，威廉．達賓向老先生撒了個大謊。這筆錢全是他一個人出的，他安葬好友後，付清所有費用和款項，並出錢讓艾美麗雅回到英國。

老奧斯朋、艾美麗雅的親友、甚至艾美麗雅本人，都沒想過這些事務需要花上多少費用。她把達賓少校當作會計師，相信他複雜的計算，從來沒意識到欠了他多少人情。

她依據諾言，每年寄兩、三封信給人在馬德拉斯的少校，信上說的全是小喬治的事。他如何珍惜這些信件啊！一收到艾美麗雅的信，他立刻回信，但絕不會多寫封信給她。不過他寄了許多禮品給她和他的教子，好讓他們別忘了自己。他訂購一箱圍巾，還從中國訂了一組巨大的象牙棋盤組，全送回英國。那組棋盤上有小小的綠色和白色士兵，個個都佩著劍、穿了盔甲，騎士坐在馬上，城堡則由大象背負。「曼格太太在鳳梨園的椅子也沒那麼精緻，」派斯特勒先生評論。這組棋是小喬治最喜愛的禮物，他人生的第一封信，就是向教父道謝這份大禮。少校還會寄來果醬和醃菜。小紳士偷吃餐櫥裡的醃菜，結果辣得要命。他以為醃菜那麼辣，是老天對他偷吃的懲罰。寫給少校的信中，艾美以生動有趣的文筆描述這意外插曲，令少校開心極了，他認為艾美恢復了精神，終於開心起來了。他送了兩條披肩，白色是為艾美買的，另一條黑底配上棕櫚花色的送給她的母親，還有兩條紅圍巾給老薩德利和小喬治禦寒。薩德利太太知道，每條披巾至少要花上五十基尼。她去布朗普敦教堂時，圍了新披肩，立刻獲得女性友人的讚美，說披肩實在太美了。雖然艾美總是穿著黑袍，但配上披肩也增色不少。

「真可惜她看不上他呀！」薩德利太太對克萊普太太和她在布朗普敦所有的朋友這麼說，「喬斯從來不會送我們這麼高貴的禮物，而且總是埋怨我們。少校顯然愛她愛得神魂顛倒，但不管我怎麼對她暗示，她總是滿臉通紅，開始哭泣，回到樓上房間守著她的小畫像。那幅畫像令我厭煩。真希望我們從來不認識奧斯朋一家，他們全是可恨的守財奴。」

就在這些平凡簡樸的日常生活中，小喬治度過童年，漸漸長成一個體質孱弱、情感纖細、脾氣專橫又陰柔的少年。他熱愛溫柔的母親，佔據母親所有的專注力。在他小小的世界裡，他就是中心。隨著他愈長愈大，老一輩更加意外他多麼像他的父親，兩人都一樣心高氣傲。他像好奇少年一樣，總有問不完的問題。有時他會說出發人深省的話語或疑問，令他的老外公意外不已，總是在酒館和俱樂部裡滔滔不絕地誇耀孫子的聰明才智，大夥兒都聽到煩了。他對外婆有禮之餘卻十分冷淡，令外婆難受。他小小的生活圈裡，每個人都相信他是世界上最獨特的小男孩。喬治繼承了父親的傲氣，說不定也相信大家的讚美全是真的。

喬治快到六歲時，達賓開始頻繁地寫信給他。少校想知道小喬治是否要去上學，並希望他取得好成績，還是要在家裡請位優秀的家庭教師？他得開始學習了，而他的教父和監護人暗示，他希望男孩的教育費用由他來負擔，不然他的母親仰賴微薄收入過活，恐怕會更加拮据。簡而言之，少校總是想著艾美麗雅和她的兒子，命令代理人不時送去圖畫書、畫具、書桌和各式各樣的玩具與教材。喬治六歲生日的前三天，一位紳士坐在輕便馬車裡，還有位僕從同行，到了薩德利先生家門口，要求見見喬治．奧斯朋大人。這位紳士是康度依街的裁縫師伍斯利先生，專門為軍官量身訂製軍服，依照少校命令前來為小紳士量製一套西裝。他有幸能為小紳士的上尉父親做過衣服。

有時，達賓家的小姐也會坐在家族馬車裡前來拜訪，顯然這也是少校的意思，她們會帶艾美麗雅和小男孩出門兜風，看他們想去哪兒。達賓家小姐們刻意的仁慈關懷，都讓艾美麗雅很不自在，但她默默地接受她們的好意，因為她生性順從。更何況華麗的馬車總讓小喬治心花怒放。有時她們會請求與孩子共度一天，而小喬治總是興高采烈地跟她們去丹麥山丘上一棟有著美麗花園的屋子，也就是她們的家，那兒的溫室總是有甜美的葡萄，牆上長滿了水蜜桃。

有天，她們來拜訪艾美麗雅，告知一個**必定**會讓她開心的大消息，這跟她們親愛的威廉關係密切。

「發生了什麼事？他要回英國來了嗎？」她問道，雙眼綻放了喜悅的光采。

她們說道，啊，不是的……他沒有要回國……但她們相信親愛的威廉馬上就要結婚了，而且他的對象是艾美麗雅一位密友的親戚，那就是葛洛薇娜．奧大德小姐，也就是麥克．奧大德爵士的妹妹，她去了馬德拉斯拜訪奧大德夫人。人人都說她是個很多才藝的漂亮女孩。

艾美麗雅說道，「喔！」當然，她**非常**、**非常**替他開心。她以為葛洛薇娜不會喜歡她那位善良的老友……但……她當然非常高興。她衝動地做了一件我無法解釋的事，她伸開雙臂，緊緊抱住喬治，用最溫柔的態度親吻他。當她放下孩子，她的雙眼蒙上一層溼氣，接下來的路上，她幾乎一句話也沒說——但她當然非常、非常開心。

第三十九章　憤世嫉俗的一章

我們有責任暫時回到古老的漢普郡，見見幾位老朋友，他們一心一意想獲得過世親戚的遺產，卻大失所望。布特．克勞利一心想從**姐姐**那兒拿到三萬鎊，卻只收到五千鎊，這對他是個沉重的打擊。他付清自己和念大學的兒子吉姆欠下的債務後，只剩下一點點錢來打理他四個相貌平庸的女兒。布特太太從不知道自己的專政如何傷害了丈夫的利益，不然就是她不想承認。她就像所有女人，發誓自己所作的一切都是為了一家人好。她不像姪子皮特．克勞利那麼會奉承老小姐，難道是她的錯嗎？她祝福他盡情享用那些不義之財。「至少錢留在咱們家族裡，」她好心地說，「親愛的，我們都知道皮特絕不會花半毛錢。全英格蘭找不到一個比他還吝嗇的人了。雖然他和那個沒人要的洛頓大不相同，但那對兄弟都很惹人厭。」

布特太太平息一開始的憤怒與失望後，就開始接受現實，想盡辦法縮衣節食。她教導女兒歡快地接受貧窮，發明各種巧妙手法來掩飾或忽略它。她以可敬的活力，帶女兒去附近一帶的舞會和公開場所，除此之外，還熱忱地在牧師公館招待朋友，比獲得克勞利小姐的遺贈前還頻繁。從她的外表看來，沒人猜得到他們因期望落空而消沉：她頻繁出門，沒人知道她在家裡過得多麼拮据，時常挨餓，她女兒從未擁有那麼多的新衣裳。她們頻繁參加溫徹斯特和南漢普敦的舞會，甚至去考斯參加賽馬會和賽艇會。她們用農馬來拉馬車，一天到晚出門，讓人們以為四姐妹繼承了姑姑的遺產。在公開場合，她們總宣稱對姑姑心懷感謝，十分思念她的疼愛。她們使用的，是浮華世界中最常見的騙術。這些人為自己的虛偽洋洋自得，自以為用有限的資源騙過全世界，就證明自己的品性高潔，值得驕傲。

布特太太深信自己是全英格蘭最有美德的女性之一，在陌生人眼中，她有個堪稱為模範的幸福家庭。整家人都歡欣快樂，關懷彼此，教養良好，心思單純！瑪莎畫的花細膩生動，郡裡所有的慈善拍賣會都能見到她的作品。艾瑪是郡裡出名的詩人，她的作品刊登在《漢普郡郵報》的「詩人專欄」，大獲好評。當芬妮和瑪蒂達唱起二重唱，她們的母親彈著鋼琴伴奏，另外兩位姐妹就緊緊相擁，專心聆聽。沒人看到私底下女孩們勤練唱歌的辛苦樣子，也沒人看到媽媽一個小時又一個小時地逼她們練習。簡而言之，布特太太笑臉迎接厄運，用盡心力維持最美好的表相。

任何一個值得敬重的好母親，都會像布特太太一樣這麼做。她請來在南漢普敦乘遊艇的男子，找來溫徹斯特教堂巷的牧師，還有軍營裡的軍官。她試圖邀請參加巡迴審判的年輕律師，還鼓勵吉姆多把那些與他一起打獵的貴族朋友帶回來。為了兒女的福祉，母親有什麼事不願做？

這樣的一個女人，和可恨的從男爵之間毫無相似之處。布特和他的哥哥，住在大宅裡的皮特爵士，已經完全斷絕關係。或者不如說，皮特爵士是公認的全郡之恥，沒人想與他來往。從男爵漸漸衰老，也愈來愈憎惡上流社會。皮特和珍夫人成親之後，囿於責任而回家拜訪過父親一次，之後就再沒半個有頭有臉的紳士願意踏入皮特爵士的大門。

那一場會面太過可怕難堪，皮特夫妻一想起這回事就全身顫慄。皮特嚴辭厲色的禁止妻子提起那次會面。布特太太在大宅裡仍有不少眼線，那兒發生的大小事都逃不了她。就是她讓世人知道皮特爵士如何接待他的親生兒子和媳婦。

這對夫妻坐在他們舒適精巧的馬車裡，駛進莊園大門，看到原本茂密的樹林變得稀疏，皮特既難過又憤怒。那可是屬於他的樹呀，老從男爵卻自顧自地砍了它們。公園變得蕭條頹敗，車道維護得很差，漂亮的馬車沿路一直經過泥濘的水窪，泥水濺得到處都是。陽台前和門階前的廣大空地，原本是漂亮的草地，種滿了花，如今盡是一片黑，全被苔蘚佔據。整棟屋子的窗板都關得密不透風。僕人拉了好一陣子門鈴，才有人拔下大門門閂。當哈洛克斯迎接女王克勞利大宅未來的男女主人踏入祖宅，一個繫著絲帶的人影匆匆走上黑色橡木樓梯。哈洛克斯把來客帶到皮特爵士所謂的「圖書室」。皮特和珍夫人一步步接近那間房間，也聞到愈來愈刺鼻的煙草味。「皮特爵士的身體很差，」哈洛克斯語帶歉意地說道，暗示男主人老是腰痛。

圖書室正對著前面的小徑和公園。皮特爵士開了一扇窗，看皮特的僕人正把行李搬下馬車，就對著車夫和皮特的僕人大聲叫罵。

「別搬行李！」他大聲叫喊，用手中的菸斗指著行李。「塔克，你這蠢蛋，他們只是來坐一個早上罷了！老天，那匹馬的馬蹄鐵裂開來啦，『國王頭』那兒沒人會修嗎？皮特，你好嗎？親愛的，妳好嗎？來見見老頭，嘿？老天，妳也有張漂亮臉蛋哪。妳不像那些老婆娘，不像妳媽。當個好女孩，快來給老皮特一個吻唄。」

見面的擁抱令他的媳婦有點困窘，畢竟老紳士連鬍子也沒刮，身上滿是煙味，一靠近就令人難受。但她立刻想起自己的哥哥索斯頓也留了鬍子，還愛抽雪茄，立刻頗為有禮地向從男爵致意。

「皮特變『旁』啦，」與珍夫人行了碰頰禮後，從男爵說道，「親愛的，他是不是老對妳唸又臭又長的講『套』文啊？上百首讚美『私』，晚上老唱聖歌，嘿，皮特？哈洛克斯，快為珍夫人倒杯白酒，送個蛋糕過來呀，你這大胖呆，別在那兒瞪直了眼，活像頭肥豬。親愛的，我不會邀你們留宿，這兒的一切，對你們來說都太無聊啦。至於我呢，跟皮特在一起，我也悶得緊。我是個老頭子啦，我喜歡過自個兒的日子，晚上抽我的菸斗，玩我的雙陸棋。」

「先生，我會玩雙陸棋，」珍夫人笑著說，「我以前會陪爸爸玩，也陪克勞利小姐玩過，不是嗎？克勞利先生？」

「先生，你喜愛的那個遊戲，珍夫人懂得怎麼玩，」皮特高傲地說。

「但她不該為了玩雙陸棋而留下來。好了、好啦，現在回莫德貝里去，讓瑞瑟太太賺點錢，不然就去牧師公館，找布特吃飯。你知道，他見到你會樂得很，他很高興你拿到了老女人的錢。哈、哈！等到我老了，你可以用那筆錢修修這棟房子。」

「先生，」皮特拉高聲音，「我注意到你的工人把樹全砍了。」

「是呀、是呀，瞧天氣多好，真是個好時節，」皮特像是突然耳聾一樣瞎應，「但我現在老啦，皮特。老『丹』保佑你，你自己也差不多要五十啦。不過他保養得好，是不是呀？我漂亮的珍夫人？總是過著敬神、少酒、遵守道德的生活。瞧瞧我，我都快八十『碎』啦……嘿、嘿。」他笑了起來，吸了口菸，斜睨著珍夫人，還捏了一下她的手心。

皮特又提起樹的事兒，但從男爵再次突然失聰。

「我年紀一大把了，今年腰痛把我折磨慘了。我活不了多久啦。但我很高興你們過來看我，我的好媳婦。珍小姐，我喜歡妳的長相，妳長得一點也不像那些高傲的賓紀家。親愛的，我會給妳些漂亮東西，好讓妳戴著去宮裡。」他拖著步伐，走到一座櫥子前，拿出一只小小的老盒子，裡面裝了一些價值不菲的珠寶。「這個給妳，」他說，「親愛的，這是我母親的遺物，後來傳給了我第一代老婆，就是那位賓紀小姐。多美的珍珠啊，我從沒把它們給那個鐵匠的女兒，沒有、沒有。快收下去，把它們戴起來。」他把那盒子塞進媳婦手裡，接著用力關上櫃門。此時哈洛克斯端著托盤走了進來。

等皮特和珍夫人向老先生告辭，那個頭戴緞帶、匆忙躲起來的女人問皮特爵士：「你給了皮特的老婆啥東西？」這是哈洛克斯小姐，男管家的女兒，她就是讓皮特爵士成了全郡最大笑話的原因，現在她幾乎成了克勞利莊園的女主人。

全郡和克勞利家族都注意到這位緞帶女一步一步掌握大權。緞帶女在儲蓄銀行的莫德貝里分行開了戶頭，上教堂時霸佔了那輛本來由大宅僕人使用的二輪輕馬車。她隨心情辭退家僕，最後只剩下園丁。蘇格蘭園丁為綠意盎然的花園牆面和溫室而自豪，十分細心照顧花花草草，也會把農作物帶到南漢普敦的市集上賣，日子本來過得很愜意。一個陽光普照的早晨，他發現緞帶女在向南的牆那兒偷吃水蜜桃，立刻抗議，沒想到卻被賞了記耳光。他和蘇格蘭妻子和孩子，是大宅裡僅剩的可敬人物，連他們也不得不搬出去。他們帶著所有家當離開後，原本井井有條的美麗花園變得一片荒蕪，花床上空空如也，無人播種。苦命的克勞利夫人鍾愛的玫瑰園更是野草叢生。古老的僕役廳變得空曠寂靜，只剩下兩、三個心驚膽顫的僕人。馬廄和辦事處都空無一人，門窗緊密，看似廢棄。

皮特爵士過著隱居生活，每晚和他的管家或男傭——現在從男爵也邀男傭共飲——及遭人唾棄的緞帶女同桌喝酒。真難想像她曾經搭送貨馬車去莫德貝里，遇到小商販，還會畢恭畢敬地喚聲「先生」。世事真是千變萬化呀。也許這令人難堪，也引起附近鄰里諸多抱怨，但克勞利祖宅裡這位憤世嫉俗的老頭，現在根本足不出戶，也顧不得流言蜚語。他和所有代理人都吵翻了，寫信脅迫佃農付錢。每天他都忙著寫信，那些曾與他合作的律師和農場管家都找不到他，只能靠緞帶女幫忙。緞帶女會在女管家的辦公室接待他們，還要求他們由後門進出，因此從男爵愈來愈搞不清楚自己的產業，做了愈來愈多令人困窘的事兒。

當父親行為愈來愈怪異且背棄世俗常理的消息傳到皮特．克勞利的耳中，不難想像他的震驚。每天他都心驚膽顫，唯恐聽到緞帶女正式成為他繼母的消息。經過婚後第一次也是最後一次的拜訪後，皮特重視禮節且高雅的家裡再也沒人提起他父親的名字，這是他家的禁忌，全家上下都害怕地迴避這個話題。

索斯頓伯爵夫人的馬車每次經過克勞利莊園門口，夫人就會留下一篇震撼人心的宗教傳單，上面偏激的言辭足以讓每個人汗毛直豎。牧師公館的布特太太每晚都會朝窗外望，看看榆樹後面的天空是否被火染得通紅，瞧瞧大宅是不是失火了。克勞利家的老友華波·肖特爵士和富德斯頓爵士再也不願意在季會法庭上，與皮特爵士坐在一起，若在南漢普敦的高街上看到他伸出髒兮兮的老手，也視而不見。但這一切都改變不了他。他把手收進口袋裡，爆出一連串的大笑，步履蹣跚地爬進他的四馬馬車。索斯頓夫人送來的傳單也令他訕笑不止，他還嘲笑自己的兒子、整個世界、還有愛發脾氣的緞帶女。

哈洛克斯小姐名義上是女王克勞利大宅的女管家，威風凜凜地統治所有的傭僕。所有的僕人都得稱呼她「太太」或「夫人」，有個小女僕為了升職，一直稱呼她「從男爵夫人」，女管家也沒制止她。「海絲特，」哈洛克斯小姐聽到下人的奉承，只是回答，「我不是最厲害的夫人，但有些夫人還比不上我呢。」除了她父親，她掌控屋裡所有的人，但她對父親也高傲得很，警告他別對她太隨便，畢竟她將來可是「從男爵夫人」呢。當然，她不斷練習扮演那個崇高的角色，頗為自得，令老皮特爵士大為驚奇，常被她自以為是的態度和故作高雅的樣子逗笑。她會假裝是地位崇高的上流社會人物，讓從男爵看得哈哈大笑，發誓看她扮演優雅的夫人，就像看戲一樣有趣。他讓她穿上第一任克勞利夫人進宮的華服，發誓非常適合她，而哈洛克斯小姐也完全同意。他甚至宣稱立刻就要用四馬馬車把她載進宮裡。她掠奪兩位已故夫人的衣櫃，把她們的衣服重新縫製為合她喜好的款式。她真想把她們的珠寶和小裝飾品全納為己有，但老從男爵把它們鎖進他專屬的櫃子裡，不管她如何勸誘哄騙，他也不肯交出鑰匙。後來，當她被趕出大宅後，有人發現她有一本練習簿，顯然她費盡心力練習寫字，還練習「克勞利夫人」、「貝慈·哈洛克斯夫人」、「伊麗莎白・克勞利夫人」的簽名呢。

雖然牧師公館的那些好人兒從來不去大宅，和那位可恨昏庸的老頑固撇清關係，但他們對那兒發生的大小事瞭若指掌，每天等著哈洛克斯小姐也期待不已的慘劇降臨。可惜的是，善妒的命運女神伸手干預，不讓深愛老頭且貞德的她獲得夢寐以求的大禮。

從男爵常開玩笑地喚她「從男爵夫人」。有天他的「夫人」居然在客廳裡那架走音的老舊鋼琴前坐了下來，令他大吃一驚。自從蓓琪・夏普用這架鋼琴彈奏方塊舞曲後，就鮮少有人碰過它。「夫人」神色嚴肅，想盡辦法裝模作樣地演奏那些她聽過的樂曲。一心想升職的廚房小女傭站在女主人身旁，開心地很，搖頭晃腦地大聲驚嘆：「老天爺，太太，真是太好聽啦！」簡直就像上流家庭的客廳裡那些諂媚的傢伙。

一如往常，這一幕讓老從男爵大笑不止。那天晚上，他向哈洛克斯描述這副情景至少十二遍，令哈洛克斯小姐難堪。他模仿「夫人」，把餐桌當成鋼琴一樣大力彈奏，扯開嗓子，表演她唱歌的樣子。他誓言必須栽培如此美妙的聲音，宣稱要為她聘請歌唱老師，她覺得這是個好主意。那天晚上老人的心情特別亢奮，和他的老友兼男管家喝了很多的兌水蘭姆酒。直到深夜，他忠誠的朋友和管家才把主人扶進臥房。

半小時後，大宅裡發生一陣大騷動。突然之間，孤獨矗立的老祖宅的每扇窗戶都亮了起來，奇怪的是，通常屋主只會用到兩、三間房間而已。過不久，一名跑腿少年騎著小馬，去莫德貝里找醫生。又過了一個小時，布特太太穿上靴子、披上頭巾，偕同布特・克勞利牧師和兒子詹姆斯・克勞利，全從牧師宅走出來，穿過公園。由此可見，傑出的布特・克勞利太太總是瞭解大宅裡發生的大小事情。大宅的門半掩，布特一家人就這麼進去了。

他們走過門廳，走過四面都是橡木牆的小客廳，看到裡面的桌上放著三只玻璃酒杯，一瓶被皮特爵士喝光的蘭姆酒瓶。他們走過一間間房間，到了皮特爵士的書房，看到罪孽深重的緞帶女哈洛克斯小姐，手上握著一串鑰匙，瘋狂地試圖打開所有的櫃子和寫字檯的抽屜。當布特太太從黑色頭巾下瞪著眼前的現行犯，她驚恐地尖叫一聲，手裡那串鑰匙應聲落地。

「詹姆斯、克勞利先生，瞧瞧她，」布特太太喊道，伸手指向那個一臉驚惶、妝都花了的罪犯。

「是他給我的，他把它們全給了我！」她哭喊道。

「給妳，妳這沒人要的傢伙！」布特太太尖聲叫道，「看好了，克勞利先生，我們發現這個一無是處的女人正在偷你哥哥的財產哪！我們全是目擊證人！她會上絞架的，我就說她會上絞架的。」

嚇得花容失色的貝慈．哈洛克斯應聲跪了下來，大聲嚎哭。但知道那位太太多正直的人都知道，她絕不會原諒眼前的罪犯。敵人羞愧的討饒，只會令她的靈魂洋溢大獲全勝的喜悅。

「詹姆斯，搖鈴吧，」布特太太說道，「一直搖，直到有人過來為止。」隨著鈴聲大作，這棟寂寥大宅裡僅有的三、四個僕人立刻趕過來。

「把這女人關起來，」她說道，「我們發現她正在洗劫皮特爵士的財物。克勞利先生，立張拘押令。還有，貝德斯，天一亮，你就用貨車把她送到南漢普敦監獄去。」

「親愛的，」身兼地方行政官的牧師插嘴，「她不過是……」

「沒有手銬嗎？」布特太太繼續說，她的木鞋往地上大力一跺。「以前這兒明明備了手銬呀。這傢伙的可恨父親在哪兒？」

「那**是他給我的**，」可憐的貝慈仍哀叫不止。「妳說是不是？海絲特？妳看到皮特爵士……妳知道妳看到他……很久以前把這些鑰匙給了我……就是莫德貝里市集的隔天……我可沒想要這些東西。如果妳不相信，那就拿走吧。」說完，痛苦的苦命人從口袋裡掏出一副鑲了巨大假寶石的鞋扣。前不久她才在書房的書櫃中發現它們，那閃亮的寶石令她嘆為觀止。

「老天爺呀，貝慈，妳怎麼編得出那麼過分的故事呀！」一直沒被升職的廚房女僕說道，「妳怎能向那麼善良仁慈的克勞利太太說謊呢？當然還有牧師大人，」她還敬了個禮，「夫人，妳可以翻我所有的箱『紙』，這是我的鑰匙，妳可以相信我。雖然我父母窮困，只是工人，但我老『司』得很。要是我像剛被妳抓到的現行犯一樣，被妳找到『愣』何蕾絲或絲襪，我發『四』我永不得踏入教堂一步。」

堅守婦道的太太在頭巾下說道：「妳這厚顏無恥的傢伙，快把鑰匙交出來。」

「夫人，這是蠟燭，要是妳肯，夫人，讓我帶妳到她的房間去，夫人，我也可以帶妳去女管家辦公室，她藏了好多、好多東西在櫃子裡，夫人，」熱情的小海絲特一邊說，一邊不斷敬禮。

「妳行行好，少講一兩句話。我知道這女人住的房間在哪兒。布朗太太，妳行行好，跟我來。貝德斯，你把那女人盯好了。」布特太太伸手就拿走蠟燭，「克勞利先生，你最好上樓瞧瞧，別讓他們殺了你不幸的哥哥。」說完，披著頭巾的布特太太就在布朗太太陪同下，走進她瞭若指掌的屋子。

布特走上樓，發現從莫德貝里趕來的醫生和嚇壞的哈洛克斯，都圍在男主人身旁，而老從男爵癱在椅子裡。他們正試圖為皮特·克勞利爵士放血。

清晨，牧師太太就請專人向皮特·克勞利先生送去一封急件。布特太太接管大宅的所有事務，整晚在老從男爵身旁守夜。老人醒了過來，雖然說不出話，但似乎認得出人。布特太太決心守在他的床畔。這嬌小的女人看起來毫無睡意，亢奮的小黑眼從來沒閉起來過，而醫生在扶手椅裡打鼾。哈洛克斯想盡辦法奪回主權，想看護他的主人，但布特太太斥責他是個老酒鬼，要他永遠不要在這屋裡現身，不然就會像他該死的女兒一樣，被攆出門去。

被她的強勢嚇倒的哈洛克斯，頹喪地待在橡木牆的小客廳裡，詹姆斯先生也在那兒。詹姆斯先生原想喝那瓶蘭姆酒，卻發現酒瓶已空空如也，就命令哈洛克斯再拿瓶蘭姆酒來。哈洛克斯從命，還拿來乾淨的酒杯。牧師和兒子坐了下來，要哈洛克斯交出鑰匙就趕緊走人，別再出現在這兒。

哈洛克斯畏畏縮縮地交出鑰匙，和女兒悄悄地在夜色掩護下離開，放棄克勞利祖宅的一切。

第四十章 蓓琪獲得家族承認

經過這一夜的災難，克勞利家的繼承人及時趕到，自此之後就接手掌管祖宅的事務。雖然老從男爵又活了好幾個月，但他未能恢復理智或言語能力，管理祖產的任務就漸漸移交到長子手中。皮特發現家裡的產業一團亂：皮特爵士老是在買土地和借貸；他雇用了二十人管理事務，但和每個人都鬧翻了；他也和佃農爭吵，老和他們上法院；他也和律師互告；他與旗下的「礦業與港務公司」也有訟案；應該說，不管他和誰做生意，都少不了對簿公堂。唯有皮特這個講究條理的前任本柏尼格外交官，才能將錯綜複雜的事務處理得井井有條。他很快就勤奮地投入工作。當然，他的家人也全搬進了女王克勞利鎮的祖宅裡，索斯頓夫人當然也跟來了。儘管教區牧師近在咫尺，但她依然帶來那一票非正統的教士，到處勸人加入她的教派，令布特太太氣得跳腳。皮特爵士還沒把本教區的牧師繼承權賣掉，因此索斯頓夫人打算從男爵一入土，就把繼承權握在手中，找個年輕聽話的教士佔據牧師公館。對此，深諳外交手段的皮特沒有表示異議。

布特太太一心想把貝慈．哈洛克斯小姐關進監獄，但這願望沒有實現。貝慈根本沒進南漢普敦的監獄。她的父親早就向皮特爵士承租鎮上的「克勞利家徽」酒吧，這位卸任的男管家還在那附近買了一塊地，擁有鎮上事務的投票權，父女兩人後來就靠經營酒館度日。牧師也有投票權，再加上另外四人，共有六人能投票決定女王克勞利鎮的國會代表。

牧師公館與克勞利祖宅的女眷維持表面友好的關係，至少年輕女子如此。至於布特太太和索斯頓夫人，兩人一見面就免不了較勁，最後乾脆避不見面。牧師公館的四個年輕姑娘來祖宅拜訪堂哥時，索斯頓夫人會關在自己房裡。雖然岳母時不時會消失，但皮特先生恐怕毫不介意。他認為賓紀是世上最偉大、最明智的家族，充滿了豐富的歷史，索斯頓伯爵夫人是他的長輩又是姨媽，理應敬她三分，但有時她的要求實在太煩人。無庸置疑，說人年輕的確是好聽奉承話，但當你已經四十六歲，還被人看作毛頭小子，難免感到難堪不快。然而，完全順從母親的珍夫人，連在母親面前也不敢表露自己對子女的關懷。幸好索斯頓夫人事務繁多，不僅常和部會首長開會，還與遍及非洲、亞洲、大洋洲等地的傳教士頻繁通信。可敬的伯爵夫人忙碌不堪，無暇顧及孫女小瑪蒂達和孫子皮特．克勞利三世。小少爺身體虛弱，索斯頓夫人認為他得服下大量的甘汞，才能保命。

至於皮特爵士，他待在克勞利夫人辭世前臥病在床的房間。升職的海絲特小姐細心照顧老男主人，毫不厭倦。只要有份好薪水，護士就會變得溫柔無比，值得信賴，堅守崗位，無人能比！她們撫平枕頭的縐褶，準備葛粉，在半夜探視病人，忍受病人的抱怨與牢騷。即使窗外陽光明媚，她們也無意離開病房。她們睡在扶手椅裡，寂寞地用餐，在長夜裡無所事事，只能守望爐火，看著藥物在壺裡沸騰。她們唯一的讀物就是週報，《法院的嚴厲傳喚》和《人類的一切責任》夠她們看一整年。但我們卻老是找她們吵架，因為每週她們的親戚來探望她們，總會偷偷在麻布籃子裡藏一小瓶琴酒。女士們，就算面對最親愛的人，世上有哪個男人能夠看顧病人一整年？然而一季只要花十鎊，就會有個護士守在床畔照顧你，我們還認為她們的薪水太高。至少克勞利先生老是抱怨海絲特小姐的薪水，雖然他只付她五鎊，就能讓她不眠不休地照顧他父親。

天氣好的時候，她會讓老紳士坐在輪椅裡，到陽台上透透氣——在布萊頓，克勞利小姐也曾坐在同一張輪椅裡，它和索斯頓夫人的其他家當一起送到了克勞利祖宅。珍夫人總是陪老先生散步，顯然成了他最喜歡的人。當她進到他的房裡，他會露出微笑，對她頻頻點頭；當她離開時，他會吐出口齒不清的呻吟，哀求她留下。當門在她身後關上，他會哭喊啜泣。在珍夫人面前，海絲特總是溫和恭順，但夫人一走，她就會怒目瞪視老人，緊握雙拳，大喊「你這老笨蛋，快住嘴」，推動輪椅，讓他不得不離開他喜愛凝視的爐火前，讓老人哭得更大聲。經過七十年的算計、掙扎、酗酒、狡詐、邪惡和自私，克勞利爵士如今成了嗚咽不斷的老傻子，得有人扶著才能上下床，像個嬰孩一樣，被人餵食和淨身。

護士有天終於完成了她的使命。一個早晨，正當皮特．克勞利在書房裡研究管家的帳簿和日記時，有人敲響了門。海絲特走了進來，敬了禮後說道：

「抱歉打擾了，皮特爵士。皮特爵士今早過世了，皮特爵士。我正在替他生火烤麵包，皮特爵士，他通常每天早上六點吃早餐，皮特爵士，接著我……我想我好像聽到一聲呻吟，皮特爵士，然後……然後……然後……」她又屈膝行禮。

皮特蒼白的臉為何剎時漲得通紅？是因為他終於成了皮特爵士，成了國會議員，說不定未來還能獲得其他頭銜？「我會用現金付清債務，」他想道，迅速計算債務，評估他接下來想推動的許多計畫。在此之前，他一直不願動用姑姑的遺產，以防萬一皮特爵士恢復健康，他的努力就全付諸流水了。

祖宅和牧師公館都密密掩上窗板，教堂敲響喪鐘，聖壇上掛起黑幔。布特．克勞利沒去參加獵狗聚會，到富德斯頓家用了一頓安靜的晚餐，一邊喝酒一邊聊著他哥哥的死訊和剛接任的皮特爵士。貝慈小姐此時已嫁給莫德貝里一位馬具工匠，她痛哭了一場。家庭醫生前來致意，同時關心新一代從男爵夫人的身體健康。莫德貝里的居民和「克勞利徽章」酒館的客人都聊起老從男爵之死，此時酒館主人哈洛克斯已和牧師和好，布特時不時會上酒館來，嘗嘗哈洛克斯先生順口的啤酒。

「也許我該寫信給你弟弟……或者由你來寫？」珍夫人問她丈夫，皮特爵士。

「當然我會寫信給他，」皮特爵士說道，「我會邀他參加喪禮，理應如此。」

「還有……還有……洛頓太太，」珍夫人膽怯地說道。

「珍！」索斯頓夫人說，「妳居然要她過來？」

「我當然會邀請洛頓太太，」皮特爵士的口氣不容質疑。

「只要我人還在這兒，就不准你做這種事！」索斯頓夫人說。

「夫人閣下，我誠摯地提醒妳，現在我才是一家之長，」皮特爵士回答。「珍夫人，要是妳願意，寫封信給洛頓．克勞利太太，請她節哀並前來參加喪禮。」

「珍，我不准妳寫！」伯爵夫人高聲大喊。

「我相信我才是一家之長，」皮特爵士再次說道，「要是伯爵夫人就此離開，恐怕會令我十分遺憾，但我仍必須擔起掌管家族的重責大任，請妳原諒，我會依我的意旨行事。」

索斯頓夫人高傲地站起身，就像扮演馬克白夫人的西登斯太太[6]一樣，命令僕人備好她的馬車。要是她的女兒和女婿把她趕出他們的家，那她會去別的地方獨自神傷，祈禱他們會悔過向善。

「媽媽，我們無意趕走妳，」膽怯的珍夫人哀求道。

「妳要邀請的是一個可怕的人，世上沒有半個基督徒女性願意與她見面。明天早上我就會離開。」

「珍，請妳提筆，依我的口述寫下來，」皮特爵士命令道。他的神色威嚴，就像畫展裡的紳

6. 薩拉．西登斯，一七五五～一八三一，知名英國悲劇演員。

士肖像一樣嚴肅。他開始口述，「於女王克勞利鎮，一八二二年九月十四日。我親愛的弟弟……」

馬克白夫人原本期待女婿終究會退讓或至少遲疑一下，沒想到他卻果斷地說出大逆不道的話語。吃驚的她站起身，一臉憤恨地走出圖書室。珍夫人抬頭望向丈夫，看似有意去安慰母親，但皮特禁止妻子離開。

「她走不了的，」他說，「她把布萊頓那間屋子租人了，又花光了這半年的收入。伯爵夫人要是去住旅舍，她的名聲就會毀於一旦。我等待這個機會很久了……我一直打算踏出這一步，此時是決定性的一刻。親愛的，妳一定也注意到了，一家不能有二主。現在，我們繼續寫那封信吧。照我說的寫，『我親愛的弟弟，我必須通知你一個沉重的消息，相信你已知道這一天終將來臨……』」

簡而言之，皮特獲得了他的王國，受到幸運女神的眷顧——或者依他所見，這是他應得的獎賞——所有親戚虎視眈眈的財富，幾乎全落到他的手中。他決心仁慈公平地對待家族成員，好讓克勞利家族再次興旺。一想到自己成了女王克勞利鎮理所當然的主人，他就不禁得意洋洋。他提議，運用他的智慧、才能和地位，以及在郡上建立的龐大影響力，立刻為弟弟和堂弟找個適宜的職位。也許他因繼承眾人期望已久的遺產，有點心虛。才執掌大權不過三、四天，他的神態風度已大不相同。他定下計畫，以公正坦誠的方式管理家族，除掉索斯頓夫人，和所有親戚維持友好和協的關係。

因此，他口述了寫給弟弟洛頓的信，言辭莊重、內容詳盡，發表內心最深沉的體悟，用上最繁複艱澀的字眼，讓他心思單純的小祕書嘆為觀止。她認真地寫下丈夫說的每一個字。「他進入下議院後，會成為一位多偉大的演說家呀，」她想道。在索斯頓夫人的專政下，有時睡前皮特會暗示妻子他未來的前途。「他多麼有智慧，多麼善良，我的丈夫真是個天才呀！我想他有點兒冷淡，但他實在太善良了，真是個天才！」

事實上，皮特．克勞利早就偷偷在心裡反覆琢磨這封信無數次，對每一句話都滾瓜爛熟。直到此時他才有機會向妻子口述這封信，令她驚訝歎服。

這封黑邊的信上了密封蠟，依皮特．克勞利爵士的命令，送給了住在倫敦的弟弟，洛頓上校。洛頓．克勞利收到信時，憂喜參半。「去那鬼地方，又有什麼用？」他想，「晚餐後還得和皮特獨處，這根本要我的命。光是去那兒來回的車資，就要花上二十鎊。」

洛頓一遇到難題就會丟給蓓琪。此時他像平常一樣，帶著這封信去樓上臥室找妻子，也沒忘了每天早上都要送去給她的熱巧克力。

他把早餐盤和那封信都放在梳妝台上，蓓琪正坐在那兒梳她的一頭金髮。她拿起那封黑邊的信閱讀。讀完以後，她立刻從椅子上跳了起來，大喊一聲「萬歲」，高舉著手揮舞那封信。

「萬歲？」洛頓問道，好奇眼前的嬌小女子究竟為何歡天喜地。法蘭絨睡袍隨著她的雀躍不斷飄動，一頭鬈髮亂飛。「蓓琪，他什麼也沒留給我們。我一成年，他就給了我的份啦。」

「你這愚蠢的老男人，你永遠也長不大，」蓓琪回道，「現在快去布瑞諾伊太太那兒，我得穿喪服才行。買個喪章別在你的帽子上。我想你沒有全黑的背心，快去買一件。命令他們明天送到家裡來，這樣我們星期四就能出發了。」

「你不會真打算回去吧？」洛頓插嘴。

「我當然要去。聽我說吧，明年珍夫人恐怕會帶我進宮呢。至於你，你這又老又蠢的傢伙，你哥哥會讓你有個國會席次哪。我說啊，你和他都會投票支持斯泰恩侯爵，我親愛的老傻子，你會成為愛爾蘭大臣，或西印度的總督，不然當個財政官、外交領事，總之你會有個官位。」

「公共馬車要花不少錢哪，」洛頓嘟噥。

「我們可以搭索斯頓伯爵的馬車，他應該也會參加喪禮，畢竟他是咱們的親戚……算了，我想我們還是搭公共馬車比較好。這樣才能討他們歡心，看起來謙卑多了……」

「小洛頓會一起去吧？」上校問道。

「不可能，誰要為他多付一個位子？他那麼大了，可不能再擠在我們兩人中間啦。讓他留在這兒，請布里吉斯為他縫一件黑衣服吧。你該出門啦，快去辦我說的事。還有，你最好跟你那男僕，史巴克斯說一聲，老皮特爵士死了，事情處理好後，你很快就會拿到一大筆錢。他會跟瑞格勒斯先生說的。他一直急著要錢，老瑞格勒斯聽了會安心點。」說完，蓓琪就開始啜飲她的巧克力。

忠誠的斯泰恩侯爵晚上過來拜訪時，蓓琪和她的女伴，也就是我們的朋友布里吉斯，正忙著剪下、拆下、撕開各種黑色碎布，好為喪禮做準備。

「布里吉斯小姐和我，都為了我們爸爸的辭世而悲痛難過，」蕾蓓卡說道，「皮特．克勞利爵士死了，侯爵大人。我們一整天都難過得不知所措，現在我們得用舊衣來做件喪服才行。」

「喔，蕾蓓卡，妳怎能……」布里吉斯翻了個白眼，只說得出這幾個字。

「喔，蕾蓓卡，妳怎能……」侯爵大人跟著嘆道，「這麼說來那老混帳死了，是吧？要是他懂得做人些，說不定早就能升上男爵啦，不用一輩子當從男爵。皮特先生差點就幫他拿個爵位，但他總是錯失時機，老是醉醺醺的。真是個老酒鬼！」

「我差點就當了老酒鬼的遺孀啦，」蕾蓓卡說道，「布里吉斯小姐，妳還記得吧，妳躲在門外偷窺，看到老皮特爵士向我下跪求婚哪？」我們的老朋友布里吉斯小姐一想到這回事，就滿臉通紅，聽到斯泰恩侯爵要她下樓，為他端杯茶來，心裡高興得很。

布里吉斯成了蕾蓓卡的看家狗，保證她的清白，維護她的名聲。克勞利小姐留給布里吉斯一點微薄的年金。本來她很樂意侍候珍夫人，留在克勞利家族裡，珍夫人對她向來很溫柔；但索斯頓夫人一等到合宜時機，就趕走可憐的布里吉斯小姐。皮特先生一直認為，她不過陪在克勞利小姐身邊幾年而已，因此嫌棄過世親戚給她的待遇太過優渥，沒有反對索斯頓寡婦趕走她的命令。鮑斯和菲金也都收到克勞利小姐留給他們的退休金和皮特先生的遣散令。兩人公開結婚後，依循同業的習俗，開了間旅館。

布里吉斯試著搬到鄉下，和親戚一起住，但發現自己早已習慣上流社會的生活，實在無法適應。布里吉斯的親友都在鎮上當小商販，為了賺走布里吉斯小姐每年四十鎊的收入而吵吵嚷嚷，比貪圖克勞利小姐遺產的親戚更加公開直接，令她一天到晚不得安寧。布里吉斯的哥哥是個激進分子，靠製帽和販賣雜貨營生。當布里吉斯小姐拒絕用年金資助他進貨，他轉而斥責妹妹是個愛炫富的貴族。事實上，她原打算資助哥哥的，但嫁給製鞋匠的妹妹反對，說哥哥快破產了。和哥哥信仰不同教派的妹妹把布里吉斯小姐接去她家住了一陣子。製鞋匠要布里吉斯小姐送他兒子上大學，把他教育成一名紳士。這兩家人想盡辦法奪走她的存款，最後她逃回倫敦，被自家兄妹咒罵忘恩負義。她厭倦自由生活，決心再次求職。她在報上刊登廣告：「教養良好、舉止優雅的陪侍，習於出入上流社交圈，急於謀求一職……」她住進鮑斯先生位於半月街的旅館，等待廣告得到回應。

就這樣，她和蕾蓓卡重逢。那天，布里吉斯小姐沮喪地再次走到西堤區《泰晤士報》的辦公室，第六次要求刊登廣告。當她身心俱疲地回到鮑斯先生的旅館門前，洛頓太太漂亮的小馬車如輕風一陣，達達駛到半月街上。馬車上的蕾蓓卡立刻認出這位教養良好舉止優雅的女子。蕾蓓卡心地善良，而且如前所述，前不久她還想起了布里吉斯呢。此刻一看到她，蕾蓓卡立刻停住兩匹小馬，把韁繩交還給車夫，興奮地跳下車，緊緊握住布里吉斯的雙手，而後者大驚失色，定了定神才恢復平時優雅的舉止。

她們一走進走廊，布里吉斯就掉下眼淚，而蓓琪開心地笑著，親吻眼前這位舉止優雅的女子。接著她們走進鮑斯太太的前廳，裡面掛了紅色雲紋毛料窗簾，牆上掛了圓鏡，鏡子上方有隻腳上鎖著鍊子的老鷹。牠盯著窗戶上的告示，上面寫著「尚有空房」。

好心腸的布里吉斯驚嘆兩人意外的巧遇，說了她所有的經歷，流了許多毫無必要的眼淚。雖然人們每天都會遇上其他人，但有些人寧願裝作不認識。而女人家呢，就算她們彼此厭惡，但一見了面總不免哭泣一番，回憶上次的爭吵，接著再哀嘆好一會兒。簡而言之，布里吉斯說了她所有的經歷，而蓓琪也秉持一向的真誠坦白，說了自己的故事。

鮑斯太太，也就是之前的菲金太太，走進過道，嚴肅地聽著前廳裡歇斯底里的啜泣和抽噎。她一向不喜歡蓓琪。自從菲金和鮑斯結婚後，他們常和家族過去的僕人往來，當然瑞格勒斯也是其中之一。聽到老瑞格勒斯描述上校的家務，鮑斯太太更是不快。「瑞格，我決不會相信他，我的好朋友，」鮑斯這麼說。當洛頓太太離開前廳時，鮑斯太太只冷淡地行了個禮。蕾蓓卡堅持和克勞利小姐過去的侍女握手，鮑斯太太依照禮節不得不回握，但她的手指就像香腸一樣冰冷，毫無生氣。接著她坐上馬車，輕快地駛向皮卡迪利，離開時不忘朝布里吉斯點頭告別，露出最甜美的微笑。布里吉斯小姐則站在窗前，就在那張「尚有空房」的告示下方，痴痴地朝她點頭回禮。蕾蓓卡的馬車騎進公園，多達半打的時髦男士立刻擁上前，騎馬跟在她的馬車後面。

當蓓琪打聽了朋友的處境，立刻得知克勞利小姐給了她豐厚的退休金。對我們舉止優雅的女子來說，薪水不成問題。一聽到這消息，蓓琪大發善心，替她擬定了些投資計畫。布里吉斯小姐會是她家完美的新成員。蕾蓓卡立刻邀請她當晚前去用餐，見見蓓琪心愛的小洛頓。

鮑斯太太提醒她的房客，誤闖獅穴必有風險。「布小姐，妳會後悔的，記好我說的話。我以鮑斯太太的名字保證。」布里吉斯答應她，自己會謹慎行事。就算有鮑斯太太的勸誡，布里吉斯不到一週就加入了洛頓太太的家庭。不到六個月內，她就借給洛頓．克勞利六百鎊。

第四十一章 蓓琪拜訪祖宅

克勞利上校夫妻做好參加喪禮的準備，通知皮特．克勞利爵士他們的抵達時間。夫妻倆再次坐上九年前，蕾蓓卡首次踏入上流世界時，和已逝的從男爵共同搭乘的老舊公共馬車。一路上，每座驛站的馬車停放處依舊看起來如此熟悉，她還記得那個她拒絕給小費的馬夫，還有那個忙著討好她的劍橋男子。他用自己的外套裹住了她呢！洛頓坐在車廂外面，事實上他很想親自駕車，但礙於仍在服喪，只能放棄。他坐在車夫旁，整段旅程口沫橫飛地和車夫閒聊馬匹、路況、驛站管理人等大小事，回憶起他和皮特還是少年時，經常乘坐公共馬車往來伊頓公學和家鄉，滔滔不絕地述說那些拉車馬匹由誰照顧。

到了莫德貝里，一輛兩匹馬拉的馬車前來迎接上校夫妻，車夫一身黑衣。「洛頓，是那輛舊馬車呢，」一上馬車，蕾蓓卡就指出，「這些布都被蟲蛀得很嚴重哪……你瞧這是皮特爵士留下的污痕……哈！瞧，鐵匠道森把窗板關上啦，皮特爵士老是抱怨那聲音太吵。那時我們為了你姑姑，去南漢普敦買了雪莉白蘭地酒，但被他打破了。日月如梭呀，時間過得真快！那不會是波莉．陶伯伊斯吧，就是那棟小木屋前，在母親身邊跳來跳去的小姑娘。我還記得那個髒小孩老是在花園裡偷拔草呢。」

馬車經過時，那對母女朝洛頓行了個禮，洛頓伸出兩指輕碰帽沿回禮，蓓琪也彎腰致意，優雅地朝路邊的人打招呼。看到路邊的人們都認得她，帶給她難以形容的喜悅，好像她再也不是個冒牌貨，這一回她踏上的是回家的路，回到家族祖先的故土。洛頓倒是尷尬得很，意志消沉。他腦中想起哪些純真的少年回憶？是否因懊悔、懷疑或是慚愧而心痛了呢？

「你的兩個妹妹現在也都成年了，」蕾蓓卡說道。這恐怕是她離開女王克勞利鎮後，第一次想起她曾經教導的那兩個姑娘。

「不知她們變得如何，太少聯絡了，」上校應道，「哈囉！那是老拉克媽媽哪！拉克太太，妳好不好呀？還記得我嗎？我是洛頓少爺呀，記起來了嗎？哎呀，那些老女人還真長命！我還小的時候，她就有一百歲啦。」

馬車正駛過由老拉克太太看管的莊園鐵門。她把鐵門拉開，左右兩旁的門柱上分別立了鴿子和蛇像，柱身覆滿了青苔。馬車穿過鐵門時，蕾蓓卡堅持與老太太握手。

「那個老頭把樹全砍了，」洛頓向四周探望，接著沉默不語，蓓琪也噤聲無言。他們都緊張極了，不斷回想往日時光。他想起伊頓，回憶既冷淡又拘謹的母親，還有他深愛的早夭妹妹。他還想著自己曾如何痛打皮特，同時也惦記著留在倫敦家裡的小洛頓。蕾蓓卡則想著自己的青春，幼年的痛苦和黑暗的祕密，如今她終於踏過一個又一個的里程碑，過著她想要的生活。除此之外，她還想起了平克頓小姐、喬斯和艾美麗雅。

碎石道和陽台都刷得很乾淨。大門上已掛上繪有紋章的巨幅喪幔。當馬車停在那熟悉的門階前，兩個面容嚴肅、身穿黑衣的高個僕人同時打開了祖宅的兩扇大門。上校夫妻挽著彼此，走進古老的門廳，洛頓滿臉通紅，蓓琪卻面色慘白。當他們走進那間橡木接待廳，蓓琪捏了一下丈夫的手臂。皮特爵士夫妻已在那兒等著迎接他們。皮特爵士一身黑衣，珍夫人也一身黑衣，我們的索斯頓夫人則戴了頂黑帽，上面插了許多羽毛和角形飾品，夫人的頭一動，那些羽毛和飾物也跟著擺動，看起來就像殯葬業者的托盤似的。

皮特爵士的判斷正確，索斯頓夫人離不開克勞利祖宅。在皮特和他叛逆的妻子前，一臉莊重的她什麼也不肯說，她一進育兒室，那如鬼魂般的陰鬱神態總把兩個孩子嚇得魂飛魄散。她自以為這算是對女兒和女婿的報復。

當浪子洛頓帶著妻子回到家鄉，索斯頓夫人只微微點了一下頭，以示歡迎。事實上，上校夫妻根本沒注意到索斯頓夫人的冷淡。對他們來說，這位夫人不過是次要角色罷了，他們最關心的是兄嫂的態度，兄嫂才是能帶給他們利益的人。

皮特的神色倒是頗為興奮。他站起來和弟弟握手，接著與蕾蓓卡握手，甚至還彎低了腰，向她敬禮。珍夫人握住妯娌的雙手，熱忱地親吻她。珍夫人的擁抱令我們的小冒險家溼了眼眶——我們都知道，她的臉上少有淚水裝飾。珍夫人真誠的關懷和信賴，令她又感動又欣慰，同時也給了洛頓信心，他的手指捲著鬍子，與珍夫人親吻問候，令珍夫人的雙頰緋紅。

「珍夫人真是個漂亮可人的小女人哪！」洛頓一和妻子獨處，就對嫂嫂品頭論足。「皮特變胖啦，把家裡打理得好極了。」

「他有錢哪，當然可以按心意安排，」蕾蓓卡說道，並同意丈夫的意見：「那個岳母真是可怕透頂。兩個妹妹都長得亭亭玉立，已經是年輕女人啦。」

原本在寄宿學校的一對姐妹，也被叫回來參加喪禮。皮特．克勞利爵士似乎認為，愈多人穿上黑衣，參加喪禮，愈能彰顯祖宅與家族的地位。宅子裡所有的男僕、女僕，救濟院的那些老女人（她們被老皮特爵士騙了很多錢），教士一家人，還有祖宅和牧師公館的所有僕從，全都穿上黑衣。除此之外，還有殯葬業者的手下，少說也有二十人，個個都頭戴黑紗。每到盛大喪禮，這群人就來往奔忙，可說是一場精采的表演，可惜的是，在我們這齣戲中，他們全沒有對白，我們就不多描述了。

在兩位小姑面前，蕾蓓卡沒有假裝忘了自己曾是她們的家庭教師，反倒真誠地聊起舊事，十分關切地詢問她們的學習狀況，宣稱自己時時惦記著她們，很想知道她們過得好不好。聽她這番話，你真會以為自從她離開後，就對兩位小姐朝思暮想，總是掛念她們的福祉。至少克勞利夫人和兩位小姑都這麼相信。

為晚餐更衣時，羅莎琳德小姐對薇奧蕾小姐說：「她這八年幾乎沒什麼變。」

「那些紅髮女人總是特別漂亮，」另一個回答。

「她現在的髮色比以前深多了，我想她一定染了頭髮，」羅莎琳德小姐又加上一句。「而且也比以前豐滿多了，總之她比以前更漂亮了，」她繼續說道。她自己也變胖了。

「至少她沒擺架子，還記得自己曾是我們的家庭教師，」薇奧蕾小姐暗示所有的家庭教師都該恪守本分，完全忘記她不只是沃波爾．克勞利爵士的孫女，莫德貝里的道森先生也是她的外公，因此她的紋章上畫了只煤桶。浮華世界中每天都會遇到許多心地善良的人士，跟這位小姐一樣健忘。

「牧師公館那些堂姐妹說的話，絕對是假的，她母親怎麼可能是芭蕾舞女……」

「人無法選擇自己的出生，」開明的羅莎琳德回嘴，「我同意哥哥說的話。她和我們成了一家人，我們理所當然該多關懷她。我認為布特嬸嬸不該多嘴。她還想讓凱特嫁給酒商哪，就是那個年輕的胡波，老是要他去公館收訂單呢。」

「我真想知道索斯頓夫人會不會走，她一看到洛頓太太，臉色就變得很難看，」另一人說道。

「我希望她快走。我才不想看那本《芬奇利公地的洗衣婦》，」薇奧蕾堅決地說。姐妹倆一邊聊天，一邊出了房門。她們迴避那條通往停棺間的走廊。那兒有兩個人守夜，緊閉的房間裡老是點著蠟燭。晚餐鈴一響，兩位年輕女子就到樓下餐廳，和家人團聚用餐。

不過在此之前，我們讓時間倒流一會兒，瞧瞧珍夫人把蕾蓓卡領到她特地為上校夫妻準備的一整套房間。在新任皮特爵士的治理下，全家僕役都動員起來，祖宅變得整齊又舒適多了。僕人已把洛頓太太簡樸的小行李送進房裡，安置在臥房和隔壁的梳妝間。珍夫人為蕾蓓卡脫去她身上的漂亮黑色軟帽和斗篷，詢問妯娌需不需要什麼東西。

「我最渴望的，」蕾蓓卡說道，「就是去育兒室，看看妳親愛的小寶貝。」語畢，兩位母親溫柔地凝望彼此，手牽手去了孩子的房間。

蓓琪看到未滿四歲的小瑪蒂達，興奮極了，說她是世上最迷人的小甜心。珍夫人的兒子不到兩歲，是個蒼白、眼神呆滯、頭很大的幼兒，而蓓琪讚美他的大頭是聰明的象徵，說他身材壯碩、伶俐機靈、帥氣可愛。

「我真希望媽媽別那麼堅持，強餵他一大堆的藥物，」珍夫人嘆口氣，「我常認為，少了那些藥，我們說不定會更健康些。」於是，珍夫人和她的新朋友親密地聊起育兒藥物經。據我所知，所有為人母者和大部分的女人都熱愛這些話題，一開口就停不下來。五十年前，本書作者是個好奇的小男孩，每晚吃過晚餐後，就必須隨女眷離開餐廳，我還記得她們多半在聊身體哪兒又不舒服了。後來我詢問過女性兩、三次，發現時代變了，但女性的話題倒是沒變。我美麗的女性讀者，今晚妳們別聚在甜點桌前，留心一下，和我們一起解開神祕的客廳之謎。總而言之，半小時後，蓓琪和珍夫人已成了交心的密友。當晚夫人還告訴皮特爵士，她認為妯娌是位仁慈、坦誠、不做作又溫柔的年輕女人。

輕易贏得老索斯頓伯爵之女的歡心後，不屈不撓的小女子決心與剛直的索斯頓夫人握手言和。一發現夫人獨處，蕾蓓卡立刻迎上前去。她的第一波攻勢是提出一連串的育兒問題，宣稱多虧了甘汞，她的親生兒子才得以存活，巴黎所有的醫生都放棄了，但不花一毛就能取得的甘汞卻救他一命。緊接著，她提到勞倫斯．葛瑞爾斯牧師。夫人常前往梅菲爾的一間禮拜堂，而葛瑞爾斯就是那兒的牧師，她說牧師常與她聊起索斯頓夫人。她接著述說自己經過許多的歷練和不幸，現在已痛改前非，希望過去追求世俗享樂、犯下許多錯誤的自己，不會被宗教拒絕在外。她宣稱自己渴望踏入虔誠的宗教生活。她述說過去克勞利先生總是孜孜不倦地指導她，是她的大恩人。她認真拜讀《芬奇利公地的洗衣婦》，獲得莫大啟發，並問起那位才華洋溢的作者好不好。愛蜜莉小姐現在已是霍恩．布勞爾牧師夫人，住在開普敦，她的丈夫有望成為喀非里亞的主教。

但最重要的是，蓓琪自己也仰賴索斯頓夫人幫忙。近來得知公公的死訊後，她就感到身體不適，心神煩躁，希望夫人願意給她一點醫藥方面的建言。索斯頓寡婦不只給了蕾蓓卡建議，晚上她還披著睡袍，偷偷潛入蓓琪的房間。身穿長袍的她，看起來根本是個如假包換的馬克白夫人。她向蓓琪送上一疊她最喜歡的宣道文章和親自調配的藥物，堅持洛頓太太立刻服用。

蓓琪立刻收下講道文，非常興奮地開始閱讀。她和寡婦熱情地談論這些文章，為她的靈魂帶來多少益處。事實上她想藉由靈性談話躲過那些藥物。但談遍了所有宗教話題，馬克白夫人仍不願離開蓓琪的房間，非要她立刻喝光那杯靈藥不可。可憐的洛頓太太不得不露出感謝的神情，當著不肯讓步的老寡婦，一口飲盡那份藥劑。這下子，馬克白夫人才心滿意足地退出受害者的房間。

可惜的是，索斯頓夫人特地調配的藥物一點也沒有讓洛頓太太舒服些。洛頓回到房裡，發現妻子的表情詭異。他聽著她生動地描述剛剛發生的事，像平常一樣哈哈大笑起來。幽默的蓓琪毫不掩飾地自我解嘲，說著自己付出了代價，成了索斯頓伯爵夫人的受害者。洛頓夫妻回到倫敦梅菲爾後，蓓琪活靈活現地說了這故事好幾回，把斯泰恩侯爵和小洛頓逗得放聲大笑。蓓琪在家人朋友前扮演那位寡婦，她披上睡袍、戴上睡帽，一臉莊嚴地長篇大論，假裝調配藥方，宣揚藥物帶來的神效。她的演技精湛，活脫脫就是鷹勾鼻伯爵夫人的翻版。在梅菲爾的小客廳裡，賓客總是高聲要求蓓琪「演一下索斯頓夫人和她的黑色靈藥」。索斯頓伯爵夫人這輩子總算帶給人們一點歡樂，雖然她對此一無所知。

皮特爵士還記得多年前，蕾蓓卡對自己格外畢恭畢敬，因此現在面對弟妹，他也頗為親切。雖然她和洛頓的婚姻是一場錯誤，但至少洛頓比以前成熟多了，光從上校的打扮和舉止，就看得出來弟弟已經改頭換面。再說，弟弟的婚姻也帶給皮特不少好運，不是嗎？狡猾的外交官默默承認，弟弟的婚事是助他獲得財富的最大功臣，同時提醒自己，至少他不該裝模作樣，反對兩人的婚姻。因此皮特爵士不會因蕾蓓卡的身世、舉止和言談而有任何不快。

以前蓓琪憑藉恭敬與佩服，贏得皮特的歡心，現在她更是加倍獻媚。皮特自認絕頂聰明，而蕾蓓卡總是公開指出實例，證明他的睿智過人，讚揚他的能說善道，令他驚喜之餘也更加自滿。

此外，蕾蓓卡說服了妯娌，一心撮合她和上校的是布特．克勞利太太。牧師太太為了個人私慾，渴望獨吞克勞利小姐的遺產，讓洛頓失去姑姑的偏愛，因此處心積慮撮合蓓琪和洛頓，兩人一結了婚，她就費盡心思編造不利蕾蓓卡的流言。「她的確讓我們陷入窮困，」蕾蓓卡帶著聖人般寬宏大度的口吻，「但我怎麼生得了她的氣呢？畢竟多虧了她，我才能獲得世上最棒的丈夫呀！更何況，她的詭計不也毀掉自己多年的期盼嗎？那些她幻想已久的財富，也從她手中溜走啦。窮困又如何呢！」她拉高聲音。「親愛的珍夫人，我們怎會在乎貧窮呢？我從小就過慣了窮困的日子。能夠加入這個名高望重的古老家族，就是我莫大的榮幸。一想到克勞利小姐的錢會讓祖宅重現往日的光輝風采，我就感謝不已。我相信皮特爵士比洛頓更清楚如何妥善運用那筆錢。」

珍夫人是世上最忠誠的妻子，她如實地將蕾蓓卡講的每一句話都向皮特爵士報告，讓他對蕾蓓卡的印象更好。喪禮過了三天後，全家人聚在餐廳吃飯時，坐在首位的皮特．克勞利爵士分切雞肉，甚至對洛頓太太說，「哎呀，蕾蓓卡，我分一塊雞翅給妳，好不好？」這句話讓小女人眼中綻現喜悅的光采。

蕾蓓卡忙著執行上面的計謀，編織種種的可能性。皮特．克勞利安排喪禮和其他計畫，確保未來的威望和事業都能步步高昇。珍夫人則在母親許可的範圍內，忙著教育孩子。日升日落，祖宅的鐘塔一如往日定時響起，召集眾人用餐和祈禱，而女王克勞利鎮大宅的前一位主人，一動也不動地躺在他曾睡過的房間，由專業的殯葬人士輪流守喪。他的旁邊總有一、兩個女人和三、四個男人，他們是南漢普敦最專業的送葬業者，全都穿著黑衣，謹慎守分地安靜行事，神情舉止全都帶著莊重的哀傷，看守著那具遺體。休息時，他們則聚在女管家辦公室裡玩牌和喝啤酒。

家族成員和僕役全都避開那個陰鬱的地方。家族各代的騎士與鄉紳都曾在那兒默默沉睡，等著被送進家族墓穴。沒人為老從男爵之死而惋惜，只有那個一心想成為老皮特爵士之妻和未亡人的可憐女人。她曾掌管家裡的大小事，差點就能成為名正言順的女主人，最終卻難堪地逃離。老皮特除了喜歡她，還頗欣賞一個老畫家，當他一步步失去行為能力，他和老畫家建立了某種情誼。但除此之外，他沒有半個朋友，沒人哀悼他的死亡，畢竟他這輩子都忙著得罪別人，從未真心想交朋友。要是我們之中最善良的好人離世後，能再次拜訪俗世，他或她會發現世人多麼快就揮別神傷，忘了自己，我想他們說不定會心痛極了。當然，前提是死後我們仍保有俗世的感情。就這樣，老皮特爵士被人遺忘了——就像我們之中最善良、最好的人一樣，只是比他們還快了幾週。

願意送葬的人在下葬的那一天，跟著老爵士的遺體前往墓地。他的家人搭乘好幾輛黑色的大馬車，盡責地表現哀傷的神色，緊握手帕，頻頻揩拭鼻子，準備接住那根本不曾流下的眼淚。殯葬業者和他的手下倒是十分哀戚。少數幾位佃農為了討好新地主而前來致悼。附近鄰里的仕紳派了空蕩蕩的馬車前來助陣，以每小時三哩的速度駛來。人人都表現得十分難過。教士依照慣例，說著「我們摯愛的兄弟已先走一步」。

人死後，我們在他的遺體上進行一連串既無謂又空虛的儀式。一堆騙子圍繞著他，行禮如儀，莊重地將他的遺體平放，用絨布包裹，再用金色的釘子釘上棺木。我們在墓地上立一塊石碑，刻下一堆謊言，就算任務已了。布特的副牧師是個從牛津畢業、十分聰明的年輕人，他和皮特·克勞利爵士一起，為深受眾人懷念的前任從男爵撰寫了一篇拉丁墓誌銘，字字都合乎禮教。副牧師也發表一篇中規中矩的講道文，勸誡世人不要太過哀傷，必須保持莊嚴，有天他們也將隨這位備受懷念的弟兄，走過那神祕陰鬱的生死之門。

講道結束後，有的佃農上馬離開，有的留下來，前去「克勞利家徽」酒館休息一下。車夫在祖宅僕人廳吃過午餐後，就駕著那些空蕩蕩的貴族馬車，朝四方散去。殯葬業者收起繩索、蓋棺布、絨布、鴕鳥羽毛和其他哀悼用品，爬上靈車車頂，指揮馬兒朝南漢普敦駛去。一過莊園大門，這些人就回復自然的表情，馬兒的腳步也變得輕快不少。也許有人看到這一票穿著黑衣的人們，踏進酒館大門，手中的酒瓶反射著耀眼的陽光。皮特爵士的輪椅被收進花園的工具間。老畫家有時會發出一、兩聲哀嘆，但他是大宅裡唯一一個懷念老從男爵的人。老皮特·克勞利爵士佔據這棟屋子六十年，然而除了老畫家，無人惋惜他的死亡。

這附近有很多鳥禽，再加上渴望成為政治家的英國紳士都視狩獵為己任，因此皮特·克勞利爵士一克服剛開始的喪父之慟後，就戴上帽子出門，參加這些消遣活動。當然他的白帽沿上仍別著黑紗。放眼望去，一想到那些土地和農作物都成了他的所有物，滿足感悄悄爬上他的心頭。有時，謙虛且感情纖細的他沒有帶槍，只帶了竹手杖，平和地外出散步。身材魁梧的弟弟洛頓走在他旁邊，另一側則跟著數名產業管理員，滔滔不絕地向他報告各種事務。自從皮特獲得財富與土地，他弟弟對他的態度也與往日大異其趣。身無分文的上校老是向他獻媚，對擔任一家之長的哥哥十分尊敬，再也不像以往嘲笑他是個懦夫。洛頓聽著哥哥的種植、排水計畫，頻頻點頭同意，也提出改善馬廄和牲口的方針。他還到莫德貝里去看一匹母馬，認為牠很適合當嫂子珍夫人的座騎，並表示願意為她訓練馬匹……等等。曾經桀驁不馴的龍騎兵現在變得謙恭溫良，成為值得皮特爵士信賴的好弟弟。

留守倫敦的布里吉斯小姐，毫不懈怠地向洛頓報告家中的小少爺過得好不好，小洛頓也會親自向父親寫信。「我很好，」他在信中寫道，「我希望你很好。我希望媽媽很好。小馬很好。葛雷帶我去公園騎馬。我會讓馬小跑步。我遇到一個男孩，我看過他在公園騎馬。當他的馬跑起來，他就哭了。我沒有哭。」洛頓向哥哥和珍夫人朗誦兒子寫的信，他們都聽得津津有味。從男爵保證，他會出錢讓姪子上好學校，而他善良的妻子給了蕾蓓卡一張鈔票，拜託妯娌幫她可愛的姪子買份禮物。

日復一日，克勞利祖宅的女眷過著平靜生活，從事鄉間女子喜好的娛樂。鐘聲響起，眾人按時用餐和晚禱。每天吃過早餐，年輕小姐就練習鋼琴，蕾蓓卡在旁指導。接著她們換上厚鞋，在莊園或灌木林間漫步，甚至越過圍籬，一路走到鎮上去。她們帶著索斯頓夫人的藥物和福音篇章，去拜訪住在小木屋裡的病患。索斯頓夫人會坐輕便馬車出門，而蕾蓓卡就陪在寡婦旁邊，一臉興致盎然地聽夫人絮絮叨叨發表宗教見解。當夜幕低垂，蕾蓓卡會向家人唱起韓德爾和海頓的歌曲，或織著一塊龐大的毛織物，好像她生來就過慣了這樣的日子，還會一直繼續下去，直到年紀一大把，再合乎禮節地長眠地下，讓後人深深地緬懷她。好像世上沒有憂慮，好像莊園大門之外，沒有債主、沒有詭計、沒有哄騙、也沒有貧窮正虎視眈眈地等著她，一有機會就向她伸出利爪。

「當個鄉紳的妻子一點也不難嘛，」蕾蓓卡想道，「要是我一年有五千鎊，必定能當個稱職的良家婦女。我可以在育兒室裡偷閒，數著牆上的杏桃。我可以在溫室裡澆灌植物，摘下天竺葵上的枯葉。我也能出門探訪老婦人，關心她們的風溼，為窮人準備價值兩先令六便士的湯。只要一年有五千鎊，我什麼也不缺，也不會想念城裡的日子。我可以駕馬出遊，到十哩外的鄰居家用餐，穿著前兩年流行的衣裳。我也能上教堂，在寬大的家族長凳上保持清醒，要是我好好練習，說不定還能學著在面紗下打盹呢。只要我有錢，我就能付清債務。這些自以為是的聰明傢伙，也不過有錢能付帳，就為此洋洋得意，瞧不起我們這些無辜的可憐罪人，一副悲天憫人的樣子。他們給我們的孩子一張五鎊鈔票，就自以為大方，而我們只因沒有錢，就得受人輕視。」

說不定蕾蓓卡的臆測沒錯——她和老實女人之間的唯一差別，就是錢和運氣罷了，誰知道呢？一想到世間的誘惑，有誰敢自稱比鄰居更有抵抗力？只要有蒸蒸日上的事業，舒服愜意的日子可過，就算壞人不會因此變得老實，至少能讓老實人不變壞。一個剛享用龜肉大餐的郡長，絕不會下車偷別人的羊腿肉，但要是他快餓死了，看看他會不會去偷吃別人的麵包。蓓琪想著，一個人從善還是為惡，其實全憑人生的運氣決定，以此自我安慰。

她再次流連於這棟她曾在七年前度過兩年光陰的祖宅莊園，踏入那些陰森的房間，走入古老的農地和森林、灌木林、池塘和花園。當時她還年輕，至少比現在年輕些，她已忘了自己曾經年輕過——但她清楚記得自己七年前的思緒和感受，並對比現在的心境。現在的她見過世面，和身分顯赫的人物同住，過去卑微的自己，如今地位不同凡響。

「我克服一切到了這兒，全是因為我有頭腦，」蓓琪想道，「世上其他的人幾乎全是些傻瓜。我再也不能回到過去，和爸爸畫室的那票人廝混了。現在來到我家門前的，再也不是可憐的藝術家，口袋裡只有揉爛的煙草，而是配戴星徽和勛章的勛爵們。我的丈夫是個紳士，伯爵的女兒成了我的妯娌。幾年前我原是這兒的家庭教師，跟女僕的地位不相上下，如今這兒成了我的家園。

但我是不是真過得比以前好呢？想想看，我原是畫家的女兒，在街角的雜貨店為了糖和茶葉討價還價……要是我嫁給那個迷戀我的法蘭西斯……也不可能比現在的我還要貧困多少。哎呀！我真希望能有一堆年息百分之三的債券，就算要我放棄地位和所有的親戚也無妨！」這就是蓓琪對浮華世界中人際關係的看法，她認為錢才是一切的保障。

也許她曾經考慮過，要是她當個老實謙恭的女子，盡她的責任，走著屬於她的人生道路，終有一天也能獲得同等的快樂，何必如此費盡心機？然而，就算蓓琪有過當老實人的念頭，但就像女王克勞利祖宅裡的子女，總是迴避亡父停棺的房間，匆匆經過而不願停步細看一樣，她不但閃躲這些想法，還蔑視它們——至少她已下定決心，義無反顧地朝一條無法回頭的道路前進。我個人相信，在人的道德感中，懊悔是最少出現的情緒。人一感到懊悔，不費吹灰之力就能消滅它，更何況大半人甚至從未感到懊悔過。我們只會因被逮個正著，為了恥辱或懲罰而遺憾，但在浮華世界中，很少人會因為做了「不對」的事而痛苦萬分。

暫居克勞利莊園的日子裡，蕾蓓卡盡己所能，用盡辦法，和那些獲得「不義之財」的暴發戶交朋友。她離開時，珍夫人和丈夫熱忱地祝福她，親切地與她告別，同時期待葛雷特剛特街的大宅修復裝潢完畢後，四人能在倫敦重逢。索斯頓夫人為她準備了一包藥物，同時請她轉交一封信給勞倫斯．葛瑞爾斯牧師。她在信中宣稱自己已拯救了把這封信轉交給他的婦人，讓蓓琪免受地獄之火吞食。皮特事先把洛頓夫妻的行李用貨車送到莫德貝里，還送了他們很多禽肉。當天他與洛頓夫妻共乘四匹馬拉的大馬車，送弟弟和弟妹到莫德貝里換車。

「妳就要見到妳親愛的兒子啦！妳一定開心得很！」克勞利夫人與妯娌告別時，親熱地說道。

「啊，我實在太開心啦！」蕾蓓卡應道，那雙綠眼朝天上望。事實上，她一方面很高興終於能離開這兒，一方面又不想離開。女王克勞利鎮實在愚蠢至極，但這兒的空氣不知為何特別純淨，比她住慣的其他地方新鮮多了。雖說每個人都無聊透頂，但他們卻非常仁慈和藹。「這不過是因為他們長久以來，每年都有百分之三的利息可拿罷了，」蓓琪心想。很有可能她想得沒錯。

不管如何，馬車駛向皮卡迪利，倫敦的路燈再次在她眼中閃爍。布里吉斯已在卡爾森街生起溫暖的爐火，小洛頓等著迎接他的爸爸和媽媽歸來。

第四十二章 奧斯朋一家

自從上回見到我們可敬的朋友，羅素廣場的老奧斯朋先生之後，又過了不少日子，而他一直鬱鬱寡歡。經歷那麼多悲歡離合，那麼多不如他意的事，並沒有讓他的脾氣溫和些。他認為自己的要求不多，但他對兒子婚事合理的期望，卻遇上那麼多反抗，令老先生傷透了心。再加上痛風、衰老、孤寂和許多次的失望，更令他意志消沉，一旦有人違抗他的指令，他的脾氣愈發暴躁。兒子過世後，他原本粗硬的黑髮很快就變白了，臉色則變得更紅。為自己倒波特酒時，他的手愈發抖得厲害。在西堤區，他的手下職員過著悲慘日子。回到家，他的家人也痛苦得很。我真想知道一心渴望持有公債的蕾蓓卡，是否願意放棄自己的貧窮、孤注一擲的興奮和命運機遇，換取奧斯朋的金錢和那沉悶陰鬱，一步步吞噬老人的單調生活。他曾向史華滋小姐求婚，但被她身邊的人輕蔑地拒絕了，他們把她許配給年輕的蘇格蘭貴族。像老奧斯朋這樣的人，原該娶個身分低賤的女人，一結婚就盡情欺負她，可惜的是他一直沒找到合意的對象，只好在家欺負那個還待字閨中的長女。

奧斯朋小姐出入都搭乘華麗馬車，拉馬車的馬也全是良駒，吃飯時她坐在女主人的位置，面前擺滿精緻的餐盤。她有自己的支票簿，出門時也有隨身男僕亦步亦趨，還能隨心所欲地賒帳。店家一看到她就鞠躬哈腰，滿口奉承。她過著女繼承人的優渥生活，但卻痛苦得很。不管是救濟院的小姑娘，十字路口的掃地婦人，還是僕役廳裡地位最卑微的幫廚女傭，都比她這個踏入中年的不幸女子要幸福多了。

「哈克與布洛克銀行」的布洛克家族的費德瑞克．布洛克先生娶了瑪麗雅．奧斯朋，但他心裡老大不高興，抱怨連連。既然喬治．奧斯朋死了，而他父親也把他的名字從遺囑中剔除，費德瑞克堅信老先生一半的財產應由他的妻子瑪麗雅繼承。好一陣子，他都堅持妻子應該獲得更多的財產，不願接受「殘羹剩飯」（這可是費德瑞克先生親口說的）。奧斯朋說費德瑞克早就同意娶身價兩萬鎊的瑪麗雅，現在不該要求更多。「就是這樣，他要就要，不要拉倒，隨他去死。」

自從喬治失去繼承人資格後，費德瑞克的胃口就變大了。他認為自己被這老商人給騙了，有一陣子認真考慮解除婚約。奧斯朋關閉他在布洛克和哈克銀行的帳戶，握著馬鞭到了交易所。他像往常一樣凶暴，說要是他遇見那個他連名字都不想提的混帳，就要用馬鞭痛抽他一頓。在這場家庭紛爭中，珍．奧斯朋倒是擔起安慰妹妹的角色，溫柔地說，「我早就告訴妳，瑪麗雅，他愛的不是妳，只是妳的錢。」

「至少他選的是我和我的錢，他可沒選妳和妳的錢，」瑪麗雅立刻頂嘴，還甩了甩頭。

不過這兩家人沒有真的斷絕關係。費德瑞克的父親和資深合夥人都勸他娶瑪麗雅，就算她只有兩萬鎊也沒關係，反正等到老奧斯朋一死，總會拿到另一半的遺產。因此他「服輸」了（也是他自己的說法），請老哈克做代表人，與奧斯朋先生握手言和。他宣稱反對這門親事的是他父親，老布洛克先生想盡辦法阻撓他，他本人其實一心想娶瑪麗雅。奧斯朋先生悻悻然地接受他編織的藉口。哈克和布洛克家族可是西堤區的貴族，和城西區真正的貴族，也就是他口中的那票「大佬」往來密切。對老先生來說，能夠向人宣稱，「先生，我女婿是哈克和布洛克銀行的第二代，先生，我女兒的表親瑪麗．曼格夫人，可是卡索穆第伯爵大爺的女兒哪！」是人生一大樂事。他總幻想自家也會成為真正的「大佬」。因此他原諒了小布洛克先生，同意婚事進行。

這是場盛大的婚禮，在漢諾威廣場的聖喬治教堂舉行。新郎家就住在附近，提供客人豐盛的早餐。那些「城西區的大佬」都受到邀請，許多人都在紀念名冊上簽了名。曼格先生和瑪麗・曼格夫人出席了，他們親愛的年輕女兒關德琳和吉妮維爾・曼格擔任伴娘。龍騎衛隊的布魯戴爾上校是米辛巷的布魯戴爾家族長子，也是新郎的表親，他偕同上校太太出席。勒凡特勛爵之子喬治・布特爾先生帶妻子曼格小姐現身。卡索托迪子爵也來了，詹姆斯・麥克穆爾閣下偕妻子史華茲小姐到場祝賀。除此之外還有許多知名人士出席，他們婚後全住在蘭巴德街，經常引薦金融區康希爾一帶的人加入貴族社交圈。

年輕的新婚夫妻婚後住在柏克利廣場的一間獨棟屋子，且在羅漢普頓一處銀行家聚集的地區，有棟小別墅。布洛克家的女眷都認為，費德瑞克的婚事不夠門當戶對。雖然她們家的祖父上過慈善學校，但她們嫁的丈夫全出自英格蘭血統最優秀的家族。瑪麗雅一看到賓客名冊上盡是名聲響亮的大人物，得意之餘，也深切地體認到自己的出身多麼卑微。為了彌補這個缺點，她決心盡量避免拜訪她的父親和姐姐。

但她不可能完全與父親斷絕關係，畢竟他還有數萬鎊的財產等著傳給後代。費德瑞克絕不會讓她與父親決裂。但年輕的她不擅掩飾心情，只有在舉辦不重要的宴會時，才會邀請爸爸和姐姐前來，而且她迎接他們時態度冷淡。她刻意迴避羅素廣場，甚至莽撞地哀求父親搬離那個粗俗可憎的街區。就算費德瑞克的手腕再圓滑，也彌補不了妻子鑄下的大錯。輕浮又不體貼的她，獲得遺產的機會大幅降低。

奧斯朋和長女有天晚上一同出席布洛克太太的餐宴，但離開時，老紳士在馬車上喋喋不休地咒罵：「怎麼？對瑪麗雅太太來說，咱們羅素廣場不夠好，嘿？所以她請她的父親和姐姐去她家吃隔天的剩菜？她裝模作樣地用法文稱呼那些配菜為『千』菜，我敢說全是昨天吃剩的，不然我就去撞牆！讓我們見些西堤區的傢伙和那些書呆子，把伯爵夫妻和貴人權士全留給她自己。貴人？全是群該死的混帳。我是個貨真價實的英國商人，我多的是錢，我一口氣就能買下那些哈巴狗，到時看他們會怎樣搖尾乞憐！勛爵咧！我有次在晚宴上看到一個勛爵居然對該死的小提琴手說話——我才不屑理睬那些樂手哩。他們不肯來羅素廣場，是不是？我住在那兒，我的酒比他們還要高級，我付的錢比他們還多，我的銀器比他們還閃亮，我那桃花心木的餐桌上供得起比他們還豐盛的菜色……全是些自以為是、偷偷摸摸、愛拍馬屁的蠢貨！詹姆斯，把馬趕得快些，我想立刻回到羅素廣場，哈、哈！」他憤怒地笑了起來，深深坐進靠邊的位子裡。想著自己擁有的一切，老先生如平常一樣，很快就感到安慰。

珍．奧斯朋完全同意父親對妹妹的評論。費德瑞克太太生下長子費德瑞克．奧古特斯．赫華德．史丹利．戴弗赫．布洛克後，她邀請老奧斯朋參加受洗禮，並請他當兒子的教父，而老先生送了外孫一只金杯，裡面還有給奶媽的二十基尼。「**我**發誓那些勛爵才不會給你們那麼多錢呢！」他說，並回絕了女兒的邀請，沒有出席。

然而這份貴重的禮物令布洛克全家大為滿意。瑪麗雅深信父親非常替她高興，而費德瑞克堅信他的長子和繼承人是世上最幸運聰穎的小嬰兒。

奧斯朋小姐獨坐在羅素廣場的家裡，讀著《晨間郵報》時，在〈時尚聚會〉之類的標題下面，時不時會看到妹妹的名字躍然紙上；而在一篇文章中，她甚至讀到在費德芮卡．布洛克夫人的引薦下，F. 布洛克太太入了宮，記者還描述她穿了什麼服裝。想必讀者可以體會這位老閨女此時的心情。珍的生活平淡無奇，正如前述，不可能出現那些輝煌的場面。事實上，她痛苦極了。

冬天早晨，天還沒亮，她就得起床為悶悶不樂的父親準備早餐，要是早餐來不及在八點半上桌，老奧斯朋就會大發脾氣，把全家上下趕出門去。用餐時，她坐在他的對面，兩人相對無言。

當父親讀報，和平常一樣享用他的英式瑪芬麵包和茶，她只能渾身顫抖地坐在那兒，聽著熱水壺發出的嘶嘶聲。一到九點半，他就出門前往西堤區。接下來直到晚餐之前，都是她的自由時間。她會去廚房責罵僕人；坐馬車外出，大駕光臨那些畢恭畢敬的店家；拜訪那些在西堤區大發利市的家族朋友，在那些陰沉的豪宅前，送上她或爸爸的名卡；不然就是獨坐在寬敞的自家客廳，等待別人來訪；或者，她也能坐在爐火前的沙發，認真地縫製一塊大布毯，聽著那座雕了伊菲革涅亞犧牲像的龐大時鐘滴滴答答地走，整點一到，就在陰沉的房裡敲響肅穆的鐘聲，宛若喪鐘。

大客廳裡爐台上的大鏡子，正對著對面牆上的大掛鏡。裹住吊燈的棕色麻布套在鏡裡反射為千萬個套子，客廳也變成千萬個客廳，而在這無限延伸的空間，只有孤伶伶的奧斯朋小姐一個人坐在中央。她移去罩住大鋼琴的科爾多瓦皮罩，試圖彈幾首曲子，但那零散的音符充滿悲傷，在空蕩蕩的宅邸中迴盪。喬治的照片全撤下了，堆放在閣樓的雜物間裡。儘管人們沒有忘記他，事實上父女兩人常常心照不宣地同時想起他，但再也沒人提起這位曾經受父親和姐姐寵愛的勇敢兒子和弟弟。

五點整，奧斯朋先生回到家吃晚餐，和女兒對坐無言，在一片沉寂中吃飯——除非廚子煮了不合他口味的菜色，那他就會狂暴粗魯地高聲咒罵。每個月，這對父女會相偕去拜訪朋友兩回，都是一些和奧斯朋地位不相上下，年紀也差不多，過著一樣無趣生活的朋友，比如住在布魯斯貝里廣場的老葛柏醫生夫妻；住在貝德福街的律師老弗瑞瑟先生，他是位地位十分顯赫的人物，因工作而時常與「城西區的大佬」往來；住在上貝德福德小廣場，孟買軍團的老利菲摩爾上校夫妻；老中士托菲夫妻；有時他們也會去拜訪大貝德福德廣場的老湯瑪斯．柯芬爵士夫妻。老湯瑪斯爵士是位法官，以愛判絞刑而聞名，他和奧斯朋先生用餐時，總會喝顏色特別深的波特酒。

這些人準備奢華的晚餐，回請羅素廣場愛請客的自負老商人。喝完餐後酒，他們會回到樓上，嚴肅地打幾局惠斯特牌，十點半就叫車夫備好馬車。我們這些可憐的苦命人常羡慕那些有錢人，而什麼不都缺的他們過的就是上述的日子。珍．奧斯朋見到的男人，多半都已超過六十歲，他們的生活圈中唯一一名單身漢是斯墨克醫生，他是位婦女疾病的權威。

我不會說奧斯朋小姐苦悶的生活毫無波瀾。事實上，可憐的珍懷抱著一個祕密。她那天性本就殘暴的父親，因驕傲和過度飲食而變得更加暴躁，而珍的祕密更讓老父暴跳如雷。這祕密與惠爾特小姐有關。她的表親斯梅先生是位知名的肖像畫家，是皇家藝術學院的院士，有時會擔任上流小姐的繪畫老師。斯梅先生早就忘了羅素廣場在哪兒，但在一八一八年，他曾經開心地拜訪那兒，教奧斯朋小姐畫畫。

斯梅的老師是費瑞斯街的沙爾貝先生，一個沒有受過正規教育，事業不成功又放蕩的人，但他的確畫技高超。珍的戀情總是無疾而終，至今小姑獨處，非常依賴惠爾特小姐，而惠爾特小姐把表親斯梅介紹給她。斯梅愛上了奧斯朋小姐，據說她對他也很有好感。惠爾特小姐暗中給了他們不少機會。我不知道當這對師徒練畫時，她是不是常藉故離開，好讓他們有機會獨處，談情說愛，交換愛的誓言。我不知道她是不是暗暗寄望，要是表親娶了有錢商人的女兒，獲得她的錢財，就會給她一份豐厚回禮。我只知道，有人暗示奧斯朋先生這些安排，於是他突然回家，握著竹杖闖進畫室，畫家、學生和學生的侍伴全都面色蒼白地望著他。他立刻把畫家趕出家門，威脅要打斷畫家身上的每根骨頭。半小時後，他也把惠爾特小姐攆出去，把她的行李一腳踢下樓梯，踏扁她的帽盒。當她搭上出租馬車離開時，他還在後頭對馬車揮舞拳頭。

接下來好幾天，珍．奧斯朋一步也沒踏出她的臥房。父親不准她有任何侍伴，發誓要是她沒有取得他的同意，私下結婚，那麼她一先令也拿不到。奧斯朋先生需要有人打理家務，因此認為珍根本不用結婚。他的女兒不得不放棄所有談情說愛的機會。父親在世期間，珍一直過著前面描述的苦悶生活，只能心甘情願當個老閨女。與此同時，她的妹妹每年都在生小孩，每年都為孩子取了更響亮貴氣的名字，姐妹之間的感情愈來愈淡漠。「珍和我渴望的是不一樣的生活，」布洛克太太說道，「當然，她還是我的姐姐。」這句話的意思是什麼呢？當一位太太宣稱她把珍當作姐姐看待時，她指的到底是什麼意思？

前面提到，達賓家的小姐們和父親住在丹麥丘的一座華美別墅裡，那兒的花園有小喬治・奧斯朋念念不忘的美麗葡萄園和桃子樹。達賓家的兩位小姐常到布朗普敦探望我們親愛的艾美麗雅，有時也會去羅素廣場拜訪老友奧斯朋小姐。我相信她們是依人在印度的少校哥哥之命，才去拜訪喬治太太，偏偏她們的父親非常敬重長子的意見，她們無法違抗。少校是艾美麗雅兒子的教父和監護人，仍舊希望男孩的祖父終有一天會心軟，為了死去的兒子，接納小喬治為他的孫子。達賓家的小姐，總會把艾美麗雅的近況一五一十地告訴奧斯朋小姐，說她和父母同住，他們一家都非常窮苦。她們想不通世上的男人，特別是她們的哥哥和親愛的奧斯朋上尉，到底是看上那平庸女子的哪一點。她和之前一樣多愁善感，沉悶又無趣。但她們讚揚小喬治是世上最優雅的小男孩，畢竟所有的女人一提起小孩，難免變得溫柔起來，連最尖酸刻薄的老閨女也不免疼惜小孩。

達賓姐妹邀請了好幾次後，有天艾美麗雅終於同意讓小喬治跟達賓姐妹到丹麥丘玩——那天她打算寫信給人在印度的少校。她為了達賓姐妹告訴她的消息，恭賀少校，祝福他和未來妻子白首偕老。當她在苦難中時，善心的少校為她做了千萬件好事，證明他是她最忠誠的朋友，她為此真誠地感謝他。她告訴他小喬治近來的生活，說兒子去了他的父母家，正和他妹妹度過美好的一天。她在許多地方都加上底線加強語氣，最後溫柔地簽下「你的朋友，艾美麗雅・奧斯朋」。她一反往常，全然忘了向奧大德夫人致意，也完全沒提到葛洛薇娜的名字，只用「少校的新娘」稱呼她，並祝福她幸福快樂。少校即將結婚的消息，讓艾美麗雅卸下心防，不再對少校那麼含蓄。

她很高興自己終於能夠坦承與少校的友情深厚，自己對他懷抱無限感激。至於葛洛薇娜（啊，好個葛洛薇娜！），要是天使飛到人間，向艾美麗雅暗示她心底嫉妒葛洛薇娜，她必會輕蔑地大聲駁斥。當晚，當喬治興高采烈地坐在小馬車裡，由威廉・達賓爵士的老車夫送回家，他的脖子上掛了一條精緻的金鍊和懷錶。他說那是一位長得不漂亮的老太太送他的，她抱著他又哭又親了好一會兒，但他不喜歡她。他很喜歡葡萄。而且世上他只喜歡媽媽一人。艾美麗雅嚇了一大跳，心下惴惴不安。這膽小女子一聽到亡夫的親戚見了兒子，就不禁滿心惶恐。

奧斯朋小姐及時趕回家，確保父親的晚餐準時上桌。那天他在西堤區看準時機，賺了一票，心情很好，注意到女兒神色與平時有異。她雖然強自鎮定，仍難掩心情激動。「奧斯朋小姐，妳怎麼了？」慈悲心大發的他，出聲問道。

他女兒哭了起來。「啊，先生，」她說道，「我見到了小喬治。他像天使一樣美麗……簡直是他的翻版！」坐在她對面的老人一句話也沒說，但他的臉漲得通紅，四肢顫抖不已。

第四十三章　請讀者快步繞過好望角

讀者們別再驚訝，趕緊越過一萬哩，到我們的印度帝國馬德拉斯一帶的邦德剛吉軍營，見見我們某軍團的英勇老朋友。他們駐紮於此，指揮官仍是勇敢的上校，麥克．奧大德爵士。時間對這位健壯軍官很仁慈，大凡而言，腸胃健康、脾氣溫和又不太用腦、沒什麼煩惱的男人通常過得很好。吃午餐時，上校靈活地揮舞刀叉，晚餐重拾這套武器，也運用得十分成功。吃完這兩頓飯，他就抽水菸。當妻子怒罵他時，他就像當年在滑鐵盧面對法國炮火一樣鎮定，安靜地吞雲吐霧。年紀與印度炎熱的天氣，都沒能讓瑪洛尼家和莫羅伊家的後代失去活力或能言善辯的口才，不管在馬德拉斯還是布魯塞爾，餐風露宿或住帳篷，我們的舊識上校夫人都如魚得水。軍隊行進時，你會看到她坐在莊嚴的大象上，後頭跟了一整支軍團，多壯麗的景象啊！她坐在巨獸上，深入叢林獵老虎，會見當地的王公貴族。他們熱烈歡迎她和葛洛薇娜，甚至把她們迎入後宮深處，送她披巾和珠寶。她必須費盡力氣克制欲望，才能開口拒絕。她所到之處，每個崗哨都會舉手歡迎她，她板著臉，輕觸帽沿當作回禮。在馬德拉斯轄區，奧大德夫人是最偉大的女性之一。

至今，馬德拉斯還有不少人記得她和史密斯夫人——陪席法官米諾斯．史密斯爵士之妻——大吵一架。上校太太當著法官太太的面彈指頭，還說她**絕不會**走在卑微的文官後面。如今那場爭執已是二十五年前的事兒，但人們還忘不了奧大德夫人在總督府大跳捷格舞的身影，那晚她和兩位副官、一位馬德拉斯騎兵團的少校、兩位公務官跳了舞。獲得巴斯三等勳章的達賓少校是某軍團的副指揮官，他開口勸奧大德夫人回到餐廳喘口氣，才讓她停下來。雖然她累壞了，但還沒盡興哪。

佩姬．奧大德一點也沒變，她的思想舉止依舊仁慈善良，脾氣依舊火爆。愛下命令的她是丈夫麥克的主宰，全軍團的女眷都聽她號令，而她也是所有年輕士兵的母親。當他們生了病，她會悉心照料每一個人；當他們遇到困難，她為他們說情，因此她廣受年輕人愛戴。然而副官或上尉的太太們（達賓少校仍舊單身）卻聚在另一頭碎念，刻意冷落她。她們說葛洛薇娜愛擺架子，佩姬控制欲太強，讓人無法忍受。柯克太太安排了一場小小的講道會，但奧大德太太出手干預且大肆嘲笑，讓年輕人不願聽她佈道。佩姬說一名士兵之妻不該妄想當個牧師，柯克太太還不如替丈夫補補衣服，要是軍團真想要聽人講道，她的主教叔叔就是最好的人選。史杜伯中尉和軍醫太太調情，立刻被奧大德太太制止，她威脅史杜伯，要是他不願收手並請病假前往好望角，就得立刻還她錢（這位年輕人依舊浪費成性）。當波斯基發起酒瘋，朝妻子揮舞當晚他喝光的第二瓶白蘭地酒瓶，波斯基太太只能逃出小木屋，也是好心的奧大德夫人收留了她。當波斯基發了震顫性譫妄，是她照顧他，也是她幫他戒酒。沒辦法，男人總是難逃惡習，而波斯基就愛喝酒。簡而言之，遇到苦難，有奧大德夫人撫慰人心；天下太平時，她成了最愛管閒事的朋友；她自以為是，充滿決心毅力，毫不在乎他人的阻撓。

她除了有各種堅持，還深信葛洛薇娜該嫁給我們的老友達賓。奧大德太太知道少校有著大好前程，欣賞他的種種優點，還有他在軍隊高人一等的品性。葛洛薇娜是個臉色紅潤，黑髮藍眼的年輕美女，不但會騎馬，又彈得一手好琴，愛爾蘭科克郡就屬她的奏鳴曲最為動聽，根本與達賓是天作之合，絕對會帶給他幸福，遠比那個達賓放不下的可憐人，善良但體弱多病的艾美麗雅好得多。

「瞧瞧葛洛薇娜走進來的模樣，」奧大德太太說，「再比較一下那可憐的奧斯朋太太，連對著一頭鵝，她也不敢噓聲喝阻。少校，她才配得上你，你沉默寡言，得有人替『尼』說話才行。雖說她的血統比不上咱們瑪洛尼或莫羅伊家，但我跟『尼』說吧，她來自一個古老的家族，任何貴族娶了她家的人都會為此自傲的！」

在葛洛薇娜認識達賓並打算將他收服於掌中之前，她其實已在別的地方試過身手。她在都柏林度過一個社交季，而誰知道她在科克、啟拉尼、馬羅度過幾季？愛爾蘭每個軍營的單身軍官、看來不差的單身漢都逃不過她的挑逗。她在愛爾蘭訂過十次婚，也和巴斯的教士有過婚約，可惜那個負心漢傷透她的心。她一搭上航向東印度的「拉姆珊德號」，就跟船長和大副一路調情到馬德拉斯。哥哥和奧大德太太都在馬德拉斯，在兄嫂的陪同下，她積極參與當地的社交宴會，而達賓少校正是這兒的副指揮官。在這裡，每個人都仰慕她，每個人都想與她跳舞，偏偏值得嫁的人選都沒上門提親——有一、兩個很年輕的中尉為她傷心，一、兩個沒留鬍子的文官為她傾心，不過這些人都因不合她的標準而被拒絕了。至於其他更年輕的閨女，已搶先她一步結了婚。人生中的確有些女人遇到這樣的命運，其中不乏外貌姣好的女性。她們感情豐富，輕易陷入情網，半個軍隊的人都陪她們散步騎馬過。然而，年近四十的幾位歐葛瑞第小姐依舊待字閨中。葛洛薇娜堅稱，要不是奧大德夫人不幸和法官夫人吵了架，她一定能在馬德拉斯找到良配，那時位居高位的官員老查特尼先生，差一點就要跟她求婚了。不過老查特尼先生後來娶了一位年僅十三歲的朵比小姐，她剛離開學校，從歐洲一踏上印度的土地就成了親。

奧大德夫人和葛洛薇娜每天總要吵好幾次架，爭吵的題材可謂五花八門。說實話，要不是麥克．奧大德的脾氣可與天使媲美，不然成天聽兩個女人在耳邊爭吵，早就把他逼瘋了。雖然這對姑嫂平時吵吵嚷嚷，但她們倒是同意一件事，那就是葛洛薇娜該嫁給達賓少校，除非少校同意這門親事，不然她們絕不罷休。過去四、五十次的失利並沒有擊潰葛洛薇娜的鬥志，她已準備好集中炮火，圍攻少校。她無休無止地對他唱愛爾蘭歌曲，老是一臉哀戚地問他，要不要到她的閨房坐坐。說實話，一個五感健全的男人居然能拒絕如此誘人的邀請，實為一大奇蹟。她毫不厭倦地詢問少校，是不是年輕時經歷了傷心事。她已準備好洗耳恭聽他那些出生入死的故事，並像《奧塞羅》裡的戴絲德蒙娜一樣哭泣。前面提過我們親愛的老實朋友私下愛吹笛，葛洛薇娜堅持要與他來場二重奏。兩人一演奏，奧大德夫人就毫不掩飾、手法拙劣地起身離開，讓兩人獨處。葛洛薇娜早上出門時，堅持要少校騎馬陪在旁邊。整個軍營都看到他們出遊和歸營的身影。她老是傳紙條到他的住所，向他借書，還用鉛筆在書上劃線，標示令她大為感動、覺得有趣或感同身受的段落。她向少校借馬、借僕人、借湯匙、借轎子……可想而知，兩人好事已近的流言四起，而少校遠在英格蘭的妹妹們也以為家裡馬上會多一位嫂嫂。

受到葛洛薇娜猛烈攻勢的達賓，反倒一派悠閒，漫不經心的樣子令人髮指。當軍團的年輕人朝他打趣，說葛洛薇娜對他的愛慕顯而易見，他只會哈哈大笑。「呸！」他說，「她只是在保持競爭力罷啦——她把我當作練習魅力的對象，就像借彈托瑟太太的鋼琴一樣，只因為整個軍營裡，那是最容易取得的樂器。對年輕又美麗的葛洛薇娜來說，我不過是個歷經風霜的糟老頭罷了。」因此他不介意騎馬陪她出遊，替她抄寫樂譜和詩歌，恭順地陪她下棋。畢竟，駐守印度的軍官也只能靠這些單調娛樂打發時間，而那些喜好外出的人則去獵狗射鷸，不然就是賭博、抽雪茄、暢飲兌水白蘭地。

至於麥克·奧大德爵士，雖然妻子和妹妹異口同聲地要他向少校施壓，逼少校表明心意，別再可惡地折磨純真女人心，但老軍官直言拒絕，完全不想在兩人的陰謀中摻上一腳。「有點信心，少校不是小孩子啦，他有自己的主見，」麥克爵士說，「若他要『尼』，他自然會對『尼』開口。」不然他就詼諧的結束話題，宣稱：「達賓年紀太小，成不了家，什麼事都得寫信回家請教媽媽哪。」不只如此，他用過更滑稽的方式取笑過達賓。然而私底下，他警告少校小心，喊道，「達伯呀，我的好孩子，你要小心啦，那些姑娘就愛無端生事——歐洲剛送了一整箱的禮服給我太太哪，有件粉紅緞面洋裝是給葛洛薇娜的。她們不會讓『尼』逃出手掌心，達伯。要是魅力對『尼』沒用，她們就打算用漂亮緞布讓『尼』屈服！」

事實上，不管是美貌還是華服都無法征服他的心。我們老實的朋友腦中只有一個女人，而那位女子和身穿粉紅緞袍的葛洛薇娜・奧大德毫無相似之處。那是個身材嬌小的溫柔女子，只穿黑衣，有雙明亮大眼和一頭棕髮。除非有人對她說話，不然她很少開口，而她的聲音和葛洛薇娜小姐一點兒也不像。她是位年輕的母親，一開口就是柔情的勸哄兒子，微笑地要少校瞧瞧她的小寶貝。那個女子曾是有張玫瑰色臉龐的俏姑娘，在羅素廣場的家，她會唱著歌走入客廳，或倚在喬治・奧斯朋的臂彎裡，沉浸在幸福愛情中……我們老實少校的腦海中，不分晝夜只看得到這個姑娘的倩影，她就是他的主宰。

然而，少校心中的艾美麗雅，可能和她本人大不相同。威廉在英格蘭時，偷偷把妹妹一本時尚雜誌中的一幅插圖撕下來，放在書桌上。他認為畫中女子和奧斯朋太太有幾分神似，但我看過那幅畫，我保證，畫裡的姑娘有張虛假的娃娃臉，穿著高腰禮服，一點兒也不像他的心上人。也許達賓先生心中的艾美麗雅，就和那幅詭異的小畫一樣，全是虛幻的。但被愛情迷惑的人，又有誰比他清醒多少？要是他看清自己的幻想，難道就會更快樂嗎？說不定沉浸幻想的他更幸福呢？總之，達賓完完全全是她的俘虜。但他不會向朋友或其他人公開自己的心情，也不會為愛情廢寢忘食。自從上次我們見到他以後，他的頭髮開始變白，柔軟棕髮間出現了一兩根銀絲，但他的感情未曾改變分毫，不曾老去。他的愛情就像男人記憶中的青春一樣，亙古彌新。

我們提過兩位達賓小姐和艾美麗雅都會從英格蘭寫信給少校，奧斯朋太太真心誠意地恭賀他與奧大德小姐的婚事。「你兩位仁慈的妹妹剛剛拜訪了我，」艾美麗雅在信中寫道，「通知我一件**非常重要的大事**，讓我向你獻上**最真摯的恭賀**。我聽說你即將與一位年輕小姐**共結連理**，我希望她與你十分相配，每一方面都像你一樣仁慈善良。可憐的寡婦無法獻上大禮，只能為你們祈禱，誠懇地祝福你們**幸福美滿**！小喬治**向他親愛的教父**獻上他的愛，希望你不會忘了他。我告訴他很快你就會**有自己的家庭**，我相信將與你步入禮堂的女子值得**你全心疼愛**。雖然婚姻是世上最強烈神聖的關係，遠超過**其他任何感情**，但我相信，一直以來你十分保護疼惜我們這對孤兒寡母，**你心中永遠會為我們留個角落**。」我們之前已提及這封信，其中內容大略如上，從頭到尾都堅稱寫信的人為他的婚事非常喜悅。

送來這封信的貨船從倫敦啟程，船上也載著奧大德夫人的新衣。不用懷疑，在這批新到的郵件貨物中，達賓首先拆的就是這封信。收信人一讀了信就變得魂不守舍，葛洛薇娜、她的粉紅緞袍和她所有的物事，都變得醜陋可憎。少校痛恨碎嘴的女人，應該說他討厭大部分的女人。那天他什麼事也看不順眼，天氣太過炎熱，閱兵儀式乏善可陳。老天爺，難道一個聰明人只能日復一日檢視士兵的服儀，帶著一群傻子演習，就此了結人生？交誼廳那些年輕男子的無謂談笑令他煩躁。他已經年近四十，哪會關心史密斯中尉射了幾頭禽鳥，或布朗少尉的母馬贏不贏得了比賽？餐桌上的笑話全都令他難堪不已。他太老了，助理醫生的打趣、年輕士兵的俚語，再也無法令他發笑，然而禿頭的老奧大德滿臉紅光，倒是被逗得大笑不止。老人聽了這些笑話足足有三十年，達賓自己也聽了十五年。而在吵鬧沉悶的軍營餐廳用過晚餐後，接下來還要面對女眷的爭執和誹謗！這一切都令他難以忍受，他為自己的生活感到丟臉。

「啊，艾美麗雅、艾美麗雅，」他想道，「我對妳向來忠貞，妳卻誣蔑我！我過著百無聊賴的痛苦日子，全因為妳對我沒有感情。我為妳無怨無悔付出這麼多年，而妳給我的回禮，卻是祝福我和那個招搖的愛爾蘭女人結婚！」可憐的威廉難受得很，傷心地懊悔過去。他從未如此痛苦孤寂過，甚至不想再活下去，渴望就此告別浮華俗世——不管他如何努力，終是徒勞，他的未來只有無止無盡的苦悶生活，毫無樂趣可言。整個晚上他輾轉難眠，一心想要回鄉。艾美麗雅的信令他空虛得不得了。就算他對她一片忠誠，滿懷真誠的熱情，也無法溫暖她的心。她不願承認他愛的人明明是她。他往床上一倒，對她自言自語。「老天爺，艾美麗雅！」他說道，「難道妳不明白世上我只愛妳一人——而妳的心冷硬如石，總是冷淡地對待我——當妳生了重病，沮喪又哀傷，是我照顧妳好幾個月。但當我離開時，妳卻微笑告別，門還沒關上，妳就已把我拋在腦後！」

他的印度僕人躺在陽台上，驚愕地望著平時冷靜寡言的少校，此刻變得神情激動，看起來心如刀割。要是她見了他這副樣子，會不會同情他呢？他把她所有的信讀了一遍又一遍，有些信和財務相關——他撒了謊，讓艾美麗雅相信她丈夫留了一間小屋子給她——有的只是簡短的邀請字條，但只要是她寄來的信，他全都不放過，一一細讀。啊，她的文字多麼冷淡，雖然仁慈，但寫的全是自私的話題，完全沒有半點感情！

要是附近有個溫柔善良的人兒，明白並欣賞達賓少校沉默而寬厚的心，說不定就能終結艾美麗雅對他的箝制，讓他的愛意流向別人，獲得溫暖的回應。誰知道呢？可惜的是，他身邊只有甩著一頭烏黑鬈髮的葛洛薇娜，他很清楚兩人之間毫無交集。這時髦的年輕女子並不是真心愛著少校，她真正想獲得的是少校的**仰慕**——這就是她虛榮至極的使命，但考量一下這姑娘的手段，就知道她實現願望的可能性微乎其微。她細心地燙捲頭髮，向他炫耀赤裸的肩膀，好像在說，「尼」可曾看過更烏黑亮麗的鬈髮、更迷人的臉蛋呀？她對他露齒而笑，好讓他看清她的每一顆牙齒都牢靠得很，但她這些魅力，他都視而不見。

奧大德夫人收到新衣後不久，也許是為了炫耀一番，她與軍團女眷合力辦了場盛大舞會，邀請全連軍士和所有官員。葛洛薇娜穿上那件必勝的粉色洋裝。少校雖然出席了，卻只是神色悵然地在各廳房來回踱步，根本沒注意到那件粉紅衣裳。葛洛薇娜和軍營裡所有的年輕副官起勁地跳舞，卻無法激起少校半點妒意。到了晚餐時間，她挽著騎兵團班格斯上尉的胳膊步入餐廳，也無法令少校發脾氣。嫉妒、華服、裸肩都無法令他動心，但葛洛薇娜除此之外再無其他法寶。

這兩人可說是浮華人世的典範，各自渴望著無法得到的事物。葛洛薇娜因喪氣而憤怒，哭著承認自己「從未如此想要贏得一個男人」。她和嫂嫂感情好時，就會對奧大德夫人哀聲嘆氣：「他會傷透我的心，一定會的，佩姬。我一定有件足以迷倒他的衣服才是……我都瘦成皮包骨了。」不管她是胖是瘦，歡笑還是憂傷，坐在馬背還是鋼琴前，少校都無動於衷。至於上校，他抽著菸斗，聽著妹妹的抱怨，建議下次從倫敦送些黑衣給葛洛薇娜穿，還說起一個神祕的故事：愛爾蘭有個女人還沒得到丈夫，就因失去丈夫而傷心得死了。

正當少校一副猶豫不決的樣子，不向任何人求婚也拒絕愛上任何人，有艘船從歐洲航向印度，帶來新的郵件，其中也有幾封寄給傷心男人的信。這些來自家鄉的信件，上面的郵戳日期比前一批郵件還要早，達賓少校很快就認出有封信上是妹妹的筆跡。他這妹妹寫信給哥哥時，老是刪刪改改，收集所有可能的壞消息來嚇他，以兄妹間的坦誠口吻對他長篇大論，她那些以「我最親愛的威廉」為抬頭的信總是讓他難受得很，一整天都提不起勁。達賓小姐最親愛的威廉並不急著拆開她寄來的信，總是等到心情不錯的日子才讀信。更何況，兩週前他還寫信怒罵妹妹對奧斯朋太太散布毫無根據的流言，同時也對心上人回了封信，解釋那些關於他的故事全是虛構，向她保證自己「無意終止單身漢的生活」。

第二批郵件抵達馬德拉斯兩、三天後，少校在奧大德夫人家度過一個頗為愉快的晚上。葛洛薇娜認為，當她唱著〈兩河交會〉、〈遊唱男孩〉和其他一、兩首她認為他偏好的曲子時，少校似乎比平時專心聆聽。事實上在少校耳中，葛洛薇娜的歌聲和窗外月下的狗吠差不多，她只是像往常一樣自作多情罷了。奧大德夫人晚上最喜歡的娛樂就是和軍醫玩牌，因此他陪葛洛薇娜下了棋。平時告退的時間一到，達賓少校就準時告別上校一家人，回到自己的住所。

桌上妹妹的信似乎在責罵他。他拿起信，為了自己之前的刻意忽略而羞愧，準備好度過痛苦的一小時，讀讀遠方執拗的妹妹寫的信。少校離開上校家約莫一小時後，麥克爵士已經酣睡，葛洛薇娜一如往常，把滿頭烏黑鬈髮用無數小紙片固定好，確保鬈髮不會變型，而奧大德夫人也回到一樓的臥房休息，固定好蚊帳的下緣。就在此時，指揮官公館大門的守衛發現達賓少校踏著月色而來。一臉心神不寧的他步伐急促，匆匆忙忙走過哨兵面前，直直衝向上校臥房的窗戶。

「奧大德——上校！」達賓放聲大喊。

「老天爺，『稍』校呀！」葛洛薇娜頂著滿頭的捲髮紙，從窗戶探身出來。

「達伯，我的好孩子，發生什麼事啦？」上校問，以為軍營裡出了火災，或者總部發布了開拔令。

「我……我非請假不可。我得回英格蘭……我有緊急的私人事務要辦，」達賓回道。

「老天爺，到底發生了什麼事呀！」葛洛薇娜渾身顫抖地尋思。

「我今晚就要離開……現在……馬上出發，」達賓接著說。上校已起身，走到屋外和下屬說話。

少校剛讀了達賓小姐刪刪改改的信件，信尾附註寫道：「昨天我坐馬車去拜訪你的**故友**，奧斯朋太太。這一家人自從破產後，就住在破爛地方，你知道的。從小屋門口那面銅牌看來，薩德利先生當了煤炭商。我得說，那銅牌比之前的好看了些。那個小男孩，也就是你的教子，的確是個漂亮孩子，就是早熟了些，還有點莽撞任性。但我們依照你的心意，對他多加關照，還帶他去見他的姑姑奧斯朋小姐，她很喜歡他。也許他的爺爺——不是那個溺愛他的破產外公，是羅素廣場的奧斯朋先生——會為了你朋友——**他那個誤入歧途的任性兒子**——而心軟。我想艾美麗雅很願意放棄兒子。那位寡婦已**不再服喪**，馬上就要嫁給一位可敬的紳士賓尼牧師，他是布朗普敦的教士。這不是什麼好姻緣，但奧太太老了不少，我看到她頭上冒出不少灰髮——不過她精神不錯。你的小教子在我們家大吃一頓。媽媽送上她的愛。愛你的，安・達賓敬上。」看了這段話後，少校就衝去找上校了。

第四十四章　往來於倫敦和漢普郡之間

我們的老朋友克勞利家族位於葛雷特剛特街的家宅正面，仍掛著哀悼皮特・克勞利爵士辭世的喪徽。這幅繡了家徽的喪旗極為華麗，讓整座大宅都比上代從男爵在世時更加輝煌耀眼。磚牆經過一番清洗，上面黝黑的污痕都已清除，紅磚牆與白磚縫形成活潑的對比。門環上古老的銅獅子鍍了一層金，欄杆也都上了新漆。老皮特・克勞利爵士的遺體經過漢普郡的女王克勞利大道沒多久，兩旁行道樹的綠葉都還沒變黃，倫敦葛蘭特剛特街上最慘淡的屋子，已換頭換貌，成了這一帶最時髦的大宅。

人們常看到一位身材嬌小的女性搭乘和她一樣迷你的輕便馬車，在這棟豪宅進進出出。也會看到有位年紀頗大的老閨女帶著一個男童，每天都來這兒。那是布里吉斯小姐和小洛頓，他來監看皮特爵士倫敦宅邸內部的整修進度，指揮那些縫製窗簾、掛氈的女工，翻查抽屜和櫥櫃，裡面裝滿了骯髒的舊東西和好幾代克勞利夫人收集的小玩意兒。除此之外還要記錄瓷器、玻璃杯的數量，編列衣櫃、儲物間裡各種物事的清單。

這個龐大任務交由洛頓・克勞利太太指揮。她獲得皮特爵士的授權，可自行決定哪些東西要賣、交換還是充公，或者購置新傢俱。這份任務容許她盡情展露自己的品味與創意，讓她十分得意。當皮特爵士在十一月南下倫敦，與律師團開會時，在卡爾森街弟弟和弟妹家裡住了將近一週，那時他就決心整修倫敦的祖宅。

一開始他住進了飯店，但蓓琪一聽說從男爵到了倫敦，立刻隻身前去與大伯會面。一小時後，坐在馬車上的她身邊多了皮特爵士，兩人相偕回到卡爾森街。真誠的小婦人溫柔地施壓，坦白又友善地邀請大伯，有誰拒絕得了她的好意呢！皮特一同意，狂喜的蓓琪感激地握住了他的手。「謝謝你，」她凝視著從男爵的雙眼，捏了他的手一下，令他滿臉通紅。「這會讓洛頓多開心啊！」她急急忙忙地準備皮特的臥房，指揮僕人把他的行李搬到房間裡。她笑嘻嘻地從自己房裡搬來煤桶，也送進了客房。

皮特爵士的房裡生起暖烘烘的爐火（順帶一提，這兒原是布里吉斯小姐的房間，為了迎接皮特爵士，女主人要她到樓上，和女僕一起睡）。「我就知道該帶你回來，」她眼中迸發喜悅的神采。的確，能夠招待從男爵來家裡作客，令她開心極了。

那幾天，蓓琪讓洛頓因事務而外出用餐一、兩回，而皮特留在家中。從男爵、洛頓太太及布里吉斯小姐度過了相當愉快的夜晚，女主人甚至去了樓下廚房，親自為他煮幾道菜。「這道酒燉野味好吃得很，不是嗎？」她說，「我特別為你做的。若你肯再來看我，我會為你煮些更美味的菜色。」

「不管做什麼，妳總是駕輕就熟，」從男爵殷勤地讚美，「這道燉肉真是太美味了。」

「沒辦法，我丈夫窮困得很，」蕾蓓卡歡快地回答，「我只能想辦法過活，你懂的。」聽她這麼說，她的大伯發誓她「足以勝任皇后，嫻熟家務絕對是女性最迷人的美德之一」。想到家裡的珍夫人，皮特爵士不禁有點懊悔，他想起有一回，她堅持製作一道派餅，在晚餐時端到丈夫面前，但那是皮特吃過最難下嚥的一塊派。

那道燉肉的雉雞，是斯泰恩侯爵位在斯提布魯克的農莊提供的。吃過燉肉後，蓓琪為大伯開了瓶洛頓從法國帶回來的白酒，我們的小說謊家宣稱那白酒不值幾個錢。事實上那酒來自斯泰恩侯爵著名的酒窖，是埃米塔日區出產的名酒。一喝下美酒，從男爵蒼白的雙頰立刻有了血色，瘦削的他彷彿獲得生氣。

皮特喝光那一小瓶白酒之後，蓓琪朝他伸出手，領著他上樓去客廳，讓他舒舒服服地在爐前的沙發裡坐了下來，鼓勵他大發厥詞。坐在他身旁的她溫柔專注地聆聽，手上拿著針線，為她親愛兒子的襯衫縫上飾邊。每當洛頓太太想要擺出謙恭柔順的面貌，強調自己謹守婦道，就會從針線盒裡拿出這件小襯衫。事實上，這件襯衫還沒縫好，小洛頓就穿不下了。

蕾蓓卡仔細聆聽皮特的言論，對他說話，對他唱歌，用花言巧語哄騙他，甚至親切地擁抱他。幾天下來，皮特愈來愈急於告別格雷學院的律師，趕著回到卡爾森街的爐火前——而他的律師也樂得早點收工，因為皮特一開口就停不下來。當他不得不離開倫敦時，心裡充滿依依不捨之情。他坐上郵車，看著她揮動手絹，朝自己送來一個飛吻，他不禁嘆息，她多美呀！她還舉起手絹輕拭雙眼一回呢。馬車開動了，他舉起海豹皮帽向她致意，再重坐回位子裡。他想著她多麼敬重自己，而這些禮遇，正是他值得的待遇，不是嗎！洛頓真是個無趣的傻蛋，一點也不懂得欣賞妻子。和聰穎的小蓓琪比起來，連他自己的母親都黯然失色，他妻子顯得愚昧又無知。也許，這些想法都來自蓓琪的暗示，但她的手段溫柔又巧妙，令人毫無戒心。大伯與弟妹分離之前，他們同意倫敦的克勞利祖宅需要整修，而且得在下個社交季前完成。兩人也說好克勞利兄弟和家人會在鄉下團聚，共度聖誕節。

「我希望妳能從他身上榨點錢出來，」從男爵一走，洛頓就悶悶不樂地對妻子說，「我該付老瑞格勒斯一點錢，要是我付不出來就完蛋了。妳也知道，那老頭一直沒收到錢，實在不應該。他可能會找我們麻煩，說不定會把房子租給別人，妳懂的。」

「跟他說，」蓓琪回答，「只要皮特爵士一處理好事務，每個人都會收到錢。你去賒帳買點小東西給他。這是皮特給兒子的支票。」說完，她從手袋裡掏出一張洛頓的哥哥為了克勞利家族的後代，也就是他的姪子簽下的票據。

事實上，非常機靈又謹慎的她試圖實現丈夫的期望，可惜的是敵人陣地防禦森嚴。就算她只是暗示自家處境艱困，皮特．克勞利爵士立刻有所警覺，變得冷淡，長篇大論地述說自己如何捉襟見肘，佃農拒絕付款，父親留下的事務混亂，喪葬費用高昂，這些財務難題讓他心煩意亂。他多想結清帳務啊，銀行已不肯再借給他錢，他超支太多。最後皮特．克勞利終於給了弟妹的兒子一點點錢，算是讓步。

皮特知道弟弟的家庭多麼窮困。這位冷靜且世故的前外交官，一眼就看得出來洛頓一家根本沒有半筆收入，但房子和馬車可不會從天上免費掉下來。他很清楚、按理來說，他如今獲得的遺產本該由弟弟繼承，他甚至可稱為盜用者。我們向讀者保證，他心中的確隱隱有點心虛，提醒他應該做些公平的處置，或者不如說，給這些大失所望的親戚一點金錢上的補償。身為一個公正、得體且才智兼備的紳士，總是帶領眾人祈禱，熟記教義問答，一輩子盡忠職守，他當然不會忽略自己對弟弟有所虧欠。他很清楚洛頓幫了他大忙，在道義上，他欠弟弟一筆。

人們在《泰晤士報》的專欄裡不時會讀到財政大臣發表一些奇特難懂的公告，比如從某甲收到五十鎊，從某乙收到十鎊，這是某甲和某乙因拖欠稅款而捐獻的補償金。悔悟的欠稅人士希望偉大公正的官員大人，在媒體上公開確認收到他們已收到款項。財政大臣和讀者心知肚明，這些所謂的補償金，遠遠低於他們真正欠的稅款。一個寄給財政部一張二十鎊鈔票的男人，實際上恐怕欠了數百甚至數千鎊。至少當我讀到某某人為了懺悔而捐贈一筆款項，這就是我的想法。

我毫不懷疑皮特．克勞利對弟弟懷著虧欠之情。若你要說他是個仁慈的人，我也不反對。雖然他奪得原屬於弟弟的大筆財富，但他只願給弟弟非常微薄的一筆小錢，但話說回來，有些人連半毛錢也不肯出。對所有理性的人來說，施捨金錢是世上最偉大的犧牲。只要給了鄰居五鎊，世上所有人都會自認是首居一指的大善人。浪費的人並不是樂善好施，只是單純喜歡揮霍的感覺。這種人不願放棄任何享樂，不管是歌劇院的包廂、良馬還是佳餚，他們都不計較花費，甚至願意賞給流浪漢五鎊。而善良、明智、公正的人，不會欠下半毛錢，但他們也是一毛不拔的守財奴，連賞乞丐一點零錢也不願意，還會跟公共馬車的車夫討價還價，拒絕與窮困的親戚往來。這兩種人誰比較自私？連我也說不出來。每個人眼中金錢的價值都大不相同。

簡而言之，皮特．克勞利承認自己該為弟弟出點心力，接著就決定過一陣子再來思考這個問題。

至於蓓琪，她向來不期待鄰居多大方，因此倒是頗為滿意皮特．克勞利的付出。她獲得一家之長的認可，要是皮特不願意給予她任何東西，至少有天會替她取得某些利益。要是不能從大伯身上取得錢財，至少她得到跟錢財差不多同樣便利的東西，那就是信用。老瑞格勒斯看到這對兄弟重修舊好，哥哥一離開，洛頓就給了他一點錢，並且保證很快會付清欠帳，令瑞格勒斯安心不少。

布里吉斯借給蕾蓓卡一筆錢，到了聖誕節，蓓琪開開心心地付她利息，好像她的金庫有滿滿的現金。蕾蓓卡偷偷地告訴布里吉斯，皮特爵士是知名的金融人士，而她已和大伯談過了，只要布小姐願意利用剩下的存款加入投資計畫，他就會為布里吉斯賺得驚人的利潤。她說皮特爵士經過長考，終於替布里吉斯想出最安全又有利的規畫方案，畢竟她是已過世的克勞利小姐最親密的朋友，與全家人關係密切，因此他特別關照她。在他離開之前，他建議布里吉斯把存款準備好，以便隨時提領。只要皮特爵士看中最有獲利潛能的股票，就會通知她買下。聽到皮特爵士如此關心她，可憐的布里吉斯小姐感動得很。她說過去她從未想過賣掉基金、換成現金，實在沒想到皮特爵士那麼主動為她設想。這讓她更加盡心盡力地服侍蕾蓓卡，保證會立刻見見替她管理財務的行員，準備好所剩不多的現金。

這位可敬女士對善良的蕾蓓卡感激涕零。為了報答上校一家的恩惠，她用蕾蓓卡給她的半年利息，替小洛頓買了件黑色絲絨大衣，幾乎花光了那筆利息錢。順帶一提，那件黑色大衣對小洛頓來說有點兒太過合身，以他的年紀和身材，早該穿些更有男子氣概的長褲和短外套。

小洛頓是個氣質良好的坦率孩子，有對湛藍眼珠和淡金色的鬈髮，四肢健壯又有顆大方溫和的內心，喜歡身邊所有對他好的人，不管是小馬、索斯頓伯爵（伯爵給了他那匹馬後，他一看到仁慈的年輕貴族就會滿面通紅，興奮得很）、照顧小馬的馬夫，還是晚上老用鬼故事嚇他，但不忘餵他吃好東西的廚娘莫莉。他也喜歡老是被他煩得要命、受他嘲笑的布里吉斯。當然他最喜歡的還是爸爸，眾人都看得出來他爸爸對兒子的百般疼愛。等到小洛頓八歲，他心中的戀母之情就消失無蹤，他對美麗母親不再存有幻想。過去兩年，她幾乎沒跟兒子說過幾句話。她討厭兒子。他得過麻疹和百日咳。他太無趣。有天他聽到母親對斯泰恩侯爵唱歌的歌聲，偷偷從樓上爬下樓梯，想要聽個仔細。當他站在樓梯的平台上，客廳門突然打開了，前一秒如痴如醉地聆聽母親歌聲的小間諜，行蹤暴露在賓客面前。

他的母親走了出來，狠狠賞了他兩個耳光。他聽到房裡傳來侯爵的笑聲，見識到蓓琪直率脾氣的侯爵感到有趣極了。小男孩衝到樓下廚房，難過得痛哭失聲，向那兒的朋友尋求安慰。

「我哭不是因為痛，」小洛頓哭得上氣不接下氣，「只是……只是……」淚水讓他哽咽，他費了好大力氣才說得出話來。小男孩的心難過得淌血。「為什麼我不能聽她唱歌？為什麼她從來不對我唱歌？但她老是對那個牙齒很大的禿頭唱歌！」他難過又憤怒，只能斷斷續續地說話。廚娘瞧瞧女僕，女僕心領神會地望向男僕。每個宅子裡，都有一座什麼都知道的廚房，廚房就是審判所，而這座廚房已判定蕾蓓卡的罪。

這場風波結束後，母親更討厭兒子了，她的憎恨與日俱增。她意識到兒子的存在是對她的責備，令她痛苦。一看到他，她就心煩。而男孩心中也出現恐懼、懷疑、反抗等各種情緒。那兩下耳光讓這對母子永遠決裂了。

斯泰恩侯爵也真心討厭這個男孩。當他們不巧遇到，侯爵總是譏刺地鞠躬或說些奚落的話，不然就是憤怒地瞪著他瞧。小洛頓有時也會瞪回去，對他緊握雙拳。他知道誰是敵人，而所有前來拜訪的客人中，就屬侯爵最令他生氣。有天男僕發現小少爺在門廳裡對侯爵的帽子揮拳頭。男僕把這當作笑話告訴侯爵的車夫，而車夫不只跟侯爵的隨從說，還說給侯爵家所有僕傭聽。等到洛頓太太在剛特街斯泰恩侯爵的豪宅現身，不管是解下門閂、打開鐵門的門房，屋裡那些穿著制服的僕人，或者身穿白背心、一聲接著一聲，通報洛頓上校夫妻來訪的侍從，都早就認識了這位太太，或者自以為知道她的私事。那些為她端來點心、站在椅子後面服侍她的僕人，早已和身旁穿著斑斕制服、身材健壯的管家評論過她的品格。老天爺呀！僕傭的評論多不留情啊！盛大舞會中，你看到華麗的沙龍裡坐著一個女人，打扮得美若天仙，鬈髮如雲，擦著口紅，露出迷人笑容，看起來快樂極了。被一票忠誠仰慕者簇擁的她，忙著用閃亮的雙眼到處拋媚眼。然而「揭示」先生化身為一位健壯、灑了髮粉的男士，畢恭畢敬地端著冰塊朝她走去，身後還跟著相貌醜陋的「誹謗」先生，端著脆餅湊上前去。說到「誹謗」，他就跟「真相」一樣致命。夫人，今晚他們在酒館聚會時，就會把妳的祕密到處宣揚。詹姆斯會抽著菸斗、喝著啤酒，告訴查爾斯他對妳的評價。浮華世界裡，有些人的確該請啞巴當他們的僕人，而且得挑不會寫字的啞巴才行。罪人啊，發抖吧！站在你椅後的侍者，他漂亮褲子的口袋裡恐怕藏了副傷人的弓箭，就算你清清白白，也別忘了做做樣子，不然也逃不了致命一擊。

「蕾蓓卡有沒有罪？」僕役廳裡的祕密審判已宣判她有罪。

但我得羞愧的說，正是因為他們相信她有罪，才放任她拖欠薪水。瑞格勒斯事後說道，當時他想，斯泰恩侯爵的馬車亮著燈停在她的門口，直到夜色深沉，過了午夜都還沒離開。這比蕾蓓卡的手段和哄騙**更有說服力**，令他相信她的各種保證。

雖然僕人輕蔑地指控她墮落得無可救藥，但蕾蓓卡恐怕半點罪惡感也沒。她只顧著推推擠擠地朝人們口中的「社交界」走去，好佔據一席之地。就像有天早上，你會看到女僕莫莉盯著門柱上的蜘蛛吐線織網，辛苦地緩緩前進。等她看得膩了，就大力一揮手中的掃帚，把那匠藝精巧的忙碌傢伙和牠的作品掃得乾乾淨淨。

聖誕節前一、兩天，蓓琪和丈夫、兒子都準備好，到女王克勞利鎮的祖宅度過假期。蓓琪真想拋下那可恨的小混帳。要不是珍夫人再三邀請小洛頓同行，而且洛頓暗示要是她不帶兒子，定會大發雷霆，她絕對會把兒子留在倫敦。「他是全英格蘭最有教養的小男孩，」父親語帶責備地對妻子說道，「但妳卻對他漠不關心。蓓琪，妳對妳那頭走狗的關心還勝過他。他不會打擾到妳的。回到家裡，他就會被送到育兒室，離妳遠遠的。我會帶他搭馬車出門透氣。」

「你只是想去外面抽那些難聞的雪茄罷了，」洛頓太太回嘴。

「我還記得妳以前倒很喜歡我抽雪茄，」丈夫應道。

蓓琪笑了起來。好像什麼事也無法破壞她的好心情。「呆頭鵝，那時我正想盡辦法往上爬呀，」她說道，「要是你想，帶小洛頓出門時，也讓他抽根雪茄吧。」

當洛頓帶著兒子在寒冷的冬天回家鄉，他沒有採納妻子的建議，用雪茄煙暖和兒子的身子。那天早晨天色還沒大亮，在「白馬酒吧」的燈光下，洛頓和布里吉斯用披肩和毛圍巾裹住小男孩，把他扶上馬車頂座。看著天邊漸漸露出魚肚白，小少爺開心地前往父親仍稱為「家」的地方，這是他第一次去那兒。對男孩來說，這趟旅程有趣極了，路上的一切都令他興奮不已。他不斷向父親問東問西，而父親總是耐心地回答他，還告訴他右邊那龐大的白色屋子裡住了誰，或那座莊園的主人是誰。至於他的母親則坐在車廂裡，披著毛皮毯子，身邊有侍女、披肩、聞香瓶陪伴。她不用像十年前，為了其他付費的乘客而不得不讓出位子。

到了莫德貝里，被吵醒的小洛頓步上伯伯的馬車。他坐在車裡，好奇地望著窗外，看著那巨大的莊園鐵門在眼前打開，拂去地上止滑的白石灰粉。馬車又前進了好一陣子，才在主屋前停了下來。窗戶透著溫暖的燈光，帶著聖誕的節慶氣氛，看起來舒服極了。祖宅的大門敞開，那古老的大火爐生著熊熊烈火，黑白方磚相間的地板上鋪了地毯。「這是原本鋪在女士長廳的那條舊土耳其地毯，」蕾蓓卡尋思，接著與珍夫人行親頰禮。

她也和皮特爵士嚴肅地行了親頰禮，但剛抽過菸的洛頓不願離嫂子太近，保持禮貌的距離。姪子和姪女衝上前歡迎他們的堂哥。當瑪蒂達朝小洛頓伸出手並親吻他，身為家族繼承人的皮特・賓紀・索斯頓・克勞利則遠遠站在一旁打量，就像一隻小狗，只敢在旁端詳大狗。

慈愛的女主人引導客人前往為他們準備的套房，屋裡已生起溫暖的爐火。兩位年輕小姐輕敲洛頓太太的房門，口頭說她們想要幫忙，實際上想要瞧瞧嫂子帶了哪些緞帶、哪幾頂帽子，還有她的衣裳——雖然全是黑衣，但款式全符合倫敦最時髦的剪裁。她們告訴嫂嫂祖宅經過一番整修，變得舒服多了，又說老索斯頓夫人已經離開，繼承從男爵爵位、成為一家之主的皮特在郡裡的地位大為提升。接著聲量巨大的晚餐鈴響了起來，一家人都在餐廳裡團聚，小洛頓坐在好脾氣的伯母身邊，而皮特爵士對坐在他右手邊的弟妹格外親熱。小洛頓胃口大開，舉止投足都不失紳士風範。

吃完飯後，皮特爵士非常大方地讓一對兒女進來餐廳，兒子暨未來的繼承人坐在從男爵身旁的高椅上，女兒則坐在母親旁邊，面前還放上一小杯葡萄酒。小洛頓抬頭望著伯母溫柔的臉，

「我喜歡在這兒吃飯，我很喜歡。」

善良的珍夫人問道：「為什麼？」

「在家裡，我都在廚房吃飯，」小洛頓回答，「不然就是和布里吉斯吃飯。」蓓琪正專心地和主人從男爵談天。她口沫橫飛地讚美大伯，興高采烈地說了一大堆頌揚的好聽話，又誇讚小皮特．賓紀是世上最英俊聰明的孩子，舉手投足都顯露了貴族氣質，就像他的父親一樣。她根本沒聽見坐在光潔餐桌另一端的親生兒子說的話。

身為貴客，洛頓二世抵達的第一晚，就被允許待晚一點，等大人喝過茶後，他再回房睡覺。皮特爵士在面前攤開一本鑲金的大書，所有的僕役魚貫而入，聆聽從男爵朗誦晚禱。這是小男孩第一次見識到如此莊嚴的場合。

雖然從男爵才上位不久，克勞利祖宅已大為改善。當從男爵引領蓓琪參觀時，她頻頻驚嘆這兒變得多麼迷人、愜意、宛如仙境。小洛頓則在其他孩子陪同下四處參觀，他認為這兒簡直是童話世界的皇宮，充滿意想不到的奇景。這兒有好幾座長長的廳堂，古老莊嚴的臥室，牆上掛了各種畫作，還有古老的瓷器和盾甲。當他們走進祖父過世的房間，每個孩子都露出驚慌害怕的表情。「誰是爺爺？」他問道。孩子們告訴他那是一個坐在輪椅、年紀很大的老人，女傭會跟在他後面推輪椅。有天他們去了花園的工具間，讓小洛頓瞧瞧那張輪椅。自從老紳士被抬進教堂後，輪椅就一直收在這兒，慢慢腐朽。他們還指了爺爺長眠的地方給他看，就在莊園的那排榆樹後面，而教堂尖頂在天光映照下，閃閃發亮。

接連好幾天的早晨，洛頓都跟著哥哥，瞧瞧從男爵費盡心思、仔細計算後，推動了哪些整修計畫。兄弟倆有時騎馬、有時散步，討論莊園的大小事務，從不覺得乏味。皮特一再告訴洛頓，這些工作花了多少錢，身為一個坐擁祖宅的地主，他宣稱自己有時就連二十鎊也拿不出來。「莊園大門也換新了，」皮特用竹杖隨手一指，「在收到一月的利息錢之前，我根本無法付清這筆帳款。」

兄弟倆踏入煥然一新的門房小屋，看著石碑上新刻的家徽。老拉克太太在這兒度過許多漫長的年月，現在終於有扇關得緊的門和遮風擋雨的屋頂，窗戶再無半點破損。洛頓垂頭喪氣地說道：「皮特，要是你那麼急著用錢，就讓我借你一點現金吧。」

第四十五章　從漢普郡到倫敦

皮特．克勞利爵士做的可不只是整修女王克勞利鎮祖宅的圍牆，修復原本傾頽的門房小屋。明智的他更決心重建家族名聲，贏回郡民的愛戴，阻止臭名遠播又浪費的上一代造成的沒落，彌補與鄰人的嫌隙。父親一死，他很快就獲選為本區議員。現在他身兼本地的行政長官和下議會議員，且是郡上的權貴人士、古老家族的一家之長，他認為自己有責任在漢普郡頻繁公開亮相，大方捐錢給慈善機構，勤勉地拜訪鄉紳……簡而言之，他打算成為漢普郡響叮噹的大人物，未來朝整個大英帝國進軍。他認為憑自身的天賦，本該成為舉世皆知的名人。他要求珍夫人與富德斯頓、華波肖特和其他鄰里知名的從男爵保持良好關係。現在，人們常常見到這些貴族的馬車進出女王克勞利大道，還常在克勞利祖宅裡用餐（廚師的廚藝精湛，顯然珍夫人很少進廚房指導），當然他們也會回請克勞利爵士夫妻。不管天候晴雨和距離遠近，皮特和妻子都熱忱接受友人的邀請。

體質柔弱、食慾不佳的皮特掛念的並不是無謂的世俗享樂，他認為以自己的身分地位，必須展現好客大方又親切的風度。有時他因為餐後坐得太久而犯頭痛，心裡總認為自己是奉獻給職責的烈士。他會和地位最顯赫的鄉紳談論收成、穀物法和政治。以前在這些話題上，他通常採取自由開明的態度，但現在他一提起禁止盜獵和保護狩獵用的動物，就慷慨激昂。事實上他不愛打獵，他一向不適合打獵，他是個讀書人，喜歡靜態活動。但他認為郡裡得持續培育種馬，也得研究狐狸的種類。他表示，要是他的朋友哈德斯敦．富德斯頓爵士希望像老富德斯頓爵士過去一樣，時不時來女王克勞利莊園打獵，他會很開心的招待爵士和他的朋友。他的宗教觀念愈來愈趨於傳統，令索斯頓夫人非常難過。他不再公開講道，也不去非正統的禮拜堂，堅持只去國教教堂。他甚至拜訪溫徹斯特的主教和所有教士。當亞許戴肯・莊佩副主教邀他打惠斯特牌，他也沒有拒絕。看到女婿如此墮落、背棄她所信仰的正道，索斯頓夫人想必心痛萬分！有回一家人去溫徹斯特欣賞聖歌清唱劇，回程的路上從男爵竟然對年輕妹妹宣布，下一年他可能會帶她們參加「郡舞會」，那對姐妹為了哥哥大發善心而感謝不已，滿是崇敬之情。珍夫人也默默接受丈夫的一切，也許她自己也很想參加舞會呢。

寡婦把女兒耽於享樂的惡行一一寫在信中，告知人在好望角的《芬奇利公地的洗衣婦》作者。夫人在布萊頓的屋子現在沒人住，因此她立刻回到靠海的南岸，但她的女兒和女婿並沒有怪罪她的離開。可想而知，蕾蓓卡再次拜訪女王克勞利鎮時，並沒有因愛好醫藥的伯爵夫人缺席而傷心欲絕。當然，蓓琪寫了封信給索斯頓夫人，祝賀她聖誕愉快，謙遜地提醒索斯頓夫人自己是誰，接著熱忱感謝夫人之前的教導，詳述她還記得自己身體不適時，夫人如何仁慈地照顧她。她宣稱克勞利祖宅的一切，都令她回憶起夫人的好。

家住卡爾森街的機靈女子，可能正是促使皮特・克勞利爵士改變舉止、贏得眾望的推手。爵士暫住蓓琪家時，她對大伯提出諫言。「要是死死守著從男爵的位子，那麼你只不過是名鄉紳罷了。不，皮特・克勞利爵士，我知道你不只想當個從男爵。我知道你的天賦，也清楚你有滿腔抱負。你以為你藏得很好，但躲不過我的法眼。我給斯泰恩侯爵看過你那本關於麥芽的冊子，但他早就知道你的作品，還說整個內閣一致同意，這是麥芽史上最優秀的一本著作。政府已經注意到你了，而我知道你想要的是什麼。你想在國會出人頭地，大家都說你是全英格蘭最能言善道的演說家，你在牛津的那些演講，至今人們還念念不忘呢。你想加入郡議會，有了選舉權和整個行政區的支持，你就有了後盾，想做什麼就能做什麼。你還想成為女王克勞利鎮的克勞利男爵，我相信你有生之年絕對能實現心願。我已預見一切。皮特爵士，我看穿你的心。有時我會想，要是我丈夫不只是你的兄弟，還具備了你的才智，我也不是配不上他……但……但我現在是你的家人了，」說完，她苦笑了一聲，「我只是個可憐女子，身無分文，不可能獲得什麼，但誰知道呢，說不定老鼠也能助獅子一臂之力。」她這番話令皮特．克勞利大吃一驚，欣喜若狂。

「這女人多瞭解我呀！」他表示，「就算我想盡辦法，珍也不可能讀那本麥芽書，她連三頁都讀不完哪。她根本看不出我指揮統御的才能，也不知道我藏在內心深處的抱負。這麼說來，人們還記得我在牛津的演講，真的嗎？那些混帳！現在我代表一個行政區，說不定會當上郡議員，他們就全記得我啦！去年謁見國王的早朝上，斯泰恩侯爵還打斷我的話，現在他們終於發現皮特．克勞利可不是平庸之輩。是的，我就是那個曾被他們冷落的人，我欠缺的只是機運。現在我會證明，我不只具備文采也能言善道，還有行動力。阿基里斯[7]拿到了劍才證明自己。現在我用心沉潛，而世界終將聽到我皮特．克勞利的名號。」

就這樣，原本個性乖僻的前外交官變得親切好客，有禮地欣賞宗教劇，拜訪醫院；真誠接待地方主教和教士；大方舉辦晚宴，也接受賓客回請；在市集上，他一反常態，和藹地與農夫打招呼，非常關心郡上的大小事務。因此，這一年的聖誕節，祖宅充滿了溫馨歡樂的氣氛。

聖誕節全家人都團聚一堂。牧師公館的克勞利一家也到祖宅吃團圓飯。蕾蓓卡對布特太太一派熱情，好像對方從未以陰謀算計她。她很關切丈夫的親愛堂妹，驚嘆上次見面後，她們的音樂造詣又有顯著的進步。吉姆被迫從牧師公館拿來那本沉重的歌曲集，他一路嘟噥地夾在腋下。而蕾蓓卡堅持要從歌集中挑一首，與牧師家的女孩們來場二重奏。布特太太不得不對這名投機女子保持禮貌，當然事後她和四個女兒大肆批評皮特爵士，不懂為何他莫名奇妙地對弟妹敬重萬分。

不過，晚餐時坐在蓓琪旁邊的吉姆獨排眾議，宣稱她是個大好人。牧師一家唯一同意的一件事，就是小洛頓是個優雅俊俏的小男孩。要是這男孩未來繼承從男爵的爵位，他們也欣然接受。目前橫阻在小洛頓眼前的，不過是瘦小蒼白又容易生病的小皮特・賓紀而已。

孩子們都成了感情很好的玩伴。對健壯的洛頓來說，皮特・賓紀只是頭小型犬，玩不起來，瑪蒂達是女生，對快滿八歲的小紳士來說，並不是合適的玩伴。因此他立刻成為小朋友的領袖，當小紳士紆尊降貴地與小男孩和小女孩玩耍，他們會恭敬地跟在小洛頓後頭。他在鄉下度過快樂似神仙的時光。他很喜歡廚房的花草園，雖然他對花朵不感興趣，但他很喜愛那兒的鴿子和家禽。要是獲准參觀馬廄，他總是流連忘返。他不喜歡被兩個克勞利姑姑親吻，但他會讓珍夫人擁抱他。用過餐後，他得和女眷退出餐廳，讓留在餐廳的男士享用葡萄酒，而在客廳的他總喜歡坐在珍夫人身旁，不願和母親坐在一起。蕾蓓卡意識到家裡的女眷都十分溫柔，有天晚上特意把小洛頓叫到她的跟前，在夫人小姐面前彎腰親吻他。

母親演完這幕後，小洛頓渾身顫抖、滿臉通紅，直直地瞪著她。他深受感動時就會這樣。「媽媽，在家裡妳從來沒親過我，」他說。這句話讓眾人吃了一驚，客廳陷入死寂，而蓓琪的臉上毫無喜悅之情。

洛頓看到嫂嫂百般疼愛自己的兒子，也很喜歡她。珍夫人和蓓琪不像上回那般親密，畢竟當時上校太太急於討好她。這次兩位妯娌聊起孩子的話題時，雙方態度都十分冷淡，也許皮特爵士太關切蓓琪了。

年紀漸長、身材壯碩的小洛頓偏好與男性作伴，當爸爸去馬廄抽雪茄時，他總是興致盎然地

7. 阿基里斯幼年時，被母親偽裝為女孩，直到奧德修斯把武器放在他面前，他才顯露真實身分。

跟在爸爸身旁。牧師兒子吉姆有時會加入堂哥，一起從事男性愛好的娛樂。吉姆和從男爵的莊園看管人交情很好，對狗的愛好讓兩人更加親密。有天，詹姆斯先生、上校和看管人霍恩出門獵雉雞時，也帶了小洛頓同行。

另一個令小洛頓難忘的早晨，這四位先生聚在穀倉裡獵老鼠。這是小洛頓看過最精采的活動了。他們停在穀倉的一處排水管前，從另一端把幾隻白鼬放進水管，接著男士們高舉棍棒，沉默地等待。興奮不已的小獵犬大氣也不敢呼（那是詹姆斯先生特別鐘愛的福瑟普），一動也不動地傾聽水管裡的動靜，一隻腳停在半空，準備一聽到下面的老鼠吱吱叫，就立刻衝出去。等了好一會兒，這些亡命之徒終於大膽地衝出地面，獵犬咬死一隻，看管人打死另一隻，太過興奮的小洛頓沒打中半隻老鼠，反倒把一隻白鼬打得半死不活。

但對他來說，最難忘的一天，還是哈德斯敦．富德斯頓爵士養的那群獵狗踏上女王克勞利莊園草坪的那一天。

那一幕令小洛頓念念不忘。十點半一到，哈德斯敦．富德斯頓爵士的獵手湯姆．穆迪就騎著馬，出現在大道遠遠的那一頭。他身後有一大群血統優秀的獵犬，後面跟著兩個僕從，身上穿著褪了色的暗紅制服。他們坐在精實的良馬上，揮舞長鞭，確保獵犬靠在一起，要是哪隻狗離群而行，或者看到野兔和家兔時分了神，就算只是眨了眨眼，那兩個人也會俐落地揮起長鞭，精確地打在狗兒最脆弱的皮膚上。

湯姆．穆迪的兒子傑克走在後面，他個子矮小，只有四呎高，七十磅重，而且再也不會長大了。他坐在一匹骨瘦如柴的獵馬上，半個人都被那巨大馬鞍擋住了。他騎的是哈德斯敦．富德斯頓爵士最鍾愛的一匹馬，名字叫做「大佬」。其他小男孩也騎著馬先後趕到，等待他們的主人悠閒地抵達。

湯姆・穆迪駕馬到了主宅大門，男管家上前迎接，還端了杯酒給他，但他拒絕了。他和手下騎到樹蔭下一端。那些狗兒在草地上打滾玩鬧，或者發怒地對彼此低吼，時不時就打起架來，但湯姆一開口喝止，揮動長鞭，狗兒立刻噤聲。

許多年輕紳士騎著租來的純種馬，輕快地跑近，泥水飛濺在他們的膝蓋上。他們下了馬，走進宅子裡喝櫻桃白蘭地酒，問候夫人小姐。比較謙虛且愛好運動的男子，則脫下他們染了泥水的靴子，把租來的馬換成獵馬，駕馬沿著草地飛奔，藉此暖暖身子。接著他們靠近角落的狗群，和湯姆・穆迪聊起過去幾次狩獵、「愛哭鬼」和「鑽石」兩隻狗的優點、國家事務和那些可恨狐狸的品種。

不消多久，哈德斯敦爵士現身了。他騎著一匹結實的短腿馬，到了祖宅門前。他走進大門，對夫人小姐打招呼。沉默寡言的他，打完招呼就忙起正事。獵犬都被拉到大門前，小洛頓下了門階，走到狗群之中，狗兒親暱地摩挲他。雖然他興奮得很，但撫摸牠們搖擺的尾巴時仍不免緊張。儘管湯姆・穆迪不時張口喊叫，手中的鞭子也沒停下來，但狗兒還是吠來吠去。

此時，哈德斯敦爵士有點笨拙地跨上「大佬」的馬背。「湯姆，我們去索斯特林子那兒試試身手吧，」從男爵說道，「農夫曼戈說那兒有兩頭狐狸呢。」湯姆吹起號角，騎馬前行，後面跟著狗群和趕狗人，還有溫徹斯特的年輕紳士、附近的農夫，教區的工人則徒步跟在後頭。對平民來說，這天是十分特別的大日子。哈德斯敦和克勞利上校則在後押陣，一大夥人很快就消失在大道盡頭。

布特・克勞利牧師不好意思在姪子家門前加入這場公眾集會。湯姆・穆迪還記得四十年前，布特是個纖瘦的男子，他會騎著最狂野的馬，跳過最寬的小溪，駕馬越過全郡最新的鐵門。我們這麼說吧，當哈德斯敦爵士經過牧師公館巷，牧師大人「剛好」騎著他那健壯的黑馬出現，順道加入了可敬的從男爵一行人。直到獵犬和獵人都已消失無蹤，小洛頓仍守在門前，快樂地幻想他們打獵時的英姿。

在這難忘的假期裡，雖然小洛頓並不特別喜歡伯伯（他既冷淡又嚴厲，總是關在書房，永遠在處理司法公務，老跟警長和農夫在一起），但伯母和還沒結婚的姑姑、堂妹和堂弟，還有牧師公館的吉姆叔叔都對他疼愛有加。皮特爵士鼓勵吉姆娶克勞利姐妹其中一人為妻，這無疑在暗示他那愛獵狐狸的爸爸退休後，就會讓吉姆接任牧師。吉姆已放棄獵狐，把精力花在無害的射鴨獵鳥，不然就是在聖誕假期，安靜地獵獵老鼠。假期一結束，他就要回到大學再次奮鬥，希望這次不會又被當了。他放棄綠外套、紅領巾和其他世俗的飾品，準備好未來當個神職人員。皮特打算用這樣省錢的方式來償還他欠家族的人情。

在歡快的聖誕假期結束前，從男爵終於鼓足勇氣，再給弟弟一張支票，金額超過一百鎊。這讓皮特爵士心疼極了，但一想到自己是世上最慷慨的人，他就感到全身散發神聖的光輝。洛頓和兒子萬般不捨地離開祖宅，相反地，蓓琪倒是心情愉快地與夫人小姐們告別。我們這位朋友迫不及待地回到倫敦，投入前章一開始提到的倫敦祖宅整修計畫中。在她的主持下，葛雷特剛特街的克勞利宅邸煥然一新，準備好迎接皮特爵士一家人，等著從男爵到倫敦執行國會議員的責任，一展長才，成為祖國的棟梁。

這個偽君子第一次出席下議院的議會時，小心隱藏自己的野心。他沉默寡言，只提出莫德貝里的請願案。但他從未缺席，勤勉學習議會流程和事務。在家裡他認真地拜讀記錄國會議程的《藍皮書》，廢寢忘食，令珍夫人驚慌不已，擔心孜孜不倦的丈夫會因過度勞累而喪命。皮特爵士認識了部會首長、政黨的領導人物，決心要在幾年內爬到他們的位置。

珍夫人甜美而慈愛，令蕾蓓卡輕視不已，甚至到了難以掩飾的地步。珍夫人具備的善良和純真，都令我們的朋友蓓琪厭煩，有時她無法完美地隱藏心情，也無法避免別人察覺她的鄙視。事實上，蓓琪也令珍夫人難受得很。她丈夫老是和蓓琪談天，他們之間的對話似乎高深莫測，皮特總和她聊一些從來不對珍夫人說的事。珍夫人不瞭解他們在談什麼，但看著兩人高談闊論，她卻只能噤聲不語，實在難堪。看著膽大包天的洛頓太太從一個話題跳到另一個話題，和每個男人都談笑風生，自己卻無話可說，更讓珍夫人羞慚。坐在自家的爐火前，看著所有的人都聚在敵人身邊，而她卻只能獨坐一側，實在令她困窘萬芬。

相反地，孩子們全都圍繞在珍夫人的膝旁，聽她說故事，其中小洛頓特別喜歡她，總是哀求伯母再多說一個故事。但只要蓓琪一走入育兒室，用綠眼珠不屑地瞅著她，那惡毒的眼神總讓可憐的珍夫人說不出話來。她那些單純美好的小故事，就像故事書中的精靈一樣，一看到可怕的壞天使就全瑟縮地躲起來。就算蕾蓓卡哀求她說下去，但一聽到弟妹語調中隱約的諷刺，珍夫人就開不了口。她溫柔的思想，純粹的喜悅，都令蓓琪太太厭惡，它們和她不合。喜歡溫柔單純事物的人，她都討厭，她痛恨小孩和愛小孩的人。「我對麵包配奶油毫無興趣，」當她對斯泰恩侯爵模仿珍夫人時，會這麼說。

「就像有些人討厭聖水一樣，」侯爵鞠了一個躬，露齒一笑，接著縱聲大笑起來。

兩位妯娌很少見面，除非弟妹有事相求嫂嫂，才會特意過來拜訪。她們一見面，不忘親暱地稱呼彼此「我的愛」、「我親愛的」，但保持一定距離。反而忙碌不已的皮特爵士，每天都有時間見見弟妹。

皮特爵士第一次參加議長的餐宴時，穿著禮服的他趁機在弟妹面前炫耀一番——那是他出使本柏尼格時穿的使節禮服。

蓓琪恭維他的禮服，讚美他的一切，跟他的妻子和孩子一樣熱情——他出門前也大搖大擺地向家人展現過一遍。蓓琪說，只有血統純正的貴族紳士，才能撐得起華貴的宮廷禮服；只有來自古老家族的男人，才適合穿這種緊身褲。皮特頗為自豪地低頭欣賞雙腿，說實在話，和他腰間那把細長的佩劍相比，他的腿沒比劍好看多少，甚至不完全對稱。但他得意地望著雙腿，陶醉地想著自己實在是個萬人迷。

他離開後，蓓琪就照著大伯的打扮，畫了一張諷刺畫。斯泰恩侯爵一來，蓓琪就拿給他看。他讚嘆蓓琪的畫技精湛，把她大伯畫得栩栩如生，很開心地帶走了畫。侯爵在蓓琪太太家裡見過皮特．克勞利爵士，對新一代的從男爵兼國會議員十分親切，令後者大感光榮。看到身分尊貴的侯爵那麼看重自己的弟妹，而蓓琪如魚得水，落落大方地主導談話，讓在場其他男士聽得興趣盎然，這些都令皮特對弟妹多了幾分敬意。斯泰恩侯爵坦言，他知道從男爵剛開始從政，非常期待有天能聆聽從男爵的演說。還說他們其實可稱作鄰居（葛雷特剛特街通往剛特廣場，而大家都知道，侯爵的剛特大宅佔據了廣場一側），侯爵懇切地希望，等到斯泰恩夫人到了倫敦，能有榮幸結識克勞利夫人。過了一、兩天，侯爵前往鄰居家裡，留下名卡。雖然過去一百年來，這兩家人住得如此之近，但侯爵其實從未注意過老克勞利從男爵。

洛頓置身這些陰謀心計、華麗餐宴和名流貴族中，愈來愈孤獨無依。妻子勸他多去俱樂部，要他和單身朋友在外用餐，他何時出門、何時回來都無人聞問，妻子也從不過問。當皮特爵士要去國會或從國會離開時，常會先到卡爾森街的洛頓家，與蕾蓓卡密談。與此同時，洛頓則時常帶著兒子，散步到葛雷特剛特街，和那兒的珍夫人和姪女、姪子閒坐。

退役上校有時坐在哥哥家好幾個小時，什麼話也不說，什麼事也不做，什麼煩惱也不想。要是有人差遣他去辦事，他倒高興得很。他會去探問某匹馬的身價或某個僕役的名聲，或者切塊烤羊肉給兒子或姪兒、姪女當晚餐。他垂頭喪氣，意志消沉，只是懶散度日，完全服從妻子。他已成了達麗拉的囚徒，被她剪去了頭髮。十年前莽撞輕率的年輕人，現在成了個身材粗壯、遲鈍恭順的中年男子。

可憐的珍夫人知道自己的丈夫被蕾蓓卡迷倒了。但每次和洛頓太太碰面，雙方都不忘聲聲喚著「我親愛的」、「我的愛」。

第四十六章 掙扎與試煉

我們在布朗普敦的朋友則以他們的方式慶祝聖誕節，但氣氛就沒那麼歡樂了。奧斯朋寡婦每年的收入約莫一百鎊，長久以來她都將四分之三交給雙親，當作她和兒子的生活費用。此外，喬斯每年給父母一百二十鎊。這個四人小家庭和克萊普夫妻共同雇用一名愛爾蘭女僕來處理家務。按理來說，度過一開始的破產風暴和失望頹喪後，這一家人有足夠收入過安穩的日子，不用向人低聲下氣，甚至偶爾能邀朋友來作客。

忠心的老職員克萊普先生依舊對往日的老闆薩德利敬重有加。克萊普還記得這位商人風光時，曾邀請他去羅素廣場作客。他正襟危坐，在擺滿佳餚的華麗餐桌前舉起酒杯，恭祝「薩太太，艾美小姐和印度的喬瑟夫先生」身體健康。老職員念念不忘美好的往事，時間只讓這些回憶更加輝煌。每當他從廚房兼自家客廳到樓上薩德利家的客廳，和老先生同桌吃頓簡單晚餐，喝著兌水琴酒時，他總是語帶抱歉的嘆道，「先生，這些都是粗茶淡飯，想必不合你的胃口。」喝酒時，他依舊嚴肅莊重的祝福兩位太太身體健康，一如往昔。他認為「艾美小姐的琴聲簡直是天堂傳來的神聖音符，而她是世上最優雅的夫人」。他去俱樂部時，總會等薩德利先生就座，才敢坐下來，而且不准任何人在他面前說薩德利先生一句不是。他見證過倫敦首屈一指的大人物與薩德利先生把手言歡，他說，他剛認識薩先生的時候，老闆每天都在交易所和羅斯契爾德等大人物往來，他所擁有的一切都多虧了薩德利先生的提攜。

克萊普品性端正，寫了一手最優美的好字，因此老闆破產後沒多久，他就找到別的工作。

「我只是尾小魚，只要有只小桶子，我就活得下去，」他總這麼說。有位薩德利公司的老股東，非常高興地雇用克萊普先生，給了他豐厚的薪資。總而言之，當薩德利的富豪朋友接二連三地棄他而去，窮困的前職員依舊對他忠心耿耿。

艾美麗雅只從撫恤金中為自己和兒子留下一點點錢。她縮衣節食之餘還必須想方設法，才能讓寶貝兒子不愁吃穿，畢竟喬治．奧斯朋的兒子可不能衣著破爛，得穿得體面才合乎身分。一開始她不願送兒子上學，經過一番擔憂、惶恐與掙扎後，她才終於同意讓兒子去學校，而學費又是一筆支出。她熬夜苦讀，研究艱深的文法和地理書，好在白天教導喬治。她甚至自學入門的拉丁文，希望有天能指導兒子。

對艾美麗雅來說，要和兒子分別一整天，送他出門、把他交到教師手中，任由他被老師用棍子責罰、被同學欺負，就像重溫孩子離乳的痛苦，令柔弱的母親顫抖難過不已。反觀小喬治，他倒是開開心心地衝進校園。他渴望改變已久。他天真的興奮勁兒，傷了母親的心，與兒子分離讓她痛之入骨。真希望兒子會難過些，她不禁這麼想道。但很快就責備自己怎能有如此自私的想法，為此深深懺悔。

小喬治在學校的表現很好，進步飛快。這間學校的校長，正是長久以來仰慕他母親的賓尼牧師。小喬治帶回無數的獎狀和禮品，證明自己聰穎過人。每天晚上，他總對母親述說和同學間的各種故事，形容李昂斯是個多麼優雅的男孩，斯尼芬老是鬼鬼祟祟，史提爾的父親是供應全校肉品的肉販，而每個星期六，葛丁的媽媽都會坐在馬車裡接他回家，尼特的褲子上裝了吊帶——他可不可以也穿吊帶褲呢？——還有大布爾身強體壯，人人都說他能打倒門房瓦德先生，不過進了教室，他唯一擅長的是歐特洛庇厄斯寫的《羅馬簡史》。

從小喬治口中，艾美麗雅認識了學校裡每個孩子。晚上她會幫助兒子寫作業，她就像白天上課的小喬治一樣，小巧腦袋殫精竭慮只為搞懂課程內容。有回喬治和史密斯少爺大打一架，一隻眼被打得烏青，但他得意地向媽媽炫耀自己勇氣十足，令老外公大喜過望。事實上，小喬治一點也不像他形容的那般勇敢，完全打不過人家。艾美麗雅自此從未原諒那個史密斯，雖然現在他已是名在萊斯特廣場附近執業、脾氣溫和的藥師。

溫柔寡婦就在這些祥和的日常奮鬥和無害的關懷中度過日子，頭上露出了一、兩根銀絲，見證時間的軌跡，美麗額頭上也浮現一條隱隱變深的皺紋。她會對這些歲月的痕跡微笑。「像我這樣的老女人，」她自問，「多些皺紋白髮又有什麼關係？」她只希望能見證兒子發揮天賦，成為一位享有名聲與榮耀的偉大人物。她保留兒子的練字本、圖畫、作文，向她為數不多的朋友炫耀，自以為它們全是天才之作。她曾讓達賓小姐欣賞一些兒子的作品，也讓她帶去給喬治的姑姑奧斯朋小姐看看，再讓她交給奧斯朋先生——好讓老人為過去殘忍無情地對待已逝兒子而懊悔。

隨著亡夫入土為安，艾美麗雅也埋葬了他所有的缺陷和失誤，只記得那個愛她的男子，不計一切代價，娶她為妻。他是她品性高尚的丈夫，既勇敢又英俊。還記得他離家出征、為英王戰死沙場的那個早晨，她倚靠在他懷裡，兩人多麼依依不捨啊。這位愛國英雄一定在天堂裡，對他完美的兒子微笑，小喬治是他留給妻子的唯一慰藉。

我們已提到，喬治的祖父奧斯朋先生鬱鬱不樂地坐在羅素廣場舒服的扶手椅裡，脾氣變得愈來愈暴躁。他女兒坐擁豪華馬車和精壯馬匹，城裡一半的慈善機構都有她的名字，但她其實是個寂寞哀傷、被老父欺負的老閨女。

自從見過姪子後，奧斯朋小姐一再想起那個俊美的小男孩。她渴望坐在那輛豪華馬車裡，拜訪他的家。每當她在公園裡兜風時，她總是東張西望，盼望看見他的身影。她的妹妹，也就是銀行家太太，有時會大方臨幸羅素廣場的娘家和探望故人。她身後跟著一位正經的奶媽，照顧她那兩個虛弱的孩子。她以優雅的風度，對姐姐笑談她那些尊貴的友人，述說她的小費德瑞克簡直和克勞德．洛利波普勛爵如出一轍。她帶女兒瑪麗雅去羅漢普敦，坐在驢子拉的小轎子裡，有位男爵夫人注意到了小姑娘，對她讚不絕口。布洛克太太要姐姐在父親面前，替外甥、外甥女美言一番。她決心讓小費德瑞克加入近衛軍，要是他有了弟弟（布洛克先生老是在買土地，幾乎把錢都花光了），小瑪麗雅未來要如何過日子呢？「親愛的，我只能指望妳了，」布洛克太太說，「畢竟爸爸給我的那筆錢，我當然會留給一家之主，妳也明白。卡索托迪勛爵的癲癇愈來愈嚴重，一等他過世，親愛的芮達．麥克穆爾就會把所有房產出售，小麥克杜夫．麥克穆爾會繼任為卡索托迪子爵。米辛巷的布魯戴爾先生也把財產留給芬妮．布魯戴爾的小男孩啦。我親愛的小費德瑞克當然是我們家的長外孫。拜託妳，請爸爸回我們的銀行開戶吧？好嗎？親愛的姐姐？現在他都去斯當比及洛第銀行，實在讓我們面上無光呀。」她滔滔不絕地說著，時不時提及知名人物，同時謀求自家利益。離開前她還像個蛤蜊，黏膩地親吻姐姐的臉，才帶著兩個衣服漿挺的小娃兒，一臉假笑地再次坐上馬車。

這位時髦太太愈回娘家，她的處境就愈不利。她那神氣的架子愈來愈惹人厭，她父親把更多的錢存進斯當比及洛第銀行。而住在布朗普敦一棟小屋子裡的可憐寡婦，只顧著照顧寶貝兒子，不知道多少人垂涎她兒子的身分。

珍．奧斯朋告訴父親，她已見過他孫子的那天晚上，老先生並沒有回應一字半句，但他至少沒大發脾氣——他要回房休息時，甚至口氣溫和地對女兒道晚安。他一定沉思過她說的話，也向達賓一家打聽過女兒的拜訪。因為兩個禮拜後，他問她，她以前總戴在身上的法國懷錶和金鍊到哪兒去了？

「先生，那是我用自己的錢買的，」面對父親的質問，她大驚失措。

「再去訂只懷錶吧，買只更好的也行，」老先生說完，又陷入沉默。

達賓姐妹近來更加頻繁地請求艾美麗雅讓喬治去她們家玩。他的姑姑很喜歡他，她們進一步暗示，也許他祖父會願意接納他。一想到兒子有重回奧斯朋家的機會，艾美麗雅當然難以拒絕。她只能心情沉重的同意，但一顆心惴惴不安。每當兒子不在她身邊，她就憂慮不已，兒子一回到家，她就好像兒子倖免於難似的熱情迎接。兒子帶回玩具和零用錢，讓寡婦緊張又嫉妒。她問兒子有沒有見過任何男性長輩。兒子回答，只有老威廉爵士會帶他搭四輪輕便馬車出遊，還有達賓先生，下午他騎著一匹美麗的栗色馬出現，身上穿著綠外套、圍著粉紅色的領巾，手裡的馬鞭有著金色握把，保證會帶他去瞧瞧倫敦塔，和獵犬一起出門遊玩。最後一次，他說，「那兒有個老紳士，他的眉毛很粗，戴了頂寬邊帽，身上掛了很粗的鍊子，還穿著海豹皮大衣。」有天，正當馬夫扶小喬治騎一匹小灰馬時，老紳士出現了。「他盯著我看了好一陣子。他渾身發抖。吃過晚餐後，我說『我的名字是諾維爾[8]』，姑姑就哭了起來。她老是哭個不停。」這就是小喬治對那晚的報告。

艾美麗雅這下知道兒子已經見過祖父了，接下來她急切地等待奧斯朋一家的反應。事實上沒過幾天，她就收到他們的請求。奧斯朋先生正式表示，他願意照顧孫子，讓小喬治成為他的繼承人，把他原本要傳給兒子的財產都留給他。他會提供喬治．奧斯朋太太一筆津貼，確保她生活無虞。要是有人向喬治．奧斯朋太太求婚，他也不會因她接受而停止給付。但她兒子必須和祖父同住在羅素廣場，或者任何奧斯朋先生決定的地點，只能偶爾前往喬治太太的住處拜訪母親。奧斯朋先生在信中明列所有條件，只等她接受。當律師前來拜訪艾美麗雅時，她的父親像往日一樣去了西堤區，母親也出門了。

艾美麗雅這輩子恐怕只發過兩、三次脾氣，而奧斯朋先生的律師有幸見證了她憤怒的一刻。

一聽完律師朗誦的條文，滿面漲紅的她渾身顫抖地站起來。波先生一把信遞給她，就被她撕成上百張碎片，丟到地上後還用力踐踏一番。「再婚！要我拿錢！完全放棄兒子！好大的膽子，居然用這樣的提議侮辱我！先生，請告訴奧斯朋先生，他的信是小人怯懦之舉，那是一封膽小怕事的信，我才不會回應這樣的侮辱。我祝你安好，先生。」根據律師的說法，她說完後就把律師送出家門，「活活就像位悲劇女王」。

她父母那天沒有發現她的心思激盪，她也沒告訴他們這場會面。畢竟他們有自己關切的事務要忙，而那些事務都與這位無辜且不過問世事的寡婦無關。她的老父親仍無法忘情投機事業，我們看到他成了酒商、煤商，全都一敗塗地。但他依舊鬼鬼祟祟來往於西堤區的大街小巷，發起新的事業，不顧克萊普先生的勸諫，勇往直前。其實他根本不敢讓克萊普知道自己投入多少資金。薩德利先生的原則之一是不要在女人面前談錢，因此他的妻女對他不幸的事業一無所知，直到困境逼得痛苦的老先生不得不對她們坦白。

首先，四人小家庭本來每週都能結清的帳款，不得不拖欠一陣子。薩德利先生憂慮地對太太說，印度的匯款還沒到。薩太太一向定時付帳，但她向一、兩位商人拜託延期支付時，他們卻老大不高興，明明這些店家都容許其他沒那麼捧場的客人延期付款。艾美定期把津貼交給父母，從來不過問他們的花用，但那筆錢只能負擔四口之家一半的餐食費用。六個月很快就過去了，老薩德利不斷說，他的股票一定會漲起來，以後日子就好過了。

但半年過了，這一家人沒有拿到六十鎊，反倒愈來愈困窘。薩德利太太變得心神不寧，受到太大打擊的她常常到樓下廚房，和克萊普太太對坐無言，只是掉淚。肉販見到她就粗暴地發脾

8. My name is Norval，約翰・荷姆（一七二二～一八〇八）的無韻詩劇《道格拉斯》（*Douglas*）中一句台詞。

氣，雜貨商也傲慢無禮起來。有一、兩回，小喬治抱怨晚餐不夠吃，艾美麗雅雖然總是吃一片麵包當晚餐，但她也注意到兒子挨餓，偷偷用自己的錢買了些零食，確保兒子吃得飽。

最終父母不得不對女兒吐實，或者不如說，他們胡謅一氣，就像遇到挫折的人常做的那樣。那天，一向詳細記錄私人花用的艾美麗雅收到了錢，當她要把一部分交給父母時，她說她想留下一點錢，因為她已請人為小喬治做套新西裝。

她的父母宣稱喬斯沒有匯款，全家經濟都已陷入絕境。艾美麗雅的母親還怪罪女兒早該注意情況不對，可惜女兒只在乎小喬治，對身邊的災難視而不見。聽到母親這麼說，艾美麗雅沒說一句話，就把錢都放在桌上給了母親，自己回到房間痛哭一場。那天她不得不外出，取消原本為兒子訂下的西裝，這令她傷心透頂，那可是小喬治的聖誕禮物呀。她為了這套衣服，和一名小裁縫結成朋友，兩人時常聊起當下時興的剪裁和風格。

最困難的挑戰還在後頭。她得告訴小喬治這個壞消息，而兒子一聽就哇哇大哭。每個人在聖誕節都有新衣穿。他一定會被同學嘲笑。他本該有新衣服的，媽媽保證會買套新衣給他。可憐的寡婦只能不斷親吻安慰他，淚流不止地縫補舊衣。她翻找身邊不多的飾品，瞧瞧還有沒有可以賣錢的珠寶，好為兒子買下新衣。達賓寄過一條印度披肩給她。她還記得家道中落前，她會和母親去路蓋特丘那兒一間上好的印度商店，裡面以折扣價販賣各種女性衣物。也許她能去那兒賣掉披肩？一想到這個主意，她的臉上染上一片紅暈，雙眼因喜悅而發亮。隔天早上，送小喬治出門時，她親吻兒子，開心地對他微笑。從母親的表情，男孩認為母親收到了好消息。

她用一條手絹（也是好心的少校送的）包好披肩，藏在斗篷裡面。興奮讓她滿臉通紅，她急急走向路蓋特丘，輕快地沿公園外牆小跑，匆匆忙忙地穿過路口，讓許多路人回頭凝望她紅潤漂亮的臉龐。她計算賣掉那條披肩後，除了買兒子的新衣裳，也許還能買下那些兒子渴望以久的書本，結清他半年的學費。她還想著老爸爸的人衣也該換了，她真想為父親買件新外套。少校的禮物的確貴重，質地細緻、花紋美麗，商人給了艾美麗雅二十基尼，其實算他賺到了。

她開心極了，捧著這筆小財富，急急奔向聖保羅廣場的達頓商店，買下小喬治期待已久的故事集《父母的好幫手》和《山福和梅頓》。她包裹好禮物，登上公共馬車，開心地回到家。她用小手在扉頁上寫下：「給喬治．奧斯朋，摯愛他的母親贈」。這兩本書和上面漂亮的字跡保存至今。

她走出房間，打算把書放在小喬治的桌上，這樣兒子一從學校回來就會看到。就在這時，她撞見了母親。那七本包著鑲金包裝紙的小書引起老太太的注意。

「那是什麼？」她問道。

「一些給小喬治的書，」艾美麗雅應道，「我……我保證要買這些當他的聖誕禮物。」

「書！」老太太怒氣沖沖地說，「全家都缺麵包吃，妳卻去買書！書！為了讓妳和妳兒子過奢侈的好日子，讓妳親愛的爸爸不用坐牢，我把身邊所有的首飾都賣了，也賣掉所有的印度披肩，換成食物，免得那些雜貨商人追著我們催債，讓正直的克萊普先生不用當個惡房東，讓這個好人和好父親拿得到房租。啊，艾美麗雅！妳那些書和妳的寶貝兒子傷透了我的心，妳不願與他分離，但妳只是在毀掉他的前程罷了。啊，艾美麗雅，但願上帝保佑，讓妳兒子比我的孩子孝順些！喬斯拋棄了他的老父，而小喬治卻不愁吃喝，打扮得像個上流紳士一樣大搖大擺地去上學，脖子上還掛著金鍊和懷錶，有天說不定會發大財……而我深愛的老男人身上卻……卻一枚先令也沒！」薩德利太太歇斯底里地痛哭起來，再也說不下去；她的話語迴盪在小屋的每個房間裡，其他女眷都把這番話聽得一清二楚。

「啊，母親！母親呀，」可憐的艾美麗雅哭喊，「妳什麼也沒跟我說……我……我保證了要買書給他。今早我……我剛賣掉披肩。這些錢妳拿去吧，全給妳……」她雙手顫抖著把所有的銀幣和珍貴的金幣，全都放到母親手裡，滿出來的錢幣一路滾下樓梯。

她奔回房間，無助地跌坐地上，痛苦萬分。現在她全明白了。她自私地犧牲了寶貝兒子的福祉。要不是她，小喬治本該獲得財富、地位，受到良好的教育，也能得到喬治為了她而放棄的一切身分。只要她開口，她父親就能擺脫窮困潦倒的日子，她兒子就此享受榮華富貴。啊，她溫柔的心痛苦極了，深深感到自己罪不可赦！

第四十七章 剛特大宅[9]

舉世皆知斯泰恩侯爵的倫敦宮殿位於剛特廣場，而葛雷特剛特街直通這兒。蕾蓓卡首次與前一任的皮特．克勞利爵士會面時，就是在葛雷特剛特街上的克勞利大宅。現在，從柵欄和黑壓壓的樹梢望進廣場花園，你會看到幾位可憐的家庭教師，帶著面色枯槁的學生繞行花園一圈又一圈，而花園中央的草地上，立著剛特勛爵的雕像。剛特勛爵曾參與民登戰役[10]，戴了頂垂下三大綹髮辮的假髮，身上卻穿著媲美羅馬皇帝的衣裝。

斯泰恩侯爵的豪宅幾乎佔據了廣場整整一側，其他三面則立著曾經看盡風華，如今逐漸老去的大宅——它們高聳而陰暗，窗框都是石砌的，曾經鮮艷的紅磚牆已褪了色。牆上細長的窗戶早已不符時代，有時裡面隱約透出燈光。這些大門過去曾有川流不息的賓客，但那些熱鬧景象已隨排排站的迎客僕從和提燈小童一起走入歷史。那些提燈小童以前會用白鐵滅火蓋熄去手上的火炬，然而現在門階上只剩滅火蓋，早已不見手持火炬的孩童身影。現在，銅製門板入侵了這座廣場，上面標著「某某醫生」或「迪德塞克斯西區分行」，不然就是「英格蘭與歐洲協會」……等等，看起來死氣沉沉。斯泰恩侯爵的豪宅也沒比其他鄰居好多少。我只見過那棟宮殿的寬闊正

9. 本章的人物、頭銜可能會讓讀者困惑，在此先解釋一下：斯泰恩侯爵出身「剛特伯爵家族」，父親死後繼承「剛特伯爵」的頭銜，接著藉由賭博贏了「斯泰恩侯爵」的頭銜。本章中提到的「剛特勛爵」指的是他的長子；他的次子是喬治勛爵或喬治．剛特勛爵。

10. 一七五九年爆發於當時普魯士（現今德國境內）的一場戰役，是七年戰爭的關鍵戰事之一。

面。門口的鐵門高高聳立，已經生了鏽，有時會看見肥胖的老門房頂著一張紅通通的臉，陰鬱地朝外望。牆上那些閣樓和臥房的窗戶很少看到人影，而屋頂煙囪現在也不再冒出白色的煙霧。因為現任的斯泰恩侯爵已搬到拿坡里，卡普里灣和維蘇威火山遠比剛特廣場的景色美多了。

沿著新剛特街走下去，就會通到剛特馬房巷，那兒有扇不起眼的黑色小門，看起來就和其他馬廄一樣普通。我的線人，無所不知的小湯姆．伊芙斯帶我去那兒，還告訴我，常有許多車窗密實掩上的馬車停在這扇門前。他常說：「親王曾帶他波蒂塔[11]出入那扇門，先生，瑪麗安．克拉克[12]也和某某公爵進去過唷。那扇小門後面，有好幾間出名的小公寓，全都屬於斯泰恩侯爵所有。先生，有一間裡面都是象牙色和白色緞布，另一間全是黑檀木和黑絲絨，還有一間小宴客廳是照龐貝的沙陸斯特宮建的，裡面的牆是科斯威[13]畫的呢。此外還有間小廚房，裡面的鍋子全是銀製的，連烤肉叉都是金的。有天晚上，奧爾良公爵[14]、斯泰恩侯爵和一位偉大的人物玩翁牌，結果公爵和侯爵贏了十萬鎊。那晚，公爵還下廚烤雉雞。那筆錢，公爵用來支持法國大革命，剛特侯爵則買了爵位和嘉德勳位，剩下的……」雖然無所不知的小湯姆．伊芙斯，準備鉅細靡遺地列出剩下的錢花去哪兒，但這和我們目前的主題無關，就不在此詳述了。

侯爵除了在倫敦有個宮殿，也有許多城堡和宮殿散落於英國各地，有時旅遊書也會介紹他的產業，比如位在善農河岸的強弩城堡和周邊園林；卡馬森郡的剛特城堡，理查二世曾在這裡入獄；還有約克郡的剛特利大宅，人們告訴我，客人吃早餐時，那兒有兩百個銀製茶壺供人使用，裡面的傢俱用品全都金碧輝煌；漢普郡的斯提布魯克莊園是侯爵的農場，那兒有間舒服愜意的小屋，裡面的精緻傢俱令人難以忘懷，但侯爵過世後都被一位知名拍賣家出售了。

斯泰恩侯爵夫人來自古老的凱爾利昂家族，他們的先人可上溯至卡梅洛侯爵，自從第一任祖先德魯伊德改信基督教後，只有他們家族保留古老的信仰。早在布魯圖斯國王[15]踏上英格蘭群島前，這一家人就在英國各島定居。他們稱長子為「龍首」，自古以來所有的男子都以亞瑟、約瑟、卡洛達克斯為名。一場又一場的王位爭奪戰中，他們家族死了許多人。伊莉莎白女王時代，砍下當時一位亞瑟的頭，因為他曾在菲利浦國王和瑪麗皇后時期擔任內務總管，為蘇格蘭女王和她的吉斯舅舅送信。這一家人出了很多軍官，其中一位是在眾所皆知的聖巴托羅繆陰謀案[16]中出了名的偉大公爵。瑪麗鋃鐺入獄時，卡梅洛家族為了她而策劃陰謀。英國對抗西班牙艦隊期間，伊莉莎白女王命這一家人為國家出大量資金，而他們又因私藏教士、不願改信、效忠羅馬天主教廷而被罰款，令這一家人元氣大傷。在詹姆斯國王期間，有位族人接受了那位偉大神學家的說辭，暫時改信新教，雖然他性情軟弱，但多少讓家族多了些財產。但在查爾斯國王時期，卡梅洛伯爵重拾信仰，為保持古老傳統而戰鬥，甚至不惜犧牲性命。斯圖亞特王朝只要後繼有人，他們就會忠心追隨，發動叛變。

瑪麗．凱爾利昂小姐在巴黎一座修道院長大，太子妃瑪麗．安東尼特是她的教母。自恃美貌的她嫁給了剛特伯爵，但人們說，某次奧爾良公爵菲利普辦了宴會，她哥哥輸給剛特伯爵一大

11. 波蒂塔是莎士比亞作品《冬天的故事》中的人物。此處指的是威爾斯親王和他當時的情婦瑪麗．羅賓森，後者曾演出波蒂塔一角。
12. 約克公爵的情婦（一七七六～一八五二）。
13. 理查．科斯威（一七四〇～一八二一），肖像畫家，備受攝政王的寵愛。
14. 此處的奧爾良公爵是路易—菲利普二世（一七四七～九三），支持革命，贊成處死路易十六，但於雅各賓專政時期被送上斷頭台。
15. 中世紀傳說中，布魯圖斯創立不列顛王國，是第一任國王。
16. 指一五七二年的聖巴托羅繆大屠殺，大量新教胡格諾派教徒在法國被天主教徒屠殺。

筆錢，被迫用妹妹償債。剛特伯爵和芒什伯爵進行了一場著名的決鬥，當時是人人津津樂道的話題。芒什伯爵自幼進宮服務，深受王后寵愛，後來成了灰色火槍手。他渴望贏得美麗的瑪麗．凱爾利昂小姐，但決鬥失敗後，他還在養傷，瑪麗小姐就嫁給了剛特伯爵，搬到剛特豪宅，踏入威爾斯親王的宮廷，只不過為時甚短。政治家福克斯曾向她舉杯致敬；莫瑞斯和謝瑞頓為她譜曲寫歌；瑪姆斯貝里伯爵朝她敬了最為恭敬的禮；作家華波爾也讚賞過她迷人的風範；戴佛薛爾公爵夫人吃她的醋。但社交圈的狂歡作樂令她畏懼，她躲避社交活動，生下兩個兒子後就過著虔誠的隱居生活。想當然，愛好享樂的斯泰恩侯爵與她結婚後，就很少看見他身邊出現那位迷信、老是發抖、沉默又憂鬱的女子。

前面提到的湯姆．伊芙斯，雖然在本書未佔一席之地，但他知道倫敦所有貴族的消息，對每個家族的故事與祕辛瞭若指掌，而他還有其他斯泰恩侯爵夫人的情報，只是我們無法確定真假。湯姆告訴我，「那個女人在自家備受侮辱，令人難以置信。斯泰恩侯爵讓她和一些聲名狼藉的女人同桌，要是我老婆和那些女人廝混，我不如死了算了。其中包括克拉肯貝里夫人、齊波漢姆太太，還有法國官員的妻子克魯區卡瑟夫人哪。」話雖如此，但若能向她們敬個禮，有幸和她們同桌吃飯，就算要湯姆．伊芙斯犧牲妻子，他也在所不惜。「總而言之，就是那幾個**最得侯爵寵愛**的女人。你想想，那個女人身世媲美波旁家族，對她來說，斯泰恩家只是群走狗罷了，早就毫無用處，畢竟他們不是純正的老剛特家族，而是旁系一個不起眼甚至可疑的分支罷了。你以為那個斯泰恩侯爵夫人，」請讀者注意，此處都是伊芙斯本人的發言，「身為全英格蘭最自負的女人，會恭順地服從丈夫，好像沒事人一樣嗎？呸！我告訴你，她之所以忍氣吞聲，背後是有祕密的。當法國貴族逃難時，那個來到英國的芒什神父，曾在基伯龍灣那件事，與普塞耶及汀特尼耶並肩作戰。一七八六年與斯泰恩決鬥的灰色火槍手，那個上校，其實就是他啊！也就是說，他和侯爵夫人重逢啦。上校在布列塔尼被殺後，斯泰恩夫人就變得十分虔誠，直到現在，她每天早晨都上西班牙廣場，和她的心靈導師關在小房間裡——我在那兒盯過她——我是說，我恰好經過。看起來，她一定做了什麼虧心事。人啊，除非心虛，有事需要懺悔，不然才不會那麼虔誠咧，」湯姆．伊芙斯露出知曉一切的神氣，搖了搖頭，「要不是被侯爵抓到了什麼把柄，像她這樣的女人才不會那麼百依百順。」

要是伊芙斯先生的消息靈通，那麼這位身分崇高的夫人不得不強壓心中的怒火，故作平靜地隱藏內心的痛苦。讓我們這些沒有名列貴族名冊《紅皮書》的兄弟們，想像一下那些比我們位高權重的人可能過著多麼悲慘的生活，藉此獲得一點慰藉。坐在緞面椅墊上、用金盤吃飯的達摩克利斯[17]，也得面對頭上那把吊在半空的劍。也許他怕的是法警、某種遺傳病或家族祕辛，它們時不時就鬼鬼祟祟地從刺繡華麗的掛氈朝他偷窺，總有一天會要了他的命。

據伊芙斯所說，和權貴比起來，窮人還有另一件事值得安慰。若你的父親財產很少或沒有財產，那麼你們父子之間多半感情深厚；但若你是王親國戚的繼承人，比如斯泰恩侯爵之子，眼看有座即將屬於自己的王國，偏偏時間未到，還不能插手，自會生氣得很，看現在的主人不大順眼。「這條規則幾無例外，」老伊芙斯冷笑道，「所有偉大家族的父親和長子總是彼此怨恨。王儲總是國王的反對派，不然就是迫不及待登上王位。我的好先生，莎士比亞深明事理，他形容哈爾王子[18]（剛特家族宣稱自己是哈爾王子的後人，但他們根本不是親戚，就像你和約翰．剛特毫無

17. 古希臘的傳說人物，西西里國王迪奧尼修斯的臣子。有回迪奧尼修斯與他互換身分，坐上王位的達摩克利斯發現上方有把僅以馬鬃綁住的利劍，表示危險四伏，即使登上王位也不能大意。

18. 莎士比亞作品《亨利四世》中，未來的亨利五世。

血緣關係）試戴父親王冠那副模樣，根本是世間所有繼承人的德性。要是你能繼承公爵頭銜，一天就有一千鎊的收入，難道你不會心癢難耐？呸！每個偉大的人都曾如此看待自己的父親，也得謹記有天自己的兒子也會如此。難怪這些父子之間總是彼此猜忌，互相討厭。

「話說回來，兄弟之間的關係也差不多。我親愛的先生，你必須明白，每個哥哥都把弟弟視為敵人，那些本該專屬他一人的財產，如今卻得與別人瓜分。我常聽人說，巴札查特勛爵的長子喬治・麥克・托克說過，要是他繼承爵位後能按自己的意思行事，他會像蘇丹一樣，立刻砍掉所有弟弟的頭，佔據所有的家產。呸！先生啊，他們深明世事。」

說到這裡，一位大人物偶然經過，湯姆・伊芙斯立刻脫帽致敬，笑著衝上前鞠躬哈腰，證明自己也深明世事——以他自己的方式。湯姆早已把所有身家都拿去投資，每年只靠利息過日子，免得姪子、姪女覬覦。他並不羨慕權貴，但他還是很想和他們同桌共飲。

侯爵夫人雖對孩子抱持天生的母愛與關懷，但不同的信仰在他們之間立下殘酷的隔閡。這位羞怯虔誠的夫人雖然愛自己的兒子，但他們之間有道無法跨越的致命鴻溝，她軟弱的胳膊無法越過，也無法把孩子們拉過來，遠離她的信仰宣稱不安全的地方，只能日日心驚膽顫，憂傷不已。

斯泰恩侯爵本身是位知識淵博的學者，也是位業餘的詭辯家。兒子還小時，用過晚餐後，最令他愉快的晚間活動，就是讓兒子的老師崔耶先生（現在已成了伊林一帶的主教大人）和夫人尊敬的莫爾神父喝杯好酒，讓牛津與聖阿舍來場對決。他會為雙方叫陣，喊道：「拉蒂默[19]，說得好呀！有道理，羅耀拉[20]！」他向莫爾保證，要是神父願意改變觀點，就會替他在新教找個主教職。也對崔耶發誓，只要他脫離新教，就讓他當上樞機主教。但不管他如何利誘，兩位從事神職的先生都不願屈服。而那位疼愛孩子的母親雖然寄望她最疼愛的小兒子會皈依她的教會，加入母親信奉的教堂，但虔誠夫人後來大失所望，讓她傷心透頂。看來她恐怕因不忠而遭到老天殘酷的懲罰。

每個常翻《貴族名人錄》的人都知道，剛特勛爵[21]娶了巴瑞克斯家族的布蘭琪・提索伍德小姐，講究史實的本書先前已提過巴瑞克斯家的一些軼事。這對夫妻住在剛特豪宅一側，因為剛特的一家之長堅持全家都得服從他的統治，不可離開他的勢力範圍。然而身為侯爵之子和繼承人，剛特勛爵和妻子處不來，很少在家，而且簽下許多父親死後再償還的債券，遠超過父親給他的金額。但侯爵對兒子欠了多少錢瞭若指掌。等侯爵過世後，人們才發現他握有許多兒子的債權，原來他全買了回來，指名由次子的子女繼承那些財產。

剛特夫人膝下無子——這令剛特勛爵難過得很，但他命定的敵人，也就是他的父親卻為此高興極了，把小兒子喬治・剛特勛爵叫回來。喬治少爺在維也納不但忙於外交和跳華爾滋，還訂了親。他的意中人是第一任赫威林男爵約翰・瓊斯的獨生女，純潔的瓊安小姐。赫威林男爵也是倫敦針線街上「瓊斯，布朗與羅賓森銀行」的老闆。喬治・剛特與瓊安婚後子女成群，他們都幸福長大，但本故事無意描述這些後代。

這原是場幸福美滿的婚姻。喬治・剛特勛爵不但識字，寫的文章也算通順。他的法文十分流暢，他的華爾滋舞技在歐洲首屈一指。有了這些才能和顯赫的家世，他的事業當然一路順風，出人頭地。他的妻子在宮廷中如魚得水，家財萬貫的她，不管夫君被派遣到哪個歐洲城市，都能過著安逸奢華的生活。有謠言說他很快就會當上部長，人們還在客棧打賭他很快就會當上大使。但

19. 休・拉蒂默，約一四八五～一五五五，新教改革家。
20. 依納傑・羅耀拉，一四九一～一五五六，耶穌會創始人，天主教聖人。
21. 此處指的是斯泰恩侯爵的長子。

突然之間，這位外交官詭異行徑的流言就傳遍各地。他的上司辦了場盛大的外交晚宴，而他卻突然站起來，宣稱鵝肝醬被下了毒。巴伐利亞使節史賓伯克－赫罕洛芬伯爵辦了場舞會，但他卻剃了髮、套上長袍，打扮得像個方濟會的修士。有些人會宣稱那是場化妝舞會，但事實並非如此。人們交頭接耳地說，他奇怪得很，他的祖父也是如此，看來這是家族遺傳。

他的妻子和家人回到英國，住進剛特豪宅。喬治勛爵放棄他在歐洲大陸的職位，《公報》宣布他被派往巴西。但人們知道實情不只如此，他沒有從巴西回來——但他也沒死在那兒，事實上他根本沒在巴西住過，也沒出現在巴西過。他就此消失，無人知道他的行蹤。「巴西，」人們露齒而笑，交換八卦，「才不是巴西，其實是聖約翰伍德。里約熱內盧不過是一間四牆高聳的屋子。喬治．剛特由專人照顧，他加入了緊身衣瘋子軍團啦。」這就是浮華世界中人們傳頌的墓誌銘。

每週總有兩、三天，他那可憐的母親會起個大早，懺悔自己的罪孽，前去探望可憐的病人。有時他會嘲笑母親（他的笑聲比他的淚水更令人難受），有時她會發現，曾經出席維也納會議，打扮時髦又聰穎的外交官，現在拖著兒童玩具，或把看守人的玩偶摟在懷中。有時他認得母親和與她同行的莫爾神父，但大半時候他都認不出母親，就像他遺忘了妻子、孩子、愛情、野心和虛榮。但他倒謹記晚餐時間。要是他的兌水葡萄酒太淡，他還會大喊大叫，以示抗議。

這是流在血脈裡的遺傳，那可憐的母親把這病從自己古老的家族傳給了兒子。在斯泰恩夫人犯罪前，在她以齋戒、淚水、苦行贖罪前，她父親的家族就出現過一、兩次同樣的病例。自傲的家族就此顏面掃地，就像法老的長子被雷電擊斃般悲慘。陰森的命運印記和厄運守在門階上，而那古老門檻上方還高高掛著冠冕和權杖組成的家徽。

與此同時，喬治勛爵的子女倒是吱吱喳喳地長大了，完全沒意識到家族劫數也可能會降臨在自己身上。一開始，他們談起父親就謀畫阻止他的歸來。接著他們口中漸漸不再提起那個活著跟死了差不多的人，最終再也無人提及。但他們傷心的老祖母一想到這些孩子繼承了父親的優點之餘，也繼承了他的殘缺，就不禁渾身顫抖，害怕古老的詛咒會再次降臨孫子女的身上。

陰暗的不祥預感也縈繞在斯泰恩侯爵心頭。他試圖沉浸在葡萄酒堆砌的紅海中，盡情尋歡作樂，享受人群與盛大晚會，暫時忘卻那可怕的危險。然而他一落單，陰影就重新襲來。隨著時光流逝，心底的恐懼變得更加張牙舞爪。「我帶走了你一個兒子，」那陰影說道，「何不也把你帶走？有天，也許我會把你關起來，就像你兒子喬治。明天我可能就會敲敲你的頭，讓你忘卻一切的快樂、榮耀、宴會和美女，那些朋友、馬屁精、法國廚師、優良種馬和豪宅都會離你遠去，你只能坐困囚籠，由看管人照看，躺在草蓆墊上，就像喬治．剛特一樣。」侯爵會反擊那些威脅他的鬼魅，他知道一個喝斥敵人的方法。

雖然過著富麗堂皇的生活，坐擁金山財寶，但剛特豪宅高高聳立的大門內，在那些被煙熏黑的王冠和花體字門徽下，並非事事如意。這裡舉辦的是倫敦最盛大的宴會，桌上佳賓如雲，但快樂的只有賓客。要不是他是王親國戚，根本不會有那麼多人拜訪他。但在浮華世界，只要你有權勢，有財富，你所有的過錯都會被寬恕。就像有位法國夫人說的，在我們評判像侯爵這樣的人之前，「讓我們再細看一回」。吹毛求疵的人和斤斤計較的道德家可能輕蔑斯泰恩侯爵，但要是侯爵邀請他們，他們必會開開心心地迎上前去。

「斯泰恩侯爵真的太糟糕了，」斯林石頓夫人說道，「但每個人都去他的宴會，我當然也得跟去，才能確保我家女兒的聲名。」崔耶主教一邊想著大主教健康堪慮，一邊說道，「侯爵對我有恩，我的一切多虧他的提拔。」為了參加侯爵的舞會，他的太太和女兒們放棄教堂彌撒。索斯頓伯爵的姐姐從母親那兒聽說了一些關於剛特豪宅的可怕傳言後，溫柔地規勸弟弟，而年輕伯爵回答，「他的確毫無道德可言，但管他的，他有全歐洲最棒的西勒耶酒哪！」至於正派的皮特．克勞利從男爵，曾經擔任傳教士集會主席的他，也從來沒想過回絕侯爵的邀請。「珍，妳在他家可會見到伊林主教和斯林石頓夫人呢，只要有他們在，就代表我們行的是正道，」從男爵對妻子說道，「斯泰恩侯爵的身分尊貴，地位崇高，像我們這樣的人只能任他差遣。親愛的，能擔任郡長的人，都是受人敬重的紳士。更何況我年輕時和喬治．剛特很熟，我們還一起去本柏尼格出差呢，當時他可是我的下屬。」

簡而言之，只要這位偉大的人一開金口，所有的人都會洗耳恭聽，不管是各位讀者——別否認——或身為作者的我，只要能獲得他的邀請，都會迫不及待地迎上前去。

第四十八章 讀者謁見陛下

蓓琪對夫家一家之長的溫柔關懷終於獲得了甜美回報，雖然這份回報稱不上多豐厚，卻是小婦人希冀已久的目標，就算更實際的益處也入不了她的眼。她並不想過真善美的生活，但希望至少扮演一個真善美的角色，而我們都知道上流社會的女人在戴上羽毛、穿上長袍，踏入宮廷、被國王接見前，都算不上真善美。只要參加這場盛大的會面，就會成為公認的好女人。內務大臣會給她們一張美德證明書。就像可疑的貨物和信件必須經過檢疫處的烘烤箱，經過高溫殺菌，再灑上香醋消毒，才能確保它安全無虞。許多女人本來名聲不佳，受到散播傳染源的指控，但只要想盡辦法、突破困難，出現在一國之首面前，就能洗去身上所有的污漬，煥然一新。

巴瑞克斯伯爵夫人、杜夫特將軍夫人、鄉下的布特・克勞利太太還有其他與洛頓・克勞利太太交手過的女子，一想到這可恨的投機女在國王面前行禮，就會大聲抱不平，說世風日下，宣稱要是善良且備受愛戴的夏洛特王后還在世，絕不會讓如此卑劣的人物踏入她純潔的客廳。但我們必須瞭解，歐洲第一紳士——喬治四世[22]——接見了洛頓太太，就代表洛頓太太獲得認可，聲譽受到保障，要是我們還懷疑她的德行，豈不是犯下叛君之罪？至於我，我總是敬畏又佩服地回顧歷史上的大人物。啊，既然一國之君獲得了「歐洲第一紳士」的頭銜，整個帝國的上流社會和

22. 喬治四世一表人才，品味高雅，被稱為「歐洲第一紳士」。但他生活豪奢、與父親和妻子的關係惡劣，備受百姓批評。

知識淵博的學者都如此崇拜這位偉大的人物，那麼當時的浮華世界，對「淑女」的定義必定十分高尚，只要成為公認的淑女，必然十分受人敬重。

我親愛的朋友M，你還記不記得二十五年前，我們正年輕時，曾表演過《偽君子》那齣戲？當時，艾利斯頓擔任劇場經理，道頓和李斯頓是演員，還有兩個男孩向主人請假，離開教育他們的「屠夫」學院[23]，踏上卓瑞街的劇院舞台粉墨登場，而台下的觀眾都等著一見國王的面容。**國王**？瞧瞧他現身了。衛兵守衛在尊榮的包廂前，斯泰恩侯爵時任化粧室大臣，和其他偉大的國家官員一同守在他的座位後方。**他**高高在上的坐著，面貌紅潤，身材肥壯，身上掛滿了勛章，還有一頭豐美的鬈髮——我們是如何扯開嗓子，對他大唱「天佑吾王」啊！整座劇院都隨著壯麗的音樂高歌，歡聲雷動。人們歡呼吶喊，揮舞手絹。女士都流下眼淚，母親抓緊孩童，還有人因激動而暈厥。正廳後座的觀眾擁擠得難以呼吸，呻吟吼叫此起彼落，只想證明自己也在場，是國王陛下的忠誠子民，願意為他而死。是的，我們看到了他。命運無法阻止我們**見他一面**。有些人見過拿破崙，而見過腓特烈大帝、約翰遜博士、瑪麗．安東尼特……的人已所剩無幾，但我們至少能向子孫吹噓，我們見過偉大、莊嚴、善良的喬治四世。

一向渴望踏入宮廷的洛頓．克勞利太太，千辛萬苦終於等到嫂子扮演她的教母，讓她這位小天使獲准踏入天廷。在這重要的日子，皮特爵士夫妻坐上華麗的家族馬車。那是輛剛製好的簇新馬車，及時恭送從男爵接任漢普郡的郡長。馬車停到卡爾森街的房子前。瑞格勒斯正從自家雜貨店好奇的張望，看到這一幕真是驕傲不已。他看到車上的人個個打扮華麗，男僕穿著嶄新制服，外套胸前還別了醒目的胸花。

皮特爵士穿著閃亮的宮廷大禮服，走下馬車，踏入卡爾森街。他的配劍在兩腿間晃盪。站在客廳窗邊的小洛頓把臉貼在玻璃上往外望，想盡辦法微笑點頭，希望車上的伯母注意到他。過沒多久，皮特爵士就從屋子走了出來，領著一位頭戴華麗羽毛的貴婦。她披著純白披肩，輕巧地提起有著華麗織紋的裙襬。她像公主一樣踏上馬車，神態自若，好像過慣了宮廷生活，朝等在門口的男僕微笑，也對尾隨她踏入馬車的皮特爵士巧笑倩兮。

接著，穿著往日近衛軍服的洛頓走了出來。現在的他更加臃腫，軍服實在太緊了。原本他要等大家出門後，再搭出租馬車出門，等待國王現身，但他善良的嫂子堅持全家人應該一起前往。馬車很寬敞，兩位夫人都很纖細，只要把裙襬收在膝上，就有足夠空間。最後，這對兄弟和妻子一起坐進家族馬車，看似一團和氣，很快加入皇家車隊，行駛在皮卡迪利和聖詹姆斯街上，前往古老的磚造宮殿，別著布朗斯威克星徽的國王正等著接見為他效命的貴族仕紳。

滿心雀躍的蓓琪強烈地感到終其一生辛苦奔波，此刻終於爬上崇高地位，樂不可支的她真想祝福車窗外所有的路人。就連我們的蓓琪，也像那些為了別人難以察覺的優點而自鳴得意的人一樣，難免有些弱點。比方來說，科穆斯堅信自己是英國最偉大的悲劇演員；知名的小說家布朗並不渴望別人稱讚他的天賦，倒想當個公認的時髦紳士；大律師羅賓森並不關心自己在西敏廳的名聲，但自信是全國的騎馬高手，輕鬆就能躍過有五個橫槓的柵門。而我們蓓琪的人生目標，就是成為備受世人尊敬的女性，她以驚人的堅持、勤快，屢屢告捷，一路爬進上流社會。我們說了，有時她深信自己是貨真價實的貴夫人，完全忘了家裡的金庫空空如也，門口有人催債，還得費盡口舌哄騙安撫商人，簡而言之，她毫無本錢，過著如履薄冰的日子。然而當她坐在家族馬車裡，前往王宮，她卻擺出不可一世的架子，那自以為尊貴的做作模樣，連珍夫人都不禁發笑。走進宮

23. 此處指的是一八二三年十二月一日，Isaac Bickerstaffe的同名劇作登上舞台，此處提到的三個名字都是真實人物，然Slaughter-House School沒有資料，可能是指「老屠夫咖啡館」。

殿時，她像皇后般神氣，得意地甩了甩頭。我敢說，要是她真有幸當了皇后，一定會扮演得唯妙唯肖。

承蒙高人准許，我們能夠聲明洛頓．克勞利太太首次入宮謁見國王的服裝，可謂世上最優雅華麗的衣裳。能夠見到宮廷女子的人，不是配戴星徽和飾帶，一同踏入聖詹姆斯宮的紳士，就是靴子滿是泥濘，來來回回在帕摩爾大道上閒逛的傢伙。那些無所事事的路人就愛偷看駛向宮廷的馬車裡，頭上戴滿羽飾的貴婦人。早朝當天午前兩小時，穿著花邊外套的近衛樂隊吹起號角，雄糾糾、氣昂昂地騎著奶油色的座騎，神氣地踏步前進，但我得說，此時準備入宮的女性打扮得一點也稱不上美麗迷人。一位六十歲上下的伯爵夫人赤裸著頸項，濃妝艷抹，滿臉皺紋，鬆垂的眼皮塗滿胭脂，假髮裡別著閃閃發亮的鑽石，雖然讓人眼界大開，過目難忘，但一點也不討喜。她就像凌晨聖詹姆斯街上褪色的燈飾，一半的燈已熄了，另一半閃著微弱晃動的光芒，在黎明前就會像鬼魂一樣飄散無蹤。我們瞥見這些佳人的倩影，深深以為她們該等到晚上，再獨自坐馬車出遊。面對太陽神的凝視，連沉魚落雁的月神到了下午也會憔悴不已，就像冬天時，我們有時會看到祂與太陽神各據天庭兩端，而月神顯得蒼白無神。那麼人間的卡索穆第夫人，怎敢在太陽直往臉上照的時刻，坐在馬車上朝外望，放任歲月在臉上留下的痕跡溝槽暴露於世人眼前！不行啊不行。十一月才是進宮的好時機，或者挑起霧的第一天，不然我們浮華世界的熟齡女性，應該把車窗密實蓋緊，用衣帽把自己包得密不透風再步下馬車，在昏黃燈光下向一國之首敬禮。

不過，我們親愛的蕾蓓卡不需要暗淡的燈光來襯托她的美麗。她的肌膚光滑細緻，不怕陽光直射。要是你們現在看到她的衣裳，任何浮華世界的女性都會批評它是世上最愚蠢浮誇的衣服，但二十五年前，在她和眾人眼中，那可是世上最美麗的華服，而當年社交季最知名的美女非她莫屬。服飾商人不禁想著，當今最時髦的衣著過了十年，也會和過去的虛華事物一樣變得滑稽可笑。但我們岔題太遠啦。洛頓太太首次進宮的那一天，是最迷人耀眼的女子。連善良的珍夫人看著妯娌，都不得不承認她艷光四射，傷心的她默默承認自己的品味不如蓓琪。

她不知道的是，聰穎的洛頓太太為了那套衣裳花了多少心思。蕾蓓卡的品味比得上歐洲所有的服飾商人，而且深知如何物盡其用。珍夫人不明白那些細膩又巧妙的設計，只能偷瞄蓓琪裙襬上繁複的織紋錦緞，還有洋裝上美麗的蕾絲。

蓓琪說，裙襬那塊布其實是塊用剩的舊布料，而蕾絲是她好久以前，用便宜的價錢買下來的。

「我親愛的克勞利夫人，妳一定花了不少錢，」珍夫人低頭望著自己身上那塊完全無法與之媲美的蕾絲。接著，她又細細檢視洛頓太太的宮廷服上那塊古老的錦緞，不禁想說自己負擔不起如此華美的衣著，但話到嘴邊她又立刻打住，不然就對妯娌太無禮了。

要是珍夫人知道實情，我想連脾氣溫和的她也會大發雷霆。事實上，當洛頓太太主持皮特爵士的倫敦宅邸裝修工程，她從老衣櫃裡翻出了這些全屬於歷代女主人的蕾絲和錦緞，一聲不吭就把這些布料帶回家，用它們為自己裁製衣裳。布里吉斯雖然看到了女主人的行徑，但她什麼也沒問，從未向任何人提起。我相信這一回，布里吉斯就像其他老實女人一樣，頗能體諒蓓琪的心情。

那麼，那些鑽石呢？「蓓琪，妳怎麼會有這些鑽石呀？」連她丈夫也問道，讚賞那些他從來沒見過的珠寶，在她的耳朵下、脖子上閃耀著絢麗的光輝。

蓓琪的臉浮上一層紅暈，望著丈夫好一會兒。皮特．克勞利的臉也有點發紅，他只顧著往窗外瞧。事實上，他給了蓓琪一些珠寶，比如她別在珍珠項鍊旁的那枚美麗鑽石別針。不過從男爵並沒有向他的夫人提起這回事。

蓓琪望著丈夫，又望向皮特爵士，眼神透著輕佻的得意，好像在說，「我該不該出賣你呢？」

「你猜猜呀！」她對丈夫說，「哎，你這傻子，」她繼續說道，「你以為我怎麼會有這些珠寶？我只有那枚小別針，是一位親愛的朋友很久以前送我的。其實，這些珠寶全是我租來的。我去考文垂街，波隆尼厄斯先生的店租的。你不會以為女人上宮廷戴的首飾，全是她們自己的吧？當然，珍夫人身上的美麗寶石的確都是她的，我敢說它們是我見過最漂亮的寶石了。」

「它們是家傳珍寶，」皮特爵士又露出坐立難安的樣子。當這些人忙著閒聊，馬車已轔轔駛過街道，直抵國王宮殿正門，一行人才下了馬車。

那些令洛頓嘆服的鑽石，從來沒回到考文垂街上波隆尼厄斯先生的店裡，而那位先生也從未出口要求歸還。它們被悄悄收進盒子，放在艾美麗雅．薩德利許多年前送她的舊寫字檯裡。除此之外，蓓琪還在裡面藏了不少實用物件，有些也許價值不斐，但她丈夫對此一無所知。有些丈夫習於一無所知，或者只知道一點點。至於妻子們，是否許多女人都習於掩藏？啊，女人呀！妳們之中，有多少人藏著服飾商的帳單？多少人藏著好幾件晚禮服和許多手鐲，不敢向眾人展示，一旦穿上了就顫抖不已？妳們一邊發抖，一邊用勾人的微笑安撫身邊的丈夫，他們看不出新的天鵝絨禮服和舊的有何不同，也分不清今年的手鐲不是去年那一只，不知道那看起來破破爛爛的蕾絲圍巾居然要價四十基尼，而巴比諾太太每個禮拜都寄來討債信！

因此，洛頓完全不知道妻子耳上那對閃耀的鑽石耳環，或美麗胸脯上那些閃亮的飾品是哪兒來的。至於身為化妝室大臣的斯泰恩侯爵，頻繁出入宮廷，是英王旗下最偉大的貴族和忠心護衛國君的臣子，戴著所有的星徽、勛章、飾帶，套著華麗衣領，而這位大人物格外關注小婦人洛頓太太。他清楚那些珠寶從哪兒來，也知道是誰為她付了錢。

當他對蓓琪鞠躬敬禮時，他露出微笑，引用《秀髮劫》[24]形容蓓琳達的鑽石的一句美麗但陳舊的比喻，「連猶太人都會親吻，連異教徒都會鍾愛。」

「我可不希望侯爵大人成了異教徒哪，」小婦人揚起頭說道。她身邊的人們看到偉大貴族特別關注身材嬌小的投機女，許多女子都在竊竊私語，許多男子都交頭接耳，時不時點頭示意。

我無意描寫蕾蓓卡．克勞利（本姓夏普）謁見一國之君的細節，畢竟我只是個窮酸作家，沒有這方面的經驗。至高無上的一國之君耀眼得令人不得不閉上雙眼。皇家禮儀守則的要點之一，就是不要冒失地在神聖的謁見廳觀望流連，放任想像力馳騁，臣民只能神聖的大人物深深地彎腰致敬，就該沉默且恭敬、迅速地退出去。

雖說如此，但經過這場會面後，倫敦再也找不到比蓓琪更忠心的子民了。她老是說著國王的大名，宣稱他是世上最迷人的男子。她去了科納吉畫商，訂購她的賒帳額度所能買到的，最細膩的一幅國王肖像。她選了一張知名的畫作，這位有史以來最英明的國王穿著毛皮大衣，圍著毛皮衣領，穿著緊身褲和絲襪，戴著棕色鬈曲的假髮，坐在沙發上，露出虛偽的笑容。招待客人時，她還會戴著一枚畫有國王肖像的別針。她老是讚美國王的文雅和美貌，她對國王的崇拜令她的朋友感到很有趣，但也令他們厭煩。誰知道呢！也許小婦人以為自己會當上曼特農女侯爵[25]或龐巴度夫人[26]。

初次進宮後，最有趣的活動就是聽蓓琪謹守婦道的言論。我們必須承認，她有幾位老朋友，而她們在浮華世界的名聲不頂好。現在既然蓓琪成了公認的貞德婦女，她就不再理會那些德行不盡完美的朋友。當克拉肯貝里夫人從歌劇院包廂對洛頓太太頷首，後者視若無睹；到了賽馬場，

24. *The Rape of the Lock*，亞歷山大．波普（一六八八～一七四四）創作於一七一二年的作品。
25. 法王路易十四第二任妻子
26. 法王路易十五的情婦

她直直穿過華盛頓．懷特太太面前。「親愛的，人必須展現自己不同凡響，」她說，「人不能和品行有問題的人物往來。我真心憐憫克拉肯貝里夫人，華盛頓．懷特太太也許是個善良的好人。你喜歡打牌，**你**可以去和她們吃飯。但我萬萬不能同行，而我也不會去。行行好，要是她們來拜訪，你得吩咐史密斯告訴她們，我不在家。」

報紙詳細描述了蓓琪進宮的打扮——那些羽毛、垂飾、熠熠生輝的鑽石及其他的一切。克拉肯貝里夫人苦澀地讀著那些文字，向友人抱怨那女人擺起多大的架子。人在鄉下的布特．克勞利太太和她的年輕女兒們從鎮裡拿了份《晨間郵報》回家，義憤填膺地批評一番。「要是妳是個金髮、綠眼珠，媽媽是個走鋼索的法國舞者，」布特太太對長女（一個黝黑、矮小、塌鼻的姑娘）說道，「妳也能戴上漂亮鑽石，讓堂嫂珍夫人送妳進宮。但妳是個真正的淑女，我可憐的孩子。你身上流著英格蘭最優秀的血液，妳有為人處世的原則，又有虔誠的信仰。身為上一任從男爵的弟妹，我本人可從來沒想過進宮這回事——其他人也不會這麼想，要是善良的夏洛特皇后還在世的話。」一堅守道德的牧師太太就這樣安慰自己，而她的女兒們嘆著氣，整晚圍坐在那本《貴族名人錄》旁。

那場著名的初進宮儀式過了幾天後，德行傲人的蓓琪又獲得一項驚人的殊榮。斯泰恩夫人的馬車降臨洛頓．克勞利先生的門前，馬夫把大門敲得震天價響，好像想把屋子敲垮似地。但他無意毀掉這棟屋子，只是遞上兩張名卡就離開了。名卡上面分別印著斯泰恩侯爵夫人和剛特伯爵夫人的字樣。就算蓓琪收到的不是紙片，而是美麗的畫作，或紙卡上繞了一百碼的梅克林蕾絲花邊，價值兩倍以上，也不會更令蓓琪開心了。無庸置疑，蓓琪小心翼翼地把它們醒目地供奉在客廳桌上，一只專門用來放名卡的瓷盤裡。天哪！老天哪！可憐的華盛頓．懷特太太和克拉肯貝里夫人的名卡很快就被這些尊貴華麗的卡片壓在下頭。想想看幾個月前，我們的小婦人曾經為她們的來訪多麼歡喜，曾為了與她們來往而多麼得意洋洋呀。天哪，老天爺哪，那些權貴的卡片一出現，其他卡片就被人遺忘。斯泰恩！巴瑞克斯！赫威林男爵瓊斯先生！還有卡梅洛的凱爾利昂！不用懷疑，蓓琪和布里吉斯伏首在《貴族名人錄》前，翻找這些顯赫家族的來歷，尋著這些尊貴的血統看遍一幅幅族譜。

兩位夫人離開後幾個小時，斯泰恩侯爵就大駕光臨。他一如往常地四下看望，發現蓓琪已將他家兩位夫人的名卡像王牌一樣放好，露齒而笑。這位憤世嫉俗的老先生，一看到人們天真地暴露弱點，就會露出同樣的笑容。蓓琪很快就下樓歡迎他。每次侯爵來訪，蓓琪都會精心打扮，頭髮梳整，手絹、外裙、圍巾、小巧的摩洛哥拖鞋和其他女性的小玩意兒，樣樣不缺。她會以純真又親切的姿態坐好，等著他的到來。要是侯爵意外來訪，她會衝回臥房，迅速對著鏡子打理一番，再下樓迎接這位顯赫的貴族。

她看到侯爵正對著名卡盤微笑。被侯爵看穿的她，臉上不禁湧起一片紅暈。「謝謝你，我的大恩人，」她說道，「你看到了，你家的兩位夫人剛才來過。你真是大好人！我無法早點迎接你——我剛剛正在廚房做點心。」

「我知道妳在忙，還坐在馬車上，我就從柵欄裡看到妳啦，」老紳士回答。

「你什麼都知道，」她接著說。

「我知道的事的確不少，但我漂亮的夫人，我可不知道妳在做甜點，」好脾氣的他說道，「妳這愛說謊的傻姑娘！我早就聽到妳在樓上的腳步聲啦，我相信妳擦了些胭脂——妳一定要分一點給我的媳婦剛特夫人，她的膚色實在詭異得很——我還聽見臥房的門打開，接著妳就下樓來啦。」

「**你**來訪時，我試著表現最好的一面，難道是種罪過？」洛頓太太可憐兮兮的說道。她用手絹摩擦雙頰，好像想證明自己沒擦半點胭紅，臉上的紅暈只是羞怯的效果。誰分得清呢？我知道有些胭紅不會在手絹上留下痕跡，甚至連淚水都無法沖淡它們的色彩呢！

「嗯，」老先生把玩著妻子的名卡，「妳決心成為一名貴夫人。妳糾纏我這老頭，好踏入上流世界。妳這小傻子，妳無法在那兒做自己的，妳毫無財產。」

「你會幫我們找個差事，」蓓琪插嘴，「愈快愈好。」

「妳一文不名，偏偏妳想和那些有錢人較勁。妳這可憐的小瓦盆，想和那些大銅壺並肩在水裡擺盪。女人都一樣。每個人都為了不值得擁有的事物費盡心力！老天爺！昨晚我和國王一起吃飯，桌上有羊頸肉和蕪菁。一頓蔬食常比一頭牛還可口。妳會去剛特大宅拜訪。除非妳達到目的，不然妳絕不會停止糾纏我這老頭。那兒沒有這兒好，一半也比不上。在那兒，妳會無聊的，我就無聊得很。我妻子跟馬克白夫人一樣開心，我的女兒們像瑞根和高娜莉爾[27]一樣快樂。我根本不敢睡在自家臥房。那張床像聖彼德教堂的祭壇，房裡掛的畫也可怕得很。我在一間客廳裡安了張小銅床，放了張毛氈，像個隱士一樣睡覺。哈、哈！下週就會有人邀妳來我家吃晚餐了。小心那些女人，隨時保持警覺，堅持自我！那些女人會怎麼欺負妳呀！」一向沉默寡言的斯泰恩侯爵少見的長篇大論一番，不過那天他對蓓琪的諫言可不只如此。

布里吉斯坐在房間一角的縫紉桌前，聽到尊貴的侯爵如此批評女性，不禁嘆了口長氣。

「要是妳不讓那可恨的牧羊犬閉嘴，」斯泰恩侯爵暴躁的從肩頭朝布里吉斯瞥了一眼，「我就要毒死她。」

「我餵我的狗吃飯時，總是從自己盤中分食物給牠呢，」蕾蓓卡調皮地笑道。侯爵很氣憤布里吉斯打斷了這場與美麗上校太太的私密對談，蕾蓓卡則欣賞了一會兒他窘迫的樣子，才憐憫起仰慕者的處境。她喚來布里吉斯，讚嘆天氣晴朗，要她帶孩子出門散散步。

「我沒辦法趕她走，」停頓了一會兒，蓓琪以沉痛的口吻說道。她說話時，雙眼噙滿了淚水，她別過頭去。

「妳欠她薪水，對吧？」貴族說道。

「更糟，」蓓琪垂下眼，「我毀了她。」

「毀了她？那妳為什麼不攆走她？」紳士問道。

「男人才這麼做，」蓓琪苦悶地回答，「女人可不像你們那麼壞。去年我們只有一基尼時，她給了我們一切。我不會讓她離開我，直到我們自己徹底完蛋為止，反正看起來我們的好日子也不多了，或者直到我能還她每一分錢。」

「去他的，總共多少錢？」貴族咒罵道。蓓琪先衡量一番侯爵的財富，才報了個數字，足足是她欠布里吉斯款項的兩倍。

這讓斯泰恩侯爵再次破口大罵，說了一連串生動的髒話，令蕾蓓卡的頭壓得更低，痛苦地哭喊起來，「我沒其他辦法，這是我唯一一次機會。我不敢跟我先生說。要是我告訴他我做的好事，他會殺了我。我守著祕密，什麼人也沒說，只有你——你強迫我說的。啊，我該怎麼辦才好，斯泰恩侯爵？我實在太、太痛苦了！」

斯泰恩侯爵什麼也沒應，只是咚咚的敲著桌面，咬著指甲。最後他抓住帽子往頭上一戴，衝出了房間。蕾蓓卡依舊可憐兮兮地坐著不動，直到他身後的門關上了，她聽見他的馬車駛遠了，才站起身來。她臉上掛著奇異的表情，那雙綠眼珠閃著調皮且勝利的光采。當她坐下來忙針線活時，對自己大笑了一、兩回。接著她坐在鋼琴前，志得意滿地敲響琴鍵，讓經過窗下的人們都不

27. 莎士比亞劇作《李爾王》中主角的兩個女兒。

禁佇足聆聽她流暢的樂曲。

當天晚上，小婦人收到了兩封來自剛特大宅的短箋，一封是斯泰恩侯爵與夫人的邀請函，歡迎她下週五前去共度晚餐；另一封則夾著一張灰字條，斯泰恩侯爵在上面簽了名，還有「瓊斯，布朗與羅賓森銀行」在蘭巴德街的地址。

那天晚上，洛頓聽到蓓琪一、兩聲歡快的笑聲。她說一想到要去剛特大宅，會見那兒的貴夫人，她就喜不自勝。事實上她忙著盤算許多別的事兒。她應該清償欠老布里吉斯的薪水，讓她放個長假？要不要結清欠瑞格勒斯的帳款，讓他大吃一驚？她在床上輾轉反側，左思右想。隔天，洛頓如常前往俱樂部時，克勞利太太穿上最簡樸的衣服，蒙了層面紗，搭上公共馬車，前往西堤區。一到了三位先生的銀行前，她就把那張紙交給櫃台前的職員。他詢問她要如何取錢。

她平靜地說，她要一百五十鎊的現鈔，剩下的就給她一張大鈔即可。經過聖保羅教堂附近時，她為布里吉斯買了一條最漂亮的黑絲袍。回到家，她對老閨女親吻擁抱之外，又說了一番溫柔感人的話，再把禮物交給心思單純的老小姐。

接著她去找瑞克勒斯先生，親切地問候他的孩子，並交給他五十鎊。接著她去平時租借馬車的馬廄，給了馬夫一樣的金額。「我希望你得到教訓，斯派文，」她說，「下次我要進宮時，希望不用麻煩我的大伯皮特爵士，用他的馬車載我們一行人去謁見陛下，誰叫沒人替我準備馬車呢。」上回上校差點屈辱地搭乘出租馬車前去晉見國王陛下，但她向車夫證明，自從見過國王後，她的身價已不可同日而語。

蓓琪辦好這些事後，又回到樓上那張我們提過的老寫字檯。那是許多、許多年前，艾美麗雅．薩德利送她的禮物，裡面裝了一些實用又珍貴的小玩意兒——她將銀行職員先前給她的那張大鈔，細心地收了進去。

第四十九章　一頓三道菜加甜點的晚宴

那天早上，剛特大宅的女眷正聚在一起吃早餐時，斯泰恩侯爵突然現身，令眾人大為意外。平常侯爵會獨自喝巧克力，很少打擾家裡的幾位夫人，他們只會在假日見面，或偶爾在門廳錯身。不然的話，就是在歌劇院裡碰面，他會待在正廳後面的小包廂，抬頭觀察高高坐在三樓包廂、傲視全場的家人。此時，斯泰恩侯爵走了進來，而夫人和孩子們正坐在餐桌上喝茶、吃吐司，雙方為了蕾蓓卡展開一場攻防戰。

「斯泰恩侯爵夫人，」他說，「我想看看星期五晚宴的賓客名單。而且我要麻煩妳寫張邀請函，給克勞利上校和上校太太。」

「邀請函都是布蘭琪寫的，」斯泰恩侯爵夫人慌張地說道，「我是說，由剛特夫人寫。」

「我絕不會寫邀請函給那個人，」剛特夫人說道。她個頭很高，舉止莊嚴。她抬起頭來，但又立刻低下頭。頂撞斯泰恩侯爵的人，最好別盯著對手瞧。

「讓孩子出去。快走！」他一邊說，一邊拉響僕人鈴。那些頑童一看到他就害怕，魚貫退了出去。事實上，他們的母親也很想跟著他們告退。「妳別走，」他說，「妳留下來。」

「斯泰恩侯爵夫人，」他說道，「我再問一遍，麻煩妳行行好，去寫字檯，為妳那場星期五的晚宴，寫張邀請函，好嗎？」

「侯爵大人，我不會出席，」剛特夫人說道，「我會回家。」

「我真希望妳回家，好好待在那兒。妳可以回娘家和法警作伴，我就再也不用借錢給妳那些親戚，也不用忍受妳那悲情的苦命臉。妳是誰？妳敢在這兒作主？妳半毛錢也沒。妳也沒頭腦。妳在這兒的功能就是生小孩，而妳半個孩子也生不出來。剛特厭倦了妳，喬治的老婆是家裡唯一一個沒咒妳死的人。要是妳死了，剛特就能再娶。」

「我還真想死，」伯爵夫人眼中盈滿淚水，射出怨恨的眼神。

「妳非得裝腔作勢的謹守婦道不可，但事實上，我妻子才是真正眾所公認的完人，一輩子沒犯過半點兒錯。但她倒不介意見見我的年輕朋友，克勞利太太。我的斯泰恩侯爵夫人明白，有些女人優秀的很，但表面的假相成了她們的阻礙，而最純真的女人往往最會說謊。夫人，要不要聽我說說妳媽媽，巴瑞克斯夫人的一些軼事呀？」

「你要攻擊我就出手吧，先生，你就殘忍地折磨我吧，」剛特夫人說道。看到妻子和媳婦痛苦，總讓侯爵大為開心。

「我甜美的布蘭琪，」他說道，「我是紳士，絕不會動女性一根汗毛，除非出自友善的觸碰。我只希望矯正妳品性上的一些小缺點。妳們女人總是太過驕傲，可憐的是缺乏人性，要是莫爾神父在這兒，他一定會對斯泰恩侯爵夫人說一樣的話。妳們不該擺架子，妳們該謙恭溫順，才能得人疼。斯泰恩侯爵夫人清楚得很，這位受到誹謗的克勞利太太，其實是個純真善良的無辜好人——甚至比她自己還純潔。雖說克勞利太太的丈夫品行不佳，至少不比巴瑞克斯差。他只小賭一下就欠了一大屁股債，還騙走妳繼承的遺產，把妳丟到我手中，任我擺布。克勞利太太的身世不頂好，但至少不比芬妮[28]那個臭名遠播的祖先差，那個瓊斯一世。」

「跟我嫁進來的那筆錢，先生——」喬治夫人喊道。

「妳靠那筆嫁妝買下了未來子女的繼承權，」侯爵陰森森地打斷她，「要是剛特死了，妳先生就會繼承爵位，妳的兒子們也有繼承權，誰曉得能拿多少好處呀？然而，夫人們，妳們要冰清玉潔還是狗眼看人低，只要妳們不在家裡，都不干我的事。但不准在我面前擺架子。至於克勞利太太的品格，她是位無瑕純真的女子，無可挑剔，自不需要我贅言。妳們會真誠開心地迎接她，就像迎接我帶回家的所有客人。家？」他縱聲大笑。「誰是一家之主？家是什麼地方？這座婦德殿堂可是我的。要是我高興邀請紐蓋特監獄或瘋人院的人來，該死的，妳們也得好好招待他們。」

每當家裡的女眷有意違抗，斯泰恩侯爵就會教訓他的「後宮」一番。聽完他這番霸氣的言論，沮喪的夫人們也只能屈服。剛特夫人依侯爵所言，寫了封邀請函。她雖然心有不甘，深感屈辱，但還是和婆婆坐著馬車，親自前往洛頓家，留下名卡。收到名卡的純真女人為此歡天喜地。只要能得到這些尊貴夫人的接見，就算要付出一整年的收入，倫敦也有很多家庭會心甘情願地付錢。比方來說，費德瑞克・布洛克太太願意跪在地上，從梅菲爾區爬到蘭巴德街，只要斯泰恩侯爵和剛特夫人等在終點，伸手扶她起身，對她說，「下週五來我家吧！」人們渴望的，並不是參加剛特大宅最盛大的晚宴或舞會，因為那時所有的人都會出席；他們想要的是神聖、遙不可及又神祕的私人餐宴，能夠獲邀代表受到侯爵一家的禮遇，是至高無上的榮幸，甚至可說是天賜的福氣。

美麗而嚴肅的剛特夫人行得正坐得直，位居浮華世界的最高位。在外人面前，斯泰恩侯爵總對剛特夫人格外殷勤有禮。就連最毒舌的批評家，只要看過斯泰恩侯爵向她敬禮的恭敬模樣，也不得不稱讚他是個紳士，承認侯爵還是有顆正直的心。

剛特家的女眷向巴瑞克斯夫人請求增援，協力擊退共同的敵人。巴瑞克斯夫人所有的馬車都已被法警扣押，只能仰賴女兒剛特夫人派馬車去希爾街接她過來。據說那些冷酷的以色列人奪走

28. 指喬治的妻子，赫威林男爵約翰・瓊斯之女。

了她所有的珠寶和衣裳，也奪走巴瑞克斯城堡和裡面那些昂貴的畫作、傢俱和藝術品。凡戴克的名畫、雷諾茲的大作、還有三十年前曾被譽為天才之作勞倫斯那些俗艷的肖像畫，無以倫比的卡諾瓦名作《跳舞的仙女》——巴瑞克斯夫人年輕時，曾擔任卡諾瓦的模特兒，那時的她不但家財萬貫、地位崇高，又有絕世的美貌，可惜的是她現在已成了頭髮和牙齒都掉光的老夫人，過往絢麗的華服如今只剩塊破布。當時勞倫斯也為她的伯爵丈夫畫了幅肖像畫，畫中他站在巴瑞克斯城堡前，神氣地揮舞長劍，穿著提索伍德義勇騎兵團的上校制服。如今他成了憔悴瘦削的老人，穿著大外套、戴了頂布魯圖斯式的假髮，早上老是在格雷律師學院晃盪，獨自一人在俱樂部用餐。但現在，巴瑞克斯伯爵不喜歡和斯泰恩吃飯了。他們年輕時常一起賽馬，而巴瑞克斯總是贏家。但斯泰恩的本錢比他雄厚得多，這場持久戰是斯泰恩佔了上風。他在一七八五年只是剛特勛爵，現在他成了斯泰恩侯爵，是比過往顯赫十倍的大人物，而巴瑞克斯已退出競賽，老了，輸了，破產了，潰不成軍。他向斯泰恩借了太多錢，現在已無法氣定神閒地與他見面。每當侯爵想討樂子時，就會嘲弄地問剛特夫人，她父親怎麼都不來探望她。「他上次來家裡，已經是四個月前的事了，」斯泰恩侯爵說，「要是巴瑞克斯來拜訪，我的支票簿就又變薄了。夫人們，我借錢給兒子的岳父，而其他銀行又借錢給我，多棒啊！」

第一次參與上流社交界活動的蓓琪，很榮幸地遇到了其他知名人士，不過他們與本書無關，作者無意多加描述。出席賓客中有位彼得瓦頓親王閣下，帶了王妃一起現身。親王穿著緊身上衣，軍裝打扮的他有著厚實寬闊的前胸，胸前的勛章閃爍著耀眼的光輝，脖子上圍著紅領巾，上面掛著金羊毛徽章。說到羊，他的確擁有數不清的羊。「瞧瞧他的臉，我敢說，他的祖先一定是頭羊，」蓓琪對斯泰恩侯爵低語。的確，親王閣下有張長臉，蒼白又莊嚴，配上頸間的裝飾品，看來的確像頭公羊首領呢。

約翰·保羅·傑佛遜·瓊斯先生也來了。他名義上是美國大使館的辦事員，也是《紐約煽動者》雜誌的外派記者。為了表示友好，當餐桌上的談話告一段落時，他特地詢問斯泰恩侯爵夫人，他親愛的朋友喬治·剛特喜不喜歡巴西。喬治和約翰在拿坡里時是形影不離的好友，還一起爬過維蘇威火山。瓊斯事後詳細報導了那頓晚餐，刊登在《煽動者》上。他一一列出所有賓客的大名和頭銜，簡短介紹幾位重要人物的生平，舌粲蓮花地描述在場的女士，還有桌上的服務，僕役的身材和服裝，明列每道菜和酒單，餐櫃上的裝飾品，甚至估算了餐盤的價值。他認為，這樣的一頓晚餐，邀請每個賓客的成本高達十五或十八美元。他和斯泰恩侯爵十分親密，即使侯爵過世後，直到最近，他還常寫信給現任的斯泰恩侯爵，把手下徒弟推薦給貴族大人。在那篇報導中，他非常不滿地表示一位不足輕重的年輕貴族索斯頓伯爵，居然在前往餐廳時，搶了他的風頭。「當我正打算向機智聰穎、打扮時髦、獨樹一格又討喜的洛頓·克勞利太太伸出手，」他寫道，「那位年輕貴族居然擋在我和上校太太之間，毫無歉意地奪走了我的海倫[29]。我只能心不甘情不願地和太太的丈夫，克勞利上校走在後頭。他是個臉色紅潤的壯碩勇士，在滑鐵盧一役中大放光芒，比那些在紐奧良倒下的英國紅衣衛兵比起來，他運氣倒不差。」

上校踏入彬彬有禮的上流社交界，就像十六歲的少年一遇到自家姐妹的同學，動不動就會滿臉通紅。我們說過，洛頓這一輩子都不知如何與女性相處。他能輕鬆自在地與俱樂部裡的男士或交誼廳的同袍相處，樂於和最有膽識的男人一起騎馬、下注、抽菸和玩牌。他也曾和別的女性談過感情，但那已是二十年前的往事，而且與他來往的女子，比喜劇《屈身求愛》[30]中年輕馬羅認

29. 指希臘神話中的絕世美女，特洛伊的海倫，比喻克勞利夫人美貌絕倫。
30. *She Stoops to Conquer*，愛爾蘭作家奧立佛·高士密（一七二八～四四）的喜劇作品。

識哈德卡索小姐前喜愛的女子更為卑下。浮華世界中成千上萬的年輕男子都與那些女子往來，天色一暗她們就湧進賭場和舞廳，連海德公園的騎馬道和聖詹姆斯教堂的信徒中也有她們的身影，但現在的時代卻不容我們提到這些女子。雖說社交界最重視的恐怕不是道德，卻謹守禮教，人們決心忽略這些女子的存在。

簡而言之，雖然克勞利上校此時已四十五歲，但他這一輩子除了那位完美妻子外，只和不到六個良家婦女交往過。除了妻子和善良的嫂嫂珍夫人，其他的女人都令可敬的上校害怕。說到嫂嫂，她的溫柔馴服了他，也贏得他的心。總之，他在剛特大宅的第一頓晚餐，人們只聽到他說了一句「天氣真是熱呀」，就再也沒有聽過他的聲音。當然蓓琪很想把丈夫留在家裡，但為了展現嫻淑婦道，她的丈夫必得守在她身邊，保護這個害羞又驚慌的小女子踏入上流社交界的第一次餐聚。

她一抵達剛特大宅，斯泰恩侯爵立刻走上前，握起她的手，恭敬地向她行禮。他向侯爵夫人和媳婦們介紹她。三位夫人都莊重地跟她致意，老夫人還朝她伸出手，只不過那隻手像大理石一樣冰冷，毫無生氣。

不過蓓琪當然謙虛又感謝地接過了她的手，花俏地行了個禮，姿態優美得足以和最優秀的舞蹈家媲美。她幾乎跪倒在侯爵夫人面前，宣稱侯爵是她父親的長年故友，是最早贊助她父親的恩人，而她從童年起，就對斯泰恩家族敬重萬分。斯泰恩侯爵的確曾向她死去的父親夏普買過兩幅畫，而孤女永生難忘侯爵的大恩大德。

接下來輪到巴瑞克斯夫人見見蓓琪了。上校太太也對夫人畢恭畢敬地行了大禮，伯爵夫人則板著臉，不苟言笑地回禮。

「十年前，我十分榮幸能在布魯塞爾認識伯爵夫人，」蓓琪露出最討喜的迷人笑容說，「幸運的我在里奇蒙德伯爵夫人的舞會上，見到了巴瑞克斯夫人，當時正是滑鐵盧之役前夕。我也記得伯爵夫人和布蘭琪小姐，坐在停在飯店側門的馬車上，等待馬兒。我希望夫人您的鑽石全都安然無恙。」

眾人面面相覷。那些鑽石全都被查封了，舉世皆知，但顯然蓓琪完全沒聽說這一回事。洛頓．克勞利和索斯頓伯爵退到窗戶旁，洛頓告訴他巴瑞克斯夫人到處找馬，甚至放下身段向克勞利太太求救的事兒，把索斯頓伯爵逗得大笑不止。「我想，這下我就不用擔心**那女人**了，」蓓琪想道。她的料想正確，巴瑞克斯夫人既驚恐又憤怒地與女兒對望，接著就退到一張桌子旁旁，轉而專注欣賞畫作。

當那位來自多瑙河的權貴現身時，眾人紛紛改用法文交談，而巴瑞克斯夫人和其他年輕夫人意外發現，克勞利太太的法文遠比她們流利得多，口音也更加純正道地，令她們羞愧得無地自容。蓓琪在一八一六到一七年間，早就在法國見過幾位匈牙利富豪，此時她熱情問候昔日故友。外國賓客都以為她是位尊貴的夫人，當親王和王妃分別在斯泰恩侯爵和夫人陪同下，前往餐廳時，他們各自向男女主人探詢，那位小夫人的法文真是流利，她到底是誰？

最後，美國外交官依序描述了整場餐宴，他們踏入豪華的餐廳，豐富的佳餚一一上桌。我敢向讀者保證，他依自己的喜好點菜，十分享受這頓晚餐。

蓓琪知道，真正的戰場是男性不在場的時候。與同性相處時，她才明白斯泰恩侯爵的諫言真實不虛，與地位比她高尚的女性相處時，必須萬分小心。俗語說得好，最痛恨愛爾蘭人的是愛爾蘭人，因此，最懂得為難女人的還是女人。當可憐的小蓓琪失去男人護衛，身邊只有同性，她走向貴夫人圍繞的火爐前，但她一靠近，貴夫人就全退到圖畫桌那兒去。當蓓琪跟著她們走到圖畫桌，她們又一個接著一個地走到火爐前。她總會在眾目睽睽下，表現自己多喜歡孩童，此時她試圖和一個孩子說話，但小喬治．剛特先生很快就被媽媽叫過去。這位新客人受到百般冷落，殘酷得連斯泰恩侯爵夫人都不禁同情。侯爵夫人上前去向這位沒有朋友的小婦人搭話。

「斯泰恩侯爵說，」夫人消瘦的雙頰染上一陣紅暈，「妳的歌聲動人，彈起琴來十分好聽，克勞利太太，希望我有榮幸聽妳唱一曲。」

「只要能讓妳或斯泰恩侯爵高興，我什麼都願意，」蕾蓓卡說道，她真誠地感謝替她解危的夫人。她坐到鋼琴前，開始唱歌。

她唱了莫札特的聖歌，都是斯泰恩侯爵夫人早年喜愛的曲子。她的歌聲婉轉甜美，令夫人流連於鋼琴旁，甚至坐了下來，聽得淚水盈眶。雖然聚在客廳另一端的夫人們扯著嗓子談笑，但斯泰恩侯爵夫人完全沒聽到她們交換的流言。她已回到童年，再次踏入四十年前那座修道院的花園。禮拜堂的管風琴曾響起同樣的旋律，彈琴的是全修道院她最喜歡的一位修女，而她向修女學琴，學會了一樣的曲子。那是段多麼快樂的時光啊！在這短短的一小時，她再次成為小姑娘，嘗到幸福快樂的滋味。

當客廳門突然打開時，她驚跳了起來。斯泰恩侯爵大笑一聲，領著歡快的男士們走了進來。他立刻掃視一圈，看看他不在時發生了什麼事，而這是他第一次對妻子湧起感謝之情。他走上前去，對她說話，用教名喚她，讓她蒼白的臉龐再次蒙上一層紅暈。「我妻子說妳的歌聲有如天使，」他對蓓琪說。人們說天使有兩種，各有其難以抗拒的魅力。

不管男士進來前發生了什麼事，接下來的晚上，蓓琪成了最受矚目的大贏家。她傾盡全力地歌唱，而所有男人都聚到她的身旁，圍繞在鋼琴前。她的敵人，也就是那些女人全被忘在一旁。保羅．傑佛遜．瓊斯先生走到剛特夫人面前，讚美她朋友繞梁三日的歌喉，得意地以為這樣能博得剛特夫人的芳心。

第五十章 一探平民生活

主宰本滑稽故事的繆斯女神，不得不暫時離開高貴熱鬧的上流社會，大發慈悲地降臨布朗普敦一帶，約翰．薩德利低矮的屋頂上，描述那兒發生的一切。在這卑微的屋簷下，關懷、猜疑、憂傷也輪番上演。廚房裡，克萊普太太為了房租一事和丈夫交頭接耳，催促善良男子反抗他那位老朋友、前老闆和現任租客。薩德利太太不再下樓拜訪她的房東太太，她已無力對克萊普太太擺架子。要是你欠了一位女士四十鎊，而她時不時就暗示你還錢，你哪還有臉去見她呢？愛爾蘭女僕完全沒有改變對主人一家的溫柔與敬意，但薩德利太太總覺得女僕愈來愈橫蠻無禮，不知感恩。罪惡感讓小偷覺得每個灌木叢都藏了個警官，因此不管女僕說什麼、應什麼，薩德利太太總覺得她語中帶刺，好像打算找上法警來抓人。克萊普小姐已長成亭亭玉立的年輕女性，而眼紅的老太太批評她是個無禮得難以忍受的狐狸精。薩德利太太不明白為什麼艾美麗雅那麼喜歡她，總是和她待在房間裡，不然就是相偕出門。貧窮的苦澀已經玷污了這位往日活潑又仁慈的女人。就算艾美麗雅溫柔一如往昔地對待母親，薩德利太太也毫無感謝之意。不管女兒多親切、付出多少，也止不了薩德利太太的埋怨，她抱怨女兒傻里傻氣，為兒子驕傲的樣子，責備她忽視了父母。自從喬瑟夫伯伯不再匯錢回家後，小喬治的家裡就變得陰鬱沉沉，一家人時常挨餓。

艾美麗雅東想西想，想破了頭，也找不出讓一家人免於挨餓的辦法，不知該如何增加微薄的收入。她能不能教授課程呢？畫畫名卡架？做些精細女紅？她發現不少女人勤苦工作，手腳比她俐落，一天卻只能賺兩便士。她去高級文具店買了兩塊繃好的畫布，盡其可能地畫了兩幅漂亮的畫。一幅是田野風景，有名穿著紅背心的牧羊人，那張紅潤的臉龐露出淺淺的笑意；另一幅則是名牧羊女，正和一隻小狗走在小橋上。「布朗普敦藝廊兼高級文具店」（她就在這裡買了畫布，一心期望店主看了她的作品後，會出錢把畫買回去呢）的店主檢視這兩幅平庸畫作時，露出難以掩飾的輕蔑眼神。他斜睨著等在店裡的那位婦人，把兩幅畫重新用淡棕色的紙包好，交還給寡婦和克萊普小姐——後者一輩子沒見過那麼美麗的畫作，原本非常自信地認為店主至少會出兩基尼買下來。希望落空的她們又去倫敦市區別的店家試試。一家店說，「完全不想買。」另一家凶巴巴地說，「快滾出去。」那三先令六便士全付諸流水，但克萊普小姐堅持這是兩幅精采畫作，把它們掛進自己的臥房。

經過漫長的考慮，她字斟句酌，用最優美的筆跡寫了一張卡片，向民眾宣傳：「一位閒有餘裕的女士，有意為一些女童授課，教授英文、法文、地理、歷史與音樂。來信請交給布朗先生，指名奧太太收。」她把這張宣傳卡片交給藝廊的先生，對方同意把卡片放置在骯髒的櫃台上，周圍還有蚊子飛舞。滿懷希望的艾美麗雅經過藝廊大門許多次，希望布朗先生帶給她好消息，但他從未喚她進去。有時她會刻意走進店裡，買些小玩意兒，但也無功而返。心思單純，溫柔又軟弱的可憐婦人呀，妳如何能與這殘暴世界戰鬥？

她日漸憔悴，任由煩憂佔據。她常凝視著孩子那警覺的雙眼，但小男孩讀不出母親的思緒。她常在夜半時分驚醒，躡手躡腳走到兒子房間偷窺，確認他仍安好地睡在床上，沒有被人偷走。她無法安睡，某種想法和恐懼縈繞在她的心頭，揮之不去。寂靜無聲的漫長夜晚裡，她默默哭泣，呢喃祈禱——不管她如何閃躲那個念頭，它總是重回心中。她是阻止兒子享受豐衣足食的唯一阻礙，她本該告別兒子。不行，她辦不到。至少她現在辦不到。有朝一日吧。啊！現在她不敢去想，她受不了。

有時她會想到，也許仰賴喬斯的年金，父母能安然度日。她只要嫁給牧師，她和兒子就有了安穩的家。但一思及此，她因羞慚而臉紅，趕緊轉念。牆上喬治的畫像和過往的回憶都厲聲斥責她，羞恥心和愛情命令她不能做出這樣的犧牲。她逃避這樣的念頭，把它當作不潔的邪念。在這純潔溫柔女人心中，她拒絕接受這些想法。

雖然我們只草草用一、兩句話帶過，但可憐的艾美麗雅掙扎了好幾週，身邊沒有半個傾訴煩惱的對象。當然，她絕不會向人傾訴，她無法通過心中的關卡，承認自己腦中時不時浮現的邪念，儘管她每天都差點向敵人舉手投降。殘酷的現實接踵而至，擴大陣地，不發一語地攻擊她。貧窮、苦難，她父母的渴望與挫敗，對兒子的不公——她的堡壘一一被攻陷，而可憐的婦人仍死命守護她唯一的愛子和寶貝。

一開始，她寫了封信給加爾各答的哥哥，懇求他不要撤銷給父母的資助，真誠地描述一家人無助又悽慘的處境。但她並不知道事情的真相：喬斯依舊定期給父母一筆錢，但收到錢的卻是西堤區的債主——老薩德利把喬斯給的年金賣給債主，好一口氣獲得一大筆錢，繼續推動那些無望的生意。艾美在小筆記本裡記下寄信的日期，緊張地推算那封信何時會抵達哥哥手中，又計算何時能收到哥哥的回信。至於她兒子的監護人，她沒有對人在馬德拉斯的少校提起自己的煩惱和痛苦。事實上，自從恭賀他即將到來的婚事後，她就沒有再寫信給他。心灰意冷的她沮喪得食不下嚥，想著她唯一的朋友——那世上唯一在乎她的朋友——也終於棄她而去。

有天，情況變得更加糟糕：債主上門催討，母親因傷心而歇斯底里，父親比平時更悶悶不樂。這一家人彼此迴避，各因不同的祕密而深受折磨，怨天尤人。父女剛好獨坐在客廳裡，艾美麗雅為了安慰老先生，告訴父親她已寫了封信給哥哥——再過三、四個月，想必能收到喬瑟夫的回音。雖然哥哥莽撞輕率，但他一向慷慨。要是他知道父母的情況多麼難堪，絕不會拒絕的。

可憐的老紳士不得不告訴她實情：兒子依舊定期付款，是他自己輕率地把錢全花光了。他一直不敢把實情說出口。他的聲音顫抖，垂頭喪氣地承認自己的過錯。艾美麗雅面如死灰，那驚慌失措的眼神，像是指責他一直以來的隱瞞。「啊！」他轉過頭去，哆嗦的雙唇嘆道，「現在妳輕視妳的老父親了！」

「啊，爸爸！我沒有這個意思，」艾美麗雅吶喊，抱住他的脖子，親吻了他好幾回。「你向來善良又仁慈，你為了我們好才這麼做。我不是怪你花光了錢，只是……只是……我的天哪！上帝啊！請祢救救我，帶給我力量，讓我度過這場試煉！」說完，她再次狂野地親吻父親，就默默走開了。

父親不明白女兒的意思，也不懂可憐婦人離開時為何那麼悲慟。她屈服了。敵人勝利了。她必須放棄兒子……把他送到別人手中……讓他忘了母親。他是她的心，她的寶貝，她的快樂、希望和所有的愛，她崇拜他——他幾乎是她的神！而她非得放棄他不可，然後……然後她會與喬治相會，他們會一起在天堂照看孩子，等待他老死，一家人方能再度團聚。

她茫然地戴上軟帽，步出家門。她走上小喬治放學的路線，她總是會在那兒等著迎接歸來的兒子。此時是五月，那天只有半天課。天氣晴朗，樹上紛紛冒出新綠，而男孩氣喘吁吁地跑向母親。他的臉龐透著健康的紅潤氣色，口裡還哼著歌，手中的課本用繩子綁成一落。他來了。她伸出雙臂環抱兒子。不，她辦不到。她無法告別兒子。「母親，發生了什麼事？」他問道，「妳的臉色好蒼白啊。」

「沒事的，我的好孩子，」她彎下腰親吻了他。

那天晚上，艾美麗雅要兒子朗讀聖經中撒母耳的故事。哈拿生下撒母耳後，把他交給大祭司以利，由以利教育兒子。接著他讀了哈拿唱的感謝頌，歌詞說道：「耶和華使人貧窮，也使人富足；能使人卑微，也能使人崇高。他從灰燼中舉起貧寒的人……在神的面前，沒有人強壯無敵。」小喬治又讀到撒母耳的母親每年都為他做一件小外套，當哈拿去神殿獻上供品時，也把外套交給撒母耳。讀完，小喬治的母親用甜美純樸的話語，為兒子解釋這個令人感動的故事。她解釋雖然哈拿深愛兒子，但正因她愛他，她必須遵守誓言，把他交出去。哈拿坐在家裡，忙著製作那件小外套的同時，一定深深思念遠方的兒子。艾美麗雅確信，撒母耳從未忘懷母親。日月如梭，當重逢的時刻到來，哈拿看到兒子長成善良明智的少年，想必非常高興。艾美麗雅以溫柔而神聖的聲音述說，一直沒有落下淚水，直到她說到母子的重逢——她突然啞了嗓子，溫柔的心潰了堤，她緊緊把兒子抱在胸前，輕輕地晃著他，沉默地任傷心又聖潔的淚水落在小喬治身上。

一下定決心，寡婦就著手實現目標。有天，羅素廣場的奧斯朋小姐收到艾美麗雅的一封信（上次艾美麗雅寫下那個地址，已經是十年前的事了——她寫下信抬頭的收件人姓名住址時，她的青春，早年的回憶全都湧上心頭），那封信的內容令她滿臉通紅，望向坐在餐桌另一頭，一如往常愁眉苦臉的父親。

艾美麗雅以簡潔的文字述說她之所以改變心意的原因。她的父親又遭遇新的挫折，如今一敗塗地。她自己的津貼微薄，無法支撐父母的生活，更不可能提供小喬治應有的教育和生活。雖然與兒子分離令她心碎，但為了兒子著想，她會在上帝的幫助下，承擔所有的苦痛。她知道有人會盡其所能，向兒子提供一切，讓兒子快樂。她描述了小喬治的個性，字裡行間盡是母親對兒子的疼愛。她說小喬治脾氣急躁、缺乏耐性、粗魯了些，很容易被愛與仁慈所感動。她在附註中提及，她希望立下合約，讓她能隨時探望兒子——不然她無法與兒子分離。

當奧斯朋小姐以顫抖而激動的聲音，對父親讀出信的內容，老奧斯朋說道：「怎麼？自傲太太終於放下身段，是嗎？嘿，已經餓得頭昏眼花了吧？哈，哈！我就知道她會放棄。」他試圖保持鎮靜，像往常一樣讀報，但他根本對眼前的文字視而不見。他在報紙後面對自己傻笑，又咒罵了一、兩聲。

最後他終於甩下報紙，皺著眉頭望向女兒，就像平時那樣。接著他突然走進餐廳旁邊的書房，不一會兒就拿著一把鑰匙，回到餐桌前。他把鑰匙朝另一頭的奧斯朋小姐拋過去。

「打掃我房間上面的那間房——就是他以前的房間，」他說。「是的，先生，」他女兒顫著聲回答。那是喬治的房間。十多年來，那間房的房門深鎖，無人開啟。裡面還有些喬治的衣服、文件、手帕、馬鞭、軍帽、釣魚桿和戶外用的衣物。壁爐上有份一八一四年的軍士名單，封面上寫著他的名字，還有一對馬刺和墨水架。這一切，全都覆蓋著足足十年的塵埃。啊！從那墨水仍溼的日子到此刻，多少歲月流逝，又有多少人辭世！桌上的習字本裡，全是喬治的筆跡。

當奧斯朋小姐領著僕人，再次踏入這間房，不禁情緒激動。她臉色慘白地坐在那張小床前。

「這真是個好消息，小姐，實在太好了，小姐，」女管家說，「美好的老日子就要回來啦，小姐。那個討人喜歡的小男孩，小姐，他會多開心呀！不過梅菲爾那兒有些人，小姐，恐怕會對他眼紅呢，小姐。」卡嗒一聲，她拔下窗戶的插門，讓新鮮空氣流進屋裡。

「妳最好給那女人一點錢，」奧斯朋先生離開前吩咐女兒，「讓她不愁吃穿。給她一百鎊。」

「那我明天就去看她？」奧斯朋小姐問道。

「由妳作主。當心了，別讓她來這兒。絕不行，天殺的，就算給我全倫敦的金山銀山也不准她來。但讓她不愁吃穿。妳小心點，好好辦事。」奧斯朋先生簡短地說了這些話，就離開女兒，依著平日的習慣，去了西堤區。

那天晚上，艾美麗雅親吻父親，把一百鎊的票據交到他手中。「爸爸，這裡有筆錢，」她說道，「還有……媽媽，別對小喬治太嚴厲。他……他不會在我們家待太久，很快就要離開了。」

她停了下來，再也無法吐出一字半句，只能沉默地回到房裡。就讓她在那兒祈禱吧，我們別打擾傷心欲絕的母親。她的愛那麼深沉，她的悲痛如此劇烈，我想我們最好別再多提。

隔天，奧斯朋小姐依照她前一天的回信，前來拜訪艾美麗雅。兩位女子之間的氣氛很和諧。艾美麗雅從奧斯朋小姐的神態和寡言看得出來，她無法奪走自己在兒子心中的地位，艾美仍會是最疼愛兒子的人。奧斯朋小姐態度冷淡，但講情重義，並不絕情。要是眼前的敵人更漂亮些，更年輕些，更溫柔些，更慈愛些，這位母親恐怕就會不大高興了。另一方面，奧斯朋小姐回想往日時光和回憶，看到這位母親如此落魄的處境，也不禁心生同情。艾美麗雅輸了，放下雙臂，謙卑地臣服了。那天，她們一起初步擬定投降和約的內容。

隔天，喬治沒有去上學，和姑姑見了面。艾美麗雅讓姑姪獨處，自己回到臥房。她試圖習慣與兒子分別的感覺，就像溫柔的珍·葛雷夫人[31]感到斧頭邊緣的碰觸，明白自己短暫的生命就要結束。接下來幾天，她都在談判、拜訪、準備中度過。寡婦謹慎地告訴小喬治這件事，瞧瞧他是否為此而難過。然而，他倒開心得很，令可憐的母親難過得撇過頭去。那天他在學校，得意地向同學吹噓這則消息，宣布他要去和祖父同住，他父親的父親，不是那個有時會來學校的外公。他還說，自己會變得非常富有，有馬車也會有小馬，還會去更優秀的學校。等他有錢了，他會向那個尖酸刻薄的老闆娘買利得氏的鉛筆盒，不愁沒錢付。他溫柔的母親想道，兒子真跟父親一模一樣呢。

一想到我們親愛的艾美麗雅多麼難過，我實在無心描述小喬治在家裡度過的最後幾天。分離的那天終於到了。馬車駛到家門前，門廳裡早就放了小喬治的行李，裡面裝了滿懷母愛

31. 在位只有九天的英格蘭女王，其王位資格備受爭議，最終遭到斬首。

的信物和紀念品。前不久，有名裁縫師前來為小喬治量身訂做新衣，今天他穿上了那套簇新的西裝。天一亮他就起床，迫不及待地穿上新衣，隔壁房間的母親清楚聽到他的動靜，但她默默無語，暗自傷心，只能在旁關心兒子。這幾天她一直在準備兒子的離開，為兒子採買必需品，替他的書本和衣物標上姓名，對兒子談著未來的種種改變——疼愛兒子的她以為小喬治需要心理準備。

但兒子哪會介意改變呢？他早就渴望改變了。他興奮地述說和祖父住在一起後要做哪些事情，他嘰嘰喳喳地幻想未來，向寡婦證明自己毫不在意告別母親。他說他會騎著小馬，常常來探望她，他會帶她去坐馬車，一起到公園兜風，她會獲得她想要的一切。可憐的母親只能聽著兒子自私的幻想，努力說服自己兒子很愛她。他一定愛她的，所有的孩子都愛他們的母親，只不過他們也喜歡新奇事物罷了——不，他不自私，只是很有主見。她的兒子理當獲得幸福，懷抱野心。至今，她一直因為自私和母愛而不顧一切，剝奪了兒子的權利和快樂。

膽怯的女人忙著貶低和羞辱自己，我認為這幾乎可說是世上最痛苦的事了。她總是告訴自己，是她的錯，而不是男人的錯，她承擔一切罪過。她無辜得很，但她把過錯都攬在身上，接受懲罰，只為護著那個真正的罪人！傷了女人心的人，往往獲得她們最多的疼愛——他們生來就是害羞的暴君，專門欺負那些對他們謙恭的人。

就這樣，可憐的艾美麗雅毫無怨言地承受折磨，每天都花上好幾個小時，孤寂地準備兒子的離去。站在母親身邊的小喬治，看著她忙著打包，毫不在乎母親的心思。她的眼淚落進兒子的行李。她在兒子最愛的書本上畫線，標示重點。舊玩具、紀念品和寶物都小心仔細地包裝好，收到他的行囊中。但男孩完全沒注意到這些事情。他微笑著離開傷透心的母親。老天爺，浮華世界中女人對孩子無盡的愛，真讓人感動啊。

過了幾天，艾美麗雅這輩子最重要的任務已經完成。沒有天使伸出援手，讓她免於受苦。她交出了孩子，奉獻給命運，寡婦更孤單了。

男孩當然時常拜訪母親。他騎著小馬，車夫跟在他的後面，令他的老外公薩德利高興得很，得意揚揚地走在男孩身邊。雖然她見到小喬治，但他已不是她的男孩。他也會騎著小馬，去往日的小學校看同學，炫耀他剛獲得的財富。不到兩天，他已展露專橫的脾氣，擺起了架子。他的母親想，他生來就該指揮別人，就和他的父親一樣。

此時的天氣十分宜人。兒子沒來拜訪時，她會在傍晚散步，一路走進倫敦市區——是的，有時她走得很遠，一路到了羅素廣場，停在奧斯朋先生家對面的花園，倚著欄杆旁的石頭休息。她會朝上望，看到燈火通明的客廳窗戶，九點一到，她就望向樓上小喬治睡覺的房間。她知道是哪一間——他告訴過她。隨著燈火漸暗，她暗自祈禱，謙恭地為兒子祈福，接著依依不捨地離開，沉默地走回家。等到回到家門，她已累壞了。也許經過漫長孤寂的步行，她會睡得好一些，說不定還會夢見小喬治。

一個星期日早晨，她正在羅素廣場散步，與奧斯朋家保持一段距離，但她還能望見那棟屋子。突然之間安息日的鐘聲響起，喬治和姑姑走出家門，前往教堂。髒兮兮的乞丐走上前拜託他們發點慈悲，但捧著經書的門僕驅趕他。此時小喬治停步，給了乞丐一點零錢。願上天賜福給他！艾美跑到廣場另一邊，迎上乞丐，也給了他一點銅板。全城的教堂都響起了安息日的鐘聲，她跟著那對姑姪的腳步，到了芳德林慈善教堂，也走了進去。她找了個地方坐下，可以看到男孩，而他的頭上正是他父親的墓碑。教堂裡響起數百位孩童純真清新的歌聲，向慈愛的天父唱聖歌，那神聖動人的樂章令小喬治興奮無比。他母親的雙眼蒙上了一層淚霧，好一會兒，都看不清兒子的面容。

第五十一章　一場也許會難倒讀者的字謎遊戲

自從蓓琪現身於斯泰恩侯爵條件嚴苛的私人宴會，她在名流界就此確立受人敬重的地位，很快地，首都一些最尊貴高尚的家庭都向她敞開了大門——可嘆的是，親愛的讀者和作者本人都無權踏入。親愛的弟兄姐妹們，就讓我們一同在這些顯赫大門前顫抖吧。我猜，那些門後都有男僕握著銀光閃閃的長叉，一看到不該進入的人，就會突襲他們。據說有名記者等在門廳，一一記下獲准參加餐宴的貴客大名，但過不久他就一命嗚呼了。那些位高權重的人士朝他一瞪，炙熱的目光就燒死了他。冒失的薩墨勒見到朱比特的真身，不也因不敵後者的威力而死去——如同飛蛾撲火，自取滅亡。泰本區和貝爾格瑞維亞區的居民呀，勿忘薩墨勒的故事，也要以蓓琪的故事為鑑。啊，夫人小姐們！問問杜瑞菲教士，貝爾格瑞維亞是不是像嘈雜的銅管樂器？泰本是不是像噹噹作響的鐃鈸？它們熱鬧響亮、引人注目，但一會兒就成過眼雲煙。過一陣子後（可幸的是，不會在我們的有生之年），海德公園就會淪為巴比倫外圍的一座園林，而貝爾格瑞維亞廣場會和貝克街一樣蕭條，或像沙漠裡的塔達摩[32]，被人遺忘。

女士們，妳們知道偉大的皮特[33]曾住在貝克街嗎？要是能受到海斯特夫人[34]邀請，妳們的祖母願意奉獻一切，但曾經風光一時的奢華大宅，如今破敗不堪。在這兒對妳們說話的作者我，也去過那兒用餐，踏入那滿是偉人鬼魂的廳堂。我和數名男子嚴肅地對飲波爾多紅酒，而在那張陰暗大桌的周圍，坐滿了那些告別人世已久的幽靈。那位戰勝暴風雨的舵手喝下滿滿一大杯的波特酒。鄧達斯[35]不准別的鬼魂在杯中留下殘酒。愛丁頓[36]坐著鞠躬，露出詭魅的假笑，當酒瓶無聲地在幽魂間傳遞，他不落人後的豪飲。濃眉的史考特[37]一看到陳年葡萄酒的幽影，就眨了眨眼。魏伯弗斯望著天花板，好像沒察覺他唇邊的酒杯，一會兒就空了。那些偉大人物都曾抬頭望向那塊天花板，我們昨天不也聚在它的下方？然而這棟屋子如成已改建成一棟旅舍。是的，海斯特夫人曾經住在貝克街，現在長眠於野地。金雷克[38]曾看過她的墓，但她的墓不在貝克街，而是孤寂地立於荒野中。

浮華盡是過眼雲煙，但誰敢說他不貪圖浮華？我想知道哪個神志健全的人，會因為烤牛肉轉眼消失，就不喜歡它的滋味？這就是浮華，但我誠心祈求，每位讀者都能在人生享受不少浮華，就算我親愛的讀者有五十萬人，我也希望你們個個都能享受些榮華富貴。紳士們，坐下來吧，開懷享用眼前的美食，不管是肥肉還是瘦肉，配的是肉醬還是蘿蔔，全憑你的喜好——千萬別捨不得。瓊斯，我的好孩子，再喝一杯酒，再嘗口上好的烤牛肉吧。是的，讓我們盡情享用這些虛華的美食，心懷感謝，同時欣賞被貴族圍繞的蓓琪多麼快樂——因為這些和其他的世間娛樂一樣，轉瞬即逝。

32. 敘利亞的古城。
33. 此處指的是歷史人物小威廉・皮特。
34. 海斯特・斯丹赫普小姐（一七七六～一八三九）曾與叔叔小威廉・皮特同住，擔任家裡的女主人，替擔任首相的叔叔管理家務。
35. 亨利・鄧達斯，一七四一～一八一一，第一代梅爾維爾子爵。
36. 亨利・愛丁頓，一七五七～一八四四，第一代席德茅斯子爵。
37. 華特・史考特，一七七一～一八三二，蘇格蘭歷史學家、作家。
38. 此處指亞歷山大・威廉・金雷克（一八〇九～九一），英國旅遊作家與史學家，著有《日昇之處》（*Eothen*）一書。

蓓琪拜訪斯泰恩侯爵的結果，讓彼得瓦頓親王隔天在俱樂部認出了克勞利上校。在海德公園的賽馬場見到克勞利太太時，親王會脫帽，深深鞠躬致意。親王立刻邀請蓓琪和她丈夫到勒凡宮參加小型宴會，要是親王得空暫離大英國王身邊，克勞利太太就陪著他。晚餐後，蓓琪在一小群聽眾前唱起歌，斯泰恩侯爵也來了，慈愛地監督學徒的發展。

蓓琪在勒凡宮見到歐洲最優雅的紳士和最偉大的官員，包括雅柏蒂耶公爵，還有信仰虔誠的國王[39]派來的大使，他後來當上了部長。寫下這些顯赫大名時，我的心澎湃不已，一想到親愛的蓓琪身處貴人之間，驕傲之情就湧上我的心頭。法國大使館的賓客名單上少不了她的名字，要是迷人的「瑞弗敦．克瑞弗利夫人」[40]不在，宴會好似就少了重頭戲。佩希格家族的楚菲尼先生和香比納先生，都是大使館的外派使員，這兩人完全拜倒於美麗的上校太太裙下。哪個法國人離開英格蘭時，沒有破壞至少一打的家庭，沒有在口袋裡裝滿那些隨他而逝的心？基於祖國積習，這兩位先生都宣稱，他們和迷人的「瑞弗敦太太」交情最好。

但我對這些宣言有所保留。香比納先生愛玩埃克泰牌，晚上常與上校作伴，而蓓琪則在另一間客廳對斯泰恩侯爵唱歌。至於楚菲尼先生，人人都知道他不敢去「旅人酒店」，他欠了那兒的侍者太多錢。幸好他能在大使館吃晚餐，不然這年輕人恐怕早就餓死了。我不相信蓓琪會看中這兩位男士，對他們特別關照。他們為蓓琪跑腿送信，送她手套和花束，為了替她訂下歌劇院包廂而債台高築，想盡各種方法討她歡心。他們說著簡單的英文，十分逗趣，帶給蓓琪和斯泰恩侯爵不少娛樂。她會當面模仿他們，同時熱忱地讚揚他們進步神速，把她那愛挖苦人的大恩人老侯爵逗得哈哈大笑。楚菲尼送布里吉斯一條披肩，贏得了蓓琪密友的支持。他拜託老閨女替他轉交一封信給她的主人，偏偏她當眾就把信遞給收信人。斯泰恩侯爵讀了信，除了老實的洛頓以外，人人都讀了信，每個讀過那封信的人都被逗樂了。在梅菲爾這棟屋子裡，有些事還是別讓男主人知道得好。

很快地，不只「最上流」的外國人成為蓓琪的座上佳賓，連一些「最上流」的英國人也來拜訪她。在我們高貴的社交圈，「最上流」是常用的俚語，它指的並不是品德最高尚的人，當然也不是指品德最低劣的人。不是指最聰明或最愚昧，也不是指最富有或身世最優秀的人，而是「最上流」——簡而言之，人們絕不會質疑他們，比如偉大的菲茲—威利斯夫人、艾馬克高級俱樂部的老闆、偉大的斯洛伯爾夫人、偉大的格瑞茲．馬克白夫人（她出身葛羅瑞家，原是格瑞勛爵的女兒葛羅瑞小姐）之流的人士。

當菲茲—威利斯伯爵夫人（她是名門金斯垂特的後裔，德倍禮和貝克的貴族名錄都有提到這一家人）與某人往來，不管這人是男是女，他就握有難以撼動的地位。再也沒人會質疑他們。菲茲—威利斯夫人並不比任何人強，相反地，她徐娘半老，已經五十七歲，既不美麗又不有錢，更稱不上風趣，但她是公認「最上流」的人。那些有幸蒙她邀請的人，都是一時之選。她可能和斯泰恩侯爵夫人有過舊怨（菲茲—威利斯夫人的閨名是喬治安娜．費得瑞卡，其父是威爾斯親王的重臣波特漢雪莉伯爵，她曾試圖成為斯泰恩侯爵夫人），但這位偉大知名的名流領袖決定接納洛頓．克勞利太太。她在賓客面前，顯眼地朝蓓琪敬禮，甚至鼓勵兒子聖基特伯爵（多虧斯泰恩侯爵，他才能獲得爵位）拜訪克勞利太太，邀請蓓琪到自家作客。晚餐時，她當著眾人的面，大方親切地與蓓琪說了兩次話。這消息當晚就傳遍了倫敦，那些非議克勞利太太的人全閉了嘴。

斯泰恩侯爵的左右手、智囊團和律師溫漢先生，不管去到哪兒都連聲讚嘆蓓琪。曾經遲疑的

39. 指法王查理十世，一七五七～一八三六。
40. 指洛頓．克勞利夫人，因法國人帶法國腔的發音。

人，如今毫不猶豫地上前迎接她。小湯姆．陶迪曾經勸告索斯頓伯爵不該拜訪那個被世人遺棄的女人，現在倒求他介紹。簡而言之，「最上流」的人士都接納了她。啊，我親愛的讀者和弟兄姐妹，別太欣羨蓓琪的境遇——這些榮耀稍縱即逝。人們說，即使身處最尊貴的名流圈中心，那兒的大人物也不比在圈外遊蕩的可憐人快樂多少。蓓琪踏入名流界的核心，親眼見到了偉大的喬治四世，後來也承認，除了虛幻的榮華富貴，那兒什麼也沒有。

我們只能簡短敘述她此時的事業。我無法描述共濟會的中心思想——雖然我認為那只是一派胡言亂語——同樣地，像我這樣非上流的人物，無法精準地描述這個華麗的世界，不管我個人看法為何，最好還是別大放厥詞。

後來的年月裡，蓓琪常常提到這一年的社交季，述說她如何穿梭於倫敦最尊貴的名流圈。成功令她興奮得意，但很快就感到無聊。創造並實現夢想，是最令人快樂的事，而像洛頓．克勞利太太這樣的人，要實現夢想可要耗費極大心力，發揮各種創意。她的夢想是什麼？就是獲得最漂亮的衣裳和首飾，前往最高雅的餐宴，受到最偉大的人物歡迎。然而一頓又一頓的餐宴，一場又一場的聚會，出席的總是同一票人物，她已和他們吃過飯，前一晚才見過面，明天又會再次聚首。那些年輕人全都無懈可擊，繫著最漂亮的領結，套著最閃亮時髦的靴子，戴著雪白的手套。老先生都身材肥壯，衣服上縫著銅扣，看來道貌岸然，殷勤有禮之餘卻枯燥無趣。年輕小姐全留一頭金髮，穿著粉紅色的衣裳，嬌羞可人，她們的母親都高大美麗，打扮華貴，配戴許多鑽石，但嚴肅得很。他們用英文交談，不像小說描述的用亂七八糟的法文對話。他們談論別人的房產，品行和家族——就像世俗凡人一樣談論八卦。蓓琪的舊識眼紅她也痛恨她，但這可憐的女人卻大打呵欠。「我真想離開社交圈，」她自言自語，「我寧願嫁給教士，為孩子上禮拜課。或者當個中士的老婆，坐在貨車裡隨軍隊移防。再不然，啊，要是能穿上褲子、戴上閃亮的裝飾，在市集上跳舞，也比困在社交圈開心得多！」

「妳一定會跳得很好，」斯泰恩侯爵笑道。她經常對尊貴的侯爵吐露自己百無聊賴，真誠地表達她的困惑，令侯爵樂得很。

「洛頓能當個稱職的『馬戲教練』」她用法文說道，「就是那個慶典中的經理——英文怎麼說來著？那個穿寬大的靴子和制服，揮舞馬鞭、繞著舞台走的傢伙？洛頓又魁梧壯碩，還有軍人的架勢。」蓓琪想起往事，接著說，「我記得小時候，父親曾帶我去布魯克葛林市集玩。回家後我自己做了一對高蹺，在畫室裡跳起舞來，他的學生都看呆了。」

「我真想瞧一瞧，」斯泰恩侯爵回道。

「我現在還真想跳高蹺舞呢，」蓓琪接著說，「布林其夫人一定會睜大了眼，而格瑞茲．馬克白夫人會瞪著我！噓！安靜點！派斯塔[41]要唱歌啦。」在這些滿是達官貴人的場合，蓓琪總是對那些專職表演的先生女士特別有禮。當他們安靜地坐在角落，她會過去與他們握手，當著所有人的面與他們談笑。她說過，她也是位藝術家，此話不假。她坦白謙卑地承認自己的出身，周圍的旁觀者有的不滿，有的卸下心防，有的感到詼諧，端看對象是誰。有人說，「那女人多冷靜啊。瞧瞧她那副獨立自主的樣子，她本該安靜坐正，要是有人對她說話，她就該謝天謝地了！」另一人說道，「她多麼坦誠又多麼善良啊！」第三人則評論，「真是個機靈的小狐狸精。」他們說的恐怕都沒錯，但蓓琪不改本色，而那些表演家都迷上了她，願意去她的宴會放聲高歌，就算事後喉嚨發痛也在所不惜，甚至免費教她唱歌的技巧呢。

是的，她會在卡爾森街的小屋子裡辦宴會。數十輛燈火通明的馬車擋住了街道，令隔壁的一

41. 姬蒂塔．派斯塔，一七九七～一八六五，當時的知名聲樂家。

百號大為不滿，那些敲門聲吵得他們不得休息，而一百零二號則因嫉妒輾轉難眠。那些隨馬車前來的男僕們個頭高大，蓓琪小小的門廳容不下他們，因此他們收了小費就去附近的酒吧喝啤酒，主人有需要時，再派跑腿男童去找他們。倫敦最知名的時髦男子全聚在這兒，把狹窄的樓梯擠得水洩不通，時不時踩到彼此的腳，笑鬧不已。引領風潮的那些端正又嚴肅的女士們坐在她的小客廳裡，聽著專業演唱家的歌聲；而那些演唱家都像在舞台上一樣使勁歌唱，好像打算唱破窗玻璃似地。隔天《晨間郵報》上會報導這些名流聚會：

「昨天，克勞利上校夫妻在梅菲爾的住所迎接了一群赫赫有名的人物，包括彼得瓦頓親王與王妃、土耳其大使巴布許帕夏大人（使節團的翻譯官基保伯·貝伊同行）、斯泰恩侯爵、索斯頓伯爵、皮特和珍·克勞利從男爵夫妻、瓦格先生……等人。晚餐結束後，克勞利太太迎接了守寡的斯提爾頓伯爵夫人、格呂耶赫公爵、切樹爾侯爵夫人、亞歷山卓·斯卓其諾侯爵、布希伯爵、夏普祖格男爵、托斯蒂爵士、斯林石頓伯爵夫人、F.馬卡丹姆夫人、馬克白少將夫妻及兩位馬克白小姐、帕丁頓子爵、賀拉斯·福吉爵士、山斯·貝德溫先生、包貝區·巴哈德先生……等人」。讀者就隨自己心意填上其他大名吧，這一串名單足足有十幾行哪。

我們親愛的朋友與大人物來往時仍不改她的坦誠，就像與地位卑微的人交談時一樣。有回步出一座雄偉大宅時，蕾蓓卡正在和一位著名的法國男高音以法文交談（也許她有意誇耀自己的法文），而格瑞茲·馬克白夫人悶悶不樂地瞅著他們。

「妳的法文真流利呀，」格瑞茲·馬克白夫人對蓓琪說道。只要聽過夫人帶著愛丁堡腔的法文，必終生難以忘懷。

「這是應該的，」蓓琪謙虛地說道，垂下眼瞼。「我母親是法國人，以前我在學校教法文。」蓓琪的謙遜贏得了格瑞茲夫人的歡心，從此她溫柔地對待這位小婦人。格瑞茲夫人痛恨當時鼓吹人人平等的風潮，不同階級的人都能加入原本無法高攀的社交圈，但夫人承認，至少克勞利太太舉止合宜，沒有忘記自己的身分。她是個好女人，對窮人善良，有點愚蠢，無可指謫，沒有引人非議之處。夫人自以為比你我還要高尚，這並不是她的錯。她祖先的衣服，數百年來被眾人膜拜親吻，據說她偉大的祖先鄧肯一世成為蘇格蘭國王後，支持他的蘇格蘭王宮貴族，千年來都沿用他的格子花紋。

而斯泰恩侯爵夫人，自從聽過蓓琪的歌聲，她就已經屈服了，也許還挺喜歡蓓琪的。剛特大宅裡的兩位年輕夫人也不得不投降，她們曾試圖煽動別人孤立她，但全都失敗了。才氣縱橫的史頓寧敦夫人與她較勁，但無畏的小蓓琪把她攻得落荒而逃。每當有人攻擊她，蓓琪就會擺出嫻淑又天真的神態，但此時的她往往加倍毒辣。她會用最純真的神態說出最惡毒的話語，不受旁人影響，而且會故作天真，為自己失言道歉，好讓世人全都記住她說的話。

斯泰恩侯爵門下的食客瓦格先生出名的機智，而夫人們慫恿他與蓓琪對抗。這位才子斜睨夫人，對她們眨了眨眼，好像在說，「妳們等著瞧吧。」有天晚上，毫無防備的蓓琪正在吃晚餐時，瓦格先生就出招了。雖然受到突如其來的攻擊，但不曾鬆懈防禦的小婦人立刻接招，以正中要害的尖銳反擊，逼得瓦格先生難堪得無地自容，而她卻若無其事般繼續低頭喝湯，臉上浮現一抹淺淺的微笑。侯爵平時提供瓦格餐食，時不時借他銀兩花用瓦格則以幫忙競選、發布新聞和其他工作回報。見證這一幕的侯爵惡狠狠地瞪著瓦格，讓他恨不得躲到桌子下，失聲痛哭一場。他可憐兮兮地望著侯爵，但他的老爺在晚餐桌上都不跟他和夫人們說話。當然，夫人全背棄了他。蓓琪同情他的處境，終於向他搭話。接下來的六週，侯爵都沒再請他吃飯。侯爵有位名叫費希的親信，瓦格一向對他百般討好。費希告訴他，要是他敢再對克勞利太太說出無禮的話，或者對她開些愚蠢的玩笑，侯爵大人就會把他欠的債務全交由律師處置，把債權賣給別人，絕不寬貸。瓦格當著費希的面啜泣起來，哀求親愛的朋友替他向侯爵求情。他是雜誌《不羈》的主編，他親筆寫了一首讚揚克勞利太太的詩，就刊在新一期的刊物裡。他一見到蓓琪，就苦苦哀求，在俱樂部見了洛頓，也用甜言蜜語拉攏上校。過了一陣子，剛特大宅的門終於向他敞開。蓓琪像之前一樣親切且歡快地對待他，從未生他的氣。

侯爵的左右手和首席心腹溫漢先生，不但在議會佔了個席次，晚餐桌上也總為他留了位子。和瓦格先生相比，溫漢先生就謹言慎行多了。不管他如何痛恨暴發戶（他自己是頑固的托利黨人，而他父親是英格蘭北部的販煤小商人），身為侯爵的副手，他從未對主人的新歡露出任何排斥，甚至私下對她頗為親熱。溫漢先生十分謙遜，向蓓琪大獻殷勤，但舉止間仍帶著算計之氣，這比別人公然的厭惡，更讓蓓琪不安。

克勞利夫妻到底怎麼籌得到錢，辦得起那麼多場貴賓雲集的晚宴呢？這實為費解的謎題。這家的生計來源不僅在當時成為茶餘飯後的話題，說不定也讓那些晚宴更加刺激有趣。有些人繪聲繪影地說，皮特．克勞利從男爵給了弟弟豐厚的津貼。要是此話不假，蓓琪對從男爵必定有驚人的影響力，而且從男爵的個性想必也隨著年紀漸大而改變不少。其他人則暗示，蓓琪經常向丈夫的朋友要錢，她會在某人面前淚如雨下，說他們快被房東趕出去了，又跪在另一人的面前，宣稱要是她再不付某張帳單，全家都得被關進大牢，不然只能自盡。據說靠這些賺人熱淚的戲碼，光是索斯頓伯爵就掏出了好幾百鎊。年輕的費特漢是龍騎兵某軍團的軍官，也是軍服和軍事配備製造商「提勒和費特漢公司」老闆的兒子。多虧克勞利夫妻的引薦，他踏入了上流世界，但他也是蓓琪尋求金援的受害人之一。據說她從許多單純的人身上奪取金錢，哄騙會為他們在政府裡謀取要職。誰知道我們無辜的親愛朋友還有哪些傳聞？要是她真藉由哀求、借取或偷竊，得到那麼多錢，她早就衣食無缺，下半輩子都能老實度日啦，然而——啊，但那都是後來的事了。

事實上，只要精打細算，管理有方——節儉地使用現金，絕少清償帳款——人們的確能不花多少錢，就上演一場奢華大秀，至少能吃好睡好一陣子。我們相信，雖然蓓琪的宴會讓眾人津津樂道，但次數並不多，而且除了必須多買蠟燭點亮屋子，她的花費有限。斯提布魯克和女王克勞利鎮為她送來大量的野味和新鮮水果。斯泰恩侯爵的酒窖任憑她取用，在她狹小的廚房裡揮汗忙碌的，也全是侯爵家的名廚，或者侯爵會命人從自家送去最罕見的珍饈。世上若有人誣蔑單純的婦女，就像當時有人批評蓓琪那樣，我必會厲聲斥責他們無恥。我向大眾呼籲，那些誹謗她的流言，十有八九盡是虛構的。要是每個付不清債務的人都得被逐出社交圈，要是我們窺探每個人的私生活，臆測他們的收入，當我們不同意他們的花費時就不與他們往來，那麼浮華世界會變得多麼荒涼寂寥，不宜人居呀！每個人都忙著指謫他的鄰人，而我親愛的先生呀，人類的文明就此斷送。我們只顧著爭吵、抹黑，忙著迴避他人。我們不再歡迎客人拜訪，寧可住在洞穴，穿上破爛衣裳。租金大幅下降，再也沒人辦宴會。城裡的商人都會破產。要是我們恪守那些愚蠢的原則，遇到不喜歡的人不是避不見面就是出言誹謗，那麼葡萄酒、蠟燭、食物、胭脂、克里諾林裙撐、鑽石、假髮、路易十四時代的小玩意兒、古老瓷器、套上華麗馬鞍的馬匹、拉著馬車、高高踏步的駿馬……也就是人生中所有的樂事，全都會消失得無影無蹤。但只要一點點慈悲心，彼此寬容忍讓些，一切就能快活地繼續下去。我們也許會譏笑某人，稱他為世上一等一的大壞蛋，該當被施以絞刑——但我們難道真想絞死他？當然不。我們碰面時還會握手問好呢。要是他有個手藝精湛的廚師，我們會原諒他的過錯，開心地到他家吃飯，而我們也期待他以禮相待。這樣一來，商業交易熱絡，文明蓬勃發展，人人和平共處。為了每週聚會，人們忙著訂製新衣。拉菲特酒莊去年裝瓶的佳釀銷量大好，老實的釀酒商也能獲得報償。

當英國王位上坐著偉大的喬治國王，夫人小姐都穿上蓬下窄的羊腿袖，盤起的頭髮裡插了龜殼鑵似的大梳子。但到了作者寫就本書的時代，現在的姑娘時興箇樸的袖子，頭上偏好戴花環。儘管流行變了，但上流社會的風氣，今昔並沒有多大改變，權貴的娛樂也都差不多。我們這些圈外人，從警察肩膀間張望，看著那些走進宮廷或舞會的絕世佳人。在我們這些遙不可及的凡人眼中，可能她們全像是超脫俗世的天仙，享受著極致的幸福。為了安慰這些鬱鬱不樂的人們，我們才會描述親愛蓓琪的生活，她就像所有凡人一樣，歷經了無數掙扎，有時大獲成功，但也難免失望。

當時，有趣的字謎遊戲從法國傳到了這兒，全國都認為這是最時髦的餘興節目。字謎遊戲讓許多美貌女子得以施展魅力，而少數聰穎的姑娘也能趁機展現才智。蓓琪也許相信自己除了美貌之外也很有才華，因此鼓吹斯泰恩侯爵在剛特大宅的餐宴中辦場字謎會。會中發生了一連串有趣的小事件，我們將引領讀者一窺這場妙趣橫生的字謎遊戲，但不得不哀傷地預告大家，這是我們有幸向大家介紹的最後一場上流晚宴了。

剛特大宅壯麗的大畫廊一端布置成一座字謎劇場。從喬治三世在位開始，這裡一直被當作劇場使用，有幅以剛特侯爵為主角的畫作至今仍掛在那兒。畫中他的頭髮灑滿了髮粉，還別了粉紅色的蝴蝶結，穿著羅馬式樣的長袍，扮演艾迪森先生[42]寫的《卡托悲劇》中的主人翁，在場的觀眾包括了威爾斯親王、奧斯納堡主教、威廉．亨利王子，每個人都像演員一樣年輕。人們從閣樓搬出了以前當作演戲道具的一、兩樣物事，為了字謎擦拭得煥然一新。

年輕的山斯．貝德溫，當時是位優雅的時髦人士，在東方遊歷了一番。他擔任本場字謎的主辦人。當時，前往東方旅遊的人士頗受人看重，而愛好冒險的貝德溫曾在沙漠的帳篷裡住了好幾個月，出版了本四開的著作，是位響叮噹的人物。在他的書中，有好幾幅圖畫，裡面他都穿戴東方服飾；他帶了個黑人僕從旅遊，那僕從實在像聖殿騎士布萊恩．波爾．基爾勃[43]一樣不討人喜歡。穿著異國服飾、帶著黑僕的貝德溫，在剛特大宅成了頗受歡迎的賓客。

他領頭扮演第一場字謎。台上出現一位土耳其軍官，頭上戴了根巨大的羽毛（當時應該還有土耳其近衛兵，而飾有穗帶的土耳其帽尚未取代古代華麗的頭飾）斜倚在貴妃椅上，假裝在抽水菸袋。為了體貼現場的女性，那陣煙霧其實來自一種薰香。這位土耳其高官張口打了個呵欠，看來有點疲倦，十分慵懶。他拍了手，來自努比亞的侍從梅斯若爾應聲而來。他的手臂赤裸，戴著數只手環，配戴土耳其彎刀和各種東方裝飾品，個頭高大而瘦削的他，相貌醜陋得很。他循伊斯蘭的禮儀，向統帥敬了個禮[44]。

觀眾起了一陣騷動，黑奴的樣子不但嚇到了人們，也讓大夥兒頗為興奮。女士們低聲地交頭接耳。埃及的帕夏大人為了換得三打的野櫻桃酒，把黑奴給了貝德溫。據說他曾把許多女奴裝進布袋裡，縫死袋口，把她們全丟進尼羅河。

「帶那奴隸販子進來，」愛好酒色的土耳其高官揮手示意。梅斯若爾把販奴商領到主人面前。販子帶了一位蒙上面紗的女子。他一摘下女子的面紗，全場觀眾立刻用力鼓掌。那是擁有一頭秀髮和靈動雙眼的溫克華茲太太（閨名為艾伯索倫小姐）。她穿著美麗的東方服飾，烏黑的髮辮插了各式各樣的珠寶，衣服上綴滿了閃亮的金幣。可恨的伊斯蘭大官表示自己迷上了她的美貌。女子跪了下來，哀求他讓她回到她出生的山林裡，她已有婚約，未婚夫是賽加西亞人，仍守在那兒等著她回去。冷酷的哈珊大爺不為所動，反而嘲笑那個賽加西亞新郎。可憐的女子用雙手

42. 約瑟夫・艾迪森，一六七二～一七一九，英國作家及政治家。
43. 華特・史考特作品《撒克遜英雄傳》中的人物。
44. 指行了額手禮（伊斯蘭教用右手摩額鞠躬的禮儀）。

蒙住了臉，以最美麗又絕望的姿勢倒了下來。看來她已無法逃離——就在此時，首席太監吉茲拉阿迦出現了。

太監帶了一封蘇丹的來信。哈珊恐懼地接下，把詔書放在頭上。他害怕不已，而黑人（仍由梅斯若爾扮演，但他換了一套服裝）的臉上露出陰森森的得意笑容。「饒命呀！求求大人饒命！」大官喊道，而太監露齒而笑，令人渾身顫慄。他拉出一根弓弦。

正當他要用那武器做出可怕的事兒，幕就落了下來。哈珊在幕後大喊：「前兩個音節。」接下來要上場演出的洛頓．克勞利太太走上前去，讚美溫克華茲太太的品味脫俗，戲服美極了。

字謎的第二部分登場，仍是東方場景。哈珊換了件衣服，身旁有女奴祖萊卡相伴，看來後者已向他屈服。太監換了打扮，這回成了恭順的黑奴。朝陽在沙漠上升起，土耳其人都面向東方，在沙地上向太陽致敬。他們無法搬頭單峰駱駝來，因此樂隊奏起《駱駝來了》的音樂。場上出現了碩大的埃及頭像，而且它還會開口唱歌——它唱起瓦格先生編寫的逗趣歌謠，來自東方的旅人吃了一驚。接著他跳著舞，慢慢退下舞台，就像《魔笛》中的捕鳥人帕帕基諾和摩爾王。頭像高聲吼道：「後兩個音節。」

最後一幕開始了，這一回舞台上出現一頂希臘帳篷。一名高壯男子坐在沙發上假寐。他的頭盔和盔甲掛在上方，現在用不著它們了。特洛伊城已經陷落，伊菲革涅亞已經被殺，卡珊德拉被關在外廳。國王（由克勞利上校扮演，當然，他既沒聽過特洛伊戰爭，也不知道卡珊德拉被囚的故事）正在阿爾戈斯的寢宮睡覺。在燈火的照耀下，睡著的戰士在牆上投下巨大的暗影，特洛伊的劍和盔甲也閃閃發光。樂團奏起《唐璜》中那可怕的曲調。有人上場。

埃癸斯托斯蒼白著臉，躡手躡腳地走了進來。那陰森、躲在掛氈後面的臉，怨恨地窺視著睡著的人。那是誰？他高舉匕首，眼看就要往睡著的人身上刺下去，而後者翻了個身，胸膛朝天，似乎準備好迎接這一擊。但他不能刺殺這位高貴的首領。克呂泰涅斯特拉像鬼魅一樣飄進了房裡，她面容慘白，坦露著雪白的雙臂，茶色的秀髮落在肩上。此時她露出陰森的笑容，雙眼亮了起來，讓人們瑟瑟發抖。

人們一陣顫慄。「老天爺！」有人說道，「那是洛頓・克勞利太太！」

她輕蔑地奪走埃癸斯托斯手中的匕首，往床上走去。你能看到匕首的光芒映著燈火，被她高舉在頭上。接著——燈光一滅，人們只聽到一聲呻吟，一切歸於黑暗[45]。

突然的黑暗與剛剛的場景嚇壞了觀眾。蕾蓓卡演得唯妙唯肖，看起來陰森怨恨，震懾了全場觀眾。直到燈火唰地一聲再次點亮，大家才回過神來，激烈鼓掌，歡聲雷動。「太棒了！太棒了！」老斯泰恩刺耳的吶喊壓倒了眾人的歡呼。「老天爺，她真敢這麼做哪，」他咬著牙說道。全場觀眾呼喚著演員登台，人們喊著：「導演！克呂泰涅斯特拉！」穿著古代戲服的阿伽門農不肯出來，和埃癸斯托斯及其他演員站在後面。貝德溫先生拉著祖萊卡和克呂泰涅斯特拉走到台前。有位偉大的人物堅持要認識克呂泰涅斯特拉。親王殿下打趣著最後一幕：「嘿，哈哈！妳剛刺了他哪。是不是想改嫁別人？嘿？」

「洛頓・克勞利太太演技太精湛了，」斯泰恩侯爵說道。蓓琪笑了起來，看起來十分開心，嫵媚極了。她行了個最漂亮的屈膝禮。

端著托盤的僕人一一進入，送上各種爽口的點心。演員進了後台，準備第二場的字謎。

45. 字謎答案是阿伽門農。希臘神話故事中，阿伽門農出征時，犧牲了長女伊菲革涅亞，令妻子克呂泰涅斯特拉懷恨在心，因此與情人埃癸斯托斯密謀殺了他。字謎的第一幕指的是「阿伽」，阿伽是土耳其對首領、統帥的敬稱。第二幕意指「門農」，以希臘神話中，被阿基里斯殺掉的國王門農表示。第三幕則演出阿伽門農遭妻子謀殺的場景。

這個字謎有三個音節，以啞劇演出，過程如下：

第一個音節：洛頓．克勞利上校戴了頂鬆垮的帽子，握了根手杖，穿著大衣，提了盞從馬廄借來的燈籠，大吼大叫地走過舞台，似乎在向居民報時。下排窗戶裡有兩個小販在玩克里比奇牌，頻頻打呵欠。一個擦鞋工走了進來（由年輕的G.林伍德先生扮演，十分逼真），摘下了兩人的鞋子。過不久侍女出現了（由索斯頓伯爵飾演），手裡拿著兩根蠟燭和一只暖床器，走到樓上暖床。一名小販試圖調戲她，但被她用暖床器阻擋。她下了台。小販戴上睡帽，拉下窗簾。擦鞋工現身，拉起一樓房間的窗板。你聽得見他在窗後拉上門閂和門鍊的聲音。燈光熄滅，樂團演奏起法文歌曲〈睡吧，睡吧，親愛的愛人們〉。幕後有人說道：「第一個音節。」

第二音節：全部的燈光同時亮了起來。樂團演奏《巴黎的約翰》中一首老歌〈啊，旅行多美妙〉。場景和上一幕相同，屋子外牆上，二樓和三樓間畫了斯泰恩侯爵的家徽。屋子的僕人鈴全響了起來。樓下有個男人，遞了一張長字條給另一人，後者握拳威脅，宣稱這太過分了。「馬夫！把我的輕馬車拉過來，」另一人在門口喊道。他輕撫女僕（索斯頓伯爵飾）的下巴，她看起來似乎對他依依不捨，就像卡呂普索[46]不願告別著名旅人尤利西斯一樣。擦鞋匠（林伍德先生飾）提著一只箱子走過，裡面裝了銀壺，他喊道，「擦壺呀！補罐呀！」那自然又詼諧的樣子，令全場熱情鼓掌，有位觀眾還丟了束花給他。啪、啪、啪，馬鞭響起，旅館主人、侍女、侍者全衝到門前，當某位著名的貴客就要抵達時，幕落了下來，沒有現身的導演喊道：「第二音節。」

「我看一定是『飯店』，」近衛軍的葛里格上尉說道。眾人聽到上尉機智的回答，都哄堂大笑。他猜得還不算太離譜。

演員正在準備第三音節時，樂團奏起了好幾首與航行有關的曲子，包括〈沿海而行〉、〈刺骨北風，歇止吧〉、〈不列顛女神萬歲〉、〈喔！比斯開灣〉，顯然下一幕與航海脫不了關係。幕隨著一陣鐘聲拉開了。「就是現在，先生們，衝上岸吧！」有個聲音喊道。人群散開了，他們急切地指著一塊深色布幕，布幕似乎呈現的是雲朵，而人們恐懼地彼此點頭。一位斯桂姆斯夫人（索斯頓伯爵飾）尖叫起來，她身邊有愛犬、行李、手袋，而她坐著的丈夫緊緊握住幾條繩子。顯然他們在一艘船上。

戴了頂三角帽，拿著望遠鏡的船長（克勞利上校飾）走上台，他一手抓緊帽緣，舉起望遠鏡，他的外套衣襬像被狂風吹過一樣猛烈擺動。當他鬆開抓住帽子的手，轉動望遠鏡時，帽子咻一聲飛走了，觀眾大聲鼓掌。風吹得很強。樂聲響起，奏出陣陣呼嘯的風聲，愈來愈大聲。數名水手踉蹌地走過舞台，好像走在搖擺不定的船上。服務員（林伍德先生飾）搖搖晃晃地走過，握著六只臉盆。他很快把一個臉盆放在尖叫的斯桂姆斯勛爵面前，而他的夫人捏了愛狗一下，狗兒立刻淒慘地嚎叫。夫人用手巾掩面，匆匆地跑向船艙。樂團奏起最狂野呼嘯的風聲，第三個音節就此結束。

當時有支名叫《夜鶯》[47]的芭蕾舞劇，知名舞者蒙特梭和諾布雷都跳過。現在，瓦格先生把這支芭蕾舞劇改編成歌劇，搬上英國舞台。他是位才華洋溢的作者，寫下動人的詩歌，佐以美妙的芭蕾樂曲。表演者都穿著舊時代的法國服飾，而年輕的索斯頓伯爵扮成老女人，拄著一根枴杖，在舞台上蹣跚而行，演得生動極了。

幕後響起了一陣樂聲，而佈景換成一座紙板搭成的迷人鄉村小屋，格子牆上開滿了玫瑰。「菲洛墨拉，菲洛墨拉呀，」老婦人喊道，菲洛墨拉現身了。

46. 希臘神話的海之女神，將尤利西斯困在島上七年。
47. 字謎答案就是夜鶯，Nigh-tin-gale。

侯爵夫人。

更多人鼓掌喝采。洛頓．克勞利太太的頭上灑滿髮粉，臉上點了美人痣，成了世上最迷人的

她口中哼著歌，笑眯眯地走上台，像個純真的小姑娘一樣跳躍。她行了個禮。她的母親說道，「哎，孩子，妳笑個不停，老是唱歌，究竟為什麼呀？」接著，侯爵夫人放喉高歌。

〈陽台上的玫瑰〉

我陽台上的玫瑰在晨光中吐露芬芳
冬天時葉子盡皆枯萎，渴望春天的到來；
你問我她的氣息為何甜美，她的雙頰為何羞紅，
因為朝陽已經升起，鳥兒開始歌唱。

夜鶯的歌聲響徹綠林
當枝葉凋零，寒風凜冽，牠沉默無聲：
如果，媽媽，妳問我牠為何歌唱
因為朝陽已經升起，葉子都已轉綠。

萬事萬物各司其職，媽媽，鳥兒婉轉啼鳴，
玫瑰染上紅暈，媽媽，她的雙頰艷麗，
陽光灑進我心，媽媽，我心振奮歡愉，
因此我歌唱，我的臉透著紅暈，媽媽，這就是我唱歌的原因。

被侯爵夫人稱作媽媽的人物，雖然戴了頂帽子，但掩飾不了那粗硬的鬍子。她似乎急於顯露母愛，每次女兒唱到一個段落，就會滿懷愛意地擁抱那純真的女子。媽媽的每個愛撫，都讓感同身受的聽眾哄堂大笑。表演結束時，樂團演奏起交響樂，好像無數的鳥兒齊聲歡唱，而所有觀眾高聲喝采，要求再來一曲。鼓掌久久不止，無數的花束灑落在舞台上，今晚的《夜鶯》大獲成功。斯泰恩侯爵的喝采最引人注目。扮演夜鶯的蓓琪拿起侯爵抛向她的花束，緊緊地壓在心頭，看起來像是名如假包換的女演員。開心的斯泰恩侯爵如痴如狂，賓客都和他一樣興奮極了。第一齣字謎中那位黑眼的絕世美女呢？她不是贏得眾人的歡心嗎？她的容貌比蓓琪美上兩倍，但蓓琪精湛的演技搶走了她的風采。所有人都為蓓琪歡呼。史蒂芬絲、卡拉朵瑞、朗琪·德·貝尼斯……人們把她與當時知名的演員相比，一致同意要是蓓琪真的成為演員，那些人都無法贏過她。攀上人生高峰的她，再次施展動人的歌喉，壓過如雷鳴的掌聲，那絕妙的顫音就像她的成功一樣，一聲高過一聲。這些字謎劇結束後，還有場舞會，而人們簇擁在蓓琪身邊，把她奉為當晚的焦點。王親國戚都宣稱她是完美無瑕的女子，一再與她交談。這些至高無上的榮耀，令小蓓琪滿心歡喜，得意極了。富貴、名聲、地位都在她的眼前，唾手可及。斯泰恩侯爵成了她忠實的奴僕，亦步亦趨地跟著她，幾乎沒跟別人說到幾句話，只顧著讚美她，無微不至地呵護她。她仍然穿著那身侯爵夫人的戲服。她和法國雅柏蒂耶公爵的隨員楚菲尼先生跳了首小步舞曲。瞭解古代宮廷一切傳統的公爵，宣稱克勞利太太足以成為維斯垂斯[48]的學生，不然也一定會在凡爾賽宮殿大放異采。要不是受限於身分、品味和強烈責任感，公爵不得不犧牲個人的快樂，不然他真希望親自和蓓琪共舞。他向眾人表示，洛頓太太的言談與舞技，足以勝任歐洲任何一國的大使夫

48. 奧古斯特·維斯垂斯，一七六〇～一八四二，當時最知名的舞蹈大師。

人。當他聽到蓓琪是半個法國人，失落的他終於感到一絲寬慰。「她當然是我們法國人，」公爵表示，「才能將宮廷舞曲詮釋得如此精妙。」

接著，她和彼得瓦頓親王的表親和隨員，克林根斯波爾先生跳了一支華爾滋。高興的親王不像法國大使那般拘謹，堅持與這位迷人的女子共舞。兩人在大舞廳裡轉呀轉，親王靴子飾帶上與軍服上的鑽石都掉了一地，直到親王喘不過氣來為止。巴布許帕夏大人也想與她跳支舞，可惜的是這些舞不符土耳其的傳統。人們繞著她圍成了圈，激動地為她鼓掌，好像她就是芭蕾舞星諾布雷或塔里奧尼。每個人陷入狂喜，當然蓓琪也是。經過史頓寧敦夫人面前時，她露出不屑的神色。她對剛特夫人和她那驚慌的妯娌擺架子。沒有女人比得上她的魅力。至於可憐的溫克華茲太太，她的長髮和大眼不久前迷倒了觀眾，如今她人在哪兒？早就輸得一敗塗地。就算她扯著頭髮痛哭，也沒人會注意或安慰這個失意人。

不過，宵夜才是這場勝利的巔峰。她坐在最尊貴的那一桌，與前面提到的英國親王和其他顯赫的賓客同席。她面前放著金盤，要是她想要，說不定還能在她的香檳裡加上珍珠，這樣一來她就成了新一代的埃及豔后克里奧佩特拉啦。只要她使一個眼色，彼得瓦頓親王恐怕就會把外衣上一半的珠寶獻給那對閃亮的眼眸。雅柏蒂耶公爵向法國政府上呈的報告也提到了她。坐在其他桌的夫人小姐們，面前只放了銀餐盤，個個都注意到斯泰恩侯爵對她的殷勤體貼，宣稱他對她的迷戀令人作嘔，讓所有上流夫人蒙羞。要是刻薄言辭真有殺傷力，史頓寧敦夫人早就當場殺了蓓琪。

這些成功令洛頓．克勞利害怕，他和妻子之間的鴻溝似乎愈來愈大。一想到她的地位遠遠超過自己，他不禁感到一陣心痛。

告別的時刻終於到來，一群年輕男子護送蓓琪坐上馬車。剛特大宅高聳的大門外，早有僕人喚馬車過來。手持火炬的男僕們一聲接著一聲，向遠方傳送命令，同時祝福每位走出大門的客人過了個愉快的夜晚。

男僕一連串的吶喊之後，洛頓．克勞利太太的馬車來到門前，駛進燈火通明的前庭和馬車道。洛頓扶妻子上了車，關上門後馬車就離開了。溫漢先生則邀請他一同散步回家，還請上校抽一根雪茄。

洛頓和他的朋友溫漢就著屋外男童手上的火炬，點亮雪茄，兩人並肩而行。人群中走出了兩個人，尾隨著兩位紳士。當他們沿著剛特廣場走了數十步後，其中一人突然走上前去，拍拍洛頓的肩，「上校，抱歉，我想和你談件事。」他還沒說完，身邊另一人吹了一聲響亮的口哨，一輛停在剛特大門旁的馬車就駛了過來。那人迅速跑了幾步，擋在克勞利上校面前。

英勇的軍官立刻明白大難當頭。他落在法警手中。他驚慌地往後一退，一開始拍他肩頭的那個男人立刻抓住他。

「我們有三個人，逃跑也沒用。」他身後的人說道。

「是你，莫斯，是嗎？」上校說道，看來他認識那個人。「多少錢？」

在柯希特街法院巷工作，密德塞克斯治安官手下的助理官員莫斯先生說道，「只是筆小錢。一百六十六鎊八便士，納森先生告的。」

「溫漢，借我一百鎊，看在老天份上，」可憐的洛頓說道，「我家有七十鎊。」

「我現在連十鎊也沒有，」溫漢先生回道，「我親愛的朋友，晚安了。」

「晚安，」可憐兮兮的洛頓應道。溫漢走開了，而洛頓．克勞利上了馬車。當馬車駛過聖殿門坊下面，他的雪茄已經熄滅。

第五十二章　斯泰恩侯爵大方施恩

斯泰恩侯爵一旦大發善心，決不會只做一半；他十分慷慨地照顧克勞利家，處處禮遇上校夫妻，也很關心小洛頓。他向男孩的父母勸說，小男孩得就讀最優秀的公學，此時必須開始學習基本拉丁文，從事拳擊運動，有了同伴會對男孩大有益處。小洛頓的父親說家裡不夠富裕，無法送兒子去公學，母親則說布里吉斯一直以來都是他的家庭教師，而她擅長英文（的確如此）、初級拉丁文和一般知識，但這些理由都無法阻擋斯泰恩侯爵的決心。他是歷史悠久的知名學院「懷特菲爾」的董事。很久以前，學院原是間熙篤會修道院，當時隔鄰的史密斯菲爾德是座競技場，頑固的異議分子會被送去那兒施行火刑。曾獲教皇賜封「信仰的守護者」的亨利八世，查封了修道院和所有的財物，有些修道士不願配合亨利八世加入新教，就被送上絞刑台或遭到折磨。後來一名富裕商人買下修道院和附近的土地，再加上其他人士捐贈土地和金錢，他為老人和兒童建立了一間知名的慈善醫療機構。此外，也在附近設了一所學校，至今仍保持清心寡欲、近似修道院的氛圍，人們穿著中世紀的服裝，沿用過去制度。所有的熙篤會信徒都期望這兒蓬勃發展。

這座知名學院向來由許多英格蘭的偉大貴族、主教和高官擔任董事。這兒的男孩住得舒服，吃得豐盛，畢業後多半獲得獎學金、進知名大學就讀，接著走入教會獲得終身職。這兒的許多學生自幼年就已注定從事神職，要進入這所學校得經過一番激烈競爭。雖然學校原為了照顧窮困教士或窮人的兒子而設立，但身為貴族的董事成員各有偏好的對象，有時甚至反覆無常，因此選擇了各種不同的學生。畢竟在這兒的學生不但能獲得免費教育，未來又有工作保障，一生不愁吃穿，充滿了吸引力，連許多極為富有的人也想讓後代加入這間學校。貴族不只推薦親戚，還把親生兒子送進來，也有不少主教送了親人或門下教士的兒子入學，富豪也將親信下屬的兒子送過去，因此校內學生的背景十分豐富多元。

雖然洛頓・克勞利平時只讀《賽馬曆》，青春時期的教育對他來說，只剩下在伊頓打架的回憶，但他就像所有的英格蘭紳士，十分推崇傳統教育，一想到兒子未來也許能獲得終身職，甚至成為一名學者，就頗為歡欣。兒子是他人生中最大的安慰和同伴，父子兩人共度各式各樣他不曾與妻子分享的美好時光——妻子總對兒子漠不關心，但洛頓立刻同意與兒子告別，為了小傢伙的未來著想，他決定將人生中最大的安慰送進學校。直到兒子離開的那一刻，他才明白兒子對自己多麼重要。兒子一走，他變得沮喪消沉，不再關心自己的事情，遠比兒子難過好幾倍。

事實上，小洛頓迫不及待地開始新生活，急於找到和自己同年的夥伴。當上校以笨拙、不連貫的口吻描述兒子離家多麼令他傷心，蓓琪聽了卻爆出一連串的笑聲。可憐的父親感到痛失人生最親密的朋友，生活中最大的快樂，如今也被剝奪。他悵然地望著男主人更衣室裡那張小床，回憶兒子以前曾在那兒睡覺。他難過地想著兩人共度的那些早晨，在公園裡踽踽獨行。直到小洛頓上學，他才明白自己多麼寂寞。他喜歡那些溫柔待他的人，因此他去拜訪嫂嫂珍夫人，坐在她家好幾個小時，向她傾訴兒子心地多麼善良，外表多麼帥氣，數算小洛頓說不完的優點。

我們已提過小洛頓的伯母很疼愛他，伯母的小女兒也很喜歡他，當他必須離開時，女孩哭了好一陣子。洛頓很感謝這對母女對兒子的疼愛，在她們的面前，這位父親一無保留地流露他最真實的感情，而她們的關懷更鼓勵他展現父愛的一面。他向珍夫人傾訴身為父親的心思，那些他無法與妻子分享的思緒。明白洛頓心情的珍夫人不只慈愛地對待他，也真心敬重他。至於那對妯娌，她們想盡辦法迴避彼此。珍的多愁善感令蓓琪發笑，而溫柔仁慈的珍則看不順眼弟妹的冷淡無情。

洛頓和妻子之間的鴻溝愈來愈大，但他一無所覺，不然就是他不願承認。至於蓓琪，她並不在乎兩人漸行漸遠。事實上，她不但不想念他，也沒想念過任何人。她把丈夫當作跑腿男僕和恭順的奴隸。他也許會失落或不滿，但她根本沒注意到他的改變，或者嗤之以鼻。她忙著思考自己的地位和快樂，沉浸於成為名流界重要人物的喜悅之中。她當然會成為社交圈的紅人。

小洛頓要上學時，為他準備行囊的是老實的布里吉斯。當小洛頓走出大門，女僕莫莉在走廊哭泣——就算一直沒收到薪資，溫柔的莫莉依舊忠心耿耿。蓓琪太太不准丈夫用馬車送兒子去學校。讓那些馬踏入西堤區！哪有這種事！去叫輛出租馬車吧。她甚至沒和親生兒子吻別，而兒子也不願意擁抱母親。小洛頓倒是親吻了老布里吉斯（平時害羞的小洛頓不太會擁抱她），安慰她每個星期六他都會回來，兩人就能見面了。當出租馬車朝西堤區駛去，蓓琪則坐上自家馬車去公園。當父子踏入學校的古老鐵門，蓓琪則在蛇形湖畔與一群年輕的時髦公子談天說地。與兒子告別後，洛頓感到一種更純粹的憂傷，可能自長大成人之後，這是洛頓第一次體會到如此悲哀的滋味。

十分難過的他漫步回家，與布里吉斯吃飯。他對布里吉斯很親切，感謝她多年來對兒子的疼愛與細心照顧。一想到他借走布里吉斯的存款，幫忙蓓琪欺騙她，他不禁感到心虛。他們長談了一番，話題不離小洛頓。蓓琪回到家後，換了件衣服就出門參加晚宴。備受良心譴責的洛頓去拜訪珍夫人。他們共進茶點，父親說著小洛頓離家時像個男子漢，穿著禮服和禮褲。退役的小布萊克鮑爾先生——傑克．布萊克鮑爾之子——在門口迎接小洛頓，向這位父親保證會好好照顧他的兒子。

接下來一個禮拜，小布萊克鮑爾先生教他如何跑腿、擦黑皮鞋、烤吐司，引領他認識神祕的拉丁文法，還打了他三、四回，但都不太嚴厲。小傢伙有張好脾氣又老實的臉，頗得老師歡心。他雖挨了打，但沒受什麼傷，這對他大有益處。至於擦鞋、烤吐司、跑腿，每位年輕的英格蘭紳士不都經歷過嗎？

不過我們無意描述小洛頓少爺的校園生活，不然這個故事就沒完沒了啦。上校過不久就去探訪兒子，發現他過得很好也很開心，穿著黑禮服和黑禮褲的他露齒而笑，顯得快活得很。

小洛頓的父親十分明智，給了導師布萊克鮑爾不少小費。導師就是小洛頓學校生活的主宰，小費確保了導師會親切對待新學生。小洛頓既有斯泰恩侯爵的保護，又是郡議員的姪子，還是上校的兒子，《晨間郵報》常常報導他的父親參加各式各樣權貴雲集的聚會，因此學校恐怕不敢虧待這名學生。他有很多零用錢，常常請客，讓同學享用美味木莓塔，而且學校特許他星期六能和父親外出，而父親會帶他度過美好的一天。洛頓有空的時候，就會帶兒子去看戲，若他抽不開身，就派男僕帶小主人去。星期天小洛頓會和布里吉斯、珍夫人和堂弟妹上教堂。他和爸爸分享學校的大小事，不管是打架還是跑腿，洛頓都聽得津津有味。很快地，洛頓就知道所有教師的名字，還有最重要的幾個男孩，熟悉兒子的在校生活。他邀請小洛頓的同校好友一起去看戲，再用各種甜點、牡蠣和黑啤酒款待兩個小男孩。當小洛頓像爸爸展示他在學校的功課，洛頓假裝自己看得懂拉丁文法。「繼續加油，好孩子，」他嚴肅地對兒子說，「一流的傳統教育對你大有益處！什麼也比不上傳統教育！」

日復一日，蓓琪愈來愈輕視丈夫。「隨你愛做什麼都好，隨你想上哪兒吃飯都行，你開心就好。你想去艾斯特利劇院那兒，在木屑中喝薑汁啤酒，或者和珍夫人唱聖歌，都可以——只要你饒了我，別期待我去照顧那個孩子。為了你好，我得四處奔波，誰叫你辦不到呢。要不是我處處為你留意，我真想知道你會有什麼下場，過什麼樣的日子。」當然，蓓琪參加的那些聚會，沒人想見到可憐的老洛頓。現在，人們只邀請她一人。她說起那些權貴的口氣，就好像自己成了梅菲爾的大地主。國王駕崩時，她像宮廷的達官貴人一樣，老是穿著喪服。

斯泰恩侯爵非常關心善良而窮困的洛頓一家，現在解決了小洛頓，他認為只要遣散布里吉斯小姐，由機靈的蓓琪主掌家務，洛頓家的支出就能大大減少。我們在前面幾章已提到，善心慷慨的侯爵大人給了女徒弟一筆錢，讓她清償積欠布里吉斯小姐的債務，然而布里吉斯小姐依舊守在她的主人身後。侯爵痛苦地做出結論，克勞利太太想必不顧她大方恩人的本意，把那筆錢挪作他用。但是斯泰恩侯爵不會無禮地質問蓓琪太太，金錢上的紛爭可能會傷了小婦人的心，而且她說不定有上千種說不出口的苦衷，不得不將侯爵慷慨的借款花在別處。不管如何，侯爵下定決心釐清整個案情，以最小心、迂迴的方式進行調查。

首先，他一有機會就套布里吉斯小姐的話，這並不是多困難的任務。只要一點鼓勵，就能讓可敬女士滔滔不絕地傾吐所有的心事。有天，侯爵的親信費希先生，不花吹灰之力，就從克勞利家停放馬車和馬匹的馬房（說實話，那稱不上什麼馬房，不如說只是一個幫忙看管克勞利夫妻的馬車和馬的僕役罷了）得知洛頓太太出門兜風了，於是侯爵光臨卡爾森街的屋子，希望與布里吉斯一起喝杯咖啡，宣稱他有小男孩在學校的消息想與她分享。不到五分鐘，侯爵就知道洛頓太太只給了布里吉斯小姐一件黑絲禮服，除此之外半毛錢也沒付，但布里吉斯卻為了那個昂貴的禮物感動萬分。

聽到布里吉斯毫無矯飾的故事，侯爵不禁失笑。真實上，我們親愛的朋友蕾蓓卡告訴侯爵另一個版本，鉅細靡遺地描述收到錢的布里吉斯多麼高興——整整一千一百二十五鎊——還說布里吉斯拿去投資了哪些債券。她可憐兮兮地說，看著那麼一大筆錢從手中溜走，心痛得簡直要淌血了。「誰知道呢，」那婦人說不定暗暗盤算，「也許他還會再給我一點錢？」可嘆的是，侯爵大人沒有再給投機取巧的小婦人一筆錢，想必他認為自己夠大方了。

好奇的他接著探詢布里吉斯小姐的私人事務，而後者坦白告訴侯爵自己的處境：克勞利小姐留給她一筆遺產，她把一部分給了親戚，另一部分則由克勞利上校替她買了最安全、利率最高的債券，剩下的則交給皮特爵士。多虧了洛頓夫妻從中牽線，皮特爵士一有空就會為她做最好的財務安排。侯爵詢問上校為她投資了多少錢，布里吉斯小姐立刻誠實地回答六百多鎊。

但多話的布里吉斯一說完就後悔了，她哀求侯爵千萬別向克勞利先生提起這回事。「上校是個大好人，要是他知道我那麼多嘴，他可能會生氣，把錢退給我，那我就賺不到豐厚的利息啦。」斯泰恩笑呵呵地保證絕對守口如瓶。告別布里吉斯小姐後，他更是大笑不止。

「這小惡魔還真是心狠手辣！」他想著，「多厲害的演員！真是太工於心計啦！那一天，她差點讓我又吐出一筆錢！她實在太會哄騙人了。我活了大半輩子，還沒見過那麼厲害的女人。跟她相比，我過去遇到的女子不過是群小嬰孩！連我都糊塗了，成了任她玩弄的傻子——真是個老蠢蛋。她的謊言真是沒人比得過。」看到蓓琪如此機靈，侯爵對她反倒更佩服了。從別人身上挖錢並非難事，但得到比債務多兩倍的錢，而且半毛也沒付給債主，這才是神來一筆。至於克勞利呢，侯爵心想，他看起來像個傻子，但他一點也不傻。至少他聰明地扮演了自己的角色。瞧他那張臉和漫不經心的模樣，誰猜到他居然會騙別人錢？但他不但成功騙倒了布里吉斯，肯定也把錢花光了。我們知道，侯爵誤解了一些事情，但他的想法影響了他對克勞利上校的態度：他比以前更加輕蔑上校，甚至不再掩飾。侯爵根本沒想到克勞利太太全把錢私吞了。說實話，年紀一大把、看盡世間事的侯爵，恐怕用過去對其他丈夫的認識來評價上校，而他早看過不少人類的弱點。侯爵靠錢買通過許多人，我們實在不能怪他錯看了上校。

兩人一有獨處的機會，侯爵就譴責蓓琪，同時也好脾氣地讚賞她機智過人，居然從他身上賺到超過所需的金錢。至於蓓琪，她只是有點意外。對這個小婦人來說，說謊不是一種習慣，只不過礙於事態，有時不得不信口開河。但遇到如此急迫的情況，她簡直成了巧言令色的大說謊家。她立刻就端出一篇非常可信的故事，說服她的恩人。她承認，之前她說的全是謊言，全是該死的謊話。但誰逼她非說謊不可呢？「啊，侯爵，」她開口道，「你不知道我默默承受多少痛苦，你只看到我在你面前活潑快樂的樣子——你根本不知道，沒有人保護的我得面對多少折磨。我的丈夫威脅我，狂暴地對待我，逼迫我到處籌錢，我跟你說的那筆錢，其實是他要的。他早就料想到你會問起為何我需要錢，逼我告訴你欠錢的事情。他把錢全拿走了。他告訴我他清償了欠布里吉斯小姐的款項，我不想——我根本不敢懷疑他。請你發發慈悲，原諒陷入絕望的男人不得不犯下的罪行，可憐可憐我這悲哀的女人。」她一邊說，一邊哀哀啜泣。她看起來多麼無辜，多麼痛苦啊。

他們坐在克勞利太太的馬車裡，繞了攝政公園一圈又一圈，長談了一番。我們不會在此揭露這番對話的細節，但它的結果是，蓓琪一回到家，就笑臉盈盈地飛奔到親愛的布里吉斯小姐面前，宣稱她有個天大的好消息。斯泰恩侯爵大發善心，做了件最高尚的事。他總是想著要如何當好人、做好事。現在小洛頓上學去了，蓓琪不再需要陪侍，家裡也不需要有人管理。一想到要和布里吉斯分離，她就心如刀割。但她不得不縮減開支。幸好大方的恩人出手相助，一想到她親愛的布里吉斯到了恩人家中，會過著比在卑微的洛頓家更舒服的日子，她就感到安慰。剛特大宅的女管家比金頓太太年紀一大把了，健康大不如前，風濕也愈來愈嚴重；無法再看管廣大的豪宅，必須找人接班。這是個人人垂涎的職位。侯爵一家，這兩年都沒回剛特大宅去。既然主人不在，女管家等於成了華麗宅邸的女主人——每天有四個人與她用餐，教士和郡裡舉足輕重的人物都常去拜訪她，儼然成了剛特夫人。比金頓太太前兩任的女管家都嫁給當地教士，可惜的是，現在這位教士是比金頓太太的姪子，兩人不可能成親。雖然事情還沒說定，但布里吉斯不妨前去拜訪比金頓太太，再決定要不要接下女管家的職責。

布里吉斯欣喜若狂，她的感激之情絕非世上言語所能形容！她唯一的請求，是讓小洛頓去鄉間的剛特大宅拜訪她。蓓琪當然滿口答應——不管布里吉斯說什麼，她都連聲同意。等丈夫一進家門，她就跑上前去，告訴他這個大好消息。洛頓很高興，開心極了——他終於不用為了欠她的錢而良心不安。至少她有了新職位，不愁吃穿，偏偏他的良心不願就此沉默。他看起來莫名煩躁。他把侯爵的提議告訴索斯頓伯爵，而年輕伯爵瞅著克勞利的樣子，令後者大吃一驚。

他把斯泰恩的善行告訴珍夫人，然而連她也神色有異，起了警覺心，連皮特爵士也是。「她太機靈又……又太活潑，少了陪侍，她一個人出門參加宴會，實在不妥。」皮特爵士夫妻異口同聲地說，「洛頓，不管她要去哪裡，你都得陪她出門，你必須派人陪著她——比方說，你可以從女王克勞利鎮那幾個女孩子挑一個，但她們對蓓琪來說，恐怕太年輕了些。」

蓓琪需要人陪伴。但與此同時，千萬不能讓老實的布里吉斯失去這千載難逢的機會，畢竟事關她的後半輩子。就這樣，布里吉斯打包行囊，踏上旅程。洛頓的兩個哨兵都被敵人奪走了。

皮特爵士前去拜訪弟妹，除了為布里吉斯離職一事，還為了其他悠關家族利益的事告誡她。蓓琪對大伯指出，她可憐的丈夫需要斯泰恩侯爵的保護，再者，要是他們剝奪布里吉斯的機會，對她也太不公平，但這一切都不足以說服皮特爵士。不管蓓琪軟言哄騙，露出迷人笑容或流下傷心淚水，從男爵仍不大滿意，幾乎和曾經欣賞的蓓琪起了一番爭執。他提到家族榮譽，克勞利家清白的名聲，義正辭嚴的譴責她接待那些年輕的法國人——一票全是放蕩不羈的時髦公子，而斯泰恩侯爵的馬車老是停在她家門口，每天都拜訪她好幾個小時，在公眾場合跟在她的左右，搞得流言四起。身為一家之長，皮特爵士懇求她謹言慎行。上流社交圈已經有人出聲批評。雖然斯泰恩侯爵地位崇高且具備各種長才，但女人只要得到他的賞識，名聲就被玷污。他懇求、乞求、命令弟妹與侯爵來往時必須謹慎小心。

不管皮特說什麼，蓓琪都同意了，並且保證再三，但斯泰恩侯爵依舊頻繁地出入她家，令皮特爵士愈來愈憤怒。從男爵終於發現，過去他偏愛的弟妹也有缺點，不知珍夫人對此是生氣還是高興呢？斯泰恩侯爵繼續拜訪蓓琪，皮特見弟妹的次數則大幅減少。至於他的妻子，則完全拒絕與侯爵往來，就連侯爵夫人送來邀請函，請她參加字謎之夜，她也婉拒了。不過皮特爵士認為他們非去不可，畢竟親王會大駕光臨。

雖然他們去了晚會，但很早就離開了，而他的妻子非常高興能夠早早退席。蓓琪幾乎沒和從男爵說話，也根本沒注意到嫂子。皮特．克勞利宣稱她冒失無禮，以激烈言辭抨擊她，身為一名英國婦女，怎能披上戲服、粉墨登場！字謎一結束，他就拉走洛頓，責備他不但自己上場演出，也讓妻子參與完全不符身分地位的活動。

洛頓告訴蓓琪，她不該再參加字謎宴會——也許洛頓明白兄嫂言談間的暗示，脫胎換骨，成了個行事謹慎的愛家好男人，表現可圈可點。他不再去俱樂部，不再玩牌，也不再離家。他帶蓓琪去公園兜風，不辭辛勞地陪她參加所有的宴會。不管斯泰恩侯爵何時來訪，上校必定坐鎮家中。要是她提議自行出門，或有人只邀請蓓琪，洛頓就會要妻子回絕，不容她求情。他展現男子氣魄，迫使蓓琪屈服。老實說，小蓓琪倒挺欣賞洛頓的魄力。只要洛頓一發脾氣，蓓琪立刻成了繞指柔。不管有沒有朋友在場，她總是一臉柔情地對丈夫巧笑倩兮，確保他開心舒服。他們又回到新婚時美好的日子，她幽默風趣，殷勤體貼，幸福快樂，真誠地信賴與關懷丈夫。

「少了愚蠢的布里吉斯，」她說，「有你陪我坐馬車出門透氣，真是開心多了！親愛的洛頓，讓我們常伴彼此左右吧！只要我們有錢，就能過著愜意的日子，我們會多幸福呀！」吃過晚餐，洛頓會坐在椅子裡打盹，完全沒發現對面有張痛苦、擔憂、不安的臉。但他一醒來，那張臉就滿是歡欣，親熱地給他一吻。他不確定自己是否起過疑心。不，他從未懷疑過，有時他心頭的確會浮現傻氣的懷疑和不安，但那不過是嫉妒造成的心慌意亂。蓓琪很愛他，她一直以來都不曾改變。她在社交圈裡大放異采，那不是她的錯，畢竟她生來就該享受眾人的目光。世上難道還有比她更能言善道，歌聲更悅耳動聽的女人嗎？有誰比得上她？要是她多愛兒子一些就好了！洛頓心想。但這對母子永遠無法交心。

當上一章的事件發生時，不幸的上校發現自己成了階下囚，那些疑惑與憂慮再次重回洛頓的心中。這下子，他回不了家了。

第五十三章　營救與災難

我們的朋友洛頓被載到柯希特街莫斯先生的公館，很快就被迎進那個死氣沉沉的地方。當出租馬車轔轔駛過法院巷，在空蕩蕩的街道間響起一陣陣回音，晨光才剛開始灑落在生氣勃勃的屋頂上。一名猶太男孩等在門口，他的眼睛發紅，紅潤臉龐滿是朝氣，他開門讓一行人進入。陪洛頓前來的莫斯先生是這兒的主人，領著他進了一樓，接著歡快地問他，經過這場奔波，要不要喝點熱飲暖暖身子。

一般人若像上校一樣衰，才剛步出斯泰恩侯爵的宮殿，立刻就被關進牢房、告別嬌妻，多半會垂頭喪氣，但上校倒安然自得。說實話，他之前已來過這兒一、兩回啦，只是我們認為沒必要在本故事中加入那麼多瑣碎的日常小事。但讀者放心，一個不花半毛錢過一年的人，難免得到牢裡走一遭。

上校第一次光臨莫斯公館時，還是個單身漢，他大方的姑姑立刻保他出來。第二次入獄時，深愛丈夫的小蓓琪緊張萬分，趕緊向索斯頓伯爵借了筆錢，對丈夫的債主百般哄騙（蓓琪從那家店買了新披肩、天鵝絨禮服、蕾絲手帕、小珠寶和其他不值錢的小玩意兒），還清一部分欠款，剩下的則由洛頓簽下本票。雖然入牢兩次，但身邊的人都竭力幫助他，因此莫斯和上校相處甚歡。

「上校，屋裡那張床你熟悉得很，一切都很舒服。」主人說，「你放心吧，我老實告訴你，我已經要最能幹的僕人打掃過啦，『冬』風得很。上次睡在那兒的，是第五十號龍騎兵團的費米許上『威』。他在這兒睡了兩週才由他媽保出去；她說她要懲罰他一下，才讓他待那麼久的。但是老天爺呀，我向你保證，真正遭殃才不是他，是我的香檳——他每夜都尋歡作『熱』——他那些公子哥兒朋友全來了，一票老在俱樂部和西區晃盪的時髦傢伙，瑞格上『威』、住在聖殿區的第西斯大人還有其他人。我能保證，他們個個都懂得品嘗美酒。現在樓上有位神『鞋』博士，咖啡間裡還有五個紳士呢。莫斯太太五點半就會準備好晚餐啦，吃完飯後可以打打牌或聽點音樂。你大駕光臨，我們開心得很。」

「要是我需要什麼，我會拉鈴的，」洛頓說完，就安靜地踏入房間。我們說過，他是身經百戰的老兵，命運突然來場小意外，也不會影響他的心情。軟弱的男人一被逮捕，早就派人送信給妻子了。「何必打擾她休息呢？」洛頓想道，「就算我沒回家，今晚她也不會發現的。等我們各自好好睡一覺，再寫信給她吧，我多的是時間。區區一百七十鎊，要是我們連這筆錢也籌不出來，那才奇怪呢。」他心裡掛念著兒子，不願讓小洛頓知道父親居然淪落到這不光采的地方。就這樣，洛頓躺在費米希上尉不久前躺過的床鋪，翻身入睡。當他醒來時，已經十點了，那個臉色紅潤的小伙子得意洋洋地為他送上一只銀製的精緻梳妝櫃，表示願意替上校刮鬍子。雖然莫斯公館稱不上乾淨可人，倒是華麗得很。壁櫃上總是堆滿髒盤子和冷酒器，天花板邊緣的鍍金壁帶也髒兮兮的，黃色的緞面窗簾滿是污漬，窗口正對著柯希特街。房裡掛了許多名家畫作，主題不是狩獵就是宗教，但那些鍍金畫框也覆滿灰塵，一次次的轉手讓這些畫的價格水漲船高。上校的早餐放在一樣華麗但骯髒的杯盤裡，由黑眼珠的女僕莫斯小姐端進來，她的頭上還有捲髮紙呢。她笑臉盈盈地問候上校睡得好不好，還送來《晨間郵報》，上面列出了前晚參加斯泰恩侯爵宴會的大人物，生動描述了那些歡快的活動，並讚嘆洛頓．克勞利太太美麗迷人又才華洋溢，演出十分精湛。

莫斯小姐十分悠閒地在早餐桌邊坐了下來，露出一截襪子和後跟已經磨破的緞面白鞋，和上校活潑地聊天。接著，克勞利上校向她要了紙筆和墨水。她問上校需要多少張信紙，輕快地拿了一疊信紙過來，而上校只拿了一張。這名黑眼珠的姑娘想必經常為牢房裡的人送信紙，許多可憐人草草寫下哀求的字語又匆忙地塗來改去，把信交給信差後就在房裡來回踱步，直到信差送來回覆。人落難時只會拜託信差，不會郵寄。誰沒有收過那些筆跡未乾的信件，僕人會向你通知，信差仍在門廳等待你的回覆？

現在輪到洛頓提筆寫信，但他倒不太擔心。他寫下：

親愛的蓓琪：

希望妳一夜好眠。別因為我沒端著『加』啡到妳的臥房而**擔心**。昨晚我抽『湮』回家時，突然出了點**『羞』錯**。柯希特街的莫斯先生**逮捕**了我。現在我就在他**華麗**的家中，被**鍍金**的傢俱圍繞，寫信給妳——就像兩年前一樣。莫斯小姐送來我的茶，她比以前**胖**多了，她的**襪子都從鞋跟露出來**啦。

是納森那家店，共欠了一百五十鎊——再加上手續費，共一百七十鎊。請送來我的寫字檯和幾件**衣服**——我還穿著跳舞鞋，打著白領帶哪，只是跟莫斯小姐的襪子一樣髒。寫字檯裡有七十鎊。妳讀了這封信就快去納森店裡，立刻付他七十五鎊，剩下的簽張**新欠據**——告訴他我會向他買些酒，不如就買些配晚餐的雪莉酒吧，但別買那些貴得嚇人的**畫**。

要是他不肯，拿我的錶和幾樣妳**用不著**的小東西，去鮑斯那兒典當——當然，今晚我們就能籌到錢。明天就是禮拜日，別拖過今晚，這裡的床**不大乾淨**，還有其他的事讓我心煩——幸好小洛頓今天不會回來。願上天保佑妳。

妳的洛頓・克勞利

附註：請盡快趕來。

這封信用漿糊封了口，等在莫斯家門口的信差立刻送信去了。洛頓目送信差離開，氣定神閒地去中庭裡抽雪茄，可惜的是頭上仍是鐵柵——莫斯先生的中庭就像籠子一樣，以免住在這兒的紳士突發奇想，逃離他熱情的招待。

他盤算，頂多三小時，蓓琪就能過來，打開他的牢門。他心安理得的抽菸讀報，還在咖啡間巧遇舊識華克上尉，他也入了牢。兩人以六便士為賭注，小賭了一番，輸贏相當，度過了幾個小時。

但上午和下午都過去了，信差還沒回來，蓓琪也沒有出現。五點半一到，莫斯先生家的餐桌就擺好餐具，所有付得起錢的男士都去了前廳，享受這頓盛大的宴席，而克勞利上校暫時的居所就在前廳旁邊。他再次看到莫斯小姐（她父親都叫她漢姆小姐），但早上的捲髮紙已經拆掉。莫斯太太準備了上好的燉羊腿佐蕪菁，但上校沒有食慾，勉強嚐了幾口。人們問洛頓能不能請大夥兒喝瓶香檳，他同意了。太太小姐都祝他身體健康，而莫斯先生望著他的眼神滿是敬意。

不過晚餐吃到一半，門鈴就響了起來。紅髮的小莫斯拿著鑰匙站起身、開了門，接著帶回一只袋子、寫字檯和信件，告訴上校他的信差回來了。他把東西都交給上校。「上校，請別客氣，」莫斯太太揮手說道。上校顫抖地拆了信。粉紅色的信紙漂亮得很，散發芬芳的香氣，用淡綠色的蠟封了起來。

克勞利太太先用法文呼喚她親愛的丈夫，接著寫了封英法文夾雜的信：

我可憐的小親親：

一想到我可恨的老怪物出了事，我整晚都**夜不成眠**，到了早上我發了燒，不得不派人找來布蘭許先生看病，他給了我鎮靜藥水，指示菲奈特不管發生什麼事都**不能打擾我**。因此我可憐丈夫的信差——我的菲奈特說他舉止無禮得很，身上盡是琴酒味——在門廳裡等了好幾個小時。可想而知，當我讀著你這親愛的老傢伙錯字連篇的信時，我多麼心急如焚呀。

雖然我病得厲害，但我立刻叫人備好馬車，換上衣服。就算家裡還有巧克力，但沒有我的老怪物替我端來，我實在一口也喝不下。我要車夫快馬加鞭，趕緊到納森店裡去。我見了他，又哭又叫，跪倒在他可恨的膝蓋前。但那可惡傢伙，不管我如何求情都無法讓他心軟。他說他要我付清所有欠款，不然我的老怪物非坐牢不可。我原打算回家拿了東西就去拜訪我叔叔[49]，我所有的首飾都屬於你，只是它們換不到一百鎊，你知道的，有些早就送到叔叔家去了。但我一回到家，就發現侯爵大人和那長臉的保加利亞老怪物都在家裡，他們來慶賀我前一晚的演出。帕丁頓也來了，他講話慢吞吞又口齒不清，手指老是捻他的頭髮。還有香比納先生和他的老闆。每個人都連聲讚美，說著好聽的話，可憐的我被他們糾纏得脫不開身。我一心只想擺脫他們。我無時無刻不想著我可憐的囚犯哪。

等他們離開，我跪在侯爵面前，告訴他我們非典當所有的東西不可，我乞求他給我兩百鎊。他怒火衝冠，不斷咒罵，要我別像傻子一樣去典當東西，說他會想辦法借我這筆錢。他離開前，保證明天早上會送錢給我。我一收到錢，就會立刻交給我可憐的老怪物。

向我深愛的你獻上一吻，

蓓琪

寫信給你時，我已躺在床上。哎，我頭痛啊！頭痛欲裂哪！

讀著信的洛頓，整張臉都漲得通紅，神情愈來愈猙獰駭人，一整桌的賓客都被他嚇到了，顯然他收到了壞消息。長久以來的猜疑，那些他試圖趕出腦海的憂懼，一股腦全湧回洛頓的心頭。她居然不願典當那些首飾，把他救出去。她笑談人們對她的讚嘆，而他卻困在牢裡。是誰把他關進大牢？那時他正和溫漢先生散步。難道……他真不敢想下去。他急急忙忙離開前廳，衝回房裡，打開寫字檯，草草寫了短短兩行字，指名皮特爵士或爵士夫人為收件人。洛頓喚來信差，命他立刻前往剛特街，還吩咐他搭馬車過去。洛頓保證要是信差在一小時內回來，就會賞他一基尼。

他在字條裡哀求親愛的兄嫂，看在老天爺的份上，為了他親愛的兒子和榮譽著想，前來救他度過危難。他困在獄裡，需要一百鎊才能重獲自由。他乞求兄嫂前來搭救他。

信差離開後，他回到餐廳，命人送上更多的酒。他興致高昂得出人意料，狂野大笑，格外多話。有時，恐懼讓他笑得更加癲狂，接著又灌了整整一小時的酒，同時側耳傾聽路上來往的馬車聲，等待自己的命運。

一小時過了，一輛馬車急急駛到鐵門前——年輕的守門人又拿著鑰匙出去。公館門前有位夫人，守門人迎她進屋。

「要找克勞利上校，」夫人顫抖地說道。守門人表示明白，把外面大門上了鎖，再打開內門，喊道：「上校，有人來找你啦！」他領著夫人踏入黑漆漆的門廳。這就是他守門的崗位。

餐廳裡人們正在暢飲喧鬧，而洛頓退到後面的房間裡。他握著便宜的蠟燭，踏進門廳，緊張

49. 去當鋪的委婉說法。

兮兮的克勞利夫人等在那兒。

「是我，洛頓，」她膽怯地低聲說，想盡辦法保持歡快的語調。「我是珍。」一看到嫂嫂，聽到她那慈愛的聲音，洛頓不禁心情激動，直直朝她跑去，張開雙臂抱住她，口齒不清地說了幾聲感謝的話，接著就在她肩頭痛哭起來。她不明白小叔為何如此激動。

欠莫斯先生的錢一結清，出獄手續很快就辦完了，說不定莫斯先生還有點失望呢，他原以為上校至少會在他家度過禮拜日。珍滿臉笑容，眼中閃著喜悅的光采，領著洛頓離開法警公館，再次搭上那輛載她過來的出租馬車。「洛頓，你的紙條送到時，皮特已出門參加國會晚宴，」她說，「所以，親愛的洛頓，我……我就自己來了。」她親切地把手放在他手中。皮特當時不在家，算洛頓幸運！洛頓謝了嫂子至少一百次。他真心誠意的感謝，不只感動了溫柔的嫂嫂，也讓她有點困惑。「啊，」洛頓以直截了當的粗魯口吻說，「妳……妳不知道，自從我認識妳以後，我改變了多少……當然小洛頓也讓我改變得多。我……我只想做些改變。妳也知道，我想……我想當個……」他沒說下去，但她明白他的意思。洛頓離開後，珍夫人坐在兒子床邊，謙卑地為那可憐又疲憊的罪人禱告。

洛頓一離開嫂子，就徒步走回家。那時是晚上九點。他跑過浮華世界的街道和壯麗的廣場，氣喘吁吁地直奔到家門前。他望向樓上的窗戶，卻大吃一驚，不禁往後退了幾步。他倒在欄杆上，渾身發抖。客廳裡燈火通明。但她信中說她臥病在床。他站在那兒好一會兒，任由屋裡的燈光映亮他慘白的臉龐。

他沒有驚動僕人，自行掏出鑰匙，默默進了屋。他聽見樓上傳來的笑聲。他仍然穿著被逮捕時的禮服。他不發一聲地上了樓，倚在欄杆上靜聽屋裡的動靜。沒人走動——所有的僕人都回房了。洛頓聽到客廳傳來笑聲——笑聲和歌聲。蓓琪唱起前晚宴會上的歌曲，還有一個粗啞的男聲喊著：「太棒啦！唱得太棒啦！」那是斯泰恩侯爵的聲音。

洛頓打開門走進去。一張小桌上擺了晚餐，美酒佳餚一應俱全。蓓琪坐在沙發裡，斯泰恩倚在她身畔。那卑鄙的女人打扮得光鮮亮麗，手臂和手指上掛滿了閃閃發亮的手鐲和戒指，胸前掛著斯泰恩送她的珠寶。他握著她的手，正彎身親吻那纖纖玉手，而望見洛頓的蓓琪發出一聲尖叫，跳起身來。她試圖微笑迎接丈夫的歸來，臉上卻露出瑟縮恐懼的假笑。斯泰恩一臉蒼白，咬牙切齒的站起身，雙眼露出熊熊怒火。

侯爵也試圖張嘴一笑。他朝洛頓走去，伸出了手。「哎呀，你回來了！克勞利，你好嗎？」他對闖入者微笑時，嘴邊的青筋凸了出來。

洛頓臉上的表情，讓蓓琪不顧一切地朝他衝過去。「洛頓，我是清白的，」她說道，「我對老天發誓，我是清白的。」她緊緊抓住丈夫的外衣和雙手。她身上戴著各種蛇形首飾，還有戒指和其他漂亮的便宜珠寶。「我是清白的，」她對斯泰恩侯爵重複，「快說我是清白的。」

他心想，這是夫妻倆為他設下的圈套，氣得怒火攻心。「妳！清白！妳真該下地獄去！」他吼道，「妳哪裡清白！妳身上所有的首飾全是用我的錢買的。我給妳上千鎊，全被妳那該死的丈夫花光，他賣了妳也不在乎。清白！見鬼了！妳跟妳那跳芭蕾舞的母親一樣清白！妳丈夫是個大惡棍。你們嚇唬得了別人，別以為唬得住我，先生，請讓步，讓我出去。」說完，斯泰恩侯爵就拿起帽子，怒不可遏地瞪著敵人，直直越過他，走了出去，根本不相信對方會擋住他的去路。

但洛頓．克勞利卻踏出一步，上前一把抓住他的領巾，把斯泰恩侯爵勒得喘不過氣，不斷掙扎。「你說謊！你這老狗！」洛頓叫道，「你說謊，你是個懦夫，是個混帳！」語畢，他就握緊拳頭，朝貴族揮了兩下，老人流了血，他才鬆手讓他跌在地上。蕾蓓卡根本來不及制止丈夫，只能渾身發抖地站在他面前。她的丈夫強壯勇敢，侯爵完全不是他的對手，她欣賞他的氣概。

「妳過來，」他說道。她立刻走上前去。

「拿掉那些東西。」不停哆嗦的她，解下手臂上的珠寶，摘去手指上的戒指。渾身顫抖的她抬頭望著丈夫，伸出雙手，奉上那堆首飾。「全丟掉，」他說道。她把它們丟在地上。他伸手奪下她胸口的鑽石項鍊，朝斯泰恩侯爵甩去。鑽石在他光禿前額上割了道傷口。直到侯爵臨終之際，那道傷痕都不曾消失。

「上樓去，」洛頓對妻子命令。

「洛頓，別殺了我，」她說。

他狂暴地笑了起來，「那人說他給了我錢，我得知道他說的是真還是假。他有給妳錢嗎？」

「沒有，」蕾蓓卡說，「我是說——」

「給我妳的鑰匙，」洛頓回道，兩人一起走出客廳。

蕾蓓卡把所有鑰匙都交給洛頓，但她偷偷藏了一把。她希望丈夫不會發現。那把鑰匙屬於多年前艾美麗雅送她的寫字檯。她把鑰匙藏在很隱密的地方。但洛頓翻箱倒櫃，把所有的東西都丟在地上，最後他發現了那座寫字檯。蓓琪不得不打開它。裡面裝了許多文件，數年前收到的情書，各種小首飾和紀念物，還有一本夾了鈔票和支票的筆記本。有些是十年前開的支票，但有張新的票據，那是斯泰恩侯爵給她的一千鎊。

「這是他給妳的？」洛頓問道。

「是的，」蕾蓓卡回答。

「今天我就會把錢還給他，」洛頓說，此時天色已漸漸亮了，這場搜索為時數小時。「我會還清欠布里吉斯的錢，她對兒子一向很好。也會結清一些債務。剩下的，妳再告訴我要如何交給妳，看妳人在哪兒。妳有那麼多錢……蓓琪，妳居然不願花一百鎊贖回丈夫——我一向和妳分享一切。」

「我是清白的，」蓓琪說。他沒有回應，一語不發地離開了。

洛頓離開時，蓓琪在想什麼？直到丈夫離開後好幾個小時，她仍一動也不動地坐在床沿，任由陽光灑進臥房。他拉開了所有的抽屜，裡面的物事散了一地——那些洋裝和羽毛，圍巾和首飾，美麗虛榮的飾物全雜亂地攤在地上。她的鬈髮散亂，當洛頓奪走鑽石時，也把她美麗的禮服扯破了。他踏出房門後，在外面待了一會兒，但幾分鐘後她就聽見他走下樓的腳步聲，接著用力關上大門。她知道他再也不會回來了。他永遠離開了。他會自殺嗎？她心想，不，他會先找斯泰恩侯爵算帳。她回顧這漫長的一生，想著她經歷過的一切不幸。啊，她的人生多麼悲慘，多麼孤寂，多麼淒涼！就算努力了一輩子，仍舊什麼也沒有。她該不該服下鴉片，了結一生，忘記所有的希望、算計、債務和成功？當法國女僕來到臥房，發現女主人雙手緊握、眼神空洞，坐在地上，周圍盡是爭吵後的殘骸。那女僕是蓓琪的心腹，她的薪水都是侯爵付的。她用法文嘆道，「老天爺呀，夫人，發生什麼事啦？」

發生什麼事了？她到底有沒有罪？她否認，但誰知道那對嘴唇吐出的是真話還是謊言？她那玷污的心房，難道此刻突然真情流露？

她的謊言與心計，自私與誘騙，機智和天賦，終於讓她淪落到這步田地。女僕拉上窗簾，柔聲請求女主人上床歇一會兒。接著她走下樓，把散落一地的珠寶全納入私囊。那些都是斯泰恩侯爵離開時，蕾蓓卡依丈夫命令，丟在地上的珠寶首飾。

第五十四章　災難後的禮拜日

穿了兩天晚禮服的洛頓，踏上葛雷特剛特街克勞利大宅的門階時，這棟屋子剛染上晨光。他經過忙著清掃台階的婦人，她看到他的樣子嚇得魂飛魄散。洛頓直接走入哥哥的書房。珍夫人已經起床，披著晨袍的她在育兒房前，監督僕人為孩子洗臉更衣。接著一對兒女在母親膝前跪下，朗讀晨禱，珍夫人凝神細聽。每天早上，皮特爵士帶領全家上下晨禱前，珍夫人都會帶著一對姐弟，私下先禱告一番。洛頓踏進書房，坐在從男爵的書桌前。桌上有條不紊地放著好幾本《藍皮書》和信件，一疊整齊的帳單和手冊對稱地放在兩端，還有上了鎖的帳簿、文件匣、送信匣、《聖經》、《評論季刊》、《宮廷名冊》，全都井井有條地立在桌上，好像等著長官閱兵的士兵。

禮拜日早晨，皮特爵士常會截取講道集的片段向家人頌讀。此刻書桌上已經放了一本祖傳的講道集，等待男主人公正的篩選。講道集旁放了微微溼潤的《觀察家》報，折得整整齊齊，專供皮特爵士私用，但他的男僕折疊報紙時已先行瀏覽了一番，才放在主人桌上。那天早上，男僕把報紙送進書房前先讀了一篇標題為〈剛特大宅的慶典〉的文章，記者洋洋灑灑地列出所有受斯泰恩侯爵邀請，前來與親王同歡的知名權貴。當管家太太及她的姪女在管家辦公室一起喝早茶，吃著熱騰騰、抹了奶油的烤吐司時，男僕已向她們提起那場盛會，還討論了一下洛頓．克勞利一家到底怎麼負擔得起這些豪奢開銷。接著他再次打溼報紙，仔細折好，讓它看起來嶄新如昔，好像不曾有人翻動過，接著才送到書房，等待一家之長現身。

洛頓一邊等著哥哥，一邊拿起了報紙，試圖用讀報來打發時間。但他什麼也看不到，讀不進隻字片語。報紙上有各種政府新聞和任命消息——身為公眾人物的皮特爵士想必會詳細閱讀，不然他根本不會讓報紙在星期日送進家裡。還有劇院評論和社會新聞，「巴金屠夫」和「塔伯利派特」為了一百鎊的獎金而打鬥，當然也有那篇剛特大宅的晚宴報導，用盡溢美之辭讚揚以蓓琪太太為主角的字謎劇——但心不在焉的洛頓全沒看進眼裡，只等著一家之長進書房來。

當黑色的大理石時鐘敲響九點整的鐘聲，皮特爵士準時走進書房。他打扮得乾淨整齊，鬍子修得很氣派，臉上平滑得像打過蠟。他穿著漿挺的襯衫領，稀疏的頭髮上了髮油，梳得光滑亮麗。他脖子上的領結已經打好，身上仍披著灰色法蘭絨睡袍，以王者風範步下樓梯時，還一邊修指甲——簡而言之，皮特爵士活脫脫是一位老派的英格蘭紳士，十分整潔，打扮得體。當他看到衣衫不整的洛頓坐在書房裡，兩眼布滿紅色血絲，臉龐被散亂的髮絲蓋住大半，他不禁大吃一驚。他以為弟弟喝醉了，整晚在外尋歡作樂。「老天爺，洛頓，」他臉色蒼白地說道，「一大早的，你怎麼會過來？你怎麼不回家？」

「家！」洛頓狂野地縱聲大笑。「別害怕，皮特，我沒喝醉。把門關上，我想跟你談談。」

皮特關上房門，走到桌前，坐進另一張扶手椅——那原本是供管家、代理人或前來談生意的祕密訪客坐的，同時更用力地修起指甲。

「皮特，我完蛋了，」上校安靜了一會兒，開口說道，「我完了。」

「我早就說過你難逃這種下場，」從男爵暴躁地喊道，用他那修得整整齊齊的指甲敲響桌面。「我警告你上千次了。這回我幫不了你了。我這兒每一先令都有用途，手頭緊得不得了。昨晚珍花了一百鎊讓你出獄，事實上那是我明早要付給律師的費用，少了那筆錢，我就有大麻煩啦。我的意思不是我不願幫助你。但要是你指望我清償你所有的債務，那我可辦不到，我要是有那麼多錢就能清償國債啦。真是瘋狂，光想就叫人發狂。你非得讓步不可。雖然讓家族面上無光，但人人都這麼做。瑞格蘭德勛爵的兒子喬治．凱特利，上週才出庭，我相信他被『洗白』了，人們這麼說。瑞格蘭德勛爵不肯替他付半先令，而且——」

「我要的不是錢，」洛頓打斷哥哥，「我來不是為了談我的事。別擔心我了。」

「那你要談什麼？」皮特問道，看來鬆了口氣。

「我是為兒子來的，」洛頓沉聲說，「我要你保證，我走了之後，你會照顧他。你那善良的好太太一向疼愛他，他也喜歡珍夫人，遠超過他自己的……該死的。你聽好，皮特，你心知肚明，我本會繼承克勞利小姐的錢。從我小時候開始，人們就不把我當弟弟看，老是鼓勵我花錢，要我無所事事。不然的話，也許我會成為截然不同的人。我在軍團的表現並不差。你知道我為什麼沒拿到那筆錢，也知道錢進了誰的口袋。」

「我多年來的犧牲奉獻，百般容忍你的氣焰，我想，現在再指責我已經為時已晚，」皮特說，「你選擇了你的婚事，我可沒插手。」

「全完了，」洛頓接口，「我的婚姻完蛋了。」他勉強吐出這幾個字，就呻吟起來，令他哥哥吃了一驚。

「老天爺！她死了？」皮特的聲音又是慌張又是難過。

「我倒希望我死了，」洛頓回道，「要不是為了小洛頓，今早我就往自己脖子上割一刀了——還有那該死的混帳。」

皮特爵士馬上猜到真相，推斷洛頓想要取走的是斯泰恩侯爵的性命。上校斷斷續續地告訴哥哥大略經過和目前的情況。「她和那混帳都安排好了，」他說，「法警來抓我，我剛出他家大門就被捕了。我寫信給她，要她拿錢來，她說她生病了，躺在床上，要我再待一晚。等我回到家，我看到她戴著鑽石，單獨和那壞蛋坐在一起。」他接著描述和斯泰恩侯爵之間的對峙。他說，面對這種事情，理所當然只有一種解決辦法。他和哥哥見過面後，他就會去安排那命定的決鬥。「我可能會喪命，」洛頓絕望地說道，「我兒子沒了母親，我只能把他交給你和珍，皮特……只要你保證會陪他長大，就是我唯一的安慰。」

哥哥非常難過，流露了少見的真情，緊緊握住洛頓的手。洛頓把他的手拉到粗濃的眉毛上，撫摸自己的額頭。「謝謝，哥哥，」他說道，「我知道我能相信你。」

「我會的，以我的名譽起誓，」從男爵說道。兄弟再不多說，就這樣達成協議。

接著洛頓拿出從蓓琪的寫字檯找到的小筆記本，拿出一大疊鈔票。「這裡有六百鎊，」他說，「你從不知道我可以有那麼多錢哪。我要你把這筆錢給布里吉斯，這是她借給我們的……她一向很疼我兒子……一想到我們騙走那老女人的錢，我就感到羞愧。這裡還有一些錢——我只留幾鎊在身上就行——也許該給蓓琪，她總得過活。」他一邊說，一邊顫抖著把鈔票遞給哥哥。他的手哆嗦不止，小筆記本也掉在地上，一張一千鎊的鈔票[50]飄了出來，那是不幸的蓓琪最新的戰利品。

皮特彎下腰，拿起筆記本和鈔票，對弟弟的財富大吃一驚。

「別拿那張，」洛頓說道，「我打算用子彈射穿鈔票主人的腦袋瓜。」他早就想像了一番，用鈔票包住子彈，再一槍射死斯泰恩，絕對是最佳報復。

兄弟說完後，又握了一次手，就告別了。珍夫人聽說了上校來訪，正在書房隔壁的餐廳等著丈夫，但她女性的直覺，立刻感到不祥的預兆。餐廳的門沒有關上。一看到兄弟相偕走出書房，夫人立刻迎了出來。她向洛頓伸出手，表示很高興小叔前來共進早餐，但她早就從洛頓那憔悴沮

50. 直到十九世紀中期前，英國私人銀行可以發行自己的鈔票。

喪的臉龐和丈夫陰鬱的神色看出來，他們無意吃早餐。洛頓喃喃地說他有要務在身，緊緊握住嫂子伸出的那隻膽怯的手，接著一語不發地離開了。她哀求的眼神，只能從他的臉上讀出災難的預兆，而皮特爵士沒對妻子多加解釋。孩子走上前來向父親致意，他一如往常，冷冰冰地親了親他們。接著母親就把一對兒女拉到身邊去。

為了晨禱，所有僕人都穿上禮拜日的西裝或制服。滋滋作響的茶壺另一側排滿了坐椅，僕役一一入座。皮特爵士朗誦講道文，當他的一對子女跪下禱告時，珍夫人各握住一人的手。由於早上的耽擱，一家人很晚才吃早餐。等他們在餐桌前坐下來時，教堂的鐘聲已經響起。珍夫人說她生了重病，實在無法前往教堂，事實上整場家庭禮拜，她都心不在焉。

與此同時，洛頓．克勞利急急走過葛雷特剛特街，最後到了剛特大宅前，敲響大門上銅製的梅杜莎頭像。一位門房開了門，他穿著銀紅花樣背心，臉色紅得發紫，真像神話中的西勒努斯[51]。上校蓬頭垢面的樣子也把門房嚇壞了，擋住大門，深怕訪客擅自闖入。但克勞利上校只留下一張名卡，命令他交給斯泰恩侯爵，要侯爵留意上面寫的地址，說克勞利上校一點後，都會在——不是家裡，而是聖詹姆斯街的「攝政俱樂部」等他。上校轉身離開時，滿臉通紅的胖男人依舊驚魂未定，震驚地目送他遠去，而街上穿著禮拜服、早早出門的人們也訝異地望著他。那些臉龐閃亮的孤兒，倚在門邊的雜貨店老闆，因陽光猛烈而關上窗板的客棧老闆……人人都望著洛頓。禮拜就要開始了。洛頓去出租站雇馬車時，其他客人都嘲笑他的打扮。他吩咐車夫送他去騎士橋軍營。

他抵達軍營時，全部教堂的鐘聲都響了起來，迴盪在大街小巷。要是他把頭探出窗外，恐怕會見到舊識艾美麗雅，從布朗普敦走向羅素廣場的身影。一群群學童整隊走向教堂，行人道打掃得光潔乾淨，郊區的公共馬車擠滿了準備出遊的人們。但上校只顧沉思，無暇注意車外的一切。

一到了騎士橋，他就急急走向老戰友麥克穆達上尉的房間。克勞利很高興地發現老友人沒離開軍營。

麥克穆達上尉是名老兵，也曾參與滑鐵盧一役，廣受軍團上下愛戴，但缺錢的他無法買下更高的軍銜。此時他正在床上享受閒適的上午。前晚，住在布朗普敦廣場的喬治．賽克巴斯上尉在家裡辦了晚宴，麥克穆達和軍團裡幾名年輕士兵都出席了，還有幾位芭蕾舞團的女舞者。老麥克從不計較朋友的身分或年紀，不管是將軍、愛狗人士、芭蕾舞者、拳擊手，總之三教九流他都一視同仁。經過一晚的熱鬧，此刻沒有勤務的他仍在床上歇息。

他的房裡掛滿了拳擊、狩獵、舞蹈的圖畫，都是其他軍官退役時送他的離別贈禮。軍官一旦結婚，往往選擇離開軍團，踏入穩定平靜的後半生。麥克穆達年近五旬，在軍團裡度過了二十四年的光陰，坐擁一間個人博物館。他是英格蘭最厲害的槍手；以他壯碩的體態而言，他稱得上是最高明的騎士之一；克勞利仍在軍中服役時，他們兩人常互相較勁。總而言之，那天上午，麥克穆達先生躺在床上，讀著《貝爾生活》中關於巴金屠夫和塔伯利派特那場拳賽的報導，前面我們也提過這回事。這位備受同袍敬重的戰士，留著一頭修得短短的灰髮，戴著絲質睡帽，臉和鼻子還紅通通的。他染過了色的大鬍子十分醒目。

當洛頓告訴上尉，他需要一名朋友相助，上尉立刻明白他所擔負的責任，謹慎且圓滑地為朋友安排瑣事。已故的總司令親王殿下非常佩服麥克穆達在這方面的才能：許多男士沾上麻煩後，總會來找上尉幫忙。

「我的好孩子，克勞利，紛爭從何而起？」老戰士問道，「嘿，不是為了賭博吧？像上次我

51. 希臘神話中一位森林之神，也是酒神的伴侶和導師。

們殺了馬克上尉那樣嗎？」

「是為了……為了我的妻子，」克勞利垂下眼瞼，滿臉通紅。上尉吹了聲口哨。「我老是說，她終會背叛你的，」他開口道。顯然軍團和俱樂部都有人以克勞利上校的婚姻狀況下注，而他的同袍和全世界都瞧不起他妻子的品性。然而上尉剛重複一次個人意見，洛頓就露出猙獰的神情。麥克穆達住了口，知道此時不該多說。

「沒有其他出路嗎？老傢伙？」上尉嚴肅地問道，「你掌握了什麼？只是猜疑嗎？還是什麼？……你看到了信件？不能息事寧人嗎？要是有辦法的話，最好別惹得滿城風雨。」上尉回想，軍隊交誼廳裡早就討論過上百次這個話題，克勞利太太的名譽已經掃地。他心想：「看來他現在才明白啊！」

「沒有其他辦法，只有一條路，」洛頓應道，「麥克，我和他之間，不是他死就是我亡。你懂嗎？他們把我調開……我被捕了……被我抓到他們正在幽會。我說他是個騙子和懦夫，我痛揍他一頓，把他揍倒在地上。」

「罪有應得，」麥克穆達評道，「他是誰？」

洛頓回答，那人是斯泰恩侯爵。

「見鬼了！侯爵哪！他們說他——我是說，他們說你——」

「該死的，什麼意思？」洛頓大喊，「你是說，你聽到別人懷疑我妻子的貞節，但你卻沒跟我說？麥克？」

「老孩子，這世界啊，就是愛說閒話，」對方回答，「我何必跟你說那些傻蛋說了什麼鬼話？對你有什麼好處？」

「麥克，你真是太不夠義氣了，」洛頓頗為震驚地說道。他的雙手蒙上了臉，再也無法掩飾自己的心情。

看到上校如此痛苦，坐在對面的剛強老兵也不得不同情地噤聲。「老男孩，堅強起來，」他說道，「不管他是不是貴族，我們都會把子彈送進他身上，那該死的傢伙。女人家嘛，就是水性楊花。」

「你不明白我多愛她，」洛頓幾乎字不成句，哽咽地說，「該死的，我跟在她後面，活像個男僕。為了得到她，我不惜放棄一切。我成了乞丐，就是因為我娶了她。老天爺，先生，不管她要什麼，我都會想辦法買給她，就算得典當我的手錶也在所不惜。而她呢……這些年來，她一直忙著積攢私房錢，甚至不願花一百鎊保我出獄。」他接著憤怒地告訴他的顧問來龍去脈。激動的他說得斷斷續續，上尉從未看他如此憤恨過。

顧問注意到有些細節兜不上。「說不定她真是清白的，」他說道，「她也這麼說。在此之前，斯泰恩也常和她獨處，少說也有上百回。」

「也許吧，」洛頓心痛地回道，「但這看起來一點也不清白。」說完，他就把那張從蓓琪筆記本裡找到的一千鎊鈔票遞給上尉。「麥克，他給了她一千鎊，而她對我絕口不提。雖然家裡有這麼一筆錢，但我被關進牢裡時，她卻不願幫我一把。」上校不得不承認，這筆私房錢實在可疑。

兩人談論同時，洛頓先派了麥克穆達上尉的男僕去卡爾森街，向那兒的僕人拿一袋上校亟需的衣物。男僕走了之後，洛頓和幫手仰賴《約翰遜字典》的幫忙，終於擬出一封信，由上尉擔任代理人，交給斯泰恩侯爵。信中內容大略為：麥克穆德上尉有幸代表洛頓．克勞利上校，寫信給斯泰恩侯爵。上校授權他安排一場會面，而基於早上的事件，相信侯爵本人也正有此意。不管如何，這場會面勢在必行。麥克穆達上尉恭請斯泰恩侯爵也指定一位朋友為代理人，兩人會立刻聯絡安排，讓這場會面盡快實現。

上尉在附註中表示，他手上有張鉅額鈔票，克勞利上尉相信那張鈔票屬於斯泰恩侯爵。他急於代表上校，將鈔票物歸原主。

寫完這封短箋，上尉的男僕已從卡爾森街的克勞利宅邸回來了，但他沒有應主人要求，帶回上校的行李和衣袋，倒是一臉困惑，神情怪異。

「他們不肯交出行李，」男僕說道，「屋裡亂七八糟，鬧得一團亂。房東先生到了，佔住了屋子。僕人都在客廳裡喝酒。他們說……他們說你把餐具都帶走了，上校。」那人停了一會兒，又接著說，「有個僕人跑了。有個人叫辛普森，嗓門大又喝得醉醺醺的，他說除非有人付他薪水，不然誰也不能動屋裡半樣東西。」

這場梅菲爾叛變事件，把原本頹喪的兩人逗笑了。軍官嘲笑洛頓又被擺了一道。

「幸好我兒子不在家，」洛頓咬著指甲，「麥克，你還記得吧，他在騎術學校的那個樣子？你還記得他坐在那匹愛踢人的馬身上，看起來多英挺呀！不是嗎？」

「老孩子，他的確帥氣得很，」善良的上尉說道。

與此同時，懷特菲爾學院的小洛頓和其他四十九名男孩穿上禮服，端正地坐在禮拜堂裡。他並沒認真聽講道文，一心想著下週六回家時，爸爸一定會賞他零用錢，說不定還會帶他去看戲。

「他是個好孩子，」仍掛念兒子的父親說道，「我說，麥克，要是出了差錯……要是我死了……我希望你……希望你會去看看他，你知道的，告訴他我很愛他之類。還有……老傢伙……給他這幾枚金扣吧。除了這些，我一無所有啦。」他舉起髒兮兮的手，蒙住了臉。淚水滾滾而下，在那黑手上留下白色的痕跡。麥克穆達也脫去睡帽，用它抹了抹眼。

「下樓去吃點早餐吧，」他用響亮而歡快的聲音說道，「克勞利，你想吃什麼？來點芥茉腰子和鯡魚如何？嘿，克雷，替上校換件衣服。洛頓，我的好孩子，我們身材向來差不多。現在我們騎馬時，也不像剛入伍時那麼靈活啦。」說完，麥克穆達就先轉身，埋頭讀那本《貝爾生活》，讓上校更衣。等到朋友梳洗過後，他才起身換衣服。

想到等會兒就要和一位侯爵會面，麥克穆達上尉仔細梳洗了一番。他為鬍子上了蠟，看起來閃閃發亮。接著又套上很緊的領結，穿上合身的軟皮背心。當他跟在克勞利後頭踏入餐室，正在吃早餐的年輕軍官紛紛稱讚麥克格外光鮮亮麗，笑問今天是不是他的大喜之日。

第五十五章　續前章

直到卡爾森街的禮拜堂響起鐘聲，通知下午禮拜儀式開始，蓓琪才意興闌珊地起床，她仍沒從前晚一連串混亂駭人的事件中恢復過來。她從床上起身，拉響了僕人鈴，想喚來幾個小時前才服侍她休息的法國女僕。

不管洛頓．克勞利太太拉了幾次鈴，都無人應答。怒火湧上心頭，她憤怒極了，居然扯斷了拉繩。然而那位小名菲奈特的菲菲納小姐仍沒有現身。她的女主人心想，不、不會吧……生氣的蓓琪手中還握著鈴繩，披頭散髮地走出臥房，站到樓梯上，扯開喉嚨呼喚她的貼身侍女。

事實上，菲菲納小姐幾個小時前就離開卡爾森街啦，我們稱這為「法式告別」。法國姑娘拿走了客廳散落一地的首飾，回到樓上的傭人房，打包了自己的行李，綁好繩子，走出門去，叫了輛出租馬車。她親自把行李箱搬下樓，沒有驚動任何人幫忙，畢竟他們可能會一口回絕——她被其他僕人恨之入骨——她沒跟任何人告別，就離開了卡爾森街。

就她看來，這一家子已經完蛋了。菲菲納坐上出租馬車，她其他顯赫的同胞也曾在類似的情況下做出一樣的決定。菲菲納很有先見之明，或者說幸運女神特別眷顧她，她不只帶走了自己的物品，也奪走了女主人的財產——要是那些東西真算是女主人的財產的話。她帶走了前面提到的首飾珠寶，打包一些她早就肖想已久的衣裳，還有四座鍍金的路易十四燭台、六本鑲金字的歌譜、各種紀念品、幾本《美貌經典》雜誌、一只曾屬於杜百利伯爵夫人[52]的金色搪瓷鼻煙盒，還有漂亮的小墨水台和飾有珠母貝的寫字本，蓓琪常用它們寫下那些粉紅色的漂亮信箋。除了這些物件，前一晚被洛頓打擾的小餐宴，女主人和貴客使用的所有銀餐具，也跟著菲菲納小姐消失在卡爾森街，屋裡只剩下法國姑娘認為太過笨重的餐具。顯然基於同樣的理由，她才沒有帶走撥火棒、玻璃燈罩和紫檀木製的小鋼琴。

過不久後，巴黎艾德路上開了間服飾店，這家店的老闆娘長得神似菲菲納小姐。她過著衣食無憂的生活，斯泰恩侯爵是她的常客。這名女子一提到英格蘭，就說那是世上最背信忘義的國家。她還對年輕的學徒宣稱，那兒的人可惡透頂，把她洗劫一空。斯泰恩侯爵想必很同情這位聖亞瑪宏特太太的遭遇，總是對她親切有加。祝福她生意興隆——她再也不會出現在我們的浮華世界了。

克勞利太太聽到樓下的騷動，一想到僕人大膽放肆的忽略她，就怒不可遏。仍穿著晨袍的女主人踏著尊貴的步伐，走進了喧嘩不已的客廳。

廚娘陰沉著臉，坐在美麗的花布沙發上，正替身旁的瑞格勒斯太太倒野櫻桃酒。家裡有個擔任侍童的少年，身上的制服縫著像糖果的鈕扣，平時專門幫蓓琪送那些粉紅色的信。當太太出門時，他會輕快地繞著馬車跳上跳下，現在他正伸手從盤子裡挖奶油吃。一臉困惑、看起來十分懊悔的男僕忙著對瑞格勒斯說話。雖然蓓琪打開了門，還在數呎外高聲尖叫了六、七回，但沒有半個僕人理會女主人的呼喚。蓓琪踏進客廳，白色的睡袍在她身後揮舞。廚娘正向房東太太勸酒：「瑞格勒斯太太，快喝一口吧，快。」

「辛普森！托特！」女主人憤怒地嘶吼，「我在叫你們，你們還敢在這兒打混？你們怎敢在我面前坐下？我的侍女呢？」大吃一驚的少年怯生生抽出嘴邊的手指。瑞格勒斯太太喝夠了那

52. 法王路易十五的情婦。

杯野櫻桃酒，而廚娘一把接去。她隔著那小巧的鍍金酒杯瞪視蓓琪，毫不在乎地一口飲下。酒精顯然給了這名叛徒不少勇氣。

「**妳的**『撒』發！還真的咧！」庫克太太說，「我坐的是瑞格勒斯太太的『撒』發。瑞格勒斯太太，妳別插嘴。安靜。我坐的是瑞格勒斯夫妻的『撒』發，這可是他們老老實實用錢買來的，而且還花了他們不少錢哪。在拿到我的薪水前，我都要坐在這兒，我相信我會坐上好一陣子，瑞格勒斯太太。那又何妨，哈哈！」說完，她又替自己倒了杯酒，以尖酸刻薄的神氣一飲而盡。

「托特！辛普森！快把那醉醺醺的傢伙趕出去，」克勞利太太吶喊。

「我才不要，」男僕托特說，「要趕妳自己去趕。只要妳付我薪『隨』，不用妳趕，我也會走。**我們**一拿到錢就會走光光啦。」

「你們全都聚在這兒，同聲一氣要侮辱我，是嗎？」怒火衝天的蓓琪咆哮，「等克勞利上校回來，我就要——」

聽到這兒，僕人全都忍不住哄堂大笑起來。然而瑞格勒斯仍一臉憂心，沒有半點笑意。「他不會『肥』來啦，」托特先生接口道，「他派人來拿東西，雖然瑞格勒斯先生不介意，但我才不『諒』那人拿咧。他根本不是什麼『喪』校，和我差不多。他走啦，我看妳也要跟著逃命啦。你們兩個都是騙子。別指使**我**。我才不會聽妳的命令。我說，付我們薪『隨』，快付我們薪『隨』。」從托特先生脹紅的臉和顛三倒四的發音看來，顯然他也喝了不少酒。

「瑞格勒斯先生，」蓓琪激動地說道，「相信你不會放任這些醉漢侮辱我吧？」

「托特，別說了，停下來，」侍童辛普森說道，女主人悲慘的境遇令他難過，適時阻止急於否認「醉漢」指控的憤怒男僕。

「啊，夫人，」瑞格勒斯說道，「想不到我有生之年會遇到這種事。自從我出生那一刻，我就和克勞利一家緊密相依。我擔任克勞利小姐的男管家三十年，從沒想過我會被這一家人給毀了——是的，你們毀了我——」可憐人已經淚水盈眶。「妳到底付不付錢？你們在這兒住了一年。我供你們吃穿——那些餐具，那些窗簾，全是我的。光是牛奶和奶油的貨款，妳就欠我兩百鎊。妳只吃新鮮的蛋做的歐姆蛋，連妳的狗都得吃奶油。」

「她連親生骨肉都不在乎啦，」廚娘插嘴，「要不是我，她兒子一天到晚挨餓。」

「庫克，那孩子現在成了孤兒啦，」托特先生說道，喝醉的他又哈哈大笑了兩聲。老實的瑞格勒斯以哀傷的語調繼續述說他悲慘的處境。他說的話毫無虛假，蓓琪和她丈夫搞得他傾家蕩產。下週有帳單要付，但他付不出來。他會賣掉他的店面，他的房子，流落街頭，全因他太信任克勞利一家人。他的淚水和哀嘆更令蓓琪惱火。

「看來你們全和我作對，」她挖苦地說，「你們到底要怎樣？今天是禮拜日，我可拿不出錢來。明天再過來，我把一切全付清。我以為克勞利上校已經結了帳。他明天就會付你錢。我以名譽對你們所有人發誓，今早他離開家裡時，手上有一千五百鎊。他什麼也沒留給我。去找他吧。給我我的帽子和披巾，讓我出去找他回來。今早我們意見不和，吵了一架，看來你們全知道了。我向你們保證，你們會拿到薪水。他得了個好職位。讓我出去找他。」

蓓琪厚顏無恥的發言，讓瑞格勒斯和其他僕役大為意外，面面相覷，而蕾蓓卡就這樣離開了他們。她走上樓自行梳妝，沒有法國侍女的幫忙。她走進洛頓的臥房，看到他已將一只行李箱和旅行袋收拾妥當，上面別了張紙條，寫著他會派人來搬走。她走進法國侍女的閣樓房間，發現那姑娘已經人去樓空，所有的抽屜都清空了。她想著掉在地上的那些首飾，確信法國女人已經逃跑了。「老天爺！難道我真那麼倒霉？」她自言自語，「我就快實現目標了，現在卻失去一切。難道已經為時已晚？」不，她還有一個機會。

她換好衣服。這回她沒有驚擾僕人，悄悄地獨自出門。此時是下午四點。沒有錢付車資的她急急忙忙地趕路，半點也不敢耽擱，直直走向葛雷特剛特街皮特・克勞利爵士的大門前。珍・克勞利夫人在嗎？她去了教堂。蓓琪一點也不失望。皮特爵士在書房裡，不准任何人打擾他，但她非見他不可。她躲過穿著制服的門房，讀報的從男爵還沒反應過來，她已經站在書房裡。皮特爵士大為驚駭。

他的眼神滿是警戒和驚慌，漲紅了臉，往後退了一步。

「別這樣看我，」她說道，「皮特，我是清白的，親愛的皮特，你原是我的朋友。我向上天發誓，我是清白的。雖然看起來我好像失了貞節，但我沒有。一切都跟我作對。啊！時機居然如此湊巧，我的夢想就要成真，眼看幸福就在眼前！偏偏功虧一簣！」

「那麼，我在報上讀到的消息，是真的？」皮特爵士說道，報紙上有段文字令他大吃一驚。

「是真的。星期五晚上，就在那場致命的晚宴上，斯泰恩侯爵告訴我這個消息。過去這六個月來，他一直保證會替我們找個職缺。殖民地大臣馬蒂爾先生昨天告訴他，事情已經定了。偏偏那麼不幸，他剛巧被關進牢裡，接著就是那場可怕的會面。我沒犯錯，我唯一的過錯，就是百般為洛頓著想。過去我也曾獨自接待斯泰恩侯爵，少說也有上百次。我承認，我私藏了些私房錢，而洛頓什麼也不知道。但你也明白，洛頓揮霍得很，我怎敢讓他知道我們有錢呢？」她向困惑的大伯流暢地說著看似合情合理的故事。

故事大略如下：蓓琪直言不諱地承認，自己注意到斯泰恩侯爵對她的厚愛（此時皮特不禁紅了臉），她決心在謹守婦道的原則下，利用這位權貴對她好感，為自己和家人謀福利。她對此十分懊悔。「皮特，我也為你的爵位而奔忙哪，」她說道，而大伯再次紅了臉。「我和他談過了。你的天賦，再加上斯泰恩侯爵的勢力，很有可能會讓你拿到爵位，可惜的是這場災難毀了我們所有的計畫與希望。但是，我承認我的首要目的是拯救我親愛的丈夫……雖然他一無是處又容易起疑，我仍然深愛他……我必須讓他脫離貧窮，在我們毀掉之前拉他一把。而我知道斯泰恩侯爵偏愛我，」她垂下雙眼。「我承認我想盡辦法討他歡心，但我絕沒有背離婦道人家的本分，我一心保住……保住丈夫的顏面。星期五早上，考文垂島總督過世的消息才剛傳回國，侯爵大人立刻為我親愛的丈夫保住了這個官職。本來，我打算給他一個驚喜——今天他就會從報紙上讀到這個好消息。雖然發生了被法警逮捕的意外，但斯泰恩侯爵大方地說，他會解決這個困難，因此我無法插手援救丈夫。侯爵對我大笑，說等到我最親愛的洛頓在法警家，得知自己當官的消息，一定會大吃一驚，絕不會生我的氣。然後……然後他回家了。他因猜疑而激動得過了頭，我那粗暴殘忍的洛頓和侯爵之間，發生了一場可怕的打鬥……哎，我的老天爺，接下來會發生什麼事呀？皮特，親愛的皮特！可憐可憐我，幫我們和好吧！」她一邊說，一邊跪倒在地上，失聲啜泣起來。她突然握住皮特的手，激動地吻著它。

就在此時，珍夫人從教堂回來。一聽到洛頓．克勞利太太前來與從男爵密談，珍夫人立刻衝進書房，正好撞見弟妹哭著親吻從男爵的手。

「這女人居然有膽踏進這裡，真令我意外，」珍夫人渾身顫抖，臉上毫無血色。今天早上吃過早餐後，從男爵夫人就派一名女僕到克勞利上校家打聽。女僕和瑞格勒斯、洛頓．克勞利家的僕從談了一番，他們不只告訴她發生了什麼事，還有許多他們不確定的臆測及其他事情。「克勞利太太怎敢如此厚顏無恥地踏入……一個正派家庭的大門？」

妻子魄力十足的發言，令皮特爵士大為詫異。蓓琪仍跪在地上，緊抓皮特爵士的手不放。

「告訴她吧，她並不知道實情，告訴她我是清白的，親愛的皮特，」她嗚咽著說。

「親愛的，相信我，我想妳誤解了克勞利太太，」皮特爵士開口道，大伯的聲音令蕾蓓卡鬆了口氣。「我相信她是——」

「是什麼？」珍夫人尖聲說道，字字擲地有聲，她的心猛烈地跳著。「一個邪惡的女人——一個冷酷的母親，一個虛情假意的妻子？她口口聲聲說她多愛她兒子，但她從沒愛過他，他總是跑到這兒來，告訴我她多麼狠毒。她一心只想破壞家庭，用邪惡的甜言蜜語和謊言，破壞世上最神聖的愛情。她欺騙了她的丈夫，還騙了所有的人。她愛慕虛榮，只愛世間名利，犯下各種罪行，她的靈魂已被玷污。光是碰她也會令我作嘔，我絕不准她靠近我的孩子一步。」

「珍夫人！」皮特驚跳起來，大聲斥責，「妳怎能說出如此——」

「皮特爵士，一直以來，我都是你忠實且真誠的妻子，」無所畏懼的珍夫人打斷了丈夫，「我從不曾違背我在上帝面前許下的婚姻誓言，一直以來我盡責地做個恭順溫柔的妻子。但溫順也有天理容許的限度，而我聲明，我絕不容忍——我絕不會讓那女人再次出現在我家，要是她走進我家，那我會帶著孩子離開。她沒有資格與基督徒同坐。你……先生，你必須做出選擇，不是她走，就是我走。」一說完，夫人就轉身大步邁出了書房，為自己的勇敢直言而激動不已。她身後的蕾蓓卡和皮特爵士也意外得很。

這席話一點也沒有刺傷蓓琪的心。非也，她倒是得意得很。「都是因為你給了我那枚鑽石別針，」她說道，朝皮特爵士伸出了手。在離開之前，從男爵答應她會去找弟弟，想辦法為她求情，讓夫妻兩人和好。當然，珍夫人從樓上更衣室的窗戶，直直盯著蓓琪踏出她家的背影。

洛頓踏進軍營餐廳，看見幾名年輕軍官正在吃早餐，大夥兒立刻邀請他坐下來加入他們，吃些醃烤雞腿，喝點汽水。人們聊起適合星期天和年輕人的話題：貝特西下一場的賽鴿，大半的人都賭羅斯或奧斯巴迪斯頓會贏；法國歌劇演員阿希安納小姐，她被上任愛人拋棄後，現在有了潘瑟・卡爾撫慰她的心；屠夫和派特的拳擊賽，有人說這場賽事恐怕不公正。年紀僅有十七歲、一心想留兩撇鬍子的泰迪曼看了那場賽事，鉅細靡遺地分析打鬥過程和兩位拳擊手的狀況。泰迪曼不但載屠夫去會場，前一晚也與屠夫共度。要不是有人作弊，屠夫本該會贏。那些老賭客都摻了一腳。泰迪曼不肯付錢，不，該死的，他才不要付呢。這位年輕的騎兵旗手，一年前還是個愛吃太妃糖的孩子，在伊頓念書時老是挨揍，現在已成了「克瑞伯拳擊場」裡的幫手了。

他們聊著舞者、拳擊、飲酒、情婦，直到麥克穆達下樓，加入年輕人的談話。雖然上尉是位老兵，但他從不認為年輕人必須特別禮遇他。他葷腥不拒，總是加入年輕浪子各種放蕩的話題。儘管他滿頭灰髮，但和臉蛋光滑的年輕人之間毫無代溝。老麥克擅長說故事，而且一點也沒有花花公子的習氣，也就是說，男人們都十分樂意邀他去情婦家吃飯，而不會帶他去見母親。也許他的生活十分卑微，但他倒是樂得逍遙，知足的他過著簡樸無華的生活。

等到老麥克吃完豐盛的早餐，其他士兵早就吃飽了。年輕的瓦瑞納斯勛爵用一支巨大的海泡石菸斗抽菸，修格斯上尉則抽雪茄。粗暴小鬼泰迪曼的小牛頭犬坐在他的雙腿間，他正和第西斯上尉玩丟錢幣的遊戲，用力把手上的先令擲出去。泰迪曼老是找人玩遊戲、下賭注。麥克和洛頓則朝攝政俱樂部走去，當然他們沒跟旁人提起那件令他們心煩意亂的大事。事實上，他們故作歡快地加入談話。何必打斷愉快的談笑呢？不管發生了什麼事，浮華世界中總少不了餐宴、飲酒、下流笑話和笑聲。當洛頓和朋友走過聖詹姆斯街，踏入俱樂部時，虔誠信徒正一波波湧出教堂。

俱樂部的大窗戶旁平常總站滿了紈褲子弟和常客，對著窗外又說又笑，但現在他們還沒抵達。讀報室空空如也，只有三個人：其中一位是洛頓不認識的男子，另一位男士和洛頓玩過惠斯特牌，洛頓輸了他一點錢，因此不太想與這人碰面；第三人坐在桌前，讀著《保王黨》周日版。

這份報紙不但支持國王和國教，而且以刊登醜聞而知名。那人以饒富興味的表情朝克勞利望去，說道，「克勞利，恭喜你呀！」

「什麼意思？」上校問道。

「《觀察家》和《保王黨》都公布啦，」史密斯先生回道。

「什麼？」洛頓大喊一聲，漲紅了臉。他以為自己和斯泰恩侯爵的爭執已經登上了報紙。當上校接過報紙，渾身發抖地讀下去，史密斯笑著抬起了頭，觀察上校激動的表情。

在上校踏進閱報室前，史密斯和布朗先生——也就是洛頓的債主——早就討論了上校一番。

「這消息來得正好，」史密斯說道，「我看克勞利半毛錢也沒有。」

「真是個讓大家都開心的大好消息，」布朗先生說道，「他還欠我二十五鎊哪，要是他不還錢，我絕不准他一走了之。」

「薪水如何？」史密斯問道。

「兩、三千鎊，」另一人回答，「但氣候太糟糕了，歷任總督都活不了太久。我聽說里弗西石只當了十八個月的總督就送命了，再前一任才待六週就辭職啦。」

「有人說他哥哥是個聰明人，但我倒覺得他是個無趣的傢伙，」史密斯突然評論，「不過他勢力倒不小，一定是他替上校謀了個官職。」

「他哪辦得到！」布朗輕蔑地說，「呸，是斯泰恩侯爵幫的忙。」

「怎麼說？」

「賢妻相助，步步高升，」另一人神祕地回道，就繼續低頭讀報了。

此時，洛頓捧著《保王黨》，讀到令人意外的一段文字：

考文垂島總督一職任命啟事：船長莊德斯引領皇家郵船〈黃背魚號〉，從考文垂島帶回信件與文件。近來熱病在斯旺普敦肆虐，湯瑪斯・里弗西石總督大人不幸辭世，令繁榮發展的殖民地人民深感遺憾。據悉，總督職位將由洛頓・克勞利上校接任。克勞利上校於滑鐵盧一役中表現優異，獲頒三等巴斯勛章。殖民地需要英勇的壯士，也需要具備行政管理長才的能士，主持當地事務。我們深信，殖民地事務部選定的這位紳士，足以勝任考文垂島的總督一職。相信在如此哀傷的時刻，他將不負重望，達成使命。

「考文垂島！這什麼鬼地方？誰任命你當總督啦？老孩子，你一定得帶我過去，讓我當你的祕書吧，」麥克穆達上尉笑著說。他和克勞利坐下來，困惑地討論這則任命新聞從何而來，此時俱樂部的侍者向上校送上一張名卡，上名刻著溫漢先生的大名。侍者說他求見克勞利上校。

上校帶著決鬥助手走出閱報室，與溫漢先生見面——他們已猜到他就是斯泰恩侯爵派來的使節。「克勞利，你好嗎？真高興見到你，」溫漢溫和地微笑，真誠地握住克勞利的手。

「我想，你是代表——」

「沒錯，」溫漢先生回答。

「這是我的朋友，近衛騎兵綠色軍團的麥克穆達上尉。」

「能夠認識麥克穆達上尉，真是我的榮幸，」溫漢先生的臉上仍掛著溫文有禮的微笑，以一樣的熱忱，握住上尉代理人的手。然而戴了鹿皮手套的麥克只伸出一根指頭。戴著硬領結的他，僵硬地對溫漢先生行了個禮。他原以為侯爵至少會派個上校來會談，沒想到來的卻只是個平民，他為此不大高興。

「麥克穆達是我的代表，明白我的想法，」克勞利說道，「我最好退出去，由你們安排細節。」

「理應如此，」麥克穆達說道。

「千萬別這麼說，我親愛的上校，」溫漢先生說道，「能與你本人會談，是我最大的榮幸。當然，我也十分樂意能有麥克穆達上尉作陪。事實上，上尉，我希望我們的談話與我的朋友克勞利上校的期待相反，能達成令各方都十分滿意的結果。」

「哼！」麥克穆達上尉只以此為回答。他心想，這些平民真該死，他們老是安排東安排西，落落長地說一大堆好聽話。

雖然沒人請溫漢先生坐下，但他自行拉了張椅子坐下來，從口袋裡掏出一張紙，繼續說道：「上校，想必你今早已在報上讀到天大的好消息了？英國政府找到了一位無與倫比的公僕，而你獲得了顯赫的官職，我想你應該會接受這個職位吧。一年三千鎊，氣候宜人，住在舒適豪華的總督府，殖民地的一切都聽你吩咐。你升官發財了。我誠心祝賀你。紳士們，我想你們都知道，我的朋友能獲得這個官職，都多虧了某人相助？」

「我啥也不知道，」上尉說道，而他的代理人突然紅了臉。

「那是世上最大方、最仁慈的一位人士，也是最偉大的貴族——他就是我的知交，斯泰恩侯爵。」

「我才不會接受他找的差事，我寧可看他下地獄去，」洛頓吼道。

「你生我那位高貴朋友的氣，」溫漢先生平靜地接口，「請你依照常識與公理，跟我說說你在氣什麼？」

「**氣什麼？**」洛頓大吃一驚，高聲喊道。

「氣什麼？真該死！」上尉應和，手杖用力地敲響地面。

「的確該死，」溫漢先生露出極為討喜的笑容，「雖然如此，我們都見過世面，讓我們瞧瞧這回事——當個老實人——我們來瞧瞧你是不是有所誤會吧。你經歷一番跋涉，回到家裡，撞見什麼？斯泰恩侯爵在你卡爾森街的家裡，正和克勞利太太共進晚餐。這有什麼奇怪或新奇的嗎？他不是去過你家上百回嗎？以我的名譽和信譽保證，」說到這裡，溫漢先生把手放在背心上，以國會議員的莊重口氣說道，「我認為你的猜疑十分可怕，而且毫無緣由，傷害了一位想盡辦法對你好的高貴紳士——他為你做的好事不下上千項——還傷害了一位最無瑕又純真的女子。」

「你不會是說——克勞利誤會了？」麥克穆達先生問道。

「我確信，克勞利太太和我家的溫漢太太一樣清白，」溫漢先生熱切地回答，「我確信，我這位朋友因炙烈的妒火，出手擊倒一位地位崇高的虛弱老人，而這位老人向來是他的朋友和貴人。不只如此，他還深深傷害了他的妻子，他最珍視的榮耀，他兒子未來的名聲，以及他個人的前途。」

「讓我告訴你事情的始末，」溫漢語調一轉，極為嚴肅地說道，「今天早上，斯泰恩侯爵派人來找我，我發現他十分虛弱。我不需要多向克勞利上校解釋，與身強力壯的你經歷一番衝突後，任何一位像他一樣老弱的人都難以承受。我當面跟你直說，克勞利上校，你佔盡體能的優勢，欺負了他，實在殘忍。我高貴顯赫的朋友，不只身體受了傷，更糟糕的是，先生，他的心在淌血。他一向仁慈關懷的對象，居然卑鄙地侮辱了他。今天報紙上刊登的這則任命消息，不就證明了他對你的恩澤？今早我看到他受盡折磨，就像你一樣，他恨不得與你決鬥，以鮮血雪恥。克勞利上校，我相信從這就看得出來，他無心躲你，是吧？」

「他很有膽量，」上校說道，「沒人說他膽小。」

「他立刻下令，要我寫封挑戰信，親自送給克勞利上校。經過昨晚的爭執，」他說，「非有人死不可。」

克勞利點頭同意。「溫漢，你說到正事了，」他說。

「我用盡全力安撫斯泰恩侯爵。『先生，老天爺！』我對他說，『我和溫漢太太真不該拒絕克勞利太太的邀請啊！』」

「她邀請你們過去吃宵夜？」麥克穆達上尉問道。

「正是如此。她邀請我們歌劇結束後去她家吃飯。邀請函在這兒……不是這張……也不是這張——哎，我以為我帶來了，但這無關緊要，請相信我說的句句屬實。要是我們去了，那就皆大歡喜。可惜的是溫漢太太又犯頭痛，每到春天她特別容易頭痛，我們只好婉謝克勞利太太的好意。要是我們去了，你回家看到我們，就不會起爭執，沒有謾罵，沒有猜疑。這一切顯然都是因為我可憐的太太犯頭痛，以致兩位重視榮譽的紳士不得不決鬥，兩個英國最優秀古老的家族都將因此蒙羞，墮入悲痛深淵。」

麥克穆達大惑不解地望著他的委託人，而洛頓眼看獵物就要逃跑，大怒不已。他完全不相信溫漢說的半個字，但他要如何反擊？如何提出反證？

溫漢先生一展流暢的口才，畢竟身為國會一員的他經常練習。「我坐在斯泰恩侯爵床邊，懇切哀求他放棄決鬥。我向他指出，當時的情景的確引人猜疑——是的，的確可疑得很。我承認，任何男人遇到像你一樣的事情，難免會起猜疑之心。我告訴他，一個因嫉妒而暴怒的男人失去理智，其實跟瘋子沒有兩樣，不該因此而懷恨在心。我還說，你們若真的決鬥，雙方都會蒙羞。雖然侯爵地位崇高，但當今世下，他已失去人權。現在人人都鼓吹革命，而那些下等人老是宣揚生而平等的思想，此時他若醜聞上身，將有極大麻煩，就算他清清白白，平民也會堅持他罪不可赦。簡而言之，我哀求他不要送出挑戰書。」

「我半句話也不信，」洛頓咬牙切齒的說道，「我說這全是鬼話連篇，而且這件事你也有份，溫漢先生。要是他不送挑戰書，該死的，那就由我送過去。」

上校粗暴的言語令溫漢先生面色慘白，他望向大門。

幸好麥克穆達上尉適時幫了他一把。那位男士猛然站起身，賭咒一番，駁斥洛頓說的話。「你要我當你的代表，那麼，老天爺，我認為怎樣做合理，你就照做，別再莽撞行事。你不該用那些難聽的話侮辱溫漢先生。該死的，溫漢先生，我們該向你道歉。至於跟斯泰恩侯爵決鬥這檔事，你找別人幫你安排，我不幹了。要是挨了一頓打的侯爵大人，無意報復，那就算了吧。至於你和──你和克勞利太太的事兒，我認為，根本沒有證據。如溫漢先生所說，你的太太是清白的。不管如何，要是你不閉上嘴巴，接受官職，那你就是個天殺的大蠢蛋。」

「麥克穆達上尉，你深諳事理，」溫漢先生立刻大聲應和，鬆了一大口氣，「克勞利上校因一時激動而口不擇言，但我全忘了。」

「我想你也記不住，」洛頓惡狠狠地瞪了他一眼。

「你這老傻子，快住口，」上尉溫厚地說道，「溫漢先生不是打架的料子，而他說的話挺有道理。」

「我相信這件事，」斯泰恩的使節大喊，「應該徹底埋在心底，就此遺忘。我們這場會談，半個字都不能傳出這兒。我不只為了我的朋友發聲，也一心替克勞利上校著想，雖然他堅持視我為敵。」

「我相信斯泰恩侯爵不會多提，」麥克穆達上尉說，「我們這邊也毫無舊事重提的必要。不管怎麼說，這回事不大光采，愈少人提愈好。挨打的是你們那邊的人，不是我們；既然你們無意追究，我認為我們沒有理由窮追猛打。」

聽到上尉這麼說，溫漢先生拿起帽子準備離開，麥克穆達上尉跟著他走到門口。兩位代理人相偕出去，帶上房門，留下洛頓在屋裡生悶氣。兩人一獨處，麥克穆達露出嚴厲的目光，牢牢盯著使節。那張討人喜歡的圓臉上露出頗為不屑的表情。

「溫漢先生，你為人還真不拘小節，」他說。

「麥克穆達上尉，你太恭維我了，」對方微笑應道，「我摸著良心，以名譽發誓，克勞利太太的確邀請我們看完歌劇後去她家吃飯。」

「當然，而溫漢太太老犯頭痛。我說，我這兒有張一千鎊鈔票，我交給你，煩請你給我一張收據。我把鈔票放進信封，你再交給斯泰恩侯爵。我的委託人不會和侯爵決鬥。但他可不想拿那人的錢。」

「這全是誤會——天大的誤會，我親愛的先生，」對方以全然無辜的態度說道。他在俱樂部的門階上，向麥克穆達上尉深深一鞠躬。就在此時皮特．克勞利爵士踏進了俱樂部。上尉也認識皮特，他跟著從男爵走進洛頓仍坐在那兒的包廂，同時悄悄告訴從男爵，他已解決了斯泰恩侯爵和上校之間的紛爭。

聽到這消息，皮特爵士當然大為高興，十分和藹地祝賀弟弟平靜解決了這回事，同時批評決鬥是道德淪喪的行為，以此手段解決爭執只會留下令人失望的結果。

結束了開場白後，他費盡口舌，勸慰洛頓與妻子合好。他重述了蓓琪說過的話，指出她並沒有說謊，最後強調他相信弟妹的清白。

但洛頓根本不聽。「過去十年來，她一直背著我攢錢，」他說，「昨晚她還信誓旦旦地宣稱沒拿斯泰恩半毛錢。但我發現了錢，她知道一切都完蛋了。皮特，就算她是清白的，也無法說她完全無辜。我絕不會再見她——永遠不會。」他低垂著頭，沮喪地說道。顯然他完全心碎了。

「可憐的老男孩，」麥克穆達搖了搖頭。

洛頓．克勞利好一陣子都不願接受可恨的侯爵幫他安插的職位，甚至打算把兒子帶離那間多虧了侯爵才得以進入的學校。不過在哥哥和麥克穆達好言相勸下，他終於接受了侯爵的好意。他退讓的主因，是因為上尉告訴他，要是斯泰恩侯爵看到敵人靠自己的幫忙而發了大財，豈不更是七竅生煙？

等到這場風波結束，斯泰恩侯爵再次公開現身時，殖民地事務部大臣向他鞠躬敬禮，感謝他為國家找到理想的總督接任人選，幫了自己一個大忙。聽到這些祝賀之辭的斯泰恩侯爵，大家不難想像他的心情為何。

正如溫漢所說，侯爵和克勞利上校之間的那場事件，已被眾人深埋心底，無人再次提起——我指的是雙方主角和兩位代理人的確就此噤口。當天晚上，浮華世界裡足足有五十張餐桌談論著這起事件。小柯克比一人當晚就去了七場宴會，把這故事複述了七遍，還分享各地聽眾的反應與評論。華盛頓．懷特太太聽了多高興啊！伊林主教震驚得無言以對，他當天就去了剛特大宅，在訪客簽名簿上簽字。小索斯頓伯爵深感遺憾，至於他的妹妹珍夫人，當然更是難過得很。索斯頓夫人寫信給住在好望角的女兒，告訴她這回事。全城熱烈討論了整整三天，但在溫漢先生的暗示下，瓦格先生不准任何一家報紙刊登這則醜聞。

法警和討債代理人在卡爾森街逮捕了可憐的瑞格勒斯，而那間屋子的美麗房客去了哪兒？誰在乎！過了一、兩天，還有誰問起她的蹤影？她無不無辜？我們都知道這世界多麼仁愛和平，也清楚浮華世界如何批判可疑人士。有人說她跟隨斯泰恩侯爵的腳步，去了拿坡里；其他人則宣稱侯爵一聽到蓓琪的到來，就逃去巴勒摩；有人說她住在比爾斯塔特，成為保加利亞皇后的侍伴；有些人說她在布隆涅，還有人說她寄居在切爾登漢的客棧。

洛頓給了她一筆夠過日子的年金，而我們相信她有本事善用小錢，成就大事。要是有保險公司願意讓他保壽險的話，他原打算在離開英格蘭前結清欠債，可惜的是考文垂島的氣候太惡劣，他借不到半毛錢，就算用未來薪資先行抵押也徒勞。但他總是準時匯錢給哥哥，定期寫信給他的兒子。他會寄雪茄給麥克穆達，還寄了不少貝殼、卡宴紅椒、辣醃菜、石榴果醬和各種當地特產給珍夫人。他把《斯旺普敦公報》寄給哥哥，報裡大加讚揚新任總督的魄力。至於《斯旺普敦前哨報》則聲稱總督是名暴君，跟他相比，尼祿皇帝也稱得上慈善家；這是因為前哨報的主編太太沒有得到總督府宴會的請帖而挾怨報復。小洛頓很喜歡從報紙上讀總督的消息。

小洛頓的母親從未去看他。每個星期天和放假日，他都回伯母家度過。很快地，他就把女王克勞利鎮上每個鳥巢的位置摸得一清二楚。他第一次拜訪漢普郡時，曾讚嘆哈德斯敦爵士那些獵犬的英姿，現在他常常騎馬，和獵犬們一起去打獵。

第五十六章　小喬治成了一名紳士

小喬治．奧斯朋已逐漸適應和祖父同住羅素廣場的生活。他睡在爸爸的臥房，成了這棟貴氣宅邸的唯一繼承人。他外貌俊俏、風度翩翩、舉止如紳士一般，這些都贏得了祖父的歡心。奧斯朋先生對孫子的驕傲，不亞於過去對兒子的自豪之情。

有其父必有其子，小喬治愛好奢華享受，跟父親一模一樣。近年來，奧斯朋生意興隆，在西堤區的地位日日高昇，更甚以往，也更加富有。過去，他供得起喬治上優秀私校，當上一名軍官，這就夠他得意了，但現在他對小喬治的未來有更高的期許。他老是說，要讓孫子成為真正的紳士。在他眼中，小喬治足以踏入高等學院，成為國會議員，甚至當上從男爵。要是能在死前見證孫子獲得這些榮耀，他相信自己會含笑而逝。唯有一流學者才能教育孫子——絕不能讓那些騙子和冒牌貨怠慢了孫子的前途，不，不。幾年前他脾氣粗暴，咒罵所有的牧師、學者之流，宣稱他們都是一票吹牛傢伙，一群除了鑽研拉丁文和希臘文，沒有半點謀生技能的蠢材，一夥蔑視英國商人和紳士的傲慢走狗，只要商人一出手，要買下五十個學者都不成問題。現在他會十分嚴肅地惋惜自己早年沒有機會受到良好教育，以浮誇演說反覆提醒小喬治，正統教育十分優秀，不可或缺。

祖孫倆一起吃晚餐時，老先生常問小紳士今天上了什麼課，興致盎然地聽著孫子報告學習進度，假裝對小喬治說的課程內容瞭若指掌。然而，他犯了上百個錯誤，老是透露自己的無知。男孩對祖父的尊敬之情並沒有因此增加半分。心思敏捷的他，早在別的地方就受過更好的教育，讓他很快就明白老先生其實毫無學識。他輕視祖父，對他頤指氣使。雖然他之前受的教育比較卑微，費用也很低廉，但遠比祖父提供的教育優秀，足以讓小喬治成為真正的紳士。他由軟弱但溫柔仁慈的母親教育長大，兒子就是她唯一的驕傲。她有顆純潔的心，嫻淑謙恭的風度，是貨真價實的淑女。她並不多話，溫柔而忙碌地工作，也許她無法出口成章，但她從未說過一句冷酷或冒犯他人的言語。她真誠無飾，單純的她總是親切關懷身邊的人，我們可憐的小艾美麗雅的確是如假包換的貴夫人！

溫柔恭順的母親百般呵護年幼的小喬治，母親的單純纖細和老祖父粗野的虛榮形成強烈的對比。小喬治對後來才認識的老祖父予取予求。他過著奢華生活，受到良好教育，享受王子般的待遇，當然愈來愈自以為是了。

他的母親總是坐在自家掛念著兒子，我相信她不分晝夜，隨時隨地都在想他，特別是那些孤獨寂寞的夜晚。但這位小紳士有太多的娛樂和安慰，不太費力就習慣了艾美麗雅不在身邊的生活。那些因為上學而哭泣的小男孩，是為了要去痛苦的地方而哭泣，很少人真是為了離開慈愛的母親而哭。我親愛的讀者朋友和兄弟們，回憶一下小時候，當你們為了離開母親與姐妹而哭泣時，只要有人給你們一塊薑餅或水果蛋糕，是不是就止住了淚？啊，別以為你們真那麼多愁善感。

回到正題，富有又慷慨的老祖父提供喬治．奧斯朋少爺一切享受。祖父命車夫不計代價，為孫子買匹世上最漂亮的小馬。喬治坐上小馬，練習騎術，一開始去了馬術學校，表現良好，成功躍過了跳杆。接著他就在馬夫馬丁的引導下，騎上了新路，先到攝政公園，後來到海德公園練習，而車夫亦步亦趨地跟在後面。老奧斯朋現在比較少插手西堤區的業務，多半交由較年輕的助手處理，有時會和奧小姐坐馬車出遊，循著孫子騎馬的路線，到那些滿是時髦人物的公園。當小喬治以貴公子的神氣，踏著馬蹬，命小馬向祖父的馬車跑來時，老先生會輕推孩子的姑姑一把，說道，「奧小姐，妳瞧瞧他！」他縱聲大笑，因喜悅而漲紅了臉，向車窗外的男孩點點頭。跟在少爺後面的馬夫朝馬車敬禮，而馬車上的僕從則向喬治少爺敬禮。他的二姑姑費德瑞克・布洛克太太也會去公園，馬車道每天都看得到她的大馬車，車身和馬具上都畫著布洛克家族的公牛家徽，她身邊有三個臉色蒼白的小布洛克，全戴著帽子，帽上插著羽毛，直直往窗外瞧。費德瑞克・布洛克太太不時朝那小暴發戶射去怨恨又苦澀的眼神，而他像貴族一樣神氣，手扠腰、帽子斜戴，抬頭挺胸地騎著馬。

雖然喬治少爺還不滿十一歲，但他已像成年男子一樣，褲子上佩了褲帶，腳上套著最漂亮的靴子。他鞋上的馬刺鍍了金，連馬鞭的把手也是金色的，手帕上別了精緻的別針，手上套著上好的兒童手套，是蘭伯康度街的店家最高級的貨色。他的母親給了他兩對領巾，小心翼翼地替兒子縫在襯衫上，但她的撒母耳來見她時，他卻穿著更精緻、質料更好的衣裳，別著更細緻的領巾，細麻襯衫的鈕扣上鑲著寶石。她那些便宜禮物都被收到一旁——我相信奧斯朋小姐把它們都送給車夫兒子了。艾美麗雅試圖說服自己，這些改變都很棒。當然，看到兒子衣著華貴，做母親的她頗為欣慰。

母親的床頭上，除了丈夫的畫像，還掛了一張兒子的黑色側影，是她花一先令請人畫的。有天男孩如常地探望母親，騎著小馬踏入布朗普敦的小巷，他俊俏的姿態像往常一樣，引得人們都聚到窗戶前觀看。他臉上露出得意的表情，迫不及待從大外套裡拉出一個盒子——順帶一提，他穿了件瀟灑的白色大外套，外套上不但有披肩，領子還是天鵝絨的面料——他拉出一只紅色皮盒，獻給了母親。

「媽媽，這是我用自己的錢買的，」他說，「我想妳會喜歡的。」

艾美麗雅打開盒子，驚喜地低叫一聲，立刻緊緊抱住兒子，親吻他上百回。那是幅精緻的小畫像，畫中人就是小喬治。當然，寡婦認為那幅畫遠比不上本人英俊。老祖父在南漢普敦路的一間店裡看到迷人的畫作，於是請畫家替孫子畫幅肖像。不愁錢的喬治問畫家，複製一張自己的肖像畫要花上多少錢，他願意自己出錢，好拿去送給母親。畫家聽了很高興，只報了低廉的價格，替他完成一幅複製畫。聽到這回事的老奧斯朋，非常欣慰孫子懂事又體貼，又給了喬治許多零用錢，足足是那幅複製畫的兩倍。

但祖父的高興，怎能與艾美麗雅相比？她欣喜若狂。男孩的舉動證明了他對母親的愛，她認為兒子是世上最善良的孩子。這件事之後有好幾個禮拜，她一想到兒子多愛母親，就開心得不得了。她把兒子的肖像放在枕頭下，睡得比過去安穩多了。她親吻那幅畫無數次，也捧著它流淚禱告無數回。只要一有人對她好，她那膽怯的心就充滿感謝之情。自從和喬治分別後，她從沒有如此開心過，那幅畫是她最大的慰藉。

而在新家，喬治少爺成了名副其實的主人，他會像個勛爵似的指使下人。吃晚餐時，他泰然自若地邀請女士與他共飲，舉起香檳的姿態讓老祖父嘖嘖稱讚。「瞧瞧他，」老先生頂著那張紅得發紫的臉，推推身旁的賓客，「你看過像他那麼帥氣的少年嗎？老天爺呀老天爺！他馬上就會要求要有自己的梳妝台和刮鬍刀了！等著瞧吧！」

然而奧斯朋先生的朋友，並不像老祖父一樣欣賞少年早熟的滑稽行為。小喬治插嘴，打斷了柯芬法官的故事，法官可一點也不高興。佛吉上校不喜歡看到小男孩喝得半醉。當小喬治手腕一彎，把一杯波特酒灑在托菲中士太太的黃緞袍上，還哈哈大笑時，托菲太太一點也不高興。她的三兒子比小喬治大一歲，當時正從提克勒斯博士的伊林學院回家休假，而這位小紳士在羅素廣場被小喬治痛揍一頓時，老奧斯朋得意極了，但中士太太很不開心。祖父給了小喬治兩鎊，當作打贏的獎賞，還說要是以後他能打倒比他壯或比他年紀大的男孩，會再給他更多的賞金。老先生從這些打鬥中看出了什麼？實在難說。他隱約覺得，打架會讓男孩勇敢，而專制是讓孩子學習的好方法。英國少年千古年來都受過同樣的教育，而有成千上萬的人宣稱孩子必須經歷不公不義和苦難殘忍，他們不但熱忱捍衛，甚至仰慕這樣的教育方式。打贏小托菲讓喬治得到祖父連聲稱讚，他自然想繼續打鬥。有天他穿著亮麗的新衣服，在聖潘克拉斯附近大搖大擺地散步，此時有個烘焙師的兒子出言諷刺他的裝扮，小喬治像貴族一樣，熱切地脫下華麗外套，交給陪在他身邊的朋友（羅素廣場葛雷特柯蘭街的陶德少爺，他是奧斯朋公司次要合夥人之子），打算痛扁小烘焙師傅一番。可惜這回幸運女神沒有眷顧他，喬治被小師傅打倒了。他頂著黑眼圈回家，鼻子流下的血漬染髒了飾有縐褶的漂亮襯衫。他告訴祖父自己和巨人打了一架，又和布朗普敦的母親絮絮訴說那場打鬥多麼激烈，雖然事實並非如此。

這位羅素廣場葛雷特柯蘭街的陶德少爺，不但是喬治少爺的好朋友，也是他的仰慕者。他們都喜歡畫誇張的人物，愛吃杏仁糖和山莓塔，冬天時愛在攝政公園和海德公園的蛇形湖上溜冰。奧斯朋先生常派勞森——喬治的貼身保鑣兼傭人——帶他們去看戲，兩人都喜歡舒舒服服地坐在正廳後方的座位。

在勞森的陪伴下，兩位少爺踏遍了首都的知名劇場，從卓瑞街到沙德勒之井劇院都去過。他們熟知所有演員的名字，也會用紙板搭舞台，在陶德一家和其他少年朋友面前，扮演城西區知名的角色。男僕勞森生性大方，身上如果有現金，看完戲後，他時常會讓小少爺享用牡蠣，喝點蘭姆果汁酒當睡前酒，再服侍他休息。不用懷疑，少爺很感謝男僕的貼心服務，常常也豪爽地回報他。

奧斯朋先生從城西區請來知名的裁縫師——他才不准西堤或霍本區的差勁師傅替小喬治做衣

服呢，但換成他自己時，他倒覺得西堤區的師傅就夠厲害了——替孫子量身訂做衣飾，還吩咐師傅別擔心花費。因此，康度依街的伍斯利先生放任想像力馳騁，寄了一堆華麗的褲子、背心、外套過來，足以打扮一大群的少年貴公子。小喬治有可以參加晚宴的雪白背心，吃晚餐用的天鵝絨背心，還有件昂貴的小睡袍，他的行頭足以媲美成年少爺。每天晚餐前，他都會更衣打扮，就像他爺爺說的，「活像個城西區的時髦公子。」他有專屬的貼身僕人，服侍他梳洗換衣，他一拉鈴就趕來滿足他的一切需求，送信時必用銀盤盛上信箋。

小喬治吃過早餐後，會坐在餐廳的扶手椅裡讀《晨間郵報》，就像成年男子一樣。「聽，少爺又在咒東罵西啦，多神氣！」僕人們紛紛讚嘆他的早熟。那些還記得他父親喬治上尉的僕人，則宣稱喬治少爺和爸爸從頭到腳一模一樣，簡直是同一個模子印出來的。他活力十足、脾氣專橫、喜愛咒罵，但又有善良的內心，他讓奧斯朋家變得既活潑又熱鬧。

至於小喬治的教育，則交由一位學者全權安排。這位學者在羅素廣場附近開辦了一間私人學院，專門「輔佐年輕貴族和紳士進入大學，進入議會從政，從事各種仰賴博學的職業。本機構摒棄古老學院中有害自尊的體罰制度，學子在這兒會習慣名流社會的優雅生活，獲得有如家庭般的親密與信賴關係」。布魯斯貝里區哈特街的勞倫斯．菲爾牧師和妻子就用這番話招徠學生。不只如此，菲爾牧師也是巴瑞克斯伯爵的私人家庭牧師。

這對家庭牧師夫妻想盡辦法到處宣傳、刊登廣告，一般來說總能找到一、兩個寄宿學生——他們的學費高昂，住在極為舒適的房間。比方來說，有名寄宿學生來自西印度群島，身材高壯，有著赤褐色的肌膚，頭髮像毛線一樣捲，打扮得時髦帥氣，但從來沒有人探望他。還有個二十三歲的笨拙男子，從沒受過正統教育，而菲爾夫妻想辦法引領他踏入名流世界。為東印度公司服務的班格斯上校則把兩個兒子都送了過來。這四個學生會坐在菲爾太太的優雅餐桌上用餐，與校長夫妻同住。而小喬治就加入這群學子的行列。

小喬治就像其他十幾個孩子一樣，只有白天來學校上課。早上，他在好友勞森先生的監督下抵達學院，要是他表現良好，下午就能騎著小馬離開——當然，馬夫會尾隨在後。人人皆知他爺爺家財萬貫，菲爾牧師當面稱讚小喬治出生富貴，說他未來前途無量，而他必須趁著年輕，勤勉恭順地學習，好準備迎接成年後的責任。牧師還說，少年保持恭順的品德，未來才能成為指揮別人的男子漢。因此小喬治不該帶太妃糖上學，免得影響兩位班格斯少爺的健康，菲爾太太優雅而豐富的餐桌已提供兩位少爺所需的一切營養。

菲爾先生稱之為「完整課程」的教育內容十分豐富，來哈特街學習的少年必須涉獵所有的科學科目。菲爾牧師有太陽系儀、通電機、轉動車床、化學設備……等儀器，在洗衣房設了一座劇場，圖書室裡滿是他精心挑選的書籍，包括了古往今來各種語言中最優秀的著作。他帶一群少年參觀大英博物館，詳細解釋那兒的古物和各種自然標本。他一說話，人們就圍繞在他四周聆聽，布魯斯貝里區的居民都認為他是學問最淵博的大學士。他說話時（其實他幾乎從未停止說話），刻意選擇最優雅、最冗長繁複的單字，他認為與其小氣地使用簡短詞彙，不如使用氣派大方、聽來格外響亮的形容詞。這的確十分正確。

在學校裡，他會對小喬治說，「昨天傍晚，我與至交好友伯德斯博士縱情暢談科學——他是一位真正的考古學家，也是名紳士，但他是位學富五車的考古學家——回家途中，我觀察到你備受世人敬重的祖父坐落在羅素廣場富麗堂皇的豪宅燈火通明，似乎舉辦了熱鬧的慶祝宴會。我推測昨晚奧斯朋先生想必精挑細選數位可敬可佩的賓客，與他共享奢華盛宴，是不是呢？」

深具幽默感的小喬治，機靈地模仿菲爾先生的神態，一本正經地回答，「菲爾先生神機妙算，所言一字不差。」

「既然如此，我敢下注擔保，那些獲得殊榮，受到奧斯朋先生慷慨招待的賓客紳士，必會對這場筵席讚不絕口。我自己也曾十分榮幸參加他的盛會，承蒙他大方招待不只一次。順道一提，奧斯朋少爺，今早你遲到了，這不是你第一次遲到了。我說，紳士們，我雖只是卑微的一名學者，但承蒙高貴的奧斯朋先生大方款待，亦能同桌與貴人共享盛宴。雖然我也曾與世上最偉大、最高貴的名流同桌——包括我的摯友與贊助人喬治．巴瑞克斯伯爵，但我敢向各位保證，這位英國商人的餐桌盡是美食佳餚，主人殷勤親切，像位貴族般慷慨，確保賓主盡歡。布洛克先生，煩請你繼續朗讀歐特洛庇厄斯的文章，先生，由於奧斯朋少爺遲到，剛剛打斷了你。」

喬治在這位偉大學者的監督下學習了好一陣子，學會了許多華麗辭藻，令艾美麗雅一時啞口無言，但她真心嘆服兒子的天資聰穎，學習快速。可憐的寡婦基於私心，與菲爾太太成為朋友。她喜歡拜訪菲爾家，看著小喬治上學的身影。她樂於參加菲爾太太每個月舉辦一次的「座談會」，粉紅色的邀請卡上還寫上義大利文和希臘文，教授會帶著學子和朋友享用清淡的茶，談論各種科學主題。只要有小喬治坐在身旁，艾美麗雅就認為座談會生動有趣，一次也不願錯過。不管風吹雨打還是艷陽高照，她都會不辭辛勞地從布朗普敦走到菲爾公館。當座談會結束，眾人散去，而小喬治也在專屬男僕勞森先生的陪伴下回家，可憐的奧斯朋太太會淚眼盈眶地感謝菲爾太太，讓她度過如此愉快的一晚，再披上斗篷和披肩，徒步回到布朗普敦的家。

小喬治的導師精通上百種學科。而奧斯朋先生從每週進度報告看來，深信孫子在這番諄諄教誨下，顯然進步神速。報告書上以表格列出十幾項科目，導師按學生表現加以評論。小喬治的報告書上，教授在希臘文科上，以希臘文評了「特優」，義大利文則用義大利文評上「極優」，法文則用法文寫上「特佳」，以此類推。到了年底，每個人都因各種名目得到獎賞。連滿頭鬈髮的史華滋先生（麥克穆爾太太同父異母的弟弟），來自農場、未受正規教育、年二十有三的布洛克先生，還有散漫頑皮的陶德少爺，都收到價值十八便士的小書，上面還刻著「雅典學院」，教授並以華麗的拉丁文為每個年輕學子寫上讚辭。

陶德少爺一家人是奧斯朋家的食客，原本只是職員的陶德，在老先生的幫助下，升任為公司的次要合夥人。

奧斯朋先生是小陶德少爺的教父（陶德少爺以後的名卡上寫著「奧斯朋－陶德先生」，成為一名公認的時髦男子），而瑪麗雅・陶德小姐受洗時則由奧斯朋小姐則陪伴。奧家長女每年都好心地給她的女徒弟一本祈禱書、一些講道文集，一本平庸的宗教詩集或類似的禮物。奧小姐時不時會帶著陶德家的少爺小姐出門兜風，他們生病時，奧小姐會命令穿著華麗制服和背心的男僕，從羅素廣場送些果凍和點心去柯蘭街。柯蘭街的居民一看到羅素廣場的住戶就欽佩得發抖。陶德太太有雙巧手，會剪漂亮的紙花，襯在羊腰肉下面當裝飾，也會把蕪菁和紅蘿蔔雕成栩栩如生的花朵和鴨子。奧斯朋家舉辦晚宴時，陶德太太就會到柯蘭街居民口中的「廣場」去，幫忙準備晚宴。但她從來沒想過成為奧斯朋家的桌上賓客。要是某位客人遲遲沒有出現，陶德才有幸上桌。陶德太太和瑪麗雅則會靜悄悄地在傍晚抵達，輕敲一聲後進屋，等到奧斯朋小姐和女客用過晚餐、退到客廳，陶德母女已準備好為貴客表演二重唱，一路唱到紳士們進客廳才稍停。可聽的瑪麗雅・陶德，可憐的年輕姑娘！她們必須在柯蘭街勤苦練習多少年，才能在「廣場」登台演出呀！

看來命運已經安排好，小喬治不管遇到什麼人，都會佔上風。所有的朋友、親戚、僕傭都對這小少爺畢恭畢敬。說實在話，男孩非常滿意這樣的生活。大部分人都如此。小喬治熱愛扮演富家少爺，也許他生來就適合這角色。

羅素廣場的這戶人家裡，每個人都怕奧斯朋先生，而奧斯朋先生怕小喬治。男孩風度翩翩，一說起書本和學識就口若懸河，像極了父親（那個至死都沒和父親和解，長眠布魯塞爾的上尉），令老先生驚嘆不已，任由小少爺使喚。老先生十分意外小傢伙有時會流露神似父親的舉止，連他說話的口氣，也和他父親如出一轍，老先生覺得兒子似乎重回眼前。為了彌補過往對兒子的嚴厲，老先生格外溺愛孫子，展現令人詫異的慈愛。他依舊對奧斯朋小姐咆哮咒罵，但小喬治就算起床起得晚了，下樓吃早餐時，祖父依舊笑盈盈地朝他望。

喬治的姑姑奧斯朋小姐已是失去光采的老閨女，四十多年的孤寂生活，父親粗暴的對待，全都深深摧殘了她。只要小喬治任性些，就能輕易控制她。不管喬治想要什麼，她櫃子裡的果醬或畫盒裡乾掉的舊顏料，都任小喬治取用。而小喬治一得到想要的東西，就不再理會姑姑。那畫盒是奧小姐向斯梅先生學畫時用的畫具，當時的她還稱得上青春美麗，如朵綻放的花。

至於友情，他有個講話浮誇、一開口就滿嘴奉承的老校長，還有個比他年長的陶德少爺，任他欺凌也毫無怨言。陶德太太很喜歡八歲大的小女兒，可愛的羅莎·傑梅瑪和小喬治少爺來往。她總是說，這對小麗人多相配呀！但她絕對不會向「廣場」的人洩漏自己的心情。「以後的事誰說得準？他們真是對令人稱羨的小情侶，不是嗎？」愛幻想的母親如此尋思。

喪志的老外公也是小暴君忠誠的臣民。他怎能不嘆服這個穿著華貴服飾、後面跟著馬夫的小公子呢！然而小喬治老是聽到約翰·薩德利被無情的老對手奧斯朋先生粗野地批評、咒罵和嘲笑。奧斯朋會說他是老乞丐、販煤商、破產戶，還用各種殘酷言詞侮辱他。小喬治怎會敬重如此卑劣的人呢？他與爺爺同住幾個月後，薩德利太太過世了。小喬治和外婆之間的感情淡薄，看起來一點也不傷心。他穿著精緻新穎的喪服去拜訪母親，因為不能盡情玩樂而大發脾氣。

艾美麗雅雖然因照顧生病的老母親而疲憊，但也許這為她提供了避風港。男人哪懂女人捨己奉獻的精神呢？許多女人每天默默承受各式各樣的折磨，要是我們男人承受百分之一，恐怕早就發瘋啦。她們無休無止地勞動，得不到任何回報；總是溫柔仁慈地待人，卻遭到無情的欺凌；隨時保持愛心，勞動，耐心，警覺，卻等不到別人的一句感謝；多少女人毫無怨言地接受這一切，即使一點也不快樂，仍露出滿懷活力的笑容。她們是柔弱的奴隸，只能強顏歡笑，委屈求全。

艾美麗雅的母親一倒臥床上，至死都沒能離開。而奧斯朋太太守在母親床畔的椅子上，除了出門探望小喬治之外，她也從未離開過。但就連她偶爾探望兒子，老太太也會因此而怨懟女兒。以前一家人幸福安康時，薩德利太太曾是個仁慈又好心的母親，臉上總是掛著微笑，但窮困和病痛讓她失去往日的慈愛。不過，她的病痛和疏離沒有影響艾美麗雅，事實上，它們反而幫助艾美麗雅承受其他苦難。在病人聲聲呼喚中，她暫時忘卻了其他的苦痛。艾美麗雅柔順地接受母親的責難；默默撫平不舒服的枕頭；當母親緊張地喋喋抱怨，她總是柔聲回應。虔誠純樸的她，說出最有希望的言語安慰病人，最後終於伸手覆上那雙曾經慈愛地望著她的雙眼。

接著，她把所有的時間和溫柔都用來安慰傷心寂寞的老父親。老先生經過人生的風吹雨打，如今成了孤家寡人。他的妻子，他的榮耀，他的財富，他最珍視的一切都離他遠去。唯有艾美麗雅伸出溫柔雙臂，仍舊守護步履蹣跚的心碎老人。我們不會描述這段悲慘淒涼的故事，不然就太蠢了。我看得出來，浮華世界的人們早就開始打呵欠了。

有天，所有的少年紳士全聚在菲爾牧師的書房裡，巴瑞克斯伯爵的家庭牧師一如往常滔滔不絕。突然一輛飾有雅典娜神像的貴氣馬車停到門前，兩位男士下了車。班格斯兄弟立刻衝到窗戶前，隱約暗示他們的父親說不定從孟買回來了。年紀二十有三，高大笨拙的學生正為了歐特洛庇厄斯的文章而暗自流淚，他也緊貼著窗戶望著馬車，把鼻子都壓扁了。車夫跳下駕駛座，為車上的乘客開了門。

「一個胖子和一個瘦子，」布洛克先生說道。門上響起了敲門聲。

每個人都很好奇來客是誰，連家庭牧師也是——他希望來的是某位未來學生的父親。來客讓小喬治少爺得以暫時放下書本，此時也興奮得很。

學院有個男童專門跑腿，他穿著銅扣都變了色的簡陋制服，每次有客人來，他都得急急忙忙套上緊身外套再去開門。他走進書房通報，「兩位紳士求見奧斯朋少爺。」那天早上，教授和年輕少爺起過口角，因為少爺帶了拉炮上學。不過此時他一本正經，十分有禮地說道，「奧斯朋少爺，我准許你去看看那些乘坐馬車前來的朋友們，請你代我和菲爾太太向你的朋友致上誠摯的敬意。」

小喬治踏入接待室，看到了兩位陌生人。他抬起頭，以一貫的高傲眼神望著兩位來客。一個男人很胖，留了兩撇鬍子，另一個又高又瘦，穿著藍色大衣，臉色黝黑，頂著一頭灰白的頭髮。

「老天爺，多像他啊！」高瘦紳士驚訝地嘆道，「喬治，你知道我們是誰嗎？」

男孩臉紅了——他一感動就會臉紅，那雙眼閃爍著晶亮的光芒。「我不知道另外那個人是誰，」他說道，「但我想你必定是達賓少校。」

的確，這是我們熟悉的老朋友。他問候男孩時，因喜悅而語帶哽咽。他牽起男孩的雙手，把少年拉近些。

「你母親跟你提過我吧？有嗎？」他說道。

「她常提起你，」小喬治回答，「她提過好幾百次。」

第五十七章 黎明

基於個人自尊之類的種種原因，老奧斯朋決心讓老對手、敵人和貴人薩德利先生，在人生最後的一段路陷入沮喪落寞、忍辱偷生的境地。奧斯朋是世上傷害薩德利最深的人，至今仍不斷誹謗他，而薩德利卻不得不仰賴老奧斯朋的財務援助過活。老奧斯朋雖然非常乾脆地給了喬治的母親一筆穩定津貼，但他粗野無情地用各種暗示讓孫子明白，他的外公是個破了產、只能仰賴他人幫忙的可憐老頭，約翰・薩德利必須感謝這位雖然他欠了許多錢，但仍大方資助他的債主。喬治帶著一大筆錢去拜訪母親和心碎的老鰥夫，如今母親人生唯一的責任就是照顧和安慰那痛失髮妻的老父。而小少年面對這喪志的軟弱老人，總是擺出趾高氣昂的樣子。

艾美麗雅接受父親敵人的金錢援助，也許有人會批評她毫無「自尊」可言，但這位可憐姑娘本來就不太在乎自尊。她天真單純，本就需要別人保護。而自從她成為女人，或不如說她不幸地嫁給喬治・奧斯朋後，就長期過著貧困又卑微的日子，每天都得面對付不出錢的困境。她雖然溫柔待人，卻得不到回報，還得接受他人譏刺的言語。讀者啊，你們看到那些原本比你富貴的人家淪落貧困下場，被運氣拋棄，逆來順受，恭順委屈，但人們對他們毫無憐憫，瞧不起貧窮的他們。那你們呢？當你們輝煌時，你們會替那些疲憊的可憐人清洗雙足嗎？不，你們一想到他們就感到厭煩，恨不得拋開那些思緒。「世上必有階級之分，有人富有而有人貧困，」富翁會啜飲紅酒如此說道，要是他願意把殘羹剩飯分給坐在他窗下的拉撒路，他已經稱得上是個天大的善人[53]。富翁的話沒有錯，但想想命運多麼神祕又莫名，機遇能使一人平步青雲，身披華服，也能讓另一個人衣不蔽體，只能與狗依偎取暖。

因此我必須承認，面對公公時不時的施捨，艾美麗雅不但毫無埋怨，甚至有點感謝。她把公公拋下的一點殘羹剩飯都用來餵飽父親。這位年輕女人（女士們，此時的她也不過三十歲，我決定仍稱她為年輕女人）明白自己的責任，我說，她生來就是要跪伏在所愛的人面前，無怨無悔地犧牲奉獻。許多夜晚，她為小喬治忙著針線活，然而當小少爺回到家，他卻毫不感謝。她為父母承受多少打擊、輕視、窮困和一無所有的生活！孤獨的她逆來順受，做了無數沒人明白的犧牲，就像世人對她的看法一樣，她不再瞧得起自己，早把自尊拋下。但我相信，這可憐卑微、沮喪無奈的女人心裡，深以為命運已對自己多方眷顧了。啊，妳們這些可憐女子啊！妳們全是無人知曉的烈士和受害者，妳們的人生就是一場酷刑，妳們的臥房宛如絞刑台，每天都必須在客廳桌獻上自己的頭顱。所有看過妳們受苦的樣子，或瞥見那些黑暗角落，見證妳們受到哪些折磨的人們，必定心生憐憫——同時為了自己投對了胎，成為留鬍子的男人而暗自慶幸。我還記得多年前，我和朋友去了巴黎近郊比色堤的一間瘋人院，看到有個生病的可憐人蜷縮在牢房一角，我們之間有人給了他價值半便士的鼻煙紙。對這位癲癇病人來說，這是天大的恩惠，太過感動的他因喜悅與感激而痛哭流涕。就算有人給我們一年一千鎊，或者救我們一命，我們恐怕也不會像那位病人一樣感動。因此，只要你嚴厲欺壓一個女人，只要你夠狠，你就會發現一點點的恩惠，都能讓她感動得淚眼盈眶，好像你是位賜福的天使。

這就是命運女神賜給艾美麗雅的恩典。她的人生一開始原本頗為順遂，卻淪落至此——她身處卑微的牢籠中，慘遭無休無止的奴役，毫無尊嚴可言。小喬治有時會來牢房探望母親，帶給她微弱的希望。羅素廣場是她牢籠的邊境，雖然她能走去那兒，但晚上仍必須回到囚房睡覺。她毫無喜悅地盡為人母與為人女的責任，守望不知感謝為何物的病人，承擔失意老人的暴怒與專橫。

世上有多少人注定得忍受如此漫長的奴役？想必成千上萬吧？而且其中多半都是女人。她們是不支薪的護士，也可以稱作慈善修女，只是她們沒有遁入宗教的浪漫想法，也不懂所謂犧牲小我的情操。她們努力付出，縮衣節食，照顧守望，默默受苦，無人憐憫，最終卑微的消失，沒人在乎她們的存在。

可恨的智慧女神隱藏幕後，主宰人類的命運，而她專門喜歡欺負那些溫柔善良和明智的人；總讓那些自私愚昧或邪惡的人扶搖直上。啊，我的弟兄們，當你們得權得勢，大富大貴時，別忘了保持謙卑之心！請親切對待那些倒霉的人，他們可能比你們更值得獎賞。想想，你們有何權利蔑視他人？你們之所以擁有傲人美德，只是因為沒有遇到誘惑；你們的成功可能只歸功於機運，你們的地位也許來自祖先偶然的意外，你們的富裕可能只是一場諷刺劇。

一個下著雨的陰鬱日子，艾美麗雅的母親長眠於布朗普敦的一座教堂墓園裡。艾美麗雅還記得，她第一次踏入這座教堂，就是她和喬治結婚的那一天，如今她的兒子穿著簇新華貴的黑貂大衣，坐在她的身旁。她還記得那個領座的老女人和執事。牧師朗誦禱文時，她卻忙著回想過往時光：她握住小喬治的手，也許心裡希望躺在那兒的不是母親，而是自……一如往常，她立刻為自私的想法感到羞愧，默默祈禱上天助她一臂之力，讓她恪守責任。

她下定決心，想盡辦法都要讓老父親快樂起來。她像個奴隸一樣勞動幹活，縫縫補補，唱完了歌就陪玩雙陸棋，朗讀報紙文章，下廚作菜，一切都為了討老薩德利開心。她時常扶老父出門散步，他們會去肯辛頓花園或布朗普敦的街道。她滿臉堆笑，溫柔地聽他說他的人生故事。當愛發脾氣、身體虛弱的老先生坐在公園椅子上曬太陽，絮絮叨叨地訴說自己的不幸與憂傷，坐在

53. 出自《新約．路加福音》，耶穌說了一則「財主與拉撒路」的故事。

他身旁的艾美麗雅默默沉浸在自己的思緒與回憶中。這位寡婦心中有多少憂傷又難過的思緒啊！周圍的孩子們在公園大道上奔跑，在斜坡上追來追去，令她想到小喬治，但他已不在她身邊，而他的父親早被死神帶走。她對這兩人懷抱自私的愛，充滿內疚，而她為此嘗到惡果和沉重的懲罰。她努力說服自己是個可悲又邪惡的罪人，本該承受如此的磨難。她在這世上多麼孤獨無依。

我知道這些孤獨的囚牢生活實在沉悶無趣，除非有些活潑或詼諧的事件才能帶來生氣——比如有個親切的典獄長，或堡壘裡有個愛惡作劇的指揮官，或者有隻老鼠探出頭來，玩弄拉杜德[54]的鬍鬚，或者像知名囚犯川克[55]，用指甲和牙籤在城堡下挖個地底隧道……可惜的是，在艾美麗雅的囚禁生活中，史學家找不到類似的有趣事件。如果讀者願意，請想像一下這段日子裡，雖然她心痛欲絕，但一有人對她說話，她就會露出溫順的微笑。儘管處於淒慘貧困之中，但毫無粗野的習氣，她會唱歌、做甜點、玩牌、縫補襪子，事事為老父親著想。她稱不稱得上一位女中英豪，一點也不重要。但願你我年老時，即使成了愛罵人的破產老頭，還有人像她一樣，願意讓我們倚靠在他們溫柔的肩頭，用一雙慈愛的手拍鬆我們的枕頭，直到我們斷了氣。

自從妻子死後，老薩德利愈來愈喜歡女兒，而艾美麗雅則從照顧老父獲得些許安慰。

不過我們不會放任這對父女過著卑微低賤的日子。不久之後，他們就能過上好生活，至少以世俗財富而言。也許精明的讀者已經猜到，陪同我們的老朋友達賓少校前往小喬治的學校拜訪的胖男子是誰。我們另一位老朋友也回到了英格蘭，而他的出現想必會帶給親人不少安慰。

達賓少校不花多少唇舌，就說服了他好脾氣的長官，同意讓他為了緊急的私人事務，從馬德拉斯回到歐洲。他極可能不分晝夜的趕路，因此當他抵達馬德拉斯時，他發了高燒。他的隨行僕從帶他去馬德拉斯一位朋友家中留宿，當他們朝歐洲啟程時，他仍處於譫妄狀態。好一陣子，人們都以為他的目的地會是聖喬治教堂的墓園，軍團會在他的葬禮上鳴響禮炮，而他將與許多英勇軍官長眠地下，來不及重返家鄉。

可憐的少校臥病在床，發著高燒，看護他的人們恐怕聽到他在狂亂中呼喊了好幾次艾美麗雅的名字。當他清醒時，一想到這輩子再也無望與她相見，就沮喪不已。他想著自己的人生已近終點，於是著手安排後事，把他擁有的一點財產留給那些他最希望幫助的人。他住在朋友家時，請朋友擔任他的遺囑證人。他脖子上有串棕色的細鍊，他希望這條鍊子陪他一起入土。事實上，這條鍊子是艾美麗雅在布魯塞爾的侍女給他的。它原是年輕寡婦戴在髮上的裝飾品，喬治・奧斯朋在蒙桑讓的高地上陣亡後，艾美麗雅生了重病、發起高燒，當時她剪短了頭髮，把這條鍊子送給了侍女。

他漸漸康復，恢復精神，但沒多久再次陷入病魔手中。幸好他原本身強體壯，撐過了放血和甘汞的治療。東印度公司的拉姆珊德號從加爾各答來到馬德拉斯，當人們扶他上船，把他交給布瑞格船長時，他已如骷髏般枯瘦憔悴。一路陪伴他的僕從認為，老實的少校絕無法撐過這趟漫長的航程，他會在某個早晨倒下。人們會在他的身上蓋上國旗，把他抬上吊床，掛在船身旁，而他掛在心頭的項鍊，會隨他一起沉入海洋。然而，也許是海洋帶來新鮮的空氣，也可能是他心頭又湧上一絲希望，船一升起帆，航向家鄉，我們的朋友就一步步康復。拉姆珊德號還沒抵達好望角，他已經戰勝病魔，只是瘦削得像頭灰狗。「柯克一定失望得很，」他笑著說，「他還以為一回家鄉，就會升職少校呢。」說明一下，某軍團在國外征戰多年，十分英勇，從西印度群島回到歐洲後，參與了滑鐵盧一役，再從法蘭德斯前往印度。然而，當一心盼望回家的少校還在馬德拉斯

54. 讓・亨利・拉杜德，一七二五～一八〇五，法國作家，被囚禁在巴士底監獄期間多次逃獄。
55. 弗德里希・馮・德・川克，一七二六～九四，普魯士軍官，也曾被監禁多年且多次逃獄。

臥病在床時，軍團卻收到回國的命令。要是少校願意在馬德拉斯多待一會兒，他本有機會與同袍一起回國。

也許，病重虛弱的他，並不想再次淪為葛洛薇娜的玩物。「我相信奧大德小姐很樂意照顧我，」他和某位乘客打趣道，「要是我們讓她上船，她會在我海葬之後，立刻愛上你，把你當作大禮一樣帶回南漢普敦，喬斯，我的好孩子。」

的確，和少校一起搭上拉姆珊德號的乘客，就是我們這位肥壯的朋友。這十年，他都在孟加拉。毫不間斷的午餐和晚宴，喝不完的淡脾酒和紅酒，行政機關繁忙的公務，還有提神飲料兌水白蘭地，這些都是滑鐵盧・薩德利職責的一部分，想逃也逃不了，而它們也影響了他。他在印度待滿了外派任期，長年的官職讓他存下了不少財富，他宣稱自己非回歐洲不可。他成了自由之身，獲得優渥的退休年金，能回國享享清福，要是他願意，資歷深、能力足的他也能在祖國謀得差不多的官職。

他比我們上次見到時瘦了些，但打扮更加雍容華貴，舉止更加莊重威嚴。他又留起了滑鐵盧之役那時蓄的鬍子，戴著鑲了金邊的漂亮天鵝絨軍帽，身上別了許多別針和珠寶，大搖大擺地在甲板上漫步。他會在艙房裡用早餐，慎重地更衣打扮。當他步上船尾的甲板，看起來就好像要去倫敦龐德街還是加爾各答賽馬會一樣花枝招展。他的貼身男僕是名印度人，男僕會替他拿菸斗，頭巾上還用銀線繡了薩德利的家徽。這名東方僕役在喬斯・薩德利的專橫下，過著卑微的日子。喬斯就像女人一樣重視外表。他像人老珠黃的美人般，每天都要花上冗長的時間梳洗打扮。乘客中幾個年紀最輕的小伙子，包括第一五〇軍團的年輕士兵雪菲斯，還有得了第三場熱病，不得不回鄉的瑞基特，都會把薩德利拉出房間，要他講些精采故事，包括勇猛獵虎和對抗拿破崙的事蹟。當船隻抵達聖赫倫那島，乘客下航拜訪法國皇帝臨終時在朗伍德的住所時，正巧達賓少校不在，喬斯就對現場的男士和年輕軍官詳細敘述滑鐵盧一役，宣稱要不是他，拿破崙才不會戰敗，在聖赫倫那度過餘生呢。

離開聖赫倫那島後，喬斯變得十分慷慨，邀請大家享用豐盛的食物，包括紅酒、醃肉、好幾桶的蘇打水，全都是他的私人藏貨。既然船上沒有女性，少校又為人謙虛，用餐時坐在首位的都是印度官員薩德利大人。他大方享受布瑞格船長和拉姆珊德號上其他船員的禮遇，舉手投足都流露高官的氣魄。然而他們遇上了暴風雨，他驚慌地躲了整整兩天。他艙房上的小窗全用木板釘牢，而躲在小房間的他苦讀《芬奇利公地的洗衣婦》——愛蜜莉．霍恩布勞爾太太，也就是席拉斯．霍恩布勞爾牧師的妻子之前隨夫君離開英國，前往好望角傳教時，把這本書留在拉姆珊德號上。喬斯的行李中有很多小說和劇本，但他全借給其他乘客，人人都因他的仁慈大方而感謝不已，令他得意極了。

許多夜晚，拉姆珊德號航行在咆哮漆黑的大海上，月亮星辰在天空中閃爍。當換哨鈴聲響起，薩德利先生和少校會坐在船尾甲板上，大官抽著僕人準備的水菸，少校則抽著雪茄，兩人談起家鄉的種種。

在這些談話中，達賓少校費了不少心思和堅持，迫使喬斯不得不和他聊聊艾美麗雅和她的兒子。喬斯對父親的失意不太高興，老薩德利時不時要兒子幫忙推銷的舉動更令他生氣，但少校指出老人家只是被霉運糾纏，年紀又大，和顏悅色地撫平喬斯的怨懟。少校說，也許喬斯不願和年老的父母同住，畢竟他們的生活作息與年輕人不同，父子的生活圈也不一樣（少校的讚美令喬斯鞠了個躬），但少校繼續指出，喬斯．薩德利在倫敦安定下來後，必須有女主人來幫忙自己打理家務，不能再像之前過著單身漢的日子，而他的妹妹艾美麗雅是與他同住的最佳人選。她多麼優雅溫柔，舉止又多麼典雅嫻淑。他回憶道，在布魯塞爾和倫敦，喬治．奧斯朋太太都曾受到許多名流的歡迎與讚美。接著少校又暗示，把小喬治送去好學校，讓他出人頭地是當務之急，想必他的母親和外公外婆都把他寵壞了。簡而言之，老謀深算的少校讓印度官員保證會照顧妹妹和她那欠缺父親管教的孩子。那時，他還不知道薩德利一家發生了什麼事，全然不知老太太已經辭世，而小喬治已被富有的祖父帶離艾美麗雅身邊。這位深陷情網的中年男子，依舊日日夜夜地思念奧斯朋太太，全心全意要幫助她。他用盡哄騙、諂媚、籠絡、讚美的手段說服喬斯·薩德利，而他可能沒發現自己多麼認真又積極。各位讀者若曾有久未出嫁的姐妹甚至女兒，可能會想到，當男性有意追求女性時，往往會對心上人的男性親戚特別友好，而達賓這壞蛋心裡打的說不定是同樣的算盤。

事實上，達賓少校搭上拉姆珊德號時奄奄一息，船航行了三天，他依然重病纏身，毫無康復跡象。雖然與舊識薩德利先生重逢令少校十分高興，但他的身體仍沒有痊癒的跡象。有天，少校無精打采地躺在甲板上休息，兩人長談了一回。他坦言自己來日不多，他已在遺囑中將一點財產留給教子，相信奧斯朋太太未來結婚後會十分幸福，但願她會仁慈地在心中懷念他。「結婚？她沒有結婚打算啊，」喬斯回答，「我不久前才收到她的信，她完全沒提到要再婚，有趣的是，她倒是告訴我你要結婚了，還祝福**達賓少校**過著幸福美滿的日子哪。」薩德利收到的信，是何時從歐洲寄出的？大官從行李中找出信件，遞給少校看。這些信比少校收到的晚了兩個月才寄出。過沒幾天，船醫就為自己高明的醫術大為得意：他的病人從馬德拉斯上船時，當地醫生表示這人大限已近，回天乏術。然而，他一改變藥物配方，達賓少校就日漸康復。因此柯克上尉升任少校的希望落空了。

等到拉姆珊德號告別聖赫倫那島，達賓少校不但恢復了元氣，還變得活潑開朗，其他乘客都吃了一驚。他與海軍少尉高聲談笑，與大副比試木劍，像個孩子似地攀上船桅。有天晚上大夥兒吃過晚餐，喝著烈酒時，他還唱起逗趣的歌曲，把大家逗得哈哈大笑。布瑞格船長一開始並不欣賞少校，認為他是個頹喪失意的傢伙，但後來少校變得歡快又友善，連他也不得不承認少校是個知識淵博、令人敬佩的軍官。「好傢伙，他一點也不忸怩作態，」布瑞格對他的大副評論道，「羅波，瞧他這副樣子，不可能進得了總督府的。威廉總督大人和夫人都對我好得很，在眾人面前跟我握手，晚餐時還當著指揮官的面，要我和他共飲啤酒哪。雖說他沒大官的氣勢，但他倒是有點能耐……」布瑞格船長以這番話，展現他不只有擔任船長的才幹，還有識人的才能。

拉姆珊德號只要再航行十天就能抵達英格蘭，一切風平浪靜，達賓卻急躁不安，那些曾欣賞他的活力和好脾氣的人們，對他的劇烈改變十分意外。直到微風再度吹起，他才好了些。等到領航員上了船，他已興奮得難以言喻。老天爺，當他看到南漢普敦那兩座熟悉的尖塔時，他的心跳得多麼激烈啊！

第五十八章　我們的少校朋友

我們的少校在拉姆珊德號上實在太受歡迎了。當他和薩德利先生下船，踏上前來迎接的岸邊小艇時，威風的布瑞格船長帶領所有的水手和高級船員，聚在甲板上歡送達賓少校，向他歡呼了三聲。少校紅著臉，頻頻頷首表示感謝。喬斯恐怕以為自己才是船員歡送的對象，他摘下金邊軍帽，鄭重地朝船上的朋友揮了揮。小艇很快就被拉向岸邊，兩人神氣十足地上了岸，前往皇家喬治飯店。

令人垂涎三尺的牛腿肉擺在眼前，銀製的大啤酒杯讓旅人記起道地英國製的艾爾啤酒和波特黑啤酒的滋味；每個剛回國，踏入喬治飯店咖啡廳的旅客，抬頭望見這些令人精神一振的美食，總會忍不住在這間舒適的英格蘭客棧多留幾天，享受如家一般的溫馨氣氛。

然而掃興的達賓卻迫不及待地提起驛馬車。才剛到南漢普敦，他就想再次踏上旅程，回到倫敦。不過喬斯拒絕當晚動身。他怎能放棄華貴舒適的羽絨床，委屈地在驛馬車上過夜呢？壯碩的孟加拉官員整趟航程都只能睡在狹窄得可怕的小床，現在他怎拒絕得了已經準備好的房間？除非所有的行李都通了關，送到飯店，不然他絕不離開。他得好好抽一會兒水菸，才能再次上路。少校迫不得已，只能在飯店度過這一晚。他寄了封信回家，通知家人他已歸國，他也拜託喬斯寫信通知他的親友。喬斯滿口答應，但根本沒照做。上尉、船醫還有一、兩位同船乘客和我們的兩位男士一起吃飯，喬斯奢侈地點了豐盛的菜色，向少校保證明天就會跟他回倫敦。看到薩德利先生喝下第一杯波特啤酒的樣子，飯店主人說那實在是幅美好的畫面。要是我時間充裕，膽子夠大，就會花上整整一章，討論英國人回家後，喝下第一杯波特啤酒時多麼喜悅。啊，多美妙的滋味啊！只要能嘗到久違後第一口波特啤酒的滋味，就算要離家一年又何足惜！

達賓少校隔天出房間時看起來精神抖擻。他按照以往的習慣，把鬍子刮得乾乾淨淨，打扮整齊。但他起得實在太早了，全飯店幾乎無人起床，只有那個看似不需睡覺的擦靴匠醒著。少校走在陰暗的過道，腳步壓得木地板咿呀作響，睡得正香的客人，發出此起彼落的鼾聲。不睡覺的擦靴人輕手輕腳走在走廊裡，將房門外一雙雙的布呂歇爾半筒靴、威靈頓長靴、牛津皮鞋收集起來。接著，喬斯的印度僕人起床了，動手整理主人繁複的盥洗用品，準備水菸筒，接著女傭也一起身。她們在昏暗走道裡撞見皮膚黝黑的印度男僕時，都嚇了一大跳，把他誤當成魔鬼。女傭在過道裡放了水桶，達賓和男僕差點被絆倒。終於，第一位侍者下了樓，連鬍子都還沒刮。他解下飯店大門上的木門，此時少校認為動身的時刻到了，立刻命人去找驛馬車，準備立刻出發。

他去了薩德利先生的房間，拉開那張床簾。那張床足足容納得了一整家人，而喬斯先生仍在呼呼大睡。

「薩德利，快起床！起來啦！」少校說，「該啟程了。再半小時，驛馬車就來啦。」

床罩下的喬斯哀哀呻吟，問現在幾點。從不說謊的少校，絕不會為了個人利益而吐出半句假話，只是滿臉通紅。喬斯好不容易才逼迫少校告知時刻，他一聽立刻咒罵連篇，我們在此就不贅述他說的話了。總而言之，他要達賓瞭解，要是他此刻起床，他的靈魂恐怕就要下地獄了，少校最好被送上絞刑架，不管如何他都不會跟達賓一起出發，宣稱如此打擾一位紳士的睡眠，是世上最不公不義的無禮之舉。狼狽的少校只能離開，讓喬斯繼續呼呼大睡。

驛馬車準時來到，少校再也等不下去了。

不管是出門尋歡作樂的英國貴族，還是忙著發送新聞的送報人（相比之下，政府的送信人往往低調多了），都不會比達賓更心急。他聲聲催促快馬加鞭，大方賞車夫的小費，把他們都嚇了一跳。馬車飛快駛過一座座里程碑，綠油油的鄉村景色看起來賞心悅目，令人心情愉快。馬車駛入漂亮的鄉鎮，旅館老闆一看到達賓，就笑臉盈盈地出來鞠躬。馬路邊的美麗客棧，將招牌掛在榆樹幹上，樹影婆娑下，馬兒和車夫都忙著解渴。他們經過一座座古老大宅和公園，散落在古老灰暗教堂周圍的一座座純樸小鄉村，全是迷人又熟悉的英格蘭鄉村景色。世上有比這兒更美麗的地方嗎？對久違家園的旅人來說，家鄉景致多麼可愛，當馬車轔轔駛過，它們好像頻頻揮手，熱情的歡迎你。儘管如此，達賓少校從南漢普敦一路直奔倫敦，只顧著數算里程碑，全沒注意到身邊的美景。你瞧，他一心急著想見他住在康伯威爾的父母哪！

馬車從皮卡迪利駛向過去少校常拜訪的老屠夫咖啡館，然而這短短的路程卻耗費不少時間，他不禁感到無奈。上一回經過老屠夫門前，已經是許多年前的事兒了。那時他和喬治都是年輕小伙子，在這兒享用過大餐，度過無數縱情狂歡的日子。現在他已成了個老人。他的頭髮花白，年輕時的熱情與感性也變得黯淡。然而，那位老侍者依舊等在門口，穿著一樣油膩的黑西裝，頂著一樣的雙下巴和鬆弛的臉孔，錶袋裡裝滿一大堆的印章，像以往一樣從口袋裡掏出找零。他迎接少校的神氣，好似一週前才見過面那樣熟悉。「把少校的東西送進二十三號房裡，那是他慣用的房間，」約翰吩咐。雖然少校隔了多年才出現，但他看起來毫不意。「我想，你要吃烤雞肉當晚餐吧。你還沒結婚吧？他們說你結婚了。你那個蘇格蘭軍醫來過。不，那是三〇三的亨比上尉，他在印度時，某軍團也在那兒。想要點溫水嗎？你怎麼搭驛馬車來？公共馬車不夠舒服嗎？」這位忠實侍者把每位來訪的軍官都記得清清楚楚，對他來說，十年前恍如昨日。他領著達賓回到少校過往的房間，那兒有張雲紋毛呢床罩的大床，還有破舊的地毯，也許比過去稍微髒了幾分。老舊的黑色傢俱全蓋上褪了色的印花棉布，和少校記憶中一分不差。

他還記得喬治的婚禮前一天，新郎在房裡來回踱步，咬著指甲，誓言父親非接受他的決定不可，但就算奧斯朋先生不肯退讓，喬治也不在乎了。他似乎看到喬治走了過來，敲響房門——

「你不年輕了，」約翰冷靜地觀察這位舊友。

達賓聞言笑了出聲。「十年的歲月和熱病，可無法讓男人重回青春啊，約翰，」他說，「你才是永遠年輕的那一個——不對，你總是那麼老。」

「奧斯朋上尉的寡婦好嗎？」約翰問道，「他真是個優雅的年輕人。老天爺，他花起錢多闊氣呀。他那天出征後，就再也沒回來。他還欠我三鎊哪。你瞧瞧，我的帳簿裡記得清清楚楚。『一八一五年，四月十日，奧斯朋上尉，三鎊。』不知他老爸會不會還我這筆錢……」老屠夫的約翰一邊說，一邊抽出那本山羊皮的小帳本，一張油膩的褪色紙頁上記載了上尉欠下的債款，也記載著每個往日常客的賒帳款項，有許多都已劃了線。

約翰帶客人進了房間後，又默默地退了出去。達賓少校想到往日的荒唐，也不禁臉紅發笑。他從行李中拿出除了軍裝外，最合身時髦的一套西裝，對梳妝桌上那面簡陋的小鏡打量自己。看到鏡中黝黑的臉孔和灰白的頭髮，他也不禁自嘲。

「真高興老約翰還記得我，」他尋思，「希望她也沒忘了我。」他走出了旅店，再次朝布朗普敦的方向走去。

他朝艾美麗雅的家走去，心頭上又浮現上次見到她時的場景，每分每秒都歷歷如現。自他離開後，皮卡迪利圓環建了拱門和阿基里斯的肖像，但他對身邊的變化視而不見，毫無所覺。他踏上布朗普敦那條通往她家的難忘街道，不禁渾身顫抖。她結婚了嗎？要是她兒子陪在她身邊——他瞧見有個女子帶著約莫五歲大的孩子走過來——那是她嗎？他該怎麼辦？一想到可能在街上撞見她，他就慌張得不知所措。他終於走近她住的那排房屋，走到那扇鐵柵門前，他伸手拉了門，卻倏然止步。他幾乎聽得見自己如雷般的心跳。「不管發生了什麼事，願萬能的上帝保佑她，」他默默想道，「呿！說不定她早就搬走啦，」他一邊說，一邊走進了柵門。

過去，她總坐在客廳窗戶旁。雖然窗戶大敞，但裡面空無一人。少校認出了那架舊鋼琴，但一看到上面仍放著往日的圖畫，他又不禁緊張起來。門上仍掛著克萊普先生的銅製門牌，達賓敲了敲門環。

一位豐滿的少女出來應門，年紀約莫十六歲左右，她有雙明亮的眼睛和紅得發紫的雙頰。她盯著少校瞧，而少校退後一步，斜倚著門廊。

他面如死灰，幾乎說不出話來。「奧斯朋太太住在這兒嗎？」

她盯著少校好一陣子，接著臉色也唰地變白了。她說道，「老天保佑啊……你是達賓少校。」她伸出顫抖的雙手。「你不記得我嗎？」她問，「以前我都叫你『糖果少校』啊。」少校聽到少女這麼說，立刻伸出雙臂擁抱她，慈愛地親吻她的臉龐——我想少校這輩子從未如此大膽過。姑娘歇斯底里地又哭又笑，用盡力氣大喊，「媽，爸！」那對可敬的夫妻應聲前來。事實上，他們早就在那間有許多裝飾的廚房，從窗邊探看來客。發現女兒居然在小小的門廊擁抱穿著藍大衣、白長褲，身材高大的中年男子，夫妻倆都吃了一驚。

「我是你們的老朋友，」他說，臉上又紅了起來。「克萊普太太，妳不記得我嗎？妳忘了妳總是為我準備那些美味的蛋糕？克萊普，你忘了嗎？我是喬治的教父呀，我剛從印度回來。」他們立刻緊緊握手，克萊普太太感動極了，十分高興，連聲呼喚老天爺。

房東夫妻領著少校進入薩德利家，他還記得屋裡所有的物事：那架飾有銅製花邊、曾經簇然一新而如今老舊的斯托瑟德牌鋼琴，那些屏風，雪花石膏製的小石牌上掛著薩德利先生滴答作響的金錶。他坐在薩德利的扶手椅上，眼前的克萊普夫妻和他們的女兒七嘴八舌，忙著告訴達賓少校這陣子發生了什麼事，時不時發出一聲聲驚呼與嘆息。

那些事情我們都知道了，但少校並不知道。明確地說，就是薩德利太太過世了，小喬治和祖父奧斯朋先生團圓，寡婦為此傷心欲絕，還有其他艾美麗雅經歷的一連串大小事件。有兩、三回，他幾乎就要衝口詢問她是否結了婚，但咚咚直跳的心阻止了他。他無意向克萊普一家坦承自己的心意。最後，他們告訴少校，奧太太陪爸爸去肯辛頓花園散步。她的父親身體非常虛弱又愛鬧彆扭，讓女兒十分痛苦，但她仍像天使般守在老父身邊。若天氣晴朗，吃過午餐後她就會和父親去那兒漫步。

「我的時間緊迫，」少校說道，「今晚還有要緊的事務得辦。但我很想見見奧斯朋太太。不知波莉小姐願不願意陪我一程，指引我他們散步的路線？」

少校的提議令波莉小姐又驚又喜。她知道他們散步的路徑，她當然願意為少校指路。要是奧太太不在家，去了羅素廣場，她就會陪薩德利先生出門。她很清楚他喜歡坐在哪一張長椅歇息。她蹦蹦跳跳地回到房裡更衣，戴上最好看的外出帽，披上媽媽的黃色披肩，別上一只碩大的水晶別針，不一會兒就出了房。她借用這些東西，只為了當個配得上少校的女伴。

穿著藍色大衣、手上套著鹿皮手套的軍官，向年輕姑娘伸出了手臂。姑娘挽著他，兩人歡快地走遠了。他很擔心與艾美麗雅相會的場景，有了朋友陪伴，令他精神一振。他向同伴問了上千個關於艾美麗雅的問題，一想到她不得不與兒子分別，他就為她傷心。她如何承受這些苦痛？她常與兒子相會嗎？薩德利先生過得舒適愜意嗎？不管糖果少校問什麼，波莉知無不言。

散步途中出了一點小意外，雖說那是件非常單純的事件，但達賓少校為此心花怒放。一位面色蒼白、沒有多少鬍鬚的年輕男子，戴著硬挺的白領巾，沿著街道朝他們走來。他成了個三明治——也就是說，他雙手各挽著一位婦人。一位是頗有主見的中年女子，個頭很高，她的儀態和表情都和身旁的國教教士十分相像。另一位則是皮膚黝黑的矮小女子，戴著最精緻新潮的軟帽，上面飾以白色絲帶，身上穿著優雅的輕便大衣，腰間戴了副華貴的金錶。被兩位女子緊抓雙臂的男子，還帶著女用陽傘、披巾和籃子，兩手拿滿了東西。當波莉．克萊普小姐向他致意時，他實在無法舉手碰帽回禮。

他只能低頭頷首當作回禮。至於他身邊的兩位女士，則擺出自以為是的架子，冷冷瞪著那個穿著藍大衣、握著竹製手杖，陪在波莉小姐身邊的男子。

少校覺得這三人有趣得緊。他讓了路，等他們走過去，他開口問道，「那是誰呀？」波莉淘氣地望著少校。

「那是我們教區的牧師，賓尼先生。」一聽到這句話，少校不禁一驚。「那是他的妹妹，賓尼小姐。以前上禮拜日學校時，她實在討人厭！願老天保佑我們。另一位女士，那個有點斜視的嬌小女人，腰間別了副漂亮懷錶的，是賓尼太太，她是葛瑞茲家的小姐。她爸爸是雜貨商人，在肯辛頓那兒開了間店鋪，叫『古意小金壺』。他們上個月結婚，剛從馬蓋特回來。她有五千鎊的財產，但她和賓尼小姐已經開始吵架啦。撮合他們的人正是賓尼小姐呢。」

少校原本十分驚訝，現在聽了波莉的解釋，更是興奮得不得了，手中竹杖用力敲響地面，讓克勞普小姐喊了聲「老天爺」，笑了起來。波莉小姐仍在說那一家人的故事，他卻停下了腳步，張大了嘴，一直瞧著那對走遠的年輕夫妻。聽到賓尼先生已經結婚，欣喜若狂的他根本聽不進她後面的話。與賓尼一家人錯身而過後，他的腳步更加急促，迫不及待地朝目的地走去。他們走過布朗普敦的街道，踏進肯辛頓花園的那扇古老小門。眼看就要見到他思念了十年的人，此刻他又不禁顫抖，嘆息他們走得太快。

「他們就在那兒，」波莉小姐一說完，就感覺身旁的少校顫抖了起來。她立刻明白了。她瞭解這段感情的來龍去脈，好像已從小說裡讀過一遍似的——她最愛的書就是《孤女芬妮》和《蘇格蘭首領》。

「我想妳先跑過去，向她通報一聲吧，」少校說道。

波莉跑上前去，黃色披肩在微風中飄揚。

老薩德利坐在長椅上，膝上放了手帕。他像平時一樣喋喋不休，述說往日的老故事。艾美麗雅早就聽過無數次，也耐心地露出過無數次讚許的微笑。近來她已能一邊思索心事，一邊點頭微笑或應聲，就算完全沒聽進老先生半個字也無妨。艾美麗雅一看到波莉跑跑跳跳飛奔而來的身影，立刻站起身。她第一個反應是，必定是小喬治出了事，但傳信者臉上那興奮開心的表情，驅散了膽小母親心中的恐懼。

「好消息呀！天大的好消息！」達賓少校的使節放聲大喊，「他來啦！他來啦！」

「誰來了？」仍掛念著兒子的艾美問。

「瞧瞧這兒，」克萊普小姐應道，轉過身來指著後面。艾美麗雅順著她的手望過去，看到達賓走來，頎長身材在草地上落下長長的影子。震驚的艾美麗雅漲紅了臉，可想而知，她立刻哭了出來。這單純女子一生中，每每遇到值得慶祝的事件，總少不了淚水的陪伴。他望著她，啊，他的眼神多溫柔啊——她朝他跑過去，伸出雙臂，準備擁抱他。她一點兒也沒變。她蒼白了些，比以前更加嬌小，但她的雙眼一如以往，露出信賴的光輝。她柔軟的棕色秀髮上，頂多只長了三根白髮。她朝他伸出雙手，抬起她漲紅的臉，隔著淚水凝望著他，看著那老實又熟悉的臉龐。他緊緊握住她那雙小手，無意放下。好一陣子，他說不出話來。他怎麼沒有緊緊抱住她，發誓再也不會離開她？她本會屈服，她絕對無法抗拒。

「我……我要告訴妳，另一個人也回來了，」停頓了好一會兒，他才說道。

「達賓太太？」艾美麗雅問道，往後退了一步——他怎不早說？

「不是，」他不願放開她的手。「誰告訴妳那些謊言？我指的是妳的哥哥，喬斯和我搭同一艘船回來，他回家了，他會讓你們全家都過著幸福的日子。」

「爸爸，爸爸！」艾美喊了起來，「好消息呀！哥哥回到英格蘭了。他會回來照顧你的。這是達賓少校。」

薩德利先生很意外，顫巍巍地站起身，努力集中思緒。接著他走上前，向少校行了個老式的禮，稱呼他達賓先生，希望他可敬的父親威廉爵士過得很好。威廉爵士前不久才來拜訪過，他提議現在一起去他家回禮。事實上，過去這八年，威廉爵士都沒拜訪老薩德利——老人記得的那場會面已是八年前的事了。

當達賓走上前去，熱誠地與老人握手時，艾美低聲對少校說道，「他大不如前了。」

當晚少校在倫敦原有要事待辦，但薩德利先生開口邀請他回家一起用晚茶時，他決定接受，放棄原訂計畫。一行人踏上歸途，艾美麗雅挽著她披著黃色披肩的年輕朋友，讓薩德利先生與達賓同行。老人步履緩慢，說了許多他和妻子貝希的往事，還有他過去風光的事蹟，當然也提了破產的悲劇。他像許多衰頹的老人一樣，心思全繫著往日回憶。關於現在，他只記得前不久喪妻的痛苦，其他全不在意。老人說個不停，但少校很高興。他的雙眼直直盯著走在前方身影——那個他無法忘懷，總是為她禱告的親愛人兒，那個讓他魂牽夢縈的瘦小女子。

整個晚上，滿心喜悅的艾美麗雅笑容滿面地扮演女主人，達賓認為她高雅又端莊。天色漸漸暗了下來，而他的雙眼只隨著她的身影繞來繞去。過去多少個日子，他吹著熱風，枯燥地行軍，心中只想著遠方溫柔而幸福的她啊。此刻看著她親切地照顧老父，溫順地關懷窮人，正是他夢寐以求的一切。我不敢說少校的品味過人，也不認為偉大人物都該像我們心思單純的老朋友一樣，滿足於平淡簡樸的生活，視粗茶淡飯為天上珍饈，但不管如何，這就是他的心願。在艾美麗雅的服侍下，他像約翰遜博士一樣，喝了一杯又一杯的熱茶。

看到少校喝茶的樣子，艾美麗雅笑著要他多喝幾杯。每當她替他斟茶時，就露出淘氣的神情。她完全不知道少校還沒吃飯，也不知道老屠夫咖啡館已為他在桌上鋪了桌巾，放了張「已訂位」的小金屬牌。而那間包廂，正是少校和喬治多年前時常一同暢飲的地方。當時艾美麗雅還是個剛告別平克頓女子學院的小姑娘。

奧斯朋太太向少校展示的第一樣東西，就是小喬治的小畫像。她一回到家，就衝上樓把畫取下來。雖然這畫及不上本人一半英俊，但小男孩把這幅畫送給了母親，證明了兒子是個心思高尚的紳士，不是嗎？不過，當老父還醒著，她不敢多提小喬治的事兒。對老先生來說，奧斯朋先生和羅素廣場都不是討喜的話題，他顯然不知道過去這幾個月來，自己全靠富有敵人的賞金過活。要是有人隱約提到他的老對手，奧斯朋先生就會大發脾氣。

達賓跟老先生述說拉姆珊德號上的一切，還加油添醋。他誇飾了喬斯對父親的關懷，宣稱他決心讓老父晚年享點清福。事實上，少校整趟旅程中不斷向同行夥伴勸說他對家人的責任，要他保證他會照顧妹妹和外甥。一想到父親硬要送來的帳單，喬斯就氣得要命，但少校安撫了他的怒氣，分享他自己的悲慘經驗，妙趣橫生地講述他如何向老先生訂了酒，惹得同袍怨聲載道。喬斯的脾氣並不差，很快就被少校的故事逗樂了。只要有人奉承，他其實是個好脾氣的人。在少校幫助下，他對歐洲的老父不再抱怨連連。

我不得不羞愧地承認，少校一再美化事實，甚至向老薩德利宣稱，喬斯之所以回到歐洲，全是為了與老父重逢。

時間差不多了，薩德利先生如常地在椅子裡打盹，此時輪到艾美麗雅主導對話，而她有滿腔的話想說——多半與小喬治有關。雖然與兒子分別讓她差點輕生，但這位可敬的女人認為，惋惜兒子的離開實在太過邪惡，不願多提與愛子分開的痛苦。但一提到兒子的大小事，不管是他的美德，天賦還是前途，她就滔滔不絕，毫無保留。她形容兒子如天使般俊俏可愛；列舉兩人同住時的大小事，強調兒子的慷慨與聰穎過人；她說起有位伯爵夫人在肯辛頓花園停步讚嘆他的儀態風度；描述兒子現在過著多麼愜意的富貴生活，有專屬男僕和一匹小馬；他反應靈敏，聰明機靈；兒子的導師勞倫斯．菲爾牧師博學多才，令人嘆服。「他**無所不知**，」艾美麗雅強調，「他辦的晚會總是賓主盡歡。你自己也博學多聞，讀了那麼多書，那麼明智又成就許多大事——千萬別搖頭否認——**他**過去都如此讚美你——你一定會喜歡菲爾先生的聚會。每月最後一個星期二舉辦。他說小喬治絕對有望成為律師或議員。你瞧瞧這個，」她從鋼琴的抽屜裡取出一疊小喬治的作文。這篇他母親珍藏的大作如下：

談自私。

人性中最邪惡卑劣的特質，最可怕、最令人不齒的就是自私。過度的自私，導向令人髮指的罪惡，對國家與家庭帶來不幸。一名自私的男人，會放任家庭陷入貧困，為家人帶來苦難，而自私的國王會放任人民毀滅，時常讓他們身陷戰火之中。

比方來說，詩人荷馬描述了阿基里斯的自私，折磨了上千成萬的希臘人（荷馬史詩《伊利亞德》第二卷）。已逝皇帝拿破崙．波拿巴的自私，讓歐洲爆發難以計數的戰爭，也讓自己在荒蕪小島上——大西洋的聖赫倫那島——度過餘生。

從前人實例可知，我們不該只在乎自身的利益和野心，也必須考量他人的利益，愛己及人。

喬治．S. 奧斯朋於雅典學院筆，一八二七年四月二十四日

「想想看，他年紀還小，就寫得一手好字，還引用希臘詩歌哪，」自豪的母親說道，「喔，威廉，」她繼續說道，朝少校伸出了手，「老天爺賜給我這樣一個兒子，是我多大的福氣呀！他就是我人生的慰藉。他長得神似——神似那已不在的人哪！」

「她對先夫毫無二心，我該為此惱火嗎？」威廉尋思。「我該嫉妒我長眠地下的好友嗎？艾美麗雅的心只容得下一個人，我該為此難過嗎？啊，喬治呀喬治，你根本不知道自己娶了她，是多麼大的福氣呀。」他握著艾美麗雅的手，看著她用手帕輕拭雙眼，心下百轉千迴。

「親愛的朋友，」她輕壓了少校握著她的手一下，「你對我多麼好，多麼仁慈啊！瞧，爸爸在打呼了。你明天會去見小喬治吧？會嗎？」

「明天不行，」可憐的老達賓說道，「我有事待辦。」他不願承認，自己還沒去探望父母，也沒去看他親愛的安妹妹——我相信每個有自制力的人都會責怪少校疏忽了家人。很快地，他向艾美麗雅告退，留下他的地址，囑咐喬斯一回到城裡，就把地址轉交給他。第一天就這樣過去了，他終於見到了她。

等到他回到老屠夫，烤雞當然已經涼了，但他毫不介意地吃下肚，當作宵夜。他知道家人何時起床，此時夜已深，何必打擾他們的清夢？達賓少校決定買張半價戲票，上「乾草市場戲院」看齣戲，犒賞一下自己。祝福他度過愉快的一晚。

第五十九章　老鋼琴

老約翰．薩德利因少校的來訪變得興奮又激動。當天晚上達賓離開後，平常的夜間娛樂再也無法安撫他。他整晚在箱子和文件匣中翻來找去，用顫抖的手指解開文件上的封帶，把它們一一攤開、整理、排列，裡面有商標、檔案、收據，還有他和律師的信件及各種商業往來文書，等著喬斯一到，就要給兒子瞧瞧。一開始他信心十足地踏入葡萄酒業，卻落得失敗收場，他至今仍不明白哪兒出了錯。賣煤計畫，要不是他欠缺資金，不然一定會大獲成功。大型鋸木機和鋸屑機專利計畫……他將每個事業的相關文件都留了下來。直到深夜，他仍從一間房蹣跚地走到另一間房，以顫抖的手握著燭光搖曳的燭台，檢視著那些文書。「這兒是葡萄酒的文件，這兒是煤的文件。這兒是我寄往加爾各答和馬德拉斯的信，還有達賓少校的回信，喬瑟夫．薩德利先生的回信也在這兒。艾美，**我**做事一向有條有理，」老先生強調。

艾美微笑。「我不認為喬斯想看這些文件，爸爸，」她說道。

「親愛的，妳對商場一無所知呀，」老先生回應，以莊重神氣擺了擺手。的確，艾美對買賣一竅不通，但就連商場老手看了這些文件，也只會憐憫老人。這些不值錢的紙張全攤放在邊桌上，老薩德利小心翼翼地用乾淨的班丹納花綢大手帕蓋上去，這手帕還是達賓少校送的禮物呢。他十分嚴肅地吩咐女傭和房東太太，千萬別碰那些紙張，它們已整理好，等著隔天喬瑟夫．薩德利先生來看。「喬瑟夫．薩德利先生可是尊貴的東印度公司孟加拉行政部的大官哪！」

隔天，艾美麗雅發現老父一早就起床了，比前一晚更加焦急慌亂，她從沒看過父親如此不安。「艾美，親愛的，我只睡了一會兒，」他說，「我一直想著我可憐的貝希。真希望她還活著，希望她還能再坐一次喬斯的馬車。她以前也有輛馬車，她坐在上面的樣子真是好看。」他熱淚盈眶，晶亮的淚水滑下那滿是皺紋的臉龐。艾美麗雅拭去他的淚水，微笑地親吻父親，把老先生的領巾打成漂亮的結。老先生穿上最好的襯衫，而女兒在波浪領別上別針。老先生套上最整齊的喪服，從六點鐘就端正地坐著，等待兒子前來。

然而，郵差送來一封喬斯寄給妹妹的信，宣稱長途旅行的勞累令他十分疲憊，當天無法回倫敦，但隔天一大早就會從南漢普敦啟程，當晚就會來看父母。這封信讓一家人不用徒勞地痴痴盼望，但對父親讀信時，艾美看到了最後一個字，不禁躊躇一下。顯然哥哥還不知母親已經過世了。雖然少校心知他的旅伴必會找些理由，絕不可能在二十四小時內離開南漢普敦，但忙著與艾美麗雅談話的他，錯過了郵差收信的時機，沒來得及寫信通知喬斯這個悲慘的消息。

南漢普敦的大街有不少優秀的裁縫店，光亮的展示窗裡掛著各種手工精細的背心，有絲緞也有天鵝絨，有金色也有深紅色，還有最新穎的服飾圖片，畫中有握著放大鏡的時髦紳士，牽著大眼鬈髮的小男孩，穿著騎馬裝束的女子媚眼送秋波，在阿基里斯雕像和阿普斯利宮前方騎馬。雖說喬斯已經在加爾各答買下當地最華麗的背心，但他堅信要是少了店裡那一、兩件漂亮衣服，他絕無法進城。他選了兩件背心，一件在紅色緞面上繡了金色蝴蝶，另一件則是絲絨質地，上面有黑紅相間的格紋和白色條紋，有個反捲的硬領。除此之外，他還買了寶藍的緞面領帶和金飾針來配。飾針上有名以粉紅色琺瑯雕成的騎士，正躍過有五條橫槓的鄉村柵門。這樣一來，他終於認為自己裝備齊全，能夠體面地回倫敦了。

過去的喬斯十分害羞，舉止笨拙又容易臉紅，但現在他坦率地表現自我，勇敢地接受自己的特質。「我大方承認，」滑鐵盧・薩德利對朋友說，「我就是個講究打扮的男子。」要是有姑娘在總督舞會上朝他望，他仍會臉紅轉身，女人的眼神總令他驚慌，但他只是不希望那些姑娘愛上他，才刻意迴避。他討厭婚姻。我聽說加爾各答沒有比他更時髦的單身漢了，他辦的晚宴最盛大，出席的賓客最多，桌上放滿當地最精緻的餐盤。

然而裁縫師得花上一天，才能為他壯碩的身材製作合身背心。因此他雇了個僕人來服侍他和他的印度男僕，找了個代理人替他清關，打理他的箱子、那些他從來不讀的書本、一箱箱的芒果、印度酸辣醬、咖哩粉、打算用來送人的披肩（雖然他還沒認識那些人），還有其他各式各樣遠從異國運來的奢侈品。

第三天，他終於悠閒地啟程了。坐在馬車上的他穿著新背心，雖然披了厚披肩，但仍冷得直打哆嗦。除了多嘴的印度男僕，他身邊還多了一個生面孔，那是他新雇的歐洲僕人。馬車暫停休息時，喬斯就抽水菸，看起來威風得很，路過的小男孩都對他高聲歡呼，許多人以為他是哪裡來的總督大人。小鎮的旅館店主紛紛前來拜見他，滿口奉承，勸他下車休息一會兒。我保證，這位大人物可說是來者不拒。他在南漢普敦吃了豐盛的早餐，有魚有飯還有水煮蛋。但一到溫徹斯特，他非喝杯雪莉酒不可。到了奧頓，他在僕人的請求下出了馬車，喝了當地知名的艾爾啤酒；到了汎罕，他參觀了主教堡，吃了頓清淡晚餐，有燉鰻、小牛排、菜豆，配一瓶波爾多紅酒。到了貝格夏荒野，喬斯老爺渾身發冷，喝了些兌水白蘭地，身邊的印度男僕愈來愈多話。等到馬車駛進倫敦，他滿肚子都是葡萄酒、啤酒、肉、醃菜、櫻桃白蘭地和煙草，簡直像輪船服務生的艙房一樣擁擠。當疾馳的馬車嘎然停在布朗普敦的小門前，已經是晚上了。思念家人的喬斯先來拜訪家人，再去達賓先生在老屠夫為他預留的房間。

整條街的居民全擠到窗戶前，小女傭跑到邊門上望，克萊普夫妻從裝飾得十分漂亮的廚房朝外探看。緊張的艾美等在掛滿帽子和外套的過道裡。老先生渾身顫抖地坐在客廳。喬斯醉醺醺地下了馬車，大搖大擺地踏響門階，南漢普敦新雇用的貼身男僕和冷得發抖的印度僕人各扶主人一側。印度人深棕色的臉龐因寒冷而凍得像雞胗一樣青紫。喬斯一踏進過道就引起一陣騷動。克萊普夫妻也出現了，他們原打算守在客廳門口，偷聽裡面的動靜，卻發現印度僕人洛爾・杰瓦伯坐在門廳的椅子上，身上蓋滿了外套仍冷得直發抖。他發黃的雙眼凸出，一口白牙直打顫，喉間發出一聲聲呻吟，令人憂心。

正如讀者所見，我們輕巧地關上了客廳大門，讓喬斯與老父、溫柔的妹妹好好團聚。老先生非常感動，他的女兒也是，連喬斯也不免有些激動。經過漫長的十年分別，再自私的人也難免思念家人與往日回憶。距離讓家人和回憶都變得崇高無上。長時間的懷念讓往日的歡樂變得更加甜美動人。雖然父子有陣子關係冷淡，但再次與父親重逢，得以握住老人的雙手，仍令喬斯十分高興。他也很開心再次見到妹妹，他還記得她美麗的容顏，臉上總是掛著微笑。看到光陰、哀痛與不幸摧殘了老父，也讓他心痛。他進客廳前，穿著黑衣的艾美等在門口，低聲告訴哥哥母親的死訊，叮嚀他千萬別對父親提起這件事。其實，艾美沒必要提醒哥哥，因為老薩德利立刻絮絮叨叨地述說妻子過世的點點滴滴，老淚縱橫。這令印度男僕大感驚訝，沒想到世上還有比他更悲慘的人。

這場會面的結果想必令各方都十分滿意。喬斯再次步上他的馬車，前往旅館時，艾美輕柔地摟住父親，帶著勝利的神氣，對老人說道，她不是老說哥哥有副好心腸嗎？

的確，這場久違的團聚令喬瑟夫・薩德利頗為感動，看到親人過著寒酸的生活，他慷慨表示，父親與妹妹不該再過著縮衣節食的日子，既然他打算在英國待上一陣子，他當然會對老父和妹妹敞開他家大門，分享一切。他說，除非艾美麗雅建立自己的家庭，不然理該當他家的女主人，她坐在餐桌主位一定很合適。

聽了哥哥的話，她憂傷地搖了搖頭，一如往常地淚溼滿襟。她知道哥哥意有所指。她和年輕知交波莉小姐在少校來訪當晚，已為此長談一番，魯莽的波莉當然管不住嘴，告訴艾美麗雅她的發現，描述他們和賓尼先生及他的新婚妻子錯身而過時，達賓少校得知自己不用擔心情敵後，多麼震驚又多麼喜悅，渾身激動得顫抖。「當妳問他是不是結了婚，他不是激動極了？他不是問妳，『誰告訴妳這些謊言？』不是嗎？啊，夫人，」波莉說道，「他總是含情脈脈地望著妳，我敢說，他想妳想到頭髮都白啦。」

但艾美麗雅卻望向床頭，看著牆上先夫和兒子的肖像，要她年輕的密友永遠別再提起這回事。她說達賓少校是她先夫的至交，是她的知己，也是小喬治最仁慈又關愛的教父。她把他當作哥哥一樣敬愛。她指著牆上的人像說，她曾嫁給一名天使，這輩子再也不可能改嫁。可憐的波莉只能嘆息，想著診所的湯姆金斯先生。那位年輕男子總在教堂盯著她瞧，他熱情的眼神讓她小小的心房驚跳不止，隨時願意臣服於愛情之下。要是湯姆金斯先生不幸過世，波莉尋思，她該怎麼辦呢？她知道他患了肺病，他的臉老是發紅，身材卻不尋常的瘦削。

雖然艾美明白老實少校的確愛她愛得發狂，但她無意明言拒絕他，也沒有因此生他的氣。被一位真誠紳士死心塌地的愛著，沒有女人生得了氣。戴絲德蒙娜沒有生凱西歐的氣，雖然她看得出來中尉對她一往情深。而我敢說，這位可敬的摩爾軍官不知道的傷心事還多著呢。米蘭達特別眷顧卡利班，我敢說也是基於一樣的心思。這並不是說米蘭達暗暗鼓勵卡利班的追求[56]——那個粗魯的傢伙——當然不是。艾美也無意煽動少校對她的仰慕。她願意友好地與他往來，畢竟他是位忠誠的至交，她會坦白真誠地對待他。但除非他真開口求婚，她才會直截了當的拒絕，徹底剷除少校的希望：她絕不可能接受他的感情。

那天晚上與波莉小姐談過後，她安穩地睡了場好覺。儘管喬斯遲到了，依舊沒有打壞她的好心情。她比平常興奮開心得多。「我很高興他不會跟奧大德小姐結婚，」她想道，「奧大德上校家，沒有半個姑娘配得上學識淵博的威廉少校。」在她狹窄的生活圈裡，有誰能當他的好妻子呢？賓尼小姐絕對不行，她年紀太大脾氣又差。奧斯朋小姐呢？她也太老了。小波莉又太年輕。直到奧斯朋太太睡著前，她都還找不到一個配得上少校的人選。

隔天早上，住在老屠夫咖啡館的達賓少校也收到了朋友從南漢普敦寄出的信，為前一天早上大發脾氣而道歉，懇求親愛的達伯原諒。他說他前一晚頭痛欲裂，直到早上才闔眼，哀求達伯替他和他的兩位僕人，訂下老屠夫最舒適的幾間套房。那趟航行讓少校成為喬斯不可或缺的朋友。他不但很喜歡少校，還很依賴他。其他的同船乘客全去了倫敦，年輕的瑞基特和雪菲斯當天就搭公共馬車上路，瑞基特坐在駕駛座，還從車夫博特利手中接過轠繩，駕起馬車；船醫去波特西探望家人；布瑞格船長和夥伴進城了；大副忙著卸下拉姆珊德號的貨。當達賓少校坐在父親威廉爵士的餐桌前，還沒離開南漢普敦的喬斯孤伶伶的，只能和喬治飯店老闆同桌共飲。至於不會說謊的少校，則在餐桌上向妹妹承認，他已探望過喬治．奧斯朋太太。

喬斯舒舒服服地在聖馬丁巷的老屠夫住下來，一派逍遙地抽水菸，大搖大擺地去看戲。要不是身邊的少校對他耳提面命，他恐怕會一直住下去，不想走了。要是孟加拉大官不實現他的諾言，好好安頓艾美麗雅和父親，他的好友就不給他安寧。喬斯脾氣溫和，很容易聽從別人的意見；而達賓樂於為他人的事務奔波，老是忽略自己的渴望。真誠善良又有手腕的少校，不費吹灰之力就讓印度官員屈服，喬斯已準備好依循朋友的心意，去購買、雇用、執行或放棄任何事。喬斯的印度僕人洛爾．杰瓦伯走在街上，聖馬丁巷附近嬉戲的孩子就會嘲笑他黝黑的膚色，因此男

56. 莎士比亞作品《暴風雨》中，僕人卡利班愛上主人之女米蘭達，但米蘭達已心有所屬。

僕教會歐洲僕人如何煮印度咖哩、抓飯和準備水菸後，很快就跟著開往東印度的船隻「奇可貝里夫人號」回到加爾各答。威廉・達賓爵士是那艘船的股東之一。

喬斯和少校在長畝巷附近訂製了一輛華貴的馬車，監督馬車的建造是喬的一大樂事。他們租了一對精壯的馬兒。有了新馬車和馬匹，喬斯威風凜凜地在公園裡兜風，或拜訪印度結識的朋友。喬斯外出時，艾美麗雅時常陪在他身邊，達賓少校也坐在後座。其他時候，老薩德利會和女兒搭那輛馬車出門，克萊普小姐陪在一旁。坐在馬車上的克萊普小姐，依舊披著那條出盡風頭的黃色披肩，當診所的年輕人認出了她，令她格外得意。那年輕人老守在窗邊望著她的倩影。

喬斯首次親臨布朗普敦不久，簡樸的小村莊就發生了一件令人難過的大事。當時喬斯的新馬車還沒建好，他臨時租了輛馬車過來，把老薩德利和他女兒接走了——他們就此搬離這座住了十年的小鎮。房東太太和她女兒為了分離而流下淚水，就像本故事中其他人的淚水一樣真誠無偽。她們認識了薩德利一家人那麼久，親密共度許多時光，但從沒見過艾美麗雅說過半句苛刻的話。她總是甜美溫柔，輕聲細語，時時感謝，就連克萊普太太為房租心急，發起脾氣，艾美也默默承受。房東太太曾經對寡婦說了些難聽的話，現在得知這善良的人兒就要搬走，她滿心自責。當克萊普一家人在窗戶貼上空屋招租的啟示，房東太太哭得多傷心啊！無庸置疑，他們再也找不到像艾美麗雅那麼好的房客了。後來發生的事應驗了這個預言。深信人性本惡、滿腹怨言的克萊普太太如何報復那些惹人厭的房客呢？她提高了茶點和羊腿肉的費用，而她的房客指責她哄抬價格，怨聲載道。有些人乾脆拒絕付帳，所有的房客都待不久。房東太太深深惋惜那些離她遠去的老朋友。

至於波莉小姐，我無法描述艾美麗雅的離開讓她多麼傷心。從童年開始，她就與艾美日夜相處，很喜歡這位親切的好太太，當大馬車載著奧斯朋太太重回富貴世界，傷心欲絕的波莉在朋友懷中暈了過去，而她朋友也為了離開這位善良的年輕姑娘而難過不已。艾美麗雅把她當作女兒一樣疼愛，過去十年來，小姑娘是她最忠誠的朋友和夥伴，這場分離也令她於心不忍。當然，奧斯朋太太隨時歡迎波莉到她華麗的新家作客過夜，而波莉用她最愛的小說辭彙回嘴，艾美就算有了新家，也絕不會比在他們的「簡樸小窩」更舒服愜意。

讓我們期待克萊普小姐的判斷失準吧。在那簡樸的小窩裡，可憐的艾美根本沒度過幾天幸福日子，只有悲慘命運不斷的折磨。她一離開，就再也不想回到那裡去，也不想見到房東太太。房東太太一沒收到房租就發脾氣，對她頤指氣使；心情好的時候又輕浮放肆，近乎粗野地對待她。一看見艾美重回富貴，克萊普太太立刻低聲下氣，想盡辦法獻媚，令艾美難以承受。她寄給艾美的信裡，全是讚美新家的奉承話，吹捧每樣傢俱或裝飾品。她還會翻動奧斯朋太太的衣裳，計算它們的價錢。她堅持，艾美麗雅是個甜美的好夫人，唯有華服才配得上她。但不管粗野的她如何拍馬屁，艾美仍記得宛如暴君的房東太太過去仗勢欺人的樣子。每次遲交房租時，為了換得幾天的寬限，艾美得忍氣吞聲，苦苦哀求房東太太，她卻大吼大叫，指責艾美奢侈浪費，好像小婦人為了父母買了多少昂貴珍饈似的。房東太太看準了艾美生性懦弱就任意欺負她。

我們可憐的小婦人一生中受過無盡的磨難，但她從不向人訴苦。雖然父親的目光短淺正是她受苦的最大原因，但她從未向父親抱怨。儘管犯錯的是父親，面對眾人責難的卻是她。她逆來順受，謙虛溫順，好像生來就是要吃苦的。

我希望她不會再受更多痛苦。人們都說苦盡甘來，我不妨聊一下可憐的波莉。朋友離開後，她陷入歇斯底里，發了場重病，幸虧那位診所的年輕人來照顧她，過不久她就漸漸康復。艾美離開布朗普敦時，把所有傢俱都送給了波莉，只帶走床頭那兩幅肖像和老舊的鋼琴。那架鋼琴因年久失修，已經走了音，但她為了個人原因，依舊對它愛不釋手。這是她父母送她的禮物，第一次彈它時，她還是個小女孩。讀者也許還記得，當薩德利的那棟房子被拍賣時，有人把這架鋼琴買下來，再次送給了她。

達賓少校堅持喬斯的新家必須華麗又舒服，不辭辛勞地替朋友監工。當他看到從布朗普敦駛來的貨車上，除了載滿了新住客的行李箱和帽盒，還有那架老鋼琴時，他喜不自勝。艾美麗雅要把鋼琴放在她專屬的起居室裡，那是三樓一間舒服的小套房，隔壁就是她父親的臥室。老先生後來常在那間起居室度過夜晚時光。

工人搬起鋼琴，艾美麗雅指示把它搬到前面提到的房間，達賓聽了喜出望外。「妳還留著它，真是令我太高興了，」他非常感動地說道，「我還擔心妳不喜歡它呢。」

「它是這世上我最珍視的物品，」艾美麗雅應道。

「真的嗎？艾美麗雅？」少校喊道。他親自買下這架鋼琴，但他從未向人提過，一時沒想到艾美多年來都以為送上這份禮物的是別人。他一心以為她自然明白這是他送她的。「真的嗎？艾美麗雅？」他顫抖的雙唇正要吐出那至關緊要的問題時，艾美接口反問：「我怎會放棄它？這不是他給我的禮物嗎？」

可憐的老達賓臉色一沉，無奈地說道：「我倒不知有這一回事。」

艾美當下沒注意少校詭異的反應，也無心細想老實的達賓為何露出沮喪的神情，但後來她倒是細細推敲了一番，接著才恍然大悟，不禁湧起一陣難以解釋的苦痛和羞愧。送她鋼琴的是威廉，不是喬治，一切都是她的幻想。那架鋼琴不是喬治送的，而她一直以為這是愛人留給她的唯一一樣禮物，這些年來她如此珍惜，把它視為她最珍貴的寶物，甚至認為它是喬治的遺物。她曾為此向喬治道謝，用它彈奏喬治最喜歡的曲子。雖然她琴藝平平，但她在鋼琴前度過無數漫長夜晚，全心全意在琴鍵上彈奏憂傷的曲調，也曾沉默地倚著鋼琴哭泣。然而，它不是喬治的遺物。

一時之間，她眼中的老鋼琴變得毫無價值。後來老薩德利請她彈琴時，她總說那琴走音走得嚴重，不然就是說她頭痛得很，彈不了琴。

接著，她像以往一樣，為了自己的任性和忘恩負義而羞愧。雖然她沒有當面告訴老實的威廉，自己不愛他送的鋼琴，但她心裡的確為此有所埋怨，因此她決心彌補少校。幾天後，吃過晚餐，她和少校坐在客廳閒談，酒足飯飽的喬斯已在一旁打盹。

艾美麗雅聲音顫抖地對達賓少校說道：「我得向你道歉。」

「為什麼？」他問道。

「為了……為了那架小鋼琴。許多年前，我還沒結婚時，你把鋼琴送給了我，我卻從未向你道謝過。我以為是另一個人送的。謝謝你，威廉。」她向他伸出手。但這可憐的女人，心裡正在淌血，至於她的雙眼，當然又要潰堤了。

威廉再也無法克制自己的心情。「艾美麗雅，艾美麗雅，」他說，「我的確為妳買下它。我那時對妳一往情深，現在也是。我非告訴妳不可。我想，自從我第一眼見到妳，我就愛上了妳。那時，喬治帶我去妳家，讓我瞧瞧和他訂了親的艾美麗雅。那時妳還是個少女，身穿白衣，留著一頭鬈髮。妳唱著歌下樓來……妳還記得嗎？……接著我們去了沃克斯豪爾。那天以後，除了妳，我再也沒想過其他女人。這十二年來，我時時刻刻都想著妳，從沒忘記過妳。在我去印度前，我去看妳，本想告訴妳，但妳毫不在乎，所以我說不出口。妳不在乎我有沒有留在英國。」

「我真不知感恩，」艾美麗雅說道。

「不，妳並不是不知感恩，妳只是不在乎罷了，」達賓急切地解釋，「我沒有任何值得讓女人在乎的特點。我知道妳現在的心情。妳發現鋼琴不是喬治送的，是我送的，妳心碎了。是我忘了，我根本不該提起這回事。要道歉的是我，我一時犯了傻，以為多年來不變的付出改變了妳的心意，我得請求妳的原諒。」

「你這麼說，就太殘忍了，」艾美麗雅激動了起來，「喬治是我的丈夫，不管他在人世還是去了天堂。除了他，我怎能愛上別人？你第一次見到我時，我已屬於他，親愛的威廉。他告訴我你是個多麼善良大方的好人，要我把你當作哥哥一樣敬愛。對我和我兒子來說，你是我們的一切，不是嗎？你是我們最親愛、最真誠的朋友和保護者，不是嗎？要是你早回來幾個月，也許我就不用……不用和兒子分離了。啊，那場分離傷透了我的心，我幾乎活不下去。威廉，我多希望你來，我多虔誠的祈禱你來，但你沒有來，他們把他帶走了。威廉，他是個高貴的小男孩，不是嗎？當他的朋友，也當我的朋友吧……」她再也說不下去，把臉埋進了他的肩膀。

少校把她拉近，輕輕擁抱她，慈愛地親吻她的頭髮，好像她是個脆弱的孩子。「親愛的艾美麗雅，我絕不會改變，」他說，「我一無所求，只希望妳愛我。我想我不想改變任何事，只要妳讓我陪在妳身邊，讓我可以常常見到妳。」

「好的，你可以常常來看我，」艾美麗雅應道。現在威廉可以盡情地望著她了——就像學校裡半毛錢也沒有的可憐孩子，只能看著賣餡餅婦人的托盤，默默嘆息。

第六十章 回到上流世界

幸運女神開始對艾美麗雅微笑了。她在下層階級待了好一陣子，我們很高興她終於踏入文雅社會。雖然她的社交圈比不上朋友蓓琪太太那麼顯赫，但也是個十分重視禮節且稱得上時髦的圈子。喬斯的朋友都是在英屬印度的三大轄區結識的人物，而他的新家所在地，正是印度歸國的英國人聚集的舒適街區，以摩拉廣場為中心，周圍是明多廣場、葛雷特克萊弗街、華倫街、海斯汀街、歐區特隆尼廣場、普萊希廣場、阿薩耶花街——這種瀝青路上，一整排的水泥屋前都有座種滿花草的小庭園，但在一八二七年，「花園街」一詞尚未出現。誰不知道印度高官退休後，都住在那些體面的大宅裡？溫漢先生把這些地方稱為「黑洞」。喬斯的地位不夠高貴，無法住在摩拉廣場，那兒只有退休議員、皇家印度公司的合夥人才住得起。這些人花了十萬鎊打發妻子後，往往所剩不多，於是住進這些非市中心的房子裡，一年只能花四千鎊。而喬斯在次等——甚至第三等——的吉爾斯比街，找到一間舒適的獨棟住宅。他買了地毯、昂貴的鏡子、賽敦斯設計的合宜漂亮傢俱，全是向斯蓋普先生的代理人買的。

斯蓋普先生是「佛格、費克、克萊克曼之加爾各答商行」的公認合夥人之一，老實的他耗盡畢生積攢的財富，投資了七萬鎊，才取代了費克。費克退休後，現在住在薩塞克斯一處富麗堂皇的豪宅。至於佛格一家早就退出經營，何瑞斯．佛格即將以班丹納男爵的身分，躋身貴族之列。回歸正題，斯蓋普先生成為新的合夥人，但兩年後這家公司就虧損了一百萬鎊，讓印度一半的人民家破人亡，陷入苦難。

老實的斯蓋普活到六十五歲卻敗盡家財，沮喪透頂。他去加爾各答清算公司產業。華特・斯蓋普離開了伊頓，在別的商家找了份差事。佛蘿倫絲和芬妮・斯蓋普，則和母親搬到布隆涅，再也沒人聽說過她們的消息。

重回正題。喬斯出手買下他們的地毯、邊櫃還有鏡子，那面鏡子曾經映照仁慈的斯蓋普一家人，如今映照著喬斯自豪的身影。斯蓋普從不賒欠，曾經與斯蓋普家做生意的商人紛紛留下他們的名片，急於服務新搬來的一家人。那些曾服侍斯蓋普用餐，身穿白背心的高大侍者，還有雜貨商、銀行業務員、賣牛奶的小販，也都留下了聯絡地址，巴結管家。掃煙囪的查米先生服務過三代屋主，百般討管家開心，連管家手下的少年男僕也不放過。那個少年穿著有整排扣子的上衣和條紋褲子，他的任務就是當艾美麗雅太太出門時，隨侍在旁。

這一家沒有雇用太多僕役。男管家身兼喬斯的貼身男僕，服侍主人更衣，也掌管主人的酒窖，但他喝酒頗為節制，從不逾越一般小家庭管家的限度。艾美有了自己的侍女，她是在威廉・達賓爵士鄉間的大宅長大的。她是個好女孩，謙卑而溫順，很快就贏得奧斯朋太太的信任。艾美麗雅根本不知道如何與侍女相處，一開始不習慣讓別人服侍自己。她對傭人說話十分有禮，總是滿懷敬意。然而這位侍女非常重要，她手腳伶俐地照顧老薩德利先生。現在老先生幾乎只待在自己的房間，完全不參與家裡歡樂的餐宴。

有幾個人常來拜訪奧斯朋太太。達賓夫人和她的女兒都替艾美的好運而高興，常來陪伴她。奧斯朋小姐會坐在華麗的馬車裡，駕駛座的鮮紅布篷上還繡了里茲徽章，從羅素廣場來探望她。人們說喬斯十分富有，老奧斯朋想到小喬治有天除了繼承自己的遺產，說不定也會繼承舅舅的財富，一點也沒有不滿。「該死的，我們會讓這孩子出人頭地，」他說，「在我死之前，我要看著他踏入國會。奧小姐，我准妳去拜訪他母親。不過我絕不見她。」於是奧斯朋小姐來了。讀者放心，艾美非常高興奧小姐來訪，這代表她與小喬治更接近了些。小喬治也獲得允許，比以前更頻繁地拜訪母親。每週有一、兩回，他會在吉爾斯比街用餐，欺負那兒的家人和僕傭，就像在羅素廣場一樣。

不過他特別尊敬達賓少校，只要少校在，他就會收斂頤指氣使的氣焰。他是個機靈的孩子，少校多少令他有點畏懼。他崇拜少校的單純和好脾氣，少校學識淵博卻不愛現，崇尚真理與正義。在少年短短人生中，他還沒見過跟少校一樣的人，而他直覺相信，少校才是貨真價實的君子。他喜歡待在教父身邊，和少校一起在公園裡散步，聽少校說話，是小喬治最喜歡的事。威廉向小喬治描述他的父親，說起印度和滑鐵盧，除了自己的事，他無所不談。要是小喬治莽莽撞撞、過度自負，少校就會出言取笑他，但奧斯朋太太認為少校太嚴厲了。

有天少校帶他去看戲。小男孩不願去正廳後座，說那裡都是些粗俗的人，於是少校帶他去包廂，接著自顧自地去了正廳後方。他坐下沒多久，就感覺到有人碰碰他的手臂，低下頭就看到套著小山羊皮手套的漂亮小手捏了他的手臂一把。小喬治意識到自己的荒唐，乖乖從樓上包廂下樓來。老達賓看到這個懂得反省的小天才，臉上露出友善的笑容，雙眼綻放出讚許的光采。他愛這孩子，就像他愛艾美麗雅的一切。當她聽說這回事，小喬治的善良令她多麼開心啊！她望著達賓的眼神展現前所未有的溫柔。但她很快就因自己的凝視而羞紅了臉。

小喬治不厭其煩地向母親讚美少校，「媽媽，我喜歡他，他懂的事好多。他不像老菲爾那樣愛吹噓，一開口就用些冗長的字，妳知道嗎？同學都叫他『長尾』哩。這綽號是我取的，妳說取得好不好呀？但是呢，達賓讀起拉丁文，像讀英文一樣流利，法文也難不倒他。我們出門時，他會告訴我爸爸的事，但他總不談他自己。在爺爺家，我聽布克勒上校說過，少校是軍隊裡最英勇的軍官，他的功績斐然。爺爺聽了很驚訝，還說，『那傢伙居然那麼厲害！我還以為他連鵝都不敢欺負哩。』但我知道少校才不怕呢，媽媽，妳說是不是？」

艾美笑了起來。她認為少校很有可能真的英勇過人。

小喬治和少校彼此喜愛，但男孩一點也不喜歡舅舅。小喬治會模仿老喬瑟夫，吐著煙圈，雙手插進背心口袋，說道：「老天保佑我，你該不會說真的吧。」他唯妙唯肖的表演總逗得眾人大笑。吃飯時，男主人常會命令僕人送上某道桌上沒有的菜色，接著就會像小喬治表演的一樣，一臉凝重地說這句話。僕人私底下都忍不住哈哈大笑，連達賓也被小男孩的神氣逗樂了。要不是達賓反對，艾美麗雅百般哀求，不然淘氣的小喬治一定會當著舅舅的面表演。可敬的官員隱約感到小男孩不大喜歡他，總愛取笑他，變得更加膽怯。當然，喬斯在喬治少爺面前倒變得更愛擺架子，不可一世。每次喬斯聽說這位少年要到吉爾斯比街和母親吃飯，他就會說自己得去俱樂部一趟。也許家裡沒半個人為此惋息。他不在的時候，老薩德利先生會踏出樓上的房間到樓下來，而家裡會辦場小小的家庭聚會，其中成員總少不了達賓少校。他是這家人的至交，是老薩德利、艾美、小喬治的好友，也是喬斯的顧問，給過他許多忠告。「哥哥也太少來看**我們**了吧，你說他人還在馬德拉斯我也信，」安．達賓小姐在康伯威爾的家裡說道。啊，安小姐，難道妳還不明白少校的意中人是誰嗎？當然不是**妳**！

喬瑟夫．薩德利過著適合身分的日子，既悠閒又威風。他的第一步是成為「東方俱樂部」的成員，早上他總在那兒和其他卸任的印度官員打發時間。他也會在俱樂部吃飯，或邀請朋友到家裡聚餐。

艾美麗雅擔起女主人的責任，接待紳士和夫人，安排餘興節目。從這些人身上，她聽說：史密斯很快就會成為印度議會的一員；瓊斯帶回上萬鎊的財富；湯普森在倫敦的公司拒絕付款給「湯普森與基伯傑氏孟買分公司」，而加爾各答的分公司也得關門大吉；亞美德納加非正規軍有名布朗軍官，他太太和年輕近衛軍斯旺奇十分大膽，不但一天到晚在甲板上談天說地，在好望角出遊時還脫隊失蹤；菲力克斯．拉比茲牧師之女哈迪曼太太有十三個姐妹，其中十一人已結了婚，七個姐妹都嫁給軍人；霍恩比的太太不願離開歐洲，丈夫為此氣瘋了；而卓特被任命為烏瑪哈普拉的收稅官。薩德利家的盛大晚宴上盡是討論類似的話題，使用一樣的銀製餐具，吃著一樣的羊腰肉、燙火雞肉和小菜。吃過甜點後，女眷紛紛退到樓上客廳，發著牢騷、討論孩子，而餐廳男士則把話題轉到政治上。

古今皆然，無一例外。律師太太聚在一起時，不也只聊巡迴審判？軍官太太不也總是八卦著軍團的大小事？教士太太不總是討論禮拜學校，說著某人接了某人的位子？就連最高貴的夫人，閒談話題也不出她們圈子裡的男男女女，不是嗎？我們從印度回來的朋友，又有何不同呢？不過我承認，對門外漢來說，枯坐一旁，聽著陌生的人事物，的確頗讓人厭煩。

艾美很快就有了自己的訪客名冊，她會定時乘坐馬車，出門拜訪布魯戴爾夫人（她的丈夫是孟加拉軍隊的羅傑．布魯戴爾少將，獲頒巴斯爵級司令勛章）、哈弗夫人（孟買軍隊的哈弗少將之妻）、皮斯太太（指揮官皮斯之妻）……等等。適應人生變化並不難，現在每天都有馬車朝吉爾斯比街駛來。而這家人出門時，坐在駕駛座、穿制服的男僕握著艾美和喬斯的名卡跑上跑下。時間一到，艾美就會坐上馬車，去俱樂部接喬斯，讓他出門透透氣，或者扶老薩德利上車，命車夫去攝政公園繞繞。艾美麗雅很快就適應了侍女和馬車，訪客名冊和穿制服的跑腿男僕。她像過去習慣布朗普敦一樣，不費力氣就接受了新的作息。她逆來順受，富貴時也安然自得。要是命運要她成為伯爵夫人，她也能勝任無礙。喬斯的女性友人都說她是個討人喜歡的年輕寡婦——雖然她沒多少魅力，但的確討人喜歡。

男人也如以往，欣賞她毫無矯飾的溫柔，簡樸而有禮的風範。年輕勇敢的印度官員回英格蘭度假時，這些時髦公子全戴著金鍊、留著鬍子，坐在疾駛的馬車上，住在城西區的飯店裡，光顧各大戲院。然而，就連這些打扮花俏的男士也欣賞奧斯朋太太，他們會在公園裡向她鞠躬，希望能獲得她的首肯，贏得上午拜訪她的殊榮。近衛隊的斯旺奇是個擅長調情的年輕人，也是目前歸國休假的印度軍人中，最熱門的單身漢。有天達賓少校發現他居然與艾美麗雅獨處，詼諧逗趣地對她講述打野豬的事蹟。斯旺奇後來逢人就抱怨，有個為前任國王服務的老軍人老在艾美家晃盪——那是一個長相特別、身材瘦高的老傢伙——他是個枯燥無味的人，不管你講什麼，他都能潑人一桶冷水。

要是少校有點虛榮的話，他就會像那個拈花惹草的孟加拉上尉一樣，爭風吃醋。但達賓生性直爽大方，絕不會懷疑艾美麗雅。他反而很高興她受到年輕人的歡迎，她理當受到眾人的簇擁與仰慕。她這一生，總是過著被人輕視欺侮的日子，不是嗎？看到她的善良本性逐漸受到重視，安逸生活振奮了她的精神，少校很高興。欣賞她的人們總會讚美少校的眼光——要是人陷入愛情後，還有識人眼光可言的話。

喬斯是英國忠誠的臣子，得以進宮謁見國王。他穿了整套宮廷大禮服，還先去俱樂部炫耀一番，偏偏達賓穿了一身老舊軍服去接他。他一向是堅定的保皇派，向來崇拜喬治四世。一入宮後他更成了徹頭徹尾的托利黨人，自詡為國家棟梁，還說艾美麗雅也該進宮去。他突然一心想為民喉舌，為社會大眾謀福利，堅信要是喬斯．薩德利一家人沒去聖詹姆斯宮，為國王效命，國王陛下絕對會不開心。

艾美笑了起來，「喬斯，那我該不該戴上祖傳珠寶呀？」她問。

「我真希望妳讓我為妳買些首飾，」少校想道，「再貴重的珠寶，戴在妳身上也合適。」

第六十一章　兩盞燈就此熄滅

喬瑟夫·薩德利先生一家人，享受了一陣子正派又端莊的快樂時光後，發生了一件大部分家庭都經歷過的傷心事。當你從客廳那層樓往上走，到了有各間臥室的那一層樓，你會發現前面牆上有個不大的拱形窗戶，透進外面的天光照亮三樓通往四樓的階梯，四樓通常是育兒房和僕人的臥室。這拱形窗除了引進光線，還有另一個用處，你只要問問殯葬業者就知道。他們會把棺材放在拱形窗上，也會把棺材從這窗搬出去，免得驚動了沉睡在黑色棺木裡早已冰冷的安息者。

倫敦許多房子的三樓拱形窗，看穿室內整座樓梯上下的動靜，俯視全家人進出的主要通道。白天，廚娘仰賴這扇窗的採光，刷著廚房的鍋碗瓢盆；少爺在俱樂部度過愉快的一晚後，黎明時回到家，會把靴子留在門廳裡，偷偷摸摸地藉這扇窗透進的光線，循樓梯而上；穿著長裙，繫著嶄新緞帶，打扮得美麗動人的姑娘步下樓梯，準備出門參加舞會，獵取男人心；湯米小少爺偏愛從扶手上滑行而下，對危險和安穩的樓梯不屑一顧；迷人的母親，一聽到醫生宣布她能起床下樓，就微笑著挽著丈夫強壯的手臂，隨著男主人穩定的腳步走下階梯，而領月薪的護士亦步亦趨地跟在後頭；約翰拿著一支牛油蠟燭，燭油不斷飛濺，而他打著呵欠，躡手躡腳地上樓回房休息，然而天亮前，他又必須下樓來收拾等在走廊的一雙雙靴子。每棟房子裡都有這樣一座樓梯，承載著襁褓中的嬰兒，仰賴他人攙扶的老人，魚貫前往舞會廳的賓客，要去行受洗禮的牧師，前往病人房間的醫生，還有走到樓上房間的殯葬業者。只要你願意在樓梯上坐一會兒，沉思一下，看看樓梯上來來往往的人們，就會明白拱形窗與樓梯看盡了人間生死與榮華富貴！

我的朋友們，就算你們一生有如丑角，到了幕落之時，也會有名醫生踏上樓梯，經過那扇窗，來到我們的床畔。護士在床幔後窺探，而你們已失去所有知覺。接著她會打開窗戶，讓新鮮的空氣湧入。人們會把屋子正面的窗板全都關上，其他人則會退居到後面的房間。接著律師出現，穿著黑衣的人們一一到來。你們與我都已演完自己的喜劇，如今已到下台時刻，告別號角聲、歡呼聲吧，我們再也不用逢迎作態，一切都已遠去。要是我們身分尊貴，他們會在我們晚年的住所掛上喪徽，上面會有金線繡的小天使，還有宣稱「於天堂安息」之類的標語。你的兒子會重新裝潢這棟房子，或者租給別人，自己搬到更新潮的街區。你常光顧的那些俱樂部，明年的「已逝會員」名單中會有你的名字。不管人們如何哀悼，你的寡婦會穿上精緻的喪服，廚娘照樣派人上來，或親自現身，詢問主人晚餐要吃什麼。你的畫像掛在壁爐台上，但很快地人們就不再在意。再過一陣子，那幅畫就會撤下來，放上你兒子，也就是現任一家之主的畫像。

哪些人死了之後，會讓身邊的人傷心欲絕呢？我相信是那些對其他人毫無愛意的人。一個孩子的死亡，會引起痛不欲生的哭泣，而親愛的讀者們，你們死後絕不會有同等的待遇。一個幾乎不認識你的嬰兒，只要你在他面前消失一週，他準會忘了你這個人，但他的死亡卻比你人生至交或你長子的離世更讓你傷心欲絕——你的兒子已長成像你一樣的成人，有了自己的孩子，再也不是嗷嗷待哺的嬰兒。我們對猶大[57]和西緬[58]毫不留情，對小便雅憫[59]卻滿懷悲憫。我想本書的讀者，有些人又老又有錢，或者未來終會成為富有或貧窮的老人。有天你恐怕會默默尋思，「我身邊的人都對我很好，但我死的時候，他們不會太難過。我有錢得很，而他們只想要繼承遺產，」或者，「我太窮了，他們不想再照顧我了。」

剛為薩德利太太服完喪，喬斯還沒機會脫下黑衣，換上他鍾愛的華麗背心，老薩德利先生的大限就一步步逼近，很快就要前往黑暗國度，與先他一步的妻子團聚。「礙於我父親的健康，」

喬斯・薩德利在俱樂部嚴肅地說道，「我無法在本季舉辦任何**大型**宴會。但是查特尼，我的好孩子，要是你六點半後過來，安靜些，假裝來和一、兩個老友吃頓簡單晚餐——我會很高興見到你的。」就這樣，喬斯和朋友安靜地在他家聚會吃飯，喝著波爾多紅酒，而在樓上，有位老人的生命沙漏一點一滴地慢慢流盡。手腳輕巧如貓的管家，為客人送上葡萄酒。吃完飯後，他們就打打牌，有時達賓少校也會加入他們玩一手。奧斯朋太太等到病人入睡後，偶爾會下樓來，陪陪客人。樓上的老先生像大多數的老人一樣，睡得很淺，時不時就驚醒。

臥病在床的老人愈來愈依賴女兒。他一概拒絕別人的服侍，只准女兒親手奉上肉湯和藥物。照顧父親幾乎成了艾美麗雅的唯一任務。她把床移近通往父親臥室的門邊，只要壞脾氣的病人發出一點聲音，或在床上翻動，艾美麗雅就會趕緊過去照看他。老實說，老先生經常神智清醒地躺在床上，好幾個小時都不發一聲，只因他不願吵醒那位堅守崗位的溫柔護士。

也許現在的他，是這輩子最疼愛女兒的時候。而心思單純的艾美麗雅，放下照看病人和孝順父親的責任後，變得更加動人。有回，達賓先生看到她走出父親房間，臉上露出甜美的喜悅神情，優雅又輕巧地來回走動時，他不禁嘆道，「她輕盈地走進房間，就像無聲灑落一地的陽光。」誰沒看過為孩子焦急的母親和照看病人的女性臉上，露出滿懷愛意與憐憫，有如天使般的光輝呢？

父女多年來私底下的爭鋒相對，就此默默和解。老人在人生最後的階段，看到了女兒的溫柔

57.《聖經》人物，雅各和利亞的第四個兒子。
58.《聖經》人物，雅各和利亞的次子。
59.《聖經》人物，雅各和拉結的小兒子。

善良，忘記了過去對她的怨懟。他與妻子曾在許多難眠的夜晚，氣憤的批評女兒的不義，責怪她為了兒子放棄一切，卻毫不關心年老又遭逢不幸的父母；就連小喬治被帶走後，愚蠢又不孝的她，居然仍一天到晚去探望兒子。如今，大限已近的老薩德利全忘了過去對女兒的指控，終於接納了毫無怨言，永遠溫柔的小烈士。有天夜裡，她躡手躡腳地踏入父親房間，發現躺在床上的老父清醒得很。他終於向女兒告解，「唉，艾美呀，我在想，我們以前對妳實在太殘酷、太過分了，」他朝女兒伸出冰冷虛弱的手。她在床邊跪下，輕聲祈禱，父親握住她的手，跟著女兒低低呢喃。朋友啊，但願我們臨終之時，還有人願意陪我們一同祈禱！

當他毫無睡意地躺在床上時，也許他回顧了自己的一生：早年滿懷希望的奮鬥，展露男子氣概，獲得成功也贏得財富。接著一步步走下坡，終至毀滅，如今奄奄一息，成了無助老人。人無法與命運女神對抗，他不但輸了，且無力反擊。他無法傳給後代財產，而他的姓氏也毫不值錢。山窮水盡的他，只剩下一連串的失敗與失望，而他的人生即將在此畫下句點！親愛的讀者們，我不禁尋思，到底是死於富貴名利中比較好，還是死於貧困頹喪中更好？擁有一切卻不得不放手告別，還是大起大落，失去一切再辭世比較好？當人生最後的一天到來，我們嘆息：「明天，成敗已與我們無關，太陽依舊會升起，人們一如以往的工作或尋歡，但我的苦難已經結束。」這想必是種難以言喻的感覺。

就這樣，有天旭日東升，整個世界都起了床並如常運轉，人們不是去工作就是去尋歡時，無力抵抗命運的老約翰·薩德利就此長眠，再也無法盼望或計畫，只能默默地在布朗普敦教堂墓園，安靜長眠，只有老妻相伴在身旁。

達賓少校、喬斯和小喬治跟著老薩德利的遺體，搭乘黑色喪車，前往墓園。父親斷氣後，喬斯一直躲在里奇蒙德的「星與勛章」俱樂部，當天他刻意從俱樂部趕回來。他不想留在家裡，畢竟家裡——讀者也明白，此時的氣氛多沉悶啊。但艾美留在家裡，依舊謹守女主人的本分。父親的過世，並沒有令她太難過。與其說她傷心，還不如說她表現得十分莊嚴。她默默祈禱自己告別人世的那一天，能像父親一樣安詳，沒有苦痛。父親重病時說的話，揭露了他的信仰，他對命運服從，也對死後懷抱希望，贏得了她的信任與敬重。

是的，我想兩種死法中，薩德利先生算是幸運的。想像一下，你是個大富翁，日子一帆風順，當你臨終時，你說，「我很有錢，名聲響亮得很。我這一輩子都出入最上流的社交界。感謝老天，我來自受人敬重的家族。我很榮幸為國王和國家效命。我當了國會議員好幾年，我可以說，人人都專注聆聽我的演說，而且同意我的意見。我沒有欠過半毛錢，相反地，我還借了五十鎊給窮困的大學老友傑克，但我的遺囑執行人不會向他討債的。我留給每個女兒一萬鎊，以女人來說，這算是十分豐厚的財產。我把傢俱、餐盤，我在貝克街的房子，還有一份豐厚的金錢留給我的未亡人。我的其他不動產、基金和貝克街酒窖裡那些我精挑細選的藏酒，都留給我的兒子。我給了我的貼身男僕一年二十鎊的年金。我死後有誰敢侮蔑我的人格？我問心無愧。」再想像一下，要是你晚景淒涼，你說，「我是個窮困的老傢伙，垂頭喪氣，我這一生徹頭徹尾的失敗了。我生來既沒有靈活的腦筋，也沒有繼承什麼財富，我還不得不承認，自己犯下上百回的過錯和失誤。我承認我常常忽略自己的職責。我欠了滿屁股債卻無力償還。現在我躺在病床上，等待老天垂憐。」你們認為這兩段話，哪個會是你們葬禮上的遺言呢？老薩德利是後者。卑下的他握住了女兒的手，生命、失望與浮華都離他遠去。

「你瞧，」老奧斯朋對小喬治說，「優秀、勤奮、審慎思考會帶來成功，不然下場就是那樣。瞧瞧我和我的銀行戶頭。再看看你可憐的薩德利外公和他的失敗。二十年前，他可比我還厲害——我得說，他當年的財產比我多一萬鎊呢。」

來布朗普敦哀悼老約翰．薩德利先生的人中，除了這幾個人和克萊普一家人，其他人根本不在乎他，甚至根本不記得這人存在過。

小喬治已告訴我們，老奧斯朋首次從朋友布克勒上校口中得知達賓少校是名英勇軍官時，他露出輕蔑的神氣，不大相信這樣一個懦夫會有頭腦或好名聲。但後來他從交友圈不同對象的口中聽到了少校的事蹟。威廉．達賓爵士很欣賞自家兒子，說過不少實例證明少校的博學、勇敢和世人對他的評價。最後，少校的大名躍上了貴族圈一、兩場盛大晚宴的賓客名單中，於是，叱吒羅素廣場的老先生過往對少校的看法徹底被顛覆了。

少校是小喬治的教父，而小喬治搬到祖父家後，他所有的財產就移交給奧斯朋先生管理，因此兩位紳士不得不碰面相談幾回。熱中於商業的老奧斯朋，翻閱了少校為小喬治和他母親設立的帳戶明細，發現一件令他大吃一驚的祕密。老先生為此又難過又高興，他終於明白，可憐寡婦和那孩子賴以維生的那筆基金，一部分竟出自威廉．達賓的口袋。

他為此質問達賓時，不會說謊的少校漲紅了臉，結結巴巴了好一陣子，終於向老先生坦承一切。「這場婚姻，」他說，而老先生臉色立刻陰沉下來，「是我促成的。我認為我那可憐的朋友已做了太多，要是他取消婚約，不但會讓他聲名狼藉，還會置奧斯朋太太於死地。因此當她身無分文時，我實在無法放手不管。我省了筆錢給她，讓她多少能維持生活。」

「達賓少校，」奧斯朋先生嚴厲地望著他，臉也紅了起來，「你深深地傷害了我；但讓我告訴你，先生，你是個老實的傢伙。先生，我完全沒想到，自己的親骨肉多虧了你才得以活下來……讓我們握手言和吧。」兩人握了手，但達賓少校仍丈二金剛摸不著頭腦，沒想到自己費盡心思隱瞞的好事，就這樣被老先生揭穿了。

他好言勸慰老人，讓他原諒記憶中頑固的兒子。「他是個高貴的男子漢，」他說，「我們全都敬愛他，願意為他奉獻一切。當年，我還是個年輕小伙子，他對我特別好，令我得意透頂。走在指揮官身旁也不會讓我那麼自豪。我寧願大家都看到我們兩人走在一起！打起架來，沒有半個人贏得過他，他勇敢無畏，是名好軍人，具備所有優點。」接著，達賓從記憶裡挖出各式各樣的軼事，向奧斯朋先生證明他有個成就傲人的英勇兒子。「小喬治和爸爸一模一樣呢，」少校又加了一句。

「他們太像了，有時連我都不禁顫抖，」爺爺說道。

薩德利先生仍臥病在床時，有一、兩回，少校去奧斯朋公館用餐。吃過晚餐後，兩人談的盡是那位已辭世多年的英雄。父親像以前一樣誇耀兒子，藉由回憶喬治的英勇事蹟和品格，他自己好像也沾上光。過去那些年，他一直對喬治心懷怨懟，現在他終於能慈愛地懷念英年早逝的兒子。好心少校是虔誠的基督徒，看到老人放下不滿，心情平和愉快，也令他十分高興。少校第二回來訪時，老奧斯朋回復了以往的習慣，像達賓和喬治還小時那樣，喚他「威廉」。這是兩人關係回溫的證明，令老實的少校欣喜得很。

隔天早餐桌上，年紀老大一把又刻薄的奧斯朋小姐，開口批評少校不修邊幅的外表和舉止，一家之主立刻打斷女兒。「奧斯朋小姐，要是妳能嫁給他，早就樂得笑呵呵啦。妳只是吃不到葡萄說葡萄酸罷了。呵！呵！威廉少校是個好傢伙。」

「爺爺，他的確是個好人，」小喬治大表贊同。他朝老先生走過去，一把抓住了祖父的灰鬍子，開心地笑著，親吻了爺爺的臉。當晚他就把這回事一五一十地告訴母親，而她完全同意兒子。「他的確是個大好人，」她說，「你親愛的父親老這麼說。他是世上最優秀、最正直的人。」母子聊完天不久，達賓就來拜訪他們，也許艾美麗雅因為對兒子稱讚少校而羞紅了臉，而小淘氣鬼跟達賓講了這故事的另一半，更讓兩個大人不知所措。「達伯，我說呀，」小少爺說道，「有個十分獨特的好女孩很想嫁給你呢。她有錢得很，頭上戴著假瀏海，在家裡從早到晚罵傭人。」

「你說的是誰呀？」達賓問道。

「奧斯朋姑媽呀，」小男孩回道，「爺爺說的。我說，達伯，要是你成了我姑父，那多酷呀。」

此時隔壁房間傳來老薩德利顫抖的聲音，叫喚艾美麗雅，這場逗趣的對話才結束。

人人都看得出來，老奧斯朋的想法改變了。他會問小喬治舅舅的事，小男孩就會模仿喬斯一邊說「老天保佑我的靈魂」，一邊大口喝湯的模樣，把爺爺逗得哈哈大笑。接著老先生會說，「年輕的先生，你這樣模仿親戚，實在有失尊重。奧小姐，妳今天出門兜風時，記得去薩德利先生那兒，留下我的名卡，聽清楚了沒？現在我和他之間毫無芥蒂啦。」

喬斯・薩德利回送了名卡，很快地老先生就邀請喬斯和少校一同前來吃晚餐。這是奧斯朋先生辦過最華麗的一場晚宴，恐怕也是最無趣的一回。所有祖傳的貴重餐盤都端了出來，還邀請了最顯赫的朋友。薩德利先生挽著奧小姐的手去吃飯，奧小姐對他十分親切，但幾乎不跟少校說話。少校坐得離奧小姐很遠，但坐在奧斯朋先生身邊，看起來一臉緊張。喬斯一本正經地說道，這是他一生中喝過最美味的龜肉湯，還向奧斯朋先生請教，那些美味的馬德拉酒是向誰買的。

管家對主人低語：「這是薩德利先生的酒。我很久以前買的，省了不少錢哩。」奧斯朋先生大聲向賓客宣布，「這是我多年珍藏的好酒，用了個好價錢買的。」接著他對右手邊的賓客低聲說，他是在「老傢伙被拍賣時」買下的。

他向少校問起喬治・奧斯朋太太不只一回，而這是少校最拿手的話題之一。他述說艾美多年來受到的折磨，深愛先夫的她至今仍十分崇拜他；溫柔的她無怨無尤地照顧父母；當她意識到自己肩負的責任，她勇敢告別親生兒子。「先生，你不明白她吃了多少苦，」老實的達賓聲音發顫地說道，「我希望你會原諒她，我相信你終會這麼做。雖然她帶走了你的兒子，但她把自己的骨肉獻給了你。她對小喬治的愛遠勝過你對喬治的愛。」

「我說先生啊，以上天之名，你真是個好人，」奧斯朋先生只如此回應。他從未思考過，告別兒子讓寡婦多麼心痛，也沒想過，看到兒子過著富貴生活，會讓那名母親傷心。他立刻宣布自己既往不咎，必須立刻與寡婦會面，重修舊好。艾美麗雅一聽到要與先夫的父親見面，就心跳加速。

可惜的是，這場會面終究無法實現。首先，由於老薩德利長期的病痛和緊接而來的喪事，讓這對翁媳不得不把會面時間延遲。老對手過世了，再加上其他事情，都影響了奧斯朋先生。近來他蒼老許多，又受到不少打擊，時常沉默無言，只是沉思。他找來律師，說不定修改了遺囑。醫生來看他，宣布他身體衰弱、心神不寧，應該放點血，再去海邊休養。但他不願照做。

有天早上，他沒有按時下樓吃早餐。等不到老爺的僕人踏進他的更衣室，才發現他倒在梳妝台前的地上，渾身顫抖。僕人立刻通知奧斯朋小姐，找了醫生，小喬治也暫時停課。放血和拔罐的大夫也來了。奧斯朋短暫地恢復意識，但不管他如何張口，也無法吐出一字半句，不到四天他就過世了。醫生下了樓，而殯葬業者和手下魚貫而上，面向羅素廣場花園的窗板密密關上。布洛克急急忙忙地從西堤區趕來，一開口就問，「他留了多少錢給那個孩子？不會分了一半給他吧？他應該會讓兩個女兒和孫子三人平分財產吧？」真是個令人驚慌難耐的時刻啊。

可憐的老人死前試過說話一、兩回，但他究竟想說什麼呢？我希望他要說的是，他想見見艾美麗雅，在告別人世前，老先生想與深愛兒子的忠誠妻子和解。他恐怕真想這麼說，從他的遺囑看來，長久以來縈繞在他心頭的怨恨，已煙消雲散。

人們從他睡袍的口袋裡，發現喬治從滑鐵盧寫給父親的信，上面還有大大的紅色封蠟。口袋中還有把文件匣的鑰匙，裡面全都是些和兒子有關的文件，所有的信封和蠟印都打開了，想必他中風前一晚看過。當時管家進了他的書房，送上晚茶，發現主人正在讀那本家傳的紅皮大《聖經》。

遺囑打開後，人們得知奧斯朋先生把一半的財產留給了小喬治，剩下的由兩姐妹平分。與老先生合夥的布洛克先生仍能掌管事業，也能選擇退出。喬治的財產中，每年給他母親五百鎊的利息。他在遺囑中以「我愛子喬治．奧斯朋的未亡人」稱呼艾美麗雅，並且把小少爺的監護權給了她。

老先生指定「我愛子的朋友，威廉．達賓少校」擔任遺囑執行人，他還寫道，「他出於仁慈慷慨之心，以個人資金照顧我孫子與我兒子遺孀的生活，要不是有他相助，這母子二人恐怕難以維生。我真心感謝他對這對母子的愛與關懷，並贈與他一筆足以買下中校官階的款項，可按他的意思安排。我衷心請求他接受我的贈與。」

艾美麗雅一聽到公公原諒了她，實在感動極了，同時感謝老人留給她一筆財產。她聽到自己重獲小喬治的監護權，又得知這一切全賴威廉暗中幫忙，甚至當她身無分文時，也是威廉自行掏錢幫助她，連她與喬治的婚姻、她的兒子，也都是威廉的促成……啊，她一明白這一切始末，立刻跪倒地上，為這位長久以來，忠誠不移又仁慈的朋友衷心祈禱，願上天賜福給他。她感到自己如此卑微，她所擁有的一切，都歸功於少校的慷慨與疼惜，自己只配親吻他的腳。

對少校忠誠大方的付出，她只能感謝再感謝——但也只有感謝而已！要是一有其他報答的念頭，喬治的面容就會跳出墳墓，對她說道，「妳是我的，不管現在還是未來，妳永遠都只屬於我一人。」

威廉明白這一切，畢竟他花了一輩子，都在探測她的心思，不是嗎？

奧斯朋先生的遺囑公諸於世後，喬治．奧斯朋太太的身分不可同日而語。以往她謙和地提出要求時，喬斯・薩德利家的僕人會回答他們得「問問老爺」，看看他們需不需要照她的吩咐做事，但現在對她畢恭畢敬，再也不敢這麼說。廚娘再也不會譏笑她老舊的衣服。廚娘每到星期天傍晚，就會為了上教堂而精心打扮，相形之下，艾美麗雅的衣裳的確太簡樸了些。現在她拉響了鈴，僕人再也不會咕噥抱怨，也不敢拖拖拉拉，遲遲不回應。車夫之前載著老人家和奧斯朋太太出門時，老是抱怨連連，說他的馬車簡直成了病院。但現在一聽到太太要出門，他立刻手腳俐索地備好馬車，深怕奧斯朋先生的車夫會搶了他的職位，還到處探聽，「羅素廣場的那些車夫，哪會熟悉城中心的街道，他真能替貴夫人駕車嗎？」喬斯的朋友不分男女，突然都頻頻問候艾美。她的門廳桌上，放滿了弔唁的卡片。喬斯以前把妹妹當作好脾氣又無害的窮人，自己有責任提供她棲身之處和食物，現在則對她和富有的外甥敬畏三分。他稱她為「我親愛的可憐妹妹」，極力勸慰她，經過多年的辛勞與苦痛後，她該改變一下，現在多找些樂事享受。他突然出現在早餐桌上，刻意詢問她每天的行程。

她現在成了小喬治的監護人，經過兒子另一位監護人少校的同意後，她請求奧斯朋小姐繼續住在羅素廣場的公館，要住多久都可以，一切隨她的意思。奧斯朋小姐向她道謝，宣稱她無法想像隻身一人住在如此陰鬱的大宅裡。她帶了幾名忠實的老僕人，去切爾登漢服喪。奧斯朋太太付了其他僕人應得的薪資和津貼後就把他們全遣散了，只打算留下忠實的老管家。然而老管家謝絕了太太的好意，表示他寧願用積蓄開間客棧，讓我們祝福他事業成功吧。

奧斯朋小姐不願繼續住在羅素廣場，而奧斯朋太太考量一番後，也不願搬進陰鬱古老的大宅。因此房子被清空了，富麗堂皇的傢俱和裝飾品，巨大的水晶燈和陰沉的大鏡子全都裝了箱，客廳裡整套的花梨木華麗傢俱也用乾草墊著包了起來；地毯捲好，用繩子固定；幾本精挑細選的藏書裝進兩只酒箱裡；所有的傢俱全都被搬進巨大貨車，足足有好幾輛。它們被運到潘特尼坎傢俱倉庫，等到小喬治成年後再由他處置。巨大又沉重的餐盤櫃則送到斯當比及洛第銀行的地窖裡，等著小少爺長大。

有天，穿著整套喪服的艾美牽著小喬治，前去拜訪那棟她告別少女時期後，再也未曾踏入的奧斯朋大宅。如今這兒成了淒涼的空屋。前門的地上散滿了乾草，那是貨車裝卸傢俱時留下的。母子一同走進那些寬敞而空曠的廳堂，牆上還留著掛畫和鏡子的痕跡。接著他們步上氣派的石造樓梯，走進樓上的房間。小喬治低聲地說，爺爺就在這兒過世。他們再踏上一層樓，走進喬治的臥房。男孩緊挨著母親，但母親掛念的是另一個喬治。她知道這兒是先夫的臥房，也是兒子的房間。

她走到其中一扇窗前。兒子住在這兒時，她曾傷心地抬頭凝望這幾扇窗戶。她朝外望，越過羅素廣場的樹影，看著對面的那棟老宅。她就在那兒出生，度過快樂的青春時光，過往的回憶一股腦兒湧上她的心頭。那些快樂的假期，家人慈愛的臉孔，毫無憂慮的幸福往事，當然也沒忘了後來那些夜不成眠、滿是苦痛與折磨的日子。她想著過去，也想起了那個總是默默守護她的男子，她善良又博學的朋友，她唯一的恩人，她溫柔慷慨的朋友。

「母親，妳瞧這裡，」小喬治說，「這裡的玻璃有人用鑽石刻了『G. O.』，這不是我刻的，我從沒看過它。」

「喬治，遠在你出生之前，這兒本是你爸爸的臥房，」她紅了臉，然後親吻了兒子。

母子暫時在里奇蒙德租了間房子，滿臉堆笑的律師川流不息地拜訪她家。當然，他們的到訪都是計費的。屋裡為達賓少校留了間房，他常來拜訪奧斯朋母子，身為小喬治的監護人之一，他有許多事務要為母子處理。這一天，當他們告別羅素廣場，坐上馬車回家時，艾美一路上都沉默無語。

此時，小喬治辦理了無限期的停學，暫時不用去菲爾先生的學院。菲爾先生忙著準備一塊細緻大理石，打算在上面刻上墓誌銘，安置在教堂喬治．奧斯朋上尉雕像下方。

至於小喬治另一個姑媽布洛克太太呢，眼看父親遺產的一半都落進了那小惡魔的口袋，她認為這簡直是場搶劫。儘管如此，她還是親切地與這對母子握手言和。羅漢普敦與里奇蒙德不遠，有天飾有金色布洛克家徽的華麗大馬車，載著太太和她虛弱的孩子，拜訪艾美麗雅位於里奇蒙德的家。當時艾美麗雅正在花園看書，喬斯悠閒地坐在涼亭裡，拿了草莓沾酒吃，穿著印度外套的少校彎下腰來當跳馬，而小喬治一躍而上。突然之間，布洛克一家人衝進了平靜的花園，正躍過少校背上的小喬治，一頭撞上了布洛克家的孩子。他們頭上的帽子都綁了大大的黑蝴蝶結和黑紗，身邊的母親也穿著喪服。

「他跟蘿莎年紀正好相配，」溺愛孩子的母親尋思，望著她親愛的女兒，那是個只有七歲、常生病的小姑娘。

「蘿莎，去親吻妳親愛的表哥，」費德瑞克太太說道，「喬治，你不認得我嗎？我是你的姑姑呀。」

「我認得妳，」喬治應道，「但我不喜歡親吻禮，請別親我。」他避開了表妹順從的擁抱。

「你這愛開玩笑的孩子，快帶我到你親愛的媽媽那兒去，」費德瑞克太太說道。經過了十五年，小姑和嫂嫂終於再次見面了。艾美貧困無援時，這位小姑從未想過拜訪她，現在她地位不可同日而語，而她的小姑理所當然地來到她的面前。

其他人也是。我們的老朋友史華滋小姐和丈夫急急忙忙從漢普敦宮一帶趕來，帶著一大群僕人，個個穿著顯眼的黃色制服，像以往一樣親切地與艾美麗雅談天說地。說句老實話，要是史華滋小姐之前有機會見到艾美麗雅的話，她也會像當年一樣喜歡她，我們不該錯怪她。但你能怎麼辦呢？在這廣大的城市裡，人的時間有限，實在無法一一拜訪所有的朋友。只要身分降低，就等同於消失在這城市裡；少了那些人，我們繼續前進。浮華世界裡，有誰會思念故人呢？

簡而言之，奧斯朋先生過世後的喪期，艾美發現自己踏入了上層社交圈的中心。在社交界的那些人，絕想不到他們之中會有人突然遭逢不幸。這些夫人小姐的丈夫，就算只是西堤區的乾貨商，但她們個個都有個貴族親戚。有些夫人知識豐富，博學多聞，會讀薩墨維爾太太[60]的著作，經常出入皇家學院；有的則是虔誠的福音派，常去伊克塞特大會堂。當夫人小姐閒聊時，說實話，艾美常不知所措。有一、兩回她不得不接受費德瑞克太太的好意去她家做客，結果她簡直度日如年。那位太太依舊像以前一樣高傲，決心要改造嫂子，自以為這是親切的表現。她為艾美麗雅找來裁縫師，培訓她的僕人，甚至指點她的儀態。她常從羅漢普敦駕車前來，用名流界的芝麻小事和宮廷裡無關緊要的閒話來取悅朋友。這些閒談很對喬斯的胃口，但少校一聽到這女人又要來賣弄那些不值錢的高雅風範，就會咆哮著告退。少校參加銀行家的盛大晚會時，吃過晚餐後，他會當著費德瑞克．布洛克的光頭打盹。而布洛克依舊急切地希望奧斯朋家告別斯當比及洛第銀行，把財產轉到他家的銀行。艾美麗雅對拉丁文一竅不通，也不知道《愛丁堡評論》最新的知名文章是由誰寫的，她當然不會批評或讚賞皮爾先生[61]最近反常地支持《天主教徒解放法案》，只能坐在華麗寬敞的客廳裡，像個傻子似地坐在一眾貴夫人之間，朝窗外如茵的草地，整齊的石子步道和閃閃發光的溫室發呆。

「她看來脾氣挺好，可惜毫無生氣，」洛第太太說道，「少校似乎愛上她了。」

「她的舉止談吐太差勁了，」荷利約克太太說道，「親愛的，妳不可能改造得了她。」

「她不是無知得很，就是漠不關心，」葛羅瑞太太的聲音像從墓地下傳來似的。戴著頭巾帽的她失望地搖了搖頭。「根據喬沃斯先生的說法，教宗會在一八三六年垮台，而華波肖特先生則認為應該會是一八三九年，我問她她認為誰說得對？她居然只回：『可憐的教宗！我希望他不會下台，他做了什麼事呀？』」

「她是我哥哥的遺孀呀，親愛的朋友們，」費德瑞克太太接口道，「我認為我們該好好照顧她，帶領她踏入上流社會。雖然她令我們**失望得很**，但我們絕不是因為**貪圖任何好處**才如此關照她。」

「布洛克太太真可憐哪，」洛第太太和荷利約克太太共乘馬車離開時，前者說道，「她用盡心機，盤算這盤算那的。她一心盼望奧斯朋太太會把錢從我們銀行移到她先生那兒去。瞧瞧她如何哄騙那個男孩，逼他坐在那個眼神渙散的小蘿莎旁邊，實在可笑極了。」

「我希望葛羅瑞太太別再提什麼罪人和末日戰爭啦，」另一位太太喊道。在這些談話聲中，馬車轔轔駛過了普特尼橋。

這樣的社交圈對艾美來說，實在太過高雅。她一聽到有機會出國散心，立刻喜出望外。

60. 瑪麗．薩墨維爾，一七八〇～一八七二，蘇格蘭科學家，主要研究數學與天文，首批被提名為英國皇家天文學會的女性會員之一。

61. 羅伯特．皮爾，一七八八～一八五〇，曾兩度擔任英國首相、兩度任內政大臣。

第六十二章　萊茵河畔

前一章的日常事件之後又過了幾週，夏天到了，國會休庭。在一個晴朗的早晨，倫敦的富豪全都告別首都，開始年度尋歡作樂或休養生息的度假季。巴塔維亞蒸汽船載滿了逃離英國的上流人士，從倫敦塔出航。後甲板架起船篷，船上的坐板和舷梯上聚集了數十名氣色紅潤的孩童和忙碌的保姆。太太小姐戴著最漂亮的粉色軟帽和夏季洋裝；男士戴了旅行便帽，身穿麻料外套，其中不少人年輕得很，鬍髭才剛冒出來。時常旅行的肥壯老兵繫著漿挺的領巾，頭上的帽子刷得乾乾淨淨，好像自戰事結束後，就老是闖盪歐洲各地。他們出口就是髒話，把國罵帶進歐洲的大小城市。帽盒、布拉馬氏的旅行用寫字檯、梳妝箱的陣容龐大。年輕又時髦的劍橋學生和導師一同出遊，打算去諾南維茲或柯尼希斯溫特，來場書香之旅。愛爾蘭的男士們留著最漂亮的鬍子、戴著最好看的首飾，無止無盡地聊著馬匹，對船上的年輕小姐格外殷勤多禮。相形之下，劍橋學生和他們臉色蒼白的導師活像害羞的黃花閨女，對姑娘敬謝不敏。常在帕摩爾大道閒晃的人們，前往埃姆河和維斯巴登，用清新的礦泉水沖洗整個社交季都被晚宴塞滿的腸胃，想找刺激時，就轉轉輪盤、玩玩紙牌。有位老紳士帶著剛娶進門的青春美嬌娘，禁衛軍的帕比隆上尉替她撐陽傘，還幫她拿旅遊指南。年輕的梅先生帶著新婚妻子度蜜月，她原本是溫特太太，曾是梅先生祖母的同學。約翰爵士和爵士夫人帶著整整一打的孩子，每個都有自己的保姆。顯赫貴族巴瑞克斯一家人也來了，他們坐在船舵旁打量其他人，但絕不跟別人交談。他們那幾輛馬車，車身上都繪了王冠，車頂上裝滿閃亮的箱子，和其他十幾輛馬車一起停在前甲板，以鎖鍊固定。這些馬車之間難以行走，住在前客艙的可憐船客出入十分不便。這些人中，有幾位是來自亨斯迪區的男士，打扮得十分華麗，帶了自己的餐食，足以在大沙龍裡宴請一半的乘客。還有幾位留著鬍子、帶著畫夾的老實人，才上船半小時就忙著素描。蒸汽輪船經過格林威治時，有一、兩位法國女僕已經暈船了。運馬籠旁，有一、兩位負責照看馬兒的馬夫悠閒地漫步，或者倚在明輪旁，討論誰會贏得聖烈治錦標賽，誰會贏得或輸掉格得伍德杯。

導遊在船上忙進忙出，一一安頓好他們的主人老爺，護送他們去客艙或上甲板。完成任務後，這些導遊全聚在一起，抽菸閒話家常。幾位猶太男士加入他們，一群人打量著那些馬車。約翰爵士的大馬車足以容納十三名乘客，除此之外，還有老勛爵的馬車、巴瑞克斯勛爵的四輪輕便馬車、四輪敞篷馬車、行李貨車，應有盡有。行李貨車最廉價，只要有錢誰都買得起。許多人好奇勛爵怎麼有那麼多現金支付行李費用。但猶太人都知道他是怎麼付的。不管什麼時候，他們都知道每個勛爵的口袋裝了多少錢，也知道得付多少利息，還有債主是誰。猶太人研究著最後面的一輛整齊漂亮的旅行馬車。

「這輛馬車是誰的呀？」一位導遊用法文問道。他帶著一只龐大的摩洛哥山羊皮錢袋，耳朵上戴著耳環。他說話的對象也戴著耳環，手上也拿著一樣材質的大錢袋。

「我『相』是克希的——我剛才看到他在馬車上吃『山』明治，」另一位導遊也以法文回答，帶著悅耳的德國腔。

過了一會兒，克希從貨艙附近走了出來。他剛在貨艙那兒用各種語言咒罵，對船上搬運行李的挑夫大吼大叫。他向其他翻譯員說了一番剛剛發生的事。他說，那輛馬車屬於一位來自加爾各答和牙買加的大富豪，也就是他這趟行程服務的老爺。就在此時，有人警告一位少年別靠近明輪罩，結果這年輕人就從那兒跳到老勛爵的馬車上。他在車頂和行李箱頂跳了跳去，跳到了他自家的馬車上，鑽進了車窗，再打開車門走下來。看到這一幕的導遊們連聲叫好。

「喬治少爺，好個俐落身手！」導遊露齒而笑，舉起鑲金邊的便帽向少年致意。

「去你的法國人，」小紳士說道，「嘿，我的餅乾呢？」克希以英文回應，或者只是假裝會說英文——雖然克希先生什麼語言都會說上幾句，卻一種語言也不精通，雖然流利得很，但錯誤百出。

莽撞的少年狼吞虎嚥地吃了餅乾。他在里奇蒙德吃過早餐，但那足足是三小時前的事了，當然他得吃些點心充飢。這位少年就是我們的朋友喬治．奧斯朋。喬斯舅舅、他的母親和一位世交都在後甲板，四人正要一起踏上夏季之旅。

喬斯坐在甲板的船篷下，離巴瑞克斯伯爵一家人不遠，他專心致志地觀察這家人的一舉一動。比起動盪不安的一八一五年，此時的伯爵夫妻看起來更年輕。喬斯還記得在布魯塞爾見過他們——他當然忘不了這回事；事實上，在印度當官時，他老是暗示自己與伯爵一家人熟稔得很。巴瑞克斯伯爵夫人的頭髮，以前是深色，現在則是帶金的淡紅褐色。巴瑞克斯伯爵以前有把紅鬍子，現在則染成深黑色，在光線照耀下反射出青紫色的光澤。儘管伯爵夫妻的外貌改變不少，但他們仍令喬斯迷戀。他無法相信身分顯赫的伯爵居然近在眼前，只能傻傻地盯著他們瞧。

「你對那些人很感興趣哪，」達賓笑盈盈地觀察喬斯。艾美麗雅也笑了起來。她戴了頂草編軟帽，帽上繫著黑絲帶，身上仍穿著喪服，然而這場小旅行的忙亂和度假氣氛，令她既開心又興奮，看來比平時快樂多了。

「多晴朗的一天呀！」艾美嘆道，接著又很奇妙地加了一句，「希望這場旅程風平浪靜。」

喬斯揮了揮手，輕蔑地從眼皮下瞄了一眼對面的貴族。「要是妳像我們一樣，常常長程旅遊，妳就不會那麼在乎天氣變化啦。」話雖這麼說，經常旅行的他當晚躲在馬車上，度過悲慘的一夜。他暈船暈得嚴重，負責照看他的導遊奉上兌水白蘭地和各種美食。

快樂的一行人準時在鹿特丹港口下了船，換搭另一艘蒸汽輪船前往科隆。當一行人和馬車在科隆上岸時，喬斯看到當地報紙以德文宣布：「尊貴的薩德利勛爵大人偕同家人從倫敦抵達本城」，真是心花怒放。他的行李中有進宮用的大禮服，行前他堅持要達賓帶上軍隊的各式徽章。他宣稱他要踏入各國宮廷，謁見當地的王親國戚。

不管這群人到了哪裡，喬斯一找到機會，就把自己和少校的名卡交給當地的英國使節，親熱地喚他們：「我們的公使」。當他們到了猶太之城法蘭克福，接受英國領事親切的晚餐邀約時，喬斯原打算戴上三角帽、穿上緊身褲，他的旅伴費了一番口舌才阻止他。他在記事本裡詳細記載一路上停留的客棧、吃到的菜色和飲下的酒飲，批評每一家的缺點、讚揚優點。

艾美非常開心，雀躍不已。達賓會為她提素描本和椅子，欣賞善良小畫家的畫作，熱切地讚美她的作品，之前從沒人如此讚賞她的畫作。她坐在輪船的甲板，畫下沿途的山丘與城堡；或者騎著驢子，登上古代強盜佔據的高塔，小喬治和達賓是她的副官，尾隨在她身後。她一笑，少校就跟著她笑。他騎著驢子的樣子滑稽得很，兩條長腿仍碰得到地。他熟悉德文，是這行人的翻譯官。他也具備豐富的軍事知識，會和喬治假扮萊茵河之戰和普法爾茨戰役當遊戲，令少年開心極了。克希先生和車夫一起坐在馬車駕駛座，和喬治一來一往地聊天。不到幾週，小喬治已說得一口流利的北德話，可以和飯店侍者和車夫閒聊，令他的母親大為欣慰，也把他的教父逗樂了。

旅伴下午出遊時，喬斯先生很少與他們同行。飽餐一頓後，他往往會睡場好覺，或在旅舍賞心悅目的花園裡，坐在涼亭樹影下歇息。萊茵河沿岸多美呀！盡是一座又一座的花園，放眼望去，都是祥和寧靜的美景，一地燦爛的陽光，遠方山岳透著紫色光暈，山峰映照在優美的河面上。來過此地的人們，有誰忘得了這些令人心曠神怡的美景呢？我一放下筆，回想美麗的萊茵河畔，心胸就充臆著幸福。日照很長的夏天傍晚，乳牛群緩緩地步下丘陵草地，牛鈴叮鈴作響，伴著牛群哞哞的叫聲。牠們越過古老的護城河，走進老城，穿過鐵柵門和尖塔，走過栗子樹，在地上灑下長長的青色影子。在金色夕陽的照耀下，血紅色天空和河面燃燒似火；蒼白的月亮已經升起，遠遠與夕陽相對。太陽終於落在城堡聳立的巍峨高山後方，夜色突然降臨人間，河流也愈來愈暗，點點燈火從古老堡壘透了出來，山丘下和河岸兩旁的城鎮閃耀著安詳的燈光。

喬斯常用班丹納花綢巾蓋住臉，舒舒服服地打個盹。他會讀所有的英文新聞，可敬的《加里納尼信差報》上的每個字都不放過。這份報紙專門剽竊英國本地新聞，而所有出國度假的英國人都仰賴它得知國內的大小事，祝福他們！然而不管喬斯清醒還是入睡，他的旅伴都不太想念他。是的，他們非常快樂。他們常在晚上去看歌劇，欣賞日耳曼鄉鎮那些毫不裝腔作勢的迷人老歌劇，貴族夫人手上織著襪子，邊聽邊流淚，另一側則坐了布爾喬亞人士。大公一家人坐在中央的包廂，每個人都很肥胖且心地善良。正廳後方坐的全是身材瘦削、行止高雅的軍官，留著乾草色的鬍子，一天的薪水少得可憐。

艾美在歌劇院找到快樂的泉源。她在這兒見識到莫札特和奇馬羅薩動聽的音樂。我們之前已提過少校的音樂品味和他高超的吹笛技巧，但觀賞這些歌劇時，我想他最大的快樂，莫過於觀察艾美如痴如醉的樣子。當她聽著那些神聖的歌曲，她踏入了一個充滿愛與美的新世界。敏銳又纖細的她，怎會對莫札特無動於衷呢！《唐・喬望尼》中溫柔的歌曲令她痴狂。她在夜裡祈禱時，不禁自問，〈親愛的，你將看到〉和〈鞭打我吧〉這兩首曲子的樂音令她小小的心房充滿了喜悅，這到底是好還不是好呢？她把少校當作宗教上的導師，而少校本身也是虔誠的教徒。她向少校請教這個問題，而他回答，他認為藝術和大自然的美讓他滿懷感謝，身心歡愉。不管是悅耳的音樂、夜空的星辰，還是美麗的景色與圖畫，都為我們帶來快樂，而我們該為此衷心感謝上帝，就像感謝祂賜與我們其他世間的幸福一樣。雖然艾美麗雅微微表示反對，她住在布朗普敦時，讀過《芬奇利公地的洗衣婦》之類的書，便向少校提出書中的看法，但少校跟她說了一個關於貓頭鷹的東方寓言。貓頭鷹認為太陽實在太過刺眼，且世人對夜鶯過譽。「有的鳥生來就該縱聲鳴唱，而有的鳥終其一生只會嗚嗚叫，」他笑著說道，「妳自己也有副動人的歌喉，我相信妳就是夜鶯，生來就是歌唱的能手。」

我喜歡回想這段時光的她，相信她當時沉浸於幸福快樂。你們瞧瞧，她這一生沒享受過多少快樂的滋味，也沒有機會發展個人品味與知識。一直以來，她身邊都只有低俗的人物，許多女人的命運都跟她一樣。再加上，同性之間彼此敵視，心胸寬厚的她們認為害羞等於愚蠢，溫柔等於無趣，要是一名女子寡言少話——儘管這只是對專制的統治者羞怯的反擊，但在這群女人眼中，卻成了要不得的罪孽。我親愛的、文明的讀者啊，就讓我們承認吧，要是你我今晚加入了一群蔬果商的聚會，我們恐怕也吐不出幾句機靈的話；相反地，要是蔬果商參加你家高雅上流的茶會，時髦的賓客妙語如珠，毫不留情地以最詼諧的字眼開彼此玩笑，想當然耳，局外人也只能緘默。他們對話題不感興趣，也無法吸引別人的注意。

我們必須記得，這位可憐的寡婦一輩子從沒和任何紳士來往過，現在還是她第一次真正認識一位紳士。也許，世上的君子遠比我們想像的稀少。我們之中，有誰敢說自己的生活圈裡，滿是表裡如一的君子呢？真正的君子慷慨大方，從一而終，誠懇忠實，節操高尚。他們真誠坦白，以男子氣概的面對俗世，不分貴賤一視平等。我們認識的人中，有上百個人穿著精心製作的外套，也有數十人具備翩翩風度，還有一、兩位身處名流界的中心，公認是十分幸福快樂的人。然而，有誰足以被稱為君子呢？有幾人？讓我們各自拿張紙來，列張名單吧。

而在我的名單上，我絕對會寫下我的朋友，達賓少校的大名。他有雙長腿和一張黃臉，講起話來有點口齒不清，乍看之下，很少人不會覺得他是個怪人。但他的思想純正，頭腦明智，過著誠實無瑕的生活，有顆寬厚謙和的心。他的確有雙大手和大腳，喬治．奧斯朋父子都曾嘲笑過他，他們的打趣和嘲弄恐怕讓艾美忽略了他的本質。但我們不也常常看錯人？不也一天到晚改變看法嗎？此時快樂的艾美，發現自己對少校的看法有了劇烈的變化。

也許這是他們生命中最快樂的一段時光，要是他們知道的話……但誰能預見未來呢？有誰能指出自己人生中的高峰，宣稱自己嘗到了極致的快樂？總而言之，這對男女當時非常開心，像其他離開英格蘭的男男女女一樣，度過一段美好的夏季之旅。小喬治雖然和他們同去看戲，但散場時，是少校為艾美披上披肩。當他們出遊或散步時，少年永遠跑在前頭，急於登上高塔的樓梯，或爬到大樹上，而沒那麼好動的一對麗人落在後面，少校悠閒地抽雪茄，而艾美在畫紙上描下眼前的風景或古城廢墟。本書作者句句屬實，因為我本人就是在這場旅行中，十分榮幸與他們結識，成為他們的朋友。

本柏尼格[62]公國面積不大，十分愜意，我就在這兒首次見到達賓少校和他的幾位朋友。說到本柏尼格，皮特．克勞利爵士曾經在這兒擔任大使館專員，發展一段成功的事業，但那已經是很久以前的事了。當奧斯特里茨戰役的消息傳來，日耳曼境內所有的英國大使都湧入此處。少校和朋友搭著馬車，在導遊的陪同下，抵達城裡最棒的「王子大飯店」，當晚一行四個人都留在飯店用餐。每個人都注意到威風凜凜的喬斯。他點了約翰白葡萄酒，當他品嘗——或者不如說豪飲時，露出大為讚賞的表情。我們也注意到那個少年，他的胃口很好，吃了醃肉、煎肉排、馬鈴薯、蔓越莓果醬、生菜、布丁、烤雞、蜜餞，來者不拒，想必令他的祖國十分驕傲。吃完足足十五道菜後，他又吃了甜點，離席時他甚至隨身帶走了一些甜點。同桌的幾位年輕人，看到少年冷傲又豪邁不羈的態度，都覺得有趣得很，給了他一包蛋白杏仁甜餅。他和家人前往劇院看戲時，一路上不斷討論這甜餅的滋味。在這歡快熱鬧的日耳曼小城，每個人都會去看戲。男孩的母親一身黑衣，吃飯時看到兒子貪吃又調皮的樣子，既開心又羞怯，笑盈盈地紅了臉。至於少校——過沒多久他就升任上校了——我記得他常常開男孩的玩笑，提醒還有哪些菜色他尚未品嘗，哀求他別克制自己的食慾，再多吃點這道或那道菜。

當晚在本柏尼格公國皇家大戲院——又稱王宮戲院——有位特別佳賓參與演出，當時依舊如花似玉，演技高超的薛瑞德．德芙瑞安特夫人擔綱精采歌劇《費德里奧》中的女主角。我們坐在正廳，看見那四位朋友坐在包廂，那是王子大飯店主人史文德勒為貴客訂下的。我注意到女主角的歌聲、表演和現場音樂都深深感動了奧斯朋太太——我們是從那名肥壯男士口中得知她的姓氏。囚犯大合唱時，女主角悅耳的歌聲從驚心動魄的合唱中竄起，直登高峰，形成令人心蕩神馳的合奏。那位英國太太一臉驚嘆，滿懷熱情，連外交隨員小菲普斯也不禁痴痴地望著她，舉杯向她致敬，裝腔作勢地說道，「天呀，看到一名女子為音樂『魯』此感動，實在太『胖』了。」她難以克制地流下淚水，只能用手帕遮住臉龐。當時劇場裡所有的女人都抽抽噎噎，但我相信，我之所以特別注意到她，全是因為上天選定了我為她寫下回憶錄。

隔天，戲院演出的仍是貝多芬的作品，《維多利亞之戰》。一開始就是振奮人心的〈馬爾布魯克出征去〉，顯示法國軍隊迅速進攻。接著，鼓聲、號角、火炮聲如雷般接連響起，臨死的士兵發出陣陣呻吟，最終，樂隊奏起雄偉莊嚴的英國國歌〈天佑吾王〉。

當晚約莫只有數十名英國觀眾，但這首備受愛戴的知名歌曲一響起，不管是我們這些坐在正廳的年輕人，或是約翰爵士和布爾明斯特夫人（他們在本柏尼格租了一整棟房子，好教育他們的

62. 虛構的國名，取自一種德國麵包的名字。

九個孩子），留著鬍子的胖紳士，穿白色帆布褲的高瘦少校，帶著小男孩的太太，依戀地靠著母親的小男孩，連在廉價邊座的導遊克希，所有人都站了起來，宣告自己是大英帝國的一分子。至於代理大使泰普渥恩先生，也從包廂裡站起身，傻笑著向觀眾鞠了個躬，好像他代表了整個帝國似的。泰普渥恩是帝福托夫老將軍的姪子兼繼承人，我們在滑鐵盧戰役之前介紹過老將軍，當時他是達賓上尉的上校，現在他已成了元帥。今年，他因為吃了摻了鳥蛋的肉凍而光榮仙逝。國王陛下把軍團交給曾帶領軍團取得多次光榮勝利、榮獲了爵級司令勛章的麥克・奧大德上校指揮。

泰普渥恩想必曾在元帥家中見過達賓少校，當晚他從觀眾中認出了達賓後，為國王效命的外交使節步出包廂，在眾人面前和這位久別重逢的朋友握手，殷勤有禮，給了他極大的面子。

「瞧瞧泰普渥恩那個狡猾的傢伙，」菲普斯低聲說道，從正廳的座位盯著長官。「他一看到漂亮女人，就想盡辦法靠近。」外交官不就專做這種事嗎？我真想知道，除此之外，他們還有何用？

「不知我可有榮幸認識達賓太太？」這位官員臉上掛著百般奉承的微笑。

小喬治大笑出聲，「老天爺，真是個好笑話。」艾美和少校都羞紅了臉，我們在正廳看得一清二楚。

「這位夫人是喬治・奧斯朋太太，」少校回答，「這位是她的哥哥，薩德利先生，是孟加拉行政部的一位知名官員，容我向他介紹勛爵大人。」

勛爵大人對喬斯露出最迷人的笑容，喬斯雙腳一軟，幾乎要暈倒了。「你們會在本柏尼格待上一陣子嗎？」他殷勤地問道。「這兒無趣得很，但我們希望多些貴客來這兒，我們會盡己所能地招待你們，讓你們過得舒舒服服。啊哼……先生和……奧嗯……太太。希望我有此榮幸，明天能拜訪你們的飯店。」他離開時，不忘回眸一笑，深信自己已經把奧斯朋太太迷得神魂顛倒。

散場時，年輕人聚在門廳閒談，我們望著上流人物一一離去。老公爵夫人坐在叮叮作響的老馬車上，兩位忠實且蒼老的女官陪著她。除此之外，還有位個子矮小、神色傲慢的男侍從，他的腿又細又長，穿著棕色上衣和綴滿勛章的綠色外套，其中最顯目的是本柏尼格聖麥可騎兵團的星型勛章，還配有鮮黃色的飾帶。鼓聲響起，衛兵敬禮，老馬車就駛走了。

接著尊貴的大公一家人出現了，身後跟著一票威風凜凜的官員和侍從僕役。他神色自若地向眾人敬禮。衛兵行禮如儀，紅衣男僕高舉火把，四處奔走。終於，大公一家的馬車先後駛離，前往巍立在山上的古老城堡，城堡裡有許多高高聳立的塔樓和尖頂。本柏尼格的每個人都彼此熟識。只要城裡一出現外國人，就有大大小小的官員或外交大臣本人跑到「王子大飯店」探聽訪客的大名。

我們在戲院外望著貴客一一散去。披著斗篷的泰普渥恩剛步行離開，身邊跟著那個與他形影不離的高大隨扈，看起來頗有唐璜的架勢。首相夫人擠進了馬轎，而她美麗的女兒伊達戴上帽子，套上木鞋。那幾個英國人走了出來，少年連連打呵欠，而少校細心地把披肩蓋在奧斯朋太太頭上。薩德利先生儀表堂堂，頭上斜戴了頂壓扁的高帽，身上穿著寬大的白背心，把手放在他的大肚皮上。我們已在飯店裡認識了這幾位人士，此時紛紛舉帽向他們致意，而那位太太對我們露出淺淺的微笑，行了個禮。任何人看到她優雅的回禮，都會感激不已。

多話的克希先生坐在一輛飯店派來的馬車上，監督馬夫，等著送這一行人回去。但那胖子說，他想抽根雪茄，於是他悠閒地散步。另外三人對我們頷首微笑後，就隨馬車離開，留下薩德利先生，帶著雪茄盒的克希也跟著主人。

我們和那位肥壯的先生並肩散步，聊起這個怡人的公國。對英國人來說，這兒愜意極了：旅客可以結伴打獵，十分好客的大公常在宮內舉辦舞會和各種娛樂節目，又有文雅友善的社交圈，戲院的表演優秀，物價又低廉得很。

「而且我們的大使是世上最親切、最討人喜歡的人了，」我們的新朋友說道，「有這樣一位大使，而且……又有一個好醫生，我敢說這是人間仙境。晚安了，先生們。」說完，喬斯就走上咿呀作響的樓梯，克希跟在後頭，手裡捧著華麗的燭台。我們都希望那位美麗女子會在這兒多留一陣子。

第六十三章　與老友重逢

薩德利先生對泰普渥恩勛爵的殷勤多禮，留下難以抹滅的深刻印象。隔天早餐桌上，他向旅伴表示，他認為本柏尼格是這趟旅程中，最令人愉悅的小城了。喬斯的動機和盤算並不難以理解，擅長掩飾心思的達賓暗自竊笑。從印度官員露出瞭如指掌的神態，突然談起泰普渥恩一家人和同名城堡，他就看得出來喬斯起得很早，已經熟讀了《貴族名人錄》旅遊版。是的，喬斯滔滔不絕地說，他早就見過貝格威克伯爵閣下，也就是泰普渥恩勛爵的父親。他確信自己見過他，是在……是在早朝進宮那時……達伯難道忘了嗎？當外交官謹守諾言，前來飯店拜訪一行人時，喬斯畢恭畢敬地迎接他，令小外交官備感尊榮。外交官大人一到，喬斯立刻朝克希眨了眨眼。早就被主人吩咐過的密使退出門，監督下人用托盤送上冷盤、果凍和各種精緻美食。喬斯再三鼓勵貴賓不要客氣，盡情享用。

至於泰普渥恩，只要能多欣賞奧斯朋太太的明亮雙眸一會兒，完全不介意在薩德利先生的暫時居所待久一點。啊，奧太太的臉龐在日光下，更顯得清新脫俗！泰普渥恩機靈地向喬斯提出一、兩個關於印度和當地舞孃的問題；向艾美麗雅探詢跟在她身邊的美麗男孩，同時連聲讚美她，說這位小婦人昨晚在歌劇院艷驚全場，令艾美意外得很。接著他談起前不久的戰爭，述說本柏尼格在當時王儲——也就是現今的本柏尼格大公——的帶領下，如何精采取勝，讓達賓聽得入了迷。

泰普渥恩勛爵繼承了家族風流瀟灑的特質，他自豪地相信，只要是被他看中的女人，全都會被他迷得神魂顛倒。告辭時，他深信自己的機智和風度都已擄獲艾美的芳心，回家後就寫了封辭藻優美的短箋給她。可嘆的是，艾美一點也沒有愛上他，他的微笑、假笑、噴了香水的麻紗手帕、高跟的漆皮靴，都令艾美困惑不解。他說的奉承話，她只聽懂了一半。她對男人的認識乏善可陳，至今尚未見識過半個專業的花花公子，對她來說，勛爵是個奇特男子，一點也無法贏得她的歡心。她對他毫無傾慕之情，倒是認為這人怪異得緊。相反地，喬斯開心得很。「勛爵多親切啊，」他說道，「勛爵大人說會派他的醫生過來，真是太仁慈了！克希，快把我們的名卡送給舒露瑟貝克伯爵，萬萬別在路上耽擱，少校和我非常希望能盡快進宮。克希，讓我穿上禮服——少校也得換上軍服。每位英國紳士出遊時，都該去見見本國大使和當地王族，這才有禮貌。」

泰普渥恩的醫生馮·葛洛柏大夫，也是大公本人的御醫。他一來，立刻向喬斯保證，本柏尼格的天然泉水和他的獨特療法，絕對會讓孟加拉大官回復青春和纖瘦的體態。「去年有位先生來此，」他說道，「一位英國將軍，布克利將軍，先生，他比你還肥上兩倍。我治療他兩個月後，他就能和葛洛柏女爵跳舞啦，三個月後他就瘦得要命。」

喬斯心意已決。自然泉水、御醫、宮廷還有代理大使都令他心花怒放，他提議一行人在令人愉快的公國度過秋天。代理大使引薦喬斯和少校，在宮廷高官舒露瑟貝克伯爵的陪同下，兩人的確見到了大公維克多·奧瑞勒斯十七世。

他們馬上受邀參加王宮晚宴。一行人宣布打算在本柏尼格多逗留一陣時日後，城裡最上流的夫人小姐紛紛前來拜訪奧斯朋太太。這些貴族女眷不管家裡有不有錢，都有響亮的頭銜，最低等的也有男爵夫人的位階，令喬斯心花怒放。他寫信給倫敦俱樂部的朋友查特尼，說英國在殖民地設立的行政組織大獲日耳曼人讚賞，他打算向朋友舒露瑟貝克伯爵解釋印度人如何獵豬；他大力讚揚在這兒交到的顯赫朋友，說大公和大公夫人既親切又有禮。

艾美也進了宮。王宮有些日子會禁穿喪服，因此她終於脫下喪服，換了件粉紅縐紗洋裝，胸前別了鑽石飾品，由哥哥向大公及大公夫人引薦。大公和所有王公貴族都為她動人美麗的風采傾倒，不用說，少校當然也是。他從未見過穿上晚禮服的艾美麗雅，發誓她看起來根本不到二十五歲。

她穿著這件衣裳，和達賓少校在王宮舞會中跳起波羅奈茲舞。這種舞的舞步簡單，喬斯十分榮幸得以與舒露瑟貝克伯爵夫人翩翩起舞。伯爵夫人年紀很大，背有點駝，但足足有十六個貴族頭銜，和日耳曼一半的王族都是親戚。

本柏尼格位於土壤肥沃的本柏河流域中一處快樂的河谷裡，而本柏河與萊茵合匯流於……可惜的是我手邊沒有地圖，無法指出確切地點。本柏河水面開闊的地方，容得了渡船行進，就算河面狹窄之處，水勢也足以推動水車。在本柏尼格境內，前三代的大公維克多・奧瑞勒斯十四世廣受愛戴，名聲響亮。他建了一座華麗的橋梁，橋上立了座自己的雕像，周圍被一群美麗的水中仙女簇擁，還雕了各種象徵勝利、和平等等的紋章。有名土耳其人俯臥於地，而大公的腳踩住了那人的脖子——根據歷史，大公參加了維也納之戰，解除維也納圍城危機之時，他一劍刺穿一名土耳其禁衛軍。倒在地上的伊斯蘭教徒痛苦得扭動，表情猙獰，但大公不為所動，微笑地舉起權杖，指向奧瑞勒斯廣場的方向。當時他在廣場大興土木，要是他有足夠的資金，絕對能建造一座當代最華麗的新宮殿。可惜這座蒙普萊瑟宮（日耳曼人總喚它蒙布萊希爾）因現金短缺而沒能竣工，目前宮殿和週遭的花園林地已失去往日的光采，面積比現今宮廷需要的空間，只大了不到十倍。

花園仿照凡爾賽宮而建。花壇林園間有好幾座巨大噴泉，上面的雕刻都根據寓言與神話而設計。每到節慶，這些噴泉就會噴出水柱，形成壯麗的景色，令人嘆為觀止。其中有座特羅弗紐斯[63]

63. 希臘傳說人物。

洞穴，在巧妙設計下，鉛製的海神之子崔萊頓不只會噴水，他們手中的海螺還會發出可怕低沉的吼聲。除此之外，還有水中仙子沐浴和尼加拉瓜大瀑布等各種造型的噴泉。在這座快樂的小公國，每年議會重啟、大公生日或結婚紀念日時，住在附近的人們都會前來慶賀，看到這些壯觀的噴泉，個個都看得嘖嘖稱奇。

小公國方圓約莫十哩，最西邊的博肯城緊臨普魯士王國，另一邊的葛羅威茨城則有座大公的狩獵行宮。葛羅威茨隔著本柏河與鄰居波岑索爾公國相望。幸福的公國除了主要的三座城市，境內四處都有大大小小的城鎮，本柏河沿岸有許多農場和磨坊。每當國家慶典之時，女人們會穿著紅裙、戴上天鵝絨頭飾，男人則戴著三角帽、口中啣著菸斗，從大小城鎮相偕湧入首都，參與宮廷舉辦的各種慶典。此時不但有免費的戲碼可看，蒙普萊瑟宮的噴泉也會湧出泉水——噴泉實在太過壯觀，最好偕伴共賞，不然落單時難免心驚。路上到處都是江湖術士和賣藝者，其中有位隨軍賣藝的女子，特別討大公歡心，但人們說她其實是名法國間諜。大皇宮也對外開放，歡快的民眾踏進一間間的宮室，欣賞光滑的地板、厚重的布幔、門口的痰盂。蒙普萊瑟宮中有座維克多．奧瑞勒斯十五世設計的亭子——他是位好君主，可惜太貪圖享樂——人們告訴我，那座亭子美麗得很，巧奪天工，上面畫了酒神與阿里阿德涅[64]的故事，而在用餐時，桌子會用絞車吊進吊出，這樣賓客才不會被忙碌的僕人打斷興致。但奧瑞勒斯十五世駕崩後，遺孀芭芭拉夫人下令關閉這座亭子。她原是博肯皇室的公主，丈夫過世後，信仰虔誠的她在兒子尚未成年時擔任攝政王，停止了亡夫耽於享樂的風氣。

在日耳曼地區一帶，本柏尼格的劇場首屈一指，名氣響亮。雖然大公年輕時，堅持在這兒上演他親自編製的歌劇，以致名望跌落了不少。據說，有天大公出席彩排時，由於音樂總監指揮的節奏太慢，令大公憤怒不已，從座位衝上前，用巴松管敲傷了總監的頭。與此同時，索菲亞大公夫人還會編寫家庭喜劇，想必枯燥乏味得很。幸好現在大公只會私下演奏，而唯有外國貴客前來拜訪宮廷時，大公夫人才會把作品搬上舞台。

本柏尼格皇宮富麗堂皇，十分舒適愜意。宮裡辦舞會時，賓客人數有時多達四百人；用餐時，每四位賓客都有一位侍者專門服務，他們身穿飾有蕾絲的猩紅制服。每位賓客面前都放著銀製餐具，各種餘興節目輪番上場，侍從和武官尾隨在大公之後，而大公夫人則被侍女和女官簇擁。雖然國境不大，但他們的排場絕不比其他權力更大的君主遜色。

這是一個中庸的君主專制國家，由議會輔佐，議會成員有的經選舉而生，有的不經選舉。我在本柏尼格時，從來沒聽說議會開會的時程。首相住在王宮三樓，外交部長則住在食物儲藏室樓上舒服的套間裡。軍隊的軍樂團也會登台演出，看著一群可敬的軍人穿著土耳其戲服，臉上化了妝，腰間別著木製彎刀；或者扮成羅馬戰士，吹著古老的銅管樂器和長號，實在有趣得緊。我們在咖啡館吃早餐時，他們就在對面的奧瑞勒斯廣場演奏，一整天都聽得見他們的音樂，晚上又會看到他們上台表演，真是愉快的享受。軍隊除了這支軍樂隊，還有許多軍官，但我相信士兵倒沒幾個。除了幾名固定的哨兵外，還有三、四名輕騎兵打扮的士兵，會在宮裡執勤，但我從未看過這幾個輕騎兵騎馬。說實話，此時國泰民安，誰需要騎兵呢？就算他們有馬可騎，又要騎去哪兒？

每個人——當然我指的是貴族，畢竟那些布爾喬亞階級根本入不了我們的眼——都會拜訪鄰居。貝斯特夫人每週都會迎接賓客一次，而施努爾巴特夫人也會定期舉辦晚宴，劇院一週表演二次，宮廷每週會有一次宴會。這兒的人隨時都不缺娛樂，享受本柏尼格毫無矯飾的生活方式。

當然，無人否認這兒也有鬥爭。本柏尼格的政治活動十分激烈，政黨之間積怨已久。我國大

64. 希臘神話人物，酒神之妻。

使支持史敦普派，法國的代理大使馬克堡先生則支持列德朗派。史敦普夫人的歌聲遠比列德朗夫人婉轉動聽，音域比後者多了三個音符。我說，基於此點，我們的外交大臣當然該支持史敦普派，而法國的外交官總是愛當我們的反對黨。

城裡的每個人不是史敦普派就是列德朗派。列德朗夫人的確是位漂亮又嬌小的夫人，而她的歌喉（若她真算有歌喉的話）也十分甜美；史敦普夫人已不是青春洋溢的美人，不得不說她的身材胖了些。舉個例子吧，在歌劇《夢遊者》[65]的最後一幕，穿著睡袍的史敦普太太提著燈籠上台，她必須爬出窗戶，走過磨坊的木板。然而她想盡辦法，才得以爬出窗戶，她一踏上木板，木板就咿呀作響。但她一開口唱起終曲，那聲音多麼迷人呀！她跑向艾爾瓦諾的懷中，在眾目睽睽下，她的情感多麼真摯——讓他幾乎喘不過氣來！小列德朗怎比得上她——但我們還是別說太多閒話。總之，這兩位女子就是英法兩國在本柏尼格的代表，整個上流社會依照效忠哪一國分裂為兩派。

我們這派的人馬有內政大臣、騎兵統帥、大公的私人總管，還有王子的導師；而外交大臣、曾為拿破崙效命的司令官夫人、內廷總監夫妻都支持法國。只要有人送來巴黎時興的衣裳，內廷總監夫人就樂得笑呵呵，而馬克堡先生的信差為她送上法國衣飾和帽子。有個矮小的年輕人擔任法國派的祕書，叫做葛瑞納克，跟撒旦一樣惡毒，老在宮廷的賓客簽名簿裡畫上泰普渥恩的諷刺像。

法國派的總部和聚餐場所是城裡另一間飯店「巴黎宮」。雖然在公眾場合，這些紳士都得保持謙謙風度，但他們不時唇槍舌戰一番，一說話就像刀劍一樣銳不可擋，跟我在德文郡看過的幾名摔角選手一樣凶猛，直擊彼此的要害，但臉上絕對不露半點吃痛的神色。

泰普渥恩和馬克堡送公文回國時，不忘提及如何心狠手辣地與對手過招。比方說，我們這邊的人會在公文中呈報，「大英國協在這兒及整個日耳曼地區的利益，持續受到法國現任大使的破壞。這人品格低劣，為達成個人目標，不惜散布謊言，就算要他犯罪，他也毫不遲疑。他毒害了宮廷人士，讓他們與英國大使對立，以最可惡醜惡的言辭侮蔑大英王國，那位愚昧無知的大使聲名狼藉，其影響力足以帶來致命威脅。」而法國大使則會報告，「泰普渥恩先生稟持島國的自大無知，以卑劣謊言攻擊世上最偉大的國家。昨天，有人聽到他談及百希公爵夫人時言語輕浮，上一次他侮辱了英勇的安古拉姆公爵，甚至大膽影射奧爾良公爵覬覦百合花王位，正在密謀。他無法用愚蠢的威脅制服人心，就用金錢收買，漸漸地，他已掌握此地宮廷的高官貴人。總而言之，一日不除這陰毒蛇蠍，本柏尼格就無法平靜，日耳曼也不得安寧，法國無法獲得尊重，而歐洲各地都將陷入災禍。」雙方各執一詞，毫不退讓。只要有一方向國內送去用辭毒辣的文書，風聲一定會走漏到另一派的陣營。

入冬沒多久，艾美每週都會安排一晚招待賓客，擔任女主人的她嫻熟大方。她請了位法文老師，對方稱讚她字正腔圓，學習進度迅速。事實上，她年輕時就學過法文，為了教導小喬治，她還針對文法默默下了一番苦工。史敦普太太教她唱歌，她的歌聲真誠動聽，讓少校老是開窗聆聽，而總理大人就住在少校樓上。一些多愁善感、愛好純真的日耳曼女子非常欣賞艾美麗雅，很快就捨棄敬語，親切地用「妳」來喚她。儘管這都是些小事，但帶給艾美許多快樂。少校成了喬治的私人導師，他陪少年讀《凱撒傳》、教他數學，也聘請了德文老師。傍晚時，他會駕馬陪在艾美的馬車旁——她依舊膽怯得很，馬車一顛簸就驚慌得叫出聲來。她出門時總有日耳曼女友相伴，而喬斯就在馬車後座呼呼大睡。他對葛拉芬．芬妮．德．布特伯瑞德很體貼，她是一位溫柔善良、毫不做作的年輕姑娘，是位虔誠的天主教徒，擁有女爵爵位，但她一年收入不到十鎊。至

65. 由貝里尼譜曲的兩幕歌劇。

於芬妮呢，她宣稱若能與艾美麗雅成為家人，將是上天賜予她最大的福氣。喬斯差點就能獲得女爵的盾形和寶冠紋章，在馬車外殼和餐具上與他的個人紋章並列。然而本柏尼格此時發生了一件大事，王儲和漢堡—施立本施勒本公國美麗的艾美麗雅公主結婚了，辦了許多盛大的新婚慶典。

自從喜好享樂的維克多十四世辭世後，這個小小的德意志公國就沒辦過那麼隆重熱鬧的慶典了。附近公國的王子、公主和貴族都受到邀請，紛紛前來參與盛事。本柏尼格的旅館費用水漲船高，一晚得花上半鎊才有床位。軍隊忙著護衛從四面八方湧入的王公貴族，搞得人仰馬翻。婚禮辦在公主父親的王宮，舒露瑟貝克伯爵代表王儲出席迎娶王妃。王宮送出了大量的鼻煙盒，但御用珠寶匠告訴我們，他們把鼻煙盒賣給王宮，而收到的賓客又把它們賣給了珠寶匠。貴族都獲得本柏尼格聖麥可勛章，我們這兒則收到施立本施勒本的聖凱薩琳之輪徽章和綬帶。法國大使兩個都收到了。「他全身上下戴滿勛章綬帶，簡直像頭駝了一大堆禮物的載貨馬匹，」泰普渥恩說道。根據英國大使的守則，他不能接受外國致贈的勛章。「隨他戴吧。勝利落在誰家，還說不得準呢。」事實上，這場婚禮象徵英國外交的勝利。法國想盡辦法，要讓王儲娶波莰陶桑德—朵納魏特家的公主，而我們當然竭力破壞。

每個人都獲邀參加王儲大婚的慶典活動，路上立起拱門，掛滿花圈，迎接年輕的新娘。壯麗的聖麥可噴泉居然噴出酸葡萄酒，炮隊廣場的噴泉則覆滿啤酒泡沫。宮中的各大噴泉齊飛，公園和花園立起長竿，快樂的農民盡情爬上爬下，奪下竿子頂端那些綁上粉紅絲帶的懷錶、銀叉和香腸，只要你爬得上去，就能帶走獎品。小喬治也爬上竿子，贏得觀眾喝采，摘下獎品後流暢如水地滑了下來。不過他只是為了出出風頭。有位農夫也爬了上去，差點就能搆著香腸，可惜無功而返，只能站在竿子旁哭泣，小喬治就把香腸送給了他。

法國大使館掛上難以計數的燈飾，比我們的大使館足足多了六倍。但我們掛上透明燈飾，上面畫了一對年輕夫妻攜手前進，趕走不和女神厄里斯，而那女神的長相神似法國大使。法國燈飾上沒有圖畫，輸了我們一大截。這場慶典結束不久，泰普渥恩就升了官，獲頒巴斯勛章，我相信全都歸功於這次的燈飾較勁。

一群群的外國人前來參加慶典，其中也少不了英國遊客。除了王宮宴會外，市政廳和軍事堡壘也辦了歡迎民眾參加的大舞會。市政廳還安排了一間廳房，在慶典的一個禮拜間，供賓客賭博，可玩紙牌和轉輪盤，由埃姆斯或艾克斯．拉．夏貝爾等德意志大公司經營管理。不過軍官或當地人不能參與賭博，只供外國人、外地農民或女性，還有其他想賭賭運氣的人玩樂。

這些賭客中，也有小淘氣喬治的身影。他口袋裡從來不缺現金，而他的家人忙著參加宮廷裡最盛大的宴會。他在舅舅的導遊克希先生陪同下，來市政廳瞧瞧熱鬧。在巴登巴登時，他已瞄過賭場風光，但因達賓拉著他，他無法下注。現在他興奮不已地踏入市政廳的賭場，流連於賭桌旁，觀察賭場服務員和忙著下注的賭客。現場有不少女客，有些女子蒙上面紗，在縱情狂歡的時節，女人也能下注試試手氣。

有位金髮女子穿著不再新穎的低調服裝，戴著黑色面具，人們看不見她的長相，只能望見她那雙格外閃亮的眼眸。她坐在一張輪盤桌旁，面前放了一張卡片，一只別針和幾枚錢幣。當服務員喊出顏色和號碼時，她小心翼翼且熟練地用別針刺了刺卡片。只有紅色或黑色出現幾回後，她才敢下注。她下注的方式奇特極了。

雖然她十分謹慎，絲毫不敢分心，但還是輸了這一局。服務員無情地喊出顏色和數字後，就伸出工具，把那女人最後的兩枚硬幣耙走。她嘆了口氣，聳了聳裸露的肩膀，又用別針在小卡上刺穿一個洞，接著就坐在那兒，手指彈著卡片。接著她朝四周望了望，看到小喬治正直直地望著賭桌。瞧這小混蛋！他來這兒做啥呢？

面具後閃亮的雙眼，緊緊盯著喬治好一會兒，接著她用法文說道：「先生不試試手氣嗎？」

「不，太太，」男孩也用法文回答。但女子一定從他的口音聽出他是英國人，轉而用帶點外國腔調的英文對他說，「你從沒賭過嗎？你肯不肯幫我一個忙？」

「什麼忙？」小喬治紅著臉問。克希先生正忙著對紅黑交錯的輪盤下注，沒注意到他的小少爺。

「我出錢，麻煩你為我玩一把；隨便你要押那個數字都行。」她從懷裡掏出一只錢袋，拿出裡面僅有的一枚金幣，放進喬治的手裡。男孩笑了起來，照她的吩咐，下了注。

他押對了。人們說新手特別好運，還真不假。

「謝謝你，」她把贏得的錢全拉過來，「謝謝你。你叫什麼名字呀？」

「我姓奧斯朋，」小喬治把手伸進口袋裡，把玩自己的錢幣。他正準備試試手氣時，穿著軍服的少校和打扮得像個公爵似的喬斯出現了，他們剛從王宮舞會過來。不少賓客覺得王宮舞會太過無趣，早早離開，來市政廳這兒找樂子。不過少校和喬斯可能是回到家，發現男孩不在，才到處找他。少校立刻抓住男孩，抱住他的肩膀，把他帶離滿是誘惑的賭桌。他掃視賭場，發現克希正如我們所說，忙著下注，立刻走上前去，質問他怎麼敢把喬治少爺帶到這種地方來。

「別來煩我，」因賭博和酒精而興奮不已的克希用法文回嘴，「好好玩一回吧。你不是我的主人，無權命令我。」

看到克希的樣子，少校放棄與他爭執。他把喬治拉開後，就問喬斯要不要一起離開。喬斯站在戴著面具的女子旁，那名女子現在出運了。喬斯興致盎然地盯著輪盤。

「你要不要跟我們一起走呀？喬斯？」少校問道。

「我想再留一會兒，我會跟那混帳克希一起回去，」喬斯回答。兩個大人都不想在孩子面前多說，因此達賓也不再堅持，把喬斯留在賭場，自己和小喬治散步回家。

少校在路上問小喬治，「你有賭嗎？」

男孩回答，「沒有。」

「用紳士名譽向我保證，你絕不會賭博。」

「為什麼？」男孩反問，「看起來好玩得很哪。」少校以絕佳口才和懾人氣勢，好好告訴男孩為什麼他不該碰賭博。他實在想以喬治的父親為例，強調賭博的壞處，但他不願破壞喬治對父親的印象。他帶男孩回家後，少年就回到艾美麗雅房間隔壁的臥室。過不久，在少校的注視下，男孩臥房的燈熄滅了。半小時後，艾美麗雅也回到了家。我真不知少校怎能把時間記得如此清楚。

喬斯仍在賭桌上流連不去。他並不是個賭徒，但並不反對偶爾玩幾把，嘗嘗刺激的滋味，而他那華麗的宮廷背心口袋裡還有幾枚叮噹作響的法國金幣。他給了眼前香肩赤裸的女賭徒一枚金幣，兩人贏了。她往旁邊移了移，讓他靠近些，接著把攤在另一張椅子上的裙襬收起來。

「來吧，分我一點好運氣，」她仍帶著外國腔調，然而她對小喬治說謝謝時，用的卻是字正腔圓的英語。肥壯男士左顧右盼，確認在場沒有貴族注意到他後，才坐了下來。他對女子低語，「啊，真的嗎？願上帝保佑我的靈魂，我是個很幸運的人，我絕對會替妳招來好運，」接著又說了一堆令人困惑的奉承話。

「你要玩把大的嗎？」戴著面具的外國女子問道。

「我押一兩枚法國『金』幣吧，」喬得意洋洋地說，丟下一枚金幣。

「可不是嗎，吃過飯總要養『精』[66]蓄銳一會兒，」女人說了個雙關語。喬斯看來有點意外，

66. 法國金幣上有拿破崙頭像，因此簡稱Nap（Napoléon），而Nap也是英文打盹的意思。這裡取「金」和「精」同義譯之。

但女人繼續用好聽的法國腔調說道，「你志不在贏，我也是。我是為了遺忘而賭，但我實在忘不了。先生，我忘不了過去。你的外甥長得很他父親一模一樣，而你呢，你也沒變，但是，你變了，每個人都會變，每個人都忘了。世間盡是負心人。」

「老天爺，妳是誰？」喬斯驚慌地問道。

「喬瑟夫・薩德利，你猜不到嗎？」嬌小的女子哀傷的說道，解下面具，直直望著他。「你把我忘得一乾二淨。」

「老天爺！克勞利太太！」喬斯深吸一口氣，驚道。

「叫我蕾蓓卡，」女子把手放在他的手上。但她望著他時，仍沒忘了桌上的輪盤。

「我住在大象旅舍，」她接著說，「說你要找若登太太。今天我看到親愛的艾美麗雅，她多美麗呀，看起來多麼幸福！你也是！每個人都幸福得很，只有我受盡折磨，喬瑟夫・薩德利。」接著她好像不經意般，把原押在紅色的錢，轉押黑色，另一手則用一塊手帕輕拭眼角，手帕的蕾絲邊已殘破不堪。

可惜的是，這回紅色贏了，她輸得精光。「走吧，」她說，「和我散散步吧，我們是老朋友了，不是嗎？親愛的薩德利先生？」

此時克希先生也輸光了錢，跟著主人走出市政廳，踏入月光下。四周閃爍不定的燈飾漸漸熄滅，而我們大使館的透明彩繪燈飾也快看不清了。

第六十四章 流亡生活

關於蕾蓓卡・克勞利太太一部分的人生，礙於世間規則，我們不得不輕描淡寫地帶過。道德界雖然不特別反對罪惡，但無法接受人們大聲談論它。浮華世界中，人們許多行徑都不是祕密，但我們對它們隻字不提，就像阿里曼[67]教徒崇拜邪惡，但從不提到萬惡之主的名號。而在上流社會，一名高雅的英國或美國淑女絕不願意從她純潔的耳朵聽見「短絝」一詞，人們也不願聽見任何對罪惡的描述。然而啊，夫人小姐們，不管是罪惡還是短褲，它們每天都在我們眼前晃盪，而我們一點也不驚訝。要是妳們一看到它們就臉紅，真不知妳們的臉一天到晚會紅成什麼樣子呢！然而，要是人們直言不諱地提到它們，妳們就會起了戒心，發起脾氣，好證明自己端莊嫻淑。講述整個故事的作者，決心順服當今的風氣，只透過輕鬆愉快又不惹人厭的方式，暗示罪惡的存在，避免冒犯任何一位纖細敏感的讀者。儘管我們的蓓琪的確犯了些罪行，但她每次出場時，不總是保持優雅風度，端莊儀態？有誰敢說她不是如此呢？當我描述這位動人海妖巧笑倩兮的吟唱，又是哄騙又是勸誘時，我心中不無一絲驕傲。讓我問問所有的讀者，我是否曾經一時半刻忘卻上流社會的準則，把那妖怪醜陋的尾巴拉出水面，展現在眾人面前？不！那些喜歡窺探的人，不妨鑽入清澄水波下，瞧瞧那不斷扭動，像惡魔般醜惡粘滑的尾巴，拍打人骨或繞著屍體的樣子。但在水面上，我敢說，一切都合乎禮法，正派有禮，令人愉快，不是嗎？浮華世界

67. 祆教中的邪神，罪惡與黑暗之源。

中最吹毛求疵的假道學家可有罵我的立場？當海妖消失於水面上，往水底探入，悠游於屍骨之間，她身邊的水波也隨之混濁，就算好奇追隨，也只是徒勞，看不清她的樣貌。當她們坐在岩石上，撥動手中的豎琴，梳著長髮，開口歌唱，引誘人們靠近，為她們扶鏡子時，她們看起來多麼美艷動人呀。但一沉到水下，回到屬於她們的世界時，相信我，那些人魚沒安半點好心，我們最好別打量惡毒的海底食人魚盡情享用可憐獵物的情景。因此，當蓓琪不在台上時，不用懷疑，她沒做多少好事，我們愈少談她愈好。

要是我們詳細描述卡爾森街慘案後，她那兩年的行徑，人們恐怕會說本書傷風敗俗。愛慕虛榮、耽逸享樂又無情的人，常常違反道德標準。但你們之中也有不少人一板正經，名聲良好，卻做著一樣的事兒，不過這只是題外話。那些沒有信仰、愛情或品性的女人會做什麼事呢？我認為蓓琪太太的人生中，雖然她不曾懊悔，卻曾陷入絕望之中，忽略了自己身子，當然也無暇顧及名聲了。

她並不是在一夜之間墮落。慘劇發生後，她用盡心力，試圖維持身分，但最終逃不過厄運，只能一點一滴地往下墜——就像從船上失足的人，一開始懷抱希望，緊緊抓住木杆，但終會明白一切都是徒勞，只能鬆手沉入水中。

當她的丈夫獲得總督一職，準備遠行時，她仍流連於倫敦。顯然她試過多次與大伯皮特．克勞利爵士會面，她認為大伯對自己仍有些偏愛，想利用他的感情。皮特爵士和溫漢先生朝下議院走去時，溫漢先生注意到洛頓太太頭披黑色面紗，在議會附近徘徊。當她的雙眼與溫漢先生對視，她立刻默默退開。她未能向從男爵施展詭計。

也許從中作梗的人，還有珍夫人。我聽說珍夫人在那場爭執展現的氣魄，以及她不願與蓓琪太太往來的決心，都令她丈夫大為震驚。她自行邀請洛頓，要他前往考文垂島之前，先住到葛雷特剛特街的家宅，她料想蓓琪太太不敢在洛頓面前強行闖入。皮特爵士收到的每封來信，珍夫人都會細心審視寄件人的來頭，以防丈夫與弟媳有任何聯繫。要是蕾蓓卡有意，她的確可以寫信給大伯，但她再也沒有去皮特爵士的家求見，也沒有寄信到他家中。因為她試了一、兩次後，從男爵就表示，洛頓夫妻間的事應交由律師處理。

事實上，皮特之所以不再支持弟媳，是受到別人的影響。斯泰恩侯爵事件過了不久，溫漢就來找從男爵，詳細描述了蓓琪太太的一生。這個故事曾經驚嚇了女王克勞利鎮的一些人，現在也令從男爵大為震驚。他得知了蓓琪的一切，包括她父親的身分，她母親在哪一年成了歌劇院的舞伶，她過去的種種行徑和她婚後的行為——不用懷疑，溫漢說的故事有一大半都是捏造的，都是壞心人士為了己利而散布的謠言，我們不該在此重述這些謊話。但這位曾經十分欣賞她的鄉紳，對蓓琪的評價就此掉入谷底，再也回天乏術。

考文垂總督的薪俸稱不上豐厚。總督大人用其中一部分償還尚未清償的債務，而位居高位的他現在的必要開銷也增加不少，最後，他一年只能給分居的妻子三百鎊。他列出條件，除非她不再糾纏他，才能得到這筆年金。不然的話，她就躲不了各種醜聞、離婚手續，民事律師也不會饒過她。不管是溫漢先生、斯泰恩侯爵，還是洛頓和其他人，每個人都想把她逐出英國，確保無人再提那件難堪事兒。

她忙於和丈夫的幾位律師協調事宜，恐怕因此完全忘了親生兒子小洛頓的事。她從未要求見兒子一面。少年的監護權全交給了他的大伯和伯母，而他向來喜歡珍伯母。他的母親離開英國時，從布隆涅寫了封短信給他，要他好好念書，宣稱她即將遊歷歐洲各國，以後會再寫信給他。但接下來一整年，小洛頓都沒收到母親的隻字片語，直到皮特爵士老是生病的獨子死於百日咳和麻疹，小洛頓成了女王克勞利鎮的繼承人。可想而知，他立刻收到母親一封充滿關愛、文辭優美的信，稱呼他為自己親愛的兒子。但溫柔的珍夫人早就把小洛頓當親生兒子疼愛，經過這場不幸後，兩人之間的親情更加牢不可破。此時洛頓．克勞利二世已長大了，個子變高，舉止優雅。他收到母親的信時，滿臉漲得通紅。「啊，珍伯母，妳才是我的母親！」他說道，「那……那個人才不是我的母親。」但他還是寫了封不失敬意的文雅回信，當時蓓琪太太寄宿在佛羅倫斯的一間公寓裡……不過我們說得太快了些。

我們親愛的蓓琪的第一站，離英國並不遠。她先在英吉利海峽旁的法國小城布隆涅落腳，這兒有許多清白無辜的英國人，像她一樣流亡至此。她在那兒像寡婦一樣，過著簡樸但十分接近上流社會的舒適生活。她佔據飯店的兩、三間套房，有專屬的侍女。她會在飯店與其他房客用餐，人們認為她是個活潑歡快的女士，她常講述大伯皮特爵士的故事，還有她那些倫敦舊識的事蹟，娛樂其他住客。那些與時髦人物有關，輕鬆且內容貧乏的閒聊，吸引了不少沒見過世面的人。許多人相信她身分尊貴：她會在自己的套間辦小型茶會，她的娛樂都很純潔，比如玩玩海水，搭乘敞篷馬車出遊，在沙灘漫步，上戲院看戲。布爾喬依斯是名畫家，他的太太和家人來此避暑，和蓓琪住在同一間飯店；到了週末，畫家就會來此和家人團聚。布爾喬依斯太太一開始迭聲讚美蓓琪，說她迷人得很，直到她的那放蕩老公對蓓琪大獻殷勤才停止。畫家和蓓琪之間倒沒發生什麼事，只是蓓琪生性親切善良，平易近人、脾氣又好，特別是男人在場的時候。

社交季一結束，不少人都出國度假了。蓓琪從倫敦舊識見到她的反應，就明白上流社交界對她的看法。有天，端莊的蓓琪悠閒地在布隆涅碼頭上漫步，望著蔚藍海面另一端的亞爾比昂懸崖反射著刺眼的陽光，正巧遇到帕特列特夫人，也和幾個女兒在散步。然而夫人一看到蓓琪，立刻揮動陽傘，護著所有女兒離開碼頭，不但遠遠躲開蓓琪，還不時朝孤伶伶站在那兒的小婦人射去凌厲的眼神。

有天，定期客輪靠了岸。這天風浪很大，蓓琪喜歡去看那些經歷了一場搖擺不定的航程後，奄奄一息的乘客下船。剛好那天斯林石頓夫人也在船裡。開船後，夫人就暈得不得了，一直待在自家馬車裡。精疲力盡的她舉步維艱，連從船板走上碼頭的一小段路，對她來說也十分吃力。但她一瞧見戴著粉色軟帽的蓓琪，笑咪咪地朝她望，她立刻用盡全身力氣，朝蓓琪投去極為輕蔑的眼神。她挺起身子，不靠別人幫忙就走進了海關。換成別的女人，早就被她瞪得渾身發抖，但蓓琪只是輕笑一聲。雖然如此，我相信她不喜歡這種感覺。她感到孤獨，非常孤獨。遠方在陽光下閃耀的英國絕壁如此遙遠，她再也無法跨越橫阻面前的海峽。

不知為何，連男人對待她的態度也改變了。葛林斯敦對她露出十分親暱的笑容，令人渾身不舒服。三個月前，小鮑伯．蘇克林看到她不忘脫帽致意，還會在下雨時，穿梭在那些排在剛特大宅外的馬車中，沿街走一哩遠，只為替她找馬車。然而有天蘇克林在防波堤上和禁衛軍的菲佐夫（希賀勛爵之子）談天，蓓琪也在那兒散步，而小鮑伯看到了她，沒有脫帽致意，只微微點了個頭，就繼續和希賀家的繼承人談話。湯姆．瑞克斯口中叨著雪茄，大搖大擺地踏進她的套房客廳，把她嚇了一跳，趕緊把他趕出去並關上門，要不是他的手指還卡在門縫，她會立刻牢牢鎖上門。深沉的孤獨籠罩了她。「要是**他**在這兒，」她說道，「那些膽小鬼才不敢欺負我呢。」她很傷心地想著那個「他」，夾雜著懷念，甚至一絲渴望。她想著，他總是溫柔忠誠地守候著她；他的老實愚蠢；他的百依百順；他的好脾氣；他的無畏勇氣。她可能痛哭了一場。當她下樓用餐時，她的口紅特別濃艷，看起來比平常還神采奕奕。現在她化粧的次數遠比過去頻繁。除了飯店提供的餐食酒飲，她還會要侍女為她多端幾杯干邑白蘭地。

然而，比起某些女子的同情，男人的侮辱恐怕還沒那麼難以忍受。克拉肯貝里太太和華盛頓．懷特太太也來到布隆涅，懷特太太的女兒也來了。她們由荷納上校、年輕的布莫里斯護送，當然也少不了老克拉肯貝里。這一行人要前往瑞士度假。**這兩位太太**可沒有迴避蓓琪，反而親熱地拜訪她，咯咯咯地傻笑。她們與她閒話家常，對她表示同情，好言安慰她的不幸。然而蓓琪氣得幾乎發狂，她們居然向她施恩哪。等她們終於與她擁抱親吻告別，笑著離開後，蓓琪恨恨地想，**她們**居然敢對我擺架子！她聽見布莫里斯的笑聲在樓梯間迴盪不止，她清楚得很那人在笑什麼。

蓓琪每週都按時交房租，對飯店裡所有人都友善禮貌，看到飯店女主人必定微笑，尊稱侍者為「先生」，對打掃房間的女僕不但感謝連連，甚至不忘道歉。蓓琪一向對錢斤斤計較，但她知道禮貌、賠不是能彌補她的小氣。雖然蓓琪廣結善緣，但飯店主人還是下了逐客令，因為有人說，她的存在拉低了飯店的格調，英國夫人小姐都不願與她同坐。她不得不搬到更簡樸的旅舍，而那兒的無聊與孤寂更讓她難受。

儘管遭到種種挫折，她依舊抬頭挺胸，試圖證明自己的品格，擊退醜聞。她定期上教堂，次數頻繁，她唱起聖歌比任何人都更大聲。若發生船難，她會為漁夫寡婦奔走請願；她替喀許波傳教會服務、畫畫，參加大大小小的集會，而且**再也不跳**華爾滋。簡而言之，她做盡各種善行，值得讚許。正因如此，我們才能多提幾句她此時的事業，不用隱藏我們對她的喜愛。就算看到別人迴避她，她仍舊竭力報以微笑。從她的臉上，人們絕對猜不到她內心承受了多少難堪與心痛。至於她接下來的故事，可就沒那麼有趣了。

她的故事終究是場難解的謎，人們對她的看法分為兩派。有些人不遺餘力地四處宣揚她是個罪犯，其他人則堅稱她像頭綿羊一樣無辜，只是嫁了個可恨的丈夫。她一提到兒子就失聲啜泣，一聽到他的名字或看到像他的人影，就露出痛不欲生的表情，贏得了不少人的同情。她就用這種手段，讓善良的奧德尼太太憐憫她的不幸。布隆涅的英國人都推崇奧德尼太太，她可稱為此地的女王，這兒的晚宴和舞會多半是她辦的。奧德尼少爺就讀史威許泰爾學院，當他來此與母親度假時，蓓琪望著他，嚶嚶啜泣。「他和我的小洛頓年紀差不多，他們兩人長得多像啊，」難過的蓓琪哽咽道。事實上，兩個少年相差了五歲之多，至於兩人外貌，更是完全不像，就像我的讀者與其僕人毫無相似之處。溫漢出國旅遊，打算到吉辛根與斯泰恩侯爵會合，而他告訴奧德尼太太，他比小洛頓的母親更清楚他的長相，人人都知蓓琪痛恨兒子，從不去探望他。小洛頓十三歲時，小奧德尼不過九歲；一個皮膚白皙，另一個膚色偏深。奧德尼夫人一聽，不禁懊悔自己的耳根子太軟。

不管蓓琪費盡多少心機，付出努力，為自己建立小小的生活圈，但每隔一陣子就會有人出現，毫不留情地破壞一切，她只能從頭開始。她非常辛苦，非常辛苦；她既孤獨又沮喪。

藉由在教堂展露甜美的歌喉，到處宣揚正派的宗教觀念，蓓琪吸引了紐布萊特太太，成為她的朋友一段時間。畢竟過去在女王克勞利鎮，蓓琪受過不少嚴謹的指教；她不只收下那些傳教文章，還用心閱讀過。她為喀許波傳教會縫製法蘭絨襯裙，為可可納印第安人製作棉布睡帽，為教宗和猶太人畫手工屏風。每個星期三她會聽若斯先生講道，星期四出席哈格頓先生的聚會，每個星期天參加兩次禮拜，晚上還參加鮑勒先生主持的達祕兄弟會，但全都徒勞無功。紐布萊特太太與索斯頓伯爵夫人都是瓦明潘基金會的重要成員，這個基金會為斐濟島民設立，而兩位太太負責部分的管理事宜，來往密切。有回紐布萊特太太在信中提及她的「貼心好友」洛頓．克勞利太太，而伯爵夫人回信時，揭發蓓琪的各種事蹟，有時影射、有時提出實證、有時摻雜謊言，大略說來，滿紙盡是對蓓琪的譴責。自此之後，紐布萊特太太就不再與克勞利太太往來。這件不幸事件發生在法國杜爾城，接下來全城的宗教組織都拒絕克勞利太太出席。只要去過英國人在海外的聚集地，就會明白我們英國人就算離開祖國，仍不忘隨身攜帶特有的傲氣、藥丸、偏見、哈維醬、卡宴辣椒粉和其他家傳寶物，每到一個地方就建立一個小英國。

蓓琪只能從一個地方逃到另一個地方。從布隆涅逃到第厄普，從第厄普逃到康城，從康城再逃到杜爾。她想盡辦法贏得世人的敬重，可嘆的是，總會有人揭露她的過去，把她逐出圈子。

在這些大大小小的城市裡，霍克．伊格斯太太收容了她一陣子。她是個純潔無瑕的女人，在倫敦的波特曼廣場有棟房子。當時她住在第厄普的飯店，蓓琪也逃到了當地。她們一開始在海邊認識，一起游泳，在飯店餐廳同坐一張桌子。伊格斯太太聽過一點斯泰恩侯爵事件的風聲，畢竟誰沒聽過這場醜聞？但和蓓琪講過話後，她宣稱克勞利太太是位天使，她丈夫是個流氓，至於斯泰恩侯爵，眾所皆知那人是個無恥混帳，這一切都是無賴溫漢精心策畫的陰謀，全為了侮蔑克勞利太太的名聲。「伊格斯先生，要是你有點膽識，下次你在俱樂部見到那個該死的混帳，就該賞他一個耳光，」她對丈夫說道。但伊格斯先生是位寡言的老紳士，個子矮小的他喜歡地理，但他可搆不到任何一個人的耳朵。

就這樣，伊格斯太太成了洛頓太太的保護人，她讓蓓琪住進她巴黎的家。當大使夫人拒絕與她的新門徒見面時，她還與大使夫人大吵一番。她用盡所有的影響力，維護蓓琪的貞節和名聲。

蓓琪一開始過著值得敬重、謹守規則的日子，但無趣的道德生活很快就令她百無聊賴。每天重複一樣的行程，坐馬車到布隆涅森林公園透氣，晚上和同一批賓客用餐。每個禮拜天晚上都去聽布萊爾牧師講道，老是看同一齣歌劇，生活雖然安逸但毫無樂趣，令蓓琪厭煩。所幸有天小伊格斯先生從劍橋來到了巴黎。但他的母親一看到兒子被蓓琪迷得神魂顛倒，立刻出聲警告。

後來她試圖與另一名女友同住，但兩人吵翻了天，她又欠了債。她決心找間供膳的公寓住下來，有一陣子住進了巴黎皇家路上聖亞莫太太經營的知名大宅。進出房東太太客廳的，盡是一群群卑劣的花花公子和不檢點的美女，而蓓琪開始朝這些人施展魅力，討他們歡心。蓓琪熱愛人群，就像抽鴉片的人戒不了惡習。雖然她寄人籬下，但倒過了一段快活歲月。「這些女人跟倫敦梅菲爾的太太小姐一樣有趣，」遇到一位倫敦舊識時，她如此說道，「只是她們的衣裳沒那麼新潮罷了。那些男人雖然是可憐的浪子，但他們戴著潔白的手套，不比那些傑克或湯姆差勁。房東太太有點粗俗，但某某夫人比她更粗俗下流。」她提起倫敦社交圈幾個最響叮噹的人物，但我寧死也不願洩漏他們的真名。聖亞莫太太的客廳每夜都燈火通明，別著勛章和綬帶的男人聚在牌桌前玩紙牌，女眷則聚在另一角談笑，你若看到如此場景，恐怕真會以為這是上流社會的晚宴，把聖亞莫太太當作高貴的伯爵夫人。如此幻想的人的確不少，而蓓琪好一陣子都自以為是伯爵夫人沙龍裡，最時髦的太太。

然而，她在一八一五年留下的老債主恐怕發現了她，她不得不逃離巴黎。這可憐的小女子匆匆忙忙地離開法國首都，去了布魯塞爾。

她清楚記得布魯塞爾的一切，往事仍歷歷如昨！當她望向她曾住過的房間，想著巴瑞克斯一家人為了逃命而大呼小叫，急著買馬，而沒有馬的馬車停在飯店的車道上，想走又走不了，她就不禁露齒而笑。她去了滑鐵盧和拉肯，看到刻著喬治．奧斯朋大名的墓碑，頗為難過。她還畫了幅素描。「那可憐的邱比特！」她說道，「他當時多麼迷戀我，他真是個傻子！不知道小艾美還活著嗎？她是個好心的小傢伙，她那個胖哥哥人也很善良。我的文件中，還留了一張他的畫像呢！胖嘟嘟的他多好笑。他們都是單純的好人。」

蓓琪到了布魯塞爾後，在聖亞莫太太的推薦下，結識了伯羅第諾伯爵夫人。她的先夫是名聲響亮的伯羅第諾伯爵，曾任拿破崙的將軍，但法國皇帝落敗後，一貧如洗的他只能在旅館棲身，流連牌桌。伯羅第諾夫人的供膳公寓裡，滿是二流的花花公子和享樂男士，還有訴訟纏身的寡婦。當然還有心思單純的英國人，渴望見識「歐洲大陸的上流社會」，在此付了錢，成了伯羅第諾夫人的座上佳賓。幾位瀟灑的年輕人，大方地請賓客喝香檳，和那些寄宿的女人乘馬車出遊，或者租賃馬匹到鄉下遊玩。他們會一起湊錢，訂下劇場或歌劇院的包廂；要是他們上了牌桌，下注時身邊也不缺女人的香肩陪伴。當他們寫信給戴文郡的父母時，不忘吹噓自己踏入了國外的上流社會。

就像在巴黎一樣，蓓琪成了公寓的女王，住進最好的房間。她從不拒絕別人送上的香檳、花束，也不拒絕那些出遊鄉下、私人包廂的邀請。但她最喜歡的，還是晚上的牌局。她是個熱愛冒險的女子。一開始她很小心，慢慢地，她會以五法郎下注，最後連金幣和紙鈔都上了牌桌。她付不出每月的食宿費，不得不向那些年輕公子借錢。缺錢時，她用甜言蜜語哄騙房東太太，她一有了錢，就擺起架子，欺負伯羅第諾夫人。最後她只剩下幾枚銅幣，仍無法抗拒下注的誘惑。當她陷入絕望的貧困境地，固定的生活費終於匯到，她立刻結清欠伯爵第諾夫人的錢，但一轉頭又與羅希諾爾先生或拉夫爵士玩起牌。

蓓琪離開布魯塞爾時，欠了伯羅第諾夫人足足三個月的食宿費。後來伯羅第諾伯爵夫人每次見到英國人，就鉅細靡遺地訴說洛頓夫人因賭博、喝酒欠下多少債務，她不得不向聖公會的莫夫牧師下跪借錢，還對諾德勛爵百般調情哄騙。諾德勛爵是諾德爵士的兒子，也是莫夫牧師的學生。洛頓夫人常把諾德勛爵迎到自個兒的房裡，藉由玩牌，贏走他大筆現金……總之，她說了洛頓太太的各種卑劣事蹟，宣稱她毒如蛇蠍。

我們的小小冒險家試圖在歐洲的大小城市尋找庇護所，像尤利西斯或班菲戴．摩爾．卡若[68]一樣四處奔波，無法停歇。她愈來愈沉迷於那些不體面的嗜好。很快地，她就成了漂泊的波希米西人，若你看到她與什麼人打交道，你會嚇得汗毛直豎。

歐洲每座城市都有一小群英國浪子出沒。法警漢波先生定期在法庭上朗誦這些人的大名。那些年輕人往往出身良好，只是被家人斷絕關係；他們常常出入撞球間和小酒吧，流連於賭桌之間，愛賭外國賽馬。他們是欠債犯監獄的常客，愛喝酒又愛吹牛，動不動就與人爭執，一吵架就動拳腳定勝負，欠了債就一走了之。他們與法國或日耳曼軍官決鬥，在牌桌上耍老千，贏了錢就坐上四輪敞篷馬車，去巴登度假。要是輸了，他們反而加倍下注，深信物極必反。就算口袋空空，他們依舊徘徊於牌桌，遲遲不肯離去。他們出言不遜，身無分文仍不改賭鬼本色，等著用假支票騙走猶太銀行家的錢，或找到下一個上當的蠢蛋。看著這些人不斷在富貴與落魄間擺盪，過著驚險萬分的生活，實在奇異得很。而蓓琪——難道我們非承認不可？——踏上了同樣的道路，而且過得如魚得水。她移居一座又一座的城市，跟當地的浪蕩子往來。德意志境內的每張賭桌上，人人都聽說過那位幸運的洛頓太太。在佛羅倫斯，她和庫區卡斯太太經營一間客棧。有人說，她在慕尼黑遭到驅逐。我朋友費德瑞克·比鎮先生則指證歷歷地說，蓓琪在洛桑有間屋子，他在那兒用餐時被下了藥，還輸給洛德少校和第西斯先生八百鎊。你瞧，儘管我們不得不提提蓓琪的人生，但這一部分還是少說點兒好。

人們說，克勞利太太要是時運不濟，就到處演奏或教人唱歌。據說有位德·若登太太，白天在維爾德巴德賣唱，由瓦拉幾亞大公的首席鋼琴家斯波夫先生伴奏。我朋友小伊芙斯先生四處遊歷，每個人都認識，而他宣稱一八三〇年，他在斯特拉斯堡看到某位蕾蓓科太太在歌劇院粉墨登台，演出《白衣夫人》中的角色，讓觀眾大為憤怒。雖說她的演技與歌藝都不精，但主要是因為正廳前排的一票軍人為她喝采，反而激怒了其他觀眾。伊芙斯確信，這位不幸的舞台新秀就是洛頓·克勞利太太。

68. 十八世紀的一名英國浪子，自稱為乞丐之王。

她比流浪漢好不了多少。她一有錢就拿去賭，賭完之後只能想盡辦法討生活，誰知道她是靠什麼來掙錢呢？有人說在聖彼得堡看過她，但很快就被當地警察驅逐出境。後來有人傳言她是俄羅斯的間諜，在托普利茲和維也納臥底，但這不可能是真的。我聽說她在巴黎遇到了親戚，據說是她的外婆，那名老太太當然不是蒙特莫朗西家的人，只是大街戲院裡一名負責開包廂的婦人。不少人都聽說了這場祖孫團圓的事，顯然場面頗為感人。但本書作者不清楚細節，無法多加描述。

洛頓太太在羅馬時，有次她收到半年的生活費，立刻存進了當地銀行。銀行老闆是波蘭尼亞王子和王妃，這對夫妻每到冬天都會在羅馬辦盛大的冬季舞會，凡是握有五百義幣以上存款的人，都會收到邀請函，幸運的蓓琪也不例外，參加了其中一場晚宴。王妃來自龐貝利家族，是羅馬第二位國王的直系後代，還有奧林帕斯埃吉利亞家族的血統。至於王子的祖父亞歷山卓．波蘭尼亞則靠賣洗衣球、香精、煙草、手帕等商品維生，替紳士跑腿，也會放小額貸款。羅馬所有的王公貴族都前來參加舞會，宴會廳裡聚集了王子、公爵、大使，也不乏藝術家、音樂家、神父、小流氓和他們的頭頭——眾人不分貴賤，齊聚一堂。他的廳堂全都富麗堂皇，燈火通明，掛滿了畫作，每個畫框都鍍了金，還有各種看似古董的傢俱與裝飾品。屋主的家徽以紅色為底——那紅色是他賣的手帕顏色，上面畫了朵金蘑菇。廳堂的天花板、門扇、飾板上都畫了閃閃發亮的金蘑菇家徽，配上王冠和象徵龐貝利家族的銀色噴泉，連為教宗和皇帝準備的巨大天鵝絨王座上也有。

蓓琪搭著公共馬車，從佛羅倫斯來到羅馬，住進一間簡樸的小客棧。把錢存進銀行之後，她收到了波蘭尼亞王子的邀請函。她的女僕小心翼翼地為她梳妝，她挽著洛德少校的手去了舞會。當時她正和洛德少校旅遊，而洛德少校隔年在拿坡里殺死瑞芙利王子。玩牌時，他在帽子裡偷藏了四張王牌，被約翰．巴克斯金爵士揍了一頓。

回歸正題。當時這對男女相偕到了舞會，蓓琪看見過去風光時認識的老面孔。雖說她以前沒多純潔，但至少沒人發現。洛德認識不少外國人，他們眼神銳利，留著鬍子，衣服扣眼綁上骯髒的條紋絲帶，領口沒有繁複的波浪領。然而，他的同胞似乎全都刻意迴避他。蓓琪也遇到不少熟面孔，比如法國寡婦，受到丈夫欺負、不知是真是假的義大利伯爵夫人……哼，我們這些人，平時都與浮華世界最上流的權貴來往，該如何形容這群被世上唾棄的無賴呢？要是我們玩牌，也得用乾淨的新貨，別玩那副用髒的舊牌罷。但任何四處遊歷的男子想必都見過這票假扮遊客的傢伙。他們伺機而動，就像尼姆下士[69]和老皮斯特[70]一樣，緊挨在無辜旅客的身邊。他們穿著國王的軍服、宣稱自己要務在身，其實到處劫掠，時不時就被送上絞刑台，成了路邊的屍體。

蓓琪挽著洛德少校，相偕走過一間又一間的廳堂，在餐廳裡喝了很多香檳。少校那些騙子朋友爭先恐後地搶奪酒飲和食物。這對男女飽餐一頓之後，就不斷往前推擠，終於抵達位在最深處，伯爵夫人專屬的粉色沙龍。整個屋子都用粉紅色天鵝絨裝飾，知名的維納斯雕像也在這兒，還有威尼斯製銀邊大鏡子。尊貴的主人一家在此招待最重要的貴客，一群人圍坐在圓桌上用餐。能得得此殊榮的貴客不多，全是些大名鼎鼎的人物，讓蓓琪想起在斯泰恩侯爵家參與的那些親密聚會——就在此時，她發現侯爵就坐在那張桌上。他那臉龐蒼白，閃亮的前額上沒有頭髮，那道被鑽石割傷的血紅傷痕清楚可見。他把紅鬍子染成紫色，使得臉龐更加死白，毫無血色。他穿著硬領，佩戴騎士勛章、藍色綬帶和嘉德勛章。雖然大公、王妃和公主們都坐在桌上，但他比在場

69. 莎士比亞作品《溫莎的風流婦人》和《亨利五世》的配角。
70. 莎士比亞作品《溫莎的風流婦人》、《亨利五世》和《亨利四世》的配角。

的任何人更有貴族的氣勢。他的身旁是美麗的貝拉多娜伯爵夫人，她出身格蘭迪耶家族，她的丈夫是波羅．戴拉．貝拉多娜伯爵。伯爵擁有驚人的昆蟲標本，為摩洛哥皇帝出使而長期不在家。

當蓓琪望見那張熟悉又尊貴的臉孔，突然意識到洛德少校多麼粗俗！若克上尉的煙草味多刺鼻！剎時之間，她又成為當年那位貴婦，擺起她在梅菲爾的姿態和架勢。「坐在他旁邊的那個女人看來蠢笨透頂，毫無幽默感，」她尋思，「我敢說，她無法逗他開心。準沒錯，他覺得她無趣透頂，但他從來不覺得我無趣。」當她用那雙明亮的雙眼（擦在眼皮上的胭脂讓它們更加嬌豔）望向地位顯赫的侯爵，小小的心房充斥了許許多多的盼望、恐懼和回憶，讓她渾身激動不已。斯泰恩侯爵佩戴星徽和勛章時，都會擺出華貴優雅的姿態，舉手投足像個真正的王子。對蓓琪來說，他的確是名王子。他殷勤地微笑，高貴優雅，落落大方又帶著傲氣，蓓琪只能痴痴地望著他。啊，老天爺，他是位多麼討人歡心的伴侶呀，他機智過人，總是不缺話題，而他的儀態多麼莊嚴！現在陪在她身邊的，居然是一身煙味和白蘭地酒氣的洛德少校，開口就是賽馬笑話和拳擊俚語的若克上尉，還有其他類似的低俗之輩。「不知道他會不會認出我，」她想道。斯泰恩侯爵正和身邊尊貴的女子高聲談笑，抬起了頭來，恰好與蓓琪四目相接。

兩人對視的那一瞬間，她驚慌失措，急急露出最迷人的笑容，接著低下眼睫，默默對他行了了羞怯的禮，看起來彷彿在哀求他的垂憐。他吃驚地瞪著她好一會兒，就像馬克白在宴會上突然看到班柯的鬼魅一樣震驚。侯爵張大了嘴望著她，偏偏可恨的洛德少校不解風情，把她拉走了。

「洛太太，我們去餐廳吧，」那位男士說道，「看到這些大人物大吃大喝，讓我又餓了。我們去嘗嘗老總督的香檳吧。」但蓓琪認為少校已經喝太多了。

隔天她去蘋丘散步，這兒是羅馬的海德公園。也許她私心想再見斯泰恩侯爵一面。但她沒遇到侯爵，倒遇見另一位舊識，侯爵的親信費希先生。他走上前來，像見到熟人一樣，輕浮地對她點點頭，手指輕碰帽緣。「我就知道太太在這兒，」他說道，「我一路從妳的飯店跟過來。我想給太太一兩句諫言。」

「是斯泰恩侯爵的口信嗎？」蓓琪竭力擺出往日的貴婦人架子，莊嚴地問道。希望與期待碰撞她的胸口，令她緊張極了。

「不，」貼身侍從說道，「是我自己要來的。羅馬實在有礙身心。」

「此時氣候的確不太宜人，費希先生，復活節之後就會好多了。」

「我要對太太說的是，羅馬不宜人居。有些人在這兒很容易染上瘧疾。那些該死的沼澤溼氣不分時節的作亂，總造成許多受害者。妳瞧，克勞利太太，妳一向很識相，我發誓，我是為了妳著想。我來是要警告妳。快離開羅馬，不然妳恐怕會發一場大病，甚至會命喪於此。」

蓓琪笑了起來，心裡氣憤難平。「什麼！你們打算暗殺可憐的我嗎？」她說，「多浪漫呀！難道侯爵大人現在雇用殺手送信，行李上還藏了短劍嗎？呸！我會留在這兒，就算只是為了折磨他也好，別人管不著。有人會保障我的安全。」

這回輪到費希先生大笑了。「保障妳的安全！」他說道，「妳倒說說誰是妳的護花使者？是少校還是上尉？太太身邊的那些賭徒啊，只要有一百枚路易金幣可拿，才不會介意殺了妳。我們都知道洛德少校做了什麼好事，說實話，要是他真是個上校，那我豈不成了侯爵啦。我們知道妳在巴黎見了哪些人，也知道妳有什麼親戚。是的，太太，妳要瞪我就瞪吧，我們全都一清二楚。為什麼歐洲沒有半個大使願意接見妳？妳冒犯了某個人，而他從不寬恕。當他見到妳時，他暴跳如雷，更甚當年。昨天他回家時，完全氣瘋了。貝拉多娜夫人為了妳而發了場脾氣，哭鬧不休。」

「喔，所以是為了貝拉多娜夫人，是吧？」蓓琪鬆了口氣。費希剛剛透露的消息，令她驚懼不已。

「不，她一點也不重要，她一向愛吃醋。我來找妳，是為了侯爵大人。妳不該出現在他面前，妳犯了大錯。要是妳待在這兒，妳絕對會後悔。記好我說的話。去吧，侯爵的馬車來了。」他一邊說，一邊抓住蓓琪的手臂，把她拉到花園一條小徑上，看著斯泰恩侯爵那輛閃耀著家徽紋章的大馬車，由無價的寶馬拉著，急急駛過街道。貝拉多娜夫人坐在車上，閒散地倚在抱枕上，她那張美麗的青春臉孔露出陰鬱不快的表情。她的腿上有隻查理士王小獵犬，頭上有頂白色陽傘為她遮陽，而臉色鐵青的老斯泰恩橫坐在她身旁，怒目而視。雖然他的眼神夾雜著怨恨、氣憤或欲望，依舊銳利如昔，但它們少了點光采，似乎這位老人已看透世間極致的歡樂與美色，邪惡的他十分疲憊，厭倦一切。

「侯爵尚未從那晚的驚嚇中恢復，」馬車呼嘯而過時，費希先生在克勞利太太耳邊低語。而她從藏身的灌木間偷偷朝外望，想道，「這倒是一大安慰。」

侯爵大人是否真如費希先生所說，對蓓琪太太起了殺意，反倒是他的親信不願弄髒了手；還是侯爵打算在此過冬，一看到蓓琪就會令他心煩意亂，於是要費希先生威脅她離開，克勞利太太永遠也不知道真相。不管如何，他的恫嚇的確起了作用，這位小女子再也不敢冒失地出現在舊恩人的面前。侯爵過世後，費希先生回到祖國，買了個爵位，成了費希男爵，過著受人敬重的愜意生活。

人人都知道這位貴族的悲慘下場。這位尊貴的喬治．古斯塔夫斯．斯泰恩侯爵，頭銜繁多：在英國他是斯泰恩侯爵，也是剛特伯爵，剛特城堡的主人；而在愛爾蘭，他是海爾伯若子爵、皮希利和葛瑞斯比男爵，也是受封「最高級嘉德勳章」、西班牙「金羊毛勳章」、俄羅斯「聖尼可拉斯一級勳章」、土耳其斯「新月勳章」的騎士；除此之外，他還是英國國王的化妝室第一大臣、後宮侍衛官、剛特上校和攝政王軍團團長、大英博物館理事、全國燈塔港務總會的資深理事、白教士學院的董事及民法博士。然而，一八三〇年法國大革命後，法國君主被推翻的消息讓這位顯赫人物震驚不已，既傷心又難過的他發病了好幾次，兩個月後終於長眠於拿坡里。

一份週報上刊載了文情並茂的訃文，讚揚他品德高尚、儀表堂堂、天賦過人、到處行善。據說他與波旁王朝有親戚關係，與法國王族感情深厚；眼看親人遭逢不幸，他也無法倖存於世。他的遺體在拿坡里下葬，而他的心臟——他那顆總是大方而高貴的心——盛在銀瓮中，送回了剛特城堡。瓦格先生嘆道：「藝術學院失去了一位慈愛的贊助人，社交界失去了最閃亮的一顆寶石，英國失去了一位最高尚、最愛國的臣子和政治家……」

眾人為他的遺囑爭論不休，有人逼迫貝拉多娜夫人交出一顆人稱「猶太之眼」的知名鑽石，侯爵生前把它戴在食指上，人們說侯爵一死，夫人就拿走了它。但侯爵的貼身僕侍和親信宣稱，侯爵死前兩天，把鑲了「猶太之眼」的戒指送給了貝拉多娜夫人。其他繼承人從那女子家中搜出的鈔票、珠寶、拿破崙和法國債券……等等，也全是侯爵給她的禮物，世人只是眼紅而侮蔑那名無辜的伯爵夫人。

第六十五章　工作與享樂

與蓓琪在賭桌重逢的隔天，喬斯精心打扮一番，穿得比往日更加華麗。他沒跟家人和朋友提起前一晚的事兒，也沒邀請他們散步，一大早就逕自出門去了，很快到了大象旅舍門口。婚禮慶典讓旅館內外人滿為患，安置於行人步道上的桌子，已有許多人抽著菸，享用當地的淡啤酒，酒吧裡也煙霧瀰漫。喬斯傲慢地以生疏的德文，向旅館主人打聽他想找的對象，而對方伸出手指，朝頂樓一指。二樓住了幾名到處叫賣的小販，兜售珠寶和錦緞；三樓住了賭博公司派來的職員；四樓以上住了知名的波希米西賣藝團……直到頂樓，那些狹窄房間裡擠了學生、推銷員、小販、來參加慶典的鄉下人，而蓓琪的小窩就在這兒——從沒有一名美女住在如此骯髒的地方。

蓓琪倒頗喜歡這樣的生活。她在這兒如魚得水，和所有的小販、賭徒、賣藝人和學生都熟稔得很。她的父母都是波希米亞人，他們本身愛好流浪，狂野不羈，而身分與地位也迫使他們過著卑微的生活。蓓琪的血液流著父母的習性。只要沒有貴族在旁，她會開開心心地與那些幫貴族跑腿的僕傭談天說地。昏黃陰暗的燈光下，氣氛喧囂熱鬧，酒精與煙草充斥，希伯來商販高聲閒聊，雜技演員會一本正經的吹牛，賭場莊家則談論陰險詭計，學生唱著歌、愛說大話……這地方的熱鬧讓小婦人開心，就算她手氣不佳，沒錢付帳，她也不感沮喪。更何況，前一晚小喬治帶給她好運道，現在她的荷包鼓脹，旅舍的歡鬧氣氛更讓她快活。

喬斯氣喘吁吁地走完最後一段樓梯，一時說不出話來。他擦拭滿頭大汗，用目光尋找九十二號房，他想見的人就在那兒。對面的九十號房，房門大開，一個學生穿著睡衣、腳上套著過膝長統靴，正躺在床上抽一根長菸斗。在九十二號房門前，則跪著另一個學生，他有頭淺色頭髮、外套上縫了穗飾，雖然他的衣服挺時髦，但骯髒不堪。他從鑰匙孔向房裡的人大喊。

「走開，」房裡的人說話了，那是喬斯十分熟悉的女聲，令他心情一振。「我在等人，在等我爺爺哪。可不能讓他看到你在這兒。」

「英國天使啊！」跪在地上、留著淺色鬈髮的學生吶喊，他的手上戴了枚大戒指。「求求妳可憐可憐我們。妳說個時間，和我、菲里茲到公園的客棧那兒吃頓飯吧。我們可以享用烤雞、黑啤酒，還有李子布丁和法國的葡萄酒。要是妳不答應，我們也活不了啦。」

「真的要活不下去啦，」躺在床上的年輕大爺說道。喬斯偶然聽到了這段對話，但完全不明其意，因為他從沒學過德文。

喬斯一臉莊重，以帶著濃濃英文腔的法文說道：「我要找九十二號房，麻煩你。」

「九十二號房！」那名學生模仿他的腔調喊道，接著一躍而起，飛奔回房，鎖上了門。喬斯聽見他在門後和床上的同學哈哈大笑。

這詭異的場景讓孟加拉大官愣住了，他傻傻站在那兒，而九十二號房的門打開來，蓓琪的小臉探了出來，露出狡猾淘氣的神情。一看到喬斯，她就露出開心的笑容。「是你呀，」說著，她探出身來。「我等你等得好苦呀！快停下來！等一會兒，我馬上就讓你進來。」她把化粧盒、白蘭地酒瓶和一盤碎肉全藏到棉被下，梳順了頭髮，才請訪客進門。

她身上披了件晨袍，那是一件連著面具，化妝舞會用的粉色斗篷，不但褪了色，還染了不少污漬，香精留下東一塊西一塊的印子，但她白皙細嫩的手臂從寬大的袖子裡露了出來。雖然長袍十分寬鬆，但她的腰間繫了腰帶，強調她嬌小而窈窕的身材。她伸手領著喬斯踏進小小的閣樓房間。「進來吧，」她說，「進來跟我聊聊。坐在那張椅子上。」她輕捏了一下印度官員的掌心，笑著把他按在椅子上。

至於她自己，她坐在床邊——當然她小心避開了棉被下的酒瓶和盤子——要是她沒有指引喬斯，喬斯說不定會一屁股坐在床上，那就壞事啦。她就這樣坐著，和她年輕時的愛慕者閒聊。「過了這些年，你幾乎沒什麼變，」她溫柔地微笑。「不管去了哪兒，我都能一眼認出你。身處異鄉，周圍都是陌生人；能見到坦誠的老朋友，是多大的安慰呀！」

說實說，她口中坦誠的朋友，看起來一點也不坦誠。相反地，他既驚慌又困惑。喬斯四下檢視舊情人居住的房間，這兒十分狹窄，看起來實在不宜人居。一件禮服橫放在床上，另一件掛在門上。她的便帽把鏡子遮了一半，上面還掛了雙小巧漂亮的褐色靴子。靠床的邊桌上放了本法文小說和蠟燭——不過那是劣等蠟燭，不是蠟製的。蓓琪原本想把蠟燭藏起來，但後來她只在上面蓋了頂紙睡帽，她睡前都用睡帽捻熄燭光。

「不管去了哪兒，我都能一眼認出你，」她繼續說，「有些事兒，女人一輩子也忘不了。你是——你是我遇到的第一個男人。」

「真的嗎？」喬斯問道，「願上帝保佑我的靈魂……妳不會說真的吧？」

「當我和你妹妹離開契斯克時，我根本還是個孩子，」蓓琪說，「愛情啊，該怎麼說呢？啊，你可憐的妹妹當然會嫉妒我，誰叫她的丈夫是個邪惡的壞蛋呢，好像我真會愛上那人似的，哎唷！當時我身邊可有別人哪……算了，我們還是不說過去事吧。」說完，她用那條蕾絲邊破掉的手絹抹了抹眼。

「多奇特啊，」她又開口道，「我曾經過著截然不同的生活，如今卻淪落到這副境地，豈不奇怪？喬瑟夫．薩德利，我犯了很多錯誤，十分懊悔。我受盡無情折磨，有時我都快被逼瘋了。不管在哪兒，我都無法安定下來，只能痛苦地四處流浪。所有的朋友都背棄了我……他們全都是騙子。世上沒有半個誠實的人。我是世上最忠誠的妻子。雖然我嫁給他是因為另一個人……算了，別提了。不管如何，我真誠地對待他，但他不僅蹂躪我，還拋棄了我。我是世上最慈愛的母親。我只有一個孩子，一個寶貝，他是我的希望，也是我快樂的泉源，我時時刻刻都惦記著他，為他祈禱，他是我的生命……我這輩子最大的福氣就是生下他。然而他們……他們卻把他從我懷中奪走……把他奪走……」她將手放在心口，做出極為絕望的姿勢，把臉埋進床上好一陣子。

藏在下面的白蘭地酒瓶和那個盛了冷臘腸的盤子碰撞了一下。想當然耳，蓓琪激烈的情緒和肢體語言，移動了它們。麥克斯和菲里茲守在門外，聽著裡面的蓓琪太太又哭又喊，驚訝極了。看到舊情人傷心欲絕的樣子，喬斯也嚇了一大跳，被傷心的她感染了情緒。接著她開始述說她的經歷，那是一個完美、單純、毫無心機的故事，你若聽信她的話，會以為她是一位身穿白衣、逃離天堂的天使，在凡間受盡人們可惡的算計、魔鬼的迫害。依她所言，坐在喬斯面前的她純真無瑕，清清白白，只是受到命運的摧殘，成了個悲慘的烈女。這名烈女的屁股下還壓著一瓶白蘭地。

他們長談一番，氣氛友好，兩人都說了許多心底話。在這場談話中，蓓琪讓喬斯．薩德利明白，她第一次心動，就是為了迷人的他，但這一回，她的手段比以前巧妙多了，沒有嚇到他，也沒有令他不快。她還提及，喬治．奧斯朋的確可惡地追求她，艾美麗雅恐怕因此而萬分嫉妒，以致兩人就此失了音訊。但蓓琪從未挑逗那名不幸軍官，因為她從見到喬斯第一天起，就無法停止對他的思念。當然，身為一名已婚女子，她肩負無法逃脫的責任——而她也一直謹守婦道，直到臨死也會保持清白之身。或者殖民地的壞天氣會助她一把，從克勞利上校殘酷的枷鎖中解放她。

喬斯離開時，已完全被她說服，相信她是世上最高尚的人，也是最有魅力的女子。善良的他抓耳撓腮，一心為她著想。她不該再受折磨，她該回到上流社會，她本是社交界的名人呀。他非想辦法照顧她不可。她得離開這間客棧，得替她找到安穩平靜的住所。艾美麗雅非來看她不可，她們會再次成為好友。他會回去安排，好好和少校商量。兩人告別時，她真情流露，流下滿懷感謝的淚水。當胖紳士彎腰親吻她的手，她也緊緊握住了他的手。

蓓琪鞠躬，送喬斯步出房門。她的姿態多優雅呀，好像住在小閣樓的她是位住在皇宮的女王。那位笨重紳士一步下樓梯，麥克斯和菲里茲立刻抽著菸斗，出了他們的小房間。蓓琪一邊向他們模仿喬斯的樣子，一邊吃著冷麵和臘腸，並用她最愛的兌水白蘭地解渴。

喬斯十分嚴肅地走向達賓的住處，把他剛剛聽到的悲慘故事說給少校聽，同時小心地省略前一晚兩人在賭場相遇的事。當蓓琪太太正在享用稍早被打斷的午餐時，印度大官則忙著跟少校討論該如何幫助她。

她怎麼來到這座小城？她為何沒有朋友，隻身一人地四處遷徙？小男孩在學校從第一本拉丁課本中學到，地獄就在我們身旁。讓我們略過她的墮落之路吧。她依舊是當年那個享盡榮華富貴的蓓琪——只是運氣背了點。

容易心軟的艾美麗雅十分愚蠢，一聽到有人不快樂，她立刻為受難者難過。她這輩子沒動過背德的念頭，也沒做過壞事，她不像那些看盡世間敗壞之徒的道德家，她根本不知道邪惡的可怕。只要有人親切地靠近，對她說幾句好聽話，她就會加倍回報。當她搖鈴時，會對應鈴前來的僕人道歉；當店員拿出一捲絲綢給她瞧，她會因麻煩店員而連聲賠罪；她會對清潔工人道謝，讚美他把路口掃得如此乾淨，還不忘敬禮。她對人們一視同仁，隨時準備瘋狂的付出。若她得知老友的處境艱難，必會立刻心軟：她無法接受那些「罪有應得」的說辭。要是有個地方真遵循艾美的原則運行，那兒必定毫無法治可言。幸好世上沒有多少女人像她一樣心軟——至少沒有統治者像她一樣感情用事。我相信，若她成了一國之后，必定會廢除所有的監獄、罰則、手銬、鞭打，消滅貧窮、病痛、飢餓。我們不得不說，就算有人害她幾乎喪命，她也絕不會掛懷。

少校聽完令喬斯心情激動的傷心故事後，老實說，他並不像孟加拉大官那麼感動。他雖然不無情緒，但那絕不是喜悅。事實上，他對那位傷心的可憐女人只有一句簡短又無禮的評語：「那個小蕩婦又出來丟人現眼了？」他從來沒喜歡過她。自從他看到她那雙綠眼珠迴避他的眼神，他就對她心存懷疑。

「那小惡魔不管去了哪裡都不忘搗鬼，」少校輕蔑地說道，「誰知道她過著什麼樣的生活？為什麼她隻身一人待在異鄉？別跟我說什麼迫害或死對頭，誠實的女人不會沒有朋友，也絕不會拋家棄子。為什麼她離開丈夫？也許他丈夫真如你所說，是個名聲低劣的壞蛋；但那不是什麼新鮮事。我還記得那個討厭的傢伙如何欺騙可憐的喬治。那對夫妻不是發生過一段醜聞？他們不正是因此而分居？我想我聽過風聲——」不太愛聽閒話的達賓少校喊道。不管喬斯怎麼口沫橫飛，也無法讓達賓相信，她是世上最高尚的女人，只是受盡世人的凌辱。

「好吧、好吧，那我們問問喬治太太吧，」十分圓滑的少校終於說道，「讓我們去問問她的意見。我想你也明白，她明辨事理，遇到這種情況，她知道該怎麼做才對。」

「哼！那就去問艾美吧，」喬斯回道，他沒有愛上妹妹，不像少校蒙上了眼。

「『哼』？老天爺，先生，她是我這輩子見過最高尚完美的女子，」少校喊道，「我說我們現在就去問問她，讓她決定我們該不該拜訪那個女人——不管她怎麼說，我都接受。」心機深的少校認為這一局他贏定了。他還記得艾美多麼嫉妒蕾蓓卡，滿懷怨恨，而她的理由正當。每當提到蓓琪的名字，她就恐懼得不得了。達賓想，嫉妒的女人絕不會寬恕對手。這兩人就這樣穿過街，走進喬治太太的屋子，而她正在史敦普夫人的指導下練習顫音。

史敦普夫人離開後，喬斯以一貫浮誇的言辭對妹妹說道：「艾美麗雅，我最親愛的艾美麗雅，我剛經歷最難以置信——是的，願上帝保佑我的靈魂！——最難以置信的事件。一位老朋友，是的，她是妳最有趣的老朋友，容我解釋一下，她是妳很久以前的一位老友——她剛抵達這兒，我希望妳能見見她。」

「她！」艾美麗雅回道，「她是誰呀？達賓少校，拜託你別弄壞我的剪刀。」少校正甩著一條鍊子，鍊子一端掛了把剪刀。有時艾美麗雅會用那條鍊子，把剪刀繫在她的腰間。然而飛舞的剪刀差點刺傷少校的眼睛。

「那是一個我很討厭的女人，」少校執拗地說，「一個妳沒有理由喜歡的女人。」

「蕾蓓卡，你說的一定是蕾蓓卡，」艾美麗雅的臉染上紅暈，十分激動地說道。

「妳說的沒錯，妳總是對的，」達賓應道。布魯塞爾、滑鐵盧，那些久遠的時光，悲傷、心痛……種種回憶全湧上艾美麗雅溫柔的心頭，殘酷得令她難受。

「別讓我見她，」艾美接口道，「我不能見她。」

「我早就跟你說啦，」達賓對喬斯說道。

「她很不快樂，而且……而且還經歷了那些事情，」喬斯勸道，「她很窮，又沒有人保護她，生了病……她病得很嚴重……而且她那個混帳丈夫拋棄了她。」

「啊！」艾美麗雅嘆道。

「她在這世上沒有半個朋友，」喬機靈地接著說，「她說，世上值得她信賴的人，也許只剩下妳了。艾美，她多可憐啊。她悲傷得幾乎發了狂。她的經歷令我很難過……以我的名譽發誓，我真的替她難過。我敢說，她像天使一樣，默默承受所有殘酷的對待。而且，欺負她最深的，就是她的婆家。」

「可憐的人兒！」艾美麗雅說道。

「她說，要是她沒有朋友，很快就會孤獨而死，」喬微微顫抖，以低沉的嗓音說道，「願上帝保佑我的靈魂！妳知道她曾試圖自殺嗎？她身上帶著鴉片酊……我在她房間看到藥瓶……她住的小房間實在悽慘。她住在三流的大象旅舍，而且住在頂樓哪。我去了那兒。」

這句話倒沒有激起艾美的同情心。她甚至淺淺微笑了一下。也許她正想像喬斯氣喘吁吁爬上樓梯的情景。

「她傷心透頂，不能自己，」他繼續說，「那女子受過的苦實在駭人聽聞。她有個兒子，和小喬治一樣大。」

「是的，是的，我還記得這回事，」艾美應道，「怎麼了？」

「那是個世上最美麗的小男孩，」肥胖的喬很容易動情，完全被蓓琪說的故事感動了。「他是個天使，深愛他的母親。那些混帳把他從母親懷裡奪走，不顧他的哭喊，他們完全不讓那孩子見她一眼。」

「親愛的喬瑟夫，」艾美喊道，立刻站了起來。「我們現在就去探望她吧。」說完，她就跑進了隔壁的臥室，急急忙忙戴上軟帽、打好結，把披肩掛在手臂上，接著急急忙忙衝了出來，同時不忘命令達賓跟著她。

他去了，把披肩圍在她的肩膀上。那是條白色的喀什米爾披肩，是少校從印度寄給她的禮物。他知道自己無力反對，只能任她挽住他的手臂，拉他出門。

「是五樓的九十二號房，」喬斯說道，也許他不想再次爬上那座樓梯。他坐在客廳的窗戶前，正對著大象旅舍前的那座廣場。他目送妹妹和少校穿過廣場上的市集，直直走向旅舍。

蓓琪正忙著和兩名學生談笑，他們不但看到她爺爺抵達時的樣子，也望見他離開的身影。就在此時，蓓琪從閣樓窗戶望見達賓和艾美的身影，立刻把兩個學生趕出門去，匆匆忙忙整理狹小的房間。大象旅舍的老闆知道奧斯朋太太是宮廷裡最受歡迎的大人物，非常恭敬地親自帶兩人上樓，同時不忘為夫人和少校閣下打氣。一行人終於到了頂樓。

「高貴的夫人！夫人呀！」旅舍主人敲響蓓琪的房間。前一天他只以「太太」稱呼她呢，而且無意向她行禮。

「是誰呀？」蓓琪應道，探出了頭，接著驚叫了一聲。門外站著顫抖的艾美，還有握著手杖、身材高瘦的達賓少校。

少校一動也不動，頗感興趣地望著眼前的情景；而艾美一躍而上，伸出雙臂，緊緊地抱住蕾蓓卡。她完全原諒了蓓琪，真誠地擁抱她、親吻她。啊！可憐的人哪，你的唇可曾被如此純潔的人吻過呢？

第六十六章　情人的怒火

就算蓓琪是個無情的小惡棍，也抗拒不了艾美麗雅的真誠和友善。艾美的擁抱和溫柔的言語，幾乎令她湧起某種十分類似感謝的心情。她幾近坦誠地流露真情，但這份感動無法延續多久。那句「把親愛的孩子從她懷裡奪走，不顧他的哭喊」，可真是神來之筆。靠著這些不幸的謊言，蓓琪贏回了老友，我們單純的小艾美一見到故人，第一句話當然就是問起這回事兒。

「所以他們把妳的寶貝兒子帶走了？」我們的呆頭鵝尖聲喊道，「啊，蕾蓓卡，我親愛的朋友，妳受了多少折磨啊。我知道失去兒子的痛苦，一聽到別人失去孩子就令我難過。但老天有眼，妳一定會再次與兒子相見；就像慈悲的上帝，終於把我兒子還給了我。」

「兒子？我的兒子嗎？啊，是的，我的確痛苦極了，」蓓琪承認，說不定她的良心揪了一下。馬上得對全心信任她、心思單純的老友說謊，多少令她感到一絲刺痛。但這位不幸婦人很快就滔滔不絕地撒起漫天大謊。撒了一個小謊，就得用更多的謊來圓。你的謊言到處流竄，而被人揭發的危險也隨之增加。

「他們把我的寶貝兒子帶走時，」蓓琪繼續說道，「我真的痛苦極了。」我祈禱她不會坐在酒瓶上。「我以為我活不下去了。算我幸運吧，我得了場熱病，連醫生都放棄了，眼看我的期望就要成真……但我終究康復了，現在……現在我人在這兒，身無分文，連半個朋友也沒。」

「他多大了？」艾美問道。

「十一歲，」蓓琪回答。

「十一歲！」艾美喊道，「哎呀，他和小喬治同年出生的，誰想——」

「我知道、我知道，」蓓琪也喊道。事實上她根本記不得小洛頓的年紀多大。「傷痛令我的記憶衰退，很多事我都忘記了，親愛的艾美麗雅。我變了很多，有時我半發瘋了。他們把他帶走時，他十一歲。他有張可愛的小臉，願上天保佑他。從此我再也沒見過他了。」

「他的頭髮是什麼顏色？是金色還是棕色？」小艾美突然提出奇特的問題，「讓我瞧瞧他的頭髮。」

她單純的心思令蓓琪幾乎笑了出來。「親愛的，今天沒辦法……下次吧，等我的行李從萊比錫送過來，我是從那兒來這裡的。我有張兒子的小畫像，那是過去我們一家幸福時，我為他畫的。」

「可憐的蓓琪！可憐的蓓琪呀！」艾美說，「我真該感謝上蒼！我多感恩啊！」女人從我們幼年開始，就不斷灌輸這些虔敬的思想：當我們比別人過得好，必須滿懷感謝。但我真懷疑這種宗教觀念合不合理。接著，艾美像往常一樣想著，她兒子是世上最英俊、最優秀、最聰明的男孩。

「妳會見到我的小喬治，」艾美認為這是安慰蓓琪的最好方法。要是有辦法令蓓琪開心，想必就是讓她見見那個可愛的少年。

就這樣，兩名婦女交頭接耳，談了一個小時或更久。蓓琪趁此機會，把個人經歷全說給朋友聽。據她所說，她與洛頓．克勞利的婚姻，向來受到全家族的反對：她的妯娌心機很深，給她丈夫灌了迷湯，讓洛頓討厭她；她丈夫都跟一群可恨的傢伙往來，不再疼愛妻子；她的生活困苦、被人忽視，連最愛的人也十分冷漠，然而為了孩子，她只能默默承受一切；她的丈夫為了美好的前途，要她犧牲自己清白的名譽，拜託一位權大勢大，但毫無原則的貴族幫忙。他要她幫忙時，毫不猶豫，但事情一成，他就明目張膽地要求分居！那個權大勢大但毫無原則的人，當然就是斯泰恩侯爵。那個可恨的魔鬼！

說起這段高潮迭起的故事，蓓琪以最纖細、最能引發女性同情的言辭，強調她謹守婦道，清白無辜。她的名譽受到玷污，不得不離開丈夫，而那個懦夫卻還不放過她，進一步奪走了她的孩子，當作最後的報復。蓓琪述說不幸的過去，如今她只能四處為家，身無分文，無人保護又沒有半個朋友，悲慘極了。

知道艾美個性的人都不難想像，聽完這個冗長故事後她會作何反應。她與蓓琪同仇敵愾。聽到洛頓的卑鄙和斯泰恩背離道德的行徑，她氣憤得發抖。當蓓琪描述那些身分尊貴的姻親如何折磨她，連丈夫也對她愈來愈疏離淡漠，她向蓓琪射出敬佩的眼神。我們得替蓓琪說一句話，她沒有以難聽字眼辱罵洛頓：她的語調不帶怒氣，只是充滿憂傷，畢竟她愛得太深，而且他是兒子的爸爸呀。當蓓琪形容她與兒子分別的情景，艾美只能用手帕捂住臉龐。一流的悲劇演員看到聽眾深受她的演技感動，想必得意洋洋。

護送艾美麗雅前來的少校，無意打斷兩位太太聊心事，然而閣樓的屋頂太矮，他的帽頂不斷撞到天花板，站也站不直的他只能彎著腰，困在樓梯間，實在太累人了。因此少校沒有驚動兩位婦人，就走下樓梯，到一樓大廳裡。大象旅舍的常客都聚在這兒，暢飲啤酒，口沫橫飛地聊天。一張骯髒的桌子上放了幾十座銅製燭台，上面都放了牛油蠟燭，供住客使用，上面還掛了一排排的房間鑰匙。大廳的客人涵蓋三教九流，前不久艾美必須穿過大廳，才能走上樓梯，走在粗野人群中的她羞紅了臉。這些人中，有賣手套的提羅人，賣麻布的多瑙河人，他們都帶著裝了商品的行囊；學生聚在一起吃抹了奶油的麵包和醃肉；無事可做的閒散人士，在灑了啤酒的溼桌子上玩紙牌或骨牌；還有幾個中場休息的雜技演員。簡而言之，這是一間煙霧瀰漫、熱鬧擁擠、到處都是啤酒漬的日耳曼酒館。侍者理所當然地為少校送上一大杯啤酒，而他拿出一支雪茄，抽起有害身心的煙草，等待受他保護的婦人下樓認領他。

過不久，麥克斯和菲里茲也下樓來。他們把帽子放到一邊，鞋上的馬刺發出響亮的碰撞聲。兩人手上都握著菸斗，不但刺有紋章，還有流蘇裝飾。他們把房門鑰匙掛上九十號的掛勾，要侍者送上包含在房價裡的奶油麵包和啤酒。這兩人就坐在少校旁邊，他們的對話吸引了他的注意。兩位學生主要聊著福克斯和菲利斯特兩個城鎮的事兒，還有附近的舒本豪森大學的決鬥消息和飲酒會。這兩人顯然從舒本豪森大學趕來參加本柏尼格的婚禮慶典，而他們在特快公共馬車上認識了蓓琪。

「那個英國女人似乎遇到不少熟人，」麥克斯聽得懂法文，他向同學菲里茲解釋，「她那個胖爺爺走了以後，又來了個漂亮嬌小的英國女人。我聽到她們在那女人的房裡說話，抽抽答答哭個不停。」

「她要開演唱會，我們得向她買票，」菲里茲說，「麥克斯，你有錢嗎？」

「呸，」對方回道，「什麼演唱會，根本是鬼話。漢斯說她在萊比錫發傳單，那兒的年輕人很捧場，但她根本沒表演就開溜啦。昨天在馬車上，她說替她伴奏的鋼琴師在德勒斯登生病了。我看她根本不會唱，她的聲音跟你一樣嘶啞，哈，你這酒不離身的酒鬼！」

「她的聲音的確沙啞得很。我聽過她在窗邊唱難聽的英國曲子，叫〈陽台上的玫瑰〉。」

「愛喝酒的人絕沒有好歌喉，」鼻子通紅的菲里茲評論，顯然他愛喝酒勝過唱歌。「不行，你絕不能買她的票。昨晚她玩牌時贏了不少錢，我看到了，她要一個英國小男孩替她下注。要是你有錢，我們可以去賭場或上戲院，不然去奧瑞勒斯花園也好，我們請她喝法國葡萄酒或白蘭地，但不能買她的票。你怎麼說？嘿，再來一杯啤酒？」兩個年輕人把他們的金色鬍子泡在噁心的啤酒裡，再伸手把鬍子弄捲，接著大搖大擺地朝市集走去。

少校見到兩位年輕學生掛上九十號房的鑰匙，又聽見他們的對話，不用多想，就明白他們討論的是蓓琪。「那小惡魔又耍起老伎倆啦，」他想道。他不禁想起喬斯當年熱烈的追求和後來的可笑結果，臉上浮現一抹微笑。這段情無疾而終後，他和喬治常常談起這回事，嘲笑兩人。然而喬治結婚數週後，也落入那魔女的圈套。雖然達賓猜測兩人之間有所往來，但他選擇忽視所有的跡象，當時受傷的不只是喬治的妻子，威廉也很難過，雖然懊悔的喬治曾隱晦地提過一次，但羞愧的少校不敢進一步探詢喬治和蓓琪之間不可告人的祕密關係。那是滑鐵盧之役的早晨，年輕人排排站在前線，望著對面山坡上密密麻麻的法國軍隊，就在此時，天空下起了雨。喬治開口說道：「我和一個女人有段愚蠢的牽扯，我很高興我們上了戰場，離開了那兒。要是我倒了下來，希望艾美永遠不會發現這回事。我真希望一切不曾開始！」威廉欣慰地想，喬治與妻子告別後，經歷了第一天的卡特布拉斯戰役，終於有所悔悟。因此他常安慰喬治的寡婦，告訴她在決戰之時，喬治曾經真情流露，嚴肅地向同袍提及自己深愛的髮妻和父親。在老奧斯朋面前，威廉也如此強調。聽了少校的一席話，老先生終於在臨終前放下心結，寬恕過世的兒子。

「這麼說來，一肚子鬼胎的惡魔又在耍花樣啦，」威廉尋思，「我真希望她離這兒遠遠的。不管她到那兒，都忙著興風作浪。」他眼前放著上週的《本柏尼格報》，但他半個字也讀不進去，只能把頭埋進雙手，想像接下來會發生什麼不幸事件。就在此時，有人用陽傘輕碰了他的肩膀，他抬起頭來，看到艾美麗雅太太。

這世上再柔弱的人，也具備控制某個人的能力，而這女人精通指使達賓少校的才能。她命令他做這個做那個，拍拍他的頭，要他拿東帶西，好像他是頭龐大的紐芬蘭犬。要是她說：「達賓，跳吧！」他絕對會義無反顧地跳入水裡。他張嘴叼起她的手提包，亦步亦趨地跟在她後頭。

要是讀者到現在還沒發現少校是個痴情漢，本書還真是白寫了。

「先生，你怎麼沒等我？怎麼沒護送我下樓呀？」她輕輕甩了甩頭，挖苦地向他行了個禮。

「走廊太矮了，我連站都站不直，」他擺出懇求的模樣，可憐兮兮地說道，接著他高高興興地朝她伸出手肘，領著她走出那個煙味刺鼻的可怕地方。要不是大象旅舍的侍者急急忙忙跟在後頭追出來，要他付那杯他一口都沒喝的酒錢，他根本忘了這回事兒。艾美笑了，說他調皮透頂，居然不想付帳就落荒而逃。她拿這回事和淡啤酒開了不少恰到好處的玩笑。她很興奮，心情大好，腳步輕快地穿過了市集。她想立刻見喬斯。少校取笑艾美麗雅太太的急躁，畢竟她很少想要「立刻」見到哥哥。他們在印度官員二樓的客廳找到了他。當艾美在旅舍閣樓與女友密談，少校在一樓酒吧溼淋淋的桌子旁抽菸，喬斯一直在房裡來回踱步，咬著指甲，足足抬頭往市集那一端的大象旅舍望了一百回。他也急著想見奧斯朋太太。

「如何？」他問道。

「那個親愛的傢伙，多惹人憐呀，她吃了多少苦！」艾美說道。

「願上帝保佑我的靈魂，她的確受盡折磨，」喬搖頭晃腦地應道，雙頰像果凍一樣抖動。

「讓她睡在珮恩的房間吧，珮恩可以去樓上睡，」艾美接著說。珮恩是位認真的英國女僕，也是奧斯朋太太的貼身侍女。理所當然，導遊很有使命感地追求女僕。而小喬治總用可怕的日耳曼大盜和鬼故事嚇她，擾得她不得安寧。她連聲抱怨，對女主人再三表示她受不了了，明天就要打包回克萊普漢去。「讓她睡在珮恩的房間吧，」艾美說。

「什麼？妳不會打算讓那女人住到這兒來吧？」少校跳了起來，大喊一聲。

「當然要讓她搬進來呀，」艾美麗雅以最純真的神氣說道，「達賓少校，別生氣，別把傢俱弄壞啦。我們當然要讓她搬來這兒。」

「我親愛的妹妹，這是天經地義的事，」喬斯附和。

「那可憐的東西，受盡那麼多折磨，」艾美繼續說，「可惡的銀行家倒了，逃跑了；她丈夫是個壞心的混帳，不但遺棄了她，還搶走了她的兒子。」講到這兒，她握緊雙拳，擺出威嚇的架勢；她那無所畏懼的剽悍樣子迷倒了少校。「她多可憐！孤身一人，為了溫飽，不得不教人唱歌——我們怎能不讓她住進來呢！」

「我親愛的喬治太太，妳可以去上她的歌唱班，」少校嘶吼，「但妳萬萬不能讓她住進來。我求求妳別這麼做。」

「呸！」喬斯輕蔑地咂嘴。

「不管發生什麼事，你向來仁慈又善良……威廉少校，你的反應真令我意外，」艾美麗雅喊道，「怎麼了？她如此悲苦，我們此時不出手幫助她，更待何時？現在她正需要人幫忙。她是我認識最久的朋友，而且——」

「艾美麗雅，她可沒有一直把妳當作她的朋友呀，」少校說道，此時他頗為氣憤。然而艾美無法承受他的暗示，她憤慨地回瞪少校，「達賓少校，你太可恥了！」以這句回擊後，她就威嚴地走出客廳，在自己發脾氣前，趕緊甩上房門。

「他怎敢提**那回事**！」門一關上，她就對自己說，「啊，他居然提醒我那回事，真是太無情了。」她望向牆上，那兒依舊掛著喬治畫像，下方則是兒子的肖像。「他太殘酷了。既然我都不介意了，他怎能再提起？不。是他親口告訴我，我沒有嫉妒的理由，妒忌太邪惡了。他說你對我的感情如此純粹……啊，是的，我歸向天堂的聖徒呀，你對我一片真心！」

她氣得渾身發抖，在房裡來回踱步。畫像下方放了一只抽屜櫃，她倚靠在那兒，深深地凝望畫中的愛人。他的雙眼似乎責備地俯視她，而她看得愈久，喬治的譴責就更加凌厲。多年前，那段兩人相愛的美好時光多麼短暫呀，但此時又一幕幕地在她眼前重演。經過多年仍未癒合的傷口，此時再次流淌苦澀的鮮血。她的心多麼苦澀啊！她無法承擔丈夫責備的眼神。不行，絕對不行，永遠不能。

可憐的達賓！可憐的老威廉！一句不幸的話，就能讓多年心血盡付流水。他費盡一生，奉獻愛與忠誠，建起一座夢中樓閣。而它的祕密根基不為人知，裡面埋葬的盡是多年的熱情、數不清的掙扎、無人知曉的犧牲。然而，只要幾個字，這座希望之宮就此崩塌，化為塵埃。他花了一生歲月吸引的那隻鳥兒，就此一去不回！

光從艾美麗雅的神色，威廉就明白兩人關係陷入前所未有的危機，但他依舊哀求薩德利審慎考慮，以激動的言語懇切告誡印度官員，萬萬不可輕忽精於算計的蕾蓓卡，他近乎瘋狂地阻止喬斯收容蓓琪。他請求薩德利先生至少先打聽一下她的風評，他聽說她老是和賭客及聲名狼藉的人往來。接著他明列過去她做過的壞事，指出她和克勞利聯手，讓可憐的喬治誤入歧途。現在她承認與丈夫分居，其中必有緣由。薩德利的妹妹不諳世事，而蕾蓓卡是個極為危險的角色！威廉一改平時的沉默寡言，費盡口舌苦苦哀求喬斯，別讓蕾蓓卡靠近他們。

要是他態度溫和些，或者更機靈點，說不定真能說服喬斯。然而印度官員向來嫉妒少校，覺得達賓優越感十足，老是對他擺架子，他早就心生不滿。他曾向導遊克希先生抱怨，而克希當然站在主人那一邊，達賓少校都會檢查他的帳目，令導遊老大不高興。喬斯咆哮起來，宣稱他自有能力維護自己的名聲，別人不該干涉他的個人事務。總而言之，他決心反抗少校。他粗暴地發表一段冗長的演說，但突然就被蓓琪太太的到來打斷。她身後跟著大象旅舍的門房，他為她送來簡便的行李。

她恭敬有禮，態度熱情地與主人打招呼；一看到達賓少校，她就不禁畏縮一下，但仍友好地向他致意。她的直覺立刻告訴她，少校是她的敵人，剛剛還說了不少她的壞話。她的到來，讓屋子熱鬧起來，喧鬧的談話聲把艾美麗雅引出了房間。艾美直直走向來客，給了她最真誠的擁抱，完全忽視少校的存在——但她朝少校射去憤怒的一瞥，這可憐的小女人出生以來，恐怕還沒展現過如此輕蔑的可惡眼神。但她這麼做，畢竟有她個人的理由：她決心生他的氣。達賓雖然敗下陣來，但艾美不公不義的態度更令他氣憤難平。他朝她高傲地欠欠身，而她也以憤怒的屈膝禮回敬，於是少校大踏步離開了。

少校一走，艾美變得格外活潑，對蕾蓓卡親熱極了。她裡裡外外地奔來跑去，忙著張羅房間，急著想安頓客人。我們的朋友脾氣溫和，很少表現出如此驚人的活力。其實人呀，特別是心智軟弱的人，要做一件不公平的事情，就得速戰速決。艾美認為自己的行為除了展現堅定的意志，也表現她對已逝奧斯朋上尉的愛意與尊敬。

晚餐時，在外參加慶典活動的小喬治回來了，發現桌上一如往常，放了四人份的餐具。然而坐在桌前的不是達賓少校，而是一名女子。「哈囉！達伯呢？」少年以慣用的輕鬆口吻問道。他的母親回答，「我想達賓少校出門用餐了。」接著把兒子拉過來，親吻他好一陣子，拂去他額前的頭髮，接著向克勞利太太介紹。「蕾蓓卡，這是我兒子，」奧斯朋太太說道，但她的意思其實是，世上難道有比他更可愛的孩子嗎？蓓琪以欣喜若狂的眼神望著少年，親切地握住他的手。「多可愛的孩子啊！」她說道，但她的意思其實是，「他就像我的……」情緒激動的蓓琪不禁哽咽起來，但艾美麗雅明白她說不出口的心情，好像親耳聽到蓓琪訴說她多麼思念親愛的兒子。總而言之，艾美柔聲安慰克勞利太太，而蓓琪則享用了一頓美味的晚餐。

晚餐時，每次蓓琪開口說話，小喬治就抬頭望著她，認真傾聽。上甜點時，艾美步出餐廳，去廚房指揮下人，而喬坐在他寬大的扶手椅裡，對著一份《加里納尼信差報》打盹。小喬治和新客人相鄰而坐，他時不時就朝眼前的女士露出心知肚明的神情。終於，他把胡桃鉗放下。

「我說呀，」小喬治開口。

「你要說什麼？」蓓琪笑著問。

「妳就是我在輪盤那兒看到的，那個戴面具的女人。」

「噓！你這精明的小傢伙，」蓓琪一邊說，一邊握住了他的手，低頭親吻。「你的舅舅也在那兒呀，這千萬不能讓你媽媽知道。」

「喔，不行，千萬不能讓她知道，」小男孩附和。

「瞧，我們已成了好朋友啦，」蓓琪朝回到餐廳的艾美說。我們不得不承認，奧斯朋太太迎進家裡的，是位十分機警，既親切又友善的客人。

威廉氣憤難平，但他還不知道接下來會遭遇多少次的背叛。他大踏步地在城裡亂逛，直到遇見大使泰普渥恩，對方邀請達賓去他家用餐。晚餐閒談時，少校趁機探詢大使是否聽過一位洛頓·克勞利太太，她似乎在倫敦惹了一場風波。泰普渥恩當然知道倫敦所有的流言蜚語，他還是剛特夫人的親戚呢。他立刻滔滔不絕地把蓓琪夫妻的事蹟全說了出來，令少校大為震驚。而本書作者就是在同一張餐桌上，聽到了這個故事的來龍去脈。杜夫特，斯泰恩，克勞利一家和他們與蓓琪的恩怨——心懷怨恨的外交官不止知道蓓琪過去所作的一切，消息靈通的他還知道其他大小事兒。簡而言之，他告訴單純少校最令人震驚的祕辛。當達賓告訴他，奧斯朋太太和薩德利先生收容了蓓琪，他不禁爆出一連串的笑聲，令少校吃了一驚。泰普渥恩說，他們還不如去監獄裡收容一、兩個削去頭髮、穿著黃背心，上了腳鐐手銬，兩人一組鍊在一起，在本柏尼格清掃街道的囚犯，讓他們當調皮小喬治的家庭導師。

這些消息不僅令少校震驚，也讓他恐慌。去見蕾蓓卡之前，艾美麗雅已答應當晚要去參加王宮舞會。他決定要在舞會上告知她這一切。少校回到家裡，換上軍服，前往宮廷，企求在那兒見到奧斯朋太太。但她沒有來。他回到家中，發現房間對街，薩德利租賃的那棟屋子已經熄了燈。他只能等到隔天早上，才有機會見她一面。他懷抱著可怕的祕密，上床休息，我真不知道他當晚睡不睡得著。

隔天，一等到適宜的時辰，他就命僕人去對街送信，表示希望與她談一談。僕人回來了，說奧斯朋太太身體非常不舒服，一直待在臥房裡。

艾美也一樣，整晚無法成眠。她心頭縈繞的，是過去煩擾過她上百次的一個祕密。有上百次，她都差點屈服了，但她終究辦不到，她認為那個犧牲太大，只能躊躇不前。不管他多麼真誠的愛她，忠實地陪伴她，她仍只能以尊敬和感謝回報。就算具備無數優點、慷慨付出、忠誠不變，又算得了什麼？它們甚至比不上姑娘的一綹鬈髮，男人的一根鬍子，只要一分鐘，就能抹滅那些付出。艾美並不比其他女人更重視它們。她試煉過他的好，想要讓他知難而退，偏偏她無法離開他。現在這個無情的小女人找到了藉口，打算重獲自由。

少校等了好一陣子，直到下午，艾美麗雅才終於答應少校，准許他去拜訪。過去，艾美都會真誠而熱情地迎接少校。但這一回，她態度冷淡地朝他行禮，伸出了戴著手套的小手，一碰到他就立刻收回去。

蕾蓓卡也坐在房裡。她微笑地走上前，遠遠就朝他伸直了手，然而達賓頗為困惑地退了一步。「夫人，真抱歉，」他說道，「但我得說，我來這兒可不是要與妳做朋友。」

「呸！該死的，別讓我們再聽那些胡言亂語！」戒心大起的喬斯喊道，急著想避開不愉快的場景。

「我倒想知道達賓少校要說什麼不利於蕾蓓卡的言語？」艾美沉著聲回答，發音清晰俐落但難掩一絲顫抖。她眼中透著堅決的眼神。

「我不容許這種事發生在我家，」喬斯再次插嘴，「我說，我不准。達賓，先生，我求你，你就放下吧，別提了。」他掃視四周，渾身發抖，漲紅了臉。他深深嘆了一口氣，接著踏出房門。

「親愛的朋友！」蕾蓓卡以天使般甜美的聲音說道，「就聽聽達賓少校怎麼批評我吧。」

「我說，我才不聽！」喬斯縱聲大吼，拎起睡袍就走了出去。

「只剩下我們兩個女人了，」艾美麗雅說道，「先生，你說吧。」

「艾美麗雅，妳對待我的態度，簡直判若兩人，」少校倨傲地開了口，「我相信，我從未以粗魯的態度對待任何女人。然而我有職責在身，不得不這麼做，但對我來說，這可不是件樂事。」

「請你快說吧，達賓少校，」愈來愈不高興的艾美麗雅說道。聽到她冒失的回話，達賓臉上也露出不悅的表情。

「我來是要說——克勞利太太，既然妳留下來，我就非當著妳的面說不可。我認為妳……我認為我朋友的家庭中，不該出現妳。妳是一位與丈夫分居的太太，旅遊時不敢用上真名，還常流連賭桌……」

「我是去參加舞會的，」蓓琪喊道。

「……實在不適合當奧斯朋母子的伴侶，」達賓不理會蓓琪，繼續說道，「我還得補充說明，這座城裡有人認識妳，十分清楚妳的一切行徑。妳做的那些事兒，我實在不想……不想當著奧斯朋太太的面說出來。」

「達賓少校，你對我的侮蔑太客氣了，真是便宜行事，」蕾蓓卡說，「你譴責我，但究竟是為了什麼？你根本什麼也沒說。你要譴責的是什麼？是我對丈夫不忠嗎？要是有人敢對我這麼說，我絕對立刻抗議，我敢說沒人拿得出證據。你要譴責我，就先拿出證據來。那些抹黑我的可惡敵人，我和他們一樣清白。還是你譴責的是我身無分文，被人遺棄，受盡苦難？是的，我的確如此，每天我都為了這些過錯而受到懲罰。艾美，讓我走吧。就讓我當作沒遇見妳，我不會比昨天更悲慘多少。就讓我們裝作黑夜已臨，我這可憐人不得不上路吧。妳可還記得我們愛唱的那首歌？那些美好的往日時光？後來，我只能到處流浪……我只是個被世人拋棄的可憐人，人們因我不幸而鄙視我，因我隻身一人而侮辱我。讓我去吧，我不該住在這兒，我擾亂了這位紳士的安排。」

「太太，的確如此，」少校說道，「要是我有權——」

「你毫無權利！」艾美麗雅大喊一聲。「蕾蓓卡，妳留下來陪我。就算妳受到迫害，我也不會拋下妳；也絕對不會因為……因為達賓少校侮辱妳，就跟著這麼做。來吧，親愛的。」兩位女子相偕步向房門。

威廉為她們打開門。她們走出客廳時，他握住了艾美麗雅的手，說道：「妳願不願意多待一會兒，跟我談談？」

「他希望我走開，才能好好跟妳說幾句話。」蓓琪像位烈士一樣說道。艾美麗雅握緊她的雙手，作為回應。

「以我的名譽發誓，我要與她談的，絕不是妳的事，」達賓說道，「艾美麗雅，回來吧。」她回到客廳。當他關上房門，他不忘先向克勞利太太鞠躬。艾美麗雅倚在窗邊望著他，臉色蒼白，嘴唇毫無血色。

停頓了一會兒，少校才開口：「我剛剛太冒失了，我不該用上權利這個字眼。」

「你的確不該，」艾美麗雅咬牙切齒的說道。

「但我希望妳能聽我解釋，」達賓繼續說。

「你真慷慨，好心提醒我們欠你多少恩情，」婦人回道。

「我指的是，喬治的父親授予我的權利。」威廉解釋。

「沒錯，而且你侮辱了他。昨天你就侮辱他了。你心知肚明。我永遠不會原諒你。永遠！」憤怒又激動的艾美麗雅，以聲嘶力竭的吶喊，吼出每一句話。

「艾美麗雅，妳不是認真的吧？」威廉哀痛地說道，「妳一時怒極攻心說的這些話，不會是真心的吧？妳要以這些話抹殺我一輩子的奉獻嗎？我並不認為我的處理方式，傷害了過世的喬治，就算我們吵架，他的遺孀和他兒子的母親也無權責備我。當……當妳心平氣和時，好好想一想，妳的良心就會收回這些指控。瞧，現在妳已經後悔了。」艾美麗雅低下了頭。

「讓妳改變的，並不是昨天的那些話，」他繼續說道，「艾美麗雅，那只是個藉口，不然就是這十五年來深愛著妳、守候在妳身邊的我，錯看了妳。這些年來，我不是費盡心思讀妳的心情，看穿妳的想法？我瞭解妳的心，妳那忠誠的心緊緊抓著一段回憶，呵護一個幻想，但妳的心無法對我產生愛意。我值得被愛，我值得被一個比妳更大方的女子疼愛。不，我為妳奉獻我的心，但妳根本不值得。我知道，我耗盡一生想要贏得的獎賞，其實一點也不值得我這麼做。但我是個傻子，我也愛幻想，想用我的真誠和熱情，換得妳一絲絲僅存的愛意。我再也不會這麼做了，我退出。我並非指責妳犯了什麼錯。妳有副好心腸，妳盡了全力，但妳就是辦不到……妳配不上我對妳的愛，比妳更高尚的女人才懂得珍惜我的愛。再會了，艾美麗雅！我看過妳的掙扎。妳不用再掙扎了。我們都累壞了。」

艾美麗雅嚇傻了，只能沉默地站著，看著威廉突然掙脫她控制他的枷鎖，宣布他的自由，宣稱他比她優越。長久以來，他一直匍伏在她的腳下，這可憐的小女人早就習慣任意蹂躪他。她不想嫁給他，但她希望他陪在她身旁。她不想給他任何東西，但他理當該為她奉獻一切。這是常見的愛情交易。

威廉突如其來的一席話，深深打擊了她，她只能垂頭喪氣。她的攻勢早就結束，還迎來了難以承受的反擊。

「這麼說來，你的意思是，你要走……走了？威廉？」她問道。

他發出一聲心碎的苦笑。「我曾離開過，」他說，「等了十二年才回來。那時，我們都還年輕，艾美麗雅。再會了。我浪費許多生命玩這場遊戲，已經夠了。」

他們說話時，奧斯朋太太的房門開了一道縫。當然，達賓一關上門，蓓琪就握住門把，再輕輕打開。她聽見了這對男女說的每一個字。「那個男人，他的心思多麼高尚，」她尋思，「那女人如此玩弄她，實在太可恥了！」她敬佩達賓，雖然他討厭她，但她毫不介意。他這場比試光明磊落，沒有暗耍花樣，十分公平。「啊！」她想道，「要是我有個像他一樣的丈夫……一個感情豐富又有頭腦的男人就好了！我才不介意他那雙大腳呢！」她跑回自己的房間，決心替他想個辦法。她寫了封短箋給他，哀求他再盤桓幾天，別離開，她會為他贏得艾美的芳心。

達賓向艾美告別。可憐的威廉再次步出大門，就此離開。而這一切的始作俑者，我們的小寡婦終於稱心如意，得以盡情品嚐勝利的滋味。就讓女士們嫉妒她的勝利吧。

到了晚餐時刻，小喬治回到了家，再次詢問「老達伯」為什麼又缺席了。四個人沉默地用了晚餐。喬斯的食慾依舊旺盛，但艾美幾乎食不下嚥。

吃過飯，喬斯坐在老舊寬大的窗戶前，懶洋洋地靠在抱枕上。那是扇往外凸出的三面窗，正對著市集廣場旁的一排建築，大象旅舍就在那兒。小喬治的母親則在一旁忙碌家務。突然，小喬治注意到對面少校的住所有了動靜。

「哈囉！」他說道，「那是達伯的輕便馬車，他們把它拉到庭院裡啦。」少校足足花了六鎊才買下那台輕便馬車，他們常為此嘲笑他。

艾美嚇了一跳，但什麼也沒說。

「哈囉！」喬治仍沒停口，「法蘭西斯提著行李箱出來了，還有柯努茲，那個獨眼馬夫，從市集牽了三匹馬回來。瞧瞧他的靴子和黃外套，他真是個怪人，不是嗎？怎麼了呀？他們把馬兒套上達伯的馬車啦。他要出門去嗎？」

「是的，」艾美說道，「他要去旅行。」

「去旅行！他什麼時候回來？」

「他……他不會回來了，」艾美回答。

「不回來了！」小喬治大喊一聲，跳了起來。「先生，留在這兒，」喬斯吼道。他的母親一臉哀戚地說：「留在屋裡，小喬治。」小男孩只能停步，在房裡踢來蹦去，跪在窗前的椅子，心情不安地跳上跳下，既慌張又好奇。

馬兒都上了馬具，行李用繩索綁在車上。法蘭西斯走了出來，把主人的劍、手杖和雨傘都捆成一把。放好之後，再把主人的寫字檯、裝了三角帽的舊錫帽盒放到座位下。法蘭西斯又從屋裡拿出了那件有紅色內襯的老舊藍斗篷。過去十五年來，它就如當年一首流行曲子的歌詞，「不管晴雨炎涼」、不管何時何地，總是披在主人身上，如今已沾滿各種污漬。滑鐵盧戰役時，它還嶄新得很；卡特布拉斯的那一夜，它曾蓋在喬治和威廉的身上。

那間房的屋主老伯克走了出來，後頭跟著提了其他行李的法蘭西斯——那些是主人最後的行囊了。接著威廉少校踏出屋子，伯克與他親吻道別。和少校來往過的人，都十分欣賞他。他費了一番力氣，才告別依依不捨的伯克。

「老天爺，我非去不可！」喬治尖聲吶喊，「把這交給他，」蓓琪興致盎然地說道，將一張紙條塞進男孩手裡。他急急忙忙跑下樓，轉眼間就過了街，而那個穿黃外套的馬夫已輕輕揮起馬鞭。

威廉已掙脫房東的懷抱，坐上馬車。喬治立刻跳進馬車，伸出雙臂，緊緊抱住少校的頸子，他們都聚在樓上窗戶前，看得一清二楚。喬治問了一連串的問題。接著他伸手探進背心口袋，把蕾蓓卡的紙條遞給他。威廉急急接過紙條，顫抖地攤開，但他的表情瞬間改變，把紙撕成兩半，朝車窗外一丟。他親吻小喬治的額頭，而男孩用雙拳捂住了眼。在法蘭西斯的幫助下，男孩步下了馬車，但他的手仍扶著車門，不願離開。「車夫，往前走！」黃衣車夫用力一揮馬鞭，法蘭西斯跳上駕駛座，那些灰馬就拉著馬車離開了。車上的達賓低垂著頭，馬車經過艾美麗雅窗前，但他沒有抬頭。街上只剩下小喬治和參加慶典的人群，而他聲嘶力竭地痛哭起來。

那天晚上，艾美的女僕聽見小喬治又在哭嚎，拿了些杏桃乾安慰他。她和小喬治一樣傷心，認識達賓的可憐人、窮人、老實人、好人，全都愛那個仁慈又單純的紳士。

至於艾美，她盡了一名寡婦的責任，不是嗎？喬治的畫像就是她人生唯一的安慰。

第六十七章　新生、新婚與死亡

不管蓓琪打算如何幫助達賓贏得真愛，那小女人都無意在此時洩漏祕密，畢竟她最在乎的，還是自己的福祉。此時她忙著考慮自己的事情，而那些事兒都遠比達賓少校的終身幸福還重要得多。

事情的發展出人意料，她突然有了舒適安逸的住所，被朋友包圍，每個人都友善又親切地迎接她，而她已很久沒和善良單純的人們往來了。儘管外界壓力和自身天性，使她成為居無定所的流浪者，但偶然的休息依舊令她心情愉快。最勇敢的阿拉伯人，坐著單峰駱駝橫越沙漠也不怕，但有時他也喜歡在水岸旁的棗樹下歇息，或在城鎮停步，走入市集，泡個澡醒醒神，去清真寺祈禱一番，再出門劫掠。對被世人唾棄的蓓琪來說，喬斯的帳篷多麼舒適，喬斯提供的食物多麼美味啊！她拴起自己的戰馬，高掛武器，在他的火堆旁暖暖身子。過慣了動盪不安的生活，她終於能安心停歇，心頭感到難以言喻的安心和喜悅。

心情大好的她，決心盡力討好每個人；而我們都知道，她取悅眾人的造詣高超，向來十分成功。就連在大象旅舍，她也僅靠一次的碰面，贏得喬斯的善心。只過了短短一週，那位印度官員再次成了她忠心耿耿的奴隸和熱情的追求者。平時吃完晚餐，喬斯就會打盹，畢竟艾美麗雅的陪伴稱不上多有趣。但現在他絕不會打盹。他和蓓琪坐在敞篷大馬車上出遊。他辦起小型晚會，策畫各種活動，只為討她歡心。

代理大使泰普渥恩之前毫不留情地批評她，但現在也來與喬斯共進晚餐，每天都殷勤地向蓓琪致意。可憐的艾美本就不是多話的人，自從達賓離開後就更加陰鬱寡言，而擅長社交的蓓琪一出現，艾美很快就被眾人遺忘。不只英國大使，連法國大使也喜歡她。日耳曼的夫人小姐本就不是嚴格的道德家，對英國人的標準更是寬鬆，而奧斯朋太太迷人的朋友講話機智又幽默，很快就贏得她們的讚賞。儘管蓓琪沒有要求進宮，但連最顯赫的大公夫妻都聽說了她的魅力，對她十分好奇，渴望認識她。當人們得知她來自古老的英國貴族家庭，她的丈夫是近衛軍的上校，還是一座島的總督，公國裡最上流的家庭都對她敞開大門，歡迎她登門拜訪。在這兒，人們還在讀歌德的《少年維特的煩惱》，而他的《愛的親和力》一書則被視為道德準則，人們認為洛頓夫妻只是因一些小事而暫時分開罷了。那些夫人小姐親暱地與蓓琪以「妳」相稱，宣誓友情不渝。雖然她們也一樣喜愛艾美麗雅，但蓓琪融入當地的速度比她快多了。約克郡或薩莫塞特郡的老實人無法明白，這些單純的日耳曼人對愛與自由的詮釋，在某些講究哲學的文明城鎮裡，一名女子能夠離婚多次，也能結婚數回，而她在社交圈的名譽仍屹立不搖。自從喬斯自己住後，他家從沒有如此熱鬧愉快過，一切都多虧了蕾蓓卡。她唱歌彈琴，高聲談笑，交替使用兩、三種語言，邀請所有人來家裡作客。她還讓喬斯相信，這一切都歸功於他厲害的社交天賦和才智，吸引了社交圈的每一個人。

至於艾美麗雅，她發現自己不再是家裡的女主人，只有要付帳單的時候才有人找她。但蓓琪很快就找到安慰她、取悅她的方法。她不斷聊起為公務奔波的少校，重覆自己多麼崇拜那位優秀又有頭腦的紳士，指責艾美對他太過殘忍。艾美為自己辯護，宣稱她是基於崇高的宗教情操而這麼做，一個女子若像她如此幸運，嫁給了一名聖潔的天使，就不可能再改嫁他人。但當蓓琪讚美少校時，艾美倒不反對。而蓓琪每天提起少校數十次，兩人的話題總圍繞著他。

要討好小喬治和僕人並不難。前面提過，艾美麗雅的女僕全心喜愛為人親切的少校。女僕看到蓓琪的出現迫使少校離開女主人，很討厭她，但克勞利太太成了威廉最熱忱的信徒，對少校連聲讚美，女僕也就與她和解了。晚宴結束後，兩位女士會在夜裡，回臥房對坐長談，讓珮恩小姐替她們梳「頭發」，她總這樣稱呼兩位婦人的淡金長髮和柔軟的棕色秀髮。此時，女僕總不忘插嘴，為善良的達賓少校說幾句好話。艾美沒有因女僕為少校辯護而生氣，就像她特別愛聽蓓琪讚美他。她要小喬治多寫信給少校，並在信尾加上「媽媽向你致上溫柔的愛」。當她在夜裡凝望丈夫的肖像，它不再責備她。現在威廉不在了，也許艾美反而開始責備畫中人。

艾美一心為亡夫犧牲奉獻，但她一點也不快樂。她變得心神恍惚，神經兮兮，沉默寡言，難以取悅。家人從沒看過她如此暴躁。她的臉色蒼白，身體虛弱多病。以前她特別愛唱幾首曲子，比如德文的〈我雖隻身一人，但並不孤獨〉，這是韋伯寫的溫柔老情。年輕的姑娘們，那時妳們還未出生呢，過去的人們也懂得愛與歌唱。我說，艾美特別愛唱的那幾首曲子，都是少校喜歡的歌曲，現在當她在傍晚的客廳吟唱，她會突然哽咽起來，再也唱不下去，只能退到隔壁的臥房。無庸置疑，她在那兒向亡夫畫像尋求慰藉。

達賓離開後，家裡仍留著幾本他的書，上面都寫了他的名字。一本德文字典的扉頁上寫著「威廉．達賓，某軍團」、一本導遊書上留著他的名字縮寫，除此之外，還有其他一、兩本原屬於他的書籍。艾美把這些書都收進抽屜，和她的女紅盒、寫字檯、《聖經》、祈禱文放在一起，抽屜櫃上方就是兩代喬治的畫像。少校離開時，沒有帶走他的手套，過一陣子後，小喬治在翻弄母親的櫃子時，發現那雙手套整整齊齊地折好，收在所謂的祕密抽屜裡。

艾美並不在乎社交往來，正式場合令她心煩。在夏天傍晚，當蕾蓓卡忙著娛樂喬瑟夫先生的賓客，艾美最大的樂趣就是和小喬治散個長長的步，母子兩人談著少校大大小小的事兒，連男孩也不禁微笑。她會告訴兒子，她認為威廉少校是世上最棒的人，沒人比他更溫柔、更仁慈，他是最勇敢也最謙卑的好人。她一次又一次地告訴小喬治，他們所擁有的一切，都要歸功於這位仁慈朋友對他們的關照，即使他們貧困不幸時，他也不曾背棄過他們，沒人在乎他們時，是少校陪伴在他們身旁。她還說，他從未吹噓過自己的功績，但他的同袍都對他讚不絕口，而小喬治的父親最信任的人，也是少校，他們兩人一直以來都是莫逆知交。「當你的父親還是個小男孩，」她說道，「他常告訴我，威廉為了保護他，不惜與學校裡的惡霸打架，從那天開始，他們就是情同手足的好朋友，直到你親愛的父親在戰場上倒下。」

「達賓把那個殺死爸爸的人殺掉了嗎？」小喬治問道，「我相信他殺死了那傢伙，不然就是他逃了，要是他被達賓抓到，一定活不了，是不是啊？母親？等我成了軍人，我會不會恨法國人呢？應該會吧？」

母子就這樣絮絮談著少校，度過許多美好時光。純真的母親成了男孩的密友。而他就像其他瞭解達賓的人一樣，也把達賓當作自己的朋友。

蓓琪太太談起感情不落人後，也在房裡掛起一幅小畫像，絕大多數的人看了那畫像都十分訝異，覺得好笑，但畫中人大為高興。畫中主角不是他人，正是我們的朋友喬斯。這位小女人首次前來薩德利公館時，帶著非常輕便且簡陋的行囊，也許那些老舊的行李和帽盒令她感到羞愧，她常提起自己在萊比錫留下多少行李，得趕快把行李送來才行。我的孩子們，當一位旅人不斷重覆他的行李多麼華貴，可惜他此時沒帶身旁，你們務必小心那個人！十有八九，他是個騙子。

喬斯和艾美都不知道這個重要的道理。對他們來說，蓓琪那些看不見的行李箱裡，到底裝了多少華服，一點也不重要。既然她現在的衣物都破舊得很，艾美就把自己的衣服借給她穿，帶她去城裡最好的服飾店量身訂購新衣。我向你們保證，現在她的衣領沒有破洞，披在她肩上的，也不再是褪色的絲綢。隨著境遇改變，蓓琪也換了裝扮，不再抹上濃艷的胭脂。不止如此，她還拋棄了另一個惡習——兌水烈酒。現在她只敢偷偷喝一點，比如趁艾美帶著兒子散步時，在喬斯百般勸誘下，她才啜飲幾口。她不再酗酒，但導遊倒是喝得很凶，無賴克希酒不離身，一喝開就不知節制。有時家裡白蘭地減少的速度，連薩德利先生都頗為吃驚。哎哎，真是個難以啟齒的難堪話題。總之，蓓琪加入了文雅的好人家後，喝的酒的確比之前少多了。

那些蓓琪炫耀已久的箱子，終於從萊比錫送過來。然而，那三只箱子一點也不大，外觀也不華貴，而蓓琪也沒從裡面拿出任何漂亮的衣裳或首飾。其中一只箱子放了各種文件，它就是洛頓・克勞利氣憤地搜尋蓓琪的私房錢時翻出來的箱子。蓓琪歡天喜地的從裡面掏出一幅畫像，掛上臥房的牆，邀請喬斯進房欣賞。那是一幅素描肖像畫，畫中的紳士有著粉嫩的臉龐，莊嚴地騎在大象上，身後是幾棵椰子樹和一座高塔，帶有濃濃的東方風情。

「願上天保佑我的靈魂！這是我的畫像哪，」喬斯失聲大喊。正是如此，畫中的他青春洋溢，相貌堂堂，穿著一八〇四年樣式的淡黃色外套。這幅畫原掛在羅素廣場的薩德利公館裡。

「我買了它，」蓓琪的聲音充滿感情，微微顫抖，「那時，我一心只想為我親愛的朋友出點力。我一直留著這幅畫，永遠也不會與它分離。」

「真的嗎？」喬斯高聲喊道，臉上流露出難以形容的狂喜和滿足。「妳真的為了我，才那麼珍惜這幅畫嗎？」

「你當然明白，我做這一切都是為了你，」蓓琪說道，「又何必舊事重提……何必去想那些事兒……何必回首過去！一切都太遲了！」

喬斯認為那天晚上的對話特別熱烈有趣。艾美回家後非常疲倦，身體不舒服的她立刻回房休息，只留下喬斯和美麗的客人獨坐，盡訴衷情。他妹妹清醒地躺在隔壁房裡，聽著蕾蓓卡對喬斯唱一八一五年的老歌。令人驚奇的是，一向嗜睡的他，當晚居然跟艾美麗雅一樣，沒什麼睡。

時序進入六月，正是倫敦社交季最熱鬧的時刻。喬斯每天都拜讀旅人的好朋友《加里納尼信差報》，一個字也不放過，常在早餐桌上向兩位女士朗讀報上的新聞。這份報紙每週都會報導軍隊動向，曾經「參軍」的喬斯，當然十分重視這些消息。有回他唸道：「某軍團於六月二十日抵達格雷夫森。東印度公司的拉姆珊德號今早航進泰晤士河，船上載了這支英勇軍團的十四名軍官和一百三十二名士兵。他們離開英格蘭長達十四年，他們在光榮的滑鐵盧戰役中扮演了重要角色，接著就出航各地，在緬甸戰事中立下顯赫功績。資深上校麥可·奧大德爵士偕同夫人與妹妹上陸，同行的還有波斯基上尉、史杜伯上尉、馬克勞上尉、瑪拉尼上尉、史密斯中尉、瓊斯中尉、湯普森中尉、F. 湯普森中尉、希克斯少尉、葛瑞迪少尉。軍樂隊在港口演奏國歌歡迎歸國軍士，當無畏的資深軍官踏入懷特氏飯店，群眾歡聲雷動。現場為衛國護士的兵士安排了盛大宴會。不用說，懷特氏當晚端上了一流的美味佳餚，當奧大德上校夫妻走上陽台，舉起懷特氏最好的波爾多紅酒，向同胞舉杯致敬時，人民熱情歡呼，久久不歇。」

第二回，喬斯朗讀了一篇簡短的公告，「達賓少校回切特漢軍營報到，回歸某軍團」。接著他唸了篇麥可·奧大德爵士夫妻和葛洛薇娜·奧大德小姐進宮的消息。奧大德爵士夫人由巴利瑪洛尼家族的瑪洛依·瑪洛尼太太引薦，葛洛薇娜小姐則由奧大德夫人引薦。他們一進宮，達賓的名字就出現在中校名單上，因為老帝福托夫元帥在某軍團離開馬德拉斯時過世，麥可·奧大德上校一回國，就被國王升為少將，說他長年領導這支軍隊，理當由他接任。

早在報紙刊登新聞之前，艾美麗雅已經知道這些消息。喬治和監護人依舊頻繁通信，絲毫沒有減少。威廉離開後，曾寫信給艾美一、兩回，只是他的語氣冷若冰霜，可憐的女人感到，如今她已失去掌控他的能力，正如他所說的，他自由了。他離開了她，而她陷入悲慘痛苦的絕境。往日他無微不至的體貼關懷，他那高傲又帶著愛意的眼神，日日夜夜糾纏著她，譴責著她。她總是回憶著過去，從那些她曾不屑一顧的小事裡，發掘他的純真與美好，責怪自己居然拋棄了如此珍貴的人。

此情已然成回憶。威廉已付出一切。他認為自己再也無法像以前那樣，對她一往情深。他再也無法對任何人如此付出。這麼多年來，他忠誠不變的關懷與守候她，但被她拋棄後，他的心碎成片片，再不可能癒合，就算癒合了，也不可能不留痕跡。那個冒失的小暴君徹底撕裂了他的心。不，威廉想了一遍又一遍，「都怪我，我欺騙自己，不斷哄騙自己。要是她真值得我無怨無悔的去愛，她早就會回應我的感情。這全是我一廂情願。我這一生不是如此說服自己嗎？要是我真贏得她的心，難道勝利之後，我不會發現幻想破滅嗎？何必為了失敗而憔悴？又何必感到羞愧？」他愈思考這漫長的一生，愈看清楚自己深受矇騙。「我會再次出征，」他對自己說，「盡我的職責，一切全看上天的安排。我會確保下屬的衣扣閃亮，監督軍士的報告，阻止他們犯下任何錯誤。我會在軍營餐室和同袍用餐，聽那個蘇格蘭軍醫說他的故事。等我老了，不中用了，我就回家領半薪，聽我的老妹妹罵罵咧咧。就像《華倫斯坦三部曲》[71]中那個女孩說的一樣，我『活了一場，愛過一回』。我受夠了。法蘭西斯，去結帳吧，給我根雪茄，瞧瞧今晚上演的是那齣戲。明天我們就搭巴塔維亞號過海峽。」他自言自語了一大段，但只讓法蘭西斯聽到最後兩句話。他在鹿特丹的布姆普耶大道上踱步，而巴塔維亞號停在船塢裡。他望得見後甲板，當他們快樂地踏上這場旅程時，他和艾美就坐在那兒。那個小克勞利太太對他說了什麼？呸！明天我們就上船，回到家鄉英格蘭，重回軍隊的懷抱吧！

一過六月，本柏尼格小小的王宮和上流社交界都會依照日耳曼公國的習俗，四散東西，前往上百個不同的礦泉勝地。人們在井邊啜飲天然泉水，騎著驢子，參加宴會，要是他們有錢又有膽子，就會賭上兩手，和數百個像他們一樣的人在飯店接受主人招待，悠閒散漫地度過夏季。英國外交官去了蒂歐布里茨和吉辛根，他們的法國對手則關上使館大門，興沖沖地回去巴黎親愛的德剛大道。大公一家也去了礦泉勝地，不然就是去狩獵行宮。自認為是上流社會一員的人全都離開了，當然，御醫馮．葛洛柏大夫和女爵也跟著他的顯貴病人離開，溫泉季可是醫生大發利市的時節——此時生意與娛樂合而為一，而他的首選就是奧斯坦德，那兒有很多日耳曼遊客，而醫生夫妻也能下海泡個水。

他的病人喬斯不但十分逗趣，還是頭肥牛，定期需要醫生診治。御醫不費吹灰之力就說服印度大官，為了他自己和漂亮妹妹的健康著想——妹妹現在變得十分憔悴——去醜陋的海港度過夏天。艾美根本不太在乎要去哪兒，而小喬治一聽說要去別的地方，就興奮得蹦蹦跳跳。至於蓓琪，她當然是喬斯先生那輛華麗大馬車上第四位乘客，兩位僕人則坐在前方的駕駛座。她也許擔心在奧斯坦德會遇到一些故人，他們恐怕會散布難聽的傳言——呸！但她夠堅強，絕不會被他們擊敗。她給喬斯下的迷湯如此強勁，除非發生腥風血雨，不然難以撼動。那幅肖像讓他全然拜倒在她裙下。蓓琪把大象畫收進艾美麗雅多年前送她的盒子裡，而艾美也把她的兩幅「神像」從牆上取下。經過一番跋涉，這一行人終於在奧斯坦德十分昂貴又不大舒適的屋子暫住下來。

艾美麗雅踏入海水，盡量吸收海水帶來的益處。雖然蓓琪遇到許多舊識，他們全都對她視而不見，但走在她身邊、誰也不認識的奧斯朋太太，完全沒意識到她精心選定的女伴正在承受無聲的凌辱。當然，蓓琪絕不會告訴她，多少事正在她純真的雙眼前發生。

洛頓．克勞利太太的舊識中，仍有些人大方地與她相認，然而這些人偏偏是她最想裝作不認識的對象。其中包括了不屬於任何軍團的洛德少校、曾加入步槍兵團的若克上尉。他們倆每天都

71. *Wallenstein*，德國詩人、歷史學家、哲學家與劇作家席勒（一七五九～一八〇五）的戲劇作品。

在堤防上抽菸，瞪著來來往往的女人。很快地，他們就認識了好客的喬瑟夫．薩德利先生，加入了他來往的上流圈子。事實上，沒人邀請他們，但他們不接受拒絕。不管蓓琪在不在家就長驅直入，走進奧斯朋太太的客廳，拿香水噴他們的外套和鬍子，以「老傢伙」叫喚喬斯，不由分說就坐上餐桌，高聲談笑之餘盡情飲酒，總要鬧個好幾個小時才罷休。

「他們在說什麼呀？」不喜歡這些人的小喬治說道，「昨天我聽到少校對克勞利太太說，『妳不能獨佔那個老傢伙，我們非分一杯羹不可，不然的話，我就告密。』少校在說什麼啊，媽媽？」

「少校！別叫那人少校！」艾美說，「我實在不懂他在說什麼。」他和那名朋友總帶給小婦人難以忍受的恐懼，她厭惡他們。他們醉醺醺地跟她打招呼，在餐桌上色瞇瞇地盯著她瞧。上尉主動追求她，讓她噁心又難受，她拒絕與他獨處，除非小喬治陪在她身邊。

我們得說句公道話，蕾蓓卡絕不會容許這些男人與艾美麗雅獨處。她趕跑了少校，但少校誓言要把她弄到手。這兩個流氓為了純真的小婦人而你爭我奪，在她的餐桌上賭誰能贏得她。雖然她並不知道那對惡棍的計謀，但她一見到他們，就恐懼得坐立難安，恨不得起身逃跑。

她好說歹說，哀求喬斯離開。但他不肯。他離不開他的御醫，不想去別的地方，也許他還有其他牽絆。至少蓓琪並不急於回到英格蘭。

終於，她鼓起勇氣，奮不顧身地做了一件事。她寫了封信，給英吉利海峽另一端的一位朋友。她沒對任何人提起這封信。她偷偷把信藏在披肩，獨自出門寄信。她對這回事絕口不提，但當小喬治見到她時，她漲紅了臉，神情激動。她親吻兒子，整個晚上都依偎在兒子身邊。散步回家後，她就把自己關進臥房。蓓琪以為洛德少校和上尉又把她嚇著了。

「她不能留在這兒，」蓓琪暗自尋思，「那個小傻子，她非離開不可。她還在為那個傻丈夫哭哭啼啼哪。他都死了十五年了，算他好死。她不能嫁給這兩個壞蛋。洛德太過分了。不，她得嫁給那個竹杖男，今晚我就得解決這回事。」

蓓琪去了艾美麗雅的房間，為她送上熱茶。只能與兩幅畫像作伴的小婦人，陷入前所未有的憂鬱，看起來魂不守舍。蓓琪把茶杯送到朋友面前。

「謝謝妳，」艾美麗雅說道。

「艾美麗雅，聽我說，」蓓琪開口，在女友前來回踱步，望著她的眼神透著輕蔑的慈悲。「我想和妳談談。妳必須離開這裡，離開這些魯莽無禮的男人。我不能讓他們欺負妳，但妳不走，他們就會侮蔑妳。我告訴妳，他們是群惡棍，他們該被送進監獄。別管我怎麼認識他們了。我認識所有的人。喬斯保護不了妳，他太軟弱，自身難保，他還需要別人保護呢。妳就像襁褓中的小嬰兒，沒辦法在這個世界生存。妳非結婚不可，不然妳和妳的寶貝兒子都會完蛋。妳這傻子，妳得有個丈夫。我從沒看過比他更君子的紳士，他追求妳上百回，偏偏妳拒絕了他。妳這個愚蠢、無情又不懂得感恩的小傢伙！」

「我試過了……我真的盡全心去試了，蕾蓓卡，」艾美麗雅反駁，「但我就是忘不了……」她沒說下去，只是抬頭望著那人的畫像。

「忘不了**他**！」蓓琪喊道，「那個自私的騙子，出身低賤的倫敦闊佬，虛有其表的蠢材！他既不聰明，又沒風度，既無心又絕情，和你那竹杖朋友根本天差地遠，就像妳不可能與伊麗莎白女王相比。怎麼啦，那人早就厭倦妳了，原打算拋棄妳，要不是達賓堅持，他才不會信守婚約哩。這全是他自己告訴我的。他說他根本不在乎妳，一次又一次在我面前嘲笑妳，他跟妳才結婚一個禮拜，就向我求愛。」

「妳說的全是謊話！謊話！蕾蓓卡！」震驚的艾美麗雅大喊道。

「妳這傻子，瞧瞧這個，」蓓琪說道。她的心情好得很，更叫人氣惱。她從腰帶裡掏出一張小紙條，丟到艾美的腿上。「妳認得他的筆跡。這是他寫給我的——他要我跟他私奔——在他被射殺的前一天，他當著妳的面把紙條遞給我。活該好死！」蓓琪又說一次。

艾美根本沒聽見她說了什麼，只讀著那張紙條。那是里奇蒙德伯爵夫人辦舞會那一天，喬治丟進蕾蓓卡的花束裡的字條。正如蓓琪所說，那愚蠢的年輕人提議與蓓琪私奔。

艾美低垂著頭。在本書中，她已沒有多少哭泣的機會，而她的眼淚已經潰堤。她的頭垂在胸前，雙手捂住了眼，不顧蓓琪站在旁邊望，她放任自己痛哭一場。誰能分析這些眼淚，評論它們是甜美還是苦澀的結晶？崇拜了一輩子的偶像被摔碎了，只能在她的足邊瑟瑟顫抖，她是否因此而痛不欲生？還是她因自己的愛情任人不屑蹂躪而氣憤？或者她是喜極而泣，過去她囿於婦道，遲遲無法展開新戀情，如今那道阻止她的屏障已經崩塌，她終於得以張臂擁抱真正的愛？「現在沒人能阻止我了，」她想道，「現在，我能全心全意愛他了。啊，我會的，我會的，只要他仍願意接受我，寬恕我。」我相信她那溫柔的胸膛裡，這樣的心情必定最為強烈。

蓓琪以為她會哭泣不止，但她沒有哭太久。蓓琪太太忙著安慰她、親吻她，流露少見的真情。她把艾美當作個孩子，輕拍她的頭。「現在，讓我們拿來紙筆，立刻寫封信給他，」她說道。「我……我今早寫信給他了，」艾美羞紅了臉。蓓琪大笑起來，用義大利文高聲唱起羅西娜的歌詞：「瞧瞧，一封信哪！」[72]整棟屋子都迴盪著她高亢的歌聲。

兩天後的早上，外面颳起大風，下著暴雨。艾美麗雅整晚聽著窗外呼嘯的風聲，幾乎沒闔眼。她擔心所有陸路和水路的旅人。雖然徹夜無眠，她還是起了個大早，堅持帶小喬治去堤防散步。她不在乎雨水迎面落下，朝西望向黑暗洶湧的海平面，凝視著一波波驚濤駭浪湧向岸邊，碎裂成朵朵浪花，化成白沫。母子都很沉默，男孩偶爾會對他怯懦的母親說幾句貼心關懷的話。

「我希望他不會在這種天氣渡海，」艾美說道。

「他一定來了，我敢打賭！八九不離十，」男孩回道，「母親，妳瞧，那是汽輪冒的煙呀。」他說得沒錯。

雖然輪船依舊出航，但他不一定在上面，他可能沒收到信，也許他根本就不想來。上百種恐懼與猜疑撞擊婦人小小的心房，就像不斷湧向堤防的波浪。

冒著煙的汽輪漸漸進入了母子的視線。小喬治握著帥氣的望遠鏡，嫻熟地調焦，就看到了那艘船。船愈來愈近，在海浪中浮浮沉沉，小喬治講了許多專業術語，評論它航進港灣的方式。港口的旗杆上出現通報英國輪船進港的訊號。我敢說艾美的心就像那面旗幟一樣隨狂風亂舞。她試圖從喬治的肩上，朝望遠鏡裡瞧，但她什麼也看不見。她只看到黑影在眼前上下浮動。

喬治拿回望遠鏡，望向那艘船。「瞧它上下顛簸得多厲害呀！」他說道，「那波海浪打在船首。除了舵首外，甲板上只有兩個人。有個人躺著，另一個人……穿著斗篷……萬歲！——是他！是達伯！太棒了！」他收起望遠鏡，伸出雙臂擁抱母親。至於那位女子，讓我們用知名詩人的句子來形容她吧，「她噙著淚水，露出了笑顏。」[73]她確定那人就是威廉。不可能是別人。她怎麼會懷疑他不會過來呢？他當然會來，他除了來見她，還能如何？她知道他會來的。

船迅速地愈靠愈近。母子兩人走上碼頭，艾美的膝蓋抖得不停，無法加快腳步。她真希望能跪在地上感謝上天的眷顧。她想，啊，就算說一輩子的謝謝，也無法表達她心中的感激！

氣候太過惡劣，碼頭上幾乎看不到散步的人，輪船上也只有少少幾名乘客，幾乎沒人前來迎接他們。年輕淘氣的小喬治也退開了。當男子披著那件有紅色裡襯的舊斗篷，踏上了岸，碼頭上

72. 歌劇《塞維利亞的理髮師》中的曲子。
73. 出自荷馬的《伊利亞德》。

幾乎沒人注意到接下來發生的事。

有位女士圍著披肩，雨水沿她頭上白帽的帽沿滴下。她伸直了雙臂直直朝那位男子跑過去，但下一分鐘她已消失在那件老舊斗篷裡面。她全心全意地親吻他的雙手，至於男子，我相信正緊緊抱著她，免得她失去力氣，雙腿一軟就暈倒了，他讓她緊緊依偎在他的胸前——矮小的她，頭剛好頂著他的心臟。她低吟著幾個字，說著：「原諒……親愛的威廉……親愛的、親愛的、最最親愛的朋友……」接著他們親了又親，親了又親……斗篷下發生了這一連串的事兒，真是荒唐。

當艾美從斗篷下探出身時，她仍緊握著威廉的手不放。她仰起小臉，深深地凝視著他的臉。他的臉揉合了哀傷、柔情與憐憫。她明白他的責備，低下了頭。

「親愛的艾美麗雅，妳終於來找我了，」他說。

「你不會再離開我了吧，威廉？」

「不會，永遠也不離開，」他回答，再次把這小婦人拉近心房。

當他們過了海關，小喬治三步併作兩步朝他們衝過去。他仍舉著望遠鏡，以高聲歡笑迎接他們。他繞著這對男女蹦蹦跳跳，領著他們回家，他在路上做了各種滑稽好笑的動作。喬斯還沒起床，而蓓琪不見蹤影，其實她早就從百葉窗的縫隙間看到他們回家的身影。小喬治跑去廚房看早餐準備好了沒。艾美把披巾和軟帽交給珮恩小姐後，就伸手解下威廉斗篷上的扣子，接著……我想我們還是跟著喬治，去廚房監督廚娘準備上校的早餐吧。

船進了港，而威廉贏得了他費盡一生尋求的大禮。那隻鳥兒終於飛到了他的身邊，她的頭倚靠著他的肩膀，親熱地依偎在他的胸前，伸展她那雙柔軟的羽翅，輕輕拍動。他終於抵達他人生的頂峰，他的終點。經歷了多少波折，漫長的故事終於到了終幕。再會了，中校，願上帝保佑你，老實的威廉！再會了，親愛的艾美麗雅，但願妳重獲新生，緊緊擁抱妳依偎的這棵老橡樹，像藤蔓一樣纏繞他，永遠也別放開！

艾美是蓓琪人生中第一個袒護她的恩人，也許蓓琪對善良又單純的婦人感到虧欠，也有可能不喜歡那些多愁善感的場景。總之，蓓琪很滿意自己撮合了這對戀人，但她從來沒有出現在達賓中校和他的新婚妻子面前。據她所說，她有「要務在身」，不得不去布魯日一趟。因此參加婚禮的，只有小喬治和他舅舅。婚禮結束後，小喬治和母親及繼父三人回到英格蘭，而蓓琪太太也回來幾天，安慰寂寞的單身漢，喬瑟夫．薩德利。當妹妹和妹夫邀請他同住時，喬斯拒絕了，宣稱自己偏好歐洲大陸的生活。

艾美在得知亡夫寫給蕾蓓卡的信之前，就先寫信給達賓，她為此非常自豪。「我早就知道這回事了，」威廉說，「但我怎能讓它玷污妳對他的回憶？因此我才會如此難過，當妳——」

「從今以後，別再提那天的事了，」艾美嚷嚷道。她為了過去悔恨不已，謙卑地道歉，於是威廉停了口，轉而聊起葛洛薇娜和親愛的老佩姬．奧大德。當他收到艾美求他回去的信時，他正和她們在一起。「要不是妳要我回去，」他笑著加上一句，「誰知道葛洛薇娜會嫁給誰呢？」

過不久，葛洛薇娜就嫁給了波斯基，現在她成了波斯基上尉太太。上尉的第一任妻子過世後，決心從軍團裡挑個丈夫的葛洛薇娜立刻看上了他。奧大德夫人一樣熱愛某軍團，她甚至宣稱，要是她的老麥克有三長兩短，她就會從軍團中再挑個丈夫。不過奧大德少將平安健康，在奧大德鎮過著奢華的好日子，養了一群米格魯獵兔犬，若不提住在霍格第城堡裡的霍格第一家人，他可說是郡裡的頭號人物。少將夫人依舊愛跳捷格舞，上回的郡長舞會，她堅持與掌馬官較勁舞技。少將夫人和葛洛薇娜都宣稱，達賓**無恥的**玩弄了葛洛薇娜的芳心，但波斯基一拜倒她的裙下，她就獲得了安慰。至於奧大德太太，她收到一頂從巴黎寄來的漂亮頭巾帽後，就原諒了中校。

達賓中校一結婚，立刻辦理退役事宜。他在漢普郡租了棟美麗的鄉村公館，離女王克勞利鎮不遠。《改革法案》[74]通過後，皮特爵士和家人就定居在鄉下的祖宅。從男爵在議會失了兩個席次，他再也與《貴族名人錄》無緣。這場災難不但讓他失去財富，也讓他喪志消沉，健康情況下滑。他預言大英帝國的末日即將到來。

珍夫人和達賓太太成為親密好友。中校的朋友龐度少校與家人住在海外，因此他向少校租下「長青園」。輕便馬車頻繁往來於長青園與克勞利祖宅之間。達賓太太生了個女兒，取名為珍，而珍夫人就是她的教母。詹姆斯．克勞利繼承父職，成為教區牧師，主持了珍的受洗禮。兩位少年喬治和洛頓發展了緊密的友誼，一到假期，兩人就相偕出門打獵或射擊，後來進了劍橋大學的同一間學院。他們愛上同一個姑娘，也就是珍夫人的女兒，兩人為此爭吵不休。兩位母親一心想撮和那位年輕姑娘和喬治的婚事，不過我聽說克勞利小姐比較喜歡她的表哥。

這兩個家庭都不再提起洛頓．克勞利太太。眾人之所以迴避她的名字，有數個原因。不管喬瑟夫．薩德利去了哪兒，她必定緊緊跟隨，那個鬼迷心竅的男人簡直成了她的奴隸。中校的律師通知他，他的大舅子保了十分昂貴的壽險，他可能到處籌錢想要還債。他向東印度公司請了長假，身體一天比一天差。

一聽到壽險的消息，艾美麗雅心中的警鈴大作，哀求丈夫去布魯塞爾一趟，探望人在那兒的喬斯，好好瞭解他的財務狀況。那時中校正忙著撰寫《旁遮普史》（直到現在他還忙著這本書），而他寵愛的女兒又剛得了水痘，仍在康復中，他實在不想離家，但終究心不甘情不願地去了布魯塞爾。他發現喬斯住在城裡一間極為豪華的大飯店，而克勞利太太也住在同一間飯店，坐擁私人馬車，經常宴請賓客，過著鋪張浪費的生活。

中校當然不願見到那位太太，甚至不想讓她知道他到了布魯塞爾，只派了貼身男僕送信給喬斯。喬斯哀求中校當晚就去見他，到時候克勞利太太會去參加晚宴，他們兩人可以單獨碰面。達賓發現大舅子的身體十分虛弱，十分害怕蕾蓓卡，但又急著讚美她。他生了一連串沒人聽過的怪病，而她忠誠地守候在他的床畔，令人佩服。她像女兒照顧父親般看護他。「但……但是……啊，看在老天爺的份上，求求你們來看我，別住得離我太遠，而且……而且……拜託你們偶爾來看看我，」不幸的男人一邊啜泣一邊哀求中校。

中校的神情陰鬱。「喬斯，我們不可能搬過來，」他說，「瞧瞧現在的情況，艾美麗雅可不能來看你。」

「我向你發誓……我敢把手放在《聖經》上發誓，」喬瑟夫喘氣道，想要親吻那本書，「她像孩子一樣清白，像你妻子一樣無瑕。」

「就算如此，」中校沉著臉說，「但艾美還是不能過來。喬斯，當個男子漢，結束這段不名譽的關係。回家吧，回家和你的家人團圓。我們聽說你的財務出了問題。」

「出了問題！」喬斯大聲喊道，「誰膽敢如此中傷我？我所有的錢都拿去投資了，全是些前景看好的公司。克勞利太太……我是說……那些錢會為我賺到豐厚的利潤。」

「這麼說來，你沒有負債，是嗎？那你何必保壽險呢？」

「我想……這是給她的小禮物……萬一出了什麼差錯，她也不用擔心。你知道我的身體一向衰弱，你知道的，我只是想感謝她……我想把所有的現金都留給你們……我想出點小錢，為她保個險，是的，是我想這麼做，」威廉虛弱的大舅子喊道。

74. 一八三二年的《改革法案》修改了下議院的組成方式，衰廢的市鎮被取消席次，新興工業城市則取得席次。

中校懇求喬斯立刻逃離布魯塞爾，他可以回印度去，克勞利太太絕不會追到那兒。他必須立刻斬斷這場關係，不然恐怕會面臨可怕的後果。

喬斯緊緊攫住中校的手，哭喊道，他願意回去印度，不管要他做什麼他都願意，但他需要多點時間緩衝。他們不能讓克勞利太太發現蛛絲馬跡。「不然的話……不然她會……她會殺了我。你不明白她是個多麼可怕的女人，」可憐人說道。

「那麼，不如現在就跟我走？」達賓回答，但喬斯沒有勇氣。他說，「明天早上我會和你見面，你千萬不能告訴任何人你來過這兒。你得趕緊離開。蓓琪隨時會出現。」不祥的預兆浮上達賓的心頭，但他只能告退。

那是他與喬斯最後一次見面。三個月後，喬瑟夫．薩德利死於艾克斯．拉．夏貝爾。他的錢全投入亂七八糟的投機事業，手上握有數家空頭公司的股票，可嘆的是它們都不值錢。他所有的資產，就是壽險給付的兩千鎊，由他親愛的「妹妹艾美麗雅和洛頓．克勞利上校之妻蕾蓓卡平分，她是我的朋友，在我病痛中無微不至地照顧我。」而且他指定蕾蓓卡擔任遺產管理人。

保險公司的律師宣稱，這是他見過最複雜棘手的案子，打算派人去艾克斯調查薩德利的死因，且拒絕付款。但克勞利太太自稱克勞利夫人，立刻在律師——塔維斯律師院的伯克、瑟戴爾、海斯三位先生——的陪同下進城，威脅保險公司付清款項。他們宣稱她是一場無恥陰謀的受害者，歡迎當局調查，那些人一輩子都不放過她，但她終於戰勝他們。保險公司最終付了錢，她也因此聲名大噪，但達賓中校把他收到的那份遺產退回去，拒絕與蕾蓓卡有任何往來。

雖然她從未當上克勞利夫人，但她依舊如此自稱。備受愛戴的洛頓．克勞利總督在考文垂島死於黃熱病，受到眾人哀悼。六週後，他的哥哥皮特爵士也與世長辭。家族祖產由現任的洛頓．克勞利從男爵繼承。然而他也拒絕與母親見面。他慷慨地母親一筆生活費。不過，他母親不管有沒有錢，都出手闊綽，過著富裕的日子。從男爵定居於女王克勞利鎮，和珍夫人及堂妹生活。

而蕾蓓卡，也就是所謂的「克勞利夫人」，則經常往來於巴斯和切爾登漢之間，那兒的上流人物相信，她是個備受世人誤解的好女人。她有不少敵人，但誰沒有敵人呢？她的人生，就是她給那些人的答覆。她忙碌於宗教事務。她上教堂，身邊都有男僕相隨。所有的慈善機構的贊助名單上，少不了她的名字。貧窮的採橘姑娘、被人忽視的洗衣婦、苦惱的鬆餅小販都認為她是個慷慨又親切的大好人。她老在市集義賣，為可憐人募款。前不久，艾美和中校帶著子女來到倫敦，偶然在一個市集上遇到了克勞利太太。當他們大吃一驚，急急迴避時，她低下眼睫，露出一抹溫柔微笑。喬治現在已長成一位時髦的年輕紳士，挽著兒子手臂的艾美匆忙跑開，中校則緊緊抱住他的小珍妮——她是世上他最重視的人，連他的《旁遮普史》也比不上她。

「連我也比不上小珍妮哪！」艾美嘆息一聲，默默想道。但他從未對艾美麗雅說過一句難聽或嚴厲的話語，想方設法滿足她的願望。

啊，虛榮浮華，盡皆幻影！世上有誰真的快樂？有誰實現了願望？實現之後，是否真感到滿足了呢？來吧，孩子們，讓我們關上這只偶戲盒，這場戲已經落幕。

（全書完）

國家圖書館出版品預行編目資料

浮華世界(全譯本)/威廉・梅克比斯・薩克萊(William Makepeace Thackeray)著;洪夏天譯. -- 初版. -- 臺北市:商周出版:家庭傳媒城邦分公司發行, 2020.02
冊; 公分. -- (商周經典名著; 65-66)
譯自:Vanity fair : a novel without a hero
ISBN 978-986-477-777-8(上冊:平裝). --
ISBN 978-986-477-778-5(下冊:平裝). --
ISBN 978-986-477-779-2(全套:平裝)

873.57　　　　108021980

商周經典名著 66

浮華世界(全譯本|下冊)

作　　者/威廉・梅克比斯・薩克萊(William Makepeace Thackeray)
譯　　者/洪夏天
企畫選書/黃靖卉
責任編輯/黃靖卉

版　　權/黃淑敏、翁靜如
行銷業務/莊英傑、周佑潔、黃崇華
總 編 輯/黃靖卉
總 經 理/彭之琬
事業群總經理/黃淑貞
發 行 人/何飛鵬
法律顧問/元禾法律事務所 王子文律師
出　　版/商周出版
台北市104民生東路二段141號9樓
電話:(02) 25007008　傳真:(02)25007759
E-mail:bwp.service@cite.com.tw
Blog:http://bwp25007008.pixnet.net/blog
發　　行/英屬蓋曼群島商家庭傳媒股份有限公司 城邦分公司
台北市中山區民生東路二段141號2樓
書虫客服服務專線:02-25007718;25007719
服務時間:週一至週五上午09:30-12:00;下午13:30-17:00
24小時傳真專線:02-25001990;25001991
劃撥帳號:19863813;戶名:書虫股份有限公司
讀者服務信箱:service@readingclub.com.tw
城邦讀書花園:www.cite.com.tw
香港發行所/城邦(香港)出版集團有限公司
香港灣仔駱克道193號東超商業中心1樓;E-mail:hkcite@biznetvigator.com
電話:(852) 25086231　傳真:(852) 25789337
馬新發行所/城邦(馬新)出版集團 Cite (M) Sdn. Bhd.
41, Jalan Radin Anum, Bandar Baru Sri Petaling,
57000 Kuala Lumpur, Malaysia.
Tel: (603) 90578822　Fax: (603) 90576622　Email: cite@cite.com.my

封面設計/廖韡
排　　版/極翔企業有限公司
印　　刷/韋懋實業有限公司
經 銷 商/聯合發行股份有限公司
電話:(02)2917-8022　傳真(02)2911-0053
地址:新北市231新店區寶橋路235巷6弄6號2樓

■2020年2月4日初版一刷　　Printed in Taiwan
定價420元

城邦讀書花園
www.cite.com.tw

商周出版

廣　告　回　函	
北區郵政管理登記證	
北臺字第000791號	
郵資已付，免貼郵票	

104　台北市民生東路二段141號2樓

英屬蓋曼群島商家庭傳媒股份有限公司城邦分公司　收

請沿虛線對摺，謝謝！

商周出版

書號：BU6066　書名：浮華世界（全譯本｜下冊）　編碼：

請於此處用膠水黏貼

商周出版

讀者回函卡

感謝您購買我們出版的書籍！請費心填寫此回函卡，我們將不定期寄上城邦集團最新的出版訊息。

不定期好禮相贈！
立即加入：商周出版
Facebook 粉絲團

姓名：________________ 性別：☐男 ☐女

生日：西元________年________月________日

地址：________________

聯絡電話：________________ 傳真：________________

E-mail ：

學歷：☐ 1. 小學 ☐ 2. 國中 ☐ 3. 高中 ☐ 4. 大學 ☐ 5. 研究所以上

職業：☐ 1. 學生 ☐ 2. 軍公教 ☐ 3. 服務 ☐ 4. 金融 ☐ 5. 製造 ☐ 6. 資訊
☐ 7. 傳播 ☐ 8. 自由業 ☐ 9. 農漁牧 ☐ 10. 家管 ☐ 11. 退休
☐ 12. 其他________________

您從何種方式得知本書消息？

☐ 1. 書店 ☐ 2. 網路 ☐ 3. 報紙 ☐ 4. 雜誌 ☐ 5. 廣播 ☐ 6. 電視
☐ 7. 親友推薦 ☐ 8. 其他________________

您通常以何種方式購書？

☐ 1. 書店 ☐ 2. 網路 ☐ 3. 傳真訂購 ☐ 4. 郵局劃撥 ☐ 5. 其他______

您喜歡閱讀那些類別的書籍？

☐ 1. 財經商業 ☐ 2. 自然科學 ☐ 3. 歷史 ☐ 4. 法律 ☐ 5. 文學
☐ 6. 休閒旅遊 ☐ 7. 小說 ☐ 8. 人物傳記 ☐ 9. 生活、勵志 ☐ 10. 其他

對我們的建議：________________

____

____

【為提供訂購、行銷、客戶管理或其他合於營業登記項目或章程所定業務之目的，城邦出版人集團（即英屬蓋曼群島商家庭傳媒（股）公司城邦分公司、城邦文化事業（股）公司），於本集團之營運期間及地區內，將以電郵、傳真、電話、簡訊、郵寄或其他公告方式利用您提供之資料（資料類別：C001、C002、C003、C011 等）。利用對象除本集團外，亦可能包括相關服務的協力機構。如您有依個資法第三條或其他需服務之處，得致電本公司客服中心電話 02-25007718 請求協助。相關資料如為非必要項目，不提供亦不影響您的權益。】

1.C001 辨識個人者：如消費者之姓名、地址、電話、電子郵件等資訊。
2.C002 辨識財務者：如信用卡或轉帳帳戶資訊。
3.C003 政府資料中之辨識者：如身分證字號或護照號碼（外國人）。
4.C011 個人描述：如性別、國籍、出生年月日。

請於此處用膠水黏貼